도서관계
해야링

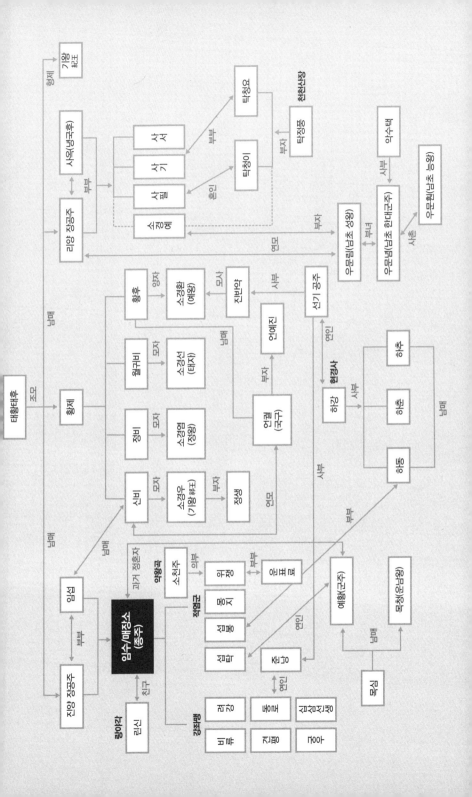

강아방

랑야방

3
권력의 기록

◉ 하이옌 海宴 지음 | 전정은 옮김

琅
琊
榜

마시멜로

랑야방 3
천하제기록

차례

포진

—

47

—

예왕이 누구보다 즐거운 사람이라고 생각한 언예진은, 사실 겉으로 보이는 것처럼 편안하고 여유롭지 않았다. 수놓은 비단 장포를 걸치고, 화려한 안장을 얹은 말에 올라 금릉성 거리를 내달리는 이 귀공자는 조금 전 아버지로부터 한 가지 임무를 받았다. 위험하진 않지만 완수하긴 힘든 임무였다.

언궐이 다시 조정에 발을 들여놓았다는 것은 언예진도 일찌감치 눈치 채고 있었다. 하지만 아버지의 입에서 직접 들은 것은 섣달그믐이었다. 제사가 끝난 후, 그들 부자는 훈훈한 곁채에서 화로를 끼고 술을 마시며 밤새도록 허심탄회하게 이야기를 나눴다.

언예진도 아버지의 젊은 시절 영웅적인 행보에 관해 매장소에게 들어 이미 알고 있었지만, 당사자의 입을 통해 직접 듣는 과거 이야기는 훨씬 생생하고 남달랐다. 언궐의 과거는 호기 넘치고 자유분방하고 웅대하면서도 비통했고, 그리운 사람과 잊을 수 없는 일이 너무나 많았다. 속세를 등지고 살아온 10여 년이라는 세월도 그 뜨겁고 강렬한 본성을 바꿔놓지 못했다.

호방하게 건배하며 나지막한 소리로 지난 이야기를 토해낼 때, 쇠약해가는 제후의 얼굴은 여전히 늠름하기만 해서 늙고 지친 모습은 전혀 찾아볼 수 없었다. 언예진은 이런 아버지가 좋았다. 생기 넘치고 감정도 풍부한 아버지가.

"예진아."

언궐이 아들의 어깨를 어루만지며 눈을 들여다보았다.

"이 아비는 정치 싸움을 좋아하지 않는다. 너무 추악해서 선하고 아름다운 것을 다 집어삼켜버리기 때문이지. 매장소 역시 좋아하지 않는다. 교활하고 속을 알 수 없는 자라 조금만 도와줄 작정이었지. 하지만 이번에는 무슨 대가를 치르더라도 최선을 다해 돕기로 결심했다. 그자와 정왕의 결심이…… 이 아비의 마음을 뒤흔들어놓았기 때문이다. 함정이고 계략이라는 것을 잘 알면서, 아무리 봐도 잃을 것이 더 많은데도, 옛정과 정의 때문에 끝끝내 구해내겠다니…… 그렇게 어리석고, 또 그렇게 용기 있는 사람은 참으로 오랜만이다. 그런 그들을 돕지 않으면 훗날 무슨 낯으로 지하에 있는 옛 벗들을 만날 수 있겠느냐? 아비의 마음을 이해하겠느냐?"

"예."

언예진은 평소의 장난스런 표정을 지우고 아버지를 쳐다보았다. 활활 타오르는 화롯불에 비친 눈동자가 유달리 깊고 그윽했다.

"염려 마세요, 아버지. 저도 언씨 집안 사람이고, 충성이 무엇이고 효도가 무엇인지 잘 압니다. 지금의 조정에 대해서는 저도 아버지와 비슷한 생각이에요. 정왕이 어떤 사람인지는 잘 모르지만…… 그래도 아버지와 소 형이 돕기로 했다면 분명 남다른 분이겠지요."

"정왕은 어려서부터 기왕(祁王)을 따랐기 때문에 처세나 정치적 식견은 기왕을 이어받았다. 그 점 때문에 아비도 그를 믿는 것이다. 하지만 성격은 기왕을 닮지 않았어. 좀 더 굳세고 고집스럽지만 대범한 면은 부족했지. 너는 어려서 기억 못하겠지만, 경우는…… 제 어미를 무척 닮았었지."

언궐은 지난 이야기를 하면서도 젊은 시절 뜨거웠던 사랑과 신비와의 관계는 모호하게 얼버무렸지만, 영리한 언예진은 벌써 눈치를 챘다. 감상에 빠진 아버지를 보자 그의 마음은 감동인지 슬픔인지 모를 복잡한 기분에 휩싸였다.

경우…… 예진…….

거꾸로 읽으면 발음이 비슷한 두 이름(중국어에서 '경우'의 앞뒤 글자를 바꿔 읽으면 '예진'과 발음이 비슷함-옮긴이)이 그저 우연에 불과한지 언예진은 굳이 묻지 않았다. 하지만 겉보기와 달리 속으로는 아버지를 몹시 신경 쓰는 그는 결국 에둘러 물었다.

"아버지, 저는요? 저도 어머니를 닮았습니까?"

"너는……."

언궐이 상념에서 빠져나왔다. 아들을 바라보는 눈동자가 자애롭고 다정했다.

"너는 나를 닮았지. 젊은 시절의 나 말이다. 허나 내 나이가 되었을 때는 지금의 나처럼 되지 않는 게 좋다."

"지금도 좋으신걸요. 마음도 젊은 시절 그대로고, 몸도 건강하시잖아요. 닮아서 나쁠 게 뭐가 있습니까?"

"녀석, 말은 잘하는구나."

언퀼이 웃음을 터뜨리며 아들의 잔을 가득 채웠다.

"실은 저도 옛날 일을 다 잊어버린 건 아니에요. 임 백부님과 신비 마마, 그리고 기왕도 조금은 기억납니다."

언예진이 기억을 더듬었다.

"기왕은 저 같은 아이들에게도 친절하셨습니다. 뭐라도 물어보면 꼼꼼하게 대답해주고, 말 타고 활 쏘는 놀이를 할 때도 세심하게 보살펴주셨어요. 금방 짜증을 내는 임수 형님과는 달랐습니다. 임수 형님은 저희더러 느려터졌다느니 멍청하다느니 하면서, 툭 하면 말에서 끌어내려 유모더러 보라고 마차에다 집어 던지고는 혼자서 저 멀리 달려가곤 했어요. 그건 똑똑히 기억납니다!"

언퀼은 웃음을 참지 못했다. 하지만 그 웃음은 금세 옅어졌다.

"소수…… 휴, 그 아이가 가장 아깝지."

아버지가 또다시 슬픔에 젖어들자 언예진이 재빨리 말했다.

"아버지, 소 형이 어떻게 도와달라고 했습니까? 상세히 말해주던가요?"

"대충은 들었다. 당일에 하강을 유인해내고, 일이 끝난 후에 대신들이 정왕의 방패막이가 되어주도록 설득하는 것이다. 그리 어려운 일은 아니지."

언퀼은 대수롭지 않게 말했지만, 가만히 생각해보면 쉬운 일이 아니었다. 특히 대신들을 설득하는 일은 정확한 판단력과 세밀하게 밀고 당기는 능력이 필요했다. 조금만 어긋나도 정반대의 결과가 나올 수 있었다.

"아버지, 자신 있으신지요?"

"하기 나름이다."

언퀼의 얼굴에 자신감이 떠올랐다.

"아비는 지금껏 냉정한 눈으로 조정을 지켜봤으니 그 정도 판단력은 있다."

"제가 도와드릴 일은 없을까요?"

"매장소도 네 손을 빌리고 싶어 하더구나. 하지만 먼저 네 의견을 물어보고, 원치 않으면 강요하지 않겠다고 했다."

언예진은 쓴웃음을 지었다.

"소 형도 참, 상황이 이런데 제가 어떻게 거절하겠어요? 어떤 일입니까?"

"말해주지 않았다. 또 한 번 만날 일이 있으니 그때 물어보마."

언퀼이 아들의 어깨를 힘주어 잡았다.

"매장소는 네게 위험한 일을 시키지 않겠다고 약속했다. 나도 원치 않고."

"아버지, 전 괜찮습니다."

"넌 괜찮아도 아비는 괜찮지 않다. 그동안 너를 힘들게 한 것으로 충분하다."

언예진은 이런 다정한 아버지의 모습이 익숙하지 않았다. 코끝이 찡해져서 재빨리 술잔을 비워 끓어오르는 감정을 꾹꾹 눌렀다.

그날 밤, 그들 부자는 술 반 항아리를 비우고서야 쓰러졌다. 서로의 주량이 이만큼 세다는 것도 그날 처음 알았다. 두 사람은 다음 날 해가 중천에 뜰 때까지 일어나지 못했고, 겨우 눈을 떴을 때는 준수하면서도 차가운 얼굴의 소년이 앞에 웅크리고 앉아 있는 것을 발견했다. 두 사람이 눈을 뜨기 무섭게 소년이 편지 한 통을 쑥 내밀며 외쳤다.

"태워!"

그리고 사라졌다.

숙취는 조금 남아 있었지만 언궐은 제법 정신을 차린 상태였다. 그래서 소년의 간결한 지시와는 달리 바로 태우지 않고, 일단 겉봉을 뜯고 읽어보았다.

바로 이 편지 때문에 정월 4일 당일, 언예진이 금릉성 거리를 뽐내듯 질주하며 친구들을 만나러 다녔던 것이다. 그가 마지막으로 방문한 곳은 기왕(紀王)의 저택이었다.

솔직한 성격에 음률과 술을 좋아하기로 이름난 기왕은 나이 차이에도 불구하고 언예진과는 좋은 친구였다. 어린 친구를 만난 그는 몹시 기뻐하며 안으로 들이고 정성스레 대접했으며, 새로 들인 악사(樂師)와 가희(歌姬)를 모조리 불러내 공연을 벌였다.

하지만 이런 돈독한 정에도 불구하고, 술 몇 잔이 돈 후에도 언예진은 영 연회에 집중하지 못했다. 예의를 차리느라 진지하게 감상하는 척했지만 눈빛은 흐리멍덩했다.

"자넨 귀가 묘음방에 너무 길들여져 있어서 탈이야."

기왕이 툴툴거리며 말했다.

"내 집의 조잡한 놀이 따위는 당연히 눈에 들어오지도 않겠지."

"왜 저만 갖고 그러세요? 전하도 마찬가지시잖아요."

언예진은 주인의 기분은 개의치 않고 손을 내저으며 대꾸했다.

"궁우 낭자의 금 연주에 깊이 빠진 사람은 제가 아닐 텐데요?"

"후유."

기왕은 한숨을 푹 쉬었다.

"묘음방이 어쩌다 도적들과 결탁했는지……."

"에이, 그런 소문을 믿으……."

언예진은 말을 꺼내기 무섭게 아차 싶은 얼굴로 입을 다물고 술잔을 비웠다. 기왕도 눈치를 채고 모르는 척 같이 술을 마시다가, 슬며시 사람들을 내보내고 그에게 다가와 조그만 소리로 물었다.

"자네, 묘음방이 도적들과 결탁한 적이 없다는 건가?"

"도적이라뇨?"

언예진이 입을 삐죽거렸다.

"무슨 도적인데요? 이름은 들어보셨어요? 형부에서 그자가 관계된 사건이라도 있대요? 고발한 사람은 누구래요? 증거는 있대요? 숫제 터무니없는 소리예요."

"그런 게 아니라면 묘음방이 왜 도망쳤겠나?"

"간단하죠. 도적과 결탁했다는 것은 거짓이지만, 밉보인 사람이 있는 것은 사실이니까요. 건드리면 안 될 사람을 건드렸으니 도망치지 않으면 죽기밖에 더 하겠어요?"

일순 정의감이 발동한 기왕이 화난 목소리로 외쳤다.

"천자가 계신 경성에서 누가 감히 함부로 날뛴단 말인가?"

언예진은 그를 흘끗 살핀 후 목소리를 낮췄다.

"전하, 설마 그날 묘음방에 사람을 보낸 자가 누군지 모르세요?"

"듣기야 했지. 형부가 아니라 대리사라고……."

여기까지 말한 기왕은 정신이 번쩍 들었다. 대리사경 주월은 예왕의 처남으로, 여색을 밝히기로 유명했다. 그가 매부의 세력을 믿고 궁우를 어찌해보려 했다는 건 별로 이상한 일도 아니었다.

"이제 아시겠죠? 궁우 낭자도 어쩔 도리가 없어서 일단 피한 거예요."

기왕이 눈썹을 꿈틀하더니 갑자기 언예진을 가리키며 흐흐 웃었다.

"왜 그러세요?"

"궁우 낭자가 어떻게 생각하는지 자네가 어찌 아나?"

기왕이 음흉하게 웃으며 물었다.

"말해보게, 자네가 그녀를 숨겼지?"

"제, 제가 왜, 왜요?"

언예진은 놀란 나머지 말까지 더듬었다.

"이, 이상한 말씀 마세요, 전하."

"딱 걸렸군, 딱 걸렸어."

기왕은 껄껄 웃으며 놓치지 않고 밀어붙였다.

"꼬마 예진, 내게 알려주는 게 뭐가 문젠가? 나도 궁우 낭자가 몹시 걱정되는 사람이라네. 그래, 그녀는 괜찮나?"

언예진은 한참 동안 그를 바라보다가 결국 포기한 듯 어깨를 으쓱했다.

"제가 구해준 게 아니라 혼자 달아났다가 곤경에 빠져 제게 도움을 청한 거라고요. 전 그냥 조금 도와준 것뿐이에요. 궁우 낭자는 괜찮아요. 설 전에 선물을 주러 갔다가 들었는데 새 곡을 연습하는 중이더군요."

음악광인 기왕은 궁우 낭자가 새 곡을 연습한다는 말에 침을 질질 흘리며 언예진의 팔을 마구 잡아당겼다.

"나도 좀 데려가주게, 나도. 나도 궁우 낭자와는 오랜 친구 아닌가. 그녀가 어려움에 처했는데 어떻게 모른 척하나?"

"하지만……"

"걱정 말게. 그래봤자 주월인데 걱정할 게 뭐 있나? 그놈은 아무것도 아니야. 예왕도 그런 일로 내게 얼굴 붉힐 일은 하지 않을걸세. 어쨌든 내가 집안 어른 아닌가."

"사실……."

언예진은 뜸을 들였다.

"모셔가는 것은 어렵지 않아요. 하지만 궁우 낭자는 마음이 많이 상해서 전하같이 귀한 분들은 별로 보고 싶지 않을 텐데요."

"내가 어디 그런 자들과 같은가?"

기왕이 탁자를 내리쳤다.

"그런 말을 들었으니 더더욱 가야겠네. 가세! 당장 가자니까!"

"번갯불에 콩 구워 먹을 일 있으세요?"

언예진이 실소를 터뜨렸다.

"좋아요, 저야 전하를 거역할 수 없으니 궁우 낭자에게 욕 한 번 듣죠 뭐. 내일 모셔갈게요."

"암, 그래야지. 내일 언제 가려나?"

"미시(未時, 오후 1~3시경)에요. 오전에는 아버지와 다녀올 곳이 있어요."

"거 참 효자로구면."

기왕이 웃음을 터뜨렸다.

"알겠네. 미시로 하지. 어기면 안 되네."

"그랬다가 저를 잡으러 쳐들어오시게요?"

언예진이 기지개를 켜며 말했다.

"내일은 높은 분처럼 꾸미지 마세요. 몰래 가야 하니까요."

"알았네, 알았어."

기왕은 그렇게 대답하며, 또 사람을 시켜 새 요리를 가져오게 하고 떠나려는 손님을 붙잡아 한참 동안 술을 마셨다. 언예진은 날이 어둑어둑해진 후에야 풀려났다.

밤바람이 강하게 불고 공기에서 짙은 비린내가 느껴지는 것으로 보아 내일 날씨가 화창할 것 같지는 않았다. 언예진은 외투에 달린 모자를 눌러쓰고 말에 올랐다. 새하얀 여우털에 둘러싸인, 언제나 환하고 밝던 그의 얼굴은 다소 엄숙했다.

"초닷새 미시쯤 기왕을 데리고 등갑항(登甲巷) 북쪽 궁우가 있는 곳으로 가게."

이것이 바로 매장소가 언예진에게 시킨 일이었다. 그는 진지하게 그 일을 수행했고, 또 진지하게 고민했다. 그는 지금 이 순간까지도, 자신이 하는 일이 이번 계획에서 어떤 의미를 갖는지 좀처럼 짐작할 수 없었다.

언예진이 기왕부에서 가무를 즐기고 있을 때, 매장소 역시 집에서 비밀스레 손님을 접대하고 있었다. 다만 이곳 분위기는 훨씬 무거웠다.

"총 열 명을 데려왔네. 무공은 대단치 않지만 경공(輕功, 몸을 가볍게 해서 빨리 달리거나 높이 뛰어오르게 하는 기술─옮긴이)은 쓸 만하고, 특히 약과 독의 고수일세. 매 종주가 원하는 대로 쓰시게."

이렇게 말하는 사람은 매장소보다 상석에 앉아 있었다. 나이는 예순 살가량으로, 무척 마르고 머리칼은 허옜지만 얼굴이 불그스름하고 윤기가 있어서 이곳 주인보다 훨씬 건강해 보였다.

"정말 감사합니다, 소 곡주. 곡주의 이름을 빌리게 되어 송구할 따름입니다."

매장소는 미소를 지으며 살짝 허리를 숙였다.

"그게 무슨 말인가? 위쟁은 내 아들일세. 몇 년 동안 의부로 살아왔는데 가만있으라고? 소식을 듣자마자 아이들을 데리고 쫓아온 이유도 다 위쟁을 구하기 위해서일세. 그런데 매 종주가 고마울 게 뭐가 있나?"

약왕곡의 주인인 소천추(素天樞)가 시원시원하게 말하며 손을 내저었다.

"이름이야 쓰고 싶은 대로 쓰게나. 이렇게 위험한 일에 아무도 실수하지 않으리란 보장이 없지 않은가. 누가 붙잡히든 괜한 사람 끌어들이지 말고 우리 약왕곡 이름만 대게. 어쨌거나 우리 약왕곡은 황제의 힘이 미치지 않는 곳에 있으니, 장독이 많은 숲에 숨으면 우리는 견뎌도 저들은 못 견딜 걸세."

매장소는 그 말에 웃음을 터뜨리며 고개를 끄덕였다.

"옳은 말씀입니다. 저도 처음 약왕곡에 갔을 때 머리가 어질어질해서 어디가 어딘지 모르겠더군요. 린신이 안내하지 않았다면 빠져나가지 못했을 겁니다."

소천추가 껄껄 웃고는 칭찬했다.

"그래도 매 종주는 확실히 남달랐지. 딱 한 번 린 공자에게 안내를 받았는데, 그 다음에는 혼자 내 기관들을 깨뜨렸으니까. 조정에 매 종주 같은 사람이 있었다면 내 감히 이렇게 호기를 부리진 못했을 게야."

"소 곡주께서 봐주신 덕분이지요."

매장소는 차를 따른 후 다시 물었다.

"소 곡주, 심양에 들르셨을 때 운가는 어떤 상황이었습니까?"

"걱정 말게. 운씨는 선행을 많이 해서 조정에도 돕는 사람이 있고, 현경사도 심한 고문을 할 생각은 없을 게야. 아직 판결이 나지 않았으니 지방관들도 감시만 하고 있네. 운가는 심양의 오랜 명문가이니 지방관들도 대충 눈감아주지. 하지만 심양을 떠나기는 쉽지 않을 걸세."

"그렇다면 다행이군요."

매장소는 다소 위안이 되는지 안도의 숨을 내쉬었다. 그때 려강이 들어와 소리 없이 읍했다. 매장소는 곧 무슨 뜻인지 알고 일어났다.

"소 곡주, 내일 함께할 사람이 모두 모였습니다. 제가 안내해드리겠습니다."

"안내라니, 왜 이리 겸손을 떠는가. 자자, 가세."

소천추가 겸양하며 일어났고, 두 사람은 함께 대청에서 나와 후원에 있는 좁고 깨끗한 방으로 향했다. 방에는 대략 사오십 명이 평면도 몇 장을 펼쳐놓고 여러 무리로 나뉘어 살펴보고 있었다. 두 사람이 들어가자 그들이 우르르 다가와 인사했다.

"모두 고생이 많군."

방 한가운데 놓인 커다랗고 네모진 탁자 앞에 자리를 잡은 매장소가 평면도를 뒤적이며 물었다.

"현경사의 지하 통로는 모두 외웠느냐?"

"예."

"상세한 흐름은 이틀 동안 충분히 이야기를 나눴지만, 오늘 약왕곡 사람들이 왔으니 다시 한 번 설명하겠다."

매장소는 사람들에게 가까이 모이라고 눈짓한 다음, 차분한 어조로 말을 시작했다.

"시작은 내일 정오다. 그때 현경사에 교대가 있고, 그 틈을 타 하동이 자네들을 안으로 들여보내줄 것이다. 왕원(王遠), 자네는 열다섯 명을 데리고 밖에서 주변 상황을 살피다가 접응해라. 정서정(鄭緒亭)은 서른 명을 데리고 하동을 따라 들어간다. 그날 현경사에는 하강과 하춘, 하추 모두 없으니 시작은 순조로울 것이다. 하지만 지하 감옥 밖 정원에 도착하면 눈치를 채겠지. 싸움은 여기서부터 시작이다. 명심할 것은, 하동은 도와주지 않는다는 것이다. 그녀는 방관만 할 테니 안뜰로 쳐들어가 미리 논의한 위치로 갔다가 다시 나오면 된다."

그때쯤 약왕곡 사람들이 궁금한 표정을 짓자, 매장소는 빙그레 웃으며 그들을 돌아보았다.

"현경사에는 병사가 많지만 용맹함은 자네들만 못하다. 하지만 포위를 뚫을 때는 약왕곡 친구들의 도움이 필요하겠지. 전쟁터라면 독약 같은 것으로 대군의 공격을 막을 수 없지만, 현경사같이 협소한 곳에서는 독약이 먹힐 것이다. 모두 고르고 골라 뽑은 고수이니 상대방의 대열이 조금만 흐트러져도 돌파할 수 있다. 나오는 곳은 이 길로 정했다."

그의 손가락이 빠르게 지도 위를 움직였다.

"여기서부터 뒷문까지는 정문보단 조금 멀지만 널찍한 곳이 없어 궁노수들이 활약을 못한다. 만약 적이 활로써 통로를 봉쇄하면 뇌화당(雷火堂)의 분연환(粉煙丸)을 써라. 그러면 적의 시야를 가릴 뿐 아니라 자네들 역시 아무것도 보이지 않는 연기 속에서 움직여야 한다. 진덕(秦德), 자네가 데리고 있는 앞 못 보는 고수 열 명은 그런 상황에서 길을 열어야 한다. 현경사의 문을 빠져나가기만 하면 모든 것이 해결된다."

"어째서인가?"

소천추가 수염을 만지작거리며 물었다.

"바깥은 널찍하니 병력이 많은 현경사가 우월할 게야. 그런데 어째서 해결된다는 건가?"

매장소가 담담하게 대답했다.

"그날은…… 순방영이 쫓고 있는 도적이 행적을 드러내기 때문이지요. 양쪽의 쫓고 쫓기는 사람들이 뒤섞여 혼란이 일 겁니다. 혼란스러울수록 저희에게는 좋지요."

소천추도 곧 깨닫고 큰 소리로 웃었다.

"상상이 가는군. 아주 재미있겠어."

"그 후 어디에 숨을지도 잘 준비해뒀으니 길게 말할 필요 없겠지."

매장소는 주위를 둘러보았다.

"마지막으로, 다소 터무니없이 들리겠지만 다시 한 번 당부하겠다. 모두 안전하게 물러나야 한다. 가장 좋은 것은 아무도 붙잡히지 않는 것이다, 알겠느냐?"

"예!"

나지막하지만 결연한 대답이 방 안에 울렸다.

"질문 있느냐?"

잠깐의 침묵 후, 의외의 상황을 가정한 날카로운 질문이 잇달아 쏟아졌고 매장소는 하나하나 해결 방법을 알려줬다. 침착하고 여유롭게 대답하는 그의 모습을 보면, 얼마나 오랫동안 이 일에 심혈을 기울이고 고민했는지 알 수 있었다.

"매 종주는 정말 기재일세."

듣고 있던 소천추가 참지 못하고 감탄을 터뜨렸다.

"그런 것까지 생각하다니, 참으로 탄복했네."

"따져보면 이 일은 소규모의 전쟁과 비슷합니다."

매장소의 웃는 얼굴에 피로가 비쳤다.

"아군 병력을 모으고, 적군의 내실을 살피고, 전쟁터의 지세를 이용해 적당한 전법을 마련하고, 싸움 중에 일어날 수 있는 일들을 예견하는 것…… 이 모두가 가장 기본적인 용병술입니다. 대단할 것도 없지요."

"허허, 매 종주는 겸손하기까지 하군."

소천추가 말하며 그의 맥을 짚어보더니 고개를 저었다.

"하지만 몸보신에 관해서는 몰라도 너무 모르는군. 어젯밤 푹 잤나?"

려강과 견평이 일제히 의심스런 눈빛을 던지자 매장소가 재빨리 대꾸했다.

"잤습니다. 당연히 잘 잤지요."

"아무래도 못 잔 게야."

소천추가 단언했다.

"안 의원에게 약을 좀 전해줬으니 한 첩 먹고 자게나. 여기 있는 아이들 모두 능력자니 걱정할 것 없네. 푹 쉬어야 내일 지휘를 할 게 아닌가."

그러잖아도 피곤했던 매장소는 그의 호의를 물리치지 않고 일어나, 려강에게 손님들을 잘 대접하라고 분부한 후 비류를 데리고 방으로 돌아갔다.

그날 저녁 매장소가 푹 잤는지 아닌지는 아무도 몰랐다. 하지만 최소한 겉으로는 푹 잔 것처럼 보였다. 숨이 고르고 뒤척이지도 않았으며, 마치 입정한 스님처럼 조용히 두꺼운 이불 속에 누워 있었기 때문이다.

자정이 지나자 눈송이가 떨어지기 시작했다. 펑펑 쏟아지진 않았지만 사락사락 기와에 쌓이고, 가느다란 바늘이 천을 뚫는 듯한 소리를 내며 새벽까지 내렸다.

초닷새 아침, 눈 속에 차가운 빗방울이 섞이고 찬바람이 강해졌다. 눈비 속에서 죽립을 쓰고 도롱이를 걸친 여자가 거리 끝에 나타나, 방금 열린 동쪽 성문을 향해 한 걸음 한 걸음 천천히 다가갔다. 성문을 지키던 관병들은 두렵고 엄숙한 얼굴로 그녀에게 인사하며, 매년 이 시간에 상복을 입고 성을 나가는 장경사 대인을 배웅했다.

약 두 시간 후, 현경사의 소장사(少掌使, 장경사보다 계급이 낮은 현경사 관리―옮긴이) 한 명이 말을 달려와 큰 소리로 물었다.

"하동 대인께서 나가셨나?"

"예, 거의 두 시간은 됐습니다."

맞으러 나온 수비병 대장은 그가 급한 일로 하동을 쫓아 나온 줄 알고, 재빨리 대답하며 부하들에게 길을 트라고 손짓했다. 하지만 그 소장사는 그의 대답을 듣자 곧 말머리를 돌려 돌아갔다.

현경사 앞에 도착하자 소장사는 곧장 수좌의 집무실로 들어갔다. 하강은 다소 낡은 도포를 걸치고 편지 한 통을 열어 보는 중이었다. 소장사가 허리를 숙이며 낮게 말했다.

"수좌, 하동 대인께선 확실히 성을 나가셨습니다."

하강이 뭐라고 하기도 전에 또 다른 소장사가 총총히 달려와 섬돌 앞에 엎드렸다.

"수좌, 소철이 서쪽 성문으로 나갔습니다. 비밀스레 변장을 해서 속을 뻔했습니다."

하강은 나지막이 대답한 후 손을 저어 두 사람을 내보내고, 생각에 잠긴 듯 편지를 다시 한 번 읽어보았다. 그의 표정은 괴상했다. 음흉하면서도 어딘지 괴로운 얼굴이었다. 잠시 넋을 놓았던 그는 재빨리 집무실을 나가며 말을 대령하라고 외친 다음, 훌쩍 말에 올라 채찍을 휘둘러 현경사를 나섰다.

하강이 현경사를 떠날 때와 거의 같은 시각에 국구부에서도 가마 한 대가 나왔다. 뒤에는 향촉과 지전을 실은 수레가 따랐고, 언예진은 말을 타고 옆에서 호위했다. 금릉성 서쪽 한종관(寒鍾觀)으로 느릿느릿 향하는 그 행렬은 누가 보아도 법사를 치르러 가는 광경이었다.

그러나 한종관에는 아무런 준비도 되어 있지 않았다. 언후를 맞으러 나온 도사는 몹시 당혹스런 표정이었다.

"오늘은 전갈도 없이 어쩐 일이십니까? 황공하게도 아무것도 준비한 게 없습니다만······."

"조용한 방 하나와 뜨거운 차만 준비해주면 되네. 오늘은 친구를 초대했네."

언궐이 말을 마치기 무섭게 뒤에서 말발굽 소리가 들려왔다. 하강이었다.

"하 형, 말을 타고 오셨구려?"

23

언귈이 인사를 건넸다.

"갈림길이 많아 이 한종관을 찾기가 어려웠나보오. 말을 타고도 내 가마보다 늦게 도착한 걸 보니 말이오."

"언후께서 먼저 출발하셨는지도 모를 일이지요."

하강이 차갑게 대꾸했다. 그는 말고삐를 받으러 다가오는 도사를 무시한 채 자기 손으로 고삐를 묶은 다음 성큼성큼 다가왔다.

"그만 가보게. 여기는 우리가 알아서 하겠네."

언귈은 도사를 보내고 언예진을 돌아보며 얼굴을 굳혔다.

"무릎 꿇고 경을 읽으라고 데려왔는데 왜 아직도 여기 있는 게냐? 어서 가거라!"

"아버지."

언예진이 애교를 떨었다.

"정말 하루 종일 꿇어앉으라는 건 아니시죠?"

"자꾸 머뭇거리면 이틀이다!"

언귈이 아들에게 눈을 부라리며 화를 내자 언예진은 쪼르르 내뺐다. 가볍게 뛰어가는 모습이 누가 봐도 벌 받는 사람의 태도가 아니었다.

"저 녀석, 참."

언귈이 한숨을 쉬며 하강에게 말했다.

"어쩔 도리가 없구려. 너무 오냐오냐 키워 고생을 안 해봐서 저렇소."

"제 눈에는 좋아 보입니다. 언후의 젊은 시절과 꽤 닮았지요."

"내가 젊을 때 저랬단 말이오?"

언귈이 웃으며 반박했다. 그는 두 눈동자로 하강의 시선을 옳아 매며 뼈 있는 말을 건넸다.

"허나 아이들은 빨리도 크는구려. 하 형의 아이가 아직 살아 있었다면 예진만 했을 텐데."

순간, 하강은 바늘로 가슴을 찌르는 것처럼 찌릿한 통증을 느꼈으나 억지로 눌러 참아 겉으로는 아무 표정도 드러내지 않고 차갑게 말했다.

"언후, 여기서 이렇게 얘기하자고 저를 불러내셨습니까?"

"그럴 리가."

언퀄이 손을 들었다.

"안에 조용한 방이 준비되어 있소. 갑시다."

하강은 묵묵히 걸음을 옮겨 언퀄과 함께 후원에 외따로 지어진 환하고 조용한 방으로 들어갔다. 어린 도사가 차를 대접하라는 사부의 명을 받았는지 밖을 지키고 있었다. 언퀄은 아이에게 다기를 놓고 밖으로 나가라고 이른 후, 직접 주전자를 들어 하강에게 뜨끈뜨끈한 차를 따라주었다.

"이곳 차는 일품이오. 맛 좀 보시겠소?"

하강은 그를 똑바로 보며 고맙다는 말조차 없이 잔을 받았지만, 마시지는 않았다. 그의 입에서 나온 첫마디는 단도직입적이었다.

"언후께서는 편지에 제가 늘 걱정하던 사람의 행방을 알고 계시다 쓰셨습니다. 그게 제 아들입니까?"

언퀄은 즉각 대답하지 않고 자신의 찻잔을 들어 두어 모금 마신 후 천천히 내려놓았다.

"하 형은 연인 때문에 친구들의 충고를 무시하고 아내를 버렸고, 그녀는 아들을 데리고 어디론가 사라졌소. 그 후 오랜 시간이 지났건만, 여전히 아들 생각뿐이고 조강지처는 떠오르지도 않는 모양이오?"

"제 집안일입니다."

하강의 목소리는 얼음처럼 차가웠다.

"언후께서 끼어드실 일이 아니지요."

"내가 끼어드는 게 싫으면 어째서 편지를 보고 달려왔소?"

"묻고 싶었기 때문이지요. 당시에는 결코 아들의 행방을 알려주지 않으려 하시더니, 어째서 갑자기 알려주고 싶으신 겁니까?"

언궐이 그를 뚫어져라 보며 길게 한숨을 쉬었다.

"역시 우리가 일부러 알려주지 않았다고 생각하는구려. 허나 사실은…… 하 부인이 결심을 단단히 했는지 누구에게도 행방을 알리지 않았소."

하강이 의심스럽다는 듯이 냉소했다.

"정말입니까?"

"당시 하 부인은 상심이 무척 컸을 거요."

언궐이 창밖을 내다보며 아득한 표정으로 말했다.

"하 부인은 좋은 마음으로 나라를 잃고 노예가 된 여자를 액유정에서 구해내 누이동생처럼 살뜰히 보살폈소. 그 여자가 은혜를 원수로 갚는 양심 없는 사람일 줄은 하 부인도 몰랐을 거요. 그런 어마어마한 충격을 받았는데 누굴 믿을 수 있겠소? 아무에게도 알리지 않은 것도 지난 일들과 완전히 인연을 끊기 위해서였겠지."

하강의 얼굴이 실룩였지만, 그는 이번에도 감정을 억누르고 여전히 차갑고 무정한 목소리로 말했다.

"그렇다면 오늘 왜 저를 불러내셨습니까?"

"잠시 진정하시오."

언궐이 그를 흘끗 보며 어물거리지도 서두르지도 않는 태도로 말했다.

"하 부인이 떠날 때 아무에게도 알리지 않은 것은 사실이오. 허나 5년 전, 내게 약간의 소식을 전했소."

"어째서 언후에게?"

"아마 경성의 옛 친구들 중 남은 사람이 나밖에 없기 때문이 아니겠소?"

돌연 언궐의 눈빛이 날카로워지면서 예리하게 하강의 얼굴을 스쳤다.

"하 형의 손으로 직접 한 일 아니오? 잊기라도 했소?"

하강은 그의 도발을 무시하고 캐물었다.

"그녀가 뭐라고 했습니까?"

"하 형의 아들이 심장병을 앓아 성년이 되기도 전에 요절했다고 했소. 그녀 역시 중병으로 살날이 많지 않으니, 자신이 죽으면 경성에 있는 친구들이 청명절에 제사나 지내달라고……."

하강이 들고 있던 찻잔이 소리를 내며 깨지고 뜨거운 차가 손가락을 적셨다. 하지만 그는 뜨거움조차 느끼지 못하는 듯했다. 뼈를 에듯 차가운 눈빛으로 언궐을 쏘아보던 그가 한참 후에야 이를 악물고 물었다.

"그 말을 믿으란 말입니까?"

언궐이 품에서 누렇게 바랜 편지 한 통을 꺼내 건넸다.

"믿고 말고는 알아서 하시오. 동문 사형매(師兄妹)라 부부의 정은 없었을지언정 필적은 알아보겠지."

그 말이 끝나기도 전에 하강이 편지를 낚아채 서둘러 펼쳤다. 채 반도 읽기 전에 그의 입술이 파랗게 질리고 두 손은 경련이라도 난 듯 후들후들 떨렸다. 그 손이 편지를 갈기갈기 찢었다.

언궐은 처량한 눈빛으로 탄식했다.

"그녀의 마지막 유물일지도 모르는데 찢어버리다니."

하강은 그런 말은 귀에 들어오지도 않는지, 두 손으로 탁자를 짚고 앞으로 몸을 내밀며 화를 냈다.

"왜 그때 제게 알리지 않았습니까?"

"내게 쓴 편지인데다 하 형에게 알리라는 말도 없었소."

여전히 물처럼 흔들림 없는 언궐이었다.

"알릴지 말지, 언제 알릴지, 모두 내 마음에 달렸소. 그때는 하 형에게 알리고 싶지 않았지만 지금 갑자기 알리고 싶어졌소. 그뿐이오."

처음 한순간은 하강도 갑작스런 부고에 지독한 충격을 받고 격노했다. 벌겋게 달아오른 얼굴, 후들거리는 몸, 탁자에 깊이 찍힌 손자국, 어느 하나 격렬하게 요동치는 그의 감정을 드러내지 않는 것이 없었다. 그러나 하강은 역시 하강이었다. 첫 번째 분노의 파도가 지나가자, 그는 곧 겉으로 드러난 모든 감정을 추스르고 깊디깊은 원망을 감춘 채 천천히 자리에 앉았다.

"언후."

무관심한 표정을 되찾은 현경사 수좌가 목소리를 가다듬고 말했다. 가볍지만 어딘지 소름 끼치는 목소리였다.

"보아하니 정왕이 오늘 감옥을 공격할 모양이군요. 아닙니까?"

하강이 갑작스레 이런 말을 꺼낸 것이 언궐의 허를 찔러 놀라게 만들기 위해서였다면 완전히 실패였다. 물처럼 고요하고 흔들리지 않는 능력이라면, 일세의 풍운아였던 이 제후를 이길 사람은 아무도 없었다. 그래서 세상에서 제일가는 날카로운 눈도, 이 순간 언쿼의 얼굴에서 이상한 표정은 조금도 찾아내지 못했다. 설령 언쿼이 이 말에 정말로 마음이 흔들렸을지라도.

"무슨 말이오, 하 형? 감옥이라니?"

언쿼이 눈썹을 추키며 적절하게 놀란 목소리로 물었다.

"위쟁, 그 적우영의 부장 말입니다. 현경사의 지하 감옥은 그리 쉬운 곳이 아닙니다. 아무리 정왕이지만 저를 끌어내지 않고서는 차마 공격할 수 없었겠지요."

하강의 싸늘한 얼굴이 언쿼을 향했다. 눈빛이 차갑기 그지없었다.

"언후께서 언제부터 정왕을 도우셨습니까? 그동안 본모습을 참으로 잘 숨기셨군요. 저마저도 언후가 정말로…… 세상을 등진 줄 알았으니까요."

"자기만 잘난 줄 알고 멋대로 재단하는 습관은 그대로구려."

언쿼의 눈에 찬 서리가 맺혔다.

"하 형에게는 이 세상에서 자기 손으로 증명할 수 없는 죄목이란 없는 모양이오. 아직 지어내지 못한 죄목은 있겠지만 말이오. 아무 증거도 없이 반역자를 빼낸다는 죄를 친왕에게 덮어씌우다니……. 하강, 당신 스스로도 약간 미치광이 같다는 생각이 들지 않소?"

"제가 애꿎은 사람이라도 잡는단 말입니까? 정왕이 위쟁을 모른 척한다고요?"

하강이 턱을 살짝 치켜들고 언궐을 흘겨보았다.

"제가 두려운 건 그가 정말로 목을 움츠리고 그 적염군 부장을 모른 척하는 겁니다. 하지만 정왕의 성격으로 보아 저를 실망시키진 않겠지요."

언궐은 가만히 생각하더니 동의하듯 고개를 끄덕였다.

"옳은 말이오, 정왕은 그런 성격이지. 하지만 그도 바보는 아니오. 현경사 같은 호랑이 굴에는 쳐들어가고 싶어도 역부족일 게요."

"그래서 언후를 시켜 저를 유인해냈군요."

이렇게 말하는 하강의 눈빛이 살짝 굳었다.

"어쩌면 저뿐만이 아닐지도요. 정왕의 모사가 제법 솜씨가 있다니 하춘과 하추도 끌어냈을 겁니다. 우리 세 사람이 없을 때 밑천을 탁탁 털면 승리할 가능성이 있을지도 모르니까요."

"아주 오래전 모습이 떠오르는군. 하 형이 막 출사했을 때 말이오. 그때는 지금처럼 상상을 현실로 여기진 않았던 것 같소만."

언궐은 탄식했다.

"언제부터 이렇게 되었소? 우리가 너무 둔한 게요, 아니면 하 형이 너무 빨리 변한 게요?"

"정말 상상일 뿐일까요? 요즘 현경사 주변에 순방영 병사들이 점점 늘어나고 있더군요. 눈에 띄지 않게 병사를 배치하면 제 눈을 속일 줄 알았나봅니다."

하강의 웃는 얼굴에는 오만함이 묻어 있었다.

"안타깝지만, 이번 싸움은 정왕이 반드시 패합니다. 실은 제가 일부러 그를 부추겼습니다. 허점을 보여주고 유인해서, 그가 자신감을 갖고 성공적으로 위쟁을 구출해낼 수 있다고 믿게 했지요.

특히 내부 협력자가 있을 때……."

하강을 바라보는 언궐의 시선이 잠깐 딱딱하게 굳었다. 이 제후에게는 이 정도가 가장 놀란 표정이었다.

"하동이 어째서 갑자기 의심을 품게 되었는진 모르겠으나, 여기저기서 낡아빠진 옛 사건들을 쑤시고 다니더군요. 하지만 이럴 때 그 아이가 정왕 편을 들어도 상관없습니다. 그러잖아도 정왕의 믿음을 북돋아 어서 빨리 움직이게 만들 적당한 방법이 없어 고민이었으니까요."

하강은 언궐에게 바짝 다가갔다. 한시라도 빨리 그의 차분한 겉모습을 깨뜨리고 싶은 얼굴이었다.

"하동은 사흘 전에 돌아왔습니다. 저는 평소처럼 대해주었고 행동에 아무 제재도 하지 않았습니다. 그 아이가 하추를 통해 남몰래 지하 감옥에 있는 위쟁의 방을 알아내려 할 때도 적당히 알려줬지요. 그 아이는 전혀 이상하게 생각하지 않았을 겁니다. 저마저 이렇게 돕고 있으니 정왕 쪽에서는 일이 순조롭게 진행되어 반은 성공했다고 생각하겠지요. 안 그렇겠습니까?"

"잘난 척이 너무 심한 것 같소."

언궐이 사정없이 말했다.

"현경사 지하 감옥이 무서운 곳이라는 것은 나도 아오. 하지만 주요 장경사가 모두 자리를 비우고 하동이 내응하는 지금은 공격하기가 그리 어렵진 않을 것이오. 하동이 정말 사람들을 지하 감옥으로 데려가 위쟁을 구출할지도 모르는데, 걱정되지 않소?"

"그렇습니다."

하강이 고개를 끄덕였다.

"어려운 문제지요. 아기를 미끼로 늑대를 유인했지만 정말 아기를 내줄 수야 없지요. 위쟁은 제게 무척 쓸모가 있습니다. 그자만 있으면 어떤 상황이 벌어져도 승리는 제 것이지요."

언궐은 화로의 불씨를 뒤적이고 불 위에 얹은 찻주전자의 뚜껑을 열어 남은 물을 살피며 듣는 둥 마는 둥했다. 그래도 하강은 개의치 않고 계속 말했다.

"정왕이 보낸 사람이 제법 재주가 있다면, 하동은 분명 그들을 데리고 지하 감옥을 공격할 수 있습니다. 하지만 언후, 감옥을 공격하면 위쟁을 찾을 수 있으리라 생각하십니까?"

언궐은 다시 주전자 뚜껑을 덮었다. 드디어 그의 눈빛이 약간 흔들렸다. 하강의 말 속에 숨은 뜻을 깨달았기 때문이다.

매장소의 치밀한 계획에 따라 모든 장애를 물리치고 현경사의 지하 감옥에 쳐들어간 사람들은 곧 위쟁이 그곳에 없다는 사실을 알게 될 것이다. 하동은 최고의 내응자지만, 만에 하나 그 내응자가 누군가 남몰래 조종한 바둑돌이었다면 그녀로부터 얻은 소식이 많을수록, 그녀의 도움을 많이 받을수록 참담하게 패할 가능성이 높았다.

철판 같은 언궐의 표정에 비로소 한 줄기 틈이 벌어지자 하강은 아주 만족스러운 듯 재빨리 덧붙였다.

"언후, 정왕이 위쟁을 구해낸 다음 무슨 말로 스스로를 변호할지 알려주셨습니까?"

"나와 정왕은 아무 관계도 없소."

언궐이 냉랭하게 대답했다.

"게다가 나는 정왕이 법에 어긋나는 행동은 하지 않으리라 믿소. 상상이 지나치구려, 하 형."

"여전히 시무를 모르시는군요."

하강은 그렇게 평가한 다음 일어나 천천히 창가로 걸어갔다. 하얀 창호지를 바른 창문을 밀어젖히고 작대기로 받쳐 고정한 후, 그는 바깥의 차갑고 축축한 공기를 깊이 들이마셨다.

"이 산속 도관은 성안보다는 상쾌하군요. 아무리 시끄러운 소리도 여기까진 들리지 않으니 말입니다. 실로 아쉬운 일입니다."

"아쉽다니? 시끄러운 소리가 들리지 않아 아쉽다는 것이오?"

"그렇습니다."

하강이 담담하게 대답했다.

"너무 멀어서 보이지도 들리지도 않으니, 지금쯤 현경사에서 어떤 소란이 벌어지고 있는지 알 수가 없지 않습니까?"

언귈은 해 그림자를 바라보았다. 오시(午時, 오전 11시~오후 1시경)가 절반밖에 지나지 않았으니 아직 행동 개시 전이었다. 하지만 도관에서 금릉까지는 세 시간 거리였으므로 이미 돌이킬 수 없는 시간이었다.

"안타깝게도 제 지하 감옥에는……."

하강이 그를 돌아보았다.

"위쟁은 없지만 화약이 가득하지요. 건넛방의 도화선에 불이 붙으면…… 상상해보십시오. 그 안이 피범벅이 되면 소식을 들은 정왕이 가만히 있을까요? 현경사 밖을 맴도는 순방영 사람은 대부분 정왕의 심복들이 이끌고 있습니다. 설마 그들이 눈 뻔히 뜨고 보기만 할까요? 정왕의 사람이 충동적으로 병력을 움직여 뛰어든다면 그 수가 많을수록 사건이 커질 것이고, 사건이 커질수록 정왕은 쉽게 빠져나가지 못합니다. 저 역시 절대로 정왕에게 변호할 기회를 주지 않을 겁니다."

언궐은 눈을 내리뜨고 한동안 침묵에 잠겼다. 이윽고 그가 천천히 고개를 들었다.

"하 형, 질문이 있소."

"말씀하시지요."

"그 도화선에 불이 붙었을 때, 하 형의 제자 하동이 어디에 있을지 생각이나 해보았소?"

하강이 입술을 굳게 다물었다. 그의 눈동자에는 정이라고 부를 만한 것은 좀체 찾아볼 수 없었다.

"그 아이는 저를 무척 실망시켰습니다. 이제는 더 이상 훌륭한 장경사가 아닙니다."

"하 형의 눈에 하동이 겨우 그런 존재였소? 어려서부터 하 형에게 가르침을 받아 늘 사부를 존경하고 사부의 말에 복종하던 제자가 겨우 그런 존재란 말이오? 오로지 이용하고 속이고 또 이용하다가, 그녀가 알아채 더 이상 이용할 수 없는 순간이 되면 없애버리는……"

언궐의 이 한마디는 측은하고도 무력했다.

"하 형의 문하에 들어간 것도 하동의 불행이지만, 일찍 하 형의 본모습을 알아채지 못한 것 또한 하동의 크나큰 불행이구려."

"말이 점점 거칠어지시는군요."

하강은 전혀 흔들리지 않았다.

"왜 그러십니까? 참기 힘드십니까? 아직 늦지 않았습니다! 언후께서는 예전에도 잘못된 선택을 하셨지요. 그런데 또다시 잘못 선택하실 겁니까?"

"옳고 그름은 자기 마음속에 있는 것이오. 하 형은 내가 틀렸다고 생각하지만, 난들 하 형이 틀렸다고 생각하지 않겠소?"

언궐은 고개를 저으며 탄식했다.

"하지만 이 말은 하고 싶구려. 정을 믿지 않아도 좋지만, 부디 정을 가벼이 보지는 마시오. 그렇지 않으면 결국 정 때문에 패할 것이오."

하강이 하늘을 향해 껄껄 웃었다. 한참 만에야 웃음을 그친 그가 숨을 고르며 말했다.

"그동안 나이만 드셨군요. 그렇게 순진한 말씀을 하시다니요? 정 때문에 패한 사람은 당신들입니다. 본래 이길 수도 있었지만 스스로 승리를 내던진 거지요. 예전에도 그랬고, 지금도……."

언궐이 다시 한 번 해 그림자를 살피더니 마지막 잔을 비우고 일어섰다.

"어쩌시려고요?"

"이만 가도 되겠구려. 하 형과는 잠시도 더 같이 있고 싶지 않소."

이렇게 말하며 언궐은 하강에게는 시선조차 주지 않았다. 그는 밖으로 걸어나가 끝까지 고개 한 번 돌리지 않은 채 사라졌다.

모험

—

48

—

언궐이 이렇게 깔끔하게 물러날 줄은 몰랐기 때문에 하강은 깜짝
놀라 황급히 뒤따라 나가 상황을 살폈다. 국구 나리는 농간을 부
리려는 기색조차 없이 곧장 가마에 오르며 돌아가자고 일렀다. 이
모습을 본 하강은 더욱 의심스럽고 불안했다.

　대체 어디가 이상한 것일까?

　현경사의 수좌는 눈을 찌푸리고 생각에 잠겼다. 불현듯 언궐의
마지막 한마디가 뇌리를 스쳤다.

　'이만 가도 되겠구려…….'

　언궐은 '가도 된다'라고 했지, '가야 한다'라고 하지 않았다.
설마 그 전까지는 갈 수 없었다는 말인가?

　어째서 갈 수 없었을까? 언궐에게 다른 임무가 있었을까? 아무
리 생각해도 오늘 언궐이 맡은 임무는 현경사에서 그를 유인해내
는 것뿐이었다!

　여기까지 생각한 하강의 머릿속에 번뜩하며 무엇인가 떠올랐
다. 그는 안색이 싹 변해 번개같이 움직여 도관의 정문으로 달려

갔다. 뜻밖에도 그가 타고 온 말이 거품을 물고 쓰러져 있었다. 주위를 둘러봤지만 아무도 없어서 새 말을 구하기는 하늘의 별 따기였다.

이제 어쩔 도리가 없었다. 하강은 이를 악물며 재빨리 결심을 내리고, 기운을 모아 경공으로 금릉성을 향해 질주했다. 하지만 무공이 아무리 높아도, 일시적인 속도는 말과 엇비슷할지언정 오래 버틸 수는 없었다. 하강의 깊은 내공과 뛰어난 경공으로도, 마침내 현경사 문 앞에 도착한 것은 거의 네 시간이 지나서였다.

이때쯤 감옥 습격 사건은 이미 끝나 있었다. 그러나 피범벅이 되지도, 기와가 무너지지도 않았다. 지하 감옥은 무사했고 화약의 도화선도 그대로였다. 그의 눈에 띈 현경사 병사들은 모두 멍한 얼굴이었고, 그들을 지휘한 소장사 둘도 어리둥절한 상태였다. 하강을 본 그들은 즉시 달려와 흥분해서 상황을 보고하려 했지만 수좌 어른의 안색을 보자 놀라 말이 쏙 들어갔다.

오늘 중책을 맡은 두 소장사는 하강이 최근 중요하게 쓰는 인재들이었다. 심지어 하강은 사부에서 제자로 이어지는 현경사의 오랜 관례를 깨고 그들을 장경사로 임명할까 생각해본 적도 있었다. 그러니 이번 실패는 그들이 무능해서가 아니라 계책을 입안한 하강 자신의 실책이었다.

사실 언궐의 임무는 하강을 유인해내는 것뿐이었다. 하지만 그를 유인한 목적은 쉽게 감옥에 쳐들어가기 위해서가 아니라, 그가 현장에 있다가 이상한 점을 알아차리고 계획을 변경하지 못하게 하기 위해서였다. 하강은 워낙 경험이 풍부했기 때문이다.

이번에도 하강은 정왕의 사람들이 온 힘을 다해 현경사를 공격하지 않았다는 것을 한눈에 알아보았다. 이렇게 심혈을 기울여 양동작전을 펼친 데는 목적이 있게 마련이었다. 가장 가능성이 높은 것은, 당연하게도 사람들의 이목을 끌어 진짜 목적을 숨기기 위함이었다.

하지만 하강은 반성할 시간이 없었다. 현경사 상태를 보는 순간 지금 상황이 좋지 않다는 것을 바로 알아차렸다. 그는 가장 가까운 말에 올라 연신 채찍을 휘두르며 성 중앙 쪽으로 달려갔다.

여전히 영문을 모르는 소장사들은 이제 어떻게 해야 할지 몰라 멍하니 서로를 바라보았다. 그들이 들은 계획은 명확하고 효과적이었다. 하동이 적들을 데리고 현경사에 들어오게 내버려뒀다가 적들이 지하 감옥에 접근하면 공격해서 지하 감옥 앞의 통로로 몰아넣은 다음, 화약에 불을 붙이는 것이었다. 계획의 앞부분은 순조로웠지만, 적들이 지하 감옥에 접근했을 때부터 상황이 바뀌었다.

적들은 계속 앞으로 나아가지 않고 도리어 감옥 옆 방으로 들어가려 했다. 적이 도화선을 발견할까봐 소장사들은 부득이하게 일찍 싸움을 시작했다. 적의 전력은 예상외로 강해 싸움은 교착 상태에 빠졌고, 적들은 지하 감옥 쪽으로는 얼씬도 하지 않고 곧장 포위를 뚫기 시작했다. 화약이 폭발한 다음 뒤처리를 하기로 한 병사들은 통로를 봉쇄하지 못했고, 적들이 약가루와 독충, 분연환 등을 마구 던져대는 통에 건물이 들쑥날쑥 들어선 좁은 공간에서 단 한 사람도 잡을 수가 없었다.

결국 적들은 포위를 뚫고 밖으로 달아났다. 그때 바깥에 있던 순방영 관병들이 도적을 잡느라고 몰려와 혼란이 벌어졌고, 그사이 적들은 모습을 감췄다. 이렇게 해서 감옥 습격은 요란하지만 큰 소득 없이 어영부영 마무리되었다. 예상했던 참혹한 장면과는 달라도 너무 달랐기에 함정을 판 하강도 실의에 빠질 수밖에 없었다.

두 명의 소장사가 서로 멍하니 바라보는 사이, 하강은 말을 달려 곧장 대리사로 뛰어들었다. 다행히 당직이던 주부(主簿)가 산발을 하고 달려든 현경사의 수좌를 알아보고, 앞을 가로막으려는 병사 두 명을 저지했다. 그는 사람을 보내 대리사경 주월을 부르는 한편 하강에게 다가가 인사했다.

하강은 그를 본체만체하고 곧바로 동쪽에 있는 대리사의 감옥으로 향했다. 그곳은 고요했지만, 고요함이 하강을 안심시키진 못했다. 이곳은 현경사와는 달리 파고들 허점이 너무도 많았다.

"어서 문을 열어라!"

무슨 일이냐고 물으러 온 옥지기가 들은 것은 이 호령뿐이었다. 뒤따라온 주부의 손짓을 본 옥지기가 얼른 허리에서 열쇠를 꺼내 대문을 열었다. 대문 안으로 중문, 좁은 길, 내부 감옥, 수중 감옥이 이어졌다. 하강은 가장 빠른 속도로 달려들어가, 맨 끝에 자리한 까맣고 묵직하고 조그만 구멍 하나밖에 없는 철문 앞에 이르렀다.

이번에는 그가 직접 열쇠를 꺼내 철문을 열었다. 시꺼먼 그림자 하나가 사지를 쇠사슬로 단단히 묶인 채 바닥에 웅크리고 있었다. 하강은 그의 머리칼을 휘어잡아 고개를 들어올렸다. 감옥 복도 저편에서 새어 들어오는 희미한 등불에 얼굴을 비춰본 후에야 하강은 겨우 안도의 숨을 쉬었다.

하지만 그 숨이 끝나기도 전에 그는 자신이 멍청하기 이를 데 없는 짓을 했음을 깨달았다. 실패로 돌아간 현경사의 함정보다 더욱더 멍청한 짓이었다. 서늘한 감각이 척추 끝에서부터 스멀스멀 솟아올랐다. 처음에는 그저 기분 때문인 줄 알았는데 어느새 진짜가 되었다. 서늘한 힘이 죽음의 어두운 기운을 토하며 피부에 닿자 온몸의 털이 올올이 곤두서고 숨 쉬는 것조차 잊을 뻔했다.

하강이 온 힘을 다해 앞으로 훌쩍 뛰어 피한 후 몸을 돌리자, 어느새 나타났는지 역광을 받고 선 그림자 하나가 보였다. 매끈한 윤곽선과 고운 손으로 보아 소년이라는 것을 알 수 있었다. 남색 옷에 역시 남색의 띠로 머리를 묶어 제법 깔끔하게 차린 소년이었지만, 얇은 가면으로 얼굴을 가리고 있어서 누군지 알아볼 수가 없었다.

하강은 자신에게 그토록 엄청난 압박을 준 사람이 이렇게 젊다는 사실을 도저히 믿을 수가 없었다. 하지만 곧 이 소년이 그만한 실력을 가졌다는 것을 믿을 수밖에 없었다. 두 번째 공격이 시작되었기 때문이다. 잔인하고 무서운 초식, 맑고 힘찬 내공. 확연하게 다른 두 가지 무공이 한데 섞여 무척 괴이한 느낌을 주었다. 어찌나 괴이한지 상대가 싸울 자신을 잃는 것도 이상한 일이 아니었다.

하지만 하강은 보통 상대가 아니었다. 그가 지금껏 치러온 치열한 싸움은 강호에서 가장 많이 활약한 사람 못지않았고, 뛰어난 무공과 풍부한 경험까지 갖췄다. 비록 영원히 랑야 고수방에 오를 수는 없지만, 이 현경사의 수좌가 세상에서 가장 이기기 힘든 사람 중 하나라는 것은 어김없는 사실이었다.

한때 랑야 고수방 3위에 올랐다가 친구를 위해 하강과 싸우다 상처를 입고 어쩔 수 없이 강호에서 물러난 오환성(烏丸城)의 성주는 하강의 가장 무서운 점은 그 차분함과 끈기에 있다고 말했다. 싸움이 유리하든 불리하든, 하강은 결코 상대에게 흔들리지 않고 자신만의 흐름을 유지하는 장점이 있었다.

하지만 오환성 성주가 지금 이 자리에 있었다면 분명 몹시 놀랐을 것이다. 산처럼 진중하고 묵직하다고 평한 하강이, 나이가 절반밖에 안 되는 어린 소년 앞에서 점점 흔들리는 모습을 보이고 있었던 것이다.

고수들의 싸움에서 마지막으로 겨루게 되는 것은 어쩌면 이런 심리적인 요인일지도 모른다. 하강은 흔들림 없는 차분함에 있어서는 세상 어떤 고수에게도 뒤지지 않는다고 자부해왔다. 하지만 지금 마주한 소년은 상식이 통하지 않는 사람이었다. 이 소년은 아예 '싸울 때의 심리 상태'라는 말조차 모르는 것 같았다. 그는 그저 진지하게, 다른 것은 무시한 채 공격에만 몰두했다. 상대를 점점 궁지에 몰아넣는 것을 배워왔고, 또 즐기는 것 같았다.

순간, 하강의 입에서 날카로운 외침이 터져나왔다. 강력하고 날카로운 소년의 공격을 받으면서 소리를 지른다는 것은 결코 쉬운 일이 아니었다. 장거리를 달려오는 바람에 체력을 많이 소모한 하강은 이 때문에 기혈이 뒤집히는 대가를 치러야 했다. 하지만 더욱 섬뜩한 것은 이 소리가 두꺼운 감옥 벽을 뚫고 나갈 정도로 컸는데도 아무런 반응이 없다는 사실이었다.

그는 정왕이 온갖 수단과 방법을 동원해 그를 유인해낸 후 현경사를 공격하는 척 양동작전을 펼친 이유가 진짜 목표인 대리사를 공격하는 것을 은폐하기 위해서였음을 깨달았다. 언후가 일어나

면서 유유히 남긴 '가도 된다'는 말은 한발 늦었다는 그의 생각을
더욱 확신시켜줬다. 불안해진 그는 단숨에 대리사로 달려갔지만,
한시라도 빨리 현장에 도착해 위쟁이 정말 사라졌는지 확인하고
싶은 마음에 구원군을 부를 생각은 하지도 못했다.

그러나 순방영 관병들이 거리를 가득 메운 지금, 현경사의 병사
들이 대거 밖으로 나오면 분명 갖은 핑계로 길을 막고 이유를 캐
물으리라는 것은 하강도 잘 알고 있었다. 따라서 그의 외침은 단
순히 대리사의 현 상황을 확인하는 역할밖에 하지 못했다. 아무도
응답하지 않는 것으로 보아 이 괴이한 무공을 지닌 소년 혼자 그
의 뒤를 밟은 것이 아니라, 감옥 전체가 적의 손에 들어간 것이 분
명했다.

이제 결과는 명확했다. 대리사 사람이 아무도 나타나지 않았다
는 것은 바깥에서 누군가 행동을 개시했다는 의미였다. 아직은 이
곳까지 쳐들어오지 않았지만 결국 시간문제였다. 정왕의 사람들
이 대리사조차 쓰러뜨리지 못할 정도로 약하지 않다면.

대리사도 사법기관이지만, 주로 심문을 담당하기 때문에 기본
적으로 죄인은 형부 감옥에 가두었다. 가끔 재심할 때의 편리를
위해 데려다놓을 때도 있지만, 아무래도 감옥의 규모나 경비시설
은 천뢰에 비할 바가 못 되었다. 보통 사람들은 대리사에 감옥이
있다는 사실조차 몰랐다. 바로 그런 이유 때문에 하강은 이곳을
최적의 감옥으로 생각하여 남몰래 위쟁을 이송했던 것이다.

잘못된 결정은 아니었다. 그의 예상대로 위쟁이 이곳에 갇혀 있
다는 것을 알아낸 사람은 아무도 없었기 때문이다. 하강 스스로
사람들을 이끌고 오기 전까지는.

이때 감옥 복도에서 발소리가 들려왔다. 무척 가벼웠지만 결코 한 사람은 아니었다. 소년은 여전히 신이 나서 공격을 했으므로, 하강은 그를 상대하는 데 전력을 다할 수밖에 없었다. 어쩌면 차라리 그 편이 나았다. 최소한 두 눈 뻔히 뜨고 위쟁이 업혀 나가는 것을 보는 고통은 줄여줬으니까.

"시간이 없다. 그만 가자."

누구에게 하는 말인지, 맨 뒤에 남은 사람이 외쳤다.

"안 가!"

하강과 신나게 싸우던 소년이 성질을 내며 대답했다.

"약속했지? 어서 따라와. 여긴 오래 있을 곳이 못 돼!"

그 사람이 기가 찬 목소리로 다시 권했다. 다행히 소년은 결국 그의 말을 따라, 몸을 획 뒤집어 하강의 공격 범위에서 벗어난 후 귀신같이 빠져나갔다. 하강은 숨을 헉헉 몰아쉬며 축축한 감옥 벽을 짚었다. 바깥에서 새어 들어오는 희미한 빛을 노려보는 그의 눈동자에는 원한이 짙게 배어 있었지만 쫓아가진 않았다. 그 소년이 있는 한 쫓아가도 소용없다는 것을 알기 때문이었다.

이번 싸움은 정왕의 승리였다. 하지만 그가 얻은 승리는 위쟁 한 사람에 불과했다. 하강도 정왕이 정말로 위쟁을 빼내갈 줄은 몰랐지만, 반역자를 잃어버린 것은 이 사건의 끝이 아니었다. 오히려 시작이었다.

사건은 여전히 정해진 궤도대로 굴러가고 있었다. 다만 위쟁을 잃는 바람에 본래 계획대로 최후의 승리를 얻을 때까지 계속해서 정왕을 꾀어낼 수는 없었다. 그 실수로 인해 기회는 단 한 번밖에 남지 않았다. 이번 사건으로 정왕을 철저하게 쓰러뜨리지 못한다면, 상상할 수 없는 위험한 미래가 닥칠 것이다.

대리사의 곰팡내 나는 감옥에서 나오면서, 하강은 생각을 정리하며 앞뜰에 이리저리 너부러진 대리사 관병들은 아랑곳 않고 지나쳤다. 그들이 죽었는지 살았는지에는 전혀 관심이 없었다. 지금 그가 할 일은, 낭패한 몰골로 황제에게 달려가 의심 많은 황제가 불같이 화를 내도록 선동하는 것이었다.

"소 선생, 하강이 곧 폐하께 달려가 일을 크게 만들지 않을까요? 전하께서는 어떻게 하셔야 합니까?"

막 후속조치를 끝내고 지하 밀실로 들어온 매장소를 기다리고 있는 것은 이 질문이었다.

"하강이 일을 크게 만드는 것이 아닙니다. 본래 큰일이지요."

매장소가 열전영을 흘끗 보며 대꾸했다.

"소 선생 말이 맞소. 무력으로 현경사를 공격하고 대리사에 쳐들어가 죄인을 빼냈으니, 사실대로 보고하기만 해도 부황은 격노하실 거요. 게다가 보고하는 사람은 하강이오."

아끼는 장수에 비해, 당사자인 정왕은 훨씬 침착했다.

"예상 못한 일도 아니지. 그럼에도 불구하고 하기로 결정한 이상 결과를 받아들일 것이오. 앞으로 벌어질 일에 대한 준비는 해두었으니, 선생도 너무 걱정 마시오."

지치고 힘이 빠진 매장소는 정왕의 말을 듣고서도 살짝 몸을 굽히는 것으로 답을 대신했다.

"사실 오늘 찾아온 것은, 선생의 신기묘산 덕에 위쟁을 구해낼 수 있어 감사를 전하기 위해서요."

정왕은 매장소의 결례에도 개의치 않고 말을 이었다.

"선생이 나를 돕기로 한 것은 본디 나를 황위에 앉혀 공을 세우기 위해서였는데, 애석하게도 나는 부황처럼 심장이 얼어붙은 사람이 아니오. 이 일로 선생이 공을 세우기 어렵게 되었다면 미리 사과하겠소."

"사과하시기엔 이릅니다."

매장소의 표정은 몽롱했지만 목소리만큼은 무척 안정적이었다.

"저희는 본래 질 수밖에 없는 입장이었습니다. 그런데 하강에게 확실한 증거를 주지 않고 위쟁을 구해냈으니 불행 중 다행이라고 봐야지요. 하지만 앞으로도 위험하긴 마찬가지니 전하께서도 항시 조심하셔야 합니다. 오늘 일은 성공했으나 아직 빈틈이 많습니다. 특히 순방영이 주위에 있었으니 하강은 필시 그 점을 물고 늘어질 겁니다. 폐하께선 하강을 신임하시니, 그의 고발만으로도 엄청난 힘이 있는데다, 누가 봐도 전하의 혐의가 가장 짙습니다."

"알고 있소."

정왕이 결연하게 대답했다.

"하지만 나도 쉽게 무너지진 않을 거요. 총애를 잃어도 좋고 의심을 받아도 상관없소. 그게 끝은 아니잖소. 지금 하강에게는 증거가 없소. 부황께서 그를 믿으시더라도 직접적으로 나를 처벌하진 못하실 거요. 더욱이 부황도 그를 완전히 믿지는 않으실 테니……."

"전하, 명심하십시오. 절대 말에서 밀리시면 안 됩니다. 무슨 일이 있어도 이 일과는 상관없다고 잡아떼셔야 합니다. 폐하께서 최종 판결을 내리시는 것을 미루면 미룰수록 상황이 바뀔 가능성도 커집니다."

매장소가 당부했다.

"위쟁은 제가 보살피겠습니다. 적당한 곳을 마련해줄 테니 전하께서는 궁금해하거나 신경 쓰지 마십시오. 위쟁은 실제로 전하와 아무런 관계가 없어야 합니다. 아시겠지요?"

"선생의 말대로 하겠소."

정왕은 고개를 끄덕인 후 열전영을 돌아보았다.

"왕부에서 사정을 아는 사람들은 네가 단속해라. 선생의 지시대로, 위쟁을 알기는커녕 아예 그런 사람이 있는지도 모르는 척해야 한다."

"예!"

이번 일로 매장소에게 매우 감탄하고 깊이 감사하게 된 열전영이 큰 소리로 대답했다.

정왕은 가볍게 한숨을 쉬며 의자에 앉아 뻣뻣해진 어깨를 풀었다. 하지만 군에서의 습관 때문에 앉은 자세도 꼿꼿해서, 그와 함께 앉은 매장소처럼 의자 등받이에 완전히 기대지는 못했다.

"전하께서는 확신에 차 있지 않으셨습니까? 그런데 왜 그런 표정이시지요? 속이 아주 편안하진 않으신 모양이군요."

매장소가 그를 살피며 물었다.

"그런 게 아니오."

정왕이 고개를 저었다.

"도무지 실감이 나지 않아서 말이오. 난 지금도 선생이 그를 구출해냈다는 사실이 믿기지 않소. 하강이 위쟁을 지하 감옥에 단단히 가두고 대규모 병사를 시켜 지켰다면 모반을 하지 않는 이상

구할 방도가 없었을 거요. 그런데 어쩌자고 이런 쓸데없는 일을 저질렀는지 모르겠군."

"단순히 위쟁을 지키는 것이 하강의 목표는 아니니까요."

매장소가 냉소를 지으며 대답했다.

"그보다 중요한 것은 전하를 끌어들이는 겁니다. 수비를 강화하면 성공 확률이 줄고, 전하께서 아예 포기하실 수도 있지요. 그러면 위쟁을 잡은들 무슨 의미가 있겠습니까? 하강에게 위쟁은 별로 중요한 사람이 아닙니다. 그저 붙잡힌 적우영 부장일 뿐이지요. 위쟁이 사형당하는 것을 좌시하지 않을 전하가 있기에 그의 가치가 올라간 겁니다."

정왕은 신음을 하며 고개를 끄덕였다.

"그렇군. 내가 공격하게끔 유도하고 위쟁까지 지켜내는 것이 하강의 속셈이었구려."

"하강은 전하께서 수수방관하지 않으리라는 것은 알았지만, 그를 위해 얼마만큼 희생할지는 확신하지 못했습니다. 현경사의 방비가 너무 튼튼하면 전하께서 지레 겁을 먹고 포기할 수도 있으니, 그 점을 고려하지 않을 수 없었던 겁니다. 그가 단순히 위쟁을 지킬 생각만 했다면 저도 방법이 없었을 겁니다. 하지만 목적이 복잡해지면 상황도 복잡해지게 마련이고, 아무리 빈틈없는 함정도 깨뜨릴 곳이 생기게 되지요. 저는 오히려 그가 아무 함정도 파지 않을까봐 걱정이었습니다."

"전체적인 흐름을 보면 과연 선생의 말대로요."

정왕은 주먹을 쥐어 무릎에 올려놓았다.

"하지만 이제부터 하강은 더욱 날뛸 거요."

매장소의 시선이 천천히 한곳으로 모이는가 싶더니, 또다시 아득해지며 텅 빈 벽에 떨어졌다. 그는 그렇게 한동안 말이 없었다.

"선생, 할 말이 있으면 개의치 말고 해보시오."

"전하께서 결과를 받아들이기로 결심하셨으니 마음이 놓입니다. 하지만 크든 작든 정비 마마께서도 연루되실 텐데, 설령 그렇다 해도 흔들리지 마시기 바랍니다."

정왕도 침묵에 잠겼다. 한참 후 그가 입을 열었다.

"어마마마와 깊이 이야기를 나눴소. 어마마마의 결심은 나보다 더 강하니 너무 염려 마시오."

"예."

매장소는 나지막이 대답했다.

"그리고……."

"무엇이오?"

모사의 얼굴이 다소 창백해졌다. 아주 잠시 망설이던 그가 희미한 미소를 떠올렸다.

"아닙니다. 때가 되면 이야기하지요."

하강은 입궁하기 전, 방금 일어난 일을 예왕에게 알리지 않았다. 이 은밀한 동료를 잊어서가 아니라, 본래의 계획대로라면 예왕이 벌써 황궁에 있기 때문이었다.

황제는 작년 겨울부터 내내 몸이 좋지 않았다. 그래서 평소 정무를 처리하는 무영전 외에는 늘 지라궁에 머물렀고, 가끔씩 황후나 다른 비빈들을 찾아보는 것이 전부였다. 예왕이 입궁했을 때도 막 낮잠에서 깨어난 황제는 나른해서 아무도 만나고 싶지 않았다.

하지만 예왕이 특별히 길조(吉兆)를 바치러 왔다는 말에 기분이 좋아져 그를 만나기 위해 무영전으로 행차했다.

예왕이 바친 길조란, 진주의 농민이 땅을 일구다 발견한 기석이었다. 이 돌은 폭이 세 자에 길이가 다섯 자, 높이가 두 자 정도 되는 네모진 모양에, 표면이 매끄럽고 겉에 자연적으로 '량성(梁聖)'이라는 글자가 뚜렷하게 새겨져 있었다. 확실히 희귀한 돌이었다. 길조를 특별히 좋아하지는 않는 황제도 이 돌을 보자 흐뭇해했고, 예왕이 온갖 말로 칭송하고 치켜세우자 더욱 흥이 나 태사원의 나이 든 수서(修書)들을 불러 역대 길조에 관한 기록을 조사하게 했다.

반나절 후 결과가 나왔다. 성문제(聖文帝) 때 '분수(汾水)의 물이 낮아지고 기석이 나타났으니, 하늘이 대량을 평안케 하리니' 라는 기록이 있고, 그 후 북방을 평정하여 태평성세가 도래했다는 것이었다. 성문제가 붕어하자 기석은 함께 매장되었다고 했다. 이 기록 덕분에 황제의 기쁨은 배가되었다. 기석이 새삼 보물처럼 느껴져, 뛰어난 장인을 골라 자단목으로 선반을 만들어 인천각(仁天閣)에 옮겨두라고 예왕에게 명했다.

예왕은 만면에 웃음을 띠며 대답한 후, 놓치지 않고 한 번 더 황제를 치켜세웠다.

"예로부터 현군에게 그리했듯, 만민이 부황의 높으신 성덕을 칭송하고 있습니다. 길조가 나타난 것은 하늘의 뜻이니, 그 뜻을 받들어 태산에서 봉선(封禪, 태평성세를 이룬 중국의 황제가 하늘과 땅에 제사를 지내는 의식. 진시황, 한무제 등이 봉선을 올렸음—옮긴이)을 하셔야 마땅합니다. 다들 어찌 생각하시오?"

알랑방귀가 심해도 너무 심해서, 곁에 있던 태사원의 노신들은 차마 맞장구치지 못하고 억지로 허허 웃었다. 황제도 속으로는 그러고 싶었지만, 봉선이 얼마나 큰일인지 너무나 잘 알고 있었으므로 가타부타 대답하지 않고 수염을 쓰다듬으며 웃기만 했다. 역대 황제들도 절대적인 자신이 있지 않은 이상 감히 봉선을 올리지 못했고, 끝내 밀어붙인 사람은 몇 명 되지 않았던 것이다.

그럼에도 불구하고 이 길조 덕에 황제는 기분이 무척 좋아졌다. 예왕뿐 아니라 늙은 수서들도 상을 받았고, 모두 한마디씩 황제의 덕을 칭송하여 무영전의 분위기는 매우 화기애애했다.

바로 그때, 당직을 서는 어린 태감이 들어와 보고했다.

"폐하, 하 수좌께서 알현을 청하옵니다."

황제는 웃으며 대답했다.

"짐 곁에 첩자라도 심었느냐, 어찌 이렇게 소식이 빠른고? 하 경도 들어와서 길조를 구경하라 해라."

바깥의 일이 어떻게 돌아가고 있는지 조마조마하던 예왕은 하강이 왔다는 말에 기쁘면서도 긴장하여, 웃는 얼굴을 자연스럽게 유지하느라 잔뜩 애를 써야 했다.

하지만 무영전으로 들어온 하강의 모습을 보자 황제와 예왕은 둘 다 깜짝 놀랐다. 한 사람은 현경사 수좌의 낭패한 몰골에 놀랐고, 다른 한 사람은 하강의 뛰어난 연기력에 놀랐다. 그의 얼굴에 떠오른 피로와 분노가 너무도 진짜 같았기 때문이다.

"하 경, 어찌 된 일인가?"

예민한 황제는 사고가 난 것을 알고 낯빛이 어두워졌다.

"폐하! 신, 죄를 고하러 왔습니다. 부디 무능한 신을 용서하십시오."

하강이 벌게진 눈으로 바닥에 엎드렸다.

"오늘 현경사와 대리사가 연달아 폭도의 습격을 받았습니다. 신이 힘껏 싸웠으나 적우영의 반역자 위쟁을…… 폭도들에게 빼앗겼습니다!"

순간 황제는 자신의 귀를 믿을 수가 없어 다시 물었다.

"뭐라고 했는가?"

"반역자 위쟁이 탈옥했습니다!"

"타…… 탈옥?"

황제가 탁자를 쾅 하고 내리쳤다. 화가 나 얼굴마저 하얗게 된 그가 덜덜 떨리는 손으로 하강을 손가락질했다.

"어찌 된 일인지 똑바로 말하라! 천자가 있는 경성에서, 감히 폭도들이 현경사에 쳐들어가 반역자를 빼내? 이, 이건 모반이야! 누구냐? 누가 그런 방자한 짓을 했느냐?"

"폐하."

하강이 이마가 땅에 닿을 정도로 머리를 조아렸다.

"폭도들이 교활하고 흉악해 아쉽게도 증거를 확보하지 못했습니다. 심증은 있습니다만 신은…… 감히 함부로 말씀드릴 수가 없습니다."

"심증이 있는데도 감춰? 말하라! 어서 말하지 못할까!"

"예."

하강은 몸을 곧게 펴고 이마에 흐른 땀방울을 훔치며 말했다.

"신이 위쟁을 체포했을 때 그를 동정하고 비호한 사람이 누군지 폐하께서도 아실 겁니다. 폭도들이 반역자를 빼낼 때 거리에는 순방영 관병들이 가득했으나, 신을 돕기는커녕 도적을 잡는다는 명목으로 혼란을 일으켜 반역자가 달아나게 하고 현경사 병사들을 방해했습니다. 이 때문에 신은 폭도를 쫓을 수가……."

"그럴 리가?"

예왕의 놀란 표정이 전부 거짓은 아니었다. '정말 탈옥했다'는 결과가 그에게는 매우 뜻밖이었던 것이다. 하지만 곧 정신을 차리고 본래의 역할로 돌아와 일부러 반문했다.

"정왕이 평소 철이 없긴 하나, 그렇게까지 대담하지는 않소. 죄인을 빼내는 것만 해도 큰 죄인데, 하물며 위쟁은 반역자요. 정왕이 미치기라도 했단 말이오?"

황제는 아예 피가 거꾸로 솟는 것 같았다. 머리에서 열이 오르고 손발은 차갑게 식었으며 기가 막혀 말도 나오지 않았다. 고담이 황급히 다가와 등을 두드려줬다. 한참 후에야 겨우 안정을 되찾았지만 여전히 온몸이 덜덜 떨리고 목소리는 쉬어 있었다.

"모반이다, 이는 모반이야. 정왕을 불러라! 어서!"

"어서 정왕을 불러오너라!"

예왕도 덩달아 재촉하며, 허둥지둥 황제 곁으로 다가가 정성스레 차를 따르고 등을 두드려줬다.

"부황, 옥체가 먼저니 부디 노여움을 거두십시오. 경염이 그런 사람인 줄은 이미 아시잖습니까?"

"황제도 아비도 몰라보는 놈, 짐을 너무도 실망시키는구나."

희희낙락하다가 기분이 곤두박질친 황제는 더욱더 분노를 참기 어려웠다. 정왕이 여전히 홀대받고 잊힌 황자였다면 조금은 마음이 편했을지도 모른다. 하지만 은총을 베푼 아들이 이렇게 기대를 저버리자 가슴속에 솟구치는 분노를 억누를 길이 없었다.

명을 받아 오래된 기록을 들고 왔다가 이 어마어마한 일에 휘말린 늙은 수서들은, 찍소리도 못할 정도로 놀라 그 자리에 꿇어앉아 꼼짝도 못했다. 어서 빨리 물러가고 싶었지만 예왕이 위로인지 충동질인지 모를 말로 계속 떠들어대는 통에 끼어들 틈이 없었다. 마침내 바깥에서 '정왕 들었사옵니다' 하는 보고가 들려오자, 그 중 우두머리가 때를 놓치지 않고 물러가겠다고 아뢰었다.

안으로 들어온 정왕은 평소 모습 그대로였다. 빈틈없는 복장에 표정은 차분했고, 움직임 하나하나가 군인다웠다. 황제의 표정이 평소와 다른 것을 보고서도 약간 놀란 표정을 지었을 뿐, 그는 곧 평소대로 예를 갖춰 절했다.

"소자, 부황을 뵈옵니다."

정왕이 머리를 조아렸지만 한참 동안 대답이 없었다. 허락도 없이 일어날 수는 없었기에 그는 엎드린 자세를 유지했다. 전각 안은 죽음과도 같은 정적에 휩싸였다. 황제가 말이 없으니 아무도 입을 열지 못했다. 얼어붙은 분위기는 사나운 꾸짖음보다 더 견디기 어려웠다. 하강은 입술을 꾹 다물고 고개를 푹 숙인 채 서 있었고, 예왕은 그 정도로 태연하진 못했지만 억지로 호흡을 가다듬으며 슬그머니 황제의 표정을 살폈다.

황제의 시선이 정왕을 뚫어져라 보았다. 물론 그 시선을 받는 사람은 엎드린 상태여서 그 날카로운 눈빛을 볼 수 없었다. 정적은 너무도 길었다. 예왕마저 참지 못하고 몸을 움찔거렸다. 하지만 황제는 여전히 아무 말도 없었다. 정왕 역시 석상처럼 꼼짝도 하지 않았고, 바닥을 짚은 두 손에서도 가벼운 떨림조차 느껴지지 않았다.

그러나 이 침착함과 태연함이 결국 황제를 격분시켰다. 폭발한 황제가 탁자 위의 찻잔을 정왕에게 내던지며 분노에 차 외쳤다.

"이런 고얀 놈! 아직도 뉘우치지 않는단 말이냐?"

정왕은 피하지 않았다. 찻잔이 그의 머리를 스치고 뒤쪽 기둥에 부딪혀 산산조각 났다.

"부황, 노여움을 푸십시오. 경염을 꾸짖는 것은 작은 일이나, 옥체를 상하시면 큰일입니다."

예왕이 얼른 위로하며, 형으로서 정왕을 야단쳤다.

"경염, 어서 부황께 용서를 빌지 못하겠느냐?"

"소자, 명을 받아 입궁하여 문안인사조차 제대로 여쭙지 못했습니다. 무슨 죄를 지었는지도 모르는데 어찌 용서를 빌라는 말씀입니까?"

정왕이 여전히 엎드린 채로 말했다.

"소자는 우둔하여 잘 모르니, 부디 무슨 죄인지 명확히 알려주십시오."

"오냐!"

황제가 그를 손가락질했다.

"짐이 변론할 기회를 주마. 현경사에서 위쟁을 빼낸 일을 어찌 해명할 테냐?"

정왕이 몸을 반쯤 일으켜 하강을 흘긋 보고는 뜻밖이라는 얼굴로 물었다.

"위쟁이 달아났습니까?"

"전하, 설마 모른다고 말씀하시진 않겠지요?"

하강이 음침한 목소리로 끼어들었다.

"정말 모르오."

정왕은 담담하게 대꾸한 후 황제를 돌아보았다.

"현경사는 부황 직속 기구이고, 소자는 감독할 권한이 없습니다. 그런데 현경사에서 일어난 일을 어찌하여 소자에게 해명하라고 하십니까?"

황제가 코웃음을 치며 분명하게 물었다.

"설마하니 위쟁을 빼내간 것이 네 놈의 짓이 아니라는 게냐?"

정왕은 안색이 싹 바뀌어 짙은 눈썹을 꿈틀했다.

"그게 무슨 말씀이십니까? 반역자를 탈옥시키는 것이 얼마나 큰 죄인데 감히 그런 짓을 하겠습니까? 고발자가 누굽니까? 부디 대질시켜주십시오."

하강 역시 정왕이 쉽게 인정하지 않으리란 걸 알고 있었다. 그가 이렇게 말하자, 하강은 재빨리 황제에게 눈짓을 보내 허락을 받은 후 한 걸음 나서며 말했다.

"전하의 깔끔한 솜씨에는 소신도 혀를 내둘렀습니다. 하지만 사실이 그러한데 속일 수야 없지요. 전하께서는 요 며칠 현경사 앞에 순방영 관병을 배치하셨습니다. 그렇지요?"

"현경사 주변뿐만 아니라 경성의 주요한 골목에는 모두 배치했소. 대도(大盜)를 체포하기 위해서였고 폐하께서도 아시오."

"대도라고요? 참 훌륭한 변명입니다."

하강은 냉소했다.

"그렇다면 전하, 그렇게 대대적으로 수색하신 끝에 대도를 잡으셨습니까?"

"그 문제라면 나도 하 수좌에게 할 말이 있소."

정왕이 턱을 치켜들고 당당하게 말했다.

"입궁하기 전에 보고를 들었는데, 오늘 대도를 발견하고 쫓아가다가 현경사 병사들이 뛰어들어 가로막는 바람에 수포로 돌아갔다고 했소. 하 수좌께서는 그 일에 관해 어떻게 설명하실지 궁금하구려."

"이것 참 적반하장이군요."

하강은 이를 갈았다.

"그렇게 잡아뗀다고 해서 영명하신 폐하의 귀를 어지럽힐 수 있다고 생각하십니까?"

"적반하장이라는 말이 딱 들어맞는군."

정왕이 차갑게 반박했다.

"하 수좌는 역시 자기 잘못을 잘 아시는구려."

하강의 동공이 살짝 수축되며 차갑게 번쩍였다. 그가 입을 막여는데, 별안간 전각 밖에서 누군가 헐떡이며 외쳤다.

"폐하, 황후마마의 명으로 급히 아뢸 것이 있사옵니다."

두 사람의 말다툼에 짜증이 난 황제가 버럭 화를 냈다.

"황후에게 무슨 급한 일이 있다는 게야! 기다리라고 해라!"

예왕이 눈동자를 굴리며 황제의 귀에 속삭였다.

"부황, 황후마마께서는 침착하신 분이고, 아무 이유 없이 부황을 귀찮게 하신 적이 없지 않습니까? 저 태감의 목소리를 들어보니 정말 급한 일인 모양입니다!"

"그렇습니다."

하강도 가세했다.

"정왕 전하께서 잡아떼고 계시니 이 일이 금방 해결될 것 같지는 않습니다. 우선 황후마마께서 무슨 일로 저러시는지 들어보는 것이 좋겠습니다."

황제가 고개를 끄덕였다.

"들여보내라."

고담이 날카롭게 외치자, 푸른 옷을 입은 태감이 허리를 숙이고 들어와 바닥에 엎드렸다.

"인사 올립니다, 폐하."

"무슨 일이냐?"

"황후마마께서 폐하께 아뢰라 하셨사옵니다. 정비 마마께서 지라궁에서 역모를 꾀하다가 황후마마께 현장을 들키셨사옵니다. 폐하께서 아끼는 후궁이라 독단적으로 처벌할 수 없으니, 오셔서 직접 처결해달라 하시옵니다."

황제가 깜짝 놀라 벌떡 일어서는 바람에 앞에 있던 탁자가 뒤집어지고 말았다. 찻잔이며 주전자가 바닥에 나뒹굴고 용포까지 차에 젖었다. 전각 안에 시립해 있던 태감과 궁녀들이 질겁하여 달려와 바닥을 치웠고, 고담은 허둥지둥 손수건을 꺼내 용포를 닦았다.

"다시 한 번 말해보아라."

황제는 이런 혼란은 아랑곳하지 않고 번쩍이는 눈으로 보고하러 온 태감을 노려보았다.

"누구라고? 정비가?"

태감이 덜덜 떨며 대답했다.

"예…… 저, 정비 마마입니다."

"모반이구나, 모반이야! 너희 모자가…… 정말 모반을 하다니!"

황제는 부들부들 떨며 외치다가 갑자기 정신을 차리고 성큼성큼 내려가 정왕을 걷어찼다.

"짐이 너희를 어찌 대했는데 감히 그 은혜를 저버려?"

황제는 그래도 화가 풀리지 않는지 두어 번 더 발길질을 했다.

"폐하…… 어가를 대령할까요?"

고담이 비틀거리는 황제를 재빨리 부축하며 조용한 목소리로 물었다.

황제는 가슴이 답답해 숨까지 헐떡였다. 몇 번 심호흡을 한 후에야 겨우 숨이 가라앉자, 그는 정왕을 가리키며 욕을 했다.

"짐승 같은 놈! 이대로 꿇어앉아 기다려라! 네 어미부터 처벌한 다음 돌아와서 네 놈을 혼내주겠다!"

하강과 예왕은 황제의 뒤에서 재빨리 눈짓을 주고받았다. 박자가 딱딱 맞아떨어진 것이 무척 흡족했지만 혹시라도 효과가 반감될까봐 신중하게 몸을 낮추고 한마디도 하지 않았다. 그리고 만족스러운 얼굴로, 노기등등한 황제가 빠른 걸음으로 나가는 모습을 조용히 지켜보았다.

한걸음 한걸음 조심스레

—

49

—

지라궁의 분위기는 건드리면 터질 것 같은 긴장 상태였다. 정비의 시중을 드는 사람들은 전각 밖으로 쫓겨나 찬바람을 맞으며 엎드려 있었고, 정비의 침전에서 남쪽을 바라보는 주인 자리에 앉은 언 황후는 싸늘한 얼굴에 눈가에는 노기가 묻어 있었다. 그녀의 발아래에는 여기저기 금이 간 목제 위패가 나뒹굴고 있었다. 앞면이 위로 향한 채였으므로, 그 위에 쓴 '대량의 고(故) 신비 임씨 악요의 영위'라는 글자가 똑똑히 보였다.

침전 서쪽에는 정비가 불공을 드리는 방이 이어져 있었는데, 늘 닫혀 있던 문이 활짝 열려 뒤집어진 제사상과 흩어진 과일 등 난장판이 훤히 드러나 보였다. 마주 보기조차 두려운 언 황후의 쌀쌀한 얼굴과는 달리, 아래쪽에 묵묵히 꿇어앉은 정비는 평소와 다름없이 차분했다. 예의 바르고 겸손했지만 두려워하거나 비굴한 느낌은 찾아볼 수 없었다.

노기충천해서 들어온 황제가 맨 처음 본 것은 바로 이 광경이었다. 불당 안을 들여다본 순간, 그는 어떻게 된 일인지 깨달았다.

그 순간 황제의 기분이 어떻게 변했을지는 아무도 모를 것이다. 하지만 준엄하고 음침한 표정에는 변화가 없었다.

"신첩, 폐하께 인사 올립니다."

언 황후가 다가와 예를 올렸다.

"그대에게 후궁을 맡겼거늘 어찌 늘 이 모양이오? 대체 또 무슨 일이오?"

황제는 이렇게 한마디만 내뱉고는, 소매를 탁 떨치며 황후를 지나쳐 곧장 주인 자리에 앉았다. 언 황후는 눈썹을 살짝 세웠다. 어쩐지 느낌이 좋지 않았지만, 정비의 약점을 틀어쥔 것만은 분명했기 때문에 크게 동요하진 않았다.

"아룁니다. 신첩이 무능하여 전심전력으로 후궁을 다스렸음에도 불구하고 간악함을 완전히 바로잡지 못하였습니다. 정비는 불당에 사사로이 죄인 임악요의 위패를 세워 대역무도한 죄를 저질렀습니다. 신첩이 잘 살피지 못하고 오늘에서야 알아냈으니, 책무를 다하지 못한 것을 부디 용서해주십시오."

황제가 차갑게 그녀를 흘겼다.

"정비는 뭐라고 했소?"

이 질문이 떨어지자 언 황후의 눈동자에 답답함이 훤히 드러났다. 심문해봤지만 아무것도 얻지 못한 것이 분명했다.

"폐하, 정비는 죄를 잘 알기에 끌려나온 후부터 지금까지 아무 변론도 하지 않았습니다."

황제는 입을 굳게 다물었다. 이미 예상한 대답이었지만 그래도 감동적이었다. 정비를 보는 그의 눈빛이 더욱더 부드러워졌다.

하강이 옛 기억을 끄집어낸 뒤로 황제는 내리 사흘간 마음이 불

60

편했다. 밤이면 가슴이 두근거리고 악몽에 시달렸지만, 깨어나면 정신이 몽롱해서 무슨 꿈인지조차 기억나지 않았다. 그보다 더 심각한 문제는 반쯤 잠든 상태에서 환상을 보는 것이었다. 어떤 여자의 모습이 눈앞을 휙휙 지나가곤 해서 황제는 덜덜 떨며 두려움에 빠졌다. 그때 옆에 있던 정비가 황제를 위로하며 신비를 그리워한 나머지 꿈에서 보는 게 아니냐고 물었는데, 듣고 보니 그런 것도 같았다. 하지만 신비의 망령을 본다고 하면 체면이 서지 않을 것 같아 아무에게나 알릴 수도 없었다. 그 마음을 짐작한 정비가 직접 신비의 위패를 세워 넋을 기리겠다고 제안하자 황제는 즉각 동의했고, 과연 그날 밤에는 날이 샐 때까지 편안하게 숙면을 취할 수 있었다. 그런데 겨우 이틀 만에 황후에게 발각된 것이다.

지금 머리를 풀고 얇은 옷만 걸친 채 차가운 바닥에 꿇어앉은 정비는, 남들에게 알리고 싶지 않은 황제의 비밀을 지키기 위해 변론을 포기하고 황후가 씌우는 죄를 기꺼이 받아들인 것이다. 여기까지 생각이 미치자 황제는 몹시 미안쩍었다. 물론 미안하다는 이유로 발 벗고 나서서 정비의 죄를 씻어줄 수는 없지만, 보호할 구실을 마련할 수는 있었다.

"정비가 어디에 임씨의 위패를 세웠소?"

"침전의 불당입니다. 보십시오, 폐하. 과일과 술까지 있습니다. 분명 문을 닫고 아무도 모르게 제사를 지냈을 것입니다."

"문을 닫고 몰래 제사를 지냈다면 바깥으로 새어나가지 않았을 텐데, 멀리 정양궁에 있는 황후가 어찌 알았소?"

더더욱 이상한 말이었다. 언 황후는 저도 모르게 입을 다물었다가 잠시 후 대답했다.

"정비의 궁녀가 이런 대역무도한 짓을 보아넘기지 못해 정양궁에 알려왔습니다."

"그래?"

황제는 다시금 방 안을 둘러보았다. 그제야 정비 곁에서 시중을 들던 시녀 신아가 눈에 띄지 않는 구석에 웅크리고 있는 것이 보였다.

"노비가 주인을 고발하는 것은 대역죄다. 황궁에 저런 자를 남겨놓을 수는 없노라. 여봐라, 저 아이를 끌고 나가 때려죽여라!"

명령이 떨어지자 이내 건장한 태감들이 들어와 신아를 끌고 나갔다. 어린 궁녀는 혼비백산하여 소리 높여 용서를 빌었다.

"폐하, 살려주세요, 폐하…… 황후마마, 마마를 위해서 한 일이니 제발 살려주세요……."

그녀의 처량한 목소리가 점점 멀어지다가 차차 들리지 않게 되었다. 그 소란에 언 황후의 얼굴이 발갛게 달아올랐다. 황제의 이런 행동은 황후의 따귀를 때린 것과 마찬가지였다. 인내심 강한 그녀도 더 이상 참지 못하고 한 걸음 나섰다.

"신첩은 폐하의 명을 받아 후궁을 다스리고 있으니, 법을 어기는 행동은 엄히 다스려야 할 책임이 있습니다. 정비가 의심할 나위 없는 죄를 지은 이상 육궁의 주인인 신첩으로서는 함부로 관용을 베풀 수 없습니다. 그러니 폐하께 다른 뜻이 있으시다면 부디 조서를 내려주십시오. 그렇지 않으면 신첩은 법대로 처벌할 수밖에 없습니다."

"조서?"

황제가 차가운 눈길로 그녀를 바라보았다.

"이런 사소한 일에 조서라니? 짐의 후궁이 얼마나 시끄러운지 만천하에 떠벌리기라도 할 참이오? 이것이 짐을 보필하는 황후의 태도요? 후궁은 평화와 안정이 중요하다는 걸 아시오, 모르시오?"

"폐하께서는 사소한 일이라 하시나, 신첩은 사소한 일로 치부할 수 없습니다. 내궁에 제단을 차리고 남몰래 죄인의 제사를 올린 것은 틀림없이 폐하를 무시한 행동입니다. 그 저의를 낱낱이 살펴보면 실로 심장이 떨리는데, 이렇게 큰 죄를 처벌하지 않으시다니요?"

그 말에 황제는 욱해서 버럭 소리치려다가 한 번 더 참고는 정비를 돌아보았다.

"정비, 네 죄를 알렸다?"

"신첩이 지은 죄, 잘 압니다."

정비가 단정하게 머리를 조아리며 대답했다.

"옛정에 빠져 그만 남몰래 옛 친구를 추모하고 말았습니다. 폐하의 위엄을 무시할 뜻은 없었으나, 어쨌든 황궁의 규칙을 어겼으니 벌을 내려주십시오."

황제는 차갑게 코웃음을 치고는, 탁 하고 탁자를 내리치며 일부러 노여운 척 말했다.

"황후는 그대가 대역죄를 저질렀다는데, 그대는 옛 친구를 추모했다고만 하는구나. 이게 어찌 죄를 안다는 말이냐! 아직도 죄를 모르는 것이 분명하거늘! 여봐라, 정비가 죄를 뉘우치도록 지라궁에 유폐하고, 어명 없이는 궁에서 한 걸음도 나가지 못하게 하라. 죄를 명확히 깨닫거든 그때 다시 짐에게 죄를 청하거라."

"폐하!"

분개하고 초조해진 언 황후가 외쳤다.

"황후의 뜻대로 처리했거늘, 더 이상 어쩌자는 거요?"

황제가 황후를 흘겨보며 손을 내저었다. 돌아서서 발치에 뒹구는 위패를 바라보던 황제가 다시 정비에게 돌아서서 의미심장한 시선을 던지며 말했다.

"그대는 죄를 지은 몸이니 봉록을 절반으로 깎겠다. 이 난장판도 직접 치우도록 해라."

정비가 눈동자를 슬기롭게 반짝이며 다시 절했다.

"명을 따르겠습니다."

"황후도 수고 많았소. 그만 돌아가시오."

황제가 일어나 지친 기색으로 말했다.

"짐이 요즘 머리 아픈 일이 많소. 황후는 어떻게 하면 짐의 걱정을 덜어줄지부터 생각해야 할 것이오. 고담, 연초에 조공으로 받은 봉미(鳳尾) 비단 두 상자를 황후에게 하사하라고 했는데, 보냈느냐?"

고담이 눈치 빠르게 대답했다.

"예, 폐하. 오늘 재고를 확인하느라 시간이 조금 지체되었으나 바로 보내겠습니다."

"기억하고 있으면 됐다. 가자."

황제는 더는 정비를 돌아보지 않고 고담의 부축을 받아 밖으로 나갔다. 언 황후는 예에 따라 궁 밖까지 나가 느릿느릿 떠나는 어가를 배웅했다. 속이 부글부글 끓었지만 어쩔 도리가 없었다. 그녀는 다시 한 번 푸른 덩굴이 감긴 지라궁의 그윽한 대문을 돌아본 후, 화를 참으며 정양궁으로 돌아갔다.

"폐하, 무영전으로 돌아가시겠습니까, 아니면 난각에 가서 쉬시겠습니까?"

어가가 봉태지(鳳台池)를 지나 갈림길에 서자, 고담은 함부로 길을 정할 수 없어 조심스레 물었다. 황제는 잠시 망설였다. 기분을 알아보기 힘든 표정이었다.

황후의 보고를 받고 무영전을 떠날 때만 해도 황제는 노발대발했다. 하지만 정비에 대한 화가 식자 정왕을 향한 분노도 따라서 줄어들었다. 그와 동시에 정왕과 정비의 사건이 잇따라 터진 것이 의심스러워졌다. 그중 하나가 모함으로 판명되었다면, 나머지 하나도 그렇지 않을까?

"무영전으로 가자."

황제는 양미간을 누르며 지친 듯이 뒤로 기댔다. 벌써부터 정비의 부드러운 손길이 그리웠다.

"일은 처리해야 하지 않겠느냐. 확실히 물어볼 것도 있고."

"예."

고담은 쓸데없는 말을 덧붙이지 않고 손짓을 해서 길 안내를 하는 태감에게 오른쪽 흠감문(鑫鑒門)으로 나가라고 알렸다. 어가는 금세 무영전에 도착했다. 물론 하강과 정왕은 그때껏 기다리고 있었다. 한 사람은 서 있고 다른 한 사람은 무릎을 꿇은 자세 그대로였다. 정왕의 옷에 찍힌 발자국을 본 황제는 다소 마음이 풀렸다.

"부황, 제발 화는 내지 마시고 천천히 심문하십시오. 소자, 불안해서 차마 볼 수가……."

인사를 올리기 무섭게 다가와 안부를 살피던 예왕은 나갈 때보다 차분해진 황제의 표정에 약간 불안해져 또다시 충동질을 했다.

"폐하."

하강 역시 예상외로 황제가 마음을 가라앉히고 돌아오자 목소리를 낮춰 떠보듯 물었다.

"황후마마께서 말씀하신 일은……."

"후궁의 부인네들은 작은 일에도 깜짝깜짝 놀라지. 별일 아니니 묻지 말라."

황제는 한마디로 그의 말을 자른 후 가라앉은 목소리로 말했다.

"계속 이야기해보라. 어디까지 했느냐?"

오랫동안 황제를 보필하면서 이렇게 말이 잘린 적이 몇 번 있었던 하강은 이내 상황이 나쁘게 흘러간다는 것을 간파했다. 일부러 일으킨 후궁의 변고가 바라던 바와는 정반대의 효과를 낸 것이 분명했다. 있는 듯 없는 듯 조용하기만 한 정비에게 그런 솜씨가 있다니 뜻밖이었다.

"현경사의 병사와 순방영 관병이 충돌했다는 이야기를 하고 있었습니다."

하강이 멈칫해서 말을 잇지 못하는 사이, 정왕이 고개를 들고 먼저 입을 열었다.

"누구의 책임이냐는 차치하더라도, 그 충돌은 거리에서 일어났소. 그런데 하 수좌는 순방영 관병들이 길거리에서 죄인을 빼내갔다고 주장하는 거요?"

"충돌이 일어났을 때는 현경사 병사들이 폭도들을 쫓던 중이었지요. 폭도들은 그 전에 현경사에 침범해……."

"그 무슨 농담이오?"

정왕이 차디찬 표정으로 말했다.

"현경사가 쳐들어가고 싶다고 쉽게 쳐들어갈 수 있는 곳이오? 현경사가 얼마나 강한지는 폐하께서도 잘 아시오. 정왕부 병사들은 오늘 바깥으로 나가지 않았고, 부장들은 병부에 등록된 사람이 전부요. 조사해보면 알겠지만, 현경사에 쳐들어갈 만한 전력이 아니오. 하물며 현경사 지하 감옥은 설치된 기관이 많아 들어갈 수는 있어도 나올 수는 없다는 것을 모르는 사람이 없지 않소? 만에 하나 내가 정말 위쟁을 빼내려 했다손 치더라도 역부족이오!"

그 말을 듣자 황제도 눈을 찌푸렸다.

"하 경, 대체 어쩌다 지하 감옥이 뚫렸는지 소상히 말해보라."

하강은 목이 막힌 듯 한동안 우물거리다가 마침내 입을 열었다.

"폐하, 위쟁은…… 대리사에서 탈옥했습니다."

"뭐라고?"

황제는 혼란스러웠다.

"난데없이 대리사라니?"

하강이 정왕 앞에서 대리사라는 이름을 꺼내지 않은 것은 함정이었다. 정왕이 실수로 대리사를 언급하게 하여 꼬투리를 잡을 생각이었는데, 결과적으로 정왕은 그 수작에 걸려들지 않았고 도리어 자신만 민망한 처지가 되었다.

"처음 들어와 아뢸 때 신은 현경사와 대리사가 잇달아 피습을 당했다고 말씀드렸습니다. 폭도들이 쳐들어왔을 당시 죄인은 대리사로 이송된 후였으니, 실제로는 대리사에서 탈옥한 것입니다."

정왕이 얼음처럼 차가운 눈빛으로 태연하게 물었다.

"그렇게 중요한 죄인을 현경사가 아니라 대리사에 가두다니, 대체 그자를 지킬 생각이 있는 거요, 없는 거요? 아무튼 대리사에서 일어난 일이라면…… 순방영이 대리사 밖에서도 도적을 잡는다는 핑계로 하 수좌가 폭도를 쫓는 것을 방해했소?'

순방영 관병들과 현경사 병사들이 대리사 부근에서 충돌하지는 않았기 때문에, 하강은 일순간 말문이 막혔다. 보다못한 예왕이 끼어들었다.

"경염, 하 수좌가 도착했을 때 나도 그 자리에 있었다. 하 수좌는 죄인이 탈옥했고 순방영이 현경사 밖에서 방해를 했다는 사실만 부황께 고했지, 다른 말은 하지 않았다. 배후 지시자가 너라고 의심한 것은 하 수좌가 아니야. 지혜로우신 부황께서 한눈에 실체를 파악하시고 널 불러 대질시킨 것뿐이다. 결백하다면 조목조목 반박하면 될 일을, 어찌 그렇게 하 수좌를 몰아붙이느냐?'

정왕은 냉소를 지었다.

"황형께서는 사건 현장에 계셨습니까?'

그의 질문에 예왕은 당황했다.

"그럴 리가 있느냐?'

"그렇다면 황형께서 위쟁 사건을 맡으셨습니까?'

예왕은 또 한 번 당황했다.

"그, 그렇지는……."

"목격자도, 재판관도 아니라면 이 일과는 무관하시군요. 부황께서 판단하실 일인데 왜 황형께서 안달하십니까?'

생각지도 못한 정왕의 강경한 태도에 예왕의 안색은 잿빛이 되었다. 돌아보니 황제는 여전히 생각에 잠겨 있었다. 더욱 초조해진 예왕은 저도 모르게 소리를 높였다.

"정왕! 부황께서 너를 두고 황제도 아비도 몰라보는 놈이라 하셨는데 정말 그 짝이구나! 형인 나에게 그런 식으로 말하다니? 그 제멋대로인 성질머리로 보아 네 짓이 분명하다! 위쟁이 어떤 자냐? 바로 반역자 임수의 부장이야. 그 당시 네가 임수와 옷도 나눠 입을 만큼 사이가 좋았다는 것을 모르는 사람이 있느냐? 경성을 통틀어 너 말고 누가 이런 엄청난 짓을 벌이겠느냐?"

예왕이 시간을 벌어주는 사이 하강은 숨을 돌렸다. 죄인을 대리사로 이송한 것은 누가 뭐래도 그의 잘못이었고, 더욱이 그 이유 뒤에 숨은 악독한 속셈을 어전에서 밝힐 수는 없었다. 그래서 그는 황제가 캐묻지 않는 틈을 타 재빨리 무릎을 꿇으며 말했다.

"폐하, 명확한 증거 없이 함부로 말하는 것이 아닌데, 폐하께서 하명하시기에 말씀드리지 않을 수 없었습니다. 워낙 중대한 사안이니 정왕 전하께서 적극 반박하시는 것도 당연합니다. 이렇게 말다툼만 해서는 폐하의 심려만 키울 뿐 결론이 나지 않을 겁니다. 그러나…… 관아를 침범하고 반역자를 탈옥시킨 이 어마어마한 사건을 조사하기 어렵다고 해서 덮을 수는 없습니다. 현경사가 감시하던 죄인이고 신의 책임이 크니, 낱낱이 밝히지 않고서는 폐하를 뵐 면목이 없습니다. 다만 사건이 복잡하고 황족이 연루되어 있으니, 방해받지 않고 관련자를 심문할 수 있도록 조서를 내려주십시오."

황제는 정왕을 흘끗 바라볼 뿐 곧바로 대답하지 않았다. 미심쩍은 구석은 있지만, 황제의 위엄을 거스른 일이니만큼 확실히 밝혀내야 했다. 그 과정에 억울한 사람이 생기는 것쯤은 상관없었다.

"그렇다면 하 경이 책임지고 철저히 조사하라. 허나…… 오늘 정왕부 밖으로 나가지 않은 사람은 심문할 필요 없다. 또한 심문할 사람이 있으면 사전에 정왕에게 알리도록 하라. 경염, 지금은 네가 가장 혐의가 짙다는 걸 잘 알겠지. 하 경이 누구를 심문하더라도 막지 마라."

소경염은 딱딱한 표정이었지만 반박하지 않고 머리를 조아렸다.

"소자, 명을 받들겠습니다."

"감사합니다, 정왕 전하."

하강의 얼굴 위로 지옥의 독액을 적신 것 같은 음산한 웃음이 떠올랐다. 그는 일부러 한 자 한 자 느릿느릿 말했다.

"중요한 인물을 현경사로 불러 조사해야 하니 이만 물러가겠습니다, 폐하. 한발 늦으면 그자가 미리 알고 달아날지도 모릅니다."

"그래?"

황제가 궁금한 듯 눈썹을 치켰다.

"그자가 누군가?"

"소철입니다."

이 말과 함께 하강은 정왕의 눈을 똑바로 들여다보았다.

"그자의 입을 열 수 있다면 아무리 복잡한 사건도 깔끔하게 해결될 것입니다."

하강은 정왕의 표정을 예의 주시했고, 예왕도 아우를 뚫어져라 보았다. 바로 그 순간, 예왕은 늙은 생강이 맵다는 것을 새삼 깨달았다. 하강의 한마디는 정왕의 약점을 찔러 순식간에 상황을 역전시켰다. 그 순간 격렬하게 흔들리는 정왕의 표정을 황제가 보지 못한 것이 아쉬울 따름이었다. 그때 황제는 눈을 가늘게 뜨고 소철이 누군지 생각하고 있었던 것이다.

"경이 말한 사람이…… 예황 군주가 문장 시합 감독관으로 추천했던 그 유명한 소철인가?"

황제는 금방 그를 떠올렸다.

"어린아이 세 명으로 북연의 그…… 뭐라더라…… 하는 자를 쓰러뜨려서 짐도 무척 마음에 들었다. 어쩌다 그자까지 이 일에 연루되었느냐?"

"폐하께서는 그 소철이란 자의 또 다른 이름을 모르십니까?"

"응? 그게 무슨 말이냐?"

"구중궁궐에 계시는 폐하께서도 랑야방이라는 말은 들어보지 않으셨습니까?"

"그야 물론이지."

"올해 발표된 순위표에서 강좌맹은 5년째 천하제일 방파에 이름을 올렸습니다. 사실 소철은 바로 강좌맹의 종주 매장소입니다. 모르셨습니까?"

"짐도 안다."

"아……."

하강으로서는 뜻밖이었다.

"아셨습니까?"

"짐은 소철과 차를 마시며 한담을 나눈 적이 있다. 그때 그자가 말해줬지."

황제는 하강을 응시했다.

"소철은 확실히 재주가 많고 나라에 보답할 마음까지 갖췄다. 몸이 약하지만 않았어도 불러 썼을 게야. 그래, 그런 그가 경성에서 요양하는 동안 경염과 가까워졌다는 것이냐?"

"신은 경성으로 돌아온 지 오래지 않아 함부로 말씀드릴 수 없습니다만, 매장소가 누구의 사람인지 모르는 사람이 없습니다."

정왕은 전혀 위축되지 않고, 흘끔거리는 하강의 시선을 마주 보았다.

"무슨 기준으로 그리 말하는지 모르겠구려. 소 선생이 폐하의 은혜를 입은 뒤로 경성의 열 집 중 아홉이 앞다투어 교분을 맺었소. 누구나 알듯이 예황 군주는 그를 무척 높이 평가했고, 현경사의 하동과 하춘도 손님으로 그 집을 방문했소. 그 집은 몽 통령이 추천했고, 모르면 몰라도 예왕 형님은 나보다 훨씬 자주 그를 방문했을 거요. 소 선생에게 보낸 선물만 해도 예왕 형님이 으뜸이고 나는 말석이나마 차지하면 다행인데, 어떻게 하면 소 선생이 내 사람이라고 판단할 수 있는 거요?"

아무리 조사해도 매장소와 정왕이 어디서 만나는지, 어떻게 연락하는지 알 수 없다는 사실이 예왕에게는 무엇보다 분통 터지는 일이었다. 그래서 당장 해명하려는데 하강이 한발 먼저 말했다.

"좋습니다. 매장소가 정왕 전하의 사람이 아니라면 더욱 잘됐지요. 그자를 심문해도 상관없으실 테니 말입니다."

정왕은 가슴이 철렁했다. 그가 어떻게 대응해야 할지 생각하는 사이 황제가 말했다.

"그자가 경염과 특별히 가깝지 않다면 무슨 연유로 심문한다는 말이냐?"

"폐하, 현경사를 습격한 폭도들은 하나같이 절기를 지닌 고수였습니다. 지금 경성에서 그렇게 많은 고수를 불러 모을 수 있는 사람이 강좌맹 종주 말고 누가 있겠습니까? 매장소를 심문해보면 분명 수확이 있을 것입니다."

"이러다 없는 죄라도 만들어내겠군. 천하의 고수가 모두 강좌맹에 들어가기라도 했소? 하 수좌가 죄인이라고 생각하면 죄인이 되는 거요? 그렇게 직감만 믿고 수사하면 남들이 비웃을 거요."

정왕이 이를 악물고 반대했다.

"그저 몇 마디 묻겠다는 것뿐인데 왜 이리 긴장하십니까? 소철은 폐하께서 인정하신 객경인데 제가 뭘 어쩌겠습니까? 정말 무관하다는 것이 밝혀지면 털끝 하나 건드리지 않고 무사히 내보내지요. 그럼 되겠습니까?"

그렇게 말하면서 하강은 일부러 더욱 음침한 표정을 지어 정왕의 가슴을 서늘하게 만들었다. 대대로 전해져온 현경사의 고문 방법이라면, 상처를 내지 않고도 죽음의 문턱까지 몰아붙일 수 있었다. 매장소 최대의 약점은 바로 허약한 몸이었다. 하얀 얼굴에 야윈 몸을 한 그가 현경사로 들어가는 것을 상상만 해도 정왕은 심장이 마구 떨렸다.

"부황, 소 선생의 몸이 좋지 않다는 것은 부황께서도 아실 겁니다. 어쨌거나 그는 유명 인사입니다. 조정이 인재를 아끼고 명사를 존중한다는 것을 보여줘야 하는데, 아무 근거도 없이 함부로 대했다가 이상한 소문이라도 나면 어찌합니까? 더구나 현경사는 부황의 직속 기구이고 어명을 받아 일하는 곳입니다. 혹시라도 문제가 생기면 세상 사람들은 하 수좌가 아니라 부황을 탓할 겁니다!"

"경염, 너무 과하지 않느냐?"

예왕이 나섰다.

"네 말대로라면 너보다는 내가 소철과 더 가까운데, 나는 아무렇지도 않구나. 소철이 아무리 유명해도 결국 나라의 백성인데 뭘 그리 벌벌 떠느냐? 부황께서 믿어 마지않으시는 하 수좌를 못 믿겠느냐? 그래봤자 불러다 몇 마디 묻는 것뿐인데, 그렇게까지 놀랄 필요는 없지. 자꾸 그러니 부황은 물론이고 나까지 의심스러워지는구나."

그 말은 사실이었다. 정왕이 매장소를 보호하기 위해 이렇게까지 애를 쓰자 황제는 또다시 그를 의심하기 시작했다. 사실 황제는 죄인을 탈옥시킬 담력과 동기를 가진 사람은 정왕뿐이라고 깊이 믿고 있었다. 경험이 풍부하고 판단력이 뛰어난 하강이 아무 이유 없이 정왕을 지목할 리 없었다. 물론 이번 기회에 정왕을 철저히 묻어버리려는 예왕의 속셈도 모르는 것은 아니지만, 황자들이 황위를 얻기 위해 벌이는 짓은 단속할 자신이 있어도, 앞뒤 가리지 않고 덤벼들어 무력으로 죄인을 빼낼 정도의 힘을 갖춘 황자를 그냥 두는 것은 너무나 위험했다.

둘을 저울질해본 황제는 일단 정왕을 억눌러서라도 안심이 될 때까지 명확하게 조사하기로 결심했다.

"하 경, 경이 원하는 대로 조사하라. 반드시 철저히 밝혀내되 사실이 아닌 것은 짐에게 고하지 말라!"

"부황, 소자는……."

"닥쳐라! 네게도 혐의가 있다는 것을 잊었느냐? 황실과 국법의 두려움을 아직도 모르는 게냐?"

정왕이 고집스럽게 나오자 황제는 지난날 고개 한 번 숙이지 않던 그의 모습이 떠올라 안색이 흉해졌다.

"어쨌든 네가 이끄는 순방영이 연루된 것은 사실이다. 조사도 하지 않고 네가 결백하다는 것을 어찌 밝힐 수 있겠느냐? 어명이다. 순방영은 임시로 병부에 맡기고 정왕은 왕부에서 반성하며 조서가 내릴 때까지 입궁하지 말라."

"예."

고담이 남몰래 전각 안에 있는 사람들의 표정을 살피며 나지막하게 대답했다.

황제는 이렇게 이번 논쟁을 중단시켰다. 이제 누가 누구 편인지는 거의 밝혀졌다. 하강과 예왕이 손을 잡고 정왕을 공격했다는 것은 황제의 눈에도 똑똑히 보였지만, 두 사람이 정말 '공격'을 한 것인지 아니면 '모함'인지는 아직 판단이 서지 않았다. 때문에 지금은 잠시 상황을 중단시키고 더 많은 증거를 찾아낼 필요가 있었다.

황궁을 나간 하강은 직접 사람들을 이끌고 매장소의 집으로 달려갔다. 매장소가 숨거나 달아날까봐 걱정스러웠지만, 한편으로는 그러기를 바라는 마음도 조금은 있었다. 달아난다는 것은 죄를 인정한다는 자백이나 마찬가지기 때문이었다. 하지만 정말 멀리 달아나 잡지 못하게 되면 얻는 것보다는 잃는 것이 많았다.

이런 상충되는 감정은 매장소의 저택 앞에 도착한 후 사라졌다. 매장소가 고이 집에 들어앉아 있었기 때문이다. 하강이 찾아올 것을 정확히 예측했으면서도, 이 강좌맹 종주는 달아나지 않았다.

정왕에게 '그리고……'라며 말을 꺼냈을 때, 매장소가 말하려던 것은 바로 이것이었다. 하지만 말해봤자 아무 소용이 없었기 때문에 그는 결국 입을 다물었다. '하강이 저를 어떻게 하든 신경 쓰지 마십시오'라고 말한다고 해서 뒷짐 지고 지켜볼 정왕이 아니었다. 아직은 그렇게 말을 잘 들을 것 같지 않았다.

비류는 벌써 려강이 데리고 나갔고, 부하들에게는 '반항하지 말라'는 엄명이 떨어졌다. 그래서 견평 등이 이를 부득부득 갈든 말든, 매장소는 평화로이 하강을 따라 현경사로 갔다. 현경사는 낯선 곳이 아니었다. 예전에 섭봉을 따라 와본 적이 있는데, 그때와 지금은 상황이 완전히 딴판이었다.

그날 저녁 하강은 그를 심문하지 않았다. 겨우 몸을 뒤척일 수 있을 정도로 비좁고 어두운 방에 밀어 넣고 밤새 가두되, 얼어 죽는 것은 원치 않았는지 이불은 충분히 주었다.

이튿날, 매장소는 이불 속에서 끌려나와 물가에 있는 정자로 옮겨졌다. 검은 옷을 입은 하강이 뒷짐을 지고 서서 기다리다가, 그를 보자 얼굴에 온화한 미소를 지었다.

"소 선생, 선생은 아는 것도 많고 견식도 풍부하니 이곳이 어디인지 알 거요."

"지옥이지요."

매장소가 그를 바라보며 빙그레 웃었다.

"귀신과 도깨비가 출몰하는 곳 말입니다. 살아 있는 사람은 없고, 귀신과 요괴들뿐이지요."

"과찬이오. 내가 잘하는 것은 사람의 살가죽을 벗겨 진짜 속을 드러내게 하는 것뿐이오."

하강이 손을 내밀었다.

"앉으시오."

"감사합니다."

"이곳에 손님을 초대하는 일은 거의 없지만, 일단 들어오면 내가 놓아주지 않는 한 겨드랑이에 날개가 돋아도 나갈 수 없소."

하강이 찻잔을 내밀었다.

"선생이 이곳 손님이 되었다는 것을 정왕도 알고 있소만, 자기 한 몸 지키기도 바빠 선생까지 살필 겨를이 없을 게요."

"제 생각도 그렇습니다."

매장소는 태연하게 고개를 끄덕이며 찻잔을 들고 찬찬히 빛깔을 살폈다. 그런 다음 한 모금 마시고는 이내 눈을 찌푸렸다.

"선생이 기재라는 것은 아오. 보통 사람보다 심지도 훨씬 굳겠지. 허나 나는 경골한이랍시고 버티는 자들을 적잖이 봤소."

"무슨 이런 차를 드십니까? 차 구매를 맡은 자가 뒷돈을 얼마나 챙겼는지 조사해보셔야 할 것 같군요."

하강은 매장소의 엉뚱한 말을 무시하고 계속 말했다.

"예전에 맡았던 군자금 횡령 사건이 생각나는구려. 고집 세기로는 둘째가라면 서러워할 장군이 한 명 있었소. 하지만 여기서 이틀을 보내자 일당의 이름을 모조리 자백했지."

"자백이라고요? 저는 미쳤다고 들었습니다만?"

"자백한 다음 미쳤소. 자백하기 전에는 미치게 놔둘 리 없지. 내가 강도 조절을 제법 잘해서 말이오."

하강이 담담하게 말을 이었다.

"선생은 어떻소? 순순히 자백하겠소, 아니면 그 장군처럼 이틀 더 머물겠소?"

매장소는 손으로 이마를 받치고 한동안 진지하게 고민하더니 마침내 입을 열었다.

"그럼 자백해야지요."

단단히 싸울 태세를 갖췄던 하강은 그 말에 맥이 탁 풀렸다.

"제가 무슨 자백을 하길 바라십니까? 정왕과 결탁한 일 말입니까?"

매장소가 재빨리 이어 말했다.

"맞습니다. 저는 일찍부터 정왕과 결탁하고 있었습니다. 위쟁을 빼내는 일도 정왕이 지시했고 제가 계획했지요. 먼저 현경사를 공격했는데, 그곳 경비가 너무 허술해서 함정이라는 것을 알고 바로 물러났지요. 참, 그곳을 빠져나갈 때는 순방영이 도와줬습니다. 그 뒤에 하 수좌께서 돌아오셨지요. 현경사 문 앞에 심어둔 정탐꾼이 하 수좌가 이상하게 구는 것을 보고 몰래 뒤를 밟았는데, 대리사로 가셨더군요. 위쟁이 그곳에 있다니 뜻밖이지만 기쁘기도 했습니다. 그래서 우리는 미치광이처럼 달려들어 당신을 마구 두드려 패고 반역자를 빼냈습니다. 더 궁금한 게 있으십니까?"

현경사에 들어와 수도 없이 심문을 해본 하강이지만 이런 사람은 처음이었다. 그는 마음을 가라앉히려 애쓰며 매장소를 쏘아보면서 음산한 목소리로 말했다.

"지금 무슨 자백을 했는지 아시오?"

"압니다."

매장소는 태연했다.

"제가 말한 대로 진술서를 쓰십시오. 서명해드리지요. 그걸 가져가서 폐하께 보여드리면 이 사건은 끝나고 다들 한시름 놓을 겁니다."

하강은 문득 그의 속셈을 깨달았다. 이 사건은 실로 엄청난 일이지만 증거가 너무나 부족했다. 황제는 결코 그가 가져간 진술서만 보고 쉽사리 판결하지 않을 것이다. 매장소를 불러 직접 들으려고 할 것이 분명한데, 그때 이 기린지재가 어전에서 '고문을 못 이겨 시키는 대로 정왕을 끌어들였다'고 진술을 뒤엎기라도 하면 황제가 어떻게 나올지 짐작할 수도 없었다.

"매장소, 자신만만해하지 마라. 여기까지 와서 수작을 부리다니, 정말 현경사의 고문 맛을 보고 싶으냐?"

"거 참 이상하군요."

매장소가 천진난만한 표정으로 말했다.

"자백을 했는데도 수작을 부린다니요. 절 흠씬 두들긴다고 해서 더 그럴듯한 진술서가 나온답니까? 현경사의 고문 맛을 보여주면 폐하께서 저를 부르지 않으실까요? 전 이미 정왕이 지시했다고 자백했습니다. 더 끌어들일 사람이라도 있습니까?"

"자백을 하려면 끝까지 밝혀야지."

하강이 한 걸음 다가섰다.

"말해보시오. 위쟁은 어디에 있소?"

"벌써 경성을 떠났습니다."

"그럴 리가!"

하강이 냉소를 지었다.

"어제 입궁하기 전에 금릉성 사대문을 드나드는 사람을 면밀히 조사하게 했으니, 순방영이라도 빼돌릴 방법이 없었을 게요. 게다가 정왕은 이제 순방영의 통제권도 빼앗겼소. 땅으로 꺼지지 않는 한, 이 철통같은 금릉성에서 절대 나갈 수 없소."

"허풍이 심하시군요. 아무리 철통같은 곳이라도 드나들 곳은 있지요. 경성을 나갈 수 있는 사람이 한 명이라도 있다면, 위쟁 역시 빠져나갈 기회가 있습니다."

"소 선생, 농담도 잘하는구려. 위쟁의 상처가 얼마나 심한지는 내 잘 아오. 그는 제 발로 걸을 수도 없소. 요 이틀 동안 사람을 실을 만한 것은 아무것도 성을 나가지 못했고, 마차든 상자든, 하다못해 관까지 모조리 열어보게 했소. 그런데 무슨 수로 위쟁을 운반해 나갔다는 게요?"

매장소가 빙그레 웃었다.

"정말 듣고 싶습니까?"

"물론이오."

"말하지 않으면 고문 맛을 보여주실 생각이고요?"

"알면 됐소."

"그럼 말해야지요."

매장소는 장난치듯 찻잔을 이리저리 흔들었다.

"하 수좌의 병사들은 확실히 엄격하더군요. 하지만…… 그래도 빈틈은 있습니다."

"절대 없소!"

"있다니까요. 예를 들면 현경사 사람이라든가……."

하강의 눈동자가 확 줄어들었다.

"하동은 미리 감시하고 있었소. 어제는 절대……."

"하동이 아니라 하춘……."

"허튼소리."

하춘을 상당히 믿는지 하강은 대뜸 코웃음을 쳤다.

"끝까지 들으셔야지요. 하춘의 부인입니다. 어젯밤 아버지가 병이 났다는 소식을 듣고 급히 친정으로 가지 않았습니까?"

일순 하강의 얼굴이 굳었다. 하춘의 집안일에는 크게 신경 쓰지 않았지만 그런 사실은 알고 있었다. 하춘의 부인이 성을 나갔다면 현경사 병사들은 당연히 조사하지 않았을 것이다. 하지만 매장소가 무슨 수로 하춘 부인의 일행에 위쟁을 끼워 넣었을까?

"하춘의 부인은 무당파 출신입니다. 아시지요? 그분에게는 이소(李逍)라는 사질이 있고요. 그것도 아시지요? 우연히 그를 도와준 적이 있는데, 아마 그 때문에 고마웠는지 자주 저를 찾아오곤 하지요. 이소가 하춘의 부인과 함께 성을 나갔는데, 그 편에다 경성의 토산물 한 상자를 랑주에 보내달라고 청했지요. 별로 어려운 일도 아니잖습니까?"

매장소는 점점 일그러지는 하강의 얼굴을 유유히 바라보았다.

"하 수좌, 위쟁은 이미 성안에 없습니다. 다시 붙잡을 수도 없으니 포기하시지요."

입씨름

—
50
—

짧은 순간, 하강은 매장소를 잡아 일으켜 온몸의 뼈마디를 똑똑 부러뜨리고 싶었다. 하지만 오랫동안 속마음을 숨기는 데 익숙해져 있었기 때문에 재빨리 마음을 다잡고 근질근질한 주먹만 힘껏 움켜쥐었다.

매장소는 위쟁이 아니었다. 조심해서 고문해야 하는 것은 물론이고, 고문하기 위해서는 확실한 목적도 있어야 했다. 화풀이로 증거도 없는 용의자를 괴롭힐 만큼 어리석은 하강이 아니었다. 하물며 수년간 현경사를 다스려온 경험에 비춰볼 때, 매장소는 고문이 통하지 않는 사람이었다. 뼛속에서부터 새어나오는 저 뚝심을 무시할 수도 없고, 허약한 몸을 건드렸다 무슨 일이라도 생기면 본의 아니게 자백을 강요한 꼴이 될 수도 있었다.

하강은 매장소 이야기를 하며 경계하던 예왕의 표정을 떠올렸다. 그때는 과장이라고 여겼으나 직접 겨뤄보니 확실히 보통내기가 아니었다.

"하 수좌."

매장소는 시퍼레진 하강의 얼굴이 흡족한지 고요한 달빛처럼 부드럽게 웃었다.

"당신이 찾아올 줄은 이미 알고 있었습니다. 달아날 수도 있었지요. 성 밖으로 나갈 수는 없지만 이 넓은 경성에서 제 몸 하나 숨길 곳 찾기는 쉽습니다. 그런데 왜 달아나지 않았을까요? 짐작이 가십니까?"

하강의 눈동자에 서서히 무시무시한 빛이 맺혔지만 밖으로 흘러나오지는 않았다.

"내가 당신을 못 건드릴 것 같소?"

"예, 못 건드리지요. 그러니 두려울 것도 없습니다."

산뜻하게 웃는 매장소의 얼굴은 누가 봐도 우아했다. 하지만 하강만은 예외였다. 하강의 눈에는 마치 맞고 싶어서 날뛰는 얼굴처럼 보였다.

"하 수좌께서는 저를 죽이지 못할 겁니다. 그렇게 되면 썩 내키지 않는 골칫거리가 따라올 테니까요. 폐하께서 어떻게 나올진 몰라도, 무엇보다 강호맹이 가만있지 않을 겁니다. 강호인들은 하 수좌처럼 고귀하진 않지만, 목숨 걸고 달려들면 상대하기가 쉽지 않지요. 게다가 저는 약간이나마 이름이 있어 친구들도 많습니다."

하강은 딱딱한 얼굴로 아무 말도 하지 않았다.

"저를 죽이지 않으려면 살려둘 수밖에 없지요. 살려둬서 어디다 쓰느냐 하면, 당연히 제 입에서 뭐라도 얻어내야겠지요."

매장소는 먼 곳으로 시선을 돌리며 말을 이었다.

"그건 염려 마십시오. 저는 고문을 견뎌낼 수도 없고, 그러고 싶지도 않습니다. 묻는 대로 대답해드리지요. 하지만 제 자백이 정말 쓸모 있을까요? 저를 어전에 데려가실 수 있겠습니까? 당연히 못하겠지요. 왜? 저를 조종할 수 없으니까요. 만에 하나 제 머리가 홱 돌아서 폐하 앞에서 헛소리라도 하면……."

"역시 말을 뒤집을 생각이었군."

하강이 차갑게 콧방귀를 뀌었다.

"그래서 이렇게 시원시원하게 털어놓았겠지."

"그게 전부는 아닙니다. 고문이 두려워서 털어놓는 거지요. 언젠간 자백하게 될 텐데 뭐 하러 쓸데없이 고문을 당합니까? 기껏 구두 자백인데, 하 수좌께서 원하신다면 어찌 감히 거절을……."

매장소의 말이 끝나기도 전에, 하강이 그의 손목을 와락 움켜쥐었다. 힘찬 내공이 매장소의 몸으로 마구 쏟아져 들어왔다. 수많은 얼음 바늘이 심장을 찔러대는 것 같은 고통에 매장소는 몸을 움츠렸다.

"매장소, 날 자극해서 좋을 게 없소."

하강이 매장소를 홱 뿌리치고는 종잇장처럼 탁자 위에 쓰러진 그를 차갑게 쏘아보았다. 매장소는 한참 동안 숨을 헐떡인 다음에야 겨우 진정했다.

"지금 당신은 내 손안에 있으니 내 마음대로 할 수 있소. 명심하는 것이 좋을 게요."

매장소가 쿡쿡거리며 웃었다. 그는 얼음장 같은 손으로 이마를 짚으며 말했다.

"예, 명심하지요. 그래, 하 수좌께서는 저를 어쩔 생각입니까?"

"사실대로 말하시오."

"방금 한 말이 거짓 같습니까? 그럼 정왕과 결탁한 적도 없고, 죄수를 빼낸 적도 없고, 하 수좌와 싸울 사람을 보낸 적도 없다고 하란 말씀입니까?"

"내가 뭘 묻는지 알 거요."

하강은 그의 말에 담긴 비웃음을 무시하고 그를 향해 고개를 숙였다.

"대체 무엇 때문에 정왕을 선택했소?"

매장소가 살짝 고개를 들었다. 입가에 어린 비웃음이 마침내 사라지고 숙연한 표정이 되었다.

"폐태자와 예왕, 정왕 중에서는 당연히 정왕을 선택해야지요. 그가 가장 뛰어나니까요."

"정왕이 뛰어나다고?"

"물론입니다."

매장소가 차갑게 대꾸했다.

"내 눈이 세상에서 가장 좋은 건 아니지만, 최소한 하 수좌보다는 나을 겁니다."

"하지만 당신은 본래 아무도 선택할 뜻이 없었소."

하강은 그의 눈을 뚫어지게 노려보았다.

"당신은 천하제일 방파를 손에 쥐고, 명예와 이익을 모두 얻은 강좌맹랑이오. 강호를 떠돌며 자유롭게 살 수 있는 몸인데 어째서 이 혼탁한 경성에 뛰어들었소?"

"제가 어쩌다 경성에 왔는지 모르셨습니까?"

"'기린지재, 그를 얻으면 천하를 얻는다.' 그 말은 나도 아오. 나도 처음에는 당신이 폐태자와 예왕의 부름에 못 이겨 어쩔 수 없이 끌려온 줄 알았소. 하지만 직접 보니 전혀 터무니없는 소리군. 그만한 머리를 가졌는데, 정말 조정에 나설 생각이 없었다면 그 누가 당신을 끌어낼 수 있겠소?"

"과찬에 몸 둘 바를 모르겠군요."

매장소가 허리를 살짝 숙였다.

"대체 무엇 때문이오? 원하는 것이 뭐요? 최고의 부귀영화와 천하를 쥐락펴락하는 권력, 후세에 길이 전해질 이름 같은 거요?"

매장소가 진지하게 되물었다.

"그 세 가지를 다 원한다면요?"

"아니면…… 다른 것일 수도……."

하강이 그의 손목을 움켜쥐고 서릿발같이 차가운 목소리로 말했다.

"매장소, 사실대로 말하시오."

매장소는 잠깐 동안 그를 가만히 보다가 물었다.

"그게 위쟁의 탈옥과 관계있습니까?"

"당연히 있소."

하강의 눈빛이 바닥을 알 수 없을 만큼 깊어졌다.

"지금까지는 당신을 얕보고 깊이 생각하지 않았으나, 당신 손에 패한 지금은 생각이 많아졌소. 그런데 생각하면 할수록 알 수가 없소. 어째서 정왕을 도와 이런 멍청한 짓을 했는지. 당신 같은 고급 모사라면, 위쟁 건에 대한 최선책은 모르는 척하는 것임을 쉽게 알 거요. 대역무도한 죄를 지으면서까지 감옥에 쳐들어가 그를 빼내는 것은 가장 어리석고 미친 짓이오. 그런데 왜 그 최악의 길을 선택했소?"

"말하자면 복잡합니다."

매장소가 차분히 대꾸했다.

"정왕에게 잘 보이고 싶었지요. 위쟁을 구해내면 정왕에게 지금보다 몇 배나 강한 영향력을 발휘할 수 있습니다. 정왕부에서의 지위도 달라질 거고요. 뭐, 물론 다른 이유도 있습니다. 바로 자신감이지요. 최악의 선택을 해도 당신을 이길 자신이 있었으니까요."

"당신이 이겼다고 생각하시오?"

"그럼 졌다고 생각하십니까?"

"잊지 마시오. 당신은 아직 내 손아귀에 있소."

"제 발로 왔으니까요. 언제까지 저를 붙잡고 버틸 수 있는지 궁금하기도 하고, 또 무슨 수로 저를 유리하게 써먹을지도 보고 싶었지요."

"보아하니 믿는 구석이 있는 모양이군."

하강의 손가락이 손목에 있는 그의 맥을 살짝 눌렀다.

"매장소, 현경사가 생긴 이래 아직껏 길들이지 못한 죄인은 없소. 당신도 결코 예외가 아니오."

"하 수좌의 자신감도 저 못지않군요."

매장소는 다른 손으로 가슴을 누르며 대답했다.

"한 번 더 하시려고요?"

"그건 장난에 불과하오. 고통스럽게 할 뿐 아무 소용도 없지."

하강의 입술에 싸늘한 웃음이 떠올랐다.

"매장소, 죽음이 두렵소?"

매장소는 잠시 뜸을 들였다가 대답했다.

"죽음이 두렵지 않다면 무엇하러 살아 있겠습니까?"

"좋은 말이군."

하강의 웃음이 더욱더 깊어졌다.

"왜 조정 일에 뛰어들었는지 물었는데 말을 돌리는 것을 보니 대답하기 싫은 모양이구려. 상관없소. 당신의 목적이 무엇이든 간에 아직은 이루지 못했으니까. 목적을 이루기도 전에 죽는 것은 당신도 바라지 않을 게요."

"목적을 이루고 죽는 것도 싫습니다."

매장소가 웃으며 말했다.

"그렇지. 죽으면 모든 것이 끝이니까. 목숨이야말로 가장 중요한 것이오."

하강은 감개무량한 표정을 지으며 품에서 작은 병을 꺼냈다. 병 안에는 까맣고 윤기가 흐르는 알약이 들어 있었다.

"이게 뭔지 아시오?"

"음…… 보약은 아니겠지요?"

"독약이오."

"저를 독살하시려고요?"

"그건 당신에게 달려 있소."

하강의 목소리는 잔혹하면서도 무정했다.

"이 오금환(烏金丸)은 먹은 지 이레 후에 발작하오. 이레 안에 해약을 먹으면 살 수 있소."

영리한 매장소는 당연히 그 말을 알아들었다.

"제가 폐하 앞에서 만족스러운 대답을 하면 해약을 줄 것이고, 아니면 꼼짝없이 죽으라는 말이군요?"

"바로 그거요."

"그걸 어떻게 믿지요? 일이 끝난 뒤 모르는 척하면 어쩝니까?"

"당신은 내 손안에 있으니 믿을 수밖에 없소."

"그럼 질문을 바꿔보죠. 제가 해약 때문에 당신이 시키는 대로 할 거라는 믿음은 어디서 나오는 겁니까? 만에 하나 제가 죽는 한이 있어도 정왕을 배신하지 않는다면요?"

"당신은 정왕에게 충성하려고 경성에 온 것이 아니오. 본래 목적을 생각해보시오. 비록 나는 그게 뭔지 모르지만, 언젠가는 알게 되겠지."

매장소는 실눈을 뜨고 하강을 바라보았다. 한참 동안 꼼꼼히 뜯어보던 매장소가 갑자기 웃음을 터뜨렸다.

"하 수좌, 당신은 아무래도 도박꾼 같아 보이진 않는데 왜 갑자기 이런 위험한 짓을 하는 겁니까? 그 정도 추측만으로, 제가 폐하 앞에서 절대로 말을 바꾸지 않는다고 자신하는 겁니까?"

"당연히 그렇지는 않소. 나도 만전의 준비가 되어 있지."

하강이 오른손을 들어 옆을 향해 손가락을 퉁겼다. 순간, 정자에서 다섯 걸음 밖에 있는 버드나무의 마른 가지 하나가 뚝 부러져 힘없이 바닥에 떨어졌다.

"대단한 공력이군요! 절정의 내공 고수가 아니고선 할 수 없는 일이지요."

매장소가 칭찬하며 손뼉을 쳤다.

"어전에서 헛소리를 늘어놓으려 하면, 말이 끝나기도 전에 저 나뭇가지처럼 될 게요."

"폐하 앞에서 살인을 하시겠다고요?"

"격공(隔空) 수법이오. 나는 당신과 떨어진 곳에 있고, 당신을 건드리지도 않을 거요. 그런데 무슨 증거로 내가 죽였다고 하겠소?"

"하 수좌께서는 제가 무공을 모른다고 무시하시는군요. 사람은 나뭇가지와는 다릅니다. 당신의 공력이 격공 수법으로 사람을 죽일 정도로 높은진 모르겠지만, 흔적조차 남기지 않을 리는 만무하지요. 그 자리에 있을 몽 통령이 알아채면 어쩌시렵니까?"

"이렇게 해도 알아보겠소?"

하강이 말하며 손가락을 살짝 퉁겼다. 팔은 움직이지도 않았는데 탁자 위에 있던 찻잔이 뒤집어졌다.

"그건 못 알아보겠군요. 하지만 그걸로는 사람을 죽일 수 없습니다. 아무리 저처럼 허약한 사람이라도 말입니다."

"당연히 그렇겠지."

하강은 다소 득의양양한 표정이었다.

"하지만 당신이 오금환을 먹었다면?"

매장소의 눈썹이 절로 살짝 올라갔다.

"아주 작은 힘으로 단중혈(膻中穴)을 살짝 때리기만 해도 오금환의 독이 발작할 게요. 말 한마디 할 새도 없이 끝장이지."

"하지만 어전에서 사람이 죽으면 격노한 폐하께서 상세히 조사하라 하지 않으실까요?"

"조사해도 알아낼 수 없소. 단중혈 부근에는 상처조차 없을 테니까. 결국은…… 독약을 먹고 자살한 것으로 결론이 날 거요."

"폐하께서 당신이 독살했다고 의심하지 않으실까요?"

"내가 당신을 죽일 생각이었다면 현경사에 있을 때 이미 죽였을 게요. 왜 하필 황궁에 데려가 폐하 앞에서 죽이겠소? 그래서 내게 무슨 이득이 있소?"

"하긴 그렇군요."

매장소는 고개를 끄덕이며 인정했다.

"아무래도 전 죽을 운명인가봅니다."

"그럴 리가? 당연히 살 수 있소. 순순히, 해야 할 말만 한다면 말이오."

손바닥에 있는 오금환을 만지작거리는 하강의 목소리에는 머리부터 발끝까지 꽁꽁 얼려버릴 것 같은 한기가 묻어 있었다. 그는 일어나서 정자 밖으로 나가 뒷짐을 지고 잿빛이 된 담장 위의 거친 기와를 바라보았다. 아무 말도 없었고, 매장소를 돌아보지도 않았다. 이 기린지재에게 진지하게 고민할 시간을 주려는 것이 분명했다.

향 하나 탈 시간이 흐른 후, 하강이 다시 정자로 돌아왔다. 매장소는 여전히 돌탁자 앞에 비뚜름하게 앉아 눈을 내리뜨고 허여멀건 바닥을 바라보고 있었다.

"소 선생, 생각은 끝났소?"

"아니요."

매장소가 한숨을 쉬며 대답했다.

"생사가 걸린 문제입니다. 성현들도 잘못 선택할 때가 있는데 저 같은 사람은 오죽하겠습니까?"

"성현들은 결코 죽는 길을 선택하지 않소. 남들에게는 죽으라고 권하지만."

하강의 목소리는 정자 밖에 씽씽 몰아치는 삭풍보다 차가웠다.

"오금환이 뱃속으로 들어가고 나면, 살아 있는 것이 얼마나 좋은지 알 수 있을 게요."

매장소는 하강의 손바닥에 놓인 보잘것없는 검은 알약을 똑바로 바라보았다. 웃는 표정이 점점 굳어지기 시작했다.

"꼭 먹어야겠지요? 전 지금 당신 손아귀에 있으니까요."

하강은 대답 없이 냉정하게 다가와 매장소의 턱을 붙잡았다.

"자, 잠깐!"

매장소가 바동거렸다.

"제 손으로 먹겠습니다. 제발 좀 우아하게 가시지요."

하강은 잠시 그를 노려보다 손을 놓았다. 그리고 들고 있던 오금환을 건넸다. 매장소는 알약을 눈앞에 가져가 꼼꼼히 뜯어본 후 물었다.

"쓰겠지요?"

"매장소."

하강이 조용히 입을 열었다.

"시간을 끌어서 어쩌자는 게요? 이곳은 현경사요. 누가 당신을 구해주겠소?"

"꼭 그런 건 아니지요."

매장소는 손끝으로 까만 알약을 비비며 말했다.

"만에 하나라도 누가 올지 모르니 가능한 한 시간을 끌어야지요. 이걸 먹고 나면 당신의 꼭두각시가 되어 시키는 대로 읊어야 합니다. 끔찍한 느낌이겠지요."

"그걸 잘 알다니, 소 선생은 역시 총명하구려."

하강의 시선이 그의 몸을 단단히 옭아맸다.

"말했다시피 현경사에서 길들이지 못한 죄인은 없소. 내가 시키는 대로 하거나 죽거나 둘 중 하나뿐이오. 세 번째 길은 없소."

매장소는 쓴웃음을 지었다.

"아무래도 제가 당신을 얕본 것 같군요. 달아날 걸 그랬습니다."

"달아날 수 있었을 것 같소? 이곳은 경성이지 강좌가 아니오. 강호의 힘은 한계가 있고, 정왕도 멀리 있어서 도와줄 수 없소. 이곳에서 상황을 주무르는 사람은 폐요. 폐하께서 심문을 허락하신 이상 누가 당신을 보호할 수 있겠소?"

하강이 몸을 숙여 매장소를 굽어보았다.

"매장소, 최악의 길을 선택하고 정왕과 함께 위쟁을 구해낸 그 순간부터 당신은 위험한 길로 들어섰소. 이제 하루도 편한 날이 없을 게요."

비로소 매장소의 표정이 진지해졌다. 그는 오금환을 눈앞에 받쳐 들고 천천히 물었다.

"하 수좌, 하나 질문해도 되겠습니까?"

하강은 입가에 희미한 미소를 떠올리며 자리에 앉았다. 마침내 매장소가 진지하게 협상을 시작한 것이다. 상대방에게 원하는 것이 생기기만 하면 그 틈을 파고들어 쓰러뜨릴 수 있었다.

"좋소. 물어보시오."

"방금 물으셨지요. 왜 강좌에서 자유로이 살지 않고 이 혼탁한 경성에 뛰어들었느냐고 말입니다."

매장소는 오금환에서 하강의 얼굴로 천천히 시선을 옮겼다.

"저도 같은 걸 묻고 싶군요. 현경사는 대대로 정치 싸움에 끼지 않았고 지위에도 초연했습니다. 폐하께서는 당신을 누구보다 신임하십니다. 그런데 무엇 때문에 이 혼탁한 물에 뛰어드셨습니까?"

"반역자를 추포하는 것은 현경사의 임무이자 폐하에 대한 충성이오."

"그렇다면 위쟁을 현경사 지하 감옥에 가두어 지켰어야 하지 않을까요? 설이 지나 조정이 다시 열렸을 때 조서를 받아 처형해 버리면 얼마나 간단합니까?"

매장소가 유유히 말했다.

"그런데 왜 군이 허점을 노출하고 함정을 파셨습니까? 정왕을 유인하려고요?"

하강은 안색 하나 바꾸지 않고 대답했다.

"반역자를 밝혀내는 것 또한 폐하를 향한 충성이오."

"사실대로 말하지 않으시는군요."

매장소는 고개를 설레설레 저었다.

"하지만 상관없습니다. 그냥 물어본 것뿐이지, 사실은 저도 압니다."

"뭘 안다는 게요?"

"왜 끝끝내 정왕을 죽이려 드는지를 말입니다."

"허, 그래?"

하강이 흥미로운 듯 되물었다.

"말해보시오."

"두렵기 때문이지요."

"두렵다니? 정왕 말이오?"

하강은 껄껄 웃었다.

"어디서 그런 우스꽝스런 결론을 얻었소? 내가 왜 정왕을 두려워한단 말이오?"

"두려울 겁니다."

매장소는 차분한 어조로 다시 한 번 말했다.

"기왕(祁王)을 두려워했던 것처럼 말이지요."

하강의 웃음소리는 여전했다. 그는 일부러 끝까지 웃은 뒤에야 고개를 돌렸지만, 두 눈동자는 어둡고도 차갑게 응어리져 있었다.

매장소는 그를 마주 보았다. 매장소의 눈동자는 딱딱할 정도로 안정적이었고 흔들림이라곤 전혀 없었다.

"기왕은 현경사를 폐지하려 했습니다. 진짜 명군이라면 현경사 같은 조직을 곁에 둘 필요가 없다고 생각했겠지요. 그래서 폐하께 조정의 제도를 통일해야 한다고 건의했습니다. 현경사를 대리사에 편입시켜 조서에 따라 사건을 조사하는 권리를 줘야 한다고 말입니다. 물론, 그때 기왕이 생각한 대리사는 지금처럼 난잡한 모습은 아니었지만요."

하강의 눈썹 위로 살기가 스쳐갔다. 하지만 매장소는 그를 거들떠보지도 않고 말을 이었다.

"폐하께서 그 건의를 묵살하셨기 때문에 아는 사람이 거의 없지요. 하지만 당신은 압니다. 그리고 기왕이 당시에는 그 계획을 실현하지 못해도 언젠가는 해낼 거라는 것도 알았지요."

하강이 벌떡 일어났다. 이제는 숨기고 싶지도 않은지, 두 눈에 어린 원한에 사무친 눈빛이 화살처럼 쏟아져나왔다.

"기왕이 죽은 후 그 위험은 사라졌고, 당신도 안심했겠지요. 정왕이 두각을 나타내기 전까지는 말입니다. 정왕은 기왕의 가르침을 받았습니다. 게다가 현경사에 호감도 없지요. 기왕이라면 현경사를 폐지한 후 당신에게 적당한 자리를 주었을지도 모르지만, 정왕은 그런 생각조차 없을 겁니다. 당신을 갈기갈기 찢어발기지 않으면 다행이지요."

매장소의 목소리는 점점 더 부드러워졌고, 하강은 점점 더 이를 악물었다.

"당신에게 있어 대대로 이어져온 현경사는 몹시 중요한 곳입니다. 현경사가 있기에 누리는 특권은 특히 중요하겠지요. 하지만 겨우 그것 때문에 천하의 대세를 거스르고 현명한 왕을 모함한 것은 악마나 할 짓입니다. 하강, 당신은 악마입니다. 그 점은 당신 스스로도 잘 알 겁니다."

오랜 세월 감춰온 마음속의 독버섯이 싹둑 잘려나가 새까만 피가 흘렀다. 별안간 하강은 얼굴을 흉악하게 일그러뜨리며, 매장소의 멱살을 낚아채 일으켜 세우고 목을 움켜쥐었다.

"이제 알겠다. 네 놈은 정왕을 도우러 온 것이 아니라 소경우를 복권시키려는 게야! 대체 누구냐? 기왕부의 사람이냐?"

"저는 기왕 전하를 우러러온 사람일 뿐입니다."

매장소는 여전히 태연하게 웃으며 말했다.

"당시 기왕 전하를 흠모하던 사람이 얼마나 많았는지 당신도 알 겁니다."

하강이 손에 힘을 주자 매장소는 목이 부러질 것처럼 아프고 숨을 쉴 수가 없었다. 눈앞이 까매지는 순간 갑자기 짓누르던 힘이 사라지고, 그의 몸이 거칠게 바닥에 내팽개쳐졌다. 오금환도 함께 바닥을 굴렀다. 하강이 오금환을 주워 먼지와 함께 매장소의 입에 쑤셔 넣고 가슴을 때려 억지로 삼키게 했다.

"저, 정말 품위라곤…… 찾아볼 수 없군요."

매장소는 쿨럭거리면서 웃었.

"오금환을…… 쿨럭…… 먹이고 좋, 좋은 차 한잔도…… 쿨럭 쿨럭…… 안 주다니…….”

"기린지재니 강좌매랑이니, 다 헛소리다.”

하강의 목소리는 말로 설명하기 힘들 정도로 음흉했다.

"네가 언제까지 고상을 떨 수 있을까?”

"내, 내가 아무리 고상해도, 당신…… 쿨럭…… 당신만큼 간이 크진 못할 겁니다.”

매장소는 기침을 가라앉히고 말을 이었다.

"억지로 독약을 먹인들 무슨 소용입니까? 이런 얘기까지 했는데 저를 폐하께 데려가실 겁니까?”

"폐하를 뵐 수야 있겠지. 하지만 말할 기회는 없을 것이다.”

하강이 그를 잡아 일으켜 돌의자에 밀어 앉혔다.

"이젠 널 죽일 수밖에 없다. 하지만 현경사에서 죽이진 않을 것이다. 너는 정말 위험한 놈이다. 내가 두려워할 정도로 말이야. 네 놈이 무슨 말을 하든, 그 안에 내가 모르는 함정이 있을지도 모르니 폐하께 그 진술서를 바칠 수는 없다. 하지만 네 놈이 아무리 대단해도 이것만은 확실하지. 죽으면 모든 게 끝이라는 것. 오냐, 널 이길 수 없다는 것은 인정해주마. 하지만…… 네 목숨은 앗을 수 있다. 네 놈부터 처리하고 정왕도 쓰러뜨려주마.”

여기까지 말한 하강은 갑자기 안색이 싹 변해 홱 몸을 돌렸다.

"누구냐?”

준엄한 목소리가 떨어지기 무섭게 버드나무 옆 언덕 뒤에서 호리호리한 그림자가 천천히 걸어나왔다. 검은 치마 때문에 하동의 얼굴은 더욱더 창백해 보였다. 그녀는 아무 표정 없이 빨갛게 충혈된 눈으로 사부를 바라보았다.

"동아."

하강은 멈칫했다.

"어떻게 왔느냐?"

"현경사 안이라 춘 형이 경계를 늦추기에 따돌렸습니다."

하동이 흐릿한 눈빛으로 천천히 다가왔다.

"오랫동안 사부님의 가르침을 받은 덕분이지요. 이런 능력조차
없다면 어떻게 장경사라 할 수 있겠습니까?"

아무래도 어려서부터 키운 제자 앞이라 하강의 표정이 다소 불
편해졌다.

"언제부터 여기 있었느냐?"

"사부님께서 이렇게 흥분하시기 전부터입니다."

하동은 정자 계단에서 걸음을 멈추고 고개를 들었다. 표정은 눈
송이처럼 가벼웠지만 눈에는 뜨거운 눈물이 가득했다.

"사부님, 지금까지 저는 충성심과 공평무사, 조정을 위해 악을
제거하고자 하는 마음이야말로 현경사에 대대로 전해져온 이념이
라고 생각했습니다. 사부님께서도 그렇게 가르치셨고요. 그런데
어째서 오늘은 제가 이해할 수 없는 일을 하십니까?"

"죄인을 심문하는 중이니 그만 물러가거라."

하강이 차갑게 그녀의 말을 끊었다.

"설령 그자가 죄인이라 해도 그렇습니다. 현경사에서 언제부터
죄인에게 억지로 독약을 먹였습니까?"

매장소가 웃으며 끼어들었다.

"옛날부터 그랬습니다. 이 오금환도 대대로 전해져온 것이지

대인의 사부가 만들어낸 것은 아니니 오해는 마십시오. 아직 대인께 전수하지 않은 것뿐이니까요."

하강은 고개조차 돌리지 않고 매장소가 말을 못하게 혈도를 짚었다.

"남다른 자를 상대할 때는 남다른 방법이 필요한 법이다. 네가 모르는 일도 많으니 묻지 마라."

하동은 깊이 심호흡을 해 정신을 가다듬은 뒤 또렷하게 말했다.

"사부님, 다른 일들은 몰라도 조금 전에 나눈 이야기만은 꼭 여쭤야겠습니다. 그때…… 기왕 사건은 저와도 밀접한 관계가 있습니다. 대체 그 사건에서 어떤 역할을 하셨습니까?"

"닥쳐라!"

하강이 결국 얼굴을 굳혔다.

"감히 사부를 추궁하는 게냐? 최근 네 행동은 무척 실망스럽더구나. 이 매장소라는 자가 네 머릿속에 이상한 것을 집어넣기라도 했느냐? 기왕은 역모를 꾸몄으니 죽어 마땅하다! 잊었느냐? 네 남편도 그 일 때문에 임섭의 손에 죽었다!"

하동은 흐릿한 시야를 뚫고 오랫동안 존경해 마지않던 사부를 응시했다. 너무나 실망스럽고 너무나 절망적이었다. 돌의자에 앉아 그녀를 바라보는 매장소의 눈빛은 부드러우면서도 연민에 차 있었다. 그는 지금 하동이 느끼는 슬픔과 분노를 충분히 이해했다. 하지만 진실은 진실이었다. 지금이 아니더라도 언젠가는 그 진실이 허울뿐인 온정을 깨뜨리고 그 뒤에 숨은 냉혹하고 이기적인 욕심으로 똘똘 뭉친 비열한 얼굴을 드러낼 것이다.

"사부님, 마지막으로 부탁드립니다. 해약을 주시고 여기서 멈추세요."

하동의 목소리는 떨리고 듬성듬성 끊겼다. 하강의 눈에서 번뜩이는 살기에 심장이 얼어붙는 것 같았지만 피할 수는 없었다.

"바른 길은 사람 마음에 있습니다. 잘못을 깨닫고 반성하지 않으면 매장소를 열 번 죽여도 돌이킬 수 없습니다."

하강의 얼굴은 얼어붙은 강물 같아서 녹을 기미가 없었다. 물론 그 자리에서 제자를 죽일 생각까지는 없었지만, 그것은 사제의 정 때문이 아니라, 삼품의 장경사이자 장군의 미망인이라는 하동의 신분 때문에 마음대로 처결할 수 없어서였다.

그러나 이 대치 상태는 오래가지 않았다. 아주 잠깐 망설이던 하강은 매장소를 붙잡아 일으켜 세우면서 휘파람을 불었다. 이 휘파람의 의미를 잘 아는 하동은 천천히 눈을 감고 말없이 서 있었다.

높고 길게 이어지는 휘파람 소리가 공중에서 흩어질 때쯤, 하춘과 하추가 나는 듯이 달려왔다. 몇 번 몸을 날리는가 싶더니 그들은 곧 정자 앞에 이르렀다. 놀랍게도 하추는 하동과 완전히 똑같은 차림을 하고 있었다. 검은 치마까지 입고 머리에는 똑같은 비녀를 꽂은 채였다. 그 모습을 보는 순간 하강은 하동이 어떻게 하춘을 따돌렸는지 알아차렸다.

"사부님."

이때쯤 하춘은 자기 잘못을 깨닫고 순식간에 안색이 파래졌다. 그는 얼른 하강 앞에 나아가 두 손을 모았다.

"제 불찰을 용서해주십시오. 이럴 줄은……."

"됐다. 하동을 방으로 데려가 엄히 감시해라. 내 명령 없이는 나올 수도 없고 아무하고도 접촉할 수 없다."

"예."

하추는 여기 모인 사람들 중에서 상황 파악이 안 되는 유일한 사람이었다. 깜짝 놀란 그가 앞으로 달려나가 물었다.

"사부님, 동이가 무슨 잘못을 했습니까? 어째서 그렇게 무거운 벌을 내리시는 겁니까?"

"특히 너! 내 허락 없이 몰래 하동을 만나서는 안 된다!"

하강이 눈을 가늘게 뜨며 더욱 엄하게 말했다.

"사부님……."

"됐어."

하동이 처연하게 웃었다. 지금껏 믿어온 모든 게 철저히 무너지는 고통이 가슴을 마구 할퀴었다.

"사부님께서 새로운 걸 가르치려 하셨는데 내가 거부하고 따르지 않아서 화를 내시는 거야."

하추는 멍하니 그녀를 바라보다가 딱딱하게 굳은 사부의 안색을 살폈다. 좀처럼 이해할 수가 없었다. 하춘이 하동의 팔을 잡고 데려나가려 하자, 하동은 반항하지 않고 순순히 돌아서면서 애처로운 눈으로 하춘을 쳐다보았다.

"춘 형, 춘 형도 벌써 배우셨습니까?"

하춘은 고개를 돌려 그녀의 시선을 피하며 팔 대신 손목을 잡았다. 끌려가던 하동이 고개를 돌려 매장소를 바라보았다. 매장소는 말을 할 수 없어 옅은 미소만 지어 보였다. 이 미소는 무척이나 따스하고 부드러웠지만, 하동의 눈물은 끝내 뺨을 타고 흘러내렸다. 그것이 그녀의 마지막 눈물이었다. 그 눈물방울이 소리 없이 발치의 진흙 위로 떨어지는 순간, 그녀의 마음은 얼어붙고 말았다.

바깥세상에서는 현경사 관내에서 일어나는 일은 아무것도 알수 없었다. 그러나 폭도들이 대놓고 현경사의 감옥을 공격한 일과 이후 정왕이 왕부에서 반성하게 되었다는 소식은 즉시 성안에 퍼져나갔다. 나중에는 정비가 유폐되었다는, 조서 한 장 없이 진행된 후궁의 비밀도 암암리에 알려졌다.

정왕은 더 이상 예전처럼 사람들에게 쉽게 잊히는 하찮은 황자가 아니었다. 그는 왕주 일곱 개의 친왕으로 예왕과 동급의 지위에 있었고, 비록 확실히 드러나진 않았지만 황제가 나날이 은총을 베풀고 조정에서도 점차 능력을 인정받는 지금, 동궁을 차지할 유력 인사 중 한 사람이기도 했다. 이런 친왕의 목숨이 걸린 사건이었으니 사람들은 자연히 동요했고, 경성에는 불안한 기운이 감돌았다.

사방에서 유언비어가 나돌고 조정 안팎이 혼란스러운 이 미묘한 시기에, 황제의 동생인 기왕(紀王)의 마차가 덜커덩거리며 저택을 나왔다. 마차는 간단한 의장대에 둘러싸여 황궁으로 향했다.

일격필살

—

51

—

기왕은 황제보다 열두 살이나 어렸다. 황제가 등극했을 때 그는 성년이 되기 전이었고, 지금도 그 항렬 사람들 중에서 가장 어렸다. 그는 천성이 자유롭고 대범했으며, 성격도 솔직해서 하고 싶은 말은 뭐든 했고 이리저리 재는 것을 좋아하지 않았다. 그야말로 한가로운 왕 노릇을 하기 위해 태어난 사람이었다. 치열한 황위 다툼에서 승리하여 황제가 된 사람에게 있어 아무런 위협이 되지 않는 이런 동생은 사랑스러울 수밖에 없었고, 기왕도 예외는 아니었다. 황제는 기왕을 다른 친왕보다 훨씬 자유롭게 해주었고 특권까지 하사했다. 그리하여 기왕은 매일매일 신선 못지않은 즐거운 나날을 보냈다.

하지만 아무리 신선 같은 나날이라도 언제까지나 조용할 수만은 없었다. 어느 때보다 떠들썩하고 즐거운 설 즈음에, 이 왕은 차마 모른 척할 수 없는 사건을 목격했던 것이다. 기왕부의 마차는 눈이 녹아 질퍽질퍽한 경성의 중심가를 흔들거리며 달렸다. 마차 안에는 기왕이 평소답지 않게 어두운 얼굴로 작은 손난로를 껴안은 채 앉아 있었다. 그의 옆에는 뜻밖에도 한 사람이 더 있었다.

"전하, 저도 같이 입궁하는 게 낫지 않을까요?"

언예진이 떠보듯이 물었다.

"자네가 가서 뭐 하려고? 일만 복잡해질 뿐이야. 내가 하는 말은 폐하께서도 믿으실 게야. 믿지 않으면 또 어떤가? 그래도 할 말은 해야지. 그 다음에 벌어지는 일은 상관하기도 싫고 상관할 수도 없네."

기왕이 장탄식을 했다.

"솔직히 나도 이런 일엔 끼어들고 싶지 않아. 하지만 별수 있나? 내 눈으로 똑똑히 봤는데 모른 척할 수야 없지."

"저도 그래요. 본 것을 말하지 않으면 속이 터진다니까요."

언예진이 따라서 한숨을 쉬었다.

"하필이면 그날 그런 일이 있을 게 뭐람. 그날 제가 전하를 궁우 낭자에게 모셔가지 않았다면 그런 일을 목격하지도 않으셨을 텐데……."

"아무튼 나는 뭐든 속에 담고 있지 못해. 폐하께 내가 본 것을 낱낱이 말씀드려야 속이 편하겠네. 자네는 괜히 끼어들지 말고 서쪽 거리에서 내리게. 폐하는 속이 깊고 의심이 많아서 나서는 사람이 많으면 괜히 복잡하게 생각하실 거야."

"알겠어요."

언예진이 고개를 끄덕였다. 내리뜬 눈이 마치 깊고 복잡한 무언가를 숨기고 있는 것 같지만 표정은 한결같이 차분했다. 서쪽 거리 입구에 도착하자 그는 인사를 하고 마차에서 내렸다.

마차는 계속 달려 황궁으로 들어간 다음 동쪽으로 꺾어 단서

문(丹樨門) 밖에 멈췄다. 대량의 예법에는 황제가 특별히 하사한 가마 외에는 모두 이 문을 통해 걸어다녀야 했다. 기왕은 황제가 지금 어디에 있는지 알아본 다음, 옷을 두껍게 입고 시종 두 명의 부축을 받으며 성큼성큼 안으로 들어갔다.

황제는 건이전(乾怡殿)의 난각에서 아우를 맞았다. 세심히 보살펴주는 정비가 없어서 그런지 더욱 지쳐 보였으나, 허옇고 짙은 눈썹 밑에 자리한 두 눈동자는 여전히 누구도 무시 못할 위엄으로 번쩍였다. 기왕이 들어오자 황제는 웃음을 띠며 반쯤 몸을 일으키고, 절하는 기왕을 불러 자리를 권하며 온화하게 물었다.

"눈이 쏟아질 것같이 추운 날씨에 어쩐 일이냐? 휴가철이라 조정도 쉬는데 안부 편지나 보낼 것이지 굳이 여기까지 왔구나."

"자주 찾아뵈어야지요."

작은 예의범절에 구애받지 않는 기왕은 황제가 가리키는 옆자리에 앉으며 말했다.

"게다가 아뢸 일도 있습니다. 폐하께 말씀드리지 않으면 영 마음이 불편해서 말이지요."

"응? 누가 널 괴롭혔느냐?"

"그런 게 아닙니다."

기왕은 좀 더 다가앉으며 목소리를 낮췄다.

"이 아우가 초닷새에 뭔가를 목격했습니다. 그때는 별일 아니라고 생각했는데 요 며칠 이상한 이야기들이 들려와서 자꾸 곱씹게 되지 뭡니까?"

"초닷새?"

황제가 민감하게 눈썹을 꿈틀거렸다.

"무슨 일이냐? 천천히, 확실하게 말해보아라!"

"예, 폐하도 아시다시피 이 아우에게는 가끔 만나는 민간의 친구들이 있습니다. 초닷새에 할 일이 없어서 뭘 할까 하다가 그중 한 명을 만나러 갔지요. 그녀가 사는 곳은 등갑항인데, 아마 폐하는 어딘지 모르실 거예요. 아무튼 아주 후미지고 좁아터진 골목입니다. 창문을 열면 곧바로 바깥 거리가 보일 정도지요. 그녀와 신나게 이야기를 나누고 있는데 바깥에서 무슨 소리가 들리더군요. 창문을 내다보니 뜻밖에도 낯익은 사람이 보였어요."

"낯익은 사람? 누구 말이냐?"

"장경사 하동입니다. 하동은 간편한 복장을 한 사람들을 데리고 반대편에서 걸어왔는데, 모두 칼이나 검을 들고 있었습니다. 그들은 누군가를 둘러업고 골목에서 잠시 기다렸다가 마차가 나타나자 그 사람을 태우더군요. 하동이 인솔하기에 전 그저 현경사가 죄인을 호송하나보다 생각하고 잊어버렸지요."

여기까지 말한 기왕이 깊이 숨을 들이쉬었다.

"그런데…… 나중에 알고 보니 그날 탈옥 사건이 벌어졌다더군요. 달아난 그 위쟁이라는 자의 초상이 잔뜩 나붙었기에 봤더니, 그날 골목에서 하동 일행이 데려온 사람과 매우 비슷했습니다."

황제는 실룩거리는 얼굴 근육을 억지로 누르며 물었다.

"확실히 봤느냐?"

"열에 아홉은 확실합니다. 골목에서 마차를 기다리는 동안 그자가 갑자기 피를 토하는 바람에 사람들이 기를 풀어준다고 부축해 일으켰는데, 그때 얼굴을 똑똑히 봤지요."

"하동이……"

황제가 이를 갈았다.

"폭도들이 대리사에서 빼내갔다는 죄인이 어떻게 하동 손에 들어갔단 말이냐? 게다가 후미진 골목에서 몰래 옮겨? 현경사에서 대체 무슨 짓을 하는 게지?"

"저도 모르겠습니다. 그래서 폐하께 알리러 온 거예요."

기왕이 길게 한숨을 쉬었다.

"아무래도 보통 일이 아니고, 폐하께서 이 일 때문에 편히 주무시지도 못한다고 들었습니다. 제가 재주가 없어 폐하의 근심을 풀어드리지는 못해도 직접 본 일을 숨길 수는 없었지요. 그래도……
신중을 기하기 위해서 하동을 불러 물어보시지요. 하동이 확실히 해명을 해줄지도 모르잖습니까?"

황제는 기왕처럼 낙관적이지 못했다. 그는 얼음장처럼 차갑고 딱딱한 얼굴로 잠시 망설이다가 외쳤다.

"고담!"

"예, 폐하."

"현경사로 사람을……."

황제는 말하다 말고 잠시 생각하더니 마음을 바꿨다.

"일단 몽지를 불러라."

"예."

금군통령인 몽지는 전각 밖에서 순찰을 돌고 있었다. 부름을 받은 그가 즉시 들어와 엎드렸다.

"폐하, 찾으셨습니까?"

"경이 직접 현경사에 가서 하동을 데려오게. 재빨리, 은밀하게 움직여 지체 없이 데려와야 하네. 하동이 아무하고도 접촉하지 못하게 하게. 특히 하강과는."

"명을 받들겠습니다."

몽지는 무인답게 시원시원하게 예를 갖추고 물러갔다. 이런 장면에 익숙하지 않은 기왕은 다소 불안했지만, 황제는 속에서 뭉게뭉게 피어나는 의심에 빠져 그를 돌볼 틈이 없었다. 두 사람이 말이 없자 전각의 분위기는 순식간에 가라앉았다.

금군통령을 직접 보낸 것은 확실히 현명한 판단이었다. 그의 행동은 아무도 알아차리지 못할 정도로 빨랐다. 하강이 소식을 듣고 달려갔을 때 몽지는 이미 그의 제자를 말에 태운 후였고, '폐하께서 하동을 부르신다' 는 말만 남긴 채 흙먼지를 일으키며 바람같이 달려가버렸다.

건이전 난각에 들어가 절을 한 하동은 지난번 정왕이 받았던 대우를 똑같이 겪었다. 황제는 일부러 한참 동안 일어나라는 말을 하지 않다가, 분위기가 한껏 무르익은 다음에야 날카롭게 물었다.

"하동, 죄인이 탈옥한 초닷새에 어디에 있었느냐?"

"그날은 망부의 제사를 지내러 성을 나갔습니다."

"언제 돌아왔느냐?"

"저녁때입니다."

"헛소리!"

황제는 격노했다.

"네가 그때 그 골목에 있는 것을 본 사람이 있다. 그…… 무슨 항이었지?"

"등갑항입니다."

기왕이 조용히 속삭였다.

"등갑항에서 뭘 했느냐?"

하동의 안색이 살짝 하얘졌지만 끝까지 버텼다.

"신은 등갑항에 가지 않았습니다. 잘못 보았을 것입니다."

본래 기왕은 이 일에 별다른 편견이 없었다. 하동을 부른 것도 사리에 맞게 설명하는지 궁금했기 때문인데, 그녀가 등갑항에 있었던 일을 딱 잡아떼며 당당한 친왕을 거짓말쟁이로 만들자 버럭 화가 나 눈썹을 치켜세우며 나섰다.

"하동, 본 왕이 그곳에서 너를 똑똑히 보았다. 절대 잘못 본 게 아니다. 스무 명이 넘는 사람을 데리고 있던데, 현경사 관복 차림은 아니지만 네 지시를 잘 따르더구나. 그리고 반역자 위쟁으로 보이는 사람을 마차에 태워 보내는 것도 보았다. 그런데 감히 부인하는 게냐?"

"하동!"

황제가 소리쳤다.

"짐 앞에서 감히 거짓을 고해? 현경사가 정말 짐의 현경사냐? 네 눈에는 너희 사부만 보이고 짐은 보이지도 않는 것이냐!"

이 엄청난 말에 하동의 입술에 겨우 남은 핏기가 싹 사라졌다. 그녀는 곧 다시 머리를 조아렸다. 바닥을 짚은 손가락이 파르르 떨렸다.

"짐은 기왕이 너를 모함한다고 생각하지 않는다. 말하라. 등갑항에서 무얼 했느냐?"

황제에게 직접 심문을 받는 것은 다른 것과는 비교할 수도 없었다. 게다가 증인으로 나선 사람은 큰 신임을 받고 있는 고위급 친왕이었다. 그래서 하동은 이를 악물었지만 결국 입술을 떨며 인정했다.

"신…… 신이 등갑항에 간 것은 인정합니다."

황제는 분노에 휩싸여 재차 물었다.

"그자가 위쟁이었느냐?"

"예……."

이 두 가지 자백은 다른 것도 모두 털어놓은 것이나 다름없었다. 앞뒤 상황을 따져본 황제는 어떻게 된 일인지 대충 짐작했다.

"어쩐지 이상하다 했다. 죄인을 현경사에 가두고 수백 명이 지키면 모반을 일으키지 않고서야 누가 빼앗아갈 수 있겠느냐? 그런데 하필이면 대리사로 이송했다지."

황제가 씩씩거리며 살기어린 눈빛으로 하동을 노려보았다.

"그래, 말해보아라. 그날 현경사를 습격한 사람들도 네가 데리고 들어간 것이냐?"

"예……."

하동이 낮은 소리로 대답했다.

"오냐, 잘하는 짓이다."

황제가 온몸을 부르르 떨었다.

"아주 잘하는 짓이야. 그 강한 현경사에 폭도들이 쳐들어왔는데 산 자는커녕 죽은 자 하나 못 잡아? 그래놓고 순방영이 방해를 해서 놓쳤다고? 하동, 짐이 너를 얼마나 믿었는데 감히 그런 짓을 해?"

하동을 데려온 후 전각 안에 남아 있던 몽지는 참을 수가 없는지 낮은 소리로 끼어들었다.

"폐하, 이렇게 큰일을 하동 혼자 꾸미지는 않았을 겁니다. 배후에서 지시한 사람이 있지 않겠습니까?"

"당연한 소리!"

황제가 탁자를 쾅 하고 내리치며 하동을 손가락질했다.

"저자가 누구냐? 누가 저자를 움직일 수 있겠느냐? 저자가 평생 누구 명령을 들으며 살아왔는지 모르는 사람이 있느냐?"

황제는 화기가 솟구쳐 목이 턱 막혔다. 고담이 다가와 등을 두드려준 뒤에야 겨우 노기를 가라앉히고 다시 물었다.

"위쟁은 어쨌느냐? 폭도로 가장하여 위쟁을 빼낸 다음 어디로 보냈느냐?"

"죽였습니다."

"무어라?"

"위쟁은 적염군 반역자이니 신의 부군을 죽인 원수입니다. 지금껏 목숨을 부지했으니 단 하루도 더 살려둘 수 없었습니다."

"그런…… 위쟁은 본래 사형수다. 그걸 모르느냐?"

"위쟁은 일개 부장이고 주모자도 아닙니다. 폐하께서는 요즘 정왕 전하를 총애하시니 정왕이 적극 보호하면 흔들리실 수도 있습니다. 신은 그런 결과를 원치 않았기에 선수를 칠 수밖에 없었습니다."

여기까지 말하고 나자 하동의 안색은 점점 원래대로 돌아왔다. 그녀가 고개를 들고 말을 이었다.

"이 모든 것은 신이 혼자 한 일입니다. 신의 사부는 추호도 관계가 없으니 부디 억울하게……."

"닥쳐라! 이 순간까지도 정왕을 끌어들이다니 과연 네 사부의 애제자답구나! 혼자 한 일? 네 혼자 힘으로 하강을 속이고 위쟁을 대리사로 이송할 수 있느냐?"

황제의 얼굴은 쇳덩이처럼 딱딱했다.

"하동, 현경사의 첫 번째 이념이 바로 충성심이다. 그런데 너희가…… 감히 처음부터 끝까지 나를 속이다니!"

"폐하, 진정하십시오. 몸도 안 좋으신데 옥체를 아끼셔야지요. 어쨌거나 사실이 밝혀져서 다행입니다."

기왕이 한숨을 내쉬며 위로했다.

황제는 심호흡을 하여 마음을 가라앉힌 후 기왕을 바라보았다.

"네가 목격해서 다행이다. 그러지 않았으면 경염이 억울하게 당할 뻔했구나. 그 아이는 성질이 부드럽지도 않고 조급해서 자칫하면 함정에 빠지기 쉽지."

"영명하신 폐하가 계신데 무슨 걱정이 있겠습니까?"

기왕이 웃으며 대답한 후 하동을 돌아보았다.

"하동도 그간 힘든 일이 많았으니 극단적인 생각을 한 것도 이해 못할 일은 아니지요. 폐하께서 넓은 마음으로 헤아려주십시오."

황제가 냉소했다. 또다시 화가 끓어올랐다.

"지금은 저자를 처리하기도 귀찮다. 몽지!"

"예."

"당장 금군 1천 명을 이끌고 가서 현경사를 봉쇄하라. 현경사 소속은 모조리 안에 유폐한 후 성지를 기다리도록. 반항하는 자가 있다면 참하라!"

"명을 받들겠습니다."

몽지가 허리를 숙이며 대답한 후 물었다.

"하강은 어찌할까요? 만나보시겠습니까?"

"황제를 속이고 제멋대로 이런 짓을 저지른 자다. 그런 자를 만나 무엇하겠느냐?"

분노에 찬 황제는 하강이라는 이름이 나오자 길길이 날뛰었다.

"그자는…… 저 하동과 함께 천뢰에 가둬라!"

몽지는 다시 한 번 허리를 숙인 후 잠시 망설이다가 물었다.

"신이 현경사에 갔을 때 하추가 소철을 옥에 가두는 것을 보았습니다. 소 선생의 상태를 보니 고문을 받은 것 같았습니다."

"고문?"

황제는 깜짝 놀랐다.

"짐이 몇 마디 물으라고만 했는데 어찌 옥에 가둔단 말이냐? 게다가 고문까지?"

"폐하께서도 아시다시피 현경사 안에서는 하강이 못할 일이 없습니다."

황제는 멈칫하더니 한숨을 푹 쉬었다.

"이제 보니 소철은 이 일과 아무 관계도 없었구나. 아마도 하강이 그를 통해 경염의 죄를 증명하려던 거겠지. 짐이 초조한 마음에 그만 그를 하강의 손에 넘겨주고 말았군. 그를 풀어주고 집에서 푹 쉬게 하게."

"예."

몽지가 다시 절하고 일어나 밖으로 나가는데, 어린 태감이 다급히 달려와 보고했다.

"폐하, 형부상서 채전이 알현을 청하옵니다. 급히 고할 일이 있다 합니다."

대량의 법률에는 섣달그믐부터 정월 16일까지는 휴가철로 조정도 업무를 중단하게 되어 있었다. 오늘은 겨우 초아흐레로 휴가가 끝나지도 않았는데 채전이 찾아온 것을 보면 보통 일이 아님이 분명했으므로, 황제는 마음이 혼란스러운데도 불구하고 그를 불러들였다.

"폐하, 급한 일이 있으신 것 같으니 저는 물러가겠습니다."

기왕이 얼른 일어났다.

"앉아라, 좀 더 같이 있자꾸나."

황제는 지친 기색으로 손을 내저었다.

"너와 더 얘기를 나누고 싶다. 게다가 넌 조정 일 같은 것은 들어도 관심이 없지 않느냐?"

"예."

기왕은 거역하지 못하고 다시 앉았다. 잠시 후, 형부상서 채전이 들어왔다. 겨우 서른 살 정도밖에 되지 않은 그는 육부의 관리들 중에서 심추를 제외하면 가장 젊었다. 수염을 기르지 않은 흰 얼굴은 단정했고 행동거지도 자연스러웠으며, 법도가 있어 자신만만해 보였다. 그는 절을 마치고 꿇어앉았다.

"채 경, 무슨 일로 입궁했는가?"

"폐하께 아룁니다."

채전은 평범한 말투로 입을 열었다.

"최근 형부에서 사건을 하나 맡았는데, 작년에 호부에서 몰래 설치한 사설 제포방 사건과 관련이 있기에 폐하께 상세히 보고하러 왔습니다."

"사설 제포방?"

황제는 눈을 찡그리며 생각에 잠겼다.

"헌왕과 호부의 루지경이 결탁하여 사리를 취한 사건이 아닌가? 이미 판결이 난 것 같은데, 무슨 문제라도 있는가?"

황제가 말한 헌왕은 폐한 지 1년도 되지 않은 태자였다. 그가 루지경을 시켜 사설 제포방을 만들고 폭리를 취한 일이 드러나자 큰 파란이 일었다. 헌왕이 태자 자리에서 미끄러지는 데 결정적인 역할을 한 사건이었다.

"사설 제포방 사건은 호부의 심 대인이 몸소 조사해 낱낱이 밝혔고, 헌왕과 루지경이 지은 죄는 추호의 어긋남도 없습니다. 그 판결에 문제가 있다는 말은 아닙니다."

채전은 여기서 잠시 멈췄다가 다시 입을 열었다.

"신이 말씀드리고자 하는 것은…… 그 사설 제포방 폭발 사건입니다."

"폭발?"

"예, 그 일로 예순아홉 명이 죽었고 백쉰일곱 명이 다쳤으며, 100가구가 넘는 집이 불에 타 백성들의 원망이 많았습니다."

"그때 다 처리했고 백성들도 위로했는데 부족하다는 말인가?"

황제는 다소 불쾌해졌다.

"당시 모두 그 폭발이 사고라고 생각했습니다. 사설 제포방에서 불을 잘못 다뤄 폭발이 일어난 것이라고 말입니다."

채전이 두 눈을 들어 높이 앉은 황제를 바라보았다.

"그런데 신이 최근 알아낸 바로는 사고가 아니었습니다."

황제의 눈썹이 꿈틀했다. 그가 입을 열기도 전에 놀람을 참지 못한 기왕이 소리쳤다.

"사고가 아니라니? 설마 누가 일부러 그랬다는 말이오?"

"신이 수집한 증언이 있으니 보십시오."

채전은 기왕에게 직접 대답하지 않고, 소매에서 두루마리 하나를 꺼내 태감을 통해 황제에게 올렸다. 황제는 천천히 두루마리를 펼쳤다. 첫 문장을 읽기 시작하면서부터 얼굴이 점점 어두워지더니, 세 번째 문단에서는 화가 머리끝까지 나서 다짜고짜 두루마리를 힘껏 집어 던졌다. 황제 옆에 앉아 있던 기왕이 슬그머니 허리를 숙여 두루마리를 주워 들었다. 그 역시 반도 읽기 전에 얼굴이 흙빛이 되었다.

"폐하, 그 다섯 건의 증언은 따로 수집한 것이나 내용이 모두 일치하고 빈틈없이 맞아떨어집니다. 믿을 만하다고 여겨집니다."

채전은 여전히 차분했다.

"이 일은 어떤 도적이 사면을 받기 위해 고발한 데에서 비롯되었는데, 신이 하나하나 조사해보다 점점 더 놀라운 일을 알게 되었습니다. 아직 그 뿌리까지 밝혀내진 못했습니다만, 동급 관리들이 연루되어 마음대로 조사할 수 없어 이렇게 입궁했습니다. 한시라도 빨리 대리사경 주월을 심문하고자 하니, 부디 정위사에 명해 감찰원을 보내주십시오."

"마지막으로 지목된 자가 주월이라지만⋯⋯."

기왕이 머뭇머뭇 중얼거렸다.

"하지만 주월이 무엇 때문에 사설 제포방을 폭발시켰을꼬?"

이 질문에 황제는 입을 굳게 다물었다. 채전도 대답할 생각이 없어 보였다.

무엇 때문일까? 이렇게 순진한 질문은 아마도 시나 읊으며 풍류를 즐기는 기왕이나 할 수 있는 것이었다. 더구나 기왕 본인도 질문이 끝나기 무섭게 짐작 가는 데가 있었다.

주월의 뒤에 누가 있는지는 심문하지 않아도 알 수 있었다. 그렇게 참혹한 방식으로 사설 제포방의 비밀을 폭로하고, 그 사건으로 백성들의 원망을 태자에게 집중시키면 누가 가장 큰 이익을 보는지는 불 보듯 뻔했다.

황제는 눈앞이 어질어질했다. 화가 난 나머지 팔다리가 차갑게 식었고 말문이 턱 막혔다. 사설 제포방, 주월, 대리사, 현경사, 하강, 위쟁…… 단어들이 어지럽게 머릿속을 떠다녀 정신이 몽롱하고 두통이 났다. 이 혼란한 상황에서 또렷하게 떠오르는 한 가지는 바로 예전부터 지금까지 꾸준하게 이어지는 예왕의 수법이었다. 태자를 쓰러뜨렸으니 그의 다음 목표는 정왕이었다. 폐태자는 자기가 한 짓 때문에 예왕에게 발목을 잡혔지만, 정왕은 노골적으로 함정에 빠진 것이다.

그보다 더 소름 끼치는 일은 예왕이 무슨 수를 썼는지 하강과 손을 잡았다는 것이다. 언제나 황제에게 충성을 바치던 현경사가 예왕 때문에 죄인을 이송해 함정을 파고 정왕에게 폭도를 일으켰다는 누명을 씌우려 한 것이다. 현경사의 배신과 기만은 이미 황제가 용납할 한계를 훌쩍 넘어선 뒤였다.

"예왕을 불러라."

황제가 잇새로 내뱉었다. 나지막했지만 등골을 오싹하게 만드는 목소리였다. 기왕은 단정하고 엄숙하게 앉은 채전을 흘낏 바라보았다. 어쩐지 큰 파란이 일 것 같은 예감이 들었다. 솔직히 말해서 그는 이곳에 남아 먹구름 가득한 장면을 보고 싶지 않았지만, 이럴 때 물러가기도 애매해서 마른침만 꼴딱 삼키며 가만히 앉아 있었다.

명을 받고 입궁하기 전, 예왕은 금군이 현경사를 봉쇄했다는 소식을 들었다. 백방으로 알아봤지만 상세한 연유를 알아낼 수 없어 안절부절못하고 있는데 입궁하라는 명이 내렸다. 이런 때 갑자기 아들이 보고 싶어서 부를 리는 없었다. 더욱이 아무도 몰래 뒤에서 상황을 뒤집어놓는 매장소를 생각하면 절로 몸이 떨렸다. 입궁하는 동안 예왕은 식은땀을 뻘뻘 흘리며 머리를 쥐어짰지만 아무 소득이 없었다.

"소자, 부황께 인사드립니다. 무슨 분부가 있어 부르셨는지요?"

난각에 들어선 예왕은 전각 안에 누가 있는지 살필 겨를도 없이 재빨리 엎드려 절을 올렸다. 대답 대신 두루마리 하나가 날아들어 바람을 가르는 소리와 함께 그의 얼굴을 때렸다. 얼굴이 화끈화끈했다.

"네 눈으로 보거라. 그게 뭔지!"

그 호통 소리에 예왕은 몸이 떨렸지만, 곧 진정하고 두루마리를 들어 펼쳤다. 끝까지 읽은 그가 하얗게 질린 얼굴로 땀을 비 오듯 흘리며 머리를 조아렸다.

"부황, 억울합니다."

그가 쉰 목소리로 외쳤다.

"지목당한 것은 주월인데 네가 왜 억울하다는 게냐?"

황제가 대놓고 면박을 주었다.

"그게……."

그래도 머리가 제법 잘 돌아가는 예왕은 잠시 머뭇거리다가 대답했다.

"주월은 소자의 처남입니다. 주월을 범인으로 지목했지만 사실은 소자를 노리는 것입니다. 영명하신 부황께서도 이미 짐작하셨을 겁니다."

"그렇다면 억울하다는 말도 틀리진 않구나."

황제는 냉소를 지었다.

"그러니까 네가 주월 대신 책임을 지겠다는 말이렷다?"

예왕은 차마 자신 있게 대답할 수 없었다. 심사숙고 끝에 그가 말했다.

"간악한 자들이 한 말인데 어찌 쉽게 믿으십니까? 주월은 악행을 저지른 적이 없습니다. 이런 죄명은…… 모함일 가능성이 무척 큽니다."

"폐하."

채전이 허리를 숙이며 말했다.

"신도 모함일지 모른다고 생각했습니다. 하지만 주 대인을 지목한 사람들은 모두 주 대인이 가까이서 부리는 심복들이지, 전혀 관련 없는 자들이 아닙니다. 이런 일을 흐지부지 넘기는 것은 국법으로 용납할 수 없는 일이니, 조정이 다시 열린 후 삼사의 관리를 파견해 공개적으로 심문하기를 주청드립니다. 반드시 샅샅이 조사하여 주 대인의 결백을 밝혀주십시오."

"공개 심문?"

황제가 굳은 얼굴로 예왕을 바라보았다.

"경환, 네 생각은 어떠냐?"

예왕은 이를 악물었다. 머릿속이 웅웅거렸다. 주월이 억울한지 아닌지, 그는 당연히 알고 있었다. 주월이 공개 심문이라는 압박을 견뎌낼 만큼 강한지 아닌지는 더더욱 잘 알고 있었다. 젊은 처남이 단 한 치의 불충한 마음도 없이 전력을 다해 그를 도우리라는 것은 믿어 의심치 않지만, 채전같이 이름난 율법의 고수 앞에서 과연 그의 이름을 입 밖에 내지 않고 버틸 수 있을지는 확신할수 없었다.

공개 심문의 결과는 만천하에 알려질 것이다. 공개 심문에 동의한다는 것은 뒤따라올 결과를 책임질 준비를 해야 한다는 뜻이었다. 일단 판결이 나면 황제에게 빌며 용서를 구할 여지조차 없기 때문에, 예왕이 앞뒤 모르고 단박에 동의할 리 없었다.

소경환이 망설이는 이유는 빤했다. 속으로 짐작하고 있던 황제는 그 모습에 더욱더 화가 치밀었다. 얼마나 힘이 들어갔는지 왼손에 든 찻잔이 깨어질 것 같아, 옆에서 보는 기왕은 마음이 조마조마했다.

"폐하, 예왕 전하께서 심문을 지켜보시는 것도 가능합니다."

전각 안의 사람들 중 오로지 채전만이 평소와 다름없는 표정으로 공평무사하고 냉정한 모습을 유지하고 있었다.

"신, 반드시 온 힘을 다해 공정히 처리하겠습니다. 부디 삼사의 심문을 허락해주십시오."

"부황……."

예왕이 살짝 떨리는 목소리로 불렀다. 안색이 차마 보기 민망할 정도로 어두워져 있었다. 채전의 표정이 차분하면 할수록 예왕의 마음은 더욱더 어지러웠다. 저 형부상서가 다섯 건의 증언 외에 또 어떤 증거를 가지고 있는지 예왕은 짐작이 가지 않았다. 채전은 친분과 지위 고하를 따지지 않는 냉정하기 그지없는 인물이었다. 그의 손에 누가 봐도 명확한 증거가 있다면, 예왕이 심문하는 것을 지켜본들 아무 소용이 없었다.

황제가 한참 쥐고 있던 찻잔이 결국 예왕에게 날아갔다. 맞히지는 못했지만 지금 황제가 얼마나 화가 났는지 여실히 보여주는 행동이었다. 기왕이 재빨리 달려가 황제의 팔을 붙잡으며 나지막이 권했다.

"폐하, 화를 가라앉히십시오. 가라앉히세요."

"저 못된 놈! 짐이 화병으로 죽어야 속이 시원한 모양이구나! 이런 줄도 모르고 네 놈을 그렇게 아꼈다니!"

황제는 예왕에게 손가락질을 하며 욕을 퍼부었다.

"이런 비열한 짓을 꾸역꾸역 저지르다니 짐이 늙어서 노망이라도 든 줄 아느냐? 게다가 짐의 현경사마저 손에 넣을 줄이야! 소경환, 짐이 너를 한참 몰라봤구나!"

깜짝 놀란 예왕은 쿵쿵 소리가 날 정도로 바닥에 머리를 조아리며 울음 섞인 목소리로 말했다.

"부황께서 책망하신다면 소자가 어찌 감히 변명하겠습니까? 하지만 현경사와는…… 정말 아무런……."

"닥쳐라! 정왕을 모함하려 한 일은 하동이 모두 자백했다. 그런데도 끝까지 우겨?"

손은 잡았지만 하강이 위쟁을 이용해 어떻게 정왕을 끌어들일 것인지는 알려주지 않았기 때문에 상세한 내용은 예왕도 몰랐다. 그 과정에서 하동이 무엇을 했고 어떤 영향을 미쳤는지는 더더욱 알지 못했다. 하지만 하동이 하강의 애제자이고 늘 하강의 명령에 따라 움직였다는 것은 알기에, 예왕은 하동이 자백했다는 말을 듣자 한층 혼란에 빠져 상황이 얼마만큼 나쁜지 파악할 수조차 없었다.

"네 놈이 이런 장난을 쳐도 모른 척 눈감아줬더니, 알아서 수습하기는커녕 한발 더 나아가 짐마저 속여? 더 봐주었다간 눈에 뵈는 게 없겠구나?"

소리를 지르면 지를수록 화가 치미는지 황제의 눈에서 불꽃이 튀었다.

"그래, 주월이 한 짓이 너와는 아무 상관없단 말이지? 한마디만 더 허튼소리를 하면 결코 용서치 않겠다!"

예왕은 무릎걸음으로 다가가 큰 소리로 울부짖었다.

"소자는 결코 부황의 은혜를 잊지 않았습니다. 허나 그 은혜 덕분에 헌왕의 시기를 샀습니다. 헌왕이 목을 바짝 죄는데 차마 부황을 괴롭히고 싶지 않아 스스로 보호한다는 것이 부득불 그런 짓을 할 수밖에 없었습니다. 부황…… 소자는 부황을 얕보는 마음이 추호도 없습니다. 그저 순간적으로 혼란에 빠져 잘못을 저지른 것뿐입니다."

"그럼 이번에는? 정왕도 네 목을 죄더냐?"

"이번 일은 소자도 잘 모릅니다. 모두 하강 혼자 한 짓이고, 소자는 그저…… 그저 말리지 않았을 뿐입니다."

황제는 너무 화가 나 도리어 웃음이 났다.

"잘한다! 아주 깔끔하게 꼬리를 자르는구나! 가엾게도 하강은 새로운 황제에게 충성하는 길이라 여기고 너를 도왔는데 결국 이런 결과라니! 일은 저질러놓고 책임은 나 몰라라 하는데, 네 놈 어디가 짐을 닮았단 말이냐?"

예왕은 감히 대답도 못하고 애처롭게 흐느끼며 흘끔흘끔 기왕을 바라보았다. 그 눈길에 마음이 약해진 기왕이 참다못해 편을 들었다.

"폐하, 경환도 이제 잘못을 알았을 겁니다. 자꾸 야단치시면 못 견딜 겁니다. 그나저나 이 일을 어찌해야 할지……."

그때 채전이 점잖게 일어나 낭랑한 목소리로 말했다.

"신, 다시 한 번 주청드립니다. 부디 삼사의 심문을 허락해주십시오."

형부상서의 차분하면서도 분명한 목소리에 예왕은 가슴이 철렁해 다시 한 번 부황을 부르며 애원했다. 차갑게 코웃음 치는 황제의 얼굴은 여전히 얼음장처럼 차가웠지만, 속으로는 망설이고 있었다.

이제 그는 하강과 예왕이 힘을 합쳐 정왕을 함정에 빠뜨렸다고 판단을 내렸고, 예왕이 그 참혹했던 사설 제포방 폭발 사건을 일으켰다는 것도 알게 되었다. 일부러 황제를 속이고 황권에 도전한 일은 추호도 용서할 마음이 없지만, 이미 마무리 지은 사건을 조정에 알리고 공개적으로 심문하는 것은 원치 않았다.

"채 경, 짐이 중서령에 명해 주월의 관직을 박탈하겠네. 면직된 후엔 삼사가 심문할 필요가 없으니 경이 전권을 받아 처리하게."

황제는 다소 차분해진 목소리로 채전에게 말했다.

"주월 한 사람만 처분해도 백성들의 마음을 어루만질 수 있을 테니 거기서 끝내게. 주모자니 뭐니 따질 필요 없네."

"폐하……."

"그 외의 다른 사람들은 짐이 알아서 하겠네."

황제는 아무 표정 없이 형부상서의 말을 끊었다.

"채 경은 사건을 마무리 짓기만 하면 되네. 수고해주게."

채전은 뺨을 실룩였지만, 고개를 숙여 꾹 참는 표정과 분노에 찬 눈동자를 감췄다. 예왕이 꿇어앉은 채 머리를 조아리며 감사인사를 하는 소리는 귀에 들어오지도 않았다. 황제와 계속 말다툼하지 않도록 자기 자신을 억누르기에도 힘에 부쳤기 때문이다. 말다툼해봤자 소용없다는 것을 그는 잘 알고 있었다.

"채 경, 짐의 뜻을 알겠는가?"

시간이 한참 흘렀는데도 대답이 없자 황제는 눈썹을 꿈틀하며 다소 무거운 투로 말했다.

채전은 숨을 깊이 들이쉰 다음 잠시 멈췄다가, 마침내 허리를 숙이며 낮은 소리로 대답했다.

"예, 폐하."

"다른 일이 없으면 그만 물러가게."

"예."

채전은 입을 굳게 다문 채 근엄하게 인사한 후 난각에서 나갔다. 문을 나서자마자 복도에서 눈발 섞인 찬바람이 휘몰아쳐왔다. 뼛속까지 한기가 스며들었지만, 젊은 형부상서는 가슴이 홧홧하고 부글부글 끓어 견딜 수가 없었다. 전각 밖에 시립해 있던 태감들이 들어올 때 벗어둔 바람막이를 돌려줬지만, 그는 바람막이를 입지 않고 손에 든 채 밖으로 성큼성큼 걸어갔다.

황궁 문밖에는 그의 가마가 기다리고 있었다. 그를 본 하인들이 부랴부랴 달려왔지만, 채전은 가마에 오르지 않고 시종의 말 한 필을 끌어와 올라탄 후, 하인들이 놀라든 말든 혼자 밖으로 달려가버렸다. 그렇게 말을 달린 지 오래지 않아 누군가 부르는 소리가 들려왔다.

"채 형! 채 형!"

고삐를 잡아 세우니 호부상서 심추의 둥글넓적한 얼굴이 보였다. 헐떡거리는 것을 보니 한참 쫓아온 모양이었다.

"왜 그러시오? 안색이 영……."

심추가 채전의 말머리를 잡으며 친절하게 물었다.

채전은 고개를 들어 어두운 하늘을 바라보았다. 잠시 묵묵히 있던 그가 불쑥 내뱉었다.

"심 형, 주루에서 한잔하시겠소?"

심추는 당황했지만 곧 빙그레 웃으며 부드럽게 대답했다.

"아직 관복을 입고 있지 않소? 갑시다, 요 모퉁이만 돌면 우리 집이오. 60년 묵은 장원홍 한 단지가 있으니 실컷 드시오."

채전이 거절하지 않자, 두 사람은 함께 말을 몰아 심추의 집으로 갔다. 심추는 손님을 앞뜰의 조그마한 화청으로 안내하고, 하인에게 술상을 차려오라고 했다. 안주가 준비되자 채전은 단숨에 석 잔을 마셨다.

"됐소, 됐소. 아무리 주량이 세기로서니 이렇게 마셔서야 쓰나."

심추가 그의 잔을 잡으며 말했다.

"대체 무슨 일이오? 관복을 입은 것을 보니 입궁했었소?"

"그렇소."

채전은 장탄식을 했다.

"사설 제포방 폭발 사건 말이오. 전에 알려드렸던……."

"주요 증인들을 다 심문했소?"

"그렇소."

채전은 이마를 힘껏 문지르며 지친 목소리로 대답했다.

"밤새 심문해서 결국 밝혀냈소. 오늘 폐하께 보고를 드리러 갔는데…… 폐하께선 사건을 마무리 지으라고 하시더구려. 주월까지만 처분하고, 계속 파고들거나 주모자를 밝혀내지 말라고……."

심추는 어두운 얼굴로 고개를 저었다.

"그럴 줄 알았잖소."

"그랬지, 물론 그랬소."

채전은 눈시울을 붉히며 술잔을 뺏어 다시 꿀꺽꿀꺽 마셨다.

"심 형, 내가 얼마나 실망하고 얼마나 괴로운지 모를 거요. 폐하께서도 진술서를 보고 격노하셨소. 예왕을 꾸짖으며 비열한 짓을 벌였다고, 황제를 기만했다고 욕을 퍼부으셨소. 예왕도 자꾸만 잘못했다고 빌었소. 궁지에 몰려 어쩔 수 없었을 뿐 폐하를 모욕할 뜻은 없었다고 말이오. 그런데 중요한 게 뭔지 아시오? 중요한 건 그게 아니란 말이오! 예순아홉 명이 죽었소, 예순아홉 명이! 그 목숨들이 폐하께는 그저 욕 한 번 하면 그뿐이고, 예왕에게는 그저 사과 한 번 하면 그뿐인 거요? 아무도 그 이야기를 하지 않았고, 중요하게 생각하지도 않았소. 그 사람들에게 중요한 것은, 그 사람들이 관심을 두는 것은 대체 무엇이오? 대체!"

한동안 멍하니 듣고만 있던 심추도 갑자기 잔을 싹 비웠다.

"사리사욕을 위해 사람 목숨을 파리 취급하는 것도 화가 치밀지만, 그보다 더 소름 끼치는 건 말이오, 황제라는 사람이 그런 것에는 전혀 관심이 없다는 것이오."

채전은 탁자에 올린 손으로 주먹을 꽉 쥐며 앞쪽을 노려보았다.

"인명은 재천이라 했소. 그것만은 지켜야 하오. 이렇게 가다가 대량이 어떤 운명을 맞을 것 같소? 백성이 어떻게 살아갈 수 있겠소? 이렇게 민생을 생각지 않는 사람이 우리가 모셔야 하는 황제란 말이오?"

"누가 그러랬소?"

별안간 심추가 탁자를 내리쳤다.

"지금까지 입 밖에 낸 적이 없지만 채 형에게만은 말해주겠소. 낙담하지 마시오, 우리에겐 정왕 전하가 있소."

채전이 눈썹을 꿈틀하더니 느릿느릿 시선을 옮겨 심추를 똑바로 쳐다보았다.

"심 형이 말을 꺼냈으니 나도 속 시원히 털어놓으리다. 나 또한 정왕 전하께 거는 기대가 크오. 하지만…… 예왕은 너무 악독하오. 정왕 전하 곁에 예왕의 화살을 막아줄 사람이 없으면 끝까지 갈 수 있을지…… 우리 힘으로는 도울 수도 없소."

그 말에 심추의 안색도 어두워졌다. 심추가 고개를 설레설레 저으며 한숨을 쉬었다.

"옳은 말이오. 지금 정왕 전하는 왕부에 유폐되셨고…… 대체 무슨 일인지도 모르니 대신 용서를 빌고 싶어도 방법이 없소."

"그건 염려 마시오."

울분을 쏟아낸 채전은 다소 마음이 가라앉은 것 같았다.

"확실하게 듣진 못했지만, 오늘 입궁해서 들으니 예왕의 함정이었던 것 같소. 폐하께서 밝혀내셨으니 정왕 전하께서는 곧 풀려나실 거요."

심추는 몹시 기뻐하며 안도했다.

"다행이군, 정말 다행이오. 폐하께서도 그리 허술한 분은 아니셨구려."

"그리고 현경사까지 연루된 것 같소. 폐하께서 예왕을 야단치면서 하강까지 말씀하시던데, 여태 없던 일이오."

"현경사가?"

심추는 정신이 번쩍 들었다.

"어쩐지…… 오늘 밤에 나갔다가 금군이 현경사를 봉쇄하는 것을 보았소. 아무래도 커다란 풍파가 있었던 모양인데, 정왕 전하께서 잘 넘기셨다니 천만다행이오."

채전이 지친 눈을 감으며 나지막하게 말했다.

"허나 이런 조정을 보면 실로 맥이 빠지는구려."

"틀렸소."

심추가 그를 지그시 바라보았다.

"조정이 이럴수록 우리는 더욱 힘을 내야 하오. 어차피 조정에 들어갔으니 책임을 다해야 하지 않겠소? 비록 채 형과 내 힘만으로는 역부족이라 해도 나라와 백성을 위하는 마음만 있다면 밥이나 축내는 자들보다는 훨씬 낫소."

채전은 넋을 놓고 골똘히 생각에 잠겼다. 한참 후에야 그는 길게 한숨을 내쉬며 다시 술 주전자를 들었다. 채전을 달래기는 했지만 심추도 가슴이 답답해서, 만류하지 않고 함께 주거니 받거니 하며 술을 마시기 시작했다.

두 상서가 심추의 집에서 술로 시름을 달래는 동안, 몽지는 현경사를 봉쇄하는 임무를 깔끔하게 완수했다. 하강은 순순히 포박을 받을 사람이 아니었지만 몽 통령이 성지를 들이밀고 현장을 접수하자, 무슨 짓을 해도 먹히지 않는다는 것을 깨닫고 전혀 반항하지 않았다. 황제를 알현하게 해달라고 몇 번 청했지만, 몽지는 싸늘한 얼굴로 듣기만 할 뿐 승낙하지도 거절하지도 않았다. 그는 먼저 사람을 시켜 하강에게 튼튼한 수갑을 채운 후, 작은 옥방으로 달려가 매장소를 풀어줬다.

사실 현경사는 매장소를 별로 괴롭히지 않았다. 하강이 그를 계속 가둔 것은 능력을 짐작할 수 없는 이 강좌맹 종주에게 해독 방법을 찾아낼 시간을 주지 않기 위해서였다. 그래도 감옥은 감옥이었다. 평소 먹는 약도 끊겼고 음식은 조악해서 요 며칠 매장소는 더욱 야위어 보기 안쓰러울 정도였다. 그 모습을 본 몽지는 가슴이 아팠다. 하지만 데려온 병사들이 곁에 있었기 때문에 매장소도 대놓고 그를 위로할 수 없어 빙그레 웃으며 말했다.

"몽 통령께서 친히 구해주시다니 무척 감동했습니다. 이곳은 혼잡해서 감사인사를 드릴 곳이 못 되니, 나중에 찾아뵙고 인사드리지요. 부디 한번 만나주십시오."

몽지는 마음을 가라앉히고 억지웃음을 지으며 몇 마디 주고받은 다음, 심복 두 명에게 매장소를 집까지 호위하라고 명령했다. 그 일이 마무리되자 몽지는 하강을 천뢰로 압송하여 경비가 가장 삼엄한 천(天)자 옥방에 가두고, 다시 옷을 갖춰 입고 황제에게 보고하기 위해 입궁했다.

"하강은 뭐라고 하던가?"

조금 전 왕부에서 처분을 기다리라며 예왕을 물리친 황제는 아직 기분이 좋지 않았다. 언제 날벼락을 내려도 이상하지 않을 만큼 얼굴도 어두웠다.

"죄를 인정하지 않고 계속 폐하를 뵙기를 청합니다."

몽지가 사실대로 보고했다.

"당연히 그렇겠지."

황제가 냉소했다.

"하강은 최후의 순간까지 포기하지 않을 자다. 시원시원하게 죄를 인정했다면 도리어 이상한 일이지."

"하지만 폐하……."

몽지가 한 걸음 나아가 혼란스러운 표정으로 말했다.

"신이 하동을 천뢰에 가둘 때 하동은 계속 하강을 변호했습니다. 위쟁을 빼낸 일은 남편의 복수 때문에 혼자 저지른 일이고 사부는 아무 상관이 없다는데…… 정말 그런 게 아닐까요?"

황제가 자연스레 몽지를 흘겨보았다.

"경은 말이야, 무인이라서 그런지 너무 단순해. 하동이 하는 말을 믿을 사람은 경밖에 없을 게야. 남편의 복수 때문이라면 감옥에 있을 때 죽일 것이지, 왜 폭도인 척하고 밖으로 끌어냈겠나? 위쟁이 피를 토하자 부축해주기까지 했다고 기왕이 말하지 않던가? 분명 그를 죽일 생각이 없었던 게야. 만약 하동 혼자 저지른 일이라면 위쟁은 벌써 죽었네. 하강은 위쟁을 이용해 뭔가 다른 짓을 하려던 게지. 예를 들면 위쟁을 정왕이 관할하는 곳에 옮긴 다음 조사랍시고 사람을 보내 증거로 삼는다거나……."

"예?"

몽지는 경악한 표정을 지었다.

"그, 그건 너무…… 폐하께서는 그렇게 복잡한 것까지 짐작하셨겠지만, 신은 우둔해서…… 그런 생각은 해보지도 못했습니다."

"하강의 수법은 짐이 다 아네."

황제는 눈을 가늘게 뜨고 흉악한 표정을 지었다.

"지금까지는 짐을 속일 리 없다고 믿고 깊이 생각하지 않았지만, 돌이켜보면 참으로 소름이 끼치는군."

"그럼 하동은……."

"하동이 한 말은 사부를 구하기 위해서일 뿐이네. 한 귀로 듣고 한 귀로 흘리면 되지, 믿을 필요 없네."

"그렇다면 위쟁이 살아 있을 수도 있겠군요."

"아직 하강 손에 있겠지. 하지만 절대 위쟁을 내놓지 않을 걸세."

"그건 무엇 때문입니까?"

황제는 다시 한 번 몽지를 흘겨보았다.

"아무튼 단순하다니까. 머리를 좀 쓰지 그러나? 하강은 정왕이 보낸 사람이 위쟁을 빼냈다고 우겼네. 그런데 자기 손으로 위쟁을 내놓으면 죄를 인정하는 꼴 아닌가? 짐이 말했듯이 하강은 그리 쉽게 물러설 사람이 아니네."

사실 몽지는 큰 소리로 껄껄 웃고 싶었지만, 랑야방 2위의 고수인 만큼 그 정도 자제력은 있었다. 그래서 여전히 엄숙한 표정으로 정중하게 고개를 끄덕였다.

"황자를 모함한 일은 백 번 죽어도 씻을 수 없는 죄입니다. 하강에게 살고 싶은 마음이 조금이라도 있다면 순순히 위쟁을 내놓지 않겠군요."

"이제야 핵심을 파악했군."

황제는 길게 한숨을 내쉬며 힘없이 뒤로 기댔다.

"하강에게 전하게. 짐은 변명 따위는 듣고 싶지 않으니 혼자 잘 생각해보라고. 생각이 정해지면 종이와 붓을 주고, 하고 싶은 말을 쓰라고 하게."

"예."

"물러가게."

손을 내저어 그를 내보낸 황제는 갑자기 몹시 피곤해져서 저도 모르게 눈을 감고 꾸벅꾸벅 졸았다. 고담이 조용히 다가와 나지막이 물었다.

"폐하, 오늘은 어디에서 쉬시겠습니까?"

황제는 잠이 들었는지 한동안 대답이 없었다. 그러다 반 각 정도가 지난 후 살며시 눈을 뜨고 분부했다.

"지라궁으로 가자."

승리

—
52
—

정비는 푸른 술 한잔을 받쳐 들고 사뿐사뿐 침대로 다가갔다. 막 족욕을 마치고 머리에 안마까지 받은 황제는 푹신한 여우털 이불을 덮고 누워 눈을 감고 맑고 옅은 약초 향을 즐겼다.

"역시 이곳이 가장 편하구나."

정비가 입가로 가져온 술을 한 모금 마신 후, 황제는 기지개를 켜며 눈을 떴다.

"요 며칠 고생이 많았다."

"신첩은 느긋한 편이라 고생이라고 느끼지 않습니다."

정비가 부드럽게 웃었다.

"봉록이 조금 깎인 것뿐인데 무엇이 부족하겠습니까? 보살펴주시려는 폐하의 마음을 잘 알기에 억울하지 않습니다. 금족령도 그렇답니다. 날마다 인사하러 가지 않아도 되니 도리어 한가롭고 자유롭지요."

"그대니까 그렇게 생각하겠지."

황제는 정비가 든 잔을 잡아 내려놓고 그녀의 손을 힘주어 잡았다.

"경엽 걱정이 많겠지?"

"영명하신 폐하께서 계신데 왜 걱정을 하겠습니까?"

정비는 여전히 미소를 짓고 있었지만 목소리가 잦아들었다.

"역시 걱정인 게야."

황제는 허허 웃으며 가까이 오라고 손짓했다.

"경엽은 괜찮다. 조사도 끝났으니 그간의 억울함은 짐이 충분히 보상해주마."

정비는 차분한 표정으로 살짝 미소만 지었다. 감사하다는 인사조차 없자 황제는 약간 의아해하며 물었다.

"왜 그러느냐?"

"경엽이 이런 화를 당한 것은 폐하의 은총을 감당할 복이 없기 때문입니다. 앞으로는…… 좀 덜 아껴주시는 게 낫지 않을까요?"

황제가 눈살을 찌푸리며 성질을 참지 못하고 꾸짖었다.

"그게 무슨 말이냐? 경엽이 은총을 받은 것은 일을 잘했기 때문이지 짐이 편애한 것이 아니야. 더구나 은총을 내리는 것은 짐인데 감당하지 못할 이유가 어디 있느냐? 무엇하러 그런 생각을 하느냐?"

정비는 가만히 고개를 숙인 채 아무 말 없이 황제의 팔을 주물렀다. 그러나 추수같이 깊은 눈동자에는 여전히 걱정스런 기색이 남아 있었다.

"안다, 나중 일이 두려운 거겠지."

황제는 풀어진 목소리로 그녀를 위안했다.

"불안해하는 것도 무리는 아니다. 경엽은 꼿꼿하고 제멋대로인 데가 있어서 하고 싶은 말을 해버리는 성미지. 짐이 싫어할 것을 알면서도 적염군 사건을 변호하고, 지금도 여전히 제가 옳다고 고집을 피우지만, 그런 점에서는 속이 시꺼먼 놈들보다야 훨씬 안심이 된다. 현경사가 이렇게 대담무쌍한 짓을 할 줄은 생각도 못한터라 경염을 오해했는데, 다행히 하늘이 보살폈는지 아우가 하동을 목격했다. 그렇지 않았다면 하강이 병약한 소철을 고문해서 증거를 조작해냈을지도 모르지."

"소철이요?"

정비가 호기심을 보였다.

"경녕이 말한…… 아이 셋으로 북연의 고수를 물리쳤다는 그 소 선생 말씀인지요?"

"그래, 그대도 들어봤구나."

"소 선생은 조정의 객경이 아닌가요? 어쩌다 이 일에 연루되었는지요?"

"그대는 모르겠지만 소철의 진짜 이름은 매장소다. 천하에 유명한 이름이지. 박학다식하고 재능도 많아 경성에서 많은 사람을 사귀었는데, 경염도 몇 번 만난 모양이야. 하강은 그걸 핑계로 그자를 경염의 공모자로 몰았지. 생각해봐라, 경염이 누구냐? 신분때문이든 성격 때문이든, 하강이 그 녀석을 심문할 수나 있겠느냐? 심문한들 무얼 얻을 수 있겠느냐? 하지만 소철은 다르지. 허약한 문인이고 체력도 좋지 않으니 일단 현경사에 들어가면 하강마음대로 할 수 있다."

정비는 다소 놀란 듯 찬바람을 들이켰다.

"소 선생이 공연한 피해를 입었군요? 지금은 괜찮겠지요?"

"괜찮아봤자 얼마나 괜찮겠느냐? 몽지에게 들으니 고문을 당한 것 같던데……. 유명 인사이니, 조정이 인재를 아낄 줄 모른다고 사람들이 들고일어나기 전에 짐이 잘 달랠 것이다."

"폐하께서 그렇게까지 말씀하시는 걸 보니 보통 인물이 아닌가 봅니다. 직접 만나보지 못하는 것이 아쉽군요."

정비가 지나가듯이 말하며 웃어 보였다.

"보고 싶으면 어려울 것도 없다. 경염에게 데려오라고 하면 되지 않느냐."

"아닙니다."

정비가 고개를 저었다.

"외척도 아니고 조정의 관리도 아닌데, 지엄한 규칙을 어겨 황후마마를 곤란하게 해드릴 수는 없지요."

"그대도 참, 하여간 너무 착하다니까. 하지만 그 말도 맞다. 괜한 소동은 피우지 않는 게 낫지."

황제는 잠시 생각해본 후 말했다.

"이렇게 하자꾸나. 3월 봄 사냥 때 경염에게 그자를 데려오라고 하겠다. 황궁 밖에서는 그렇게 복잡한 규칙이 없으니 그때 만나보아라."

"봄 사냥 때 신첩을 데려가시려고요?"

황제가 의아한 듯 그녀를 쳐다보았다.

"그대가 아니면 누굴 데려가겠느냐?"

정비는 눈동자를 살며시 굴리다가 천천히 눈을 내리뜨며 나지막이 말했다.

"예, 명을 따르겠습니다."

"명을 따르지만 감사하는 것은 아니다?"

황제가 그녀를 품 안으로 끌어당겼다.

"두려워할 것 없다. 짐이 이렇게 아끼는데 누가 감히 그대를 건드리겠느냐?"

정비는 황제의 앞섶을 만지작거리며 속삭이듯 말했다.

"신첩은 새파랗게 젊은 나이도 아니고, 오랜 궁중 생활 동안 총애가 옮겨가는 것을 많이 보았답니다. 그저 폐하를 잘 모시고 싶을 뿐 다른 건 바라지 않습니다. 다만……."

"다만 경염이 걱정된다 이 말이냐?"

황제가 웃으면서 뺨으로 흘러내린 그녀의 머리를 귀 뒤로 넘겨주었다.

"짐도 예전에는 몰랐지만 경염에게 좋은 점이 많다는 것을 알게 되었다. 다만 고집이 좀 세서 가르쳐줄 사람이 있어야 해. 그렇지, 그 소철이라는 자가 보고 들은 것이 많다고 하니 경염더러 잘 배우라고 해야겠구나. 경환도 자주 들락거렸다던데……."

"황자로서 조정의 일에 충성을 다하면 충분하지 않을까요? 명사를 존중하는 것도 좋지만 그렇게까지 우러러 받들어야 하는진 모르겠습니다."

정비는 전혀 기쁜 내색을 하지 않고 차분하게 대답했다.

갑자기 황제의 눈동자가 환하게 반짝였다. 한참 후, 황제는 한자 한자 힘주어 물었다.

"경염을 단순히 일 잘하는 친왕으로 남기고 싶은 게냐?"

정비는 화들짝 놀라 평소답지 않게 당황한 모습으로 벌떡 일어나 황제를 똑바로 보았다.

"놀랄 것 없다. 그냥 일러주려는 것뿐이다."

황제가 따뜻한 목소리로 말했다.

"두 사람 다 오랫동안 냉대를 받아 그런 생각을 해본 적이 없겠지. 지금이라도 늦지 않았으니 생각해보아라. 조정에서 당파를 만들지 않고 누구나 공평하게 대우하는 경염의 방식이 퍽 마음에 들지만, 그래도 곁에 사람이 있어야 해. 이번에 함정에 빠진 것도 함께 고민해줄 사람이 부족해서가 아니냐?"

정비는 고개를 숙이고 한동안 생각에 잠겼다가 천천히 대답했다.

"저희 모자를 생각해주시는 마음 잘 알겠습니다. 그 말씀은 경염에게 전하지요. 하지만 그 아이가 가장 싫어하는 것이…… 폐하께서도 아실 겁니다. 그 아이가 듣지 않는다면 신첩도 어쩔 도리가……."

"고집불통 같으니!"

황제는 버럭 소리를 쳤지만 곧 다시 허허 웃음을 터뜨렸다.

"오냐, 급한 일도 아니니 지켜보겠다. 각자 유폐를 당해 한동안 못 만났겠지? 조만간 경염을 불러 짐 대신 잘 위로해주려무나."

"위로라니요?"

정비도 빙그레 웃었다.

"민간의 아이들도 꾸중을 듣게 마련인데 하물며 황자는 말할 것도 없지요. 경험이 많을수록 지혜도 느는 법이니 경염에게도 도움이 되었을 겁니다. 정말 원망이라도 한다면 신첩이 잘못 가르친 것이지요."

듣기 좋은 말이었다. 지친 하루를 보내고 겨우 몸과 마음이 편안해진 황제는 똑바로 누워 정비에게 허리를 안마하게 한 후 천천히 잠이 들었다.

황제의 허락이 떨어지자 정왕은 망설이지 않고 사흘째 되는 날 입궁했다. 황제가 며칠 동안 지라궁에 머문다는 소식을 들은 언 황후는 이미 유폐령이 유명무실해졌다는 것을 알고, 괜스레 나섰 다가 창피를 당하고 싶지 않아 정양궁에 틀어박혀 모르는 척했다. 신아가 황제의 명으로 맞아 죽은 후 지라궁에는 첩자가 사라졌다. 정비도 아랫사람을 다룰 때 신중하고 세심하게 살폈기 때문에 그 들 모자는 안심하고 이야기를 나눌 수 있었다.

아들을 난각으로 데려간 정비는 달걀떡 하나를 내밀며 가장 먼 저 이렇게 물었다.

"소 선생은 괜찮니?"

소경염은 고개를 들고 어머니를 바라보며 들고 있던 간식을 내 려놓았다.

"아직 모릅니다."

"몰라?"

"어제 찾아갔지만 만나지 못했습니다."

정왕은 짙은 눈썹을 찌푸렸다.

"예전에도 병이 깊을 때는 만나지 못했지요."

"병이 났으면 더욱더 찾아봐야지."

정비가 초조해했다.

소경염은 이상한 생각이 들어 항상 차분하던 어머니를 바라보 았지만, 지금까지의 경험에 비추어 물어봐도 소용없다는 것을 알 고 있었다. 그래봤자 정비는 '네게 가장 소중한 모사이니 당연히 관심을 가져야지' 하는 식으로 둘러댈 게 뻔했다.

"걱정 마십시오, 어마마마. 내일 다시 가보겠습니다. 최소한 얼굴이라도 봐야지요. 이번에 소 선생의 도움이 컸습니다. 위쟁을 구하는 것을 찬성하진 않았지만 제가 고집을 피우자 전력을 다해 계책을 내주더군요. 스스로 현경사에 끌려가면서까지……."

"위쟁을 구하는 것을 반대했다고?"

정비는 그렇게 물었지만 곧 깨달았다.

"상황을 보면 그의 말이 맞아. 하지만 결국 둘 다 앞뒤 가리지 않고 그 일을 해냈지. 그런 사람이 곁에 있으니 정말 마음이 놓이는구나."

정왕은 아득한 눈빛으로 살며시 한숨을 쉬었다.

"위쟁을 구출한 뒤로는 소 선생이 맡았습니다. 소자에게도 모르는 편이 낫다며 어디로 보냈는지 알려주지 않았지요. 사실 소자는 위쟁을 만나 당시 상황이 어땠는지 듣고 싶습니다. 적염군이 어쩌다 몰살되었는지, 소수는 어떻게 죽었는지, 죽을 때 무슨 말이라도 남기지 않았는지…… 이루지 못한 소원은 없었는지……."

"위쟁은 남쪽 골짜기에 갔었다니 아마 그때는 소수 곁에 없었을 거야."

소경염은 떨리는 입술을 꾹 다물었다. 눈시울이 빨갛게 젖었다.

"어마마마…… 소수가 그렇게 죽었다는 것을 믿을 수가 없습니다. 동해로 떠나기 전에, 탄환으로 쓰게 비둘기 알만한 진주를 구해오라고 했는데…… 돌아와보니 시체조차 없었지요. 심지어 임씨네 저택까지…… 늘 함께 놀던 그곳이 하룻밤 사이 흙더미가 되어 추억만 남은 폐허로 변해버렸더군요."

"경염."

정비가 허리를 숙여 아들의 눈물을 닦아주며 부드럽게 말했다.

"네가 기억해준다면 소수는 살아 있는 거란다, 네 마음속에 말이야."

정왕은 벌떡 일어나 창가로 걸어갔다. 한참 동안 창틀을 짚고 묵묵히 서 있던 그가 비로소 입을 열었다.

"마음속에 살아 있는 건 싫습니다. 이 세상에 살아 있으면 좋겠어요."

"뭐든 강요할 수는 없는 거야."

정비는 가늘게 떨리는 아들의 뒷모습을 바라보며 애처로운 눈빛을 지었다.

"잃어버린 것은 영원히 되돌릴 수 없단다. 소수가 정말 살아 돌아온다고 해도 예전의 소수는 아닐 거야."

상심에 젖은 정왕은 어머니의 말을 깊이 생각할 여유가 없었다. 그는 창밖으로 정원을 돌아 졸졸 흐르는 물과 드문드문 흩어진 오동나무 가지를 바라보았다. 그리고 앞으로의 길고 긴 길을 떠올리며, 친구의 누명을 벗겨주겠다는 확고부동한 목표를 이루겠노라 맹세했다.

"아마 어디선가 저를 지켜보겠지요. 더 이상 후회하지도 포기하지도 않겠습니다."

정왕이 중얼거렸다.

정비의 얼굴에 이상하리만치 복잡한 표정이 떠올랐다. 하고 싶은 말이 목까지 올라왔지만 꿀꺽 삼켰다. 그녀는 온화하고 세심한 사람이었다. 매장소를 직접 만나기 전까지는 침묵이야말로 최선의 선택일 것이다.

"경염, 어제 폐하께서 3월 봄 사냥 때 너더러 소 선생을 데려오라 하시더구나."

정왕이 고개를 휙 돌리며 놀란 기색으로 물었다.

"예?"

"그때 나도 어가를 따라갈 거란다. 소 선생을 만나보라고 허락하셨다."

정비가 빙그레 웃었다.

"그 사람의 신출귀몰한 솜씨를 늘 듣고 있는데 한번 만나봐야 하지 않겠니?"

정왕의 눈빛이 살짝 흔들렸다. 정비가 매장소에 대해 깊이 관심을 갖는 것이 그에게는 몹시 의외였다. 순수한 호기심이라는 말로는 설명하기 어려웠다. 더욱이 욕심이 없는 정비는, 다른 것은 몰라도 호기심은 거의 없는 편이었다.

"부황께서 허락하셨다니 데려가겠습니다."

잠시 망설였지만, 소경염은 결국 허리를 숙이며 공손히 명을 받았다.

매장소가 정왕을 만나지 않은 것은, 정왕의 예상대로 저택으로 돌아간 후 병세가 깊어졌기 때문이었다. 정신이 몽롱한 상태에서 저도 모르게 허튼소리라도 할까봐, 이럴 때는 늘 비류를 보내 손님을 거절했다. 하지만 비류가 막지 못하는 손님도 있었다. 예를 들어 금군통령 몽지 같은.

금군통령은 이 어린 호위무사와 대청에서부터 툭탁거리며 침실로 밀고 들어왔다. 처음부터 끝까지 그 모습을 지켜본 려강과 견평은 초조해서 땀을 뻘뻘 흘렸다. 하지만 고개를 돌리는 순간

기가 막혔다. 어젯밤 병으로 픽 쓰러졌던 종주가 지금은 이불을 껴안고 히죽히죽 웃으며, 거의 침대 앞까지 온 두 사람의 화려한 싸움을 지켜보고 있었던 것이다. 자못 즐거운 표정이었다.

"종주, 깨어나셨으면 비류더러 그만하라고 좀 하세요!"

려강이 소리 죽여 외쳤다.

"괜찮네. 좀 더 싸우게 해."

매장소는 개의치 않았다.

"형님은 적당히 하고 계시고, 비류는 적당히 하지 않지만 상관없네. 어쨌든 비류가 형님을 해치진 못할 테니까."

그 말을 듣자 몽지는 웃어야 할지 울어야 할지 알 수가 없었다. 하지만 농담을 할 정도라면 몸에 큰 무리는 없는 것 같았다. 그래서 침실 밖에서 비류에게 저지당했을 때 느낀 초조하고 걱정스런 마음을 벗어던지고 진지하게 비류를 상대하기 시작했다.

안 의원이 방 한가운데의 격투장을 피해 씩씩거리며 약그릇을 가져왔다. 매장소가 얼른 일어나 두말없이 약을 받아 마시자 늙은 의원은 굳은 얼굴로 빈 그릇을 들고 돌아섰다.

"안 의원, 화를 내면 간에 안 좋다고들 하던데, 늘 그렇게 화를 내시는데도 건강하시니 대체 어찌 된 겁니까?"

매장소가 웃으며 질문을 던졌다.

"뻔뻔하게 그런 질문이 나오나? 이러다 자네 때문에 화병으로 내가 먼저 가겠어!"

안 의원은 코웃음을 치고는 노발대발하며 나가버렸다.

매장소는 쿡쿡거리며 웃다가 겨우 비류에게 외쳤다.

"비류, 아저씨를 보내주렴!"

비류는 내키지 않는 얼굴로 공격을 멈추고는 고개를 까딱해 보였다.

"가!"

몽지가 웃으며 비류의 앞머리를 마구 쓰다듬었다. 소년은 얼굴을 굳혔지만, 뜻밖에도 가만히 있는 바람에 옆에 있던 려강과 견평의 입이 떡 벌어졌다.

"형님, 비류가 이젠 형님이 싫지 않은 모양입니다. 축하드립니다."

매장소가 웃으며 말했다.

"쓸데없는 소리. 그래, 몸은 어떤가?"

몽지가 성큼성큼 다가와 몸을 숙이고 꼼꼼히 들여다보았다.

"왜 비류더러 손님을 못 들어오게 하랬나? 간 떨어질 뻔했잖아."

"이틀 전만 해도 썩 좋지 않았는데 오늘은 훨씬 낫군요. 정신이 혼미해서 비류에게 확실히 말하진 못했는데, 어쨌든 형님을 막으려는 건 아니었어요."

매장소는 침대 머리맡에 놓인 의자를 가리켰다.

"앉으시지요."

"정왕을 만나기 싫었군?"

몽지가 알겠다는 듯 고개를 끄덕였다.

"그럼 밀실의 문을 닫아두면 되잖아."

"경염도 다리가 있는데 정문으로 올 수도 있지요."

매장소가 설명하는데 갑자기 비류가 달려와 외쳤다.

"문!"

"호랑이도 제 말 하면 온다더니."

몽지가 비류를 보며 말한 후, 웃으면서 고개를 돌리고 주인의 결정을 기다렸다.

매장소는 일어나 앉으며 낮게 말했다.

"형님이 대신 좀 모셔오세요."

몽지가 일어나 비밀 통로로 향했고, 려강과 견평은 방에서 나갔다. 정왕은 마중 온 몽지를 보고 다소 놀란 얼굴이었다.

"몽 통령이 어떻게? 오늘 입궁했을 때 황궁에서 보지 않았소?"

몽지가 웃으며 예를 갖췄다.

"저도 막 왔습니다. 현경사에서 소 선생을 풀어줄 때 상태가 안 좋아 보여 마음에 걸리던 차에, 마침 오늘 틈이 나서 문병을 왔습니다. 전하께서도 오실 줄은 몰랐군요."

정왕은 고개만 끄덕이고 상세히 묻지 않았다. 두 사람은 비밀 통로를 따라 나가 조그만 발을 걷고 매장소의 침실로 들어갔다. 주인은 침대에서 반쯤 몸을 일으키고 미소 지으며 인사했다.

"직접 마중 나가지 못해 죄송합니다. 괜한 걸음을 하게 해드렸군요."

"일어나지 마시오."

정왕이 발걸음을 빨리하여 다가왔다.

"몸은 괜찮으시오?"

매장소는 빙그레 웃었다.

"앉으십시오, 전하. 저는 괜찮습니다. 틈이 난 김에 한 이틀 쉬었을 뿐이지요."

정왕이 의자에 앉으며 매장소를 살폈다. 창백한 얼굴을 보자 미안하고 부끄러운 마음을 숨길 수 없었다.

"나만 아니었다면 선생이 현경사로 갈 이유도 없었소. 하강은 잔인한 자이니 분명 고초가 심했을 거요. 우리에게 알리고 싶지 않을 뿐이겠지."

그가 한숨을 쉬며 말하자, 그러잖아도 묻고 싶었던 몽지가 화제를 이어받았다.

"소 선생, 해독은 했소?"

"해독이라니?"

정왕이 놀라 펄쩍 뛰었다.

"해독이라니요?"

매장소도 눈을 끔뻑끔뻑하며 따라 물었다.

"아닌 척하지 마시오. 하동을 천뢰에 가둘 때 들었소. 하강이 선생에게 오금환이라는 독을 먹였잖소!"

"아."

매장소는 아무렇지 않은 듯 고개를 저었다.

"약은 먹었지만 중독되지는 않았습니다."

"숨기지 마시오. 하동이 똑똑히 보았다고……."

"하강은 제게 오금환을 주었고, 저는 약을 떨어뜨렸습니다. 하강은 그것을 다시 주워서 제 입에 넣었고요. 하동이 본 것은 그것뿐입니다."

매장소가 씩 하고 교활하게 웃었다.

"하지만 저는 중독되지 않았습니다. 하강에게 오금환이 있다는 것을 알면서도 걸려들면 저야말로 바보지요."

정왕과 몽지는 서로 마주 보았다. 무슨 말인지 알아듣자 안심이 되어 웃음이 나왔지만, 앞으로가 걱정스러웠다.

"하동 얘기가 나와서 말입니다만, 그녀는 좀 어떻습니까?"

"하강의 판결이 나오기 전에는 별문제 없을 거요."

몽지가 한숨을 쉬었다.

"오랫동안 외롭게 살아온 것도 가여운데, 이제는 냉혹 무정한 사부 때문에 절망에 빠졌구려. 그 고통을 누구와 나눌 수 있겠소."

"저희가 하동에게 빚을 졌지요."

매장소의 눈동자에도 안타까운 빛이 어렸다.

"힘닿는 데까지 보살펴야 합니다. 하동은 위쟁과 다릅니다. 정왕 전하와 정비 마마께서 힘껏 도우신다면, 폐하께서는 두 분이 마음이 넓어서 그렇다고 생각하지, 의심하지는 않을 겁니다. 설사 벌을 받게 되더라도 가능한 한 가볍게 처벌했으면 합니다."

"당연한 말이오."

정왕은 고개를 끄덕였다.

"하동은 섭봉의 미망인이고, 이번에도 사부의 명령을 따랐을 뿐이라고 알려졌으니 용서를 받을 수 있을 거요. 나와 어마마마가 열심히 부탁드리면 크게 벌을 받진 않을 거요."

"전하께서 계시니 하동은 괜찮을 거요. 염려 마시오, 소 선생."

매장소가 하동을 얼마나 걱정하는지 정왕보다 잘 아는 몽지가 재빨리 위로했다.

"소 선생."

정왕이 몸을 앞으로 살짝 기울여 매장소의 시선을 잡아끌며 무거운 목소리로 물었다.

"이제 일이 거의 마무리됐는데 위쟁을 한번 만나볼 수 있겠소?"

매장소는 약간 당황하여 잠시 망설이다가 나지막이 대답했다.

"하강은 체포되었지만 아직 끝난 게 아닙니다. 이런 때는 조심하는 것이 좋습니다. 위쟁은 안전하니 걱정 마십시오."

"아직 경성에 있소?"

"그렇습니다."

"어디에?"

매장소가 그를 보며 고개를 저었다.

"죄송하지만 알려드릴 수 없습니다. 위쟁의 소재를 아시면 전하께서는 분명 살그머니 찾아가실 겁니다. 만에 하나 실수라도 하면 그간의 노력이 물거품이 됩니다."

정왕이 창밖을 보며 가볍게 한숨을 내쉬었다.

"나는 한시라도 빨리 그때의 긴박했던 상황을 알고 싶소. 선생은 여전히 내 마음을 모르는구려."

매장소는 고개를 숙이고 입을 꾹 다물었다가 다시 말했다.

"저는 당사자가 아니니 모르는 것이 당연하지요. 하지만 전하의 마음이 어떻든 지금은 아닙니다. 위쟁의 상처도 낫지 않았고, 조정이 열리면 필시 혼란이 있을 테니 전하께서도 혼란을 수습하는 데 집중하셔야 합니다. 지금은 마음을 편히 하실 때입니다. 때가 되면 전하께서 재촉하지 않으셔도 만나게 해드리겠습니다."

몽지는 울적해하는 정왕의 표정을 보자 뭐라도 해서 분위기를 띄워야겠다고 생각했다. 그런데 그보다 먼저 밖에서 려강의 목소리가 들려왔다.

"종주, 목왕부의 소왕야께서 병문안을 오셨습니다."

매장소는 저도 모르게 눈살을 찌푸렸다. 목청은 비록 아군이지만, 아직 어리고 조심성이 부족해서 정왕과 몽지가 이곳에 있는 것을 보여줄 수는 없었다. 하지만 병을 핑계로 그를 쫓아 보내면,

혹여 쓸데없는 소식을 전해 공연히 예황과 섭탁을 걱정시킬지도 몰랐다. 고민을 거듭해도 최선의 방법이 떠오르지 않는데, 마침 매장소가 망설이는 이유를 짐작한 정왕이 알아서 일어났다.

"목청이 좋은 뜻에서 병문안을 왔는데 피할 수는 없잖소. 일단 나와 몽 통령이 자리를 피하는 게 좋겠소. 내일 다시 찾아오겠소."

매장소는 황급히 사과했다.

"전하를 매일 찾아오시게 할 수는 없지요. 의논할 일이 있으면 밀실로 부르십시오."

정왕은 눈동자를 굴리며 빙그레 웃더니 불쑥 말했다.

"3월쯤이면 병이 다 낫겠소?"

"3월까지 갈 것도 없습니다. 며칠만 쉬면 괜찮아질 겁니다."

"부디 몸조심하시오. 부황께서 3월 봄 사냥 때 선생을 데려오라 하셨소."

매장소는 의외인 듯 눈썹을 치켜세웠다.

"황족들만 참여하는 봄 사냥에 저를 데려오라고요?"

그 순간, 정왕은 눈 한 번 깜짝하지 않고 매장소의 얼굴을 보며 천천히 말했다.

"어마마마께서 선생을 보고 싶어 하시오."

그 시선의 끝에 보이는 매장소의 속눈썹이 살짝 떨렸지만, 그 외에는 어떤 표정 변화도 없었고 목소리도 차분했다.

"농담이시겠지요, 전하. 제가 전하를 보좌하고는 있으나 어쨌든 평민입니다. 정비 마마께서 무엇 때문에 저를 만나시겠습니까?"

"어마마마는 항상 선생을 경모하셨소. 내게 그런 말씀을 하신 것이 몇 차례나 되오. 부디 거절하지 마시오."

정왕은 번뜩이는 시선을 거두고 살짝 고개를 숙여 보인 후 돌아서서 비밀 통로로 나갔다. 내내 어리둥절한 얼굴로 듣고만 있던 몽지도 그제야 후다닥 그를 따라갔다. 늘어진 발을 통과하려는 순간, 갑자기 정왕이 걸음을 멈추고 돌아보았다.

"소 선생, 위쟁이 목왕부에 있소?"

매장소는 흠칫했지만 곧 감탄을 금치 못하는 목소리로 대답했다.

"전하께서 이렇게 눈치가 빠르시니, 오래지 않아 저는 쓸모없는 몸이 되겠군요."

정왕이 빙그레 웃으며 말했다.

"또 농담을 하는구려. 목왕부에서 위쟁을 돌봐주기로 했다면 나도 안심이오. 이만 갈 테니 푹 쉬시오."

매장소는 몸을 일으켜 눈으로 그를 배웅했다. 잠시 후, 밀실 문이 삐걱거리는 소리가 들렸다. 이번에는 확실히 떠난 것 같았다.

"목 소왕야를 모셔오게."

"예."

창밖에서 대답하는 소리가 들렸다. 차 한잔 마실 정도의 시간이 흐른 후, 목청이 씩씩하게 방으로 들어왔다. 그는 침대에 가까이 오기도 전에 소리부터 질렀다.

"소 선생, 편지 가져왔어요!"

"편지라니요?"

"예, 누님이 역마 편으로 부친 거예요. 절 꾸중하는 편지 속에 들어 있었어요."

목청은 의자를 놔두고 굳이 침대 가장자리에 앉아, 편지를 건네며 궁금한 듯이 기웃거렸다.

"빨리 뜯어봐요. 누님이 뭐라 하는지……."

매장소는 입가에 미소를 띠며 편지를 베개 밑에 넣었다.

"눈이 침침해서 나중에 읽어야겠군요."

"제가 대신 읽어드릴게요!"

목청이 눈을 반짝였다.

매장소가 이러지도 저러지도 못하고 있는데 마침 비류가 들어왔다. 비류는 침대 머리맡의 의자를 가리키며 말했다.

"너, 여기!"

"싫은데?"

목청이 턱을 쳐들었다.

"난 여기 앉을 거야. 침대에 앉는 게 좋거든. 소 선생도 아무 말 안 하시는데 네가 뭔데 나서?"

"그만, 그만."

매장소가 재빨리 나서서 두 소년의 다툼을 막았다. 문득 좋은 생각이 났다.

"목 왕야, 우리 비류와 한번 겨뤄보시겠습니까?"

"우와, 그래도 돼요?"

"물론입니다."

매장소는 비류를 돌아보았다.

"비류, 이 형님과 한번 싸워보렴. 대신 동생들과 싸울 때처럼 조심조심해야 한다."

비류의 얼굴이 딱딱하게 굳었지만 형이 시킨 일이니 어쩔 수 없이 돌아서서 먼저 정원으로 나갔다. 목청도 희희낙락하며 따라나갔고, 곧이어 초식을 주고받는 소리가 들려왔다.

매장소는 베개 밑에서 편지를 꺼내 뜯었다. 예상대로 예황과 섭탁, 두 사람은 섭탁을 경성으로 가게 해달라고 아우성이었다. 매장소는 고개를 저으며 한숨을 쉬고는, 이불을 걷고 침대에서 내려갔다. 문밖에 서 있던 려강이 얼른 들어와 옷을 걸쳐주고 부축했다.

"종주, 뭐 하시려고요?"

"답장을 쓰려네."

"누워서 불러주시지요. 제가 대신 쓰겠습니다."

매장소는 고개를 저었다.

"섭탁은 바뀐 내 필체를 아네. 남이 대신 쓴 걸 보면 더욱 안절부절못할 걸세."

려강은 명을 거역할 수 없어, 그를 책상 앞에 앉히고 종이를 펼친 후 먹을 갈았다. 편지의 내용은 깊이 생각할 필요도 없었다. 예황과 섭탁을 엄하게 꾸짖기만 하면 끝이었다. 하지만 붓을 들고 보니 힘없는 필체를 보면 두 사람이 걱정할 것 같아 매장소는 몹시 공을 들여 글자를 썼고, 덕분에 한 통을 쓰고 나자 이마에 땀이 송골송골 맺혔다. 려강은 그를 침대로 부축해준 후 다시 책상으로 돌아가 편지를 잘 봉해 가져다줬다. 그가 나지막이 물었다.

"종주, 목 소왕야를 모셔올까요?"

매장소는 창밖으로 시선을 돌렸다. 정원에서 들려오는 툭탁거리는 소리에, 불현듯 딴 세상 일 같은 어린 시절이 떠올라 잠시 넋이 빠졌다. 한참 후에야 그가 울적한 목소리로 대답했다.

"잠 좀 자야겠네. 목청이 지쳐 물러나면 이 편지를 보내달라고 하게. 다시 방에 데려올 필요는 없네."

려강은 알겠다고 대답하며 매장소를 똑바로 눕혔다. 슬쩍 보니 매장소의 입술이 하얗게 질려 있어 가슴이 시큰하고 찌르는 듯이 아팠다. 그는 황급히 고개를 숙여 통증을 억누르며 천천히 문가로 물러났다.

경성에서 가장 빨리 전해지는 것이 있다면 바로 소문이었다. 정월 16일, 조정이 다시 열리던 날, 많든 적든 이미 소문을 들은 조정 대신들은 신경을 바짝 곤두세우고 일어날 일을 기다렸다. 그러나 뜻밖에도 하루가 다 가도록 풍파는 일지 않았다. 특별한 어명도 없었고, 조정에서는 예법에 따라 필수적인 의식만 진행되었다. 황제의 표정도 평소와 다름없어 이상한 점은 찾아보려야 찾아볼 수도 없었다.

하지만 그렇게 하루, 또 하루가 지나고 사람들이 소문이 잘못되었거나 어떤 변수가 생겼다고 생각할 즈음, 일어나야 할 일들이 한꺼번에 터졌다.

정월 20일, 황제는 현경사의 직권을 모조리 박탈하고 소속 관리들의 업무를 중단하라는 어명을 내렸다. 동시에 대리사경 주월을 해임하고 형부에 가두었다.

정월 23일, 내정사에서 윗사람을 거스르고 덕이 없다는 이유로 예왕 소경환을 왕주 일곱 개의 친왕에서 왕주 두 개의 친왕으로 강등하고 석 달간 왕부에 유폐한다는 조서를 발표했다. 예왕부의 관리들이 이에 반대하다가 일곱 명이 유배되었다.

정월 27일, 정비를 정 귀비로 봉하고 후궁을 다스리기 위한 전표(箋表)와 인장을 내린다는 발표가 있었다.

어느 조서에도 정왕이 직접 언급되진 않았지만, 눈이 있는 사람이라면 정왕 소경염이 황자들 중에서 가장 높은 자리에 올랐음을 알아차렸다. 그가 늙어 허리가 굽어가는 황제를 부축하고 시립한 대신들 사이를 걸어갈 때면, 미래의 모습이 또렷이 보이는 것 같았다.

당파 싸움에 넌더리가 난 숱한 대신들은, 동궁이라는 자리에 한층 가까워진 정왕이 정치력은 장족의 발전을 했지만 성격은 크게 변하지 않은 것을 다행으로 여겼다. 그는 여전히 예전처럼 강직하고, 고집스럽고, 융통성이 없었다. 경쟁자라고 할 수 있는 예왕과 그 당파들에 대해 정왕은 마치 신경 쓸 가치도 없다는 듯이 냉담한 태도를 견지했다. 하지만 그럴수록 사람들은 쓸데없는 추측을 할 필요가 없어 도리어 안심했다. 그가 중서령 류징, 호부상서 심추, 형부상서 채전 등을 존중하고 인정하는 것을 보면 어떤 사람을 좋아하는지 누구나 알 수 있었고, 그 덕분에 조정의 기풍 역시 알아차리지 못하는 사이 조금씩 변해갔다.

"소수, 정왕이 오늘 폐하 앞에서 자네 얘기를 했네."

매장소의 침실 밖 작은 서재에서 몽지가 진지하게 말했다.

"요즘 상황이 좋긴 하네만, 아직은 숨기고 피하는 것이 맞지 않을까?"

"경염이 먼저 말을 꺼냈습니까?"

"그런 건 아니야. 폐하께서 하강의 진술서를 읽던 중이셨는데, 자네가 기왕(祁王)의 사람이었다는 말이 있었네. 그래서 폐하께서 정왕에게 어떻게 생각하는지 하문하셨지. 정왕이 뭐라고 대답한 줄 아나?"

매장소는 고개를 저었다.

"너무 대담했어."

몽지가 탄식했다.

"'소 선생이 기왕의 사람이었다면 제가 어찌 모르겠습니까?'라고 하지 뭔가? 나마저 땀이 뻘뻘 나더라니까. 하지만 결과는 괜찮았네. 기왕과 가까운 사이였다는 것을 솔직히 시인했는데도, 폐하께서는 화를 내지 않고 도리어 껄껄 웃으셨거든. '하강이 속이 타긴 하는 모양이야. 갈수록 수준이 낮아지는구나. 소철과 기왕이 엮일 이유가 어디 있느냐'라면서 말일세."

매장소는 천천히 고개를 끄덕였다.

"옳은 대답이었습니다. 그와 기왕이 얼마나 가까웠는지는 폐하께서 누구보다 잘 아시니, 부인한다고 속일 수는 없습니다. 지금의 정왕과 당시의 기왕은 상황이 완전히 다릅니다. 폐하께서도 잘 알기 때문에 걱정하지 않지요. 도리어 속이려 할수록 꿍꿍이속이 있는 것처럼 보일 겁니다."

"확실히 그랬네."

몽지도 동의했다.

"정왕은 그 다음에 자네 이야기를 꺼냈네. 자네가 백리기를 물리칠 때 가르쳤던 아이들을 근위병으로 거둔 일로 몇 번 왕래가 있었는데, 그 때문에 무고한 자네가 피해를 입어 마음이 좋지 않다고 말이야. 그래서 폐하께서 나더러 자네를 위로하라고 저 옥여의를 보내신 걸세."

매장소는 책상 위에 놓인 녹색의 옥여의를 바라보며 그저 그런

듯이 빙그레 웃었다.

"아무렇지도 않나?"

그의 생각을 읽은 몽지가 좀 더 가까이 다가앉았다.

"하지만 두 사람의 대화는 그게 끝이 아니었다고."

"그래요? 정왕이 다른 말도 했습니까?"

"폐하일세. 폐하께서 정왕에게 '소철은 예왕의 모사라고 하던데, 알고 있느냐?' 라고 물었지."

몽지는 그때 들은 말을 똑같이 따라했다.

"정왕은 이렇게 말했네. '예왕 형님이 어떻게 생각하는지는 모르겠습니다만, 소 선생은 그렇게 생각하지 않을 겁니다. 소 선생과 깊이 이야기를 나눈 적이 있는데, 그 학문의 깊이와 놀라운 식견은 실로 탄복할 만했습니다. 그런 사람을 일개 모사로 대한다면 아마도 마음을 얻기 어려울 겁니다.'"

이 말을 듣자 매장소는 눈살을 살짝 찌푸리며 어두운 표정을 지었다.

"그러자 폐하께서는 웃으며 말씀하셨네. '소철은 확실히 인재다. 짐은 본디 네가 그자를 좀 더 가까이하기를 바랐다만, 그자가 예왕을 도왔다는 이유로 싫어할 줄 알았지. 네가 그를 존중한다니, 이번 일을 인연 삼아 그를 찾아가 잘 살피도록 해라. 그자는 학문이 깊고 세상을 보는 눈도 밝다. 너는 10년 동안 조정을 떠나 있었으니 짐도 네가 빨리 배웠으면 한다.'"

여기까지 말한 몽지가 짙은 눈썹을 치켜세웠다.

"폐하께서 그렇게 분부하셨으니 정왕도 '예' 하고 받아들이면 될 텐데, 그의 대답은 실로 의외였네."

"그가 반대했습니까?"

매장소도 의아한 표정을 지었다.

"그건 아닐세."

몽지는 손으로 양 볼을 문질러 근육을 풀어주며 말했다.

"당시 그 자리에는 나 말고 두 사람이 더 있었네. 누구겠나?"

"누굽니까?"

"호부상서 심추와 형부상서 채전일세. 사설 제포방 사건 판결을 보고하러 와 있었지."

"정왕의 대답이 그들과 관계있군요?"

몽지가 무릎을 탁 쳤다.

"바로 그거야! 정왕은 심추와 채전을 돌아보며 이렇게 말했네. '학문이 깊은 사람과 자주 이야기를 나누면 확실히 배우는 것이 있습니다. 저뿐 아니라 조정 대신들 또한 현실에 안주해서는 안 되지요. 소 선생을 방문하러 간다면, 심 경과 채 경도 함께 가는 것이 좋겠습니다. 모두 젊은 인재이니 함께 이야기를 나누고 토론하면 얻는 것이 있겠지요.' 그러자 폐하께서도 웃으며, '이런 멍청한 녀석, 짐이 널 소철에게 보내는 이유를 아직도 모르느냐? 저들까지 데려가면 정말로 순수한 학문 토론이나 하겠다는 말 아니냐? 됐다, 됐어. 마음대로 하거라' 하며 손을 내저으셨다네."

매장소는 천천히 몸을 일으켜 생각에 잠긴 듯 방 안을 거닐었다. 그러는 사이 표정이 자꾸만 바뀌자 불안해진 몽지가 다급히 물었다.

"정왕의 대답이 부적절했나?"

"아닙니다. 그런 게 아니라…… 경염의 호의는 알겠습니다."

매장소가 들릴락 말락 길게 한숨을 쉬었다.

"그래도 그렇게까지 신경 쓸 필요는 없었는데……."

"호의?"

"심추와 채전은 앞으로 정왕이 기댈 만한 훌륭한 신하들입니다. 그들을 제게 데려오겠다는 것은 제게 길을 열어줄 준비를 하기 위해서지요."

매장소는 천천히 시선을 움직여 주위를 둘러보며 낮은 소리로 말했다.

"이곳에서 일어나는 일들은 어디에도 남지 않습니다. 마치 저비밀 통로가 쓸모없어지면 흔적도 없이 사라지는 것처럼 말이지요. 설령 훗날 정왕이 대업을 이루어도 제게는 내세울 공이 없습니다. 경염은 의리가 강해서 제가 그런 손해를 보게 하고 싶지 않아, 이렇게 급히 중신들을 소개하려는 겁니다. 아마 앞으로 심추와 채전 말고도 더 많은 사람을 데려오려 하겠지요."

"아무렴, 그래야지!"

몽지는 기뻐서 탁자를 내리쳤다.

"역시 정왕답네! 그래야 그를 위해 고생한 보람이 있잖나."

매장소는 눈빛을 굳히며 천천히 고개를 저었다.

"제가 고생한 것은 정왕 한 사람을 위해서가 아닙니다. 그와 나는 공통의 목표를 위해 협력한 사이니 제게 빚을 졌다고 생각할 필요 없어요."

"그건 아니지. 자네가 정왕을 위해 얼마나 많은 일을 했나? 정왕이 보답하려는 것도 당연한 일일세. 정왕이 자네를 나 몰라라 할 만큼 매정한 사람이 되는 것은 자네도 원치 않잖나?"

매장소는 피식 웃으며 자리로 돌아와 앉았다. 그리고 고개를 끄덕이며 말했다.

"그도 그렇군요. 사람이란 바라는 것이 많을수록 모순에 빠지게 마련입니다. 경염이 그렇게까지 생각해주니 받아들이긴 하겠지만, 아직은 풍랑이 거세니 제게 어떤 자리를 주느냐 하는 사소한 문제는 서두르지 말고 가능한 한 미루라고 해야겠군요."

몽지는 그를 지그시 바라보았다. 하고 싶은 말이 목까지 올라왔지만 억지로 삼켰다. 중도 제 머리는 못 깎는다더니, 저 총명한 매장소조차 자기가 지금 한 말이 전혀 모사답지 않다는 것을 알아차리지 못하고 있었다. 최소한 공을 세우고 이름을 날리는 데 혈안이 된 일반적인 모사답지는 않았다. 하지만 그 점을 알아챈 금군통령도 굳이 일깨워주고 싶지 않은 듯했다.

이틀 정도 지나 과연 정왕이 심추와 채전을 데리고 찾아왔다. 몸이 거의 회복된 매장소는 두꺼운 하얀색 털옷을 껴입고 화로로 훈훈하게 데운 대청에서 귀빈들을 맞이했다. 일각이 채 지나기도 전에 손님들은 더위를 못 이겨 외투를 벗어야 했다.

이곳에 오기 전까지, 심추와 채전은 요양을 한다면서 굳이 경성을 고른 이 기린지재에게 약간의 반감을 갖고 있었다. 그래서 직접 만나보고는 그가 정말 지병이 있다는 것을 알자 깜짝 놀랐다. 또 정왕이 꺼낸 화제에 관해 깊이 이야기를 나누는 동안, 편견 따위는 어느새 흔적도 없이 사라졌다.

사실 정왕이 신임하는 인재들은 대부분 매장소가 추천한 사람들이었다. 그래서 매장소는 심추와 채전에 대해 제법 잘 알고 있었고 그들의 재능도 높이 샀다. 같은 이념을 갖고 있기에, 사소한 부분에서 의견이 다르면 다를수록 더욱 배짱이 맞았다. 특히 채전은 아예 개선해야 할 형법의 구체적인 조항까지 거론했는데, 그러는 동안 상대방이 관직 하나 없는 평민이라는 사실을 까맣게 잊을 정도였다.

아침부터 정오까지 이야기가 이어지자, 려강이 술과 안주를 준비해왔다. 손님들은 사양하지 않고 탁자에 둘러앉았다. 음식을 먹은 후에도 이야기는 계속되었다. 하늘이 점차 어두워지자 그제야 정왕이 어쩔 수 없이 말을 꺼냈다.

"소 선생은 몸이 좋지 않아 이렇게 오래 이야기를 하면 피곤할 거요. 집이 여기 있는데 어디 달아날 것도 아니니, 다음에 다시 와서 이야기합시다."

두 상서가 어리둥절해하며 고개를 들었다. 그제야 해가 서쪽으로 지고 있다는 것을 깨달은 그들은 황급히 일어나 사과했다. 매장소가 웃으며 말했다.

"모처럼 두 대인 같은 젊은 인재들과 가까이할 기회를 얻어 터놓고 이야기할 수 있었습니다. 실로 즐거운 시간이었는데 사과라니요."

좀 더 시원시원한 성격의 채전은 매장소의 재주와 학문을 확인하자 대놓고 말했다.

"소 선생은 나라를 다스릴 재주를 가지셨군요. 깊이 탄복했습니다. 하지만 재주는 반드시 덕과 함께 있어야 비로소 성인의 길을 갈 수 있습니다. 지금 같은 세상에는 천하를 다스릴 사람이 부족하니 부디 몸을 아끼고 잘못된 길로 들어서지 않길 바랍니다."

그의 말을 알아들은 매장소는 정왕을 흘끗 보며 빙그레 미소를 지을 뿐 아무 말도 하지 않았다. 정왕이 가만히 서 있기만 하고, 분위기를 이어 인재를 아낀다거나 사람을 구한다거나 하는 말조차 하지 않자, 보고 있던 심추가 괜히 마음이 달아 재빨리 끼어들었다.

"선생께서 이렇게 현명하시니 보는 눈도 남다른 데가 있겠지요. 기울어가는 조정을 다시 세우고, 나라와 백성의 이익을 꾀할 수 있는 사람이 누구인지, 선생께서도 속으로는 이미 알고 계시겠지요?"

"예."

매장소는 씩 웃을 수밖에 없었다.

"경성에 온 지 1년이 넘었고, 볼 것도 다 봤습니다. 두 분께서는 안심하십시오."

모두 똑똑한 사람이므로, 여기까지가 마지막 인사라는 것을 알았다. 심추와 채전은 충분히 만족하고 작별을 고했다. 대문을 나서기 무섭게 그들은 정왕을 붙잡고, 매장소라는 인재를 반드시 잡아야 한다고 입을 모았다. 본래 소경염이 바라던 결과였다. 그래서 그도 아닌 척하지 않고 시원스레 그러겠다고 승낙했다.

참혹한 진실

—

53

—

천뢰의 천자 옥방은 경비가 가장 삼엄한 곳이었다. 그러나 경비가
삼엄하다고 해서 환경이 열악하다는 뜻은 아니었다. 오히려 넓고
깨끗했다. 차이라면 다른 옥방보다 벽이 훨씬 두껍고 이중 철책이
쳐져 있는 정도였다.

하강은 옥방 구석에 웅크려 앉아 눈을 감고 자기가 겪은 실패의
길을 떠올려보았다. 수십 년간 관직에 몸담고 살면서 세밀하게 살
피고 모질게 행동한 덕분에, 이런 비참한 상황에 처한 적은 단 한
번도 없었다. 표면상으로는 제자의 배신으로 함정에 빠진 것 같지
만, 황제에게 함정에 빠졌다는 사실을 믿게 할 방법조차 없다는
것은, 고수라면 절대 맞이할 리 없는 결과였다.

황제는 이미 현경사에 대한 믿음이 식어버렸다. 노기등등해서
아예 하강을 만나주지도 않았고, 정기적으로 몽지를 보내 한때 현
경사 수좌였던 그에게 죄를 인정하느냐고 물을 뿐이었다. 매번 똑
같은 질문이었지만, 하강은 죄를 인정하고 싶어도 인정할 수가 없
었다. 위쟁을 내놓을 수가 없기 때문이었다. 게다가 황자를 모함

했다는 사실을 인정하면 남은 것은 죽음뿐이었다.

황권의 위엄에 도전을 받았을 때 황제는 인정사정이 없었다. 다른 사람은 몰라도 하강은 누구보다 분명히 알고 있었다. 코끝을 찌르는 옥방의 축축하고 시큼한 공기를 맡으며 하강은 이를 악물고, 움켜쥐면 깨질 것처럼 연약하면서도 간담이 서늘해질 만큼 억센 젊은이를 떠올렸다. 매장소라는 이름을 처음 들었을 때 그는 별로 신경 쓰지 않았다. 강호에서 정치판으로 무대를 옮기려는 그저 그런 야심가인 줄로만 알았고, 대단한 능력은 없으리라 여겼다. 무엇보다 그때만 해도 하강은 황위 다툼에 큰 흥미가 없었다. 태자와 예왕 중 누가 이기든 현경사는 언제까지나 그대로일 테니 걱정할 필요가 없었다.

하지만 상황이 급변했다. 정왕이 등장해 힘차게 치고 올라온 것이다. 하강은 위기를 느꼈고, 그때부터 변화에 진지하게 응하기 시작했다. 하지만 장막 뒤에 숨은 강호인 한 명을 얕보는 바람에 거의 손에 쥐었던 승리를 빼앗기고 이 지경에 처하게 될 줄은 꿈에서조차 생각하지 못했다. 이제 하강은 정왕을 쓰러뜨리는 것이 아니라 자기 목숨을 구할 방도를 고민해야 했다. 그것도 두 번이나 진술서를 올렸지만 아무런 반응이 없는 상황에서.

그때 옥방 밖에서 자물쇠 따는 소리가 들리고 문이 활짝 열렸다. 하지만 하강은 그 틈을 타 달아날 생각은 추호도 없었다. 저렇게 부주의하게 문을 다룰 사람은 몽지가 분명했기 때문이다.

랑야 고수방 2위에 오른 대량 제일 고수인 몽지.

금군통령 몽지는 새 종이와 붓을 가지고 들어왔다. 마지막으로 보낸 진술서를 황제가 마음에 들어 하지 않은 것이 분명했다.

"하강, 폐하의 인내심에는 한계가 있소. 아직도 사실대로 죄를 인정하지 않으면 폐하께서 중벌을 내리실 것이오."

몽지가 팔짱을 끼고 차갑게 말했다.

"이미 죽은 목숨인데 그보다 더한 중벌이 어디 있소?"

하강이 돌벽을 잡고 일어났다.

"몽 통령, 내가 쓴 진술서는 모두 사실이오. 폐하께서는 어찌 안 믿으시는 게요?"

몽지가 표정 없이 대꾸했다.

"매장소를 기왕의 사람으로 지목한 증거가 있소?"

"본인 입으로 말한⋯⋯."

"당신이 기왕의 사람이었다면 당신 입으로 그런 말을 하겠소? 더욱이 매장소가 왜 아무 이유도 없이 자기가 기왕의 사람이라고 밝힌단 말이오? 그가 제 손으로 무덤을 팔 만큼 멍청한 것 같소?"

몽지가 냉소하며 말을 이었다.

"폐하를 믿게 하려거든 아무나 끌어들이지 말고 사실대로 말하시오. 가령 위쟁을 내놓든가."

"위쟁이 내 손에 없는데 무슨 수로 내놓는단 말이오?"

"내놓지 않으면 죄를 인정하지 않는다는 뜻이오."

지난번과 다름없이 심문이 꼬리를 물고 빙빙 돌자 하강은 미쳐 버릴 것 같았다. 그는 애써 심호흡을 하며 마음을 가라앉혔다.

"몽 통령, 위쟁을 대리사로 이송하고, 나쁜 의도로 폭도들을 현 경사로 끌어들인 것은 인정하오. 하지만 내가 지시했다고 하동이 주장한 다른 일은 모두 모함이오. 폐하께서 이렇게 한쪽 말만 들으시면 어쩌란 말이오?"

몽지는 얼음같이 차가운 눈으로 한참 동안 그를 뚫어지게 쳐다보았다.

"하강, 하동은 내내 당신을 비호했소. 책임을 회피하려는 것도 모자라 이제는 제자에게 죄를 미루려고 하는구려. 폐하께서는 당신에게 변론할 기회를 주셨소. 그런데 어떻게 한쪽 말만 듣는다고 하시오? 하동은 틀림없는 당신의 제자요. 그녀가 왜 당신을 모함하겠소?"

하강의 얼굴 근육이 절로 실룩거렸다. 몽지의 질문은 대답하기가 가장 어려운 부분이었다. 하동과 그의 관계는 모르는 사람이 없었다. 사제 간에 불화가 있다는 소문조차 없었는데, 사건이 발생한 다음에야 반목했다고 하면 누구라도 의심할 것이다. 더군다나 반목한 이유조차 제대로 설명할 수 없었다.

"끝까지 발뺌하며 시간을 끌어도 소용없소."

몽지가 말했다.

"소장사 두 명이 이미 자백했소. 폭도들이 현경사에 쳐들어와도 적극 저항하지 말고 내버려두라고 당신이 지시했다고 말이오."

"한 번에 몰살하기 위해서였소! 폭도들을 소탕하기 위해 지하 감옥에 화약까지 설치했는데, 그 말은 하지 않았소?"

"진술 내용만 보면 그런 말은 없었소."

기복이 없는 몽지의 목소리는 듣기만 해도 절망적이었다.

"내가 현경사를 봉쇄한 후 지하 감옥에 갔지만 화약 따위는 볼 수도 없었고, 하춘과 하추도 화약 이야기는 하지 않았소. 그 외에 무죄라는 증거가 있소?"

하강의 얼굴이 새하얘졌다. 사건 당일, 그는 정왕에게 확신을 심어주기 위해 일부러 하춘과 하추가 유인계에 빠져 현경사를 나가게 했다. 그들을 쓸 생각이 없었기 때문에 당연히 화약을 설치했다는 것도 알려주지 않았다. 화약이 폭발하면 하동도 피해를 입게 될 것이다. 하추는 말할 것도 없고, 하동과 피가 섞이지 않은 하춘도 어려서부터 함께 자라 정이 깊었다. 두 사람에게 화약 이야기를 하지 않은 것은 예상 밖의 사고를 방지하기 위해서였다. 그런데 그 때문에 증인 한 명 들이밀 수 없는 상황에 처한 것이다. 게다가 소장사들은 어떻게 된 것일까?

"몽 통령, 그 소장사들의 진술에 문제가 있다고 폐하께 전해주시오. 그들은 화약에 관해 누구보다 잘 알고 있소. 내가 분명히 폭도들을 몰살하려 했다는 것도……."

"늦었소."

몽지의 냉혹하고 무정한 한마디가 하강의 마지막 희망마저 짓밟았다.

"그들은 당신이 현경사 수좌라는 것만 알고, 자신들이 조정의 관리라는 사실은 모르더군. 심문을 받는 내내 오로지 명령만 따랐을 뿐이니 죄가 없다고 주장했소. 심문을 맡은 녕왕 전하께서 그 무엄한 말을 폐하께 전했고, 폐하께서는 당연히 노발대발하시며 태감들에게 명해 곤장 사십 대를 때리게 했소. 그들은 그 벌을 견디지 못하고 죽었소."

"죽었다고……."

콩알만 한 구슬땀이 하강의 이마를 타고 미끄러졌다. 그가 멍하니 앞으로 다가서며 물었다.

"어쩌다 녕왕 전하께서 사건을 맡으셨소?"

"특수한 사건이라 폐하께서는 조정 대신들이 나서는 것을 원치 않으셨소. 녕왕 전하는 장애 때문에 정무를 멀리하시지만 그래도 황자시오. 그분께 맡긴 것이 무슨 문제라도 있소?"

하강은 눈을 질끈 감았다. 사지를 단단히 묶이기라도 한 듯 도저히 움직일 수가 없었다. 녕왕은 얼마 전 첩을 들이는 문제로 예왕에게 모욕을 당했다. 화풀이할 생각이었다면 지금이야말로 더할 나위 없는 기회였다. 어쩌면 세상일이란 이런 것이 아닐까? 득세할 때는 눈에 뵈지도 않던 사람이 언젠 그 누구보다 심각한 타격을 줄지도 모르는 법. 이런 일은 예상할 수도, 피할 수도 없었다.

몽지는 번쩍이는 눈빛으로 절망의 나락에 빠진 사람을 바라보았다. 하지만 표정은 전혀 부드러워지지 않았다.

"하강, 당신이 이렇게 된 것은 당신 손으로 뿌린 씨앗 때문이오. 믿음을 잃은 장경사가 폐하께 어떤 의미인지는 누구보다 당신이 잘 알 거요. 폐하께서는 이제 당신 이야기라면 들으려 하시지도 않소. 앞으로는 나도 찾아오지 않을 거요. 당신이 죽는 것은 확실하지만, 언제 죽을지는 정해지지 않았소. 늦어도 추결(秋決)을 넘기지는 않겠지. 그 전까지는 이 천뢰가 당신의 보금자리요. 당신이 벌인 짓이 이 일만은 아닐 것 같은데, 죽기 전까지 할 일도 없을 테니 천천히 생각해보고 이 종이에 쓰시오. 괜히 관까지 가져가서 내생의 죄업을 쌓을 필요는 없지 않소."

이 말을 마친 후, 금군통령은 뒤도 돌아보지 않고 옥방을 나갔다. 문이 다시 철컥 소리를 내며 잠기고, 하강은 질식할 것 같은 컴컴한 공간에 혼자 조용히 남겨졌다.

천자 옥방을 떠난 후, 몽지는 바로 나가지 않고 긴 복도를 돌아

여죄수들이 있는 곳으로 하동을 찾아갔다. 여죄수 감옥은 가장 위층에 있어서 공기 순환도 잘되고 빛도 많이 들어왔다. 몽지가 들어갔을 때 하동은 옥방 한가운데 서서 높은 창으로 흘러드는 하얀 햇살을 올려다보고 있었다. 문소리가 들리는데도 그녀는 고개를 돌리지 않았다.

"하 대인, 부탁을 받고 어떤지 보러 왔소. 괜찮소?"

하동은 대답이 없었다. 햇살이 그녀의 얼굴을 비춰 투명한 피부의 잔주름이 똑똑히 보였다. 그녀는 햇살에 드러난 먼지라도 세는 듯 실눈을 떴다. 평화롭고 차분한 그 태도는 사실 또 다른 절망이었다.

별안간 몽지는 할 말을 잃었다. 무슨 말로 그녀를 위로할 수 있을까? 사람들이 구명 활동을 하고 있다고? 목숨은 보전할 수 있을 거라고? 몇 번이고 심장이 갈기갈기 찢기는 경험을 한 그녀가 목숨 따위에 연연할까?

얼마간의 침묵이 흐른 후, 몽지는 어쩔 수 없이 이렇게 물었다.

"하 대인, 누구에게 전할 말은 없소?"

마침내 하동이 천천히 시선을 돌렸다. 반짝이는 눈동자가 살짝 흔들렸다.

"춘 형과 추는 어떻게 되었습니까?"

"아, 사건 당일 두 사람은 현장에 없어 공모자인지 확인할 수가 없소. 아마 면직 정도로 그치겠지. 다른 벌을 받더라도 중벌은 아닐 거요."

"그럼…… 그 사람은?"

"그자는 주모자이니 살아남지 못할 거요."

몽지는 돌려 말할 필요가 없다고 생각했다.

"인과응보요. 마음 아파할 것 없소."

하동은 고개를 숙이고 쓸쓸하게 웃었다.

"마음 아픈 게 아닙니다. 마음 따위는 없어진 지 오랜데 아플 이유가 없지요."

"하 대인, 섭봉 장군은 죽어서도 눈을 감지 못했을 거요. 진상이 밝혀지기 전까지는 부디 몸조심하시오."

섭봉 이야기가 나오자 하동의 눈동자에 고통이 떠올랐다. 그녀는 저도 모르게 손을 들어 뺨으로 흘러내린 흰머리를 만졌다. 이렇게 끝내는 것이 가장 쉬운 일인지도 모른다. 슬픔도, 도피도, 무감각도, 그리고 죽음까지도 이 악물고 버텨내는 것보다는 훨씬 수월했다. 하지만 그녀는 자신이 결코 그런 선택을 할 수 없다는 것을 알고 있었다. 그녀는 섭봉의 아내였다. 삶에 미련이 없어도 죽을 때는 마음 편히 죽어야 했다. 반드시 그 참혹한 진실을 알아내어 망부의 무덤 앞에 고해야 했다.

"몽 통령, 소 선생에게 전해주세요. 저는 그가 명리를 쫓는 데 급급한 모사는 아니라고 믿습니다. 반드시 먼저 간 사람들의 누명을 씻어주겠지요. 그 전까지는, 설사 유배를 당해도 전 버텨낼 겁니다. 그러니 제 걱정은 말라고 해주세요."

몽지는 정중하게 허리를 숙인 다음, 호칭을 바꿔 대답했다.

"섭 부인의 말씀 반드시 소 선생에게 전하겠소. 소 선생은 그 사건이 이대로 묻히도록 내버려두지 않을 것이고, 정왕 전하 역시 끝까지 조사하겠다고 맹세하셨소. 섭 장군은 누명을 쓰지 않았으나 어쨌든 적염군 사건의 시발점이오. 세상 사람들에게 모든 진실을 분명하게 밝히지 않는 한, 섭 장군의 영혼도 마음 편히 쉴 수 없을 거요. 하지만 언제 그 바람을 이루게 될지 확실히 말할 수는 없으니 부디 참고 견뎌내시오, 섭 부인."

하동이 몸을 돌렸다. 햇살이 그녀의 뺨을 지나 콧방울에 그림자를 드리웠다. 그녀는 대놓고 대답하지 않았지만, 차분하고 강인한 눈빛이 모든 것을 설명해줬다. 몽지도 무의미한 말을 늘어놓지 않고 두 손 모아 인사한 후 옥방을 나갔다.

유명도 밖에서는 늙은 옥지기가 여전히 어둠 속에서 슬그머니 이쪽을 살피고 있었다. 어쩌면 그는 자기가 잘 숨어 있다고 생각하는지도 몰랐다.

아직 비어 있는 한자 옥방은 썰렁하고 쓸쓸했다. 몽지는 그쪽을 재빨리 훑어본 후 성큼성큼 천뢰를 나갔다. 그곳은 기왕의 마지막 발자취가 남아 있는 곳이요, 한때 수많은 사람의 희망이 스러져간 곳이었다. 그러나 그 사실을 애도할 날은 아직 한참 멀었다는 것을 금군통령은 잘 알고 있었다.

그해 2월, 3년마다 한 번 있는 과거가 치러졌다. 규칙대로 예부에서 주관했고, 황제는 주 시험관 한 명과 부 시험관 열여덟 명을 지명하고, 천하의 학자들을 선발했다. 지금까지 과거가 있을 때마다, 태자와 예왕은 자기 사람을 시험관에 앉히려고 갖은 노력을 기울이고 음으로 양으로 바삐 움직였다. 당파의 힘으로 당선된 시험관들이 주인의 이익을 가장 먼저 생각하는 것은 당연했고, 슬그머니 비리를 저지르는 일이 성행했다. 충직한 어사들이 수차례 간했으나 효과도 없을뿐더러 오히려 험한 꼴을 당했다. 학자 선발의 비리가 조정의 커다란 고질병으로 자리 잡았다는 것은, 제법 생각이 있는 사람은 모두 알고 있었다. 그러나 확실한 것은, 올해는 상황이 다르다는 사실이었다. 다만 어떻게 달라질지는 지켜봐야 했다.

세습 귀족의 장남을 제외한 수많은 사람에게 과거란 벼슬길에 오르는 유일한 통로였다. 그 속에는 온갖 복잡한 요소들이 섞여 있었다. 지역, 출신, 인척 관계, 친구, 사문 등등, 단순히 당파뿐만 아니라 여러 요소가 최종 결과에 영향을 미쳤다. 이런 것들에 굴하지 않고 청탁을 근절하려면, 여러 방면에서 쏟아지는 인맥의 압박을 무시할 수 있어야 하며, 동시에 누구보다 청렴하고 공정하여 약점 잡힐 일이 없어야 했다.

태자가 낙오하고 예왕이 유폐된 지금, 황제가 올해 시험관을 선정하는 데 영향을 줄 사람은 정왕뿐이었다. 그가 영향력을 발휘할 마음만 있으면 그와 경쟁할 사람은 아무도 없었다.

정월 말, 예부에서 올해 과거를 치를 길일을 공표하자, 황제는 누구를 시험관으로 세울지 정왕에게 의견을 물었다. 돌아온 대답은 이랬다.

"중요한 문제이니 함부로 대답할 수가 없습니다. 소자에게 며칠 생각할 시간을 주십시오."

확실한 대답은 아니었지만, 이 일에서 발을 빼지 않겠다는 것은 분명했다. 하지만 악습을 바로잡는 것은 결코 쉬운 일이 아니었다. 자칫하면 역효과를 낼 수도 있었다. 그래서 사람들은 최종 명단이 나올 때까지 기다리면서, 이 떠오르는 친왕이 어떤 결정을 내리는지 지켜보았다. 미움을 사더라도 평소 가까이하는 강직한 사람들을 추천할 것인지, 아니면 관례대로 무난하고 사리에 밝은 시험관을 세워 특정 인물에게 승진 기회를 줄 것인지는 결과가 나오기 전까지는 알 수 없었다.

2월 4일, 마침내 중서령의 인가를 받아 사례관이 결과문을 낭독했다. 사람의 턱이 정말 빠질 수 있다면, 그날 조당 바닥에는 떨어진 턱으로 가득했을 것이다. 부 시험관은 모조리 육부의 시랑 중에서 가장 젊고 혈기 왕성한 관리들로 채워졌지만, 주 시험관은 예상 밖의 인물로 일흔세 살인 봉각(鳳閣)의 각로 정지기(程知忌)였다. 정 대인은 벌써 몇 년 동안 조당에 나오지 않고 집에서 휴양 중이었고, 각로 자리도 누구나 알다시피 명예직이었지만, 제도로 따지면 그는 여전히 정일품 조정 대신이었으므로 주 시험관에 임명될 수는 있었다. 다만 지금까지는 정지기처럼 은퇴하다시피 한 사람이 다시 임용된 적이 없었기 때문에 아무도 그를 떠올리지 못했던 것이다.

정왕이 무슨 목적으로 노인과 젊은이들을 섞어 시험관을 구성했는지는 금세 밝혀졌다. 정지기는 강경한 인물이 아니었다. 온화하고 부드러우며, 손님을 거절하거나 남의 체면을 깎는 일은 절대 하지 않는 처세술의 대가였다. 세상이 그를 잊고 있었던 것은 그가 실로 너무 오랫동안 조당에 나오지 않는 바람에 조정 대신들의 관계를 잘 모르기 때문이었다. 남들은 약간의 귀띔만으로도 쉬 짐작하는 일을, 그는 처음부터 끝까지 꼼꼼히 설명해줘야만 했다.

특히 중요한 것은 그가 특별히 끈끈한 관계를 맺은 사람이 없다는 점이었다. 법에 어긋나는 청탁을 미주알고주알 설명할 만큼 경솔한 사람도 없겠지만, 잊힌 지 오래되어 어떤 사람인지 파악할 수조차 없는 늙은 대신에게라면 특히 그랬다. 어쨌거나 청탁을 하려는 자들은 위험 요소를 가장 먼저 살펴야 했다. 제대로 알아보지도 않은 채 함부로 금은보화가 든 상자를 들이밀며 청탁을 했다가는 신임 어사들이 호락호락 넘어갈 리 없기 때문이었다.

하지만 시험관이 발표된 후 과거까지는 열흘 정도밖에 남지 않았고, 사람들이 정지기의 집 대문까지 가는 길을 닦기도 전에 이 늙은 대신은 짐을 싸서 시험장으로 들어갔다. 외압과 사심이 사라지자 논쟁이 벌어져도 훨씬 단순했다. 사실 노인과 젊은이가 섞여 있을 때 가장 큰 문제는, 노인이 케케묵은 생각으로 새로운 관점을 받아들이려 하지 않고 젊은이는 자신에 넘쳐 어른의 경험을 존중하지 않는다는 것이었다.

정왕이 '며칠 생각할 시간' 동안 시험관을 정하면서 가장 먼저 고려한 것도 바로 이 문제였다. 최종 명단은 황제가 손을 보았기 때문에 정왕이 제안한 것과 똑같진 않았지만, 큰 줄기는 그대로였고 결국 정왕이 바란 효과를 볼 수 있었다. 무엇보다 정지기라는 적절한 인물을 고른 것이 주효했다. 그는 비록 나이는 많지만 고집스럽지 않아서 사람들의 의견을 잘 들어줬고, 또한 전대 대학사이자 봉각 각로라는 두터운 기반도 있었다.

열여덟 명의 부 시험관은 첫째 날 채점을 할 때부터 이 늙은 대신에게 탄복하여 떠받들기 시작했다. 주 시험관이 자유롭고 무모한 젊은이들에게 반감을 갖지 않고, 부 시험관들도 주 시험관의 권위와 판단을 받아들이자, 티격태격할 일도 자연스레 서로 돕게 되었고 커다란 충돌은 일어나지 않았다.

사실 이번 과거에서 인재를 빠짐없이 선별해낸 것은 아니었다.

아무래도 그것은 불가능한 일이었다. 하지만 최소한 근 몇 년간 가장 깨끗하고 공정한 시험인 것만은 확실했다. 정왕의 목표는 큰 공을 세우기보다 잘못을 최소화하는 것이었다. 단숨에 비리를 모두 없애겠다고 기대하지도 않았고, 잘못을 바로잡기 위해 불만과 반대 의견이 쏟아질 정도로 강경하고 냉정하게 몰아붙이지도 않았다. 그가 가장 먼저 바꾸고자 한 것은 '비리를 저지르지 않으면 합격할 수 없다'는 지금까지의 사고방식이었다. 그렇게 해서 몇 년간 계속된 이른바 '관례'를 끊고 올바른 길로 첫발을 내디디려는 것이었다.

과거는 큰 파란 없이 순조롭게 끝났고, 황제는 무척 기뻐했다. 사실 황제는 정왕이 분위기를 모르고 자기만의 방식으로 조정을 마구 뒤흔들어놓을까봐 걱정스러웠다. 그런데 점차 원만해지는 그의 모습을 보자 매우 흡족했다.

어느새 꽃 피는 3월이 왔다. 내정사는 황족의 봄 사냥과 구안산(九安山) 행궁 행차를 준비하느라 바빠졌다. 황자들 중에서는 유폐 중인 예왕을 제외하고 모두 따라나섰고, 종친과 대신들까지 더하자 총 2백 명 가까이 되었다. 모두 수행원이 있었기 때문에 규모는 역대 최대였다. 황후는 예전처럼 황궁을 지키라는 명을 받았고, 비빈들 중에서는 한때 육궁에서 총애를 따를 사람이 없던 월 귀비가 아니라 정 귀비가 수행하게 되었다.

경성을 출발하기 이틀 전, 목청이 여덟 명이 드는 가마를 타고 다시 한 번 매장소를 방문했다. 가마는 후원까지 들어가서야 멈췄는데, 안에서 나온 사람은 소왕야 외에도 병이 갓 나은 듯한 청년이 한 명 더 있었다.

려강이 말없이 인사하고 돌아서서 두 사람을 안채의 매장소에게 안내했다. 목청은 싱글벙글하면서 문 안으로 들어서기 무섭게 주인석을 향해 두 손을 모으며 외쳤다.

"데려왔어요. 아무 문제 없었다고요."

말을 마치자 목청은 옆으로 비켜나 뒤에 서 있는 청년을 선보였다.

"감사합니다, 목 왕야."

매장소가 웃으며 마주 인사한 다음, 그 청년을 바라보았다.

"이 몸은 매장소라 합니다. 위 장군을 뵙게 되어 영광입니다. 상처는 다 나으셨는지요?"

위쟁은 출렁이는 심장을 억누르며 떨리는 목소리로 말했다.

"구해주신 은혜 결코 잊지 않겠습니다."

그는 무릎을 꿇고 절하고 싶었지만, 상대방의 부드러운 시선이 저지하는 바람에 깊이 읍하는 것으로 만족해야 했다.

"비류는요?"

임무를 완수한 목청은 홀가분하게 손을 탁탁 털며 물었다.

"오늘은 없습니다."

매장소는 소왕야가 뭘 원하는지 알았지만, 밀실에서 기다리는 사람이 있기 때문에 어떻게든 그를 쫓아낼 수밖에 없었다.

"다음에 비류를 데리고 찾아뵙지요. 하지만 오늘은 어렵겠습니다. 우선 위 장군부터 모셔야 하니까요."

"잊으면 안 돼요."

시원시원한 성격의 목청은 별로 개의치 않고, 그렇게 당부한 다음 깨끗이 물러났다. 그의 모습이 사라지자 위쟁은 바닥에 털썩 엎드리며 울먹였다.

"소원수…… 제가 잘 살피지 못하고 그만……."

"됐네. 우리 사이에 그런 말이 어디 있나?"

매장소는 그를 부축하지 않고 도리어 웅크려 앉아 그의 어깨를 잡았다.

"진정하게. 너무 흥분하지 말고. 자네를 정왕에게 데려갈 테니, 그 앞에서 나를 부를 때 실수하지 말게."

"예."

"일어나세."

위쟁은 숨을 가다듬은 후 매장소를 부축해 일어났다. 두 사람은 나란히 안방으로 이동하여 비밀 통로를 열고 들어갔다.

"정왕 전하, 위 장군입니다."

간단한 한마디와 함께 매장소도 좀 전의 목청처럼 옆으로 비켜나 구석에 조용히 섰다.

"위쟁이…… 정왕 전하께 인사드립니다……."

영원히 헤어진 줄 알았던 사람을 다시 만난 소경염은 예상보다 훨씬 감정이 격해지는 것을 느꼈다. 그의 뒤에 서 있던 열전영도 흥분을 가라앉히지 못하고 성큼 다가서서 위쟁을 아래위로 샅샅이 뜯어보았다. 눈시울이 점점 빨개졌다.

"전하, 오늘 밤 나눌 말씀이 많으실 테니 일단 앉으시지요."

미리 위쟁을 몇 번 만난 덕에 흥분이 덜한 몽지가 나서서 자리를 권했다. 열전영은 군대의 규칙을 철저히 따르며 한쪽에 서 있었다. 위쟁도 뒤에 서 있고 싶은 듯 매장소를 흘끔거렸지만, 매장소는 화로 옆에서 숯을 뒤적일 뿐 그를 보지도 않았다.

"위쟁, 이곳은 밀실이니 예의를 따질 필요 없다. 물을 것이 많으니 일단 앉아라."

정왕이 가장 가까이 있는 자리를 가리켰다.

"나는 오랫동안 수많은 의문을 가슴속에 숨기고 있었다. 해답을 찾을 수 없을 거라 생각했는데, 옛 친구를 다시 만나다니 하늘이 도왔구나. 네가 그 의문을 하나하나 풀어다오."

"예."

위쟁이 깊이 예를 갖춘 후 자리에 앉았다.

"하문하십시오, 전하. 아는 대로 숨김없이 고하겠습니다."

정왕이 그의 눈을 응시하며 첫 번째 질문을 했다.

"다른 생존자는 없나?"

이미 예상한 질문이었다. 위쟁은 곧바로 준비한 대로 대답했다.

"있습니다. 많지는 않고 직위가 있는 사람도 거의 없습니다. 적염군은 반군이 되어 고역을 치러야 했으니, 일반 병사들도 고향에 돌아가지 못하고 타지를 떠돌아야 했습니다."

"네가 아는 자는 누구냐?"

"교위 밑으로는 전하께서도 모르실 겁니다. 그 위로는 섭탁만……."

정왕이 저도 모르게 눈을 휘둥그레 떴다.

"섭탁도 살아 있다고?"

"예, 하지만 지금 어디에 있는지는 모르겠습니다. 다들 도망자 처지니까요."

"하지만 섭탁은 본영에 있었고…… 북쪽 골짜기는 어떠냐? 거기서 살아남은 사람은 아무도 없느냐?"

위쟁은 고개를 숙였다. 대답하기가 힘든 것인지, 대답하기 싫은 것인지 알 수 없었다.

"어떻게……."

정왕은 떨리는 목소리를 애써 붙잡았다.

"다른 사람은 몰라도 나는 잘 안다. 적우영은 최강의 부대였다. 사옥과 하강이 서쪽에서 조달한 10만 병사만으로 어떻게 그렇게까지 할 수 있었단 말이냐?"

위쟁이 고개를 번쩍 치켜들고 활활 타오르는 눈빛으로 정왕을 보았다.

"전하께서도 저희가 사옥의 손에 그 지경이 되었다고 생각하십니까? 적염군은 진짜 반란군도 아닌데 설마 조정이 보낸 군대에 맞서 그렇게까지 처절하게 싸웠겠습니까?"

정왕은 위쟁의 팔을 움켜쥐고 그의 뼈가 으스러질 정도로 힘을 주었다.

"그러니까 반항하지도 않았는데 사옥이 그렇게 지독한 짓을 했단 말이냐? 하지만 처음에는 몰랐다 해도, 소수의 성미로 보아 도륙이 시작되었을 때 결코 앉아서 당했을 리 없네!"

"전하의 말씀대로입니다. 다만……."

위쟁의 양쪽 뺨 근육이 팽팽해졌다.

"그들이 공격해왔을 때 저희는 막 격전을 치른 후라 힘이 없었습니다."

"격전……."

정왕은 당시 북쪽 변경의 정세에 대해 제법 잘 알고 있었다. 잠시 그때를 떠올려보자 오싹 소름이 돋았다.

"그렇다면 사옥이 대유의 20만 대군을 물리쳐 북쪽 변경의 방어선을 지켜냈다고 보고한 것이 사실은 적염군이······ 그자가 그러고도 군인이냐? 공이 탐나 남이 한 일을 빼앗아 제후에 오르고 원수의 인장을 받다니, 그러고도 낯부끄럽지 않았단 말이냐!"

"물리쳤다고요?"

위쟁이 냉소를 터뜨렸다.

"대유는 무를 숭상하는 나라입니다. 단순히 물리쳤다면 10여 년 동안 이렇게까지 조용했겠습니까? 우리 적염군 군사들이 피를 흘리며 혼신의 힘을 다해 20만 명이나 되는 황제 직속 주력 부대를 몰살하지 않았다면, 대량의 북쪽이 13년 동안이나 평화롭지도 못했을 겁니다."

"하지만 대유에서는 지금껏······."

정왕이 떨리는 목소리로 말하다 말고 입을 다물었다. 어떻게 된 일인지 알 만했다. 20만 명의 주력 부대를 잃은 대유가 제 입으로 '우리는 사옥에게 당한 게 아니라 사실은 적염군에게 몰살당했소'라고 알려줄 리 없었다. 적염군이 매령에서 당한 일을 들은 대유 황제는 아마도 기뻐서 펄쩍펄쩍 뛰며 불난 집에 부채질을 했을 것이다. 주력 부대가 사라지지 않았다면, 호전적인 대유의 황제는 그 틈을 타 병사를 몰아 남침했을 가능성이 높았다.

하지만 멀리 금릉에 있는 황제는 북쪽 변경의 실제 상황을 알 도리가 없었다. 사옥과 하강의 보고만 듣고, 이미 마음속에 깊이 새겨진 의심과 두려움 때문에 제 손으로 최강의 군대를 없애버리는 결단을 내린 것이다.

"그 사건이 벌어지기까지 어떤 일이 있었는지 우리가 지금껏 알고 있던 것은 거의 다 거짓이었군."

열전영이 분노에 차서 말했다.

"위쟁, 처음부터 찬찬히 말해보게. 진실이 남아 있는 한, 언젠가는 정의를 되찾을 걸세!"

위쟁은 고개를 끄덕이고 감정을 가라앉혔다.

"우리는 감주의 북쪽 경계에 주둔했습니다. 그때 무장해제하고 대기하라는 황제의 조서가 날아들었습니다. 그런데 조서가 도착한 바로 그날 전방에서 보고가 들어왔습니다. 대유가 황제 직속 부대 20만 명으로 출병해 숙대(肅臺)를 점령하고 매령으로 진군 중이라는 보고였습니다. 가만히 있다가 대유군이 매령을 돌파하면, 그 너머 열 개의 주는 모두 평원이라 막기가 어렵습니다. 변경을 수비하고 백성을 지키는 것이 적염군의 임무인데, 백만 명의 백성을 위험에 빠뜨릴 수 있겠습니까? 하물며 정세가 급박할 때 밖에 있는 장수는 주군의 명을 따르지 않아도 됩니다. 그래서 임 원수께서는 급사를 보내 보고하는 한편, 군대를 움직여 적을 맞으러 갔습니다. 나중에 보니 그 일도 대역죄 중 하나였다고 하더군요."

"임 원수의 보고는 경성에 오지도 않았다. 분명 도중에 막힌 거겠군."

정왕은 울분을 참지 못해 두 눈을 질끈 감았다.

"계속해라."

"저희는 밤새 행군하여 대유군과 거의 동시에 매령에 도착했습니다. 전하께서도 아시듯 연초에 군비가 삭감되어, 당시 적염군은 7만 명밖에 되지 않았습니다. 정면에서 적군을 맞아 싸울 수가 없었지요. 그래서 임 원수는 섭봉 장군에게 북쪽의 절혼곡으로 돌아가 측면에서 접응하게 하고, 적우영을 선봉으로 삼아 북쪽 골짜기를 공격하고 주력 부대로 적군을 막아 나누어 공격했습니다. 그날 밤 눈보라가 심하게 몰아쳤습니다. 섭진 대인은 적우영을 따라와 눈보라를 무릅쓰고 화공을 펼쳤습니다. 악전고투였지요. 우리 7만 남아들은 사흘 밤낮 피로 목욕하며 마지막 숨이 다할 때까지 싸웠습니다. 결국 대유의 자랑인 황제 직속군이 무너지고 패잔병 일부만 달아났습니다."

위쟁의 얼굴에 자랑스러운 표정이 반짝였지만, 그것도 잠시, 다시 어두워졌다.

"하지만 저희도 손해가 막심했고 힘도 많이 꺾였지요. 모두 기진맥진해서 어쩔 수 없이 그 자리에서 휴식을 취했습니다. 그때 소원수께서는 벌써 이상한 조짐을 느끼셨지요. 접응하기로 한 섭봉 장군이 전투가 끝날 때까지도 나타나지 않았으니까요. 절혼곡과 북쪽 골짜기는 겨우 절벽 하나 떨어져 있었습니다. 지세가 험하지만 질풍장군이라 불리는 섭봉 장군이라면 사고가 생기지 않은 이상 그렇게까지 늦을 리 없었지요. 그래서 소원수께서는 제게 남쪽 골짜기의 본영에 가서 무슨 일인지 알아보라고 하셨습니다. 그런데 제가 남쪽 골짜기에 도착해 원수의 영채에 들어가려는 순간, 사옥과 하강의 10만 병사가 도착했습니다."

정왕이 퍽 하고 탁자를 내리쳤다. 배나무로 만든 단단한 탁자의 한쪽 귀퉁이가 뚝 부러져 톱밥이 우수수 떨어졌다. 상세한 이야기는 처음 듣는 몽지도 가슴이 부글부글 끓어올라 이를 악물고 매장소를 바라보았다. 하지만 매장소는 한구석에 무표정하게 앉아, 생명 없는 그림자처럼 꼼짝도 하지 않았다.

"그 군대를 처음 봤을 때 저희는…… 멍청하게도…… 원군인 줄 알았습니다."

처연하고 비분에 찬 위쟁의 목소리는 아무리 철석같이 단단한 심장도 쥐어짜고 남을 만했다. 그는 고개를 들고 정왕을 똑바로 보았다.

"그 끝이 어땠는지는 전하께서도 아실 겁니다. 남쪽 골짜기는 아수라장이었고, 북쪽 골짜기는…… 그보다 더 심했지요. 불에 타 초토화가 되었으니까요. 대유에서 가장 용맹한 황제 직속군과 싸울 때는 버텼던 전우들도 끝내 아군의 손에 쓰러졌습니다. 수많은 사람이 죽음을 맞는 순간까지도 무슨 일이 벌어졌는지조차 몰랐습니다. 저는 죽을힘을 다해 임 원수 곁으로 달려갔으나, 그분은 이미 중상을 입고 사경을 헤매고 계셨지요. 그분의 마지막 말은 달아나라는 것이었습니다. 한 명이라도 더 살아야 한다고요. 그때 그분이 얼마나 가슴 시리고 괴로우셨을까요. 불행 중 다행으로 임 원수는 북쪽 골짜기에서 피어나는 시꺼먼 연기를 보지 못하고 떠나셨습니다. 근위병들은 차라리 그분의 시체를 지킬지언정 단 한 명도 자리를 뜨지 않았습니다. 그러나 저는 그럴 수 없었지요. 제 주인은 소원수였으니까요. 저는 어떻게든 북쪽 골짜기로 가려고 했지만 날아드는 칼이 너무 많아 결국 도중에 쓰러지고 말았습니다. 깨어나보니 의부인 약왕곡 소 곡주께서 절 구해주셨더군요."

정왕은 울분을 삼키려고 이를 악물었지만, 끝내 참지 못하고 손에 얼굴을 묻었다. 몽지도 고개를 돌리고 손가락으로 눈가를 적신 뜨거운 눈물을 닦아냈고, 열전영은 아예 비 오듯 눈물을 흘렸다. 오로지 매장소 혼자 본래 자세대로 앉아 아득한 눈빛으로 돌로 된 거친 벽을 바라볼 뿐이었다.

한참이 흐른 후, 정왕이 심호흡을 해 흥분을 누른 다음 물었다.

"소 곡주가…… 그때 어떻게 그곳에 있었나?"

"매령에는 몹시 희귀한 약초가 난다고 합니다. 의부께서는 친구분과 약초를 캐러 왔다가 우연히 그 참혹한 장면을 목격하셨지요. 하지만 혼란한 상황이라 많은 사람을 구하진 못했습니다. 사옥이 전장을 수습할 때 슬쩍 숨어들어 몇 사람만 구해내셨지요."

"그럼 섭탁은……."

"당시 섭탁은 임 원수의 명을 받고 섭봉 장군을 찾으러 가던 중이었습니다. 다행히 도중에 이상한 점을 눈치 채고 필사적으로 달아났지요."

정왕은 고개를 숙였다. 오래도록 입을 다물고 망설이던 그가 다시 한 번 똑같은 질문을 했다.

"위쟁, 북쪽 골짜기에는…… 정말…… 정말 생존자가 없었나?"

위쟁이 그의 시선을 피하며 낮은 목소리로 대답했다.

"누가 살아 있다는 말은 듣지 못했습니다."

희망이 거의 없다는 것은 알고 있었지만, 그래도 이런 대답을 듣자 소경염은 가슴을 쥐어짜는 것만 같았다. 어려서부터 함께 뒹굴고 글을 배우고 무예를 닦았던 친구, 항상 거만하고 잘난 체했지만 실제로는 누구보다 세심하고 친절했던 친구, 전장에서 말을 타고 창을 휘두르며 서로의 목숨을 맡겼던 친구, 헤어질 때 웃으면서 커다란 진주를 가져오라고 했던 친구. 그의 친구는 이제 정말로 돌아올 수 없었다.

동해에서 캔 진주는 침대 머리맡 옷장 깊숙한 곳에 쓸쓸히 놓여 있었다. 하지만 그 진주의 주인이 되어야 할 소년 장군은 유골조차 어디에 있는지 몰랐다. 13년. 13년이 지났지만, 넋은 여전히 구천을 떠돌고, 오명은 여전히 그들을 옥죄고 있었다. 그 자신은 왕주 일곱 개의 친왕이 되어 인생 최고의 영광을 누리고 있지만, 그것이 무슨 의미가 있단 말인가!

"전하, 서두르지 마십시오."

바로 그때 매장소의 차분한 목소리가 들려왔다.

"이 사건은 폐하께서 판결하셨고 연루된 사람도 많습니다. 쉽게 뒤집을 수야 없지요. 지금은 비분을 가라앉히고 천천히 방법을 찾아야 할 때입니다. 목표가 확고하여 의지를 잃지 않고 차츰차츰 실력을 쌓으면 못할 일이 어디 있겠습니까?"

"맞습니다."

그때쯤 마음을 가라앉힌 몽지도 나지막이 권했다.

"판결을 뒤집으려면 우선 폐하께서 잘못을 인정하셔야 합니다. 하지만 워낙 큰 잘못이라, 설사 위쟁의 말을 믿으셔도 시인하신다는 보장이 없습니다. 게다가 지금 위쟁은 반역자의 몸이니 큰 효력도 못 내겠지요. 조정에서 공개적으로 이 이야기를 할 수 있을지 없을지도 모르고요. 이럴 때 함부로 움직이시면 안 됩니다."

"하, 하지만……."

열전영이 울먹였다.

"이 억울함을 그냥 참으란 말씀입니까? 전쟁터에서 피 흘리며 싸운 우리에게 돌아오는 것이 정녕 그것뿐입니까?"

"이 사건은 적염군만의 사건이 아닙니다."

매장소가 차분하게 말했다.

"황장자의 피까지 흘렸다는 것이 중요합니다. 폐하께서 판결을 번복하신다는 것은, 후세 역사서에 공신과 친아들을 무고하게 죽였다는 오명을 남긴다는 말이기도 합니다. 황제는 말할 것도 없고, 남자라면 누구나 훗날의 명성 앞에 초연하지 못합니다. 전하께서 최후의 목적을 이루시려면, 지금은 무슨 일이 있어도 적염군 사건을 거론하시면 안 됩니다."

"소 선생의 말은 잘 알겠소."

정왕이 고개를 들었다. 두 눈은 빨갛고 얼굴은 눈처럼 창백했다.

"하지만 나도 해줄 말이 있소. 내 최종 목적은 이 사건을 낱낱이 밝히는 거요. 다른 것은 잠시 미루어도 상관없소."

매장소가 그의 시선을 마주하며 한참 동안 바라보더니 빙그레 웃었다.

"예, 꼭 기억해두겠습니다."

"이제부터 위쟁은 선생의 집에 묵는 거요?"

"지금은 경비가 많이 느슨해졌지만, 위험을 무릅쓰고 약왕곡으로 돌려보내다가는 무슨 일이 일어날지 모릅니다. 저희 집에 있는 사람들은 입이 무거우니 이곳에 있으면 안전합니다. 안심하십시오, 전하."

"그럼, 신세를 좀 지겠소."

정왕이 위쟁을 돌아보았다.

"너를 구해낸 것은 모두 소 선생의 신기묘략 덕분이다. 이곳에 있는 동안 선생의 명을 잘 따르도록 해라."

위쟁이 즉각 두 손을 모았다.

"예! 반드시 소 선생의 명만을 따르겠습니다."

너무도 빠르고 시원스런 대답에 정왕은 도리어 당황했다. 매장소가 목숨을 살려주긴 했으나, 거칠고 강직한 무장이 이렇게 쉽게 복종한다는 말을 할 리 없었다.

"저희 집은 군대가 아닙니다. 그렇게 깍듯이 하지 않으셔도 됩니다, 위 장군."

매장소가 미소를 지으며 말을 돌렸다.

"굳이 조심해야 할 사람이 있다면 안 의원 정도일 겁니다. 장군의 몸이 다 낫기 전에는 반드시 치료하겠다고 팔을 걷어붙일 텐데, 절대로 밉보이지 마십시오. 잘못하면 저처럼 됩니다."

"그 의원은 나도 봤소. 정말 팔팔한 분이더구려."

몽지가 말을 받았다.

"소 선생도 두려워하는 사람이 있을 줄이야."

열전영이 눈썹을 모으고 한 걸음 나서며 슬그머니 위쟁에게 말했다.

"차라리 정왕부에 오지 그러나? 친구들도 있고 안전하고……."

매장소가 무심하게 그를 바라보며 살짝 눈살을 찌푸리자, 열전영은 아차 싶어 황급히 고개를 숙이고 물러났다. 하지만 이 움직임이 정왕의 주의를 돌려놓았다. 정왕이 나지막하게 꾸짖었다.

"전영, 소 선생이 정한 일에 함부로 끼어들지 마라."

"예."

품계 높은 장군인 열전영은 자연히 무용(武勇)만 있는 것이 아니라 지혜와 도량도 갖춘 사람이었다. 그래서 즉시 허리를 숙이며 사죄했다.

"제가 경솔했습니다. 용서하십시오, 소 선생."

"열 장군은 전하를 가까이에서 모시는 분입니다. 앞으로는 심사숙고하고 빈틈없이 살피시기 바랍니다."

열전영의 겸손한 태도에도 불구하고 매장소는 매몰차게 한마디한 후, 돌아서서 정왕에게 말했다.

"전하, 봄 사냥 때 경성에 남길 사람들을 정하셨습니까?"

"적절히 준비해뒀소. 꼬박 보름이 걸리는 봄 사냥 기간에 황후께서 경성을 다스리고 예왕 또한 남게 되었으니 아무래도 조심해야겠지."

매장소는 가볍게 탄식하고 중얼거리듯 말했다.

"실은 저도 하강과 똑같이 저들이 한 번 더 움직여주길 바랍니다. 하지만 정황으로 보아 예왕이 그런 모험을 하지는 않겠지요. 감시할 사람만 남겨두시면 됩니다."

고개를 끄덕이는 정왕의 표정은 약간 흐리멍덩했다. 오늘 밤 밝혀진 세세한 진실들 때문에 그는 분이 치밀고 슬픔이 끓어올랐다. 마치 커다란 돌덩이 하나가 가슴을 짓누르는 것처럼 무지근한 고통이 느껴졌다. 본래는 이 고통을 꾹 참고 평소대로 매장소와 정무를 의논할 생각이었지만, 몇 마디 나눠보니 아무래도 그럴 수 없다는 것을 깨달았다. 최소한 오늘 밤만은 다른 일을 생각하고 싶지 않았다. 용암처럼 펄펄 끓는 머리를 가라앉힐 수도, 정상으로 되돌릴 수도 없었기 때문이다.

"전하, 돌아가서 쉬시지요."

매장소의 목소리에도 지친 기색이 엿보였다. 그는 정왕에게서 시선을 거두며 한 걸음 물러섰다. 방 안은 곧 적막에 잠겼다.

소경염은 천천히 일어났다. 눈꺼풀을 내리며 눈동자 깊숙이 비치는 감정을 단단히 숨겼다. 그는 위쟁의 어깨를 두드리며 뭐라고 말하려 했지만, 끝내 아무 말도 못하고 묵묵히 돌아서서 열전영과 함께 정왕부로 가는 돌문으로 향했다. 몽지는 더 남아 있을 생각 이었지만, 매장소의 안색을 보자 마음을 바꿔 정왕과 함께 떠났 다. 돌문이 서서히 닫히며 그들을 세상과 단절시켰다.

매장소가 비틀자, 위쟁이 재빨리 다가가 힘껏 부축했다.

"고맙네."

지난날의 소원수는 자신의 무게 일부를 이 부장의 팔에 실었다. 하지만 피로가 그를 점점 더 강하게 짓눌러 견딜 수가 없었다.

"가세. 그만 가세나."

위쟁은 밀실의 등을 껐다. 복도에서 새어 들어오는 빛은 어둡고 희미해서, 낡고도 머나먼 느낌을 주었다. 매장소는 빛과 그림자의 경계선에서 걸음을 멈췄다. 그리고 무슨 생각을 하는지 뚫어져라 앞을 바라보았다.

위쟁은 가만히 서서 그의 옆모습을 보다가 불쑥 입을 열었다.

"소원수, 사실대로 말하는 것이……."

이 적우영의 부장은 뒷말을 삼켰다. 소원수가 뒤돌아 그를 훑어 보았기 때문이다. 그 의미는 몹시도 명확했다.

짧은 순간이 지난 후, 매장소는 날카로운 시선을 거두고 다시금 피곤하고 몽롱한 상태로 돌아갔다. 방금 보인 그 불꽃 같은 눈빛 은 마치 한순간의 착각인 것만 같았다.

재회

황실의 봄 사냥이란 사실 사냥제였다. 용맹스러운 힘을 준 하늘에 감사하는 뜻에서 국상이 있어도 거르지 않고 매년 의식을 치렀다. 봄 사냥 장소는 변함없이 구안산이었다. 경성에서 500리 떨어진 구안산에는 숲과 들판뿐 아니라 행궁까지 갖추고 있었다. 하지만 관례에 따라, 봄 사냥이 시작되고 사흘간은 황제조차 행궁에 들어 갈 수 없었다. 모든 사람이 하늘을 떠받드는 의미로 밖에서 야영을 해야 했다.

3월 27일이 되자 천자의 깃발이 펄럭이며 금릉성을 나왔다. 황 후가 경성을 지키는 신하들과 함께 성문까지 배웅했다. 정왕은 '소 선생과 함께 오라'는 명을 받았으나, 그가 있어야 할 자리는 황제의 난거 옆인 데 반해 소 선생은 그곳에 있을 수 없었다. 그래 서 매장소는 수행원들과 함께 정왕부 사람들 사이에 섞여 뒤에서 행렬을 따랐다.

한 가지 다행스러운 일은 때마침 정왕이 아침 일찍 황궁에 불려 가 황제에게 붙잡혀 있는 바람에, 그가 봤다면 분명코 놀라고 의

아해했을 장면을 목격하지 못했다는 것이다. 매장소는 이 점을 무척 다행스러워했다.

아침나절, 열전영이 당당하게 대문을 통해서 매장소를 데리러 왔다. 정왕부의 수행인은 총 서른 명으로, 정왕부에 모였다가 봄 사냥에 따라나설 예정이었다. 출발 시간은 길시인 정오였다. 아직 이른 시간이었기에, 열전영은 매장소를 정왕부 대청으로 안내해 쉴 곳을 내어주고 자신도 옆에 앉았다. 두 사람은 군무에 관해 이야기를 나누며 시간을 보냈다.

차 한잔을 채 비우기도 전, 갑자기 대청 밖에서 '오우, 오오우' 하는 소리가 들려왔다. 매장소는 일순 당황했지만 곧 무슨 소리인지 알아챘다.

열전영이 문가로 달려가 외쳤다.

"무엇하러 벌써 묶는 거냐? 풀어줘라. 출발한 다음에 태우면 된다."

매장소의 얼굴이 약간 창백해졌다. 그는 재빨리 잔으로 얼굴을 가리며 머리를 굴렸다. 잠시 후 열전영이 돌아오자 매장소가 무심한 척 물었다.

"무슨 일입니까?"

"불아(佛牙)라고, 전하께서 기르는 늑대입니다."

"전하께서 늑대를 기르십니까?"

"자주 안 오시니 모르실 겁니다. 불아를 남들 앞에 내놓은 일도 별로 없고요. 전하께서 젖먹이 때부터 데려와 키우셨는데, 벌써 열다섯 살이나 됐으니 얼마나 더 오래 살지……. 불아는 콧대가 높아 전하 외에는 아무도 따르지 않습니다. 이 왕부에서는 저 녀석 서열이 전하 다음이라지요!"

열전영이 과장스럽게 말하고는 너털웃음을 터뜨렸다.

"오, 그래요?"

매장소가 따라 웃으며 또 물었다.

"이번에도 데려갑니까?"

"불아는 나가는 것을 무척 좋아합니다. 살날도 얼마 남지 않았으니 전하께서도 가능한 한 데리고 나가려 하시지요."

"아무리 집에서 길렀다 해도 늑대는 늑댑니다. 그런데 풀어주라고 하시다니요?"

"걱정 마십시오. 불아가 사람을 귀찮아하긴 합니다만, 전하의 명 없이는 물지 않습니다."

매장소는 눈동자를 굴리며 웃었다.

"제가 아니라 다른 사람을 물까봐 그러는 거지요. 사실 말입니다, 제게는 이상한 능력이 있습니다. 아무리 흉포한 짐승이라도 저를 친근히 여기며 절대 물지 않지요."

"세상에 그런 능력을 가진 사람이 있다고요?"

열전영은 무척 신기해했다.

"그런 말은 처음 듣는군요."

그러는 동안 잿빛 털북숭이 하나가 소리 없이 문가에 나타났다. 고개를 빳빳이 쳐든 모습이 마치 영지를 순찰하는 왕 같았다.

"제법 잘생겼군요."

매장소가 칭찬했다.

"아무렴요."

열전영은 마치 자기가 기른 늑대인 양 자랑스레 대답했다.

"몸집이 듬직하고, 피부가 두껍고 털도 많아요. 몇 년 전만 해도 풍채가 더 좋았는데 지금은 좀 늙었지요. 그래도 털 빛깔은 아직 곱습니다."

불아가 고개를 돌렸다. 짙은 갈색 눈동자가 지혜로운 사람처럼 초롱초롱 빛났다. 그런데 대청 입구에 잠시 서 있던 불아가 별안간 길게 울부짖더니, 등을 활처럼 휘었다가 매장소에게 와락 달려들었다. 마치 매장소를 통째로 집어삼킬 듯한 기세였다.

이런 장면을 한 번도 본 적 없는 열전영은 얼굴이 하얗게 질려 벌떡 일어났다. 여기 이 소 선생은 정왕에게 가장 중요한 사람이었다. 불아가 매장소를 뜯어먹도록 방치할 바에야 차라리 먼저 먹잇감이 되는 것이 나았다. 하지만 열전영이 아무리 빨라도 늑대의 움직임을 따라갈 수는 없었다. 하물며 대청 입구에서 매장소가 있는 곳까지는 별로 멀지도 않았다. 그가 몸을 날려 불아를 잡으려고 손을 뻗었을 때, 잿빛의 늑대는 그를 지나쳐 매장소의 품으로 뛰어들었다. 그 힘에 매장소는 의자째로 뒤로 넘어갈 뻔했다.

"허……."

그 후 벌어진 장면에, 열전영은 군인의 품위마저 잊은 채 입을 헤벌리고 멍청하게 서 있기만 했다. 불아는 앞발로 매장소의 어깨를 짚고, 축축한 코로 목 언저리를 킁킁거리며 이리저리 비벼댔다. 정왕에게 애교를 부릴 때와 똑같았다.

"어떻습니까, 열 장군?"

매장소는 불아의 침을 겨우겨우 피하며 웃었다.

"제가 말한 대로지요?"

"저, 정말이군요."

열전영이 더듬더듬 대꾸했다.

"정말 신통방통하군요."

"예전에도 그랬지요. 아무도 못 다루는 사나운 말 한 마리가 있었는데, 제가 주는 풀은 고분고분 잘 먹지 뭡니까?"

매장소는 불아의 어깨를 두드려주며 무릎에 기대게 했다.

"불아가 외로웠나봅니다. 정왕 전하께서는 워낙 바쁘셔서 놀아줄 시간이 별로 없으시겠지요?"

"그렇죠. 트, 특히 최근 반년 동안은 누, 눈코 뜰 새 없이 바쁘셨으니까요."

열전영은 놀라움이 가시지 않는지 계속 말을 더듬었다. 매장소는 서두르지 않고 그가 좋아할 만한 화제를 꺼내 천천히 이야기를 이끌었다. 열전영은 꼼꼼한 사람이 아니었기 때문에 흥이 나자 불아에 대해서는 까맣게 잊고 매장소가 원하는 대로 끌려갔다. 이야기가 무르익을 때쯤에는 대부분 그가 말을 하고 매장소는 웃으며 듣다가 이따금 맞장구를 치는 정도가 되었다. 불아는 의자 주변을 맴돌다가 가끔 커다란 꼬리로 매장소의 무릎을 툭툭 건드리며 놀았다. 시간이 흐르자 열전영도 차차 그 모습에 익숙해졌다.

그렇게 한 시간 정도 흐르자 떠날 채비가 끝났다. 매장소 때문에 강등된 백부장 척맹도 이번 수행원에 포함되어 있었다. 그가 성큼성큼 들어와 출발 시간이 되었다고 알렸다. 승진을 했는지 교위 복장을 한 그를 보자, 매장소는 저도 모르게 빙그레 웃으며 물었다.

"그때 그 괴수는 잡으셨습니까?"

척맹이 답답한 듯이 대답했다.

"아직입니다. 그놈이 어찌나 교활한지……."

그때 비류가 날아 들어왔다. 불아를 발견한 비류는 신기해서 만져보려고 손을 내밀었지만, 잿빛 늑대는 가소롭다는 듯이 피해버렸다. 더욱 호기심이 생긴 비류가 다시 손을 뻗었다. 불아는 또 피했지만, 어떻게 된 노릇인지 제대로 피하지 못하고 목에 손이 닿았다. 불아가 버럭 화를 내며 반격하는 바람에 대청 안에 소란이 벌어졌다. 하지만 매장소는 말릴 생각이 없는지 싱글싱글 웃으며 보기만 했다.

"소, 소 선생."

열전영은 맥이 탁 풀려 말했다.

"시간이 다 됐습니다만……."

"아, 그럼 가시지요."

"저, 저쪽은……."

"우리가 가면 따라올 겁니다."

매장소는 그렇게 말하며 앞장섰다. 비류든 불아든 어찌해볼 도리가 없는 열전영도 뒤를 따랐다. 다행히 매장소의 말대로, 그들이 나가자 비류와 불아는 곧 싸움을 멈추고 똑같은 속도로 달려나왔다.

정왕부의 수행원은 대부분 무사여서, 매장소 혼자 마차를 탔다. 불아가 그를 따라 마차를 고집하자, 평소 마차를 타지 않는 비류마저 파격적으로 마차에 올랐다. 마주 앉은 비류와 불아는 이쪽이 만지려 하면 저쪽이 피하고, 저쪽이 물려고 하면 이쪽이 피하는 식으로 장난을 계속했다. 덕분에 여정은 심심할 틈이 없었다.

저녁이 되자 쉬기로 한 작은 마을에 도착했다. 대오는 이곳에 천막을 치고 쉬었다. 정왕도 황제에게 문안인사를 마치고 열전영이 준비해둔 천막으로 돌아왔다. 그가 천막 앞에 이르렀을 때, 소년과 늑대의 모습이 울타리 사이로 휙 빠져나가는 것이 보여 다소 놀랐다.

"오는 길에 불아가 저희와 많이 친해졌습니다."

매장소가 천막에서 나와 그를 맞이하며 웃어 보였다.

"열 장군은 불아가 사람을 좋아하지 않는다고 했지만, 생각보다 유순하군요. 저는 그렇다 치고, 비류처럼 혼자 다니기를 좋아하는 아이와도 쉽게 친해지더군요."

"그랬소? 불아는 정말 사람을 가까이하지 않소. 선생과 비류는 아무래도 남들과 다른가보오."

정왕은 의아해했지만, 불아가 매장소를 보자마자 품으로 달려들어 떨어지지 않으려 한 장면을 보지 못했기 때문에 별로 깊이 생각하지 않았다. 그가 주변을 돌아보며 물었다.

"전영은 어디에 있소?"

"제가 가져온 금의 현이 끊어져서, 쓸 만한 말갈기를 몇 개 구해달라고 부탁했습니다."

매장소가 뒤쪽을 가리켰다.

"보십시오. 전하가 돌아오신 것을 알고 달려오는군요."

말이 떨어지기 무섭게 열전영이 다가와 두 손을 모으고 인사했다.

"전하, 영채는 다 세웠습니다. 푹 쉬십시오."

"소 선생의 천막 주위에 병사들의 천막을 세우도록 해라."

"그렇게 해두었습니다."

"잘했다."

정왕이 칭찬하고 매장소를 돌아보았다.

"아직 시간이 이른데 내 천막에 가서 이야기나 하시겠소?"

매장소는 불아가 돌아올까봐 불안해서 빙그레 웃으며 거절했다.

"당연히 말씀대로 해야겠으나, 하루 종일 달렸더니 조금 피곤하군요. 일찍 쉬고 싶습니다."

그가 허약하다는 것을 아는 소경염은 불쾌해하지 않고 따뜻한 목소리로 말했다.

"그럼 방해하지 않겠소. 내일도 하루 종일 시달려야 하니 아무래도 쉬는 것이 좋겠소."

매장소는 허리를 굽혀 인사한 후 자기 천막으로 돌아갔다. 정왕의 안전을 책임지느라 몹시 긴장하고 있던 열전영은 불아와 매장소의 첫 만남에 대해 한가롭게 떠들 여유가 없었다. 정왕이 천막으로 들어가자 그는 다시 주변을 순찰하기 시작했다.

다음 날 아침, 황제에게 문안을 드리러 갔던 정왕은 함께 식사를 하게 되는 바람에, 그날도 내내 황제 곁을 떠나지 못했다. 매장소는 정왕보다 약간 늦게 일어났기 때문에 그와 마주치지 않았다.

그날은 전날보다 빨리 움직여, 황혼녘에는 구안산에 도착했다. 행렬은 행궁 밖에 널찍하게 천막을 쳤다. 한가운데에는 용이 그려진 금빛 천으로 장식된 황제의 천막이 자리했다. 높이 다섯 장에 폭이 열 장이나 되는 천막은 임시로 만든 것이지만 몹시 정교하게 꾸며졌다. 또 천막 가운데에 수놓은 발을 드리워, 앉아서 이야기하는 바깥쪽과 안쪽 침실로 공간을 나눴다. 정 귀비의 천막은 황제의 천막 가까이에 있었고 규모는 조금 작았다. 정 귀비는 황제의 시중을 드느라 밤에는 주로 황제의 천막에 머무르다가 남자들이 사냥을 나갈 때에만 자기 천막으로 돌아갔다. 몽지를 따라온 금군 3천 명이 조를 짜서 두 천막 주변을 철통같이 지켰다. 경비가 워낙 삼엄해 쥐새끼 한 마리도 드나들 수 없을 정도였다. 기타 황족과 중신들의 천막은 물론 더욱 작았다. 지위 고하에 따라, 마치 별이 달을 에워싸듯 황제의 천막을 둘러싸는 형태로 천막을 세웠다.

그렇게 하룻밤을 쉬고, 다음 날 정식으로 봄 사냥이 시작되었다. 매장소도 가벼운 옷을 입고 정왕을 따랐지만, 손에 화살 한 대도 들고 있지 않아 누가 봐도 '사냥'과는 하등의 관계도 없는 사람임을 알 수 있었다. 함께 온 사람 십중팔구는 그의 이름을 알았기에 다가와 인사를 건넸고, 덕분에 가는 내내 인사를 하느라 바빴다. 사냥터에 도착하자 황제는 고담을 시켜 매장소와 정왕을 고대(高臺) 위로 불러들인 후 웃으며 한담을 나눴다. 딱히 중요한 이야기는 없었지만, 최소한 주변의 황족과 귀족들에게 황제가 두 사람을 중시한다는 것을 알려줄 정도는 되었다.

봄철은 만물이 쑥쑥 자라는 계절이므로 살생은 어울리지 않았다. 따라서 봄 사냥은 가을 사냥과 달리 제례 위주로 진행되었고 사냥 대회도 없었다. 모두 숲으로 들어가 바삐 왔다갔다했지만 사실은 그럴싸하게 시늉만 했다. 간혹 산토끼나 꿩 같은 것을 잡긴 했어도 사슴이나 노루 같은 일반적인 사냥감은 잡지 않았다.

황제는 아침 일찍 사냥 개시를 알리는 제사를 지낸 후, 겹겹이 둘러싼 시위들의 보호를 받으며 숲으로 들어갔다. 두 시간가량 숲을 돌아다닌 끝에 꿩 두 마리를 잡아 돌아왔다. 아무래도 나이가 들었는지 황제는 점심을 먹고 나자 견디기 힘들 정도로 피곤했다.

그래서 정 귀비의 부드러운 안마를 받으며 꾸벅꾸벅 졸다가 얼마 지나지 않아 고른 숨소리를 내며 잠이 들었다.

틈이 난 정 귀비는 재빨리 고담을 불러 황제를 보살피게 한 다음 밖으로 나갔다. 가까이 있는 자기 장막으로 걸어가며 그녀는 곁을 따르는 시녀에게 일렀다.

"정왕에게 가서 소 선생을 모셔오라고 해라."

정왕은 황제와 함께 사냥터에서 돌아와 천막까지 모신 후 물러났지만, 곧장 장막으로 돌아가지 않고 셋째 황자 녕왕과 여섯째 황자 회왕을 방문했다. 이 두 황자는 정왕과 아주 가깝지는 않았지만 사이가 나쁜 편도 아니었다. 지금까지 매년 봄 사냥 때면 태자와 예왕은 형제들은 안중에도 없이 황제 주위만 맴돌았고, 덕분에 품계가 비슷했던 이들 삼형제는 늘 함께 있었다.

그런데 올해는 정왕의 지위가 예전과는 비교할 수 없이 높아져, 두 형제가 작년처럼 편하게 찾아갈 수 없었던 것이다. 마침 여유가 생기자 정왕은 직접 그들을 찾아갔다. 녕왕과 회왕의 천막은 서로 붙어 있었다. 정왕이 찾아오자 그들은 천막 가운데의 공터에 모여 자리를 깔고 고기를 굽고 술잔을 기울였는데, 분위기가 제법 좋았다.

배불리 먹고 차를 마실 때쯤, 정 귀비의 시녀가 열전영을 대동하고 정왕을 찾으러 왔다. 조금 떨어진 곳에서는 매장소가 기다리고 있었다. 정 귀비가 부른다는 말에, 녕왕과 회왕은 굳이 붙잡지 않고 서둘러 보내줬다. 황자들의 천막은 황제의 천막과 그다지 떨어져 있지 않았지만, 금군의 호위 구역을 통과해야 했다. 몽지가 높다란 울타리 앞에서 인사를 한 후 지그시 매장소를 바라보았다.

매장소는 편안한 표정으로 빙그레 웃어줬다.

정 귀비의 천막 앞에 도착하자 시녀가 먼저 들어가 알렸고 두 사람도 앞뒤로 서서 들어갔다. 천막 안은 깔끔하고 간소해서, 책상 하나, 침대 하나, 작은 탁자 두 개, 그리고 너덧 개의 등받이 의자뿐이었다. 정 귀비는 잿빛의 담비털 적삼에 하얀 치마를 받쳐 입었고, 상중이라 머리에는 은장식만 했다. 단정하고 기품이 있으면서도 부드럽게 느껴지는 모습이었다. 아들이 무릎을 꿇고 절하자, 그녀가 웃으며 일으켜 세웠다.

"어마마마, 이쪽이 바로 소 선생입니다."

정왕이 손을 들고 소개했다.

매장소가 앞으로 나아가 허리를 숙였다.

"소철이 정 귀비마마께 인사드립니다."

정왕에게서 겨우 한 걸음 뒤에 서 있었기 때문에 정 귀비는 그가 들어올 때부터 얼핏 쳐다보긴 했지만, 마음이 복잡해 차마 자세히 살필 수가 없었다. 마침내 이렇게 마주 서서 허약한 몸과 낯선 목소리를 대하자, 별안간 가슴이 아리고 목구멍이 턱 막혀 아무 소리도 낼 수 없었다.

"어마마마, 몸이 안 좋으십니까?"

이상하게 느낀 정왕이 정 귀비의 팔을 살며시 부축하며 물었다.

정 귀비는 억지로 웃으며 정신을 가다듬었다.

"소 선생, 오시느라 수고 많았겠군요. 자, 앉아요."

매장소는 감사인사를 하고 손님 자리에 앉았다. 그때쯤 감정을 다소 가라앉힌 정 귀비가 차를 내오라고 명한 다음, 정중하게 물었다.

"경성에서 1년 넘게 머물고 있다는데, 이제 익숙해졌나요?"

"겨울이 조금 추운 것만 빼면 좋습니다."

"추위를 타나요?"

"예."

정 귀비가 정왕을 돌아보았다.

"너는 세심한 성격이 못 돼 걱정이구나. 선생의 천막에 숯이 충분한지는 챙겼니? 바깥이라 방 안보다는 추울 텐데."

매장소가 웃으며 말했다.

"신경 써주셔서 감사합니다, 마마. 전하께서는 빈틈없이 보살펴주십니다. 안이 워낙 후끈후끈해서 이제 제 천막에 들어오려는 사람이 없을 정도지요."

정 귀비가 고개를 저었다.

"요 며칠은 집에 있을 때와 달리 종일 이리저리 움직여야 했을 거예요. 안이 따뜻하면 바깥이 춥게 느껴져 병에 걸리기 쉽지요. 천막 안에 환기를 잘 시켜 적절한 온도를 유지하는 것이 좋아요."

"마마께서는 역시 건강을 챙기는 법을 잘 알고 계시는군요."

매장소가 허리를 살짝 숙이며 대답했다.

"집에 의원이 한 분 있지만 여기에는 함께 오지 못했습니다. 저는 의술을 몰라 무조건 따뜻하게만 하면 그만이겠지 했는데, 가르쳐주셔서 감사합니다."

"오는 길에 찬바람을 맞았을 테니 이 차는 마시면 안 되겠군요."

정 귀비가 즉각 시녀를 불러 분부했다.

"생강차를 내오려무나."

얼마 후 시녀가 자줏빛 도자기 주전자(자사호)와 작은 잔 하나를 가져왔다. 정 귀비가 일어나 손수 차를 따라주려 하자, 매장소가 황급히 사양했다.

"어찌 마마를 귀찮게 해드릴 수 있겠습니까? 시녀에게 맡기십시오."

정 귀비가 살포시 웃으며 시녀를 내보낸 다음 찻잔을 들었다.

"선생께서 경염을 위해 애써주시니 차 한잔 따라주는 정도는 당연한 일이지요."

정 귀비가 말을 마치고 잔을 내밀었는데, 뜻밖에도 잔이 미끄러져 땡그랑 하고 바닥에 떨어졌다. 생강차가 매장소의 소맷자락을 흠뻑 적셨다.

"어머나, 괜찮아요?"

정 귀비가 황급히 손수건을 꺼내 닦아주었고, 정왕도 달려왔다. 정 귀비의 의도를 깨닫자 매장소는 씁쓸하고 마음이 아팠다. 그래서 피하지 않고 그녀가 이 틈에 소맷자락을 들추도록 내버려뒀다. 상처 하나 없이 매끄러운 그의 팔을 본 정 귀비의 표정은 예황 군주가 그랬던 것과 똑같았다. 하지만 그녀의 표현은 예황보다는 훨씬 내향적이어서 멍하니 뒤로 물러났을 뿐 다른 행동은 전혀 하지 않았다.

"저는 괜찮습니다. 개의치 마십시오, 마마."

매장소가 시선을 옮기며 낮은 소리로 말했다. 정왕은 어머니를 자리로 모셔다드리면서 의아한 표정을 지었다. 묻고 싶지만 뭐라고 물어야 할지 몰라 한동안 망설인 끝에 겨우 입을 열었다.

"어마마마, 오늘은 피곤해 보이십니다. 소 선생과는 다음에 다시 찾아뵐 테니 오늘은 쉬시는 게 어떻겠습니까?"

정 귀비는 생각에 잠긴 듯 아들의 말에는 대답이 없었다. 잠시 후, 그녀가 불쑥 매장소에게 말했다.

"선생이 주석을 단 《상지기》는 마음에 쏙 들었어요. 도주(塗州)에 폭포가 하나 있다던데 선생이 주석을 달았더군요. 그곳에 가봤나요?"

"예."

"책에는 그 폭포가 떨어지는 기세가 가히 장관이라고 되어 있었지요. 직접 볼 수 없어 아쉬울 따름이에요. 잘 기억이 나지 않는데, 그 폭포가 도주의 어떤 마을에 있었지요?"

매장소의 시선이 살며시 떨리고 입매가 굳었다. 그곳은 도주 진영부(溱濼府)였다. 실로 간단한 대답이었지만, 문제는 돌아가신 어머니의 아명이라는 것이었다. 정 귀비가 이렇게 묻는 이유는 알지만, 아무래도 태연하게 입에 담을 수가 없어 그는 잠시 주저하다가 어쩔 수 없이 고개를 저었다.

"저도 기억이 가물가물합니다."

정 귀비는 가만히 그를 응시했다. 무엇 때문인지 맑으면서도 우울한 눈빛이었다. 정왕이 불안한 듯 어머니를 보며 물었다.

"어마마마, 그 폭포가 무척 보고 싶으신 모양이군요? 소자가 기억하기로 그곳은……"

"됐다."

정 귀비가 재빨리 그의 말을 끊었다.

"그냥 물어본 거야. 어떻게 거길 갈 수 있겠니?"

"마마께서는 귀한 분이니 함부로 움직이실 수 없겠지요. 아쉽지만 어쩌겠습니까?"

매장소가 눈을 내리깔며 위로했다.

"귀한 분……."

정 귀비가 쓸쓸히 웃었다. 낯빛이 약간 어두워졌다.

"그 이야기는 그만하지요. 기가 허하고 안색도 창백한 것을 보니 병이 오래된 모양이군요. 평소에 어떤 약을 복용하나요?"

"보약을 먹습니다. 저는 잘 몰라 의원이 시키는 대로 하지요."

"나도 의술을 좀 알아요. 괜찮다면 맥을 좀 짚어봐도 될까요?"

정왕 앞에서 이렇게 말하는데 매장소로서는 당연히 거절할 수가 없었다. 도리어 옆에 있던 소경염이 나섰다.

"어마마마, 소 선생에게는 훌륭한 의원이 있습니다. 굳이……."

"그냥 보려는 거란다. 침을 놓거나 약을 처방할 것도 아닌데 뭐 어떠니?"

정 귀비가 부드럽게 웃어 보였다.

"넌 의원의 마음을 몰라. 우리 같은 의원은 다양한 병증을 살펴보고 싶어 한단다."

정왕은 평소에는 온화하지만 한번 결심하면 마음을 바꾸지 않는 어머니의 성격을 잘 알았다. 그래서 일어나서 어머니의 의자를 매장소 옆에 놓고 자그마한 베개를 가져왔다.

매장소는 소매 안에서 주먹을 꽉 쥐었다. 자신의 몸 상태는 그도 잘 알았다. 하지만 정 귀비의 의술이 어느 정도인지 몰랐기 때문에 괜히 손을 내밀었다가 비밀이 드러나지 않을까 불안했다.

하지만 이 상황에서는 그에게 선택권이 없었다. 정 귀비의 그윽하고도 애처로운 눈빛은 결코 거절을 용납하지 않았다. 결국 그는 조그만 베개에 천천히 왼손을 올려놓았다. 정 귀비는 마음을 가라앉히고 차분하게 두 손가락을 내밀어 매장소의 손목을 눌렀다. 눈을 깔고, 남들이 이상하게 여길 정도로 오랫동안 맥을 짚어보던 그녀가 이윽고 스르르 손가락을 뗐다.

정왕이 어떤지 물어보려고 허리를 숙였다. 하지만 어머니의 얼굴을 보는 순간 놀라 아무 말도 나오지 않았다. 손을 거둔 정 귀비는 그 손으로 빨간 입술을 가렸다. 말려 올라간 긴 속눈썹 아래로 구슬 같은 눈물방울이 뚝뚝 떨어졌다. 고요하고 차분한 어머니가 눈물 흘리는 것을 몇 년 동안 보지 못한 소경염이 대경실색하는 것도 당연했다. 그는 즉시 무릎을 땅에 대고 앉으며 급히 물었다.

"어마마마, 왜 그러십니까? 불편한 곳이 있으면 소자에게 말씀하십시오."

정 귀비는 심호흡을 했지만 흐느낌은 멈추지 않았다. 평소 신중하고 침착한 사람일수록 감정의 둑이 한번 터지면 더욱 쓸어 담기 어려웠다. 그녀는 아들이 뭐라고 하든 고개를 저으며 아들의 어깨를 부여잡은 채 눈물을 흘렸다. 한바탕 울고 나서야 그녀가 가녀린 소리로 물었다.

"경염, 오늘…… 부황께 문안드렸니?"

한참 울다가 느닷없이 이런 질문을 하자 정왕은 더한층 어리둥절했다.

"오전 내내 곁에 있어드렸습니다만……."

"오후에는?"

"아직 찾아뵙지 않았습니다."

"가서…… 문안을 여쭤라."

정왕은 당황했다.

"부황께선 낮잠을 주무시고 계실 텐데요?"

"낮잠 시간이라도 가봐야지."

정 귀비가 단호하게 말했다.

"최소한 깨어나시길 기다리기라도 하렴. 나중에 사람들에게 네가 왔었다고 들으시면…… 분명…… 기뻐하실 거야."

소경염은 멍하니 어머니를 바라보다가 문득 무슨 뜻인지 깨닫고 매장소를 휙 돌아보았다. 그때 이미 이 모사는 자리에서 일어나 조용히 한쪽으로 피해 있었다. 가면이라도 쓴 듯 그 얼굴에서는 아무 단서도 찾아낼 수 없었다.

"어서 가거라, 어서."

정 귀비가 느리지만 단호한 손길로 아들의 가슴을 밀어냈다. 하지만 정왕이 나간 뒤에도 그녀는 곧바로 매장소에게 말을 걸지 않았다. 도리어 비틀비틀 의자에 앉아 여전히 눈물을 흘리기만 했다.

매장소는 어쩔 도리가 없는 사람처럼 하염없이 그녀를 바라보다가, 결국 가만히 장탄식을 하며 천천히 다가갔다. 그리고 그녀 앞에 무릎을 꿇고 소매 속에서 부드러운 수건을 꺼내 눈물을 닦아주며 가벼운 목소리로 말했다.

"마마, 눈물을 거두십시오. 눈물 흘려봐야 무슨 소용이 있겠습니까?"

"나도 알아. 그런데…… 몇 년 동안 잘 참아왔는데, 갑자기…… 참을 수가…….."

정 귀비는 필사적으로 마음을 가라앉히려 애쓰며, 매장소를 곁에 앉히고 눈물 젖은 눈으로 바라보았다. 한참 그를 살피던 그녀가 다시 고개를 숙이고 손수건으로 눈가를 닦았다.

"전 괜찮습니다."

매장소가 부드럽게 위로했다.

"보통 사람보다 몸이 좀 약한 것뿐이지, 아무렇지도 않습니다."

정 귀비가 목멘 소리로 말했다.

"화한독(火寒毒)은 세상에서 가장 종잡을 수 없는 독이란다. 단순히 겉모습이 달라지는 정도로 없앨 수 있다면 얼마나 좋겠니? 널 치료한 의원은 뭐라고 하던?"

"제가…… 체질이 튼튼해서 괜찮다고 하더군요."

"괜찮을 리가? 피부를 벗기고 뼈를 깎아 독을 빼냈으니 가장 중요한 것은 심신의 안정이야."

정 귀비는 매장소의 손을 부여잡고 간절하게 말했다.

"경염은 내버려두고 푹 쉬거라. 경성의 일은 내가 하면 돼. 믿어주렴. 내가 잘해낼 테니……."

매장소는 따뜻하지만 확고한 눈빛으로 그녀를 마주 보며 천천히 고개를 저었다.

"그럴 순 없습니다. 궁궐 안과 밖은 달라서 마마의 힘이 미치지 못해요. 저는 이미 이 길로 들어섰고 여러 난관을 넘었습니다. 그런 저를 막으시려는 겁니까?"

정 귀비는 심장을 칼로 저미는 것 같아 샘솟듯 눈물을 흘렸다. 10여 년간 억눌러온 슬픔을 지금 이 순간 모조리 쏟아내는 것 같았다.

"저를 도우시려면 경염에게는 아무 말도 하지 말아주세요."

매장소의 눈시울도 차츰 빨개졌다. 하지만 입가에는 여전히 희미한 미소를 머금고 있었다.

"경염이 매우 잘해줍니다. 마마께서 생각하시는 것처럼 힘들지 않습니다. 제게도 생각이 있으니 걱정하실 것 없습니다. 이제부터는 경염에게 개암과자를 만들어주세요. 설령 경염이 잘못 갖다 줘도 멍청하게 마구 집어 먹지는 않을 테니까요."

"소수…… 소수야……."

정 귀비가 그의 이름을 중얼거리며 부드럽게 뺨을 쓰다듬었다.

"예전에는 네 아버지를 쏙 빼닮았었는데……."

"마마, 그런 말씀은 마십시오."

매장소가 계속 그녀의 눈물을 닦아주며 말했다.

"지금은 그럴 때가 아닙니다. 저를 도와주실 거지요?"

정 귀비는 눈물로 흐려진 눈으로 한참 동안 그를 응시했지만, 결국 눈을 감고 천천히, 무겁게 고개를 끄덕였다. 그녀가 승낙하자 매장소의 입술 위로 미소가 피어올랐다. 분명 위로하는 표정이었지만 도리어 몹시 슬퍼 보였다. 정 귀비는 차마 볼 수가 없어 고개를 숙이고 손수건으로 뺨을 닦았다.

"마마."

매장소는 천천히 일어나 가벼운 목소리로 말했다.

"늦었으니 가봐야겠습니다. 혼자 계셔도 괜찮으시겠어요?"

정 귀비는 숨을 한 번 깊이 들이쉬며 눈물 자국을 힘껏 닦아냈다. 그리고 고개를 들었다.

"안심하렴. 경염은 내가 알아서 할게."

매장소는 고개를 끄덕이고는 한 걸음 물러나 무릎을 꿇고 집안 어른 대하듯 큰절을 했다. 그런 다음 정신을 가다듬으며 천막을 나와 뒤도 돌아보지 않고 떠났다.

벌써 오후였다. 천막 밖에는 겨울 끝자락의 따뜻한 햇볕이 희미하게 내리쬐었지만, 공기는 아직도 쌀쌀했다. 소경염은 가만히 뒷짐을 지고 황제의 천막을 둘러싼 울타리 입구에 서 있었다. 손가락 하나 까딱하지 않고 우뚝 선 모습이 조각상이라도 된 것 같았다. 뒤에서 발소리가 들리자 정왕은 즉시 돌아서며 의문이 가득한 눈길을 던졌다. 그는 높지는 않지만 힘이 실린 목소리로 물었다.

"어마마마께서 나를 내보내시고 대체 무슨 말씀을 하셨소?"

정왕의 추궁을 받고도 매장소는 바로 대답하지 않고, 시선을 살짝 돌려 동쪽에 있는 황제의 장막을 바라보았다.

"폐하께 문안인사 드리러 가신 것이 아닙니까?"

"낮잠을 주무시는데 무슨 인사를 드린단 말이오?"

"그럼 왜 들어오지 않으셨습니까?"

"어마마마께서 그렇게까지 날 내보내고 싶어 하시는데 괜히 신경 쓰시게 할 수는 없잖소."

"그래도 제가 마마와 무슨 말을 나눴는지는 궁금하신 거군요?"

"물론이오."

소경염은 그의 한가로운 태도에 발끈했다.

"어마마마는 아주 오랫동안 저런 모습을 보이지 않으셨소. 당연히 그 이유를 알아야겠소."

"그렇다면 천막 입구에서 엿듣지 그러셨습니까? 마마와 저는 대단한 고수도 아니니 전하께서 조심만 하신다면 눈치채지 못했을 겁니다."

정왕이 그를 노려보았다. 얼굴에 보일락 말락 노기가 스쳐갔다.

"그런 짓을 안 해본 건 아니오. 하지만 어머니께는 그런 적이 없소."

"엿듣지 않으셨다면 어째서 제게 캐물으십니까?"

매장소가 차갑게 말했다.

"엿듣는 것이나 캐묻는 것이 무슨 차이가 있습니까? 전하께서 저와 마마가 나눈 대화가 정말 궁금하시다면 마마께 여쭤보십시오. 어쨌든 제게 묻는 것은 좋은 방법이 아닙니다."

정왕은 말문이 막혔고, 망설이듯 눈동자가 흔들렸다.

"사실……."

매장소가 목소리를 누그러뜨리고 느릿느릿 말을 이었다.

"못난 제 의견입니다만, 마마께서 좋은 어머니시고 오로지 전하께서 잘되길 바라신다는 사실을 아신다면 굳이 여쭐 필요가 있을까요? 누구나 남들에게 알리고 싶지 않은 부분이 있습니다. 묻지 않는 것 또한 효도지요. 정말 참다 참다 못 참겠으면 직접 여쭤보십시오. 어쨌건 저는 아무 말도 하지 않을 테니 부디 널리 양해해주십시오."

정왕이 큰 걸음으로 주위를 왔다갔다하더니 우뚝 멈췄다.

"어머니께서 말하지 말라 하셨소?"

"그런 말씀은 없으셨습니다. 하지만 전하를 내보내신 것을 보면 전하께서 모르길 바라신 게 분명합니다."

"나는 몰라야 할 일인데, 선생은 어째서 알아야 하오?"

매장소는 어쩔 수 없다는 듯 어깨를 으쓱했다.

"아무래도 참을 수가 없으신 모양인데, 그럼 마마께 여쭤보십시오. 저는 이만 가보겠습니다."

매장소는 두 손을 모아 인사하고 느릿느릿 걸어갔다.

정왕은 기가 막혔지만 어머니에 관한 일이라면 어쩔 도리가 없었다. 그는 한참을 망설이다가 도저히 마음이 놓이지 않아 다시 장막으로 들어갔다. 정 귀비는 축축한 수건으로 얼굴을 닦고 있었다. 눈이 약간 부어 있었지만 그것 말고는 별다른 흔적은 없었다. 아들이 들어오자 그녀는 손수건을 내려놓고 빙그레 웃었다.

"돌아왔구나. 소 선생은 널 기다릴 수가 없어 먼저 갔단다."

"압니다. 밖에서…… 우연히 만났으니까요."

소경염이 다가가 어머니를 의자에 앉히고, 깔개 하나를 가져와 그 위에 무릎을 꿇었다. 그가 고개를 들어 어머니를 바라보며 천천히 물었다.

"어마마마, 정말 소자에게 하실 말씀이 없으십니까?"

정 귀비는 한 손을 아들의 머리에 올려놓고 부드럽게 어루만지며 길게 탄식했다.

"경염, 묻지 않으면 안 되겠니?"

"하지만 어마마마께서 이렇게 슬퍼하시는 것을 본 적이 없습니다. 확실히 말씀해주시면 제가 뭔가 도움을 드릴 수도……."

"네가 얼마나 효자인지는 안다."

정 귀비는 그를 향해 애처로이 웃었다. 목소리는 여전히 부드럽고 자상했다.

"그렇지만 내게도 옛 추억이란 게 있단다. 네가 태어나기 전에 일어났던 일들이지. 너와는 별 관련도 없는데 꼭 물을 필요가 있겠니?"

"제가…… 태어나기 전에요?"

정왕은 어리둥절했다. 자식들은 누구나 그렇듯이 정왕 역시 자기가 태어나기 전의 어머니 모습을 상상하기가 쉽지 않았다.

"너무나 오래전 일이어서 잊고 있었지. 그래서 생각지도 못한 때 갑자기 떠오르자 참을 수가 없었던 거야."

정 귀비는 나지막이 설명했지만 내용은 모호했다.

"사실 소 선생도 직접적인 관계는 없어. 그 기억이…… 소 선생 때문에 떠올랐을 뿐이니까. 그 사람은 아주 세심하고 친절하더구나. 아무에게도 말하지 말라고 하진 않았지만, 그 사람은 분명 그럴 거야. 그러니 그에게도 캐묻지 말려무나. 네게 말해줄 때가 되면 내가 직접 알려줄게."

이런 이야기를 나누진 않았지만, 정 귀비와 매장소는 마치 약속이나 한 듯 똑같은 말을 했다. 방금 벌어진 장면은 이제 매장소의 비밀이 아니라 정 귀비의 비밀이 되었지만, 정왕은 그 변화를 감지하지 못했다. 어머니를 사랑하고 걱정하는 마음 때문에, 그는 온통 의문에 싸여 있으면서도 계속 물을 수가 없었다. 설령 속으로는 그 말을 믿지 않고, 별의별 생각으로 모든 가능성을 짚어보았다 하더라도, 마지막에는 그도 어쩔 수 없이 고개를 숙이고 대답했다.

"그럼 너무 걱정 말고 푹 쉬세요, 어마마마. 소자는 물러가겠습니다."

정 귀비는 아들을 만류하지 않고 묵묵히 고개를 끄덕였다. 아들이 천막을 나가자 그녀는 소매 속에서 바르는 약을 한 통 꺼내 거울을 보며 조심조심 눈에 발랐다. 하지만 그릴수록 또다시 눈물이 쏟아졌다.

이 만남은 이렇게 서둘러 끝이 났다. 큰 파란도, 의외의 사고도 없었다. 하지만 그 결과는 다소 기괴했다. 최소한 정왕부의 중랑장 열전영은 그렇게 생각했다. 함께 나간 두 사람이 각자 따로 돌아온 것도 모자라, 한 사람은 아무렇지도 않은 반면 다른 한 사람은 눈살을 찌푸리고 깊이 생각에 잠겨 있었기 때문이다. 사이가 틀어졌다고 하기엔 여전히 매일같이 인사를 나눴지만, 갑자기 서먹서먹해진 듯 한동안 같이 식사를 하지 않았다. 도리어 책을 좋아하는 회왕이 자주 책을 빌리러 찾아오는 바람에 매장소와 훨씬 가까워졌다.

이 기괴한 장면은 여드레 동안 이어지다가, 결국 뜻밖의 인물이 찾아오는 바람에 깨어졌다.

최후의 몸부림

—

55

—

"경비병 말로는 그 사람이 꼭 소 선생을 만나야 한다고 했소. 외부 인은 쫓아내는 것이 맞지만, 마침 평소 내가 소 선생을 존경한다 는 것을 잘 아는 호위대장이 지나가다 그 장면을 보고 일단 붙잡 아놓고 감시하게 한 다음 내게 알려왔소."

정왕의 천막에 앉은 몽지는 갑옷으로 완전무장을 하고 있었다. 억지로 시간을 내어 온 것이 분명했다.

"하지만 그자는 끝내 이름을 숨겼소. 소 선생, 그를 만나보시 겠소?"

매장소는 잠시 생각하다가 대답했다.

"귀찮지 않으시면 한번 보고 싶군요."

"그럼 그자를 불러오게 하겠소."

몽지가 천막 밖으로 나가 뭐라고 명령을 내렸다. 다시 돌아와 자리에 앉은 그가 맞은편의 두 사람을 번갈아 보며 물었다.

"전하, 소 선생, 두 분 왜 그러십니까?"

"응?"

두 사람이 동시에 고개를 들었다.

"우리가 뭘?"

"혹시 소 선생이…… 전하를 화나게 했습니까?"

"아니오."

정왕이 재빨리 대답했다.

"다른 일이 있었소. 소 선생은 무관하오."

"아……."

사실 몽지는 정 귀비와의 만남이 어땠는지 궁금했지만, 매장소가 아무 말도 하지 않으니 물어볼 수도 없고, 정왕의 모습만 봐서는 또 속아 넘어갔는지 아닌지 확실히 알 수도 없었다.

차 한잔 마실 정도의 시간이 흐르자, 금군 경비병 두 명이 머리를 풀어헤치고 남루한 옷을 입은 사람을 데리고 들어왔다. 경비병들은 그를 장막 한가운데로 밀어 넣고 인사한 후 물러갔다. 그 사람은 바닥에 엎드려 무릎걸음으로 매장소에게 다가가 절했다. 그리고 푹 잠긴 목소리로 흐느끼듯 불렀다.

"종주……."

매장소는 가슴이 철렁하는 것을 느끼고, 산발이 된 그자의 머리칼을 걷어내려 했다. 하지만 몽지가 먼저 나서서 그의 턱을 치켜들었다. 양쪽으로 흘러내린 머리칼 사이로 얼굴이 드러났다. 퍼렇게 부어오르고 때가 끼어 꼬질꼬질했지만, 대강이나마 본모습을 알아볼 수 있었다.

"동로?"

강좌맹 종주의 눈빛이 흔들렸다.

"어떻게 여기에?"

"종주!"

동로가 바닥에 엎드리며 울음을 터뜨렸다. 목이 쉬어 울음소리조차 제대로 나오지 않았다.

"소, 소인…… 잘못했습니다."

매장소는 그를 똑바로 보다가 물 한 잔을 내밀며 차분한 어조로 말했다.

"일단 목부터 축이고 진정하게."

동로는 얼굴을 쓱 닦고 잔을 받아 꿀꺽꿀꺽 마셨다. 그런 다음 숨을 고르고 말했다.

"감사합니다, 종주."

"동로, 십삼 선생은 자네가 배신했다고 했네. 인정하는가?"

매장소가 조용히 물었다. 동로는 엎드린 채 말없이 흐느꼈다.

"강좌맹을 배신했다는 것을 인정한다면 왜 찾아왔나? 예왕에게 보호받는 편이 낫지 않나?"

"종주…… 잘못했습니다. 하지만 절대 배신할 마음은 없었습니다."

동로는 이를 악물었다. 얼굴이 하얗게 질렸다.

"묘음방을 알려준 것은 다만…… 다만……."

"아네. 십삼 선생이 알아냈네. 준낭이라는 여자 때문이라지?"

"예……."

동로는 고개를 숙였다. 부끄러운 빛이 얼굴에 가득했다.

"제 목숨은 바칠 수 있지만, 준낭을 해칠 수는 없었습니다. 그래서…… 그만……."

"됐네. 무슨 말인지 알겠네."

매장소가 담담하게 말했다.

"자넨 분명 모든 것을 털어놓지는 않았네. 그래서 우리도 자네가 일부러 그런 것이 아니라 어쩔 수 없이 배신했다고 생각했네. 허나 배신은 배신이고 돌이킬 수 없네. 십삼 선생이 자네 행방을 수소문했지만 찾아내지 못했는데, 어떻게 달아난 건가?"

동로는 이마를 땅에 바짝 붙였다. 하얗던 얼굴이 시뻘겋게 달아올랐다.

"그들이 처음에는 준낭을 붙잡아 저를 협박했습니다. 그렇지만 나중에는 저를 잡아놓고 준낭을 협박했지요. 어느 날 준낭이 살그머니 저를 찾아와 알려줬습니다. 알고 보니 그녀는 바로 그자들이 제게…… 제게 보낸……."

"준낭은 진반약의 사저(師姐)일세. 우리도 나중에 알아냈지."

"준낭이 절 속였으니 또다시 믿으면 안 되겠지만, 그녀는…… 과거와 인연을 끊고 저와 함께 시골에 숨어 자유롭게 살고 싶다고 했습니다. 종주, 준낭에게도 고충이 있습니다. 그녀는 진반약과는 다릅니다."

"나는 준낭을 평가할 생각이 없네. 왜 찾아왔는지나 말해보게."

"사흘 전에 준낭이 저를 데리고 도망쳤습니다. 성문을 나서자마자 추격자들이 비밀을 지키려고 쫓아왔습니다만 죽을 둥 살 둥 싸워 이겨냈지요. 하지만 준낭은 크게 다쳤고 그날 밤 그만…… 세상을 떠났습니다."

동로의 입술이 격렬하게 떨리기 시작했다. 두 눈은 마치 피에 젖은 것처럼 새빨갰지만 눈물은 흐르지 않았다.

"저희는 산골마을에서 조용히 살고 싶었을 뿐입니다. 종주, 준낭은 정말 진반약과는 다릅니다. 정말······."

매장소의 눈에도 감출 수 없는 연민이 떠올랐다. 하지만 그는 곧 감정을 다잡고 여전히 차분한 목소리로 물었다.

"추격자가 있는 것은 당연하네만, 비밀 때문이라니? 설마 자네가 그들의 기밀을 알고 있나? 그래서 나를 찾아온 것이고?"

"그렇습니다."

동로는 고통을 통해 정신을 차리려는 듯, 입술을 꽉 깨물었다.

"예왕이 모반을 준비하고 있습니다."

그 말이 나오자마자 몽지는 말할 것도 없고 소경염까지 벌떡 일어났다.

"그럴 리가······ 예왕에게 무슨 병력이 있어서 모반을 한단 말이냐?"

"저, 저도 잘은 모릅니다."

동로는 생각을 더듬으며 대답했다.

"준낭은 어가가 금릉성을 떠나자마자 예왕이 슬그머니 천뢰에 가서 하강을 만났다고 했습니다. 구체적으로 어떤 계획을 세웠는지는 모르지만, 확실한 것은 예왕이 벌써 경성을 수비하는 금군을 손에 넣었다는 겁니다."

"뭐라고?"

몽지의 안색이 대번에 싹 변했다.

"금릉성을 지키는 금군은 7천 명에 가깝다. 그렇게 쉽게 무너지다니?"

"수비군을 통솔하는 부통령 두 명이 예왕에게 넘어갔다고 들었습니다."

정왕의 묻는 눈길에 몽지는 다소 난감해하며 대답했다.

"그 두 사람은 제가 고른 자들이 아니고 태감 살인 사건 이후 바뀐 자들이기 때문에 확신이 없습니다. 하지만…… 제 병사들은 믿습니다. 반란을 일으키라는 명령은 듣지 않을 겁니다."

"동로는 손에 넣었다고만 했지, 완전히 장악했다고는 하지 않았습니다."

매장소가 고개를 저으며 말했다.

"금군은 엄한 훈련을 받아 명령에 복종하게 되어 있습니다. 지금 경성에서 가장 높은 사람은 황후마마입니다. 금군을 분산시켜 차례차례 무기를 빼앗고 한곳에 가두어 감시할 수도 있겠지요. 아무래도 아직 싸움이 벌어지진 않았으니, 상부의 명령이 이해가 되지 않아도 함부로 반항하지는 못할 겁니다."

"금군이 무너졌다 해도 예왕에게는 왕부의 병사 2천 명이 고작인데 뭘 할 수 있겠소? 기껏해야 순방영도 못 이길 텐데……."

"그뿐만이 아닙니다."

동로가 급히 끼어들었다.

"준낭이 자기 사숙(師叔, 사부의 동문 후배)에게 들었는데, 예왕에게는 경성 서쪽에 강력한 조력자가 있습니다. 이름이 서, 서……."

"서안모(徐安謨)!"

정왕이 눈썹을 치키면서 외치고, 탁자 위에 놓았던 손으로 힘껏 주먹을 쥐었다.

"경력군(慶曆軍) 도독 서안모?"

몽지의 동공이 확 줄어들었다.

"그러니까…… 별 이유 없이 전쟁터에 늦게 도착한 바람에 군법으로 목이 달아날 뻔했던 서안모 말입니까? 하지만 그자는 태자의 사촌동생이잖습니까? 그자를 살리겠다고 태자가 전하께 날을 세우기도 했었는데, 어떻게 예왕과 한편이 된단 말입니까?"

"지금 태자가 어디 있습니까?"

매장소가 냉소하며 말했다.

"세상 사람들은 이익을 보고 움직입니다. 서안모 같은 사람은 달콤한 말로 꼬드기기만 해도 금세 넘어가지요."

"동로의 말을 믿는 거요?"

매장소가 가볍게 한숨을 쉬었다.

"동로의 말을 믿는다기보다는 위험한 일을 선택할 수밖에 없는 예왕의 처지를 믿는 거지요. 그는 폐하의 눈 밖에 났고 재기하기에는 어려운 일이 너무 많습니다. 더 중요한 것은 앞으로 10년 동안, 태자를 쓰러뜨렸듯 정왕 전하를 쓰러뜨릴 수 없다는 사실이지요. 하강은 쓰러졌고, 조정의 당파도 사라졌으며, 폐하의 총애 또한 잃었습니다. 궁지에 몰린 예왕이 이 쓰라린 사실을 받아들일 용기가 없다면, 폐인이 되거나 미치는 것 말고는 방법이 없지요."

"소 선생은 예왕이 미친 쪽을 선택할 것 같소?"

소경염이 반신반의하며 물었다.

"왕부에 처박혀 있었다면 모르지만, 끝내 하강을 만나러 갔다면 우리 수좌 대인께서는 반드시 그를 미치게 만들 겁니다. 어차피 더 잃을 것도 없는 하강입니다. 위험하더라도 예왕에게 걸 수밖에요."

매장소는 동로에게 시선을 돌리며 차갑게 물었다.

"동로, 자네는 준낭의 복수를 하고 싶겠군. 아닌가?"

동로는 머리를 힘껏 땅에 박았다. 이마에서 피가 흘렀다.

"하지만 한 번 나를 배신한 자네를 어떻게 믿겠나? 만약 자네가 예왕의 핍박을 받고 온 거라면 어쩌겠나? 전하께서 자네 말만 듣고 예왕이 모반했다고 고했다가 결국 아니라는 것이 밝혀지면, 전하께서 예왕을 모함한 꼴이 되지 않겠나?"

동로의 이마에 힘줄이 불끈 솟았지만 할 말이 없었다. 별안간 그는 벌떡 일어나 벽에 걸린 칼을 꺼내 목을 그으려고 했다. 하지만 몽지가 재빨리 칼을 빼앗았다.

"죽음으로는 증명할 수 없네."

매장소가 여전히 차가운 목소리로 말했다.

"정말로 준낭이 소중해서, 차라리 죽을지언정 준낭의 목숨을 살리려는 거라면?"

"준낭은 벌써 죽었습니다."

동로가 마침내 참지 못하고 통곡하면서 말했다.

"그녀는…… 그녀의 시신은 아직 오봉파(五鳳坡)에 묻혀 있으니 사람을 보내 확인해보십시오."

매장소는 지난날 자신의 부하였던 사람을 잠깐 동안 바라보다가 천천히 다가가 일으켜 세웠다. 그리고 부드럽게 말했다.

"됐네. 자네가 알려준 소식은 조사해보겠네. 그래도 자네는 갇혀 있어야 하네. 다른 사람들과 접촉할 수도 없고 쓸데없는 이야기를 할 수도 없네, 알겠나?"

"알겠습니다. 준낭의 복수만 할 수 있다면 저는 어떻게 되든 상관없습니다."

동로는 일어나지 않으려고 하며 매장소의 발치에 엎드려 눈물을 뚝뚝 흘렸다. 매장소의 눈짓을 받은 정왕이 믿는 근위병 둘을 불러, 동로의 옷을 갈아입히고 밥을 준 후 감시하라고 일렀다.

천막 문이 다시 닫히자, 몽지가 좌우를 살핀 후 물었다.

"이제 어떡합니까? 믿어야 할까요, 말아야 할까요?"

"믿는 셈 치고 준비합시다."

정왕이 간결하게 말했다.

"저도 찬성입니다."

매장소가 고개를 끄덕였다.

"의외의 사건이긴 하지만 기회이기도 합니다. 어떻게 대응하고 이용할지 곰곰이 생각해봐야겠군요."

"아니, 선생에게도 의외였소?"

정왕이 눈썹을 치켜세웠다.

"전하께서는 제가 점쟁이라도 되는 줄 아십니까? 예왕이 하강을 만날 거라고는 예상했지만, 금군을 손에 넣을 줄은 몰랐습니다. 서안모가 가담할 것도 몰랐고요."

매장소의 안색이 약간 어두웠다.

"동로의 말이 사실이라면, 이번에는 제가 예왕을 얕본 겁니다."

"사람이란 막다른 곳에 몰리면 평소보다 곱절의 힘을 발휘하는 법이지."

몽지가 눈살을 찌푸리며 말했다.

"예왕이 최후의 승부수를 펼칠 작정인가보군."

매장소가 뭔가 말하려다 입을 다물고 정왕을 바라보았다.

"전하께선 어떻게 생각하십니까?"

"상황부터 분석해봅시다."

221

정왕이 허리에 찬 검을 뽑아 모래 위에 그림을 그렸다.

"이곳이 경성이고, 이곳은 구안산이오. 경력군의 주둔지는 서쪽에 있고, 경성에서 사흘 거리요. 구안산까지는 닷새가 걸리겠지. 하지만 경력군은 행대군(行台軍)이 아니오. 전시 상황이 아닌 이상 도독이 전권을 가지고 있지 않기 때문에, 병부 없이는 열 명 이상의 군사를 움직일 수 없소. 서안모가 대체 무슨 수로 5만 병사를 움직일 수 있겠소?"

바닥에 그려진 그림을 보며 매장소가 살짝 눈살을 찌푸렸다.

"조서나 병부를 위조하겠지요. 병부를 검사하는 사람이 서안모이니 수작을 부릴 수 있습니다."

"하지만 경력군의 다섯 통령도 검사할 권한이 있소. 서안모가 거부하면 통령들 역시 출병을 거절할 수 있소. 그들이 모두 가담하지는 않을 거요."

몽지가 이의를 제기했다.

"두세 명이면 충분합니다. 말 안 듣는 자는 죽이면 되니까요."

매장소가 정왕을 흘끗 보았다.

"군대 분위기가 어떤지는 전하께서 잘 아시겠지요?"

정왕은 착 가라앉은 얼굴로 말없이 검을 검집에 넣었다. 매장소가 허튼소리를 하는 것은 아니었다. 요즘 군대는 확실히 예전 같지 않았다. 국경을 지키는 네 방위의 행대군은 그나마 나았지만, 각 지방 둔전군(屯田軍)은 군기가 해이해지고 보급품을 착복하는 일까지 벌어져 군인다운 충성심 따위는 잃은 지 오래였다. 후한 상을 걸고 유혹하면 군관 몇 사람 매수하는 것은 어려운 일도 아니었다.

"전하께서 경성에 사람을 남겨두셨으니 예왕의 움직임을 모를 리 없습니다. 내일이나 모레쯤 소식이 올 테니 동로의 말이 사실인지 확인할 수 있겠지요."

매장소가 눈을 가늘게 뜨며 천천히 손가락으로 턱을 어루만졌다.

"하지만…… 이 모든 것이 예왕의 속임수일 수도 있습니다. 함부로 움직였다가 결과적으로 모반이 일어나지 않으면, 겨우 얻은 폐하의 신뢰도 연기처럼 흩어지고 예왕 같은 처지가 될지도 모릅니다."

"그렇다면 동로의 말이 사실이라 해도 우리에겐 아무 소용이 없잖소."

몽지가 답답한 듯 대꾸했다.

"일찍 소식을 들었다고 해서 당장 폐하께 고할 수도 없으니 말이오."

"다르지요. 움직임을 예측하고 막을 방법을 짤 수 있으니, 사건이 터진 후에 허둥지둥하는 것보다는 훨씬 낫습니다."

방법에 골몰하느라 정신이 팔린 매장소는 자기도 모르게 정왕의 검을 뽑아 바닥에 그림을 그리기 시작했다. 그 동작이 하도 능숙하고 자연스러워, 옆에서 본 몽지는 식은땀이 다 났다. 정왕도 어리둥절했다.

"보십시오."

매장소는 전혀 알아차리지 못하고 말을 이었다.

"어가가 행차하면 사방에 초소를 세웁니다. 경성과 구안산 사이에 초소가 두 군데인데, 경성과 가까운 쪽은 분명 예왕이 무너뜨렸을 겁니다. 구안산과 가까운 곳은 행차를 따르는 금군이 수시로 살피고 있으니 예왕도 어쩔 수 없었겠지요. 경력군이 이곳을 습격하려면 큰 마을 몇 군데를 지나야 하니 비밀스럽게 움직일 방도는 없습니다. 중요한 건 속도입니다. 시간을 아끼기 위해서라도, 초소를 돌아 다른 길로 오지는 않을 겁니다."

"그러니까, 그곳 초소에서 연락이 오면 예왕이 속임수를 쓴 것이 아니라 정말 모반을 했다고 확인할 수 있다는 거요?"

몽지가 물으며 머릿속으로 셈을 했다.

"하지만 그때는 너무 늦잖소! 그 초소는 구안산 자락에 있어서 여기서 50리밖에 떨어지지 않았소. 소식을 들은 다음에야 어가를 모시고 산을 내려갔다간 딱 맞닥뜨릴 거요!"

매장소는 대답하지 않고 다시 한 번 정왕을 쳐다보았다.

"구안산은 공격하기 쉬운 곳이 아니오. 모반 소식이 오면 내려가기보다 이곳을 수비하는 것이 낫소."

벌써 매장소의 의중을 파악한 소경염은 얼굴을 찡그리며 헤아려보았다.

"서안모가 경력군 5만 명을 모두 데려온다고 가정할 때, 금군 병력은 3천 명이지만 험지에서 지키는 셈이니 이삼 일은 버틸 수 있지 않겠소?"

"저희 금군을 무시하시는군요."

몽 통령이 불만스레 대꾸했다.

"적이 온다는 것을 알았으니 미리 준비하면 닷새는 문제없습니다. 하지만 사흘을 버티든 닷새를 버티든 무슨 의미가 있습니까?"

"구안산은 길이 좁아 경력군 5만 명도 3만 명이나 다름없습니다. 하지만 아무리 쥐어짜도 닷새가 최대겠지요."

매장소는 정왕을 가만히 바라보았다.

"가능하시겠습니까, 전하?"

소경염이 믿음직한 웃음을 지었다.

"어머니와 그대들이 산에서 기다리고 있소. 죽는 한이 있어도 닷새 안에 돌아오겠소."

바닥에 그려진 간략한 지도를 한동안 바라보던 몽지도 차츰 대화를 따라잡았다.

"북방의 기성군(紀城軍)을 데려오시려고요?"

"초소에서 오는 소식을 기다려야 하는 또 하나의 이유지요."

매장소가 탄식했다.

"폐하께서는 의심이 많고 우유부단합니다. 우리가 위험을 무릅쓰고 당장 가서 알린들 완전히 믿지 않으실 겁니다. 반군이 가까이 온 것을 확인하고 상황이 확실해져야만 병부를 내주시겠지요. 말하자면, 어쩔 수 없이 여기서 가만히 앉아 기다려야 한다는 뜻입니다."

몽지는 아무래도 이 방법이 어딘가 이상했다. 한참 동안 생각하던 그는 겨우 무엇이 잘못되었는지 깨닫고 황급히 물었다.

"소 선생, 전하께서 닷새 안에 돌아오실 수 있는지 없는지를 떠나서, 무사히 나갈 수 있는지는 생각해봤소? 소식을 듣고 폐하께 보고한 다음 병부를 받을 때까지는 아무래도 시간이 걸릴 거요. 반란군은 기습 전술을 써서 빨리 움직일 텐데, 그들이 주요 도로를 봉쇄하면 뚫고 나가기가 쉽지 않을 거요!"

매장소는 그 질문에 살짝 말문이 막혔다. 할 말이 없는 것이 아니라, 자기 입으로는 대답할 수 없기 때문이었다. 그래서 이렇게

만 말했다.

"그 점을 놓쳤군요. 포위를 뚫고 구원군을 청하는 것은 전하의 용맹함에 기대볼 수밖에요."

몽지가 재빨리 덧붙였다.

"정왕 전하께서 적 진영을 무인지경 가듯 한다는 것이야 저도 압니다. 하지만…… 정말 뚫고 나갈 자신이 있으십니까? 구원군은 우리의 마지막 희망입니다. 만에 하나 전하께서 길이 막히면 우리는 앉아서 죽는 수밖에 없습니다."

매장소는 생각에 잠긴 듯 고개를 숙였지만, 사실은 곁눈질로 정왕을 살피고 있었다.

다행히 정왕이 알아서 몽지의 질문에 대답했다.

"걱정할 것 없소, 몽 통령. 나는 북쪽 언덕으로 내려갈 거요."

"북쪽 언덕은 절벽입니다. 길이 없어요!"

"있소. 가파르고 잡초로 뒤덮인 오솔길이오. 소수와 함께 구안산에서 뛰놀다가 발견했소. 우리 둘 말고는 아무도 모르오."

"정말입니까?"

몽지는 무척 기뻐했다.

"그야말로 하늘이 보살피셨군요!"

"그럼 그렇게 합시다."

정왕도 빙그레 웃은 다음 마지막으로 결단을 내렸다.

"일단 부황께는 고하지 않겠소. 몽 통령은 구안산의 방비를 정돈하여 사건이 벌어졌을 때 혼란이 일지 않도록 해주시오. 무슨 위험이 닥쳐도 폐하와 귀비마마는 반드시 무사하셔야 하오."

"예!"

몽지가 무거운 목소리로 대답한 후 저도 모르게 매장소를 흘끗 쳐다보았다. 하지만 매장소는 자신이 '반드시 무사해야 하는' 사람 중에 포함되지 않았다는 사실을 모르는 눈치였다. 정왕의 검이 자기 손에 들려 있다는 것을 그제야 깨닫고 민망해하고 있었기 때문이다.

정왕은 몽지의 시선을 따라가다가 실수를 깨닫고 황급히 덧붙였다.

"소 선생에게도 호위무사가 있지만, 그래도 몽 통령이 신경 써주시오."

"예!"

"전하, 용서하십시오. 제가 그만……."

매장소가 멋쩍게 두 손으로 검을 받쳐 들며 허리를 숙였다.

"괜찮소. 다급한 논의를 하는 중이었으니 쓸데없는 예의를 따질 필요 없소."

정왕이 담담하게 대답하며 검을 받아 검집에 넣었다.

몽지는 구안산의 안전이 마음에 걸려 즉시 인사하고 나갔다. 매장소도 정왕과 단둘이 있다가 괜히 쓸데없는 질문을 받을까봐 따라나갔다.

마침 천막 밖을 어슬렁거리던 불아가 그를 보고 달려들어 마구 핥았다. 몽지가 킥킥 웃는 바람에 매장소도 어쩔 도리가 없었다. 다행히 천막 문이 굳게 닫혀 있어 정왕은 그 모습을 보지 못했다.

"전영이 자네가 두문불출한다기에 몸이 안 좋은가 했는데, 이제 보니 불아 때문이었군."

몽지가 다가오며 말했다.

"비밀을 지키려면 아예 깨끗이 죽여 없애지 그러나?"

불아는 사람 말을 알아듣지 못했지만 항의하듯 으르렁거렸다. 매장소는 그 소리를 듣고 정왕이 나올까봐 몽지를 무시한 채 재빨리 불아를 데리고 자기 천막으로 갔다.

이튿날, 정왕은 예상대로 경성에서 날아든 밀보를 받았다. 동로가 말한 내용은 없지만, 금군이 지나치게 조용하고 당번 순서가 이상하다는 것과 예왕이 몇 차례나 천뢰에 있는 하강을 만나러 갔다고 되어 있었다. 밀보에 따르면, 그때마다 황후의 명을 받았고 한번 가면 반나절은 머물렀다고 했다. 형부상서 채전도 막을 수가 없었다. 하지만 그 일 말고는 평화로웠고, 사대문을 지키는 순방영에도 아무 문제가 없다고 했다.

진짜 문제는 경성에서 벌어지는 것이 아니기 때문이었다. 황제는 이미 행궁으로 옮겼지만, 친왕과 황자를 제외한 기타 종친들과 신하들은 사냥제에 맞게 여전히 바깥에서 야영했다. 요 이틀, 몽지는 이곳에서 가장 바쁜 사람이었다. 구안산의 방비를 정돈하되 사람들이 이상하게 여기지 않을 만큼만 하느라 신경이 곤두서 있었다.

위기가 점점 가까워지고 있다는 긴장감이 채 나흘도 가기 전에 경천동지할 소식이 전해졌다. 긴급한 소식을 갖고 온 병사는 온몸에 피칠갑을 했고, 황제 앞으로 불려왔을 때는 목이 바싹 타들어가 말을 하기가 어려울 정도였다. 그 낭패한 몰골만 봐도 반란군의 말발굽이 가까이 왔다는 것을 알 수 있었다.

구안산 전체가 혼란에 빠졌다. 몽지는 계획해둔 대로 금군의 경비 구역을 축소하고 산길과 물길을 따라 재빨리 방어선을 구축했다. 다행히 이곳은 황실의 사냥터였기 때문에 산길 외에 사람이

지나갈 수 있는 오솔길은 모두 막혀 있었다. 행궁 주변의 들판은 개울로 둘러싸이고 적당히 경사가 있었으며, 나무가 무척 많고 돌도 잔뜩 널려 있었다. 반란군이 길이 아닌 쪽으로 공격해온다면 나무토막과 돌만 던져도 막을 수 있었다. 그래서 방어선을 가능한 한 가까이 모아 빽빽하게 만들어, 적은 수로 많은 적을 상대해야 하는 단점을 줄였다.

"무어라? 그 반란군들이 뭐라고 떠든다고 했더냐?"

경비병의 보고를 들은 황제는 화를 내는 것인지 놀란 것인지 줄곧 온몸을 덜덜 떨었다.

"다, 다시 한 번 말해보아라!"

차분하게 황제 옆에 서 있던 정왕이 말했다.

"반란군들은 소자가 난리를 일으켜 부황을 억류하고 있어서 어가를 보호하기 위해 근위군을 일으켰다고 말하고 있습니다."

"네가 언제 짐을 억류했느냐?"

"모반을 일으키려면 구실이 필요했겠지요. 아마 나중에는 어가를 구하려고 소자를 섬멸했으나, 혼란 중에 부황마저 제게 피살되었다고 할 겁니다. 태자가 없으니 황후의 명에 따라 새로운 후계자를 세우겠지요."

"감히!"

황제가 노성을 터뜨렸다. 하지만 곧 마음을 가라앉히고 옆에 있는 아들을 바라보았다.

"경염, 반란군들이 지척에 와 있는데 어떻게 해야겠느냐?"

"소자 생각에는 지금 구안산을 떠나는 것은 자살 행위입니다. 반란군이 포위하기 전에 수비를 단단히 하고 사람을 보내 원군을 청해야 합니다."

"그래! 그래야지! 짐이 곧 조서를 써줄 테니……."

"부황, 병부 없이는 기성군을 움직일 수 없습니다."

"기성군이라니? 가장 가까운 부대는 경성의 금군이 아니냐!"

"부황, 반란군은 서쪽에서 쳐들어왔습니다. 경성에서 구원군을 보내주리라 생각하십니까?"

황제는 식은땀이 흐르는 이마를 짚으며 힘없이 의자에 늘어졌다. 내내 곁에 앉아 있던 정 귀비가 때맞춰 끼어들었다.

"기성군과 경성 양쪽에서 구원군을 청하면 어떨까요? 누구든 먼저 오면 좋지 않겠습니까?"

"옳은 말씀입니다."

정왕이 고개를 끄덕였다.

"소자는 어가를 억류했다는 혐의를 쓰고 있으니 경성으로는 갈 수 없습니다. 병부를 내려주시면 닷새 안에 병사를 이끌고 부황과 어마마마를 구하러 오겠습니다. 경성 쪽은 부황께서 신임하는 사람을 보내십시오. 다행히 구원군이 오면 소자가 속이 좁아 오해한 것으로 여기셔도 되지만, 혹여 오지 않으면 부황께서도 진상을 명확히 아시게 될 것입니다."

급박한 순간이라 망설일 틈이 없었다. 하물며 정 귀비가 곁에 있기 때문에 정왕이 돌아오지 않을까봐 두려워할 필요도 없었다. 그래서 침묵도 잠시, 황제는 친히 방에서 병부 반쪽을 가지고 나와 엄숙하게 정왕에게 건넸다.

"경염, 강산과 사직이 네 어깨에 달렸다. 결코 실수가 있어서는 안 된다!"

"예! 결코 명을 어기지 않겠습니다."

정왕이 꿇어앉아 큰절을 한 후 일어나 시종의 손에서 바람막이를 받아 들었다. 바람막이를 홱 휘둘러 어깨에 묶으면서 그는 성큼성큼 전각 밖으로 나갔다.

궁 밖은 혼란의 도가니였다. 수많은 사람이 달아나고 싶어도 달아날 수가 없고, 피하고 싶어도 피할 수 없어 갈팡질팡하고 있었다. 정왕은 철판같이 굳은 얼굴을 하고 시원시원하게 그들 사이를 지나갔다. 불안과 혼란에 빠진 사람들의 모습에 동요하지 않고, 꼿꼿하고 듬직하게 지나는 그의 모습에, 양쪽으로 갈라선 사람들은 저도 모르게 차분해졌다.

정왕이 행궁 앞의 거대한 고대를 돌아 나가자 산길 옆에 나란히 선 매장소와 몽지가 보였다. 한 사람은 앞에 보이는 지세를 가리키며 뭐라고 말하는 중이었고, 다른 한 사람은 고개를 끄덕이며 찬동했다. 누군가 다가오는 것을 느끼고 몽지가 먼저 고개를 돌렸다. 매장소도 뒤따라 돌아섰다. 정왕을 본 두 사람은 황급히 인사를 했다.

"나는 당장 출발할 거요."

정왕이 진지한 얼굴로 말했다.

"이곳은 몽 통령만 믿겠소."

"안심하십시오!"

몽지가 두 손을 모으며 대답했다. 무척 시원시원한 대답이었다.

정왕은 매장소를 가만히 바라보며 말했다.

"소 선생은 퇴역한 군인에게서 군사에 대한 이야기를 들었다고 했지만, 선생이 말하는 병사 배치 방법을 몽 통령까지 순순히 따르는 것으로 보아 좋은 스승이 있었던 것이 틀림없소. 돌아와서 다시 가르침을 청할 테니, 부디 몸조심하시오."

"방금은 그런 이야기가……."

매장소는 부인하려 했지만, 정왕의 추측이 들어맞기도 했고 위급한 상황에 한담을 나눴다고 해봤자 먹히지 않을 것 같아 입을 다물었다.

다행히 정왕도 마음이 급해 깊이 생각할 틈이 없었다. 그는 고개를 돌리고 유성처럼 빠르게 북쪽 언덕으로 달려갔다. 산기슭에는 벌써 말과 음식이 준비되어 있었다. 용맹한 기사 다섯 명이 하루 전날 산을 내려가 길 입구에서 기다리고 있었다. 정왕이 나타나자 그들은 말 한마디 없이 일제히 말에 올라 먼지를 일으키며 달려갔다.

몽지는 검으로 땅을 짚고 금군의 방어선 최전방에 우뚝 섰다. 전쟁터에서 잔뼈가 굵은 그는 아군의 열 배가 넘는 적이 새까맣게 몰려들 때의 압박감이 얼마나 무시무시한지 잘 알고 있었다. 병사들이 그 두려움을 이겨내지 못하면 둑이 무너지듯 삽시간에 쓰러질 수도 있었다. 그래서 그는 반드시 맨 앞에 서야 했다. 선봉에서 병사들의 사기를 북돋아야만 했다. 무슨 일이 있어도 처음 맞부딪치는 순간 무너질 수는 없었다.

산은 높고 숲은 깊으며, 길은 좁고 구불구불했다. 더욱이 금군은 최고의 장비로 무장하여 갑옷은 정교하고 방패는 튼튼했다. 그러니 경력군은 기병으로 내달을 수도, 활을 쏘아 길을 열 수도 없었다. 그래서 장창을 든 보병들을 맨 앞에 세웠다. 번쩍번쩍 빛나는 창날이 빽빽하게 숲을 이루었고, 하늘을 찌르는 외침 소리가 산에 메아리쳤다. 달려드는 병사들 사이로 군관들의 기고만장한 외침 소리가 들려왔다.

"돌격! 머리 하나에 황금 석 냥이다!"

산 위의 금군은 겨우 3천 명이었다. 기껏해야 황금 9천 냥으로 이 방어막을 무너뜨리려 하다니, 예왕은 장사를 제법 잘했다. 하지만 병사들 입장은 달랐다. 대부분이 평생 동전만 만져본 사람들이었고, 은자조차 구경 못했다. 상금을 집에 부치면 가족들은 거친 밭이나마 몇 이랑 살 수 있었다. 지금 모반을 하고 있다는 사실은 아무도 깊이 생각하지 않았다. 어쨌거나 위에서 시켜서 한 일이고 후한 상금까지 있으니 필사적으로 달려들지 않을 이유가 없었던 것이다.

거대한 파도 같은 공격에 비해, 금군은 마치 해변의 암초처럼 차분하고 꿋꿋했다. 맨 앞에 선 대열은 두툼한 방패를 들고 두 번째 열의 강노수들을 보호했다. 반란군이 사정권에 들기 무섭게 화살이 빗발치듯 날아갔다. 빽빽하지는 않았지만 매우 정확해서 적군이 순식간에 우르르 쓰러졌다. 쉴 새 없이 대열의 파도가 밀려들었지만, 끊임없이 누군가 쓰러져 바닥을 뒹굴었다. 덕분에 장애물을 넘어 달려들던 공격자들의 기세가 크게 줄었다.

"돌격해라! 바짝 붙어서 공격해라!"

참장 한 명이 목쉰 소리로 외쳐댔다. 지휘 방향은 옳았다. 머릿수를 믿고 달려들어 사정권을 벗어난 다음 근접전을 치르면 병력의 우위를 살릴 수 있었다. 하지만 그 외침을 끝으로 그는 더 이상 지휘를 할 수 없게 되었다. 희끄무레한 잿빛 그림자 하나가 날개를 활짝 편 대붕(大鵬)처럼 짓쳐 날아와, 반란군들의 머리를 밟으며 그에게 달려들었기 때문이다. 손을 내리치는 간결한 동작과 함께 참장의 머리가 날아올랐다. 선혈이 용솟음치는 순간, 잿빛 그림자는 어느새 원래 위치로 돌아와 가슴 앞에 검을 세우고 우뚝 섰다. 대량 제일 고수의 위엄은 삽시간에 전장을 제압했다. 금군 쪽에서는 우레 같은 갈채가 터져나왔고, 경력군 쪽은 전열이 흐트러져 더 이상 전진하지 못했다.

하지만 그것도 찰나에 지나지 않았다. 새로운 지휘관이 자리를 채운 것이다. 이번 지휘관은 비교적 멀리 떨어진 후방에서 병사들을 움직이며 계속 상금의 액수를 올렸다. 동시에 철갑을 두른 중장병들이 대신 나와서 쏟아지는 화살을 막았다. 이 방법은 꽤 효과가 있었다. 철갑 틈을 꿰뚫을 만큼 뛰어난 궁수는 많지 않았던 것이다. 앞에 선 대열에선 쓰러지는 사람이 거의 없었고, 뒤쪽에선 일부가 쓰러졌지만 대부분은 여전히 방패를 세운 금군 방어선으로 달려들었다.

그때 방패를 든 금군들이 별안간 방패를 치우고 뒤로 물러섰다. 강노수들도 옆으로 비키자 검을 든 병사들이 나타났다. 모두 무예가 뛰어난 정예병이었다. 경갑에 가벼운 차림을 하고 얼음처럼 차갑게 반짝이는 얇은 검을 든 그들은 둔한 철갑병을 무 베듯이 베어냈다. 철갑으로 보호하지 않은 관절 부분만 집중 공격했고, 가끔씩 있는 반격도 반 박자 느려 쉽게 피할 수 있었다.

도륙을 당하는 철갑병들 뒤에는 민첩한 보병들이 따르고 있었다. 화살 사정권을 벗어난 후 주력으로 사용하기 위한 병사들이었다. 앞에서 벌어지는 피비린내 나는 살육에 간담이 서늘했지만, 어쨌든 화살은 사라졌기 때문에 힘차게 달려들었다. 그런데 바로 그때 예상과는 달리 죽음의 노래와도 같은 화살 소리가 다시금 들려왔다. 몽지가 주변 커다란 나무 위에 궁수들을 숨겨둔 것이다. 한 차례 사격이 끝나자 경력군이 입은 손해는 조금 전보다 훨씬 참혹했다.

반란군이 허둥지둥 물러나려는데, 누군가 큰 소리로 외쳤다.

"두려워 말고 공격하라! 화살은 곧 동이 날 것이다!"

몽지가 눈썹을 찌푸리며 주변을 둘러봤지만, 그자는 외침이 끝나기 무섭게 군사들 속으로 숨어버렸고, 빽빽한 숲까지 시야를 가려 어디로 갔는지 찾을 수 없었다. 그때쯤 일부 달아난 자들을 제외하고 철갑병이 모두 쓰러졌기 때문에, 금군은 몇 장 뒤로 물러나 다시 강노수를 배치했다.

이런 공방전이 네 시간이나 이어진 후, 마침내 경력군의 지휘자가 공격 중단을 선포했다. 날이 어두워져 강노수들도 공격을 할 수 없었기에 금군도 그 틈에 약간 쉬고 밥을 먹으며 서로 대치했다.

어둠이 덮여 시야를 가로막자 또다시 공격이 시작되었다. 아무래도 대낮처럼 견고하지 못한 금군의 방어선은 싸우면서 점차 후퇴했고, 경력군은 기세가 크게 올라 압도적으로 밀어붙였다. 결국 몽지와 몇몇 맹장들만 남아 간신히 버틸 뿐, 나머지는 대부분 달아났다. 반란군 눈에 그들은 걸어다니는 황금이나 마찬가지였으므로 쉽게 놓아줄 리 없었다. 후퇴하는 금군을 바짝 쫓으며 산마루를 넘으려는 순간, 앞장섰던 병사들은 갑자기 발밑이 푹 꺼지는 것을 느꼈다. 무슨 일인지 알아채기도 전에 몸이 깊은 구덩이로 추락했다. 뒤따르던 사람들은 황급히 걸음을 멈췄지만 뒤에서 밀려드는 기세를 이기지 못하고 차례차례 곤두박질쳤다. 참혹한 비명이 끝없이 메아리쳤다. 어렵사리 상황을 수습하고 나자 눈앞이 깜깜해서 아무것도 보이지 않았다. 지형을 살피기 위해 횃불을 켰으나 그것이 도리어 주변에 매복한 궁수들의 표적이 되고 말았다. 그들은 마지못해 대오를 가다듬고 화살이 닿지 않는 곳까지 후퇴하여 꼼짝도 않고 대기했다.

날이 밝자 경력군 지휘자는 울화가 치밀었다. 그 구덩이는 물론 좁지는 않았지만, 그렇다고 아주 넓지도 않았다. 보통의 튼튼한 남자라면 힘껏 뛰기만 해도 넘을 수 있었다. 진짜 길은 이곳에서 급격하게 굽이져 있었는데 나뭇가지와 풀로 뒤덮여 밤에는 알아볼 수 없었던 것이다.

이렇게 해서 대낮의 격전이 다시 시작되었다. 이번에는 3만 명의 경력군이 출동했다. 압도적으로 많은 병력을 한 무리씩 전장에 투입하자, 금군은 힘든 싸움을 계속해야만 했다. 물을 마시거나 밥을 먹을 시간조차 없으니, 아무리 용맹한 사람도 이런 상황에서는 뒤로 밀릴 수밖에 없었다. 오로지 미리 파놓은 함정과 변화무쌍한 전술로 저항을 이어갈 뿐이었다.

사흘째 되는 날 아침, 금군은 거의 숲 끝자락까지 밀려났다. 그때 피로에 지친 금군이 갑작스레 반격을 시도했고, 경력군은 깜짝 놀란 나머지 황급히 병력을 수습해 잠시 후퇴했다. 뜻밖에도 그사이 금군은 속도를 높여 재빨리 물러났고, 얼마 지나지 않아 숲은 깨끗이 비었다. 뒤에 남은 궁수들이 불화살을 쏘아 숲 사이사이에 미리 준비해둔 인화물질에 불을 붙였다. 거센 산바람에 순식간에 불길이 일어나 사방으로 퍼져나갔다. 숲 바깥으로는 개울이 둘러싸고 있었다. 폭이 다섯 장이나 되고 물도 많아서 천연 방화벽이

나 다름없었다. 덕분에 불길이 높은 곳에 있는 행궁을 태울까봐 걱정할 필요가 없었다.

매장소는 행궁 바깥의 고대에 올라 멀리 숲에서 모락모락 피어나는 연기와 점점 강해지는 불길을 바라보았다. 하얀 얼굴은 한 점 흔들림 없이 고요했고, 아무런 표정도 찾아볼 수 없었다.

"소 선생."

열전영이 헉헉거리며 달려왔다. 얼굴에는 검댕이 잔뜩 묻어 있었다.

"금군에는 아직 1천 3백 명이 남았습니다. 황족과 대신들의 호위병까지 더하면 족히 2천 명은 됩니다. 몽 통령은 모두 행궁으로 가서 지키는 것이 어떠냐며 선생의 의견을 물으셨습니다."

매장소가 고개를 끄덕였다.

"그래야지요. 행궁 주변은 탁 트인 들판이고 지형이 험하지도 않으니 지킬 필요가 없습니다. 행궁 안까지 물러나는 것이 최선이지요."

"예."

열전영은 그렇게 대답하며, 목을 빼 멀리서 어른거리는 불길을 향해 싱긋 웃었다.

"봄이지만 저 정도 기세라면 비가 내리지 않는 한 하루 이틀은 타겠군요. 애석하게도 황실의 숲이라 늘 깨끗이 청소하는 바람에 쌓인 나뭇잎이 많지 않더군요. 길목마다 다 태워버려야 했는데 사람이 쉽게 올라올 수 있는 길목만 겨우 태웠습니다. 그래도 저 반란군 놈들이 불에 타지 않고 재빨리 물러났다 해도 올라올 길은 사라졌습니다. 북쪽과 남쪽은 가파른 비탈길이라 통나무만 굴려

도 적을 짓이겨버릴 수 있고, 큰길과 이어진 동쪽은 불길이 잦아

든 다음에야 올라올 수 있을 테니, 개울까지 오려면 아무리 빨라

도 내일 저녁은 되어야겠지요.”

“내일 전하께서 오시지 않는다면⋯⋯.”

매장소가 담담하게 말했다.

“금군은 너무 지쳤고, 경력군은 최소한 1만 명은 남아 있을 겁

니다. 계속 숲에서 싸울 수는 없습니다. 하룻밤 여유가 생겼으니

보초를 서는 사람 외에는 모두 푹 쉬게 하십시오.”

“몽 통령께서 이미 그렇게 하셨습니다.”

그렇게 말하던 열전영이 문득 생각난 듯 말했다.

“참, 방금 지나다 보니 정 귀비마마의 시녀가 보약을 들고 오더

군요. 기운을 내게 해주는 약이라며 선생의 방에 놓고 갔습니다.”

매장소는 가볍게 고개를 끄덕인 후 바람막이를 여미고 고대에

서 내려갔다. 그때는 거의 대부분이 행궁으로 들어간 뒤라 궁 안

이 몹시 붐볐다. 하지만 이런 때 열악한 환경을 불평할 사람은 없

었다. 모두 누렇게 뜬 얼굴로 잔뜩 긴장해 있을 뿐이었다.

정 귀비는 타고난 차분함을 십분 발휘했다. 행궁 안에서 여태껏

혼란이 벌어지지 않은 것은 모두 그녀가 보살핀 덕분이었다. 친왕

과 황자들은 황제의 침실로 불려가 곁을 지켰다. 다른 종친과 대

신들이 쉴 곳을 마련해주기 위해서이기도 했고, 한편으로는 황제

와 이야기를 나누며 흥분을 가라앉히기 위해서이기도 했다. 정왕

은 자리를 비웠고, 정왕부의 다른 사람들은 모두 전투에 참여하고

있었기에, 정 귀비는 황제의 허락을 받아 매장소를 궁 안으로 들

어오게 해주었다. 비류는 이미 몽지에게 보내 그를 따르는 것은

불아뿐이었다.

질식할 것만 같이 고요한 하루 밤낮이 지났다. 넷째 날 저녁 즈음 반란군의 모습이 또다시 행궁 수비군의 시야에 들어왔다. 이날의 격전은 며칠 전과는 확연히 달랐다. 전장이 무척 가까워 행궁 안에 있는 높으신 어른들조차 피비린내를 맡을 정도였다. 차례차례 이어지는 반란군의 돌격에 화살을 다 써버린 금군은 전선을 바짝 조여 행궁의 문이란 문은 모두, 섬돌 하나하나까지 지키기 시작했다. 대량 제일 고수가 훈련시킨 최정예 전투 부대가 가장 잘하는 분야였고, 또 물러날 곳이 없어 죽자사자 싸웠기 때문에, 밤이 깊도록 전투를 벌였는데도 반란군은 가장 바깥에 있는 편전까지밖에 들어오지 못했다.

"경성의 구원군은 아직 도착하지 않았느냐?"

바깥의 외침 소리를 들으며, 침실에 있는 황제가 중얼거리듯 물었다. 누군가에게 묻는 것인지 혼잣말인지 알 수가 없었다.

사실은 황제도 이미 알고 있었다. 경성에 구원군을 청하러 보낸 사람은 그가 가장 믿는 어전 시위였다. 그가 전서구를 통해 순조롭게 포위를 뚫었다는 것을 알려왔는데도 기다리는 구원군은 아직 나타나지 않았다.

"폐하, 마음을 편히 하십시오. 경엄이 늦지 않게 올 겁니다."

정 귀비가 부드럽게 위로하며, 덜덜 떨리는 늙은 황제의 손을 잡았다.

과녁이 될 수도 있기에 방 안에는 흐린 등불 하나만 켜두었다. 희미한 불빛 때문에 방에 있는 사람들의 얼굴이 더욱 흙빛으로 보였다. 천성적으로 간이 작은 회왕은 벌써부터 두려움을 이기지 못하고 몸을 잔뜩 웅크린 채 떨리는 목소리로 말했다.

"여기까지 쳐들어오면, 정말 우리를…… 공격할까요?"

"닥쳐라!"

황제가 버럭 화를 냈다. 그는 사력을 다해 제왕의 위엄을 지키며 남들에게 두려운 기색을 보이지 않으려 했다.

"저 반란군이 무슨 수로 여기까지 들어오겠느냐? 짐은 몽지를 믿는다. 경염 또한 믿는다!"

이 노성과 함께 방 안이 조용해졌다. 덕분에 바깥에서 들리는 비명과 전투 소리가 더욱 날카롭게 귀를 때렸다. 피비린내도 더욱 짙어진 것 같았다.

갑자기 불아가 귀를 쫑긋하며 고개를 들고 '우우' 하고 길게 울부짖었다. 잔뜩 긴장한 사람들은 그 소리에 펄쩍 뛸 듯이 놀랐다.

"어디서 온 짐승이냐? 어떻게 이곳까지 왔느냐?"

황제가 노발대발 외쳤다.

매장소는 불아의 등을 쓰다듬어 끓어오르는 야성을 억누르게 했다. 정 귀비가 미소를 지으며 말했다.

"폐하, 놀라지 마세요. 경염이 키우는 늑대랍니다. 그 애가 이곳에 없으니 대신 폐하를 호위하려고 저 늑대를 남긴 것이지요."

"그래?"

황제의 노여움은 곧 기쁨으로 바뀌었다.

"저 늑대가 적을 죽일 수 있느냐?"

"그렇습니다. 저 늑대가 폐하 앞을 지키는데 누가 감히 폐하께 접근하겠습니까?"

정 귀비의 평온한 웃음이 팽팽하게 긴장된 방 안의 분위기를 누그러뜨렸다. 매장소의 손길을 받은 불아도 차차 평정을 되찾았다. 하지만 두 귀는 여전히 바짝 서 있었다.

어두운 밤은 갈수록 불안해졌다. 금군의 후퇴 속도는 느렸지만, 어쨌든 한 걸음 한 걸음 물러나는 것은 사실이었다. 전각 안의 모든 사람이 그것을 느낄 수 있었다.

"구원군은 아직이냐?"

기왕(紀王)이 참다못해 물었다.

"행궁은 마지막 방어선이야!"

"아닙니다."

단단한 얼음처럼 차디찬 매장소의 목소리가 울려 퍼졌다.

"궁궐 문을 돌파해도 전각 문이 남아 있고, 전각 문이 무너져도 저희 몸이 남아 있습니다. 숨이 붙어 있는 한 방어선이 무너졌다고 할 수는 없지요."

그의 이 냉혹한 한마디에 기왕은 가슴이 서늘했다. 황제의 시선마저 급격히 흔들렸다. 매장소는 돌아서서 방 한가운데에 앉은 황제를 똑바로 쳐다보았다.

"폐하께도 보검이 있지 않습니까?"

매장소의 무거운 눈빛이 황제의 젊은 시절 호기를 일깨웠다. 황제는 손에 힘을 주어 용좌 옆에 있는 보검을 움켜쥐었다. 그러나 한참 동안 응시할 뿐 끝내 뽑지 못했다. 정 귀비가 서서히 몸을 일으켜 손을 뻗었다. 검날이 번쩍 빛을 발하며 싸늘한 기운이 퍼져 나갔다.

"폐하, 이 검을 신첩에게 내려주십시오. 신첩이 폐하의 마지막 방어선이 되겠습니다."

생존자

—

56

—

정 귀비의 말에 황제의 가슴은 격렬하게 떨리기 시작했다. 감동과 함께 지난날의 호기가 불쑥 솟구쳤다. 그는 앞에 선 여자의 검을 든 손을 붙잡으며 큰 소리로 외쳤다.

"짐이 여기 있는데 누가 감히 그대를 건드리겠느냐?"

그 목소리의 여운이 채 가시기도 전에, 그 기세를 꺾기라도 하듯 길 잃은 화살 한 대가 창을 뚫고 날아들어 퍽 하고 기둥에 박혔다. 한참 빗나갔지만 방 안에 있는 사람들을 공황 상태에 빠뜨리기에는 충분했다. '헉' 하는 놀란 소리와 낮은 비명 소리는 물론이고, 아예 어둠 속에서 흐느끼는 사람도 있었다.

동쪽이 허옇게 밝아오고 있었지만, 상황은 급격히 악화되기만 했다. 종친과 문신들이 끊임없이 침전으로 밀려들어, 딱한 모습으로 어느 어느 전각이 적의 손에 들어갔다고 아뢰었다. 이 때문에 전각의 문은 열렸다 닫히기를 반복했고, 문이 열릴 때마다 사람들의 정신력이 서서히 붕괴되어갔다.

"난신적자로다…… 난신적자……."

황제의 희끗희끗한 머리칼 몇 가닥이 흘러내려 식은땀에 축축이 젖은 얼굴에 달라붙었다. 그래도 그는 기죽은 모습을 보이고 싶지 않아 허리를 꼿꼿이 펴고 앉아, 잇몸이 시리도록 이를 악물고 원망스레 욕설을 중얼거렸다.

불아는 털을 곤두세우고는 달려나가려고 발버둥 쳤다. 힘에 부친 매장소가 손을 놓자 불아는 곧장 문 쪽으로 달려갔다. 바로 그때 전각 문이 또다시 벌컥 열렸다. 열린 문으로 찬바람이 휘몰아쳐 전각 안의 사람들은 가슴이 서늘했다.

이번에 나타난 사람은 준수하지만 싸늘해 보이는 잘생긴 소년이었다. 하늘색 옷을 입고 같은 색의 고운 끈으로 머리를 묶은 모습은 보기 좋았지만, 온몸에서 찬 기운이 솟구쳐 가까이하기가 꺼려질 정도였다. 소년은 얇고 가벼운 단검을 들고 있었는데, 검날은 날카롭게 번쩍였지만 핏자국은 없었다. 문을 여는 방식은 난폭하고 거칠어도 움직임은 귀신처럼 가벼웠다. 그는 얼굴을 굳히고 무뚝뚝하게 내뱉었다.

"왔어!"

눈을 휘둥그레 뜬 사람들 속에서 매장소가 부드럽게 물었다.

"비류, 정왕 전하께서 오셨니?"

"응!"

힘차게 대답한 비류는, 소식을 전하는 임무를 완수했다고 생각했는지, 허리를 숙이고 불아의 꼬리로 장난치기 시작했다. 하지만 그의 무례를 탓하는 사람은 없었다. 전각 안은 안도의 숨소리로 가득했고, 황제는 더할 나위 없이 기뻐하며 정 귀비의 어깨를 꼭 끌어안고 중얼거렸다.

"착한 녀석이다, 참 착한 녀석이야."

한 시간쯤 지나자 바깥의 비명 소리가 잦아들었고, 새벽빛이 방 안까지 비췄다. 정 귀비가 가물가물하는 등불을 끄자 피비린내 나는 무시무시한 밤도 마침내 지나갔다.

침전 바깥에서 가지런하고 차분한 발소리가 들렸다. 수비병을 재배치하는 것 같았다. 곧이어 정왕의 목소리가 또렷하게 울려 퍼졌다.

"소자, 명을 받들어 반란군을 평정했습니다. 부황을 뵙고자 합니다!"

"어서, 어서 문을 열라."

황제가 다급히 고담에게 외쳤다.

"어서 경염을 들여보내라."

고담이 움직이기도 전에 전각 문에서 비교적 가까이 있던 문신들이 빗장을 빼내고 문을 열었다. 정왕이 성큼성큼 들어왔다. 비록 몸에는 활력이 넘쳤지만, 머리칼은 엉망이고 얼굴에는 흙이 묻은 데다, 푸른색 전포는 피로 흠뻑 젖어 있었다. 차고 다니는 검은 전각에 들어오기 전에 세심하게 미리 벗어둔 상태였다. 옷을 걷고 절한 다음 그가 가장 먼저 한 일은 바로 병부를 높이 받쳐 드는 것이었다.

"기성군이 명을 받고 어가를 호위하러 왔으니 병부를 반환하겠습니다!"

"오냐, 그래."

황제는 몸소 그를 부축해 일으키며, 병부를 받고 정왕의 머리를 쓰다듬었다.

"고생이 많았다. 다친 곳은 없느냐?"

황제가 떨리는 목소리로 말했다.

"가벼운 부상을 좀 입었습니다만, 괜찮습니다."

"경성으로 돌아가기 전까지 네가 기성군을 지휘하거라. 모반을 일으킨 반란군은 모조리 잡아들이고 결코 관용을 베풀지 말라!"

"명을 받들겠습니다."

"자자, 어서 앉아 쉬거라. 며칠 동안 밤낮 쉬지도 못하고 달렸겠구나?"

황제는 정왕의 손을 잡고 옆자리에 끌어 앉힌 다음, 정 귀비를 향해 말했다.

"어서 먹을 것을 내오지 않고 뭘 하느냐. 배가 무척 고플 터인데."

"소자가 늦는 바람에 부황과 어마마마를 놀라시게 했습니다."

소경염이 두 손을 모으며 말했다.

"아직 처리할 일이 많습니다. 어젯밤 침전으로 달아나지 못한 종친과 대신 몇몇이 희생되었고, 닷새 가까이 고전을 치른 금군의 손해도 막심합니다. 소자가 가서 몽 통령을 도와야 합니다. 마무리가 되면 다시 문안드리러 오겠습니다."

"그렇구나."

듣고 보니 황제도 기분이 착잡했다.

"이번에 해를 입은 사람들과 어가를 지킨 충성스런 병사들은 짐이 후하게 위로하겠노라. 아직 파란이 가라앉지 않으니 붙잡지 않으마. 가서 할 일을 하거라."

정왕은 의자에서 일어나 다시 한 번 절하고 서둘러 나갔다. 정 귀비도 침전에 있는 사람들이 각자 맡은 일을 할 수 있도록 내보냈다. 매장소도 그 틈을 타 전각 바깥 뜰로 나왔는데 마침 정왕과 몽지가 그곳에 있었다. 황급히 뒤를 돌아보니, 다행히 비류가 불아를 끌고 어디론가 놀러 갔는지 둘 다 보이지 않았다.

"방금은 부황 앞이라 아는 척하지 못했소."

정왕이 매장소를 자세히 뜯어보며 물었다.

"괜찮소?"

"저는 내내 전선에서 멀리 떨어져 있었습니다. 괜찮지 않을 리가 있겠습니까?"

매장소는 주변을 둘러보았다. 섬돌 앞 복도에 핏자국이 남아 있었다. 그것을 본 그는 저도 모르게 한숨을 푹 쉬었다.

"금군도 반 이상 잃었겠군요?"

몽지도 어두운 얼굴로 대답했다.

"겨우 7백 명 정도 살아남았소. 그중 2백 명은 크게 다쳤고, 멀쩡한 사람은 한 명도 없소."

"몽 통령까지 상처를 입으신 걸 보니 정말 위험했나봅니다."

매장소의 눈이 싸늘하게 번뜩였다.

"하지만…… 이것이 예왕의 마지막 발악일 겁니다."

그 뒤로 잇달아 상황을 보고하러 사람들이 나타나 대화가 끊겼다. 정왕은 기성군 5만 명을 데려왔는데, 그중 3만 명은 먼저 도착했고 나머지는 군수물자를 싣고 뒤따르느라 아직 오는 중이었다. 반란을 평정한 후, 정왕은 전장을 정리하고 시체는 모두 산기슭으로 옮겼다. 아군의 시체는 한 구씩 싸서 안치한 다음 책자에 기록했고, 적군의 시체는 수만 센 다음 한꺼번에 묻었다. 포로로 잡힌 병사들은 커다란 천막 주위에 모아놓고, 장교들은 심문을 받을 수 있도록 따로 가두었다. 행궁 밖에는 다친 사람들이 쉴 곳을 만들었다. 기성군이 임시로 금군의 역할을 대신하게 되어, 3천 명을 뽑아 행궁을 지키게 하고 나머지 병력은 모두 기슭으로 내려가 영채를 짓고 명을 기다렸다.

황제의 명에 따라 구안산 부근에서는 달아난 반란군 수색이 한창이었다. 그와 동시에 어가를 지킨 사람들에게는 상을 내린다는 발표가 있었다. 어가를 구했다고 칭찬을 받은 기성군은 아래위 할 것 없이 크게 고무되어, 참빗처럼 산 주변을 샅샅이 훑어내리면서 더 많은 공을 세우려고 애썼다.

큰일이 마무리되자, 몽지는 옷 갈아입을 틈도 없이 정왕과 함께 침전으로 들어가 황제에게 보고했다. 늙은 황제도 이제는 안정을 되찾았는지, 얼마 전처럼 기쁘고 한시름 놓은 표정이 아니라 훨씬 모질고 단호한 얼굴을 하고 있었다.

"경염, 몽 경, 경성은 어떻게 처리해야겠느냐?"

정왕이 먼저 말하라는 듯이 몽지를 흘끗 쳐다보았다. 벌써 할 말이 많았던 금군통령이 즉시 두 손을 모으며 말했다.

"경성에는 금군 7천 명이 남아 있습니다. 그들이 폐하를 배신했다고는 생각지 않습니다. 분명 누군가에게 제압당했을 것입니다. 신이 직접 가서 그들을 되돌려놓겠습니다."

"짐도 그리 생각한다."

황제는 어둡고 차가운 얼굴로 쌀쌀하게 말했다.

"몽 경은 하룻밤 쉬고 내일 아침 병사 1만 명과 함께 경성으로 가도록. 첫째, 예왕과 그 공모자들을 모조리 잡아 가두고, 둘째, 황후의 인장을 거두고 다른 궁에 유폐하여 짐의 처결을 기다리게 하라. 반드시 경성을 안정시켜야 한다는 것을 명심해야 하느니. 혼란이 가라앉으면 즉시 짐에게 보고하라. 소식이 오면 짐도 경성으로 돌아가겠다."

"폐하의 명을 받들겠습니다."

몽지는 머리를 조아린 후 일어나 밖으로 나갔다. 황제가 그를 불러 세웠다.

"어찌 그리 서두르는가? 이번에는 구두 명령도 아니고 밀명도 아니다. 짐이 조서를 내리겠다!"

"조서 말입니까?"

몽지로서는 다소 의외였다.

"허나 일단 조서가 내리면 돌이킬 수가……."

"돌이키다니!"

황제가 탁자를 쾅 하고 내리쳤다. 두 눈에서 불꽃이 이글거렸다.

"그 누군가의 뜻대로 짐이 이 구안산에서 붕어했더라면 그것이야말로 돌이킬 수 없는 노릇 아니냐! 장령관이 벌써 조서를 써두었다. 짐이 옥새를 찍어줄 테니 안심하고 마음대로 쓰라. 그 난신 적자들이 무슨 낯으로 짐의 보호를 바라겠느냐?"

"신, 명을 받들겠습니다!"

몽지가 즉각 큰 소리로 대답했다.

그때 장령관이 새롭게 작성한 조서를 들고 허리를 숙인 채 들어왔다. 황제는 대강 훑어본 후 손수 옥새를 찍고 둘둘 말아 몽지에게 건넸다.

"조서에 없는 내용은 경의 생각대로 처리하라."

"결코 폐하의 명을 저버리지 않겠습니다!"

"좋다. 물러가라."

황제는 한숨을 푹 쉬며 손짓으로 정왕을 불렀다.

"경염, 이번에는 네가 큰 공을 세웠다. 무슨 상을 원하느냐?"

소경염은 보일락 말락 미소를 지으며 말했다.

"아직 혼란이 가라앉지 않았고 어가도 환궁하지 못했습니다. 부황께서 상을 내리신다 해도 소자는 감히 받을 수 없습니다. 행궁에 황금과 비단이 남아 있다면 병사들에게 내리심이 어떻겠습니까?"

황제는 앙천대소했다.

"녀석, 그 점은 네 어머니와 꼭 닮았구나. 네 어머니도 그리 말했지. 오냐, 사람을 시켜 나눠주고 잘 기록해두어라. 경성으로 돌아가면 다시 무거운 상을 내리겠다."

"명대로 하겠습니다."

정왕의 대답이 끝나자, 정 귀비가 쟁반을 든 시녀들을 데리고 들어와 두 부자에게 식사를 권했다. 식사는 무척 즐거웠다. 황제는 정왕에게 계속 반찬을 집어주며 누구보다도 깊은 은혜와 애정을 비췄다. 저녁 식사가 끝나자 황제는 정 귀비의 시중을 받으며 쉬러 들어갔고 정왕은 물러났다.

정왕은 황자였다. 게다가 왕주 일곱 개의 친왕이었기에 행궁 내의 원락 하나를 받아 정왕부의 사람들과 함께 머물고 있었다. 소경염과 함께 구안산에 온 사람들은 모두 전장에서 잔뼈가 굵은 용맹한 군인이어서 닷새간의 악전고투에서도 큰 피해를 입지 않았다. 단 두 명만 죽고 세 명이 중상을 입었으며, 나머지는 상태가 나쁘지 않았다. 특히 척맹은 범같이 씩씩하고 힘이 넘쳐, 잠깐 쉰

다음 사람들을 데리고 반란군 수색에 뛰어들었다. 열전영은 팔이
찔려 삼각건을 하고서도 고집스레 원락 문밖에서 정왕을 기다렸
다. 정왕은 돌아오자마자 그를 걷어차 방으로 쫓아 보낸 후 쉬게
했다.

　매장소도 정왕을 따라온 사람이기 때문에 같은 원락을 썼다. 정
왕은 존중의 표시로 그와 비류에게 따로 방을 내주었다. 정왕이
돌아왔을 때는 이미 날이 어둑어둑해져 있었다. 매장소의 방에는
등불도 켜져 있지 않았다. 정왕은 뜰에 서서 어두컴컴한 창문을
응시했다. 한참을 망설이다가 그는 결국 다가가 문을 두드렸다.
곧 문이 열리고 비류가 튀어나왔다.

　"자!"

　"이렇게 일찍? 선생께서 몸이 안 좋으시냐?"

　"피곤해!"

　소년이 큰 소리로 대답했다.

　"아아."

　정왕은 고개를 끄덕이고 돌아서서 천천히 섬돌을 내려갔다. 하
지만 곧장 방으로 돌아가고 싶지 않아 다시 뜰로 나갔다. 고개를
들자 봄바람이 살짝 달아오른 얼굴을 부드럽게 어루만졌다.

　사실 매장소에게 무슨 말을 하려던 것인지 소경염 자신도 알지
못했다. 그저 이유 없이 마음이 어지러웠다. 10여 년간 의지하며
살아온 어머니마저 혼자 간직한 비밀이 있다는 것을 안 뒤로 그의
외로움은 점점 더 깊어졌다. 자기 뜰에 서서 심복들에게 둘러싸인
지금도, 멍하니 주변을 둘러보면 속마음을 털어놓고 이야기할 사
람 한 명 없었다.

높이 올라갈수록 더욱 고독한 법이지만 소경염은 이에 대한 준비가 되어 있지 않았다. 밤낮 바삐 움직여 심신이 모두 지쳤을 때조차 어쩔 수 없는 우울함과 외로움이 찾아왔다. 그래서 할 수 없이 눈을 감고 지나가버린 시간으로 돌아가 있다고 상상했다.

그 즐겁고 따뜻하던 나날. 형님도 있고 친구도 있던 그때. 잃어버렸기 때문에 유난히 더 완벽했던 그때로…….

하지만 상상은 결국 상상일 뿐이었다. 매령에 쌓인 눈은 그의 마음속 불씨였다. 아무리 힘들고 지쳐도 이 불씨만은 영영 꺼뜨릴 수 없었다.

승리가 눈앞에 있었다. 마지막 한 걸음을 잘못 내디딜 수는 없었다. 소경염은 입을 굳게 다물고 다시 눈을 떴다. 두 개의 눈동자가 어둠 속에서 별처럼 반짝였다. 죽은 사람들이 하늘에서 그를 보고 있었다. 그들은 이렇게 나약한 몰골로 추억에 빠져 있는 그를 보고 싶어 하지 않을 것이다.

"게 있느냐!"

"예!"

"야간 경비를 강화하라. 달아난 서안모를 붙잡으면 언제든지 내게 보고해라!"

"예!"

명령을 내린 다음, 소경염은 깊이 숨을 들이쉬며 거미줄처럼 심장에 달라붙은 어지러운 기분을 홱 떨쳐냈다. 그리고 단호한 걸음걸이로 방으로 들어갔다.

반란을 일으킨 경력군 도독 서안모는 사흘째 되는 날 체포되었다. 소식이 전해졌을 때 매장소는 정왕과 마주 앉아 경성으로 돌아간 뒤 해야 할 후속조치를 논의하는 중이었다. 소식을 들은 두 사람은 무척 기뻐했다.

"서안모는 독방에 가두고 구타하지 말라. 멀쩡하게 살아서 경성으로 가야 한다."

정왕이 즉각 명령했다.

"예!"

삼각건을 맨 열전영은 손을 모을 수가 없어 허리만 숙였다.

"감시병을 모두 정왕부의 사람으로 짜두었으니 염려 마십시오, 전하."

"서안모는 뭐라고 합니까?"

매장소가 물었다.

"오는 내내 자기는 예왕에게 속았다고 주장하더군요."

"스스로 희생하면서까지 예왕을 구해줄 생각은 없는 모양이군요."

매장소는 웃음을 참지 못했다.

"예왕과 하강은 제 손으로 무덤을 팠으니 남 탓은 못하겠지요. 하지만 황후 쪽은 역시 귀비마마께서 용서를 구해보는 것이 좋겠습니다. 어쨌거나 국모를 처형하는 것은 모양이 좋지 않으니까요. 게다가 언후의 동생이 아닙니까?"

"어마마마도 그러겠다 하셨소. 최선을 다하실 거요."

이 말 끝에 정왕은 무슨 생각이 났는지 의미심장한 눈빛으로 말했다.

"오늘 문안을 드리러 갔더니 부황께서 노발대발 하강 욕을 하시며 내게 진술서를 보여주셨소."

"잘됐군요. 전하께 보여드렸다는 것은 폐하께서 그 진술서를 믿지 않으신다는 뜻이니까요."

"그렇소. 부황께서는 한 글자도 믿지 않으셨소. 하지만 선생과 나는 그가 한 말이 아무렇게나 지어낸 게 아니라 거의 사실이라는 것을 잘 알지."

정왕은 앞에 앉은 모사의 눈을 뚫어져라 보았다.

"하지만 도무지 모르겠소. 어떻게든 사실을 알리려는 그가 어째서 선생이 기왕의 사람이라고 지어냈을까? 아무 증거도 없이 그런 말을 해봤자 살아나려고 발버둥 치는 것으로밖에는 보이지 않을 텐데, 그가 그렇게 멍청한 사람이었소?"

"아닙니다."

매장소가 쿡쿡 웃었다.

"제가 그렇게 말했기 때문이지요."

"응?"

"기왕은 하강의 눈엣가시였습니다. 그가 전하를 꺼리는 것도 기왕 때문입니다. 제가 기왕의 사람이라고 하면, 그를 쉽사리 흥분시켜 원하는 대로 움직이게 할 수 있지요."

"그랬구려."

정왕은 뒤로 살짝 몸을 기댔다. 표정이 여전히 차분해서 믿는지 안 믿는지 알 수 없지만, 더 이상 캐묻지는 않았다.

매장소는 탁자 위에 펼쳐진 문서들을 정리하는 척하며 다른 화젯거리를 찾았다. 그때 바깥에서 소란스러운 소리가 들려왔다.

"무슨 일인지 나가봐라."

정왕이 눈을 찡그리며 열전영에게 턱짓을 했다. 열전영이 즉시 달려나가더니, 오래지 않아 척맹을 데려왔다.

"전하! 잡았습니다!"

척맹이 흥분에 찬 얼굴로 한쪽 무릎을 꿇으며 소리쳤다.

"알고 있다. 전영에게 잡았다는 보고를 들었다."

열전영이 황급히 나섰다.

"아, 아닙니다. 척맹이 말하는 것은 서안모가 아닙니다."

"서안모가 아니면? 무엇 때문에 이렇게까지 흥분하는……."

"괴수 말입니다, 전하, 괴수요! 하, 참 신기하지요. 그놈이 여기 구안산까지 왔지 뭡니까? 반란군을 수색하다가 소 뒷발로 쥐 잡 듯 놈을 포위하게 됐지요. 하하하, 으하하하!"

척맹은 신이 나서 설명하며 실없이 웃어댔다.

척맹과 달리 괴수를 잡는 일에 별로 관심이 없던 정왕은 잠시 기억을 더듬은 후에야 무슨 말인지 알아들었다.

"아, 경조윤 관아에서 도움을 청했던 괴수 말이냐? 1년이 다 되 도록 잡지 못했지."

"잡았다니까요, 전하. 잡았습니다. 바로 저 밖에 있습니다. 우 리에 가둬두었는데 보시겠습니까?"

정왕은 흥미 없다며 손을 내저었다. 그러자 매장소는 이때다 싶 어 일어났다.

"저는 보고 싶군요. 이만 물러가도 되겠습니까?"

"그렇게 하시오."

매장소는 허리를 살짝 숙여 인사한 후 척맹과 같이 물러났다. 정왕은 탁자 맨 위에 놓인 문서를 펼쳤다. 반쯤 읽었을 때 밖에서 참혹한 비명 소리가 터졌다.

"소 선생!"

"위험합니다! 어, 어서……."

"소 선생, 안 됩니다!"

소경엄은 벌떡 일어나 열전영과 함께 달려나갔다. 맨 처음 눈에 들어온 장면에 그는 그만 심장이 튀어나올 뻔했다. 널찍한 뜰 한 구석에 사람 키 반만 한 우리가 놓여 있었다. 우리 안에는 짙은 갈색 털이 북슬북슬한 것이 웅크리고 앉아 격렬하게 발버둥을 치고 있었다. 매장소는 놀라 허둥지둥하는 정왕부의 병사들에게 둘러싸여 보이지 않았다. 하지만 그의 창백한 팔이 우리 안으로 끌려들어가 있는 것만은 똑똑히 보였다. 그의 두 손바닥은 괴수의 털에 파묻혀 있었다.

"어떻게 된 거냐?"

정왕이 하얗게 질린 얼굴로 달려가며 물었다.

"멍청히 서 있지 말고 소 선생을 구해라!"

하지만 가까이 다가가 좀 더 확실히 본 후에는 정왕 역시 부하들과 마찬가지로 멍하니 넋이 나갈 수밖에 없었다. 이제 보니 괴수가 매장소의 팔을 잡아당긴 것이 아니었다. 도리어 반대였다. 괴수는 애써 피했지만 우리가 너무 작아 어디로 달아나도 매장소에게 잡힌 팔을 빼낼 수가 없었다.

"두려워 마라. 겁낼 것 없어. 다 잘될 거야. 괜찮아……."

매장소는 주변의 혼란 따위는 아랑곳 않고 오로지 우리 속 괴수를 위로하는 데 전력을 다했다.

"난 널 해치지 않아. 도와줄게. 움직이지 말고 가만히 있어."

괴수는 잠시 동작을 멈추고, 왼쪽 손목을 더듬는 매장소를 멍한 얼굴로 바라보았다. 하지만 그것도 잠시, 또다시 발버둥 치며 뜨거운 김을 내뿜었다.

"빨개졌다, 빨개졌어! 눈이 빨개졌다고!"

척맹이 소리소리 질렀다.

"소 선생, 어서 피하십시오! 그놈은 눈이 빨개지면 피를 먹습니다! 오다가 한 명이 피를 빨릴 뻔했어요!"

정왕은 깜짝 놀라 매장소의 팔을 잡아 뺐다.

"놓으십시오!"

매장소가 그를 뿌리치고 다시 우리로 다가갔다.

"참고 있는 게 안 보이십니까? 피를 원하는 건 맞습니다. 특히 사람의 피지요. 피를 마시면 고통이 줄어드니까요. 하지만 계속 참고 있습니다. 사람을 해치지 않으려고 애쓰고 있단 말입니다. 안 보이십니까?"

그의 말과 함께 괴수가 별안간 포효하며 고통스레 우리에서 몸부림쳤다. 매장소는 우리의 철창을 붙잡고 괴수를 뚫어져라 보더니 느닷없이 소리쳤다.

"척맹!"

"예? 저, 저 말입니까?"

"칼을 주시오."

"예?"

"칼을 달란 말이오!"

매장소가 날카롭게 외치자 척맹은 화들짝 놀라 바보처럼 허리에 찬 칼을 뽑아 바쳤다. 하지만 매장소는 칼자루를 잡지 않고 칼날에 자기 팔을 그었다. 기다란 상처와 함께 핏방울이 뚝뚝 떨어졌다. 놀란 척맹은 그만 칼을 떨어뜨리고 말았다.

"괜찮다. 자, 한입 마셔라."

매장소는 피가 흐르는 팔을 철창 속으로 집어넣어 괴수의 입가로 가져갔다. 그가 부드럽게 말했다.

"내 피에 약성이 있어서 좋아질 거다. 자, 겁내지 말고. 내 피를 빨아도 된다. 난 아무렇지 않으니까……. 마시지 않으면 아까운 피만 버린다."

괴수는 숨을 헐떡이며 거부했지만, 결국 검붉은 핏방울의 유혹을 이기지 못하고 매장소의 팔을 물었다. 주위에서 비명 소리가 쏟아지고, 정왕마저 놀라 바짝 다가갔다.

하지만 매장소의 말대로 괴수는 사람을 해칠 마음이 없는 모양이었다. 열 모금 정도 빨고 통증이 살짝 가라앉자, 괴수는 알아서 입을 떼고는 아무리 달래도 더 마시지 않았다.

"열쇠를 주시오."

매장소는 손수건으로 팔의 상처를 대충 싼 다음, 일어나서 척맹에게 손을 내밀었다.

"우리의 열쇠 말이오."

방금 그 장면에 혼이 빠진 척맹은 나무토막처럼 시키는 대로 열쇠를 내주었다. 매장소는 재빨리 우리를 열고 안에 있는 괴수를 부축해 나왔다.

"전하, 이 사람은 제가 보살피겠습니다. 제 방으로 데려가도 되겠습니까?"

"이…… 사람?"

"예, 그렇게 안 보이겠지만…… 사람입니다."

언제나 맑고 차분하던 매장소의 눈동자가 지금은 이글이글 불타오르고 있었다.

"이곳이 어렵다면 데리고 나가 밖에서 야영하겠습니다. 다만 도와줄 사람이 필요합니다."

소경염은 멍하니 그를 바라보았다. 아직 놀라움이 가시지 않았는지 머리가 핑핑 돌았다. 매장소는 재촉하지 않고 그 '사람'을 부축한 채 가만히 기다렸다. 한참 후에야 드디어 정신을 차린 정왕은 서쪽 방문을 바라본 후 다시 매장소의 결연한 표정을 돌아보았다. 그리고 헛기침을 한 후 말했다.

"선생께서 그리 자신이 있다면 이곳에 있어도 좋소. 부디 조심하시오."

"감사합니다, 전하."

매장소는 어두운 미소를 지으며 허리를 숙였다. 그런 다음 그 '사람'을 서쪽에 있는 자기 방으로 데려갔다. 정왕은 열전영에게 따라가보라고 눈짓했다.

잠시 후, 열전영이 나와 부하들에게 뜨거운 물과 목욕통을 준비하라고 일렀다. 그리고 안방으로 들어가 정왕에게 보고했다.

"소 선생은 그…… 그 사람과 아무 이야기도 하지 않았습니다. 그냥 안심시키기만 하고 약을 먹였습니다. 이제 그자도 안정을 찾았습니다. 소 선생께서 목욕을 시키겠다고 합니다."

정왕은 눈살을 찌푸렸다. 그가 왼손으로 오른팔을 살살 어루만지며 혼잣말처럼 중얼거렸다.

"하지만 겨우 떠도는 야인일 뿐인데, 보통 자기 피까지 먹이진 않잖나?"

열전영은 눈을 끔뻑끔뻑했다. 뭐라고 대답해야 할지 몰라 그저 말없이 서 있을 수밖에 없었다.

한참 후 척맹이 들어와 밑도 끝도 없이 말했다.

"전하, 이제 보니 하얗습니다."

"하얗다니?"

"그 괴수…… 아니지, 참, 그 사람 말입니다. 씻겼더니 털이 허옜습니다. 너무 더러워서 갈색으로 보였나봅니다."

"척맹!"

열전영이 꾸짖었다.

"별 중요하지도 않은 일을 뭣 하러 전하께 보고하느냐?"

"전하께서 궁금하시다고……."

"전하께서 궁금하신 것은 그런 게 아니다. 어서 나가라."

울적한 정왕의 표정을 본 열전영이 재빨리 척맹을 내쫓았다.

뜰 밖에서는 병사 두 명이 구정물을 들고 사라졌고, 또 다른 병사가 깨끗한 수건을 들고 왔다. 1년 가까이 온갖 고생 끝에 잡은 괴수가 갑자기 '사람'으로 승격되자 척맹은 아무래도 낯설었다. 그래서 그는 서쪽 방문 밖에 잠시 서 있다가 또다시 슬그머니 들어가 살폈다.

하얀 털북숭이 사람은 어느새 매장소의 침대에 누워 몸을 잔뜩 웅크리고 있었다. 얼굴에 난 긴 털이 눈 코 입을 가렸다. 매장소가 그의 몸을 샅샅이 살펴도 반항하지 않았지만, 왼쪽 손목을 만지자 본능적으로 부르르 떨며 팔을 품으로 숨겼다.

척맹은 멍하니 문가에 서서 한참 동안 그들을 지켜봤지만, 매장소는 바쁜지 그를 내버려뒀다. 점차 무료해진 그는 알아서 조용히 물러갔다. 그가 나가기 무섭게, 매장소는 즉시 창문과 방문을 꼭 꼭 닫고 다시 침대로 다가가 털북숭이의 팔을 잡아당겼다. 하지만 이번에도 거부당했다.

"숨길 필요 없다. 난 그게 뭔지 아니까."

매장소가 조용히 말했다.

"적염군의 팔찌지. 각자의 이름이 쓰여 있는. 싸우다 죽어 알아보지 못할 정도로 몸이 상해도 그 팔찌로 유골을 확인할 수 있다. 아니냐?"

털북숭이의 몸이 격렬하게 떨리기 시작했다. 흥분 때문인지 목구멍에서 '으아아' 하는 이상한 소리가 새어나오고 이가 딱딱 맞부딪쳤다.

"네 이름을 보고 싶을 뿐이야. 내가 도울 수 있는지 없는지."

매장소는 부드럽게 그의 등을 두드리며 귀에 대고 나지막이 속삭였다.

"자, 보여다오. 한 번 정도 보여준다고 무슨 일이 있겠느냐? 이보다 더 나빠지기야 하겠느냐?"

털북숭이도 그 말에 마음이 움직였는지 잔뜩 힘을 준 몸이 서서히 풀렸다. 매장소는 조심스럽게 그의 팔을 잡아당겨 길디긴 털을 천천히 걷었다. 팔이 붓고 두꺼워진 바람에 은팔찌는 살 속에 깊이 파묻혀 있었다. 겉면도 까맣게 얼룩져 흐릿하긴 했지만, 적염군 특유의 구름 불꽃 무늬와 불꽃에 둘러싸인 이름만은 식별할 수 있었다.

매장소는 눈처럼 창백한 얼굴로 그 이름을 보았다. 눈앞이 점점 흐려졌다. 눈을 깜빡이자 눈물이 뚝 떨어졌다. 하지만 잠시 맑아졌던 시야는 차오르는 눈물에 곧 다시 흐려지고 말았다.

하얀 털북숭이가 거칠게 헐떡이며 일어나 앉았다. 두 눈이 얼굴을 가린 긴 털 사이로 자기 앞에서 거침없이 눈물을 흘리는 남자를 살펴보았다. 입을 열었지만 나오는 소리라곤 '으아아' 하는 듣기 싫은 외침뿐이었다.

얼마나 지났을까. 이윽고 매장소가 소맷자락으로 눈물을 닦았다. 그는 깊이 숨을 들이쉰 후 빙그레 미소를 지어 보였다.

"섭봉 형님, 살아 계셨군요. 정말…… 다행입니다……."

이 말을 끝낸 뒤 임수는 끓어오르는 감정을 더는 참지 못하고 두 팔을 활짝 벌려 지난날의 전우를 힘껏 끌어안았다.

깊고 깊은 정

57

서쪽 방문이 굳게 닫혔을 때, 정왕은 비류가 밖에서 놀고 있는 동
안 사람을 보내 안에서 무슨 이야기를 하는지 엿들을까 하는 충동
에 휩싸였다. 하지만 결국 그는 이 충동을 억누르고 아무것도 하
지 않았다.

매장소가 비밀을 숨기고 있다는 것은 의심할 바 없는 사실이었
다. 하지만 수단 방법을 가리지 않고 그 비밀을 파헤쳐야 할지 어
떨지 아직도 망설여졌다. 1년 넘게 함께하는 동안, 자신에게 의탁
한 이 모사에게 처음 가졌던 반감과 의심은 점점 믿음과 존경으로
바뀌었다. 그 믿음을 깨뜨리고 싶지 않았고, 그 존경심을 깎아내
리고 싶지도 않았다.

그래서 문을 꼭꼭 닫은 서쪽 방을 바라보면서, 소경염은 가슴속
에서 스멀스멀 솟아나는 의심을 힘껏 누르고 변함없이 침묵을 지
켰다. 그 닫힌 문을 연 사람은 오히려 매장소였다. 모사의 얼굴은
창백했고 눈꺼풀은 발갛게 달아올라 있었다. 하지만 표정만큼은
무척 평온했다. 방 안으로 들어오는 그의 모습이 어딘지 평소와

딴판처럼 느껴졌다.

정왕이 고개를 들었을 때, 그가 갑자기 무릎을 꿇었다.

"소 선생, 왜 그러시오?"

깜짝 놀란 정왕이 황급히 달려가 그를 부축했다.

"아니, 갑자기 왜 이렇게 예를 차리시오?"

"무리한 부탁이 하나 있습니다. 부디 허락해주십시오."

"무슨 일인지 말해보시오. 내가 할 수 있는 일이라면 힘껏 돕겠소."

"외람되오나, 내전으로 가셔서…… 귀비마마를 모셔와주십시오. 환자가 있습니다."

"환자?"

정왕의 눈이 번쩍였다.

"선생의 방에 있는 그…… 환자 말이오?"

"그렇습니다."

정왕은 다소 불쾌한 듯 눈살을 살짝 찌푸렸다.

"같은 행궁에 있으니 어마마마께서 이리 오시는 것이 힘든 일은 아니오. 하지만 환자를 진맥하는 일이라면 어의가 있지 않소?"

"저 환자는 어의가 치료할 수 없습니다."

매장소가 고개를 들고 간절한 눈빛으로 말했다.

"옳지 않은 부탁이라는 것은 알지만, 말씀드리지 않을 수 없었습니다. 전하, 1년간 전하를 보필한 정을 봐서라도 부디 귀비마마께 전해주십시오. 마마께서 거절하시면 더는 청하지 않겠습니다."

정왕은 입술을 꾹 다물고 잠시 망설였다. 매장소는 그를 돕기 시작한 후 무수한 공을 세웠지만, 한 번도 뭔가를 요구한 적이 없

었다. 그런 그가 지금 무릎까지 꿇고 부탁하는데 거절할 도리가
없었다.

"좋소. 가서 말해보리다. 하지만 최종 결정은 어마마마께서 하
실 거요."

"감사합니다, 전하."

약속을 한 이상, 정왕은 한시도 머뭇거리지 않고 의관을 갖춘
후 내전으로 들어갔다. 요즘 황제는 피비린내 나는 닷새를 보낸
후 바짝 긴장했다 풀린 탓인지 늘 악몽을 꾸고 기침을 했다. 자도
자는 것 같지 않아서 낮에도 비몽사몽이었다. 정왕이 찾아갔을
때, 정 귀비는 막 황제에게 약을 먹여 잠들게 한 후 전각 회랑으로
나와 앵무새를 구경하고 있었다. 마침 할 일도 없던 터라 그녀는
정왕을 반갑게 맞았다.

"또 어쩐 일이니? 밖에서 할 일이 많을 텐데 이렇게 자주 찾아
올 필요는 없단다."

정 귀비는 아들의 손을 잡고 전각 안으로 데려가려다가 그 표정
을 보고 우뚝 멈췄다.

"무슨 일이 있니?"

"예…… 그렇습니다."

정왕은 잠시 생각해본 후 고쳐 말했다.

"확실히는 제가 아니라 소 선생의 일입니다."

정 귀비는 움찔했다.

"소 선생이 어떻게 되기라도 했니?"

그녀가 다급히 물었다.

"그런 건 아닙니다. 사실은 소 선생이 몸에 하얗고 긴 털이 난

괴상한 환자를 데리고 있습니다. 어머니께서 진맥을 해주셨으면
합니다."

"몸에 긴 털이……."

정 귀비의 눈동자가 살짝 흔들렸지만 곧 차분해졌다.

"알았다. 잠깐 기다리렴."

정왕은 정 귀비가 최소한 왜 어의를 부르지 않는지 정도는 물으
리라 생각했다. 그런데 그녀는 두말없이 직접 작은 약상자를 들고
나와 그를 따라나섰다. 그러자 정왕은 더욱 의심이 일어 두 눈을
가늘게 떴다.

정 귀비는 앞장서 걷느라 아들의 표정을 살필 겨를이 없었다.
그녀의 걸음걸이가 무척 빨라 멀지 않은 정왕의 원락에 곧 도착했
다. 매장소가 뜰로 마중 나와 인사한 후 그녀를 서쪽 방으로 안내
했다. 정왕도 자연스레 따라 들어갔다.

섭봉은 두꺼운 이불을 덮은 채 머리만 내밀고 있었다. 처음과
달리 많이 차분해 보였다. 정왕의 시선이 탁자에 놓인 작은 그릇에
닿았다. 그릇 속에는 두어 방울의 피가 남아 있었다. 매장소의 팔을
보니 예상대로 새 붕대가 감겨 있었다. 갑자기 가슴이 조여들었다.
몸도 좋지 않은 사람이 이렇게 자꾸 피를 흘리는 것은 목숨을 내던
지는 것이나 다름없었다. 단순히 낯선 사람을 구하기 위해 저렇게
까지 해야 할까?

"마마, 어떻습니까?"

매장소는 정왕은 거들떠보지도 않고 오로지 맥을 짚는 정 귀비
의 두 손가락에만 정신을 집중했다.

"독성이 얼마나 됩니까?"

"아직은 괜찮아요."

정 귀비가 안도의 숨을 내쉬며 말했다.

"독이 3단계까지밖에 진행되지 않았으니, 침을 놓으면 한두 달 정도는 발작을 억누를 수 있을 거예요. 하지만 화한독은 세상에서 제일가는 신비한 독이라 내 의술로는 해독할 수가 없군요. 하물며 중독된 지 너무 오래되어 해독하기가 무척 까다로울 거예요."

"그렇군요."

매장소는 잠시 망설이다 말을 이었다.

"침을 놓아주십시오, 마마."

정 귀비는 그를 가만히 들여다보더니 아무 말도 하지 않고 약상자에서 은침을 꺼냈다. 그리고 술로 소독한 후 정신을 집중해 환자에게 침을 놓기 시작했다. 몹시 복잡한 침법이었는지, 족히 한 시간이 지난 후에야 겨우 하나씩 침을 뽑았다. 환자는 아무 반응이 없었지만 정 귀비는 땀을 잔뜩 흘렸다.

"후의에 감사드립니다, 마마. 저는……."

"의술을 배운 사람은 마땅히 인자한 마음을 가져야 하는 법이지요. 감사할 것 없어요."

정 귀비는 생긋 웃으며 그가 내민 손수건으로 땀을 닦았다. 그리고 떠보듯이 물었다.

"선생은…… 해독할 수 있는 사람을 알지 않나요?"

"그렇습니다."

매장소는 태연하게 고개를 끄덕였다.

"서둘러 그를 부르겠습니다. 다만 멀리 있어 시일이 좀 걸릴 겁니다."

"그 의원이 오기 전에 환자에게 무슨 일이 생기면 날 부르세요."

매장소가 나지막이 대답했다. 그제야 그는 정왕을 떠올리고 그쪽을 바라보았다.

"어마마마와 소 선생은 마치 오래전부터 알던 사이 같군요."

비로소 자신을 떠올린 두 사람을 보고 정왕이 눈썹을 살짝 치켰다.

"소 선생은 저 못지않게 젊은데, 설마 제가 태어나기 전부터 어마마마와 알던 사이는 아니겠지요?"

정 귀비가 천천히 은침을 챙기며 가볍게 한숨을 쉬었다.

"아직도 이러는구나."

"하지만 어마마마께선 아직도 말씀해주실 생각이 없으시고요?"

정 귀비가 매장소를 흘끗 쳐다보았다. 매장소는 얼굴을 옆으로 돌리고 보일락 말락 고개를 저었다.

"소 선생은 옛 친구의 아들이란다. 지금까지는 그 친구에게 아들이 있는지도 몰랐는데, 이렇게 만나다니 정말 신기한 인연이구나."

"친구요?"

"그래, 친구……."

정 귀비의 눈동자에 그리움과 슬픔이 뒤섞인 복잡한 표정이 떠올랐다.

"그때 나는 아직 어린 아가씨였지. 사부님을 따라 유랑하며 의술을 베풀었는데, 어느 지방의 패악한 의원들에게 온갖 핍박을 당했단다. 그 친구가 지나가다 보고 구해주지 않았다면, 벌써 그 산골짜기에서 죽었을 거야."

이런 어머니의 과거를 처음 들은 정왕은 금세 마음이 흔들렸다.

"소 선생과 어마마마 사이에 그런 인연이 있다니, 어째서 미리 말해주지 않았소?"

"마마를 뵙기 전에는 저도 몰랐습니다."

매장소는 고개를 숙였다.

"하지만…… 나쁜 일도 아닌데 어마마마께선 왜 숨기셨습니까?"

정 귀비는 이 질문을 예상한 듯 쓸쓸히 웃으며 대답했다.

"숨긴 것이 아니라 말할 수가 없었단다. 그 친구는 벌써 세상을 떠났는데, 옛일을 꺼내봐야 마음만 아프지 않겠니?"

어머니의 안색이 어두워지는 것을 보자 정왕은 더 이상 캐묻지 못하고 매장소에게 고개를 돌렸다.

"그럼 저 환자는…… 선생과 어떤 사이요?"

"친굽니다."

매장소는 간결하게 대답했다.

"아주 가까운 친구지요."

소경염은 멈칫했다. 계속 물으면 사생활을 캐내는 것과 마찬가지였다. 하물며 매장소가 그의 모사가 된 것은 겨우 1년이 조금 넘었을 뿐이었다. 그가 모르는 친구가 있어도 전혀 이상할 것이 없었다.

"경염, 폐하께서 일어나셨을 테니 그만 가자꾸나."

정 귀비가 천천히 몸을 돌렸다. 그녀는 매장소를 향해 고개를 살짝 끄덕인 후 먼저 밖으로 나갔다. 정왕도 어쩔 수 없이 약상자를 들고 뒤따랐다.

매장소는 문 앞까지 배웅한 후 돌아와 웃는 얼굴로 섭봉을 위로했다.

"다행히 중독이 심하지 않다더군요. 걱정 말고 푹 쉬십시오. 모든 건 제가 알아서 하겠습니다. 형님은 당연히 저를 믿으실 겁니다, 그렇지요?"

섭봉은 털이 가득한 손으로 그를 붙잡고 '우어어' 하는 외침으로 대답을 대신했다.

"압니다."

매장소의 웃는 얼굴 위로 희미한 슬픔이 떠올랐다.

"형님이 추적과 포위를 피해 천신만고 끝에 매령에서 금릉까지 온 이유는 하동 누님을 만나기 위해서겠지요. 죄송하지만 누님은 구안산에 오지 않았습니다. 그래도 형님이 살아 있다는 것을 알면 그 누구보다 기뻐할 겁니다. 경성으로 돌아가면 가능한 한 빨리 만나게 해드리겠습니다."

섭봉의 어깨가 부르르 떨렸다. 잠시 머뭇거리던 그가 갑자기 머리를 마구 흔들었다.

"괜찮습니다, 걱정 마세요."

매장소가 그를 끌어안고 등을 다독였다.

"하동 누님은 형님이 어떤 모습이든 신경 쓰지 않을 겁니다. 살아 있는데 모습이 어떻든 무슨 상관입니까? 살아 있다는 것이야말로…… 누님에게는 가장 큰 선물입니다."

섭봉이 힘없이 매장소의 어깨에 머리를 기댔다. 뜨거운 눈물이 하얀 털 사이로 뚝 떨어져 옷자락을 적셨다.

"형님 역시 형제들의 죽음과 맞바꿔 살아남으셨겠지요? 형제들은 죽는 한이 있어도 형님을 살리려고 했을 겁니다. 그러니 살아야 합니다. 절혼곡 선봉대 중에 살아난 사람은 형님이 유일합니다. 잿더미가 된 북쪽 골짜기의 적우영 영채에서는 저와 위쟁만 살아남았고…… 본영에 있던 장군 열일곱 명 중에는 섭탁만 운 좋게 목숨을 건졌습니다. 아버지와 섭진 아저씨, 제 장군, 계 장군…… 그리고 7만 병사의 억울한 목숨이 우리 속에 살아 있습니다. 아무리 괴로워도 살아남은 자로서 책임을 짊어질 수밖에요."

매장소는 섭봉을 침대에 눕히고 이불을 잘 덮어주었다.

"형님, 저는 그 무게에 지쳤습니다. 형님께서 저를 도와주셔야 해요. 아시겠지요?"

섭봉은 거친 숨을 몰아쉬며 그의 손을 손바닥으로 감싸고 꽉 움켜쥐었다.

"그럼 됐습니다. 쉬세요. 제가 곁에 있을 테니 푹 주무세요."

매장소의 얼굴에 부드러운 미소가 떠올랐다. 하지만 섭봉은 그 얼굴을 보자 눈을 질끈 감아버렸다. 그 미소는 임수의 웃음이 아니었기 때문이다. 그의 기억 속에 있는 생기 넘치고 활달하고 누구보다 자신만만하던 그 웃음과는 전혀 달랐다.

섭봉은 지옥에 갔다 오기라도 한 듯한 적염군 소원수의 모습에서 자신의 미래를 보았다. 그것이 그를 고통스럽게 했다. 자기 자신 때문이 아니라 하동 때문에 특히 더 괴로웠다.

놀러 나갔던 비류는 일각 정도 지나 돌아왔다. 형이 글자를 쓴 종이를 조그맣게 접는 것을 보자, 비류는 눈치 빠르게 밖으로 나가 경성에서 데려온 비둘기 한 마리를 꺼내왔다. 편지를 넣은 자그만 통을 비둘기 다리에 묶어주기까지 했다.

"날려 보내렴. 그걸 보면 려 아저씨가 어떻게든 린신 형을 불러올 거야."

비둘기를 날리려던 비류는 그 말을 듣자 본능적으로 손을 움켰다. 활짝 날개를 펴려던 비둘기는 꼼짝 못하고 붙잡혔다.

"비류, 놓아줘야지."

매장소가 야단치듯 비류를 돌아보았다.

"싫어!"

"린신 형은 중요한 일 때문에 오는 거란다. 너를 놀릴 시간은 없을 테니 걱정하지 마."

믿기지 않는 눈치인지 소년은 커다란 눈만 끔뻑끔뻑했다.

"놓아주라니까. 자꾸 그러면 화낸다."

소년은 볼멘 표정으로 마지못해 손을 놓았다. 비류의 뿔난 눈길 속에서 비둘기는 날갯짓을 하며 하늘로 치솟았다. 그리고 순식간에 높이높이 올라가 보이지 않게 되었다.

"3단계라니 나보다는 훨씬 낫겠지……."

매장소의 시선이 침대 위에 편안히 잠든 사람의 몸으로 부드럽게 내려앉았다. 그는 손수건으로 입을 가리고 억눌린 소리로 기침하며 바깥채로 나갔다. 비류가 쪼르르 달려와 등을 두드려주다가 그의 손목에 하얀 천이 감겨 있는 것을 발견했다.

"누가?"

비류가 잔뜩 화가 나 붕대를 손가락질하며 물었다.

"형이 잘못해서 다친 거야."

매장소는 계속 기침을 했다. 가슴이 점점 답답해지고 머리가 핑핑 돌기 시작했다. 큰일이다 싶어 떨리는 손으로 품에서 작은 병을 꺼냈다. 그는 안에 든 검붉은 환약을 하나 삼킨 후 탁자 위에 힘없이 엎드렸다. 비류는 형이 이 약을 먹을 때는 최악의 상황이라는 것을 똑똑히 기억하고 있었다. 어쩔 줄 몰라 매장소 주위를 빙빙 돌던 그는 갑자기 밖으로 뛰쳐나가 큰 소리로 외쳤다.

"물소! 물소!"

비류의 목소리를 들었을 때, 소경염은 막 정 귀비를 배웅하고 돌아와 첫 번째로 은상(恩賞)을 받을 명단을 검토하려던 중이었다. 처음에는 무슨 말인가 해서 어리둥절했지만 곧 자신을 부르는 것임을 알고 황급히 달려나갔다. 뜰을 지키던 호위병들은 비류가 누굴 찾는지 몰라 빤히 쳐다보기만 했다. 비류도 그들을 병풍 취급하며 무시하다가 정왕을 보자 뒤쪽을 가리키며 외쳤다.

"형!"

정왕은 무슨 말인지 짐작하고 서둘러 안으로 들어갔다. 예상대로 매장소가 꼼짝도 없이 탁자에 쓰러져 있었다. 흐릿한 등불을 통해 자세히 살펴보니, 이미 정신을 잃은 후였고 몸은 놀랄 만큼 차가웠다. 정왕은 황급히 그를 안아 올렸다. 하지만 안방 침대는 이미 다른 사람이 차지하고 있고, 비류의 침대라고 해봤자 바닥에 이불을 깐 것이었다. 정왕은 잠시 망설이다가 자기 방으로 들어가 매장소를 눕히고 어의를 불렀다. 정왕의 명이니만큼 어의는 나는 듯이 달려왔다. 하지만 진맥을 하고도 반나절이나 우물쭈물하며 설명을 하지 못했다.

"전하께서 기다리고 있지 않소. 대체 어떻게 된 것이오?"

옆에 선 열전영이 초조하게 재촉했다.

"전하."

어의가 곤란한 얼굴로 허리를 숙였다.

"환자의 증상을 보면 풍한인 것 같은데, 맥을 짚어보면 뜨거운 기운이 왕성하여 겉보기와는 판이하게 다릅니다. 소인은 한 번도 본 적 없는 병이라 함부로 약을 쓸 수가 없습니다. 부디 다른 어의를 불러 대진(對診)하게 해주십시오."

"대진?"

정왕이 열전영을 돌아보았다.

"가서 행궁에 있는 어의를 모두 불러와라."

열전영이 대답하고 밖으로 나가는데, 침대에서 희미한 목소리가 흘러나왔다.

"됐습니다."

정왕이 손을 뻗어 매장소를 부축해 앉히고 베개를 받쳐주었다.

"신경 써주셔서 감사합니다, 전하. 오랜 고질병 때문인데, 약을 먹었으니 하룻밤 쉬면 괜찮아질 겁니다."

주위를 둘러본 매장소는 자기 방이 아니라는 것을 알아차리고 일어나려고 버둥거렸다.

"귀찮게 해드렸군요. 이만 돌아가야겠습니다. 환자도 돌봐야 하고……."

"선생도 지금은 환자요!"

성왕이 퉁명스레 그를 잡아 앉히며 말했다.

"걱정 마시오. 그 방에 있는 환자를 돌볼 사람은 벌써 보냈소. 그 사람은 선생보다는 괜찮은 것 같으니 자기 걱정이나 하시오. 어마마마의 옛 친구의 아들인데 무슨 일이라도 생기면 내 무슨 낯으로 어마마마를 뵙겠소?"

일어나려고 힘 좀 썼다고 심장이 쿵쿵 뛰고 식은땀이 흐르자 매장소도 상황이 좋지 않다는 것을 알고 움직임을 멈췄다. 병세가 악화

되면 섭봉을 돌볼 사람이 없을까봐 두려웠던 것이다. 하지만 그의 병은 자정이면 가라앉을 텐데, 그사이 어떤 발작 증상이 일어날지 몰라 정왕의 방에 있기에는 마음이 불안했다. 아무래도 그에게는 꼭꼭 숨겨둔 비밀이 있기 때문이었다. 몽지조차 알지 못하는 비밀이.

"소 선생, 부담스러워하실 것 없습니다."

열전영은 위쟁 일로 매장소에게 감사한 마음을 갖게 되었고, 최근에 함께 지내면서 더욱 존경하게 된 터라 재빨리 그를 위안했다.

"우리 전하께서는 늘 이러십니다. 전쟁터에서도 곤경에 처하면 침대는 말할 것도 없고 옷이나 식량까지 나눠주시지요. 그러니 마음 편히 쉬십시오. 내일 사람을 시켜 서쪽 방에 침대를 하나 더 놓을 테니, 그때 옮기시면 됩니다."

밤중이지만 매장소에게 침대 하나 놓아주는 것은 어려운 일도 아니었다. 하지만 정왕은 매장소가 서두르는 이유가 따로 있다는 의심이 들었다. 사실 이 기린지재가 앓아누운 것을 처음 보는 것도 아니었다. 그동안은 아무리 허약해도 몸만 아팠을 뿐인데, 지금은 정서적으로도 몹시 불안하다는 것을 알 수 있었다. 저 불안함이 단순히 상하관계에서 비롯된 것이라고는 믿을 수 없었다.

"어서 누우시오. 나는 일하다가 늦으면 바깥채에 있는 긴 의자에서 자기도 하오. 그러니 선생이 이곳에서 쉬어도 아무 문제 없소."

단호하게 말을 마친 다음, 정왕은 다시 열전영을 돌아보았다.

"약은 없지만 밥은 먹어야겠지. 방금 내전에서 가져온 찬합에 죽이 들었으니 선생께 드려라."

"예."

정왕의 시선이 다시 침대로 돌아왔다. 하지만 매장소는 고개를 숙이고 있어 표정을 볼 수 없었다.

"선생, 푹 쉬시오. 나는 아직 처리할 일이 있어 이만 나가봐야겠소."

그가 어서 나가기를 바라 마지않던 매장소는 재빨리 허리를 숙여 인사했다. 얼마 후 정 귀비가 만든 음식이 왔다. 세심하게 요리한 죽과 반찬들이었다. 매장소는 몇 숟갈 뜨면서도 자꾸 섭봉이 마음에 걸려 몇 번이고 비류를 보내 살펴보게 했다. 그가 계속 자고 있다는 말에 살짝 마음이 놓였다.

정왕은 바깥채에서 전공 기록을 검토했다. 시간 가는 줄 모르고 일하다보니 어느새 한밤중이 되었다. 눈이 뻑뻑해서 길게 기지개를 켜는데, 열전영이 다소 긴장한 모습으로 안방에서 나왔다.

"전하, 소 선생의 상태가 좋지 않습니다."

"뭐라고?"

정왕은 벌떡 일어나 황급히 침대로 달려갔다. 매장소는 벌겋게 달아오른 얼굴로 숨이 답답한지 이리저리 뒤척이고 있었다. 손발은 얼음처럼 차갑고 딱딱했다. 이 모습을 보자 정왕 역시 당황했다.

"어서 어의를 불러라. 모두. 다 와서 대진하라고 해라."

"예!"

열전영이 달려나간 후 정왕은 몸을 숙여 매장소를 자세히 살폈다. 보면 볼수록 가슴이 서늘했다. 하지만 의술의 '의' 자도 모르는 정왕으로서는 이불을 덮어주거나 이마를 짚어보는 것 말고는 할 수 있는 일이 없었다. 그는 침대 머리맡 의자에 앉아 매장소를 묵묵히 지켜보았다. 문득 침대 옆에 달라붙어 있던 비류가 눈을 동그랗게 뜨고 기대에 찬 눈길로 자신을 바라보는 것이 느껴졌다. 그가 좋은 해결책을 찾아내기를 기대하는 눈치였다. 그 모습을 보자 정왕은 저도 모르게 마음이 짠했다.

"미안하다, 비류."

소경염은 소년의 어깨를 두드렸다. 뜻밖에도 비류는 피하지 않았다.

"최선을 다하마. 하지만 나도 어떻게 해야 할지 모르겠다."

"가능해!"

비류는 확신에 찬 목소리로 말했다.

"당신, 가능해!"

침대에 누운 매장소가 몽롱한 상태로 눈을 떴다. 그는 눈앞에서 번쩍번쩍하는 색색의 반점들 중 하나를 붙잡으려 애썼다. 그 점이 점점 또렷해지더니 마침내 사람의 얼굴이 되었다.

"대원수…… 아버……."

확실히 듣지 못한 소경염이 몸을 더욱 숙였다.

"필요한 것이 있소?"

매장소의 몸이 부르르 떨렸다. 그는 창백한 입술을 억지로 꾹 다물며 머리를 흔들었다.

"일어나!"

비류가 매장소를 잡아끌었다.

"형, 일어나!"

정왕이 급히 그를 막았다.

"가만둬라. 앓고 있지 않느냐."

"항상!"

비류가 손짓 발짓을 했다.

"일어나!"

"네 말은……."

정왕은 정신이 번쩍 들어 매장소를 부축해 상반신을 일으켜 자기에게 기대게 했다. 그러자 과연 숨 쉬는 것이 훨씬 편해진 듯했다. 정왕은 기뻐하며 외쳤다.

"누구 없느냐!"

"예!"

"방석을 더 가져오라!"

"예!"

방석이 날려지오자 정왕은 매장소를 부축한 채, 근위병 두 사람에게 방석을 튼튼히 쌓게 했다. 그런 다음 환자를 반쯤 앉은 자세로 눕히고 나자 어의가 도착했다. 하지만 이번 진맥도 처음과 크게 다르지 않았다. 늙은 어의들은 한참 동안 의논한 후 어렵사리 처방문을 지어냈지만, '일단 먹이고 지켜보자'고만 했다.

어의들이 보신(保身)에 급급해 공을 세우기보다는 실수를 하지 않는 것을 더 중요하게 생각한다는 것은 정왕도 알고 있었다. 때문에 이런 희귀한 병 앞에서는 속수무책일 수밖에 없지만, 잘 알면서도 초조한 마음에 '쓸모없는 놈들'이라며 역정을 냈다. 그 꾸짖음에 어의들은 더욱 움츠러들어 입도 벙긋하지 못했다.

다행히 매장소는 일어나 앉은 뒤로는 처음처럼 힘들어하지 않았다. 가끔 정신이 들 때면 눈을 뜨고 정왕을 보며 괜찮다고 안심시키기도 했지만, 곧 다시 혼수상태에 빠져드는 바람에 그 말을 온전히 믿을 수가 없었다.

"됐소, 그만 물러들 가시오."

정왕은 짜증스레 어의들을 내보내고 방 안을 서성거렸다. 침대 위에서는 매장소가 또다시 잠꼬대를 시작했다. 곁을 지키던 열전영이 가까이 다가가 귀를 기울이더니 별안간 얼굴이 딱딱해졌다.

"왜 그러느냐? 뭐라고 했기에?"

"발음이 모호해서…… 잘못 들은 것 같습니다."

열전영이 머리를 긁적였다.

"뭐라고 들었느냐?"

"그러니까…… 경염, 걱정 말…… 라고……."

정왕은 멈칫했다.

"나더러 걱정 말라고?"

"아무래도 잘못 들었나봅니다."

열전영은 송구스러운 듯 고개를 숙였다.

"소 선생은 전하의 성함을 부른 적이 없지 않습니까?"

"그래."

정왕은 멍하니 침대 옆에 앉아 누운 사람을 빤히 바라보았다.

"내 이름을 부를 리가 없겠지……."

"비류……."

매장소가 다시 소리를 냈다. 이번에는 이상하리만치 또렷한 목소리여서 다들 화들짝 놀랐다. 소년이 쪼르르 달려가 그의 손을 잡고 외쳤다.

"응!"

"큰형님을 보고 오렴……."

정왕과 열전영이 '큰형님'이 누군지 알아차리기도 전에 비류가 횡하니 밖으로 달려나갔다. 잠시 후 다시 돌아온 그가 보고했다.

"괜찮아! 자!"

매장소는 조용히 한숨을 내쉬고 콜록콜록 기침을 했다. 제법 정신이 든 것 같았다. 그는 옆에 앉은 정왕을 보며 미안한 목소리로 말했다.

"전하를 밤새 못 주무시게 만들다니, 어떻게 감당해야 할지……."

정왕은 저도 모르게 안도의 숨을 내쉬었다.

"그런 말을 할 정도면 병이 나은 모양이오. 내일까지 상태가 좋지 않으면 어마마마를 모셔올 생각이었소."

열전영이 창가로 가서 하늘을 살폈다. 조마조마한 하룻밤이 지나고 동쪽 하늘이 희미하게 밝아오고 있었다. 곧 새벽인데 정왕이 잠 한숨 못 잤다고 생각하자, 그가 얼른 권했다.

"전하, 선생께서 일어나셨으니 좀 쉬시지요. 이곳은 제가 지키고 있으니 아무 일 없을 겁니다."

매장소는 다시 혼수상태에 빠졌지만 호흡이 훨씬 편안해져 있었다. 이 모습을 본 정왕은 다소 안심이 되어 바깥채로 나가 옷을 입은 채 의자에 누워 눈을 붙였다. 하지만 진시(辰時, 오전 7~9시경)까지만 자고 일어나 서둘러 씻고 내전으로 문안인사를 하러 갔다.

황제는 여전히 몸이 좋지 않은지 아직도 침대에 있었다. 정왕이 은상 명단을 보고하자 황제는 반쯤 듣다 말고 대답했다.

"네가 어련히 잘했을라고. 짐에게 보고할 것 없다."

그러고는 다시 누워 잠을 청했다.

정 귀비가 살그머니 아들에게 따라오라고 손짓했다. 복도로 나가자 그녀가 말했다.

"폐하께서 밤새 푹 주무시지 못했단다. 앞으로는 이렇게 일찍 오지 말고 정오쯤 오려무나."

"예, 어마마마께서는 잘 쉬셨습니까?"

"난 괜찮아. 폐하께서 선잠을 주무시지만 깨시진 않는다. 궁녀들이 번갈아 시중을 드니 내가 직접 곁을 지킬 필요는 없어. 피곤할 것도 없지."

정 귀비가 웃으며 아들을 바라보았다.

"그러는 너는 어젯밤 잘 잤니?"

정왕은 고개를 저었다. 하지만 어젯밤 매장소가 아팠다는 이야기는 하지 않고 도리어 전혀 상관없는 이야기를 꺼냈다.

"어마마마, 어제 저더러 소 선생이 옛 친구의 아들이라고 하셨지요? 그 친구분의 성함이 어떻게 됩니까?"

그 질문이 뜻밖이었는지 정 귀비는 멈칫했다. 정왕이 매장소에게 똑같은 질문을 하고 왔는지, 아니면 자신에게 먼저 묻고 매장소에게 확인하려는 것인지 알 수가 없었다. 하지만 어느 쪽이든 미리 입을 맞춰두지 않은 이상 두 사람이 말한 이름이 같을 확률은 매우 낮았다.

"어마마마, 설마 은인의 성함까지 잊으신 건 아니지요?"

정왕이 차분한 어조로 캐물었다.

"그분 성함이 어찌 됩니까?"

정 귀비는 잠시 망설이다가 뜰의 녹나무로 시선을 돌리며 나지막이 대답했다.

"매석남(梅石楠)이란다."

"매석남……."

정왕은 그 이름을 한 번 되풀이한 후 재차 확인했다.

"무슨 석 자에 무슨 남 자를 씁니까?"

정 귀비는 그를 똑바로 쳐다보았다. 평생 처음으로, 아들이 무슨 생각을 하는지 파악할 수가 없어 한참 동안 넋이 나갔다.

"어마마마?"

"아, 그래…… 돌 석 자에 녹나무 남 자란다."

"알겠습니다."

정왕이 재빨리 허리를 숙여 인사했다.

"다른 분부가 없으시면 소자는 이만 물러가겠습니다."

정 귀비는 마음이 달아 정왕을 붙잡았다.

"잠깐만."

정왕이 걸음을 멈추고 조용히 물었다.

"소자에게 하실 말씀이라도?"

한동안 가만히 아들을 응시하는 정 귀비의 두 눈이 촉촉하게 젖어들었다. 하지만 그녀는 결국 고개를 저으며 처량하게 말했다.

"가거라……. 가서 물어보렴."

정왕은 묵묵히 허리를 숙이고 내전에서 물러났다. 그는 추호도 머뭇거리지 않고 가능한 한 가장 빠른 속도로 원락으로 돌아갔다. 그의 서두르는 모습에 마중 나온 부장들은 깜짝 놀랐다.

"전하, 돌아오셨……."

그들이 차례차례 인사했지만 정왕은 깡그리 무시하고 곧장 안방으로 뛰어들었다. 매장소는 훨씬 좋아진 얼굴로 막 비운 죽그릇을 비류에게 건네는 중이었다. 정왕이 서둘러 들어오는 것을 보자 그 역시 다소 놀란 얼굴이 되었다.

"왜 그러십니까, 전하?"

"선생께 물을 것이 있소."

정왕은 침대 앞에 우뚝 서서 단도직입적으로 물었다.

"영존의 함자가 어떻게 되오?"

"제 아버지의 성함 말입니까?"

매장소는 어리둥절했지만 곧 이 질문의 의미를 깨달았다. 안색이 살짝 변했다.

"영존께서 어마마마의 은인이라면 내 당연히 그 이름을 알고 있어야 하지 않겠소?"

"그렇다면…… 귀비마마께 여쭤보지 그러셨습니까?"

"여쭤봤소."

정왕은 숨김없이 말했다.

"그리고 이제는 선생께 물어보고 싶소."

매장소는 천천히 고개를 숙였다. 이불 속에 숨겨진 손을 힘껏 움켜쥐었다가 다시 천천히 폈다. 안색은 투명하리만치 창백했다.

"무슨 문제라도 있소?"

정왕은 몸을 숙이고 그의 눈을 들여다보았다.

"설마 영존의 함자도 비밀이오?"

"그럴 리가요?"

매장소는 힘없이 웃으며 마침내 시선을 들었다.

"아버지의 성함은 석 자 남 자입니다."

정왕이 몸을 부르르 떨었다. 순간적으로 그의 안색이 매장소보다 더 하얘졌다. 그는 억지로 마음을 가라앉히려 애쓰며 물었다.

"다시…… 한 번 말해주겠소?"

"아버지 성함은 매석남입니다."

"무슨 석 자에 무슨 남 자를 쓰시오?"

잇새로 내뱉은 이 질문은 마치 최후의 발악 같았다.

"돌 석 자에 녹나무 남 자입니다."

매장소는 정왕의 표정을 보고 제대로 맞혔다는 것을 알았다. 하지만 마음은 전혀 가볍지 않았다. 오히려 무겁기만 했다. 거칠고 묵직한 것이 가슴을 두드리는 것처럼 둔한 통증마저 느껴졌다.

정왕은 애처로이 뒷걸음질 치며 눈을 꽉 감았다. 어제, 수수께끼 같은 하룻밤을 보낸 후 그의 머릿속에 스친 생각은 너무나도 갑작스럽고 황당했다. 그 자신조차 자기가 미친 것이 아닌가 싶을 정도로 터무니없는 생각이었는데, 방금 들은 짤막한 대답은 그에게 가차 없는 답변을 던졌다. 너는 정말 미쳤다.

영원히 돌아올 수 없는 사람을 찾아다니고, 서로 전혀 다른 두 사람을 한데 묶어 생각할 정도로 미쳐버린 것이다. 그 결과는 눈밭처럼 차디찬 실망뿐이었다.

열전영은 문가에서 우물쭈물했다. 방 안 분위기가 이상했지만, 방금 들어온 소식은 워낙 중요해 반드시 보고해야 했다.

"전하…… 밤사이 경성에서 몽 통령의 편지가 도착했습니다."

정왕은 가슴속에서 들끓는 차갑고 뜨거운 감정을 가라앉히려는 듯 말없이 가만히 서 있었다. 마침내 감정을 억누른 그는 묵묵히 몸을 돌려 나갔다. 마음이 어지러운 나머지, 불아가 슬금슬금 그를 지나 꼬리를 흔들며 방 안으로 들어와 매장소의 품으로 달려드는 광경을 제대로 보지 못했다.

몽지의 편지를 가져온 사자는 먼지투성이로 원락 문 앞에 서 있었다. 그는 정왕을 보자 절하고 두 손으로 편지가 든 통을 바쳤다. 정왕은 통을 받아 제대로 봉인되었는지 살폈다.

"따라오도록."

"예!"

경성에서 소식이 왔다는 말에 황제는 피곤한 몸을 이끌고 일어나 겉옷을 걸치고 침대에서 정왕을 맞이했다. 편지를 가져온 사람은 언제든 물음에 답할 수 있도록 바깥채 문가에 꿇어앉아 있었다.

"그래야지! 이제야 안심이 되는구나."

편지를 읽은 황제의 얼굴에서 주름살이 살짝 펴졌다.

"몽 경이 날래게 움직여 경성을 수비하던 금군을 다시 장악했다. 황궁의 수비도 새로 정비했으니 언제든 환궁해도 된다는구나. ……으응?"

"왜 그러십니까?"

"하강이 탈옥했다……."

정왕은 눈살을 찌푸렸다.

"어떻게 그런?"

"몽 경이 경성에 들어가 예왕과 대치하는 동안 혼란한 틈을 타 달아났구나. 형부에서 죄인을 놓친 것을 사죄하는 상주문이 함께 들어 있다."

별안간 황제의 표정이 흉악해졌다.

"그 반역자는 은혜를 저버렸으니 예왕보다 더 용서할 수 없다. 당장 체포령을 내려라. 시체라도 상관없으니 반드시 짐 앞에 끌고 와야 한다!"

"예."

"네가 또 수고를 해야겠구나. 오늘 뒷정리를 하고 내일 출발하자."

정왕은 한시라도 빨리 돌아가고 싶은 황제의 마음을 알고 즉각 대답했다.

"안심하십시오, 부황. 당장 가서 내일 출발할 수 있도록 준비하겠습니다."

"오냐, 오냐."

황제가 자상한 미소를 지었다.

"곧 경성으로 돌아갈 테니, 무슨 상을 받고 싶은지 잘 생각해보아라."

정왕은 담담하게 대답했다.

"생각할 것이 뭐가 있겠습니까? 부황께서 내리시는 대로 받을 뿐입니다. 어떤 상을 받을지 고민하는 것은 아들의 도리가 아닙니다."

황제는 그런 그를 가만히 바라보다가 고개를 젖히고 껄껄 웃었다. 몹시 흡족한 듯했다.

"짐은 네 그런 성격이 아주 마음에 든다. 딱 네 어머니를 닮았구나. 일단 가서 일하거라. 오늘은 다시 인사하러 올 것 없다."

정왕이 머리를 조아린 후 물러나자, 황제는 다시 침대에 비스듬히 누워 곰곰이 생각에 잠겼다가 말했다.

"기왕(紀王)을 들라 하라."

다시 경성으로

—

58

—

행궁의 규모는 경성 황궁과는 비할 바가 못 되었다. 호출 명령이 떨어지고 얼마 지나지 않아 기왕이 나타나 절을 했다.

"앉아라. 상의할 게 있다."

황제가 곁에 있는 낮은 의자를 가리켰다.

"반란을 일으킨 자가 예왕이라는 것은 너도 알지?"

"압니다. 서안모가 알아서 자백했다지요. 예왕 말고 다른 황자들은 모두 어가를 따라 이곳에 와 있고, 경성의 황후마마는……늘 예왕을 아끼셨으니…….."

"실로 등골 서늘한 일이지. 짐이 그 녀석에게 얼마나 기대를 걸었는데, 하는 짓을 봐라. 능력은 고사하고 의지도 약해빠져 엉망진창으로 일을 벌이더니, 이제는 역모까지 저질러? 더 이상은 용인할 수 없다."

황제의 표정은 증오로 가득했다. 그는 몹시 불편한 듯 손가락으로 이마를 문지르며 말했다.

"허나 아무리 그래도 짐의 친아들이 아니냐. 생각할수록 마음이 아프구나."

기왕이 황급히 위로했다.

"폐하, 이왕 벌어진 일, 옥체부터 생각하십시오."

"그 얘긴 관두자."

황제가 일어나 앉으며 아우를 쳐다보았다.

"태자는 물러났고 예왕은 용서할 수 없는 죄를 지었다. 네가 보기엔 후계자 자리를 누구에게 줘야겠느냐?"

순간 기왕은 혼비백산하여 바닥에 엎드렸다.

"그 일은 오로지 폐하의 성심에 달린 문제입니다. 이 아우가 어찌 감히……."

"그냥 물어본 게야. 뭘 그리 긴장하느냐?"

황제는 웃으며 아우를 잡아 일으켰다.

"정왕은 어떠냐?"

기왕은 심사숙고하며 천천히 대답했다.

"정왕이라면…… 효심 지극하고 덕망도 높고 충성스럽고 용감하지요. 가히…… 황자들의 본보기라 할 수 있습니다."

황제는 아득한 눈빛으로 창밖을 내다보다가, 한참 후 가슴속 깊은 곳에서 토해내듯 한숨을 내쉬었다.

"사실, 경염은 짐의 아들 중에서 가장 뛰어난 녀석은 아니야. 그렇지 않느냐?"

기왕은 전전긍긍하며 숨조차 제대로 쉬지 못했다.

"하지만 그 녀석만의 장점은 있다. 물러날 때를 아는 것이…… 경우와는 다르지. 아마도 제 어미의 성격을 닮아 그럴 게야."

황제는 기왕의 대답을 기대하지 않았는지 여전히 먼 곳만 바라보며 말을 이었다.

"경염이 어가를 구하러 달려왔을 때 금군은 이미 전력이 바닥 난 상황이었다. 행궁은 그 녀석 손아귀에 들어간 것이나 다름없었지. 한데 그 녀석은 두말없이 병부를 내놓았어. 그땐 짐도 무척 뜻 밖이었다."

"뜻밖이라니요?"

"짐은 경염이 무엇이든 제안할 줄 알았다. 최소한 암시라도 할 줄 알았지."

기왕은 억지로 허허 웃었다.

"경염은 그런 성격이 아닌 모양이군요."

"구안산을 떠나 경성으로 돌아가면 세상은 다시 짐의 손아귀에 들어온다. 하지만 방금 슬쩍 떠봤는데 경염은 환궁을 늦출 생각도 없더구나."

황제는 기왕에게 바짝 다가가 목소리를 낮췄다.

"어떠냐? 그 녀석이 태자 자리에 관심이 있기나 할까?"

기왕은 심장이 떨려 난처한 듯이 허허 웃었다.

"어디 경염뿐이겠습니까? 황자로 태어나 태자 자리에 관심이 없다면 새빨간 거짓말이지요."

"그래?"

황제가 그를 흘끗 보았다.

"너도 황자가 아니냐? 너도 그런 게야?"

그러자 기왕은 훨씬 가뿐하게 웃어 보였다.

"이 아우는 황자가 아니라 폐하의 아우지요. 그건 다른 겁니다."

황제가 시원스레 웃으며 아우의 어깨를 힘껏 두드렸다.

"하긴 넌 늦어도 너무 늦게 태어났지. 그래도 네가 있어 짐이 이런 일을 상의할 수 있으니 다행이구나. 자자, 땀은 그만 흘리고 먹기나 해라. 그리 벌벌 떨 것까지야……. 짐이 널 얼마나 아끼고 봐주는지 모르느냐?"

기왕도 따라 허허 웃으며 아무렇게나 쟁반에 담긴 떡 한 점을 집어 입에 넣었다.

"귀비마마의 솜씨입니까? 요즘 폐하께서 이 아우를 잘 챙겨주지 않으시니 이렇게 입궁해야만 맛볼 수 있군요."

"알았다, 알았어. 마음에 들면 싸 가거라. 귀비가 짐 곁에 있는데 짐이 간식 떨어질까봐 걱정하랴."

황제는 얼굴 가득 주름까지 지으며 껄껄 웃다가 문득 고담에게 눈짓하며 말했다.

"녕왕과 회왕을 불러라."

기왕은 흠칫하며 황급히 일어났다.

"그럼 아우는 먼저……."

"가만 가만, 서두를 것 없다."

황제의 얼굴에 웃음이 점점 가라앉고 침중한 표정이 나타났다.

"황자라면 다들 마음이 있다 하지 않았느냐? 짐은 다른 황자들의 생각을 듣고 싶다."

기왕은 떡이 목에 걸린 것 같아 황급히 차를 마셔 억지로 삼켰다.

얼마 후 녕왕과 회왕이 들어왔다. 그들이 절을 마치자 황제는 우선 웃는 얼굴로 간식을 권했다. 하지만 두 아들이 떡을 목으로 넘기기도 전에 불쑥 물었다.

"정왕이 태자가 되는 것을 어떻게 생각하느냐?"

기왕은 가련한 황자들에게 재빨리 찻잔을 건네며, 그들이 한참 캑캑거리다가 바닥에 털썩 엎드려 어쩔 줄 몰라 하는 모습을 바라보았다.

"어찌 그러느냐? 다른 의견이라도 있느냐?"

"소자가 어찌……."

비교적 담이 큰 녕왕이 정신을 가다듬고 대답했다.

"정왕에게 무슨 문제가 있겠습니까? 부황께서 적당하다 생각하신다면 소자들도 따를 뿐입니다."

"폐태자와 예왕은 거론할 필요도 없다. 정왕이 태자가 되지 않는다면 너희 둘 중 한 명을 골라야겠지."

황제의 묵직한 시선이 두 아들의 몸 위로 떨어졌다.

"그래도 아무 생각이 없느냐?"

"소자는…… 덕도 재능도 없습니다. 부황께 효, 효도할 수만 있다면 다른 것은 바라지 않습니다."

녕왕이 머리를 조아리며 고백하자 회왕도 재빨리 찬동했다.

"허나……."

황제가 유유히 말을 이었다.

"나이로 따지면 너희가 정왕보다 앞서지 않느냐?"

말문이 막힌 녕왕은 황급히 책을 많이 읽은 회왕의 옆구리를 찔렀다. 회왕이 더듬더듬 대답했다.

"소자들은…… 다, 다들 적자가 아니고, 나이 차도 어, 얼마 안 납니다. 마땅히 부, 부황께서…… 어진 사람을 골라 세우셔야 합니다……."

"어진 사람이라, 좋은 말이구나."

황제는 온화하게 웃음을 터뜨렸다.

"어질고 효성스러운 점에서는 확실히 정왕이 손색없지. 너희가 그리 생각한다니 짐도 마음이 놓이는구나. 자자, 일어나거라. 간식 좀 주려고 불렀다가 생각이 나서 물어본 게야. 어서 들거라, 들어. 짐도 피곤하구나. 그 쟁반을 비우면 귀비에게 가서 감사인사를 해야 하느니라."

황제가 황자들에게 귀비에게 인사하라는 것만 봐도 의미는 분명했다. 조정 일에 나서지 않는 녕왕과 회왕이지만 판단력은 있었다. 언젠가 이런 날이 올 줄 알았기에 전혀 뜻밖의 일도 아니었다. 그들은 간식을 꾸역꾸역 입에 밀어 넣고 어느새 꾸벅꾸벅 조는 황제에게 절을 올린 후, 명령대로 안방으로 들어갔다.

기왕도 슬그머니 물러나와 하인에게 말을 준비시켰다. 행궁을 나가 기분전환이라도 할 생각이었는데, 바깥 전각 입구에 이르자 저 멀리서 정왕이 문무 신하들을 이끌고 오는 것이 보였다. 환궁할 채비를 하는 모양인데, 차분하고 자신감 넘치는 모습에서 제법 주군다운 풍모가 느껴졌다.

"결국 이 강산이 저 아이의 것이 되는구나."

기왕이 혼잣말로 중얼거렸다. 문득 늠름한 자태로 수많은 사람의 기대를 한 몸에 받던 황장자가 떠올라, 말로 설명할 수 없는 복잡한 기분이 되었다.

"기왕 전하께 인사드립니다."

갑자기 뒤에서 들려온 목소리에 기왕은 깜짝 놀라 고개를 돌렸다. 하얀 모피를 두른 푸른 적삼을 입은 문사가 서 있었다. 가녀린 몸에 얼굴도 병색이 짙어 전혀 위협이 될 것 같지 않은 모습이었지만, 사실은 이 세상에서 그 누구보다 얕볼 수 없는 사람이었다.

'참, 기린지재 역시 저 아이의 사람이지.'

잠시 멈칫하던 기왕은 속으로 중얼거렸다. 매장소와 직접 교류한 적은 없지만 그를 알고는 있었다. 지금 경성에서 약간이나마 지위가 있는 사람 중에 이 소 선생을 모르는 사람은 없다고 해도 과언이 아니었다.

"나가시는 중입니까?"

"그렇다네. 소 선생은 몸이 좀 불편하다 들었네만?"

"신경 써주셔서 감사합니다. 하룻밤 자고 나니 정신이 들어 좀 걷던 중입니다. 내일이면 환궁한다지요?"

"맞네. 경성으로 돌아가 일이 마무리되면 선생도 안심이 될 테지."

기왕이 빙그레 웃었다.

매장소도 따라 웃으며 부드러운 눈빛을 지었다.

"사실 정왕께서도 기왕 전하께 감사드리려 했으나, 이런저런 파란 때문에 적당한 때를 찾지 못했습니다."

"감사?"

기왕이 피식 웃었다.

"이 몸은 무슨 일이든 마음 가는 대로 할 뿐일세. 그런 내게 무슨 감사할 일이 있나?"

매장소는 그런 그를 한동안 가만히 응시하다가 천천히 허리를 숙였다.

"정왕께서는 기왕 전하께서 정생을 구해주신 일을 깊이 감사하고 계십니다. 당시 전하께서 자비를 베풀지 않으셨다면 그 아이는 지금쯤 태어나지도 못했겠지요."

기왕은 온몸이 부르르 떨리고, 얼굴에 떠오른 웃음도 서서히 옅어졌다. 피부 아래에서 당장이라도 터질 듯한 무엇인가 마구 끓어오르는 것처럼 미간에 슬픔과 애처로움의 물결이 출렁였다.

"그 일이라면, 더더욱 감사할 필요 없네. 다들 피가 섞인 가족 아닌가?"

그 말을 마친 후, 평생 자유롭고 한가하게 살아온 왕은 돌아서서 떠났다. 산바람에 춤추듯 펄럭이는 소맷자락과 함께 울적한 뒷모습만 남기고서.

4월 하순, 경력군의 반란으로 발이 묶였던 어가가 마침내 경성으로 출발했다. 올 때는 3천 명이나 되던 금군도 수백 명만 남았고, 일부 운 나쁜 종친과 신하들도 피 냄새 자욱한 마지막 날 밤에 희생되었다. 황제 평생에 이런 규모의 반란은 두 번째였다. 첫 번째는 황제 자신이 공격하는 입장이었고, 이번에는 반대로 공격 목표가 되었다. 두 번 다 승자는 그였다. 첫 번째는 이겨서 황위를 손에 넣었지만, 두 번째에는 그 자신조차 무얼 얻었는지 확실하지 않았다.

곰곰이 생각해보면, 13년 전 거대한 파란을 일으키고 수만 명이 피를 흘린 끝에 '기왕 역모 사건'으로 마무리된 그 사건을 통틀어, 황제에게 칼날이 날아든 적은 단 한 순간도 없었다. 떨리는 시선으로 얼마 남지 않은 금군을 바라보면서, 늙은 황제는 그 사실을 뼈저리게 느꼈다.

경성 밖으로 황제의 환궁을 맞이하러 나온 것은 경성에 남았던 중서령을 필두로 하는 문무 관원들이었다. 황후도 없고, 예왕도 없었다. 몽지가 2천 명의 금군을 이끌고 어가의 호위 임무를 넘겨받았고, 기성군은 경성 밖 교외에 영채를 짓고 기다리다가 상을 받고 본래 주둔지로 돌아갔다. 황제는 그제야 완전히 마음을 놓고, 오는 길에 꾸준히 준비해온 일에 착수했다.

몰래 달아난 하강과 달리 예왕은 아예 달아날 생각조차 없었다. 황후도 마찬가지였다. 두 사람에게는 달아날 힘이 없었기 때문이다. 부귀영화 넘치는 경성을 떠나서는 살아남을 방법조차 없었다.

환궁 이틀째 되는 날, 예왕의 일가는 이번 황제 시대에 두 번째로 한자 옥방에 갇히는 황족이 되었다. 죄수복에 쇠고랑을 차고 차가운 돌바닥에 웅크려 앉았을 때, 예왕이 무거운 차꼬를 차고도 결코 고개 숙이지 않던 큰형님을 떠올렸는지는 알 수 없는 일이었다.

정 귀비의 간청 덕분에 언 황후는 역모 명단에서 빠졌다. 하지만 경성을 지키기 위해 남은 황후가 예왕의 반란을 저지하기는커녕 의지(懿旨)를 내려 금군을 무력화하기까지 했으니, 단순히 '속아 넘어갔다'는 말로는 죄를 씻을 수가 없었다. 폐위는 시간문제였다. 언궐이 언씨 일가의 역대 봉작과 직위를 내놓겠다는 표를 올려 죄를 청했으나, 무슨 이유에선지 황제는 허락하지 않았고, 상주문을 보류한 다음에는 마치 잊어버린 양 아무 대답도 하지 않았다. 내정사에서는 5월 초에 경성의 모든 귀족 자제들에게 봄 사냥 규칙에 따라 상을 내렸고, 언예진 역시 상을 받았다.

언씨 일족에 대한 이런 태도는, 대놓고 예왕에게 가담진 않았지만 언 태사의 오랜 친구나 문하생으로서 남몰래 지지하던 신하들을 한시름 놓게 해주었다. 최종적으로 예왕의 일당으로 분류된 사람은 모두 스물일곱 명이었고, 그중 삼품 이상 관리는 두 명밖에 없었다. 비록 경성에 남은 신하들은 세심히 살피지 못했다는 이유로 죄다 벌을 받았으나, 경성을 적신 피는 예상보다 훨씬 적었다.

이렇게 되자 13년 동안 묻혀 거의 잊힐 뻔했던 지난 사건이 늙은 신하들의 기억 속에 다시금 떠올랐다. 그 사건과 이번 사건을 비교하며, 신하들은 속으로 잔인하고 무정하던 손을 물러터지게 만들어버린 세월에 개탄을 금치 못했다.

하지만 파란의 한가운데에 있는 예왕은 부황의 자비심을 전혀 느낄 수 없었다. 그는 몹시 후회했다. 애초에 기린지재를 쉽사리 믿은 것도, 하강의 부추김에 최후의 승부수를 띄운 것도 후회했다. 하지만 또다시 그때로 돌아간다면 여전히 똑같은 선택을 했으리란 것은 부인할 수 없는 사실이었다. 황위를 향한 야심과 집념이 그의 피와 뼛속에 깊숙이 스며들어, 가장 중요한 삶의 동력이자 목표가 되었기 때문이다. 그는 결코 녕왕이나 회왕처럼 다른 형제의 발아래 엎드려 굽실대며 살아갈 수 없었다.

이제 그는 패배했고 남은 것은 죽음뿐이었다. 그 죽음은 지난날의 큰형님과는 달랐다. 그 역시 알고 있었다. 자신이 황족의 묘에서 영원히 쫓겨나더라도, 13년이 아니라 26년, 39년이 지나도 아무도 그를 복위시키려 애쓰지 않을 것이다. 그것은 그가 억울한 누명을 쓴 게 아니라서가 아니라 소경우가 아니기 때문이었다. 그는 결코 천하를 통틀어 누구도 따를 수 없는 기왕 소경우가 아니었다. 이 세상에 제2의 소경우는 없었다. 설령 동궁을 거의 손에 넣은 정왕이라 해도, 멀리서 소경우의 뒷모습만 바라볼 수밖에 없을 것이다.

"자네도 하강의 종적을 못 알아냈나?"

매장소의 저택을 방문한 몽지는 분한 듯 고개를 내저었다.

"늙은 여우 같은 놈. 내 탓일세. 잘 지켜봐야 했는데……."

"하강이 붙잡히는 건 시간문제입니다. 서두를 것 없어요."

매장소가 탄식하며 말했다.

"그보다는 하동 누님이 걱정이군요. 전하께서 사면을 얻어내셨는데 대체 언제 풀려나는 겁니까?"

섭봉이 돌아온 것을 알게 된 몽지 역시 초조해하는 매장소를 이해했다. 하지만 지금 황궁 상황을 누구보다 잘 알기에 좋은 말로 위로했다.

"일단 진정하게. 사면이라지만 사형을 면하고 가볍게 처벌한다는 거지, 완전히 풀어준다는 건 아니야. 하강이 모반을 하고 달아나는 바람에 폐하께서 현경사를 몹시 미워하고 계시네. 그리 쉽게 하동을 풀어주시겠나? 정왕이 너무 몰아붙이면 오히려 의심을 살지도 모르네. 자네도 그럴까봐 정왕에게 섭봉 이야기를 하지 않은 게 아닌가? 섭봉도 자네 설명을 듣고 한시름 놓았다네. 하동이 무사하기만 하면 한두 달 기다리는 것쯤 기꺼이 견딜 거야."

몽지가 무슨 말을 하는지는 매장소도 잘 알았다. 그는 대답 없이 한숨만 쉬며 안방에 있는 가녀린 그림자로 시선을 돌렸다.

"궁우, 그만하고 가서 쉬어라."

정교하게 만든 향로로 망사 가리개에 향을 쏘이던 궁우는 그 말을 듣고 고개를 푹 숙였다. 뺨이 발그레해졌다.

"골고루 쏘이려고요. 그래야 종주께서 푹 주무시지요."

"그만하면 충분해."

매장소가 다정하게 말했다.

"말했다시피 넌 내 하녀가 아니야. 그렇게 열심히 시중들 필요 없다."

몽지는 복숭아처럼 곱게 달아오른 궁우의 얼굴을 보고 얼른 너 털웃음을 터뜨리며 말했다.

"궁우 낭자, 이 집으로 이사했구려? 어쩐지 집안 분위기가 확 달라졌다 싶더니."

"무슨 그런 말씀을요. 꼼꼼히 잘 챙기시는 려 대형이 있는데 제 가 어딜 끼어들겠어요."

궁우는 사뿐사뿐 안방에서 나오다가 매장소에게서 다섯 걸음 정도 떨어진 곳에서 걸음을 멈추고는 잠시 머뭇거리다, 다시 두어 걸음 다가와 나지막이 말했다.

"방금 종주께서 곤란해하시는 걸 듣고 좋은 생각이 났어요. 혹 시 제가 그 고민을 풀어드릴 수 있을지도……."

"하동의 일 말이냐?"

"예."

"무슨 방법이지?"

"제가 변장술을 조금 할 줄 알아요. 장시간 속이거나 완전히 그 사람인 척할 수는 없지만, 지하 감옥은 어두컴컴하고 순찰 도는 옥졸들밖에 없으니 얼마간 속이는 것 정도는 가능할지도……."

머리 회전이 빠른 매장소는 금세 그 말을 알아들었다.

"너를 천뢰로 데려가 하동과 바꿔치기하라는 말이냐?"

"예, 섭 장군과 섭 부인의 정이 그리 깊은데, 하루빨리 만나고 싶은 마음 충분히 이해가 가요. 하지만 섭 부인께서 언제쯤 출옥하실지 모르니, 제가 얼마간 그 자리를 대신하면 최소한 두 분이 만나 이야기를 나눌 수는 있지 않겠어요?"

매장소는 눈을 내리깔고 곰곰이 생각해본 후 느릿느릿 물었다.

"자신 있느냐?"

"발각되지 않을 자신 있어요."

"하동과는 키가 다르지 않느냐?"

"조금 작지요. 하지만 키가 커 보이게 하는 신발이 있어요. 그걸 신으면 비슷할 거예요."

"해볼 만하구나. 그 기간에 하동이 심문 받지만 않는다면 속일 수 있겠지."

매장소는 궁우를 가만히 응시했다.

"하지만 천뢰에 들어가면 고생스러울 텐데."

그의 시선을 받자 궁우는 심장이 마구 뛰었다.

"종주의 근심을 덜어드릴 수만 있다면 힘들지 않아요."

"잘됐구먼."

몽지가 손뼉을 쳤다.

"자네가 늘 마음에 걸려하기에 나도 걱정했네. 궁우 낭자의 계책이 쓸 만해 보이는군. 천뢰라고는 해도 핑곗거리를 만들어 면회하는 건 어렵지 않네. 그렇게 하세나. 내가 다 알아서 할 테니 자넨 걱정 말고 기다리게."

매장소의 얼굴에 옅은 미소가 떠올랐다. 그가 부드러운 목소리로 궁우에게 말했다.

"그럼 부탁하마. 가서 준비하고, 움직일 때는 몽 통령의 말을 잘 듣도록 해라."

"예."

궁우는 앵두 같은 입술을 오므리고 대답하고는, 기쁨이 출렁이는 눈동자로 살짝 허리를 숙여 인사하고 물러갔다. 몽지는 목을 길게 빼고 사뿐사뿐 사라지는 그녀의 뒷모습을 바라보다가 매장소를 돌아보며 눈썹을 치켜세웠다.

"소수, 난 말이야. 원래 눈치가 없는 편인데, 그런 나도 뭔가 느껴지거든."

"그럼 계속 눈치 없게 구십시오."

매장소가 쌀쌀하게 말을 끊었다.

"요즘 한가하신 모양이죠? 정왕이 순방영을 관리할 틈이 없어 형님께 구양격을 도와줄 적당한 사람을 찾아보라 했다던데, 그 일은 끝내셨습니까?"

"몇 사람 추천했는데, 정왕은 주수춘(朱壽春)을 마음에 들어 하더군. 얼마 전까지 금군 부통령이었는데 아주 착실하고 믿을 만한 친구일세."

그렇게 말한 몽지가 머리를 들이밀며 목소리를 낮췄다.

"참, 소식이 하나 있네. 사천감에게 길일을 찾아 올리라는 명이 내려졌네. 며칠 후면 그 소문이 금릉성에 파다할 거야."

"태자를 세우는 겁니까?"

매장소가 빙그레 웃었다.

"별로 놀라울 것도 없군요."

"그야 그렇지만, 어쨌든 기쁜 일이잖나. 오랫동안 꿈꾸던 일이 한 발짝 한 발짝 가까워지고 있는데, 자네도 마땅히 기뻐해야지."

몽지가 그의 어깨를 툭툭 쳤다.

"폐하께서 요즘 옥체가 미령하셔서 조당에 나오시지도 않네. 태자가 되면 정왕은 명실공히 감국(監國, 황제가 어떤 이유로 나라를 다스릴 수 없을 때, 정치를 대신하도록 황제가 지정한 사람—옮긴이)이 되는 거야. 자네가 몇 년간 그 고생을 한 건 다 이날을 위해서가 아닌가? 그런데 왜 아직도 그리 울적해하나?"

매장소는 대답 없이 창밖으로 고개를 돌렸다. 려강이 정원을 바삐 가로질러 오는 것이 보였다. 분명 급한 소식인 것 같아 매장소는 저도 모르게 눈을 가늘게 떴다.

"종주, 검주에서 전서구가 왔습니다."

"들어오게."

"예."

려강이 들어와 두 손을 모았다.

"보고드립니다. 사옥이 죽었습니다."

몽지가 화들짝 놀라 저도 모르게 소리를 높였다.

"어쩌다 죽었나?"

"관에서 내린 결론은 사고라고 합니다. 채석장에서 일하던 중 언덕에서 굴러떨어진 바위에 깔려 죽었답니다."

"하필이면?"

몽지가 황당한 얼굴로 이마를 만지작거렸다.

"하긴, 지은 죄를 생각하면 그렇게 죽는 것도 복이지."

"물론이지요. 하지만 그 죽음이 저희에겐 더 쓸모가 있습니다."

매장소의 눈이 냉혹하게 번뜩였다.

"하강이 모반했고, 황제는 늙었으며, 새로운 태자의 명성이 하늘을 찌릅니다. 적염군 사건을 재심하기에 딱 좋은 시기지요. 다만 그 사건을 꺼낼 계기가 마땅치 않았습니다."

몽지도 퍼뜩 정신이 들었다.

"그렇다면……."

"사옥은 목숨을 무엇보다 중시하는 사람이었습니다. 사형을 면했으니 절대 옛일을 꺼내지 않으려 했을 겁니다. 그러니 살아 있어도 쓸모가 없었지요. 제게 필요한 건 리양 장공주의 손에 들어 있습니다. 사옥이 죽어야만 세상에 나올 친필 자백서 말입니다."

"무슨 말인지 알겠네. 하지만 너무 빠르지 않나?"

몽지는 다소 걱정스러웠다.

"정왕이 아직 정식으로 태자에 책봉되지 않았네. 조금 늦추는 게 좋지 않겠나?"

매장소가 그를 쳐다보더니 참지 못하고 피식 웃었다.

"저희가 전서구를 통해 소식을 들었다는 걸 잊으셨군요. 일개 유배자에 불과한 사옥의 죽음은 역마를 통해 천천히 전해질 겁니다. 누가 서둘러 알리려 하겠습니까? 그 소식이 리양 장공주의 귀에 들어가려면 한두 달은 걸릴 텐데, 그때쯤이면 딱 좋은 시기지요."

"참, 그렇지!"

몽지가 자기 머리를 때렸다.

"내가 이렇다니까. 역시 자네 그 똑똑한 머리가 나보다 나아."

"그동안 우리는 조용히, 차분히 기다려야 합니다. 정왕의 지위가 달라졌으니 조정에 더욱 힘을 쏟아야겠지요. 다행히 그동안 공을 들인 덕분에 마음 맞는 신하도 많아져 상황은 나쁘지 않습니다."

매장소가 입꼬리를 살짝 올리며 기쁜 얼굴로 말했다.

"각지의 흉년 대책도 훌륭하게 처리했으니 누가 감히 정왕이 민생을 모른다고 하겠습니까?"

"하지만 이상하단 말이야."

몽지가 어깨를 으쓱했다.

"분명 기뻐할 일인데, 정왕도 자네처럼 울적해 보이거든. 자네야 섭봉 때문에 그렇다지만, 정왕은 왜 그럴까?"

"입장 바꿔 생각해보십시오. 어깨가 점점 무거워지는데 왜 안 피곤하겠습니까?"

매장소가 개탄했다.

"저야 형님같이 속마음을 털어놓을 사람이라도 있지만 경염에게는 누가 있습니까? 대신들, 부장들, 모사들뿐이지요. 정 귀비마마가 위로하신다 해도 어쨌거나 궁궐 안에 계시지 않습니까?"

그 말을 듣자 몽지는 가슴이 먹먹해져 한동안 멍했다. 하고 싶은 말은 있지만, 우울한 매장소의 표정을 보니 차마 입이 떨어지지 않았다.

"종주."

문밖에서 견평의 목소리가 들려왔다.

"섭 장군이 깨어나셨습니다."

매장소는 곧장 활짝 웃으며 몽지의 팔을 잡아당겼다.

"가시죠. 섭봉 형님 곁에 있어줘야지요. 위쟁도 줄곧 그 방에 있으니 우리까지 가면 무척 좋아할 겁니다."

오랜만에 즐거워하는 그를 보자 몽지는 갑자기 눈앞이 아련해졌다. 지난날 은빛 장포를 휘날리며 소년 장군이 얼굴 가득 눈부신 웃음을 띠고 소리치던 것이 떠올랐다.

'가요, 섭봉 형님을 찾아가 활 시합 하자고요!'

하지만 짧디짧은 순간, 눈앞의 광경이 새롭게 그려지며 창백한 얼굴과 희미한 미소가 나타났다. 그 얼굴에서는 지난날의 흔적조차 찾아볼 수 없었다.

"소수."

금군통령은 그의 팔을 힘껏 잡았다. 막을 새도 없이 말이 튀어나왔다.

"아무래도…… 정왕에게 알리는 것이 어떤가?"

멀리서 온 친구

—

59

—

형부상서 채전은 요즘 몹시 바빴다. 현경사가 실질적으로 무너진
후 미결 사건들이 형부로 넘어왔기 때문이다. 형부의 업무 진행 방
식은 현경사와는 시작부터 달라, 사건을 맡기 전에 보고 먼저 해야
했다. 조사해도 좋다는 황제의 허락을 받은 뒤 살펴보니 하나같이
뜨거운 감자들이었다.

하지만 천성이 끈질긴 채전은, 하강이 천뢰에서 달아난 일이 마
음에 걸리던 차여서 입안을 델 만큼 뜨거운 감자라도 기어코 씹어
삼킬 생각이었다. 정왕의 지원 덕분에 그의 휘하에는 유능한 사람
이 제법 있었고, 자주 매장소를 찾아가 이야기를 나누며 유익한
조언을 듣기도 했다. 이 덕분에 한 달쯤 고생한 끝에 탁월한 성과
를 냈다.

그런데 아무도 예상하지 못한 일이 벌어졌다. 신임 대리사경인
엽사정(葉士楨)은 괴팍하고 따지기 좋아하는 사람이었는데, 서류를
재검토하면서 여러 문제점을 찾아냈다. '문법이 맞지 않고 용어가
모호하다'는 공연한 트집도 있었지만, 그 외에는 확실한 오류였

다. 상서가 된 후 넘치는 의욕이 꺾인 적 없던 채전은 한동안 기가 죽었고, 이 일로 형부의 관원들은 한마음이 되어 바삐 일하며 설욕을 다짐했다. 그 모습을 심추는 이렇게 표현했다.

"다들 미쳤군, 미쳤어."

물론 미친 것 나름의 효과는 있었다. 두 번째의 서류 검토 때 엽사정은 눈에 불을 켜고 살폈지만 아무 흠도 잡지 못하고, 인장을 찍어 내정사에 넘겼다. 워낙 엄격한 검토를 거쳤으니 당연히 황제도 만족했다. 달리 사람을 뽑아 현경사를 맡기려던 생각도 자연스레 사라져, 황제는 정왕에게 현경사 폐지를 명하고, 현경사의 직무는 대리사와 형부가 나눠 맡게 했다.

그렇게 정리가 되고 젊은 형부상서가 겨우 한숨 돌릴 즈음, 금군통령 몽지가 포두 둘을 데리고 찾아왔다. 듣자 하니 그들은 형부를 괴롭히는 대리사경에게 불만을 품고, 범인을 체포하던 중 틈을 타 일부러 엽사정의 가마를 들이받으려 했다. 마침 몽지가 이 장면을 목격하고 막은 덕분에 파란은 없었다. 조용히 처리하라며 몽지로부터 포두들을 넘겨받자, 채전은 대뜸 화가 머리끝까지 났다.

그는 모든 관원을 불러 모아 대리사에 불만을 품지 말라고 단단히 이르고는, 몽지에게 사태를 수습해주어 고맙다고 거듭 인사했다. 몽지와 채전은 개인적인 교분은 없었지만, 이 일을 겪으며 서로 잘 통한다는 것을 알게 되었다. 마침 두 사람은 집도 멀지 않았다. 관아에서 숙식하며 보름 넘게 집에 들어가지 않은 채전은 몽지와 함께 형부의 마차를 타고 집으로 돌아가기로 했는데, 가는 길에 둘은 새로운 얘깃거리를 찾아냈다. 나라의 객경인 소 선생 이야기였다.

한창 이야기를 하던 몽지가 무심결에 창밖을 흘끗 보더니 피식 웃었다. 그의 시선을 따라간 채전 역시 빙그레 웃었다. 떠들썩한 거리에 간편한 베옷 차림의 호부상서 심추가 보였다. 그는 자기 배처럼 둥글둥글한 수박을 껴안고 노점 사이를 이리저리 돌아다니다가, 이따금씩 걸음을 멈추고 노점상과 이야기를 나누곤 했다.

"심 상서는 늘 저렇게 민생 물가를 살피는구려. 정말 훌륭한 관리요. 그나저나 저건 웬 수박이지?"

몽지가 웃으며 말했다.

"방금 샀나봅니다."

채전도 고개를 설설 저으며 웃었다.

그들이 마차를 멈추고 내려서 인사를 하려는데 사고가 벌어졌다. 목재를 가득 실은 마차의 짐칸 밧줄이 끊겨, 사람 몸통만큼 굵은 통나무가 와르르 쏟아진 것이다. 통나무들은 심추가 있는 방향으로 기세 좋게 굴러갔다. 다른 사람들은 비명을 지르며 피했지만, 살찐 심추는 동작이 느렸다. 몽지가 몸을 날려 구하러 가기에도 거리가 멀어 벗어날 방법이 없어 보였다. 그때 날렵한 그림자 하나가 번쩍하고 나타나, 뚱뚱한 호부상서를 보따리처럼 낚아채 어느 집 처마 밑에 내려놓았다.

"비류!"

몽지가 희색을 띠고 외쳤다.

"네 덕에 살았다!"

채전이 달려가 동료를 부축했다. 심추는 놀란 가슴을 쓸어내리며 황급히 비류에게 감사인사를 했지만, 소년은 잘생긴 얼굴에 싸늘한 표정을 띤 채 '응' 하고 한 마디만 했다. 심추와 채전도 소철의 집을 자주 드나든 덕분에 비류의 상태를 알고 있었다. 그래서 그 태도에 개의치 않고 주변부터 살폈다. 적잖은 노점들이 망가지고 아수라장이었지만, 다친 사람은 없어 천만다행이었다. 마차 주인은 어쩔 줄 몰라 식은땀을 뚝뚝 흘리고 얼굴도 하얗게 질렸다. 피해를 입은 노점상들이 곧 그를 단단히 에워쌌다. 사람들이 배상금 액수를 논의할 뿐 큰 충돌은 없자, 몽지는 끼어들지 않고 소년을 돌아보며 물었다.

"비류, 어딜 가는 길이냐?"

비류가 코웃음을 치며 고개를 돌려 외면해버리자 금군통령은 쓴웃음만 나왔다. 얼마 전 정왕에게 솔직하게 털어놓으라고 제안했을 때 매장소가 화를 낸 뒤로, 형의 열혈 호위무사 비류는 그를 나쁜 사람 취급하며 모른 척했다.

생각해보면 이상한 일이었다. 몽지는 예전에도 몇 번이나 이상한 제의를 했지만, 매장소는 항상 참을성 있게 안 되는 이유를 설명해줬다. 그런데 그날은 아무 말도 없이 굳은 얼굴로 그를 쫓아냈다. 몹시 지치고 감정적인 모습이었다. 그날 일을 떠올릴 때면, 거친 무인인 몽지조차 마음이 조마조마했다.

"심 형, 다쳤소?"

갑자기 채전이 놀란 목소리로 물었다.

"아니, 괜찮은데……."

"그럼 이 빨간 것은……."

채전이 손으로 만져보았다.

"아, 수박이군."

비류가 그쪽을 흘끗 돌아보더니 품에서 은자 조각을 꺼내 심추에게 내밀었다. 호부상서는 어리둥절했다.

"이게 뭐지?"

"배상!"

순간, 그 자리에 있던 세 사람의 얼굴이 실룩실룩 경련을 일으켰다. 터질 것 같은 폭소를 틀어막느라 배가 아플 때쯤, 심추가 겨우 숨을 가다듬고 은자를 소년에게 쥐여주며 말했다.

"비류 형제, 형제가 내 목숨을 구해줬는데 수박 변상까지 하면 내가 뭐가 되겠나?"

"내가 그랬어!"

비류가 진지하게 대답했다.

"배상!"

"알았다, 알았어. 심 대인, 받아두시오."

몽지가 웃음을 참으며 말했다.

"비류는 가정교육을 아주 잘 받았소. 안 받으면 화를 낼 거요."

심추는 난처한 얼굴로 다시 돌아온 은자를 바라보았다. 그가 말을 하려는데, 별안간 경박한 목소리가 들려왔다.

"예쁜 낭자, 그 고운 손을 그런 데 쓰면 되나. 자자, 내가 도와주리다."

세 사람이 돌아보니 굴러온 통나무에 박살 난 길 가장자리의 채소 노점 옆에서 이팔청춘의 소녀가 땅에 떨어진 마늘을 줍고 있었다. 낯선 남자가 수작을 걸자 소녀의 뺨이 확 달아올랐다. 가난한 집 딸 같지만 뜯어보면 확실히 절색이었다.

"정말 미인이란 말이야."

그녀 곁에 웅크리고 앉은 경박한 남자는 차림새로 보아 부잣집

공자 같았다. 외모는 꽤 준수했지만, 당장이라도 침을 질질 흘릴 것 같은 표정 때문에 제대로 빛을 발하지 못했다. 게다가 입에서 나온 말은 더 심했다.

"예쁜 낭자, 이름이 뭐요? 혼약은 했소?"

소녀는 수줍은 듯 고운 뺨을 빨갛게 물들이며 피하려 했다. 하지만 돌아섰을 때는 이미 그 방탕한 공자가 길을 막고 있었다.

"뭘 그리 서두르시오? 난 미인에게 무례한 사람이 아니라오. 그러지 말고 얘기나 좀 합시다."

채전은 두고 볼 수가 없어 코웃음을 치며 나섰다.

"백주대낮에 무슨 짓이오? 자중하시오, 공자."

방탕한 공자는 엉큼한 눈빛으로 그쪽을 돌아보았다.

"자중이라니? 미인과 얘기하는 걸 보니 질투가 나는가보구먼?"

이렇게 말한 그가 그들 가까이에 있는 비류를 발견하고는 눈을 빛냈다.

"오오, 이 꼬마 친구도 아주 예쁘장하군. 몸도 튼튼해 보이고. 자자, 좀 만져보자꾸나."

방탕한 공자가 침을 꼴깍 삼키며 다가와 비류의 얼굴을 만지려 하자, 몽지 일행은 저도 모르게 움찔했다. 이제 곧 저 공자가 허공으로 던져지는 기막힌 장면이 펼쳐질 것이다. 하지만 이어진 장면에 세 사람은 그만 놀라 턱이 빠질 뻔했다. 비류는 그 공자가 얼굴을 살짝 꼬집어도 가느다란 입술을 꼭 다물고 뻣뻣하게 서 있을 뿐이었다.

"하하하, 우리 비류 착하구나. 살이 좀 찐 것 같은데? 많이 먹이지 말라고 장소에게 그렇게 말해뒀는데, 살찌면 예쁘지가 않단 말이야."

방탕한 공자는 그렇게 말하다 말고 문득 생각난 듯 뒤를 돌아보더니 한숨을 쉬며 발을 동동 굴렀다.

"예쁜 낭자는 어디로 갔지? 빠르기도 해라. 그렇게 고운 여자는 정말 오랜만인데 아깝구나, 아까워."

"저쪽!"

비류가 한쪽을 가리켰다.

"오, 역시 우리 비류가 최고야. 그럼 난 미인을 쫓아갈 테니 넌 장소에게 가서 내가 큰 선물을 가져왔다고 전해. 분명히 기뻐할 거야. 저녁에 보자."

그는 부채를 살짝 흔들며 나는 듯이 달려가버렸다.

"저…… 저 사람은 누구지?"

심추가 그런대로 멋진 그 뒷모습을 바라보며 더듬더듬 물었다.

"소 선생의 친구 같은데, 소 선생에게 저런 친구가 있다니……."

채전도 믿기지 않는 듯 눈을 찡그렸다. 하지만 몽지는 생각에 잠긴 듯 별로 빠르지 않은 그 공자의 보법을 바라보고 있었다. 진지한 표정이었다.

비류는 '저녁에 보자'는 말에 충격을 받은 듯 한참 멍하니 서 있다가, 입을 삐죽이며 휙 사라져버렸다. 집으로 돌아가는 것인지 다른 곳으로 달아난 것인지 알 수 없었다.

사건의 중심에 있던 두 사람이 사라지자, 남은 세 사람도 계속 거리에 서 있을 이유가 없었다. 몽지는 채전과 함께 가던 길이었지만, 우연히 마주친 방탕한 공자에게 흥미가 생겨 쫓아가보고 싶어졌다. 그래서 중요한 약속이 생각났다며 둘러댔다. 마침 심추도 채전에게 할 말이 있다는 눈짓을 보냈다. 이렇게 해서 그들은 작별인사를 나눈 다음, 몽지는 몽지대로 떠나고 심추와 채전은 형부의 마차에 올랐다.

"들었소?"

가리개를 내리자마자 심추가 서둘러 입을 열었다.

"사천감이 길일을 정했소. 태자 책봉식이 6월 16일로 정해졌다오."

"정말이오?"

채전이 기쁜 얼굴로 물었다.

"그동안 바빠서 소식을 듣지 못했소. 이제 보름 후면 정왕 전하께서 태자가 되시는구려. 조정에 희망이 생겼소!"

"그러게 말이오. 그 전까지 아무 일 없어야 할 텐데."

"무슨 말이오? 만사가 순조로운데 무슨 일이야 있겠소?"

심추가 그런 그를 흘끗 쳐다보았다.

"요즘 정왕 전하께서 걱정거리가 있는 듯 내내 우울하신 것을 보지 못했소?"

"글쎄, 못 봤소. 줄곧 너무 바빠서……. 전하께서 무슨 일로 우울해하시오?"

"알면 내가 채 형을 찾아왔겠소?"

심추가 짧고 굵은 눈썹을 찡그렸다.

"조정이 평안하고 국경은 조용하고, 황제 폐하의 총애도 나날이 커지고 있소. 그러니 대체 무엇이 불만이신지 좀처럼 감이 오지 않소."

채전도 가만히 생각해봤지만 짚이는 데가 없었다.

"병이 나신 건 아니오?"

"이틀 전 어원(御苑)에서 남경에서 보내온 야생마를 길들이셨다 들었소. 병은 아니오."

"태자가 될 날이 가까워지니 다소 불안하신 건지도……."

심추는 묵묵히 생각에 잠겼다가 다시 말했다.

"그런 것 같지는 않소. 하지만 다짜고짜 물어볼 수도 없고……. 책봉식이 끝나면 나아질지도 모르오. 태자가 결정되었으니 며칠 안에 예왕을 처형하라는 조서가 내려올 거요. 연일 글을 올려 죄를 뉘우치고 있으니 죽음을 면해달라고 청했지만, 폐하께서 허락하지 않으셨다고 들었소."

"병사를 일으켜 모반을 했는데 어떻게 죽음을 면할 수 있단 말이오?"

채전이 고개를 저었다.

"예왕 자신도 잘 알 거요. 이런 모험을 한 이상 이기면 천하를 얻고, 지면 철저하게 무너지는 것뿐, 세 번째 길은 없소."

"그렇게 생각하면 예왕 손에 무너진 폐태자가 훨씬 낫군."

심추가 감개무량하게 말했다.

"타지에 유폐되어 금릉에는 발도 들여놓지 못하지만, 그래도 목숨은 건졌잖소. 행운과 불행이란 참 알다가도 모를 일이오."

문득 채전이 눈을 가늘게 뜨며 느리게 물었다.

"혹시 전하께서 우울하신 게 돌아가신 기왕(祁王) 때문이라면?"

심추는 화들짝 놀라, 마차 안이라는 것도 잊고 본능적으로 주위를 살폈다.

"난데없이 무슨 말이오?"

"똑같은 역모 사건이니, 이번 일로 지난 일을 떠올리는 게 이상한 일도 아니지 않소?"

채전이 의아한 듯 심추를 쳐다보았다.

"뭘 그리 긴장하시오?"

"채 형은 모르오."

심추가 한숨을 쉬었다.

"기왕 사건 때 이곳 금릉성은 피바다였소. 조정 문무대신 절반이 기왕을 비호했지만 일은 점점 더 꼬이기만 했소. 사람들이 한 무리, 두 무리 죽어나가고, 수많은 가문이 풍비박산 났소. 그 당시 어머니도 입궁하여, 한때 총애를 듬뿍 받던 신비 마마께서 죽은 뒤 겨우 하얀 비단 하나에 둘둘 말려 나가는 것을 목격하셨소. 그 후로 지금까지 아무도 기왕의 이름을 함부로 입에 올리지 못했소."

심추는 청하 군주의 아들로 종실과 가까웠다. 당시 피비린내 나는 참혹한 상황에 관해서, 지방 하급 관리였던 채전보다는 훨씬 잘 아는 그는, 겨우 몇 마디 꺼낸 것만으로도 등골이 오싹했다.

채전은 한참 멍하니 있다가, 갑자기 무거운 표정을 지으며 진지하게 말했다.

"하지만 기왕 사건을 맡은 것은 하강이 아니었소?"

심추는 움찔했다. 채전의 말뜻을 깨달은 그도 눈살을 잔뜩 찌푸렸다.

"정왕 전하께서 기왕이 역모를 했다는 것을 인정하지 않는다는 것은 누구나 아오. 그 일로 10여 년 동안 핍박을 받아 경성에 남아 계실 수도 없었소. 그런데 기왕 사건을 조사한 사람이 모반을 일으켰다면 어찌 아무 느낌도 없으시겠소?"

채전은 정색했다.

"요즘 전하께서 마음이 무거우신 것은, 십중팔구 폐하께 기왕 사건을 재조사하자고 여쭐 것인지 고민하고 계신 거요."

"절대 안 되오!"

심추는 식은땀을 뻘뻘 흘렸다.

"책봉식도 치르기 전에 폐하의 심기를 거스르면 곤란하오. 기왕 사건을 다룬 사람은 하강이지만, 최종적으로 처벌을 내린 사람은 폐하시오. 유력한 증거도 없이 재조사를 요구하면 폐하께서는 전하가 공을 세운 일로 자존망대하여 공연히 옛일을 들먹인다고 생각하실 거요. 폐하께서 가장 싫어하는 것이 어떤 건지 채 대인도 잘 알지 않소? 바로 고의로 황제의 위엄을 깎아내리는 거요! 기왕 역모 사건을 재조사하는 것은 당시 폐하께서 큰 잘못을 했다는 말과 같소. 폐하께서는 절대 용납하지 않으실 거요!"

"하지만……."

채전은 꿋꿋했다.

"하강이 모반을 한 것을 보면 그때도 사실은……."

"어찌 아직도 모르시오?"

심추가 답답한 듯이 말했다.

"사실이 무슨 소용이오? 13년 전에는 결과에 의심을 품은 사람이 없었던 줄 아시오? 하지만 어떻게 됐소? 파직되어 경성을 떠나거나 목이 잘리거나…… 고분고분 입을 다물었소. 폐하께 기왕이 정말 모반을 했는지 아닌지는 중요하지 않을지도 모르오. 중요한 것은 기왕이 역심을 품으면 언제든지 모반을 일으킬 수 있다는 사실이었소!"

이런 의견을 처음 들은 채전은 저도 모르게 오싹 소름이 끼쳐 한동안 한마디도 못하고 심추를 쳐다보았다.

"요컨대 하강의 모반 하나만으로 지난 사건이 잘못 판결되었다고 추측하기에는 충분치 않소."

심추는 본래의 말투로 돌아왔고 표정에도 다소 힘이 빠졌다.

"정왕 전하께서도 거기까지 생각하셨기 때문에 저렇게 우울하신 것 같소."

채전은 어두운 눈빛으로 마차 덮개만 바라보다가 차가운 목소리로 말했다.

"내가 정왕 전하라면 포기하지 않을 거요."

"무슨 말이오?"

심추는 의아한 눈길로 그를 보았다.

"역심을 품기만 하면 언제든지 모반을 할 수 있다? 겨우 그것 때문에 수만 명의 목숨을 앗았단 말이오?"

채전은 말을 할수록 격분했다.

"천자의 의무는 만백성을 보살피는 것이고, 천자의 위엄은 인덕에서 나오는 것이오. 모반할 생각도 없는데 모반할까봐 의심하다니. 천자의 포용력이 겨우 그 정도인데 그 밑에 있는 신하들은 어떻겠소? 정왕 전하께서 기왕 사건을 재조사하려는 이유가 형제간의 정이 워낙 깊어 그런 줄만 알았는데, 심 대인의 말을 듣고 보니 사실은……."

"자자, 거기까지."

심추가 친구의 말을 막았다.

"내 말은 못 들은 걸로 해주시오. 채 형마저 이렇게 화내는 것을 보니 전하의 마음이 더욱 이해가 되는구려. 하지만 지금은 때가 아니오. 나중에…… 때가 오면 못할 이유가 어디 있겠소? 기회를 보아 전하께 경솔하게 움직이지 마시라고 충고합시다."

"충고하려면 심 형이나 하시오. 나는 안 하겠소."

"좋소. 채 형은 맡은 대로 강직한 신하 역할이나 하시오. 미꾸라지 같은 나 혼자 가서 충고할 테니."

심추는 토라진 듯 말했지만 생각해보니 좋은 방법이 아닌 것 같았다.

"아무래도 내가 가는 건 적절치 않소. 소 선생께 충고해달라고 해야겠군. 전하를 따라 봄 사냥에 갔고 반란을 함께 겪지 않았소. 정왕부 사람에게 들으니 전하께서 더욱 극진히 대하신다는구려. 언변도 좋으니 소 선생이 나서서 말리면 전하께서도 분명 들으실 거요."

채전도 속으로는 심추의 생각이 시의적절하다고 생각했기 때문에, 잠시 뻣뻣하게 굴었지만 결국에는 고개를 끄덕였다.

마침 그들이 탄 마차는 지난날 예왕부를 지나고 있었다. 망사를 친 창을 통해 보니, 위풍당당하던 친왕의 저택이 먼지투성이가 되어 있었다. 두 상서는 방금 나눈 토론을 떠올리며 변화무쌍한 세상사에 저도 모르게 서로를 바라보며 장탄식했다.

몽지와 심추, 채전이 큰길에서 만난 그 경박한 공자는, 말할 것도 없이 비류가 입에 담기도 싫어하는 린신 형이었다. 미인을 쫓아간 그는 하늘이 캄캄해질 때까지 모습을 드러내지 않았지만, 매장소는 방 한구석에서 얼굴을 굳히고 웅크려 앉은 비류를 보자마자 알겠다는 듯 려강에게 말했다.

"린신이 도착한 모양이네."

이렇게 해서 저택의 집사는 서둘러 객실 하나를 정리했다. 옆에 있던 견평이 투덜거렸다.

"종주께서 기다리시는 것을 알면서 왜 곧바로 오지 않는다지?"

"그야 종주 대인께서는 늘 이곳에 계시지만 어여쁜 낭자는 금방 달아나버리거든."

하늘에서 이런 말소리가 들려왔다. 촛불에 그림자가 어른거리나 싶더니 날씬한 그림자가 창문 밖에 나타나 접선(摺扇)을 멋들어지게 살랑살랑 흔들었다.

"종주께선 환자가 있는 남쪽 방에 계십니다. 어서 가보십시오."

견평이 창가로 달려가며 외쳤다.

"길 아주머니께 달걀죽 한 그릇 만들어달라고 해주게. 아직 저녁도 못 먹었거든."

뒷말이 점점 흐려지다가 남쪽으로 사라졌다.

매장소는 섭봉의 침대 앞에 앉아 있었고, 위쟁도 함께 있었다. 린신이 들어오자 매장소는 고개조차 돌리지 않고 미소를 지으며 말했다.

"섭봉 형님, 별 솜씨도 없는 시골 의원이 왔습니다. 진맥을 해보고 무슨 말을 지껄이는지 들어보시지요."

"너무하는군. 자네 편지 한 장에 남초에서부터 다리가 부러져라 달려왔는데, 대우가 왜 이래?"

린신이 양팔을 축 늘어뜨리며 한숨을 쉬었다.

"운남을 지날 때 따라오겠다고 울고불고 매달리는 섭탁을 떼어 놓느라 얼마나 힘들었는지 아나? 오늘만 해도 그래. 여태 일하느라 쫄쫄 굶었다고."

"아직 배고픈가?"

매장소가 웃으며 물었다.

"그거 잘됐군. 어서 진맥하게. 진맥부터 하지 않으면 밥도 없네."

"독하군. 참 독해."

린신은 어쩔 수 없이 침대로 다가가 그의 손목을 잡았다. 하지만 맥을 제대로 짚어보기도 전에 손목이 쑥 빠져나갔다.

"내가 아니라 이분일세."

"자네도 진맥해봐야 해."

린신이 몸을 숙이고 그를 자세히 살폈다.

"보아하니 안 의원이 고생깨나 했겠군."

매장소가 손을 뻗어 린신을 끌어당겨 앉혔다.

"이보시오, 린 공자, 장난은 그만하고 환자부터 봐주시오."

린신이 활짝 웃으며 섭봉의 소매를 걷고 왼쪽 손목을 잡았다. 짧은 진맥이 끝나자, 이번에는 손톱과 귀 뒤쪽, 눈의 흰자위, 혓바닥 등을 꼼꼼히 살핀 후 가볍게 한숨을 쉬며 매장소에게 따라나오라는 눈짓을 했다.

"어떤가?"

"모습은 끔찍하지만 독이 겨우 3단계이니 심각하지는 않네."

매장소는 곁눈질로 그를 살폈다.

"자네도 이런 독을 해독해본 적은 없잖나? 정말 할 수 있겠나?"

"허 참."

린신이 눈썹을 치켰다.

"못 믿을 거면 왜 불렀나?"

"각주님을 찾을 수 있었다면 누군들 좋아서 자넬 불렀겠나?"

매장소가 고개를 돌리고 물었다.

"안 그러니, 비류?"

방구석에 웅크리고 있던 소년이 힘껏 고개를 끄덕였다.

린신이 웃음을 터뜨렸다.

"그래, 그래, 인정하지. 독이 자네만큼 심각했다면 나도 감당 못해. 하지만 저 사람 정도라면 아무 문제없다고. 그런데…… 자네도 알다시피…… 어떤 치료 방법을 선택할 것인지는 당사자에게 정확히 알려주고 직접 선택하게 해야 하네."

매장소는 피곤한 듯 눈을 감으며 가벼운 목소리로 대답했다.

"그럼 내일 이야기하세. 내일 환자의 부인도 올 테니 부부가 함께 상의하라고 해야겠군."

린신은 그를 뚫어져라 보며 무슨 말인가 하려 했지만, 결국 어깨를 으쓱하면서 화제를 돌렸다.

"오는 길에 선물을 가져왔네. 비류가 말 안 했나?"

매장소는 천천히 눈을 뜨고 눈썹을 살짝 치켜세웠다.

"역시 그랬군. 비류! 말 안 들으면 멍석에 둘둘 말아 나무통에 집어넣고 산꼭대기에서 돌돌 굴려……."

"됐네."

매장소가 짜증스레 그를 팔꿈치로 쿡 찔렀다.

"그만 놀리게. 뭘 갖고 왔기에 이리 뜸을 들이나?"

"하하하."

린신은 두 손으로 선물을 바치는 자세를 취했다.

"미인!"

매장소는 곧바로 돌아서서 뜰로 걸어갔다. 린신이 쫓아오며 말했다.

"보통 미인이 아니야. 자네도 아는 사람이라고!"

여기까지 말했을 때 방에서 살그머니 걸어나오는 궁우가 시야에 들어왔다. 이쪽 동정을 살피려는 그녀를 보자, 린신은 큰 소리로 웃어댔다.

"긴장할 것 없어, 궁우. 그 여자가 아무리 예뻐도 너하곤 비교가 안 돼. 장소가 그 미인에게 관심을 갖더라도 다른 이유 때문이라고."

그 말에 매장소도 짚이는 데가 있어 걸음을 멈추고 돌아보았다.

"진반약을 잡았나?"

"미인을 두고 '잡았나'가 뭔가?"

린신이 불만스레 대꾸했다.

"운남을 벗어났을 때 알아서 내 그물로 뛰어들기에, 부드럽게 받아주고 여기까지 모셔왔다네."

"하강의 행방을 알던가?"

"본래는 하강과 함께 달아났는데, 도중에 하강이 짐스럽다며 버리고 혼자 가버렸다는군. 어디로 갔는지는 진반약도 모르더군. 하지만 국경이 봉쇄됐으니 하강이 아무리 날고 기어도 천라지망을 벗어나진 못할 거야. 나도 실마리를 찾은 게 있어서 조사하라고 사람을 보냈지."

매장소는 가만히 생각에 잠겼다가 한참 후에야 '알겠네' 하고 대답했다.

"잠소."

린신이 그에게 몸을 기울이며 장난 반 진담 반으로 물었다.

"진짜 궁금한데, 정왕이 집권하면 활족을 어쩔 셈인가? 솔직히 진반약은 그들 중 하나일 뿐이야. 활족 중에 나라를 되찾고 싶어 하는 사람이 있다는 건 부인하지 못할 거야. 그들 입장에서는 그게 정의니까. 안 그런가?"

매장소는 냉소를 지으며 뼈가 시릴 정도로 차갑게 말했다.

"나라를 되찾겠다는 의지에는 감탄하네. 하지만 그런 이유로 봐주지는 않을 걸세. 아버지께서 활족을 멸하신 것은 당시 상황이 그랬기 때문이니 활족과 옳고 그름을 따질 생각은 없네. 다만 지금 우리 대량에는 활족처럼 멸망한 민족도 있고 야진 같은 속국도 있네. 이웃의 큰 나라들도 똑같은 문제를 안고 있어. 남초는 올해 면을 평정하고 있네만, 이게 벌써 몇 번째인가? 정왕이 집권하면 이 문제도 손을 봐야겠지. 황제로서의 삶이 편안하진 않을 걸세."

"참 생각도 많아."

린신은 고개를 설레설레 저었다.

"아버지께서 자네에게 당부하신 말씀을 귓등으로 흘려버렸나 보군. 나도 모르겠네. 가서 밥이나 먹어야지. 배고파 죽겠는데, 길 아주머니는 죽을 끓이러 밭에 나갔나? 왜 아직도 가져오지 않는 거야?"

마지막 한마디를 특히 소리 높여 외치자, 곧이어 목청 좋은 대답 소리가 들려왔다.

"안방에 갖다 놨어요! 직접 가져가 드시라고요!"

그 말에 린신은 얼굴이 환해져 신나게 달려갔다. 그제야 궁우가 천천히 다가와 나지막이 말했다.

"종주, 몽 통령께서 준비를 끝내셨어요. 내일부터는 잠시 떠나 있어야겠군요. 감옥에 있는 동안 실수하지 않도록 조심할 테니 부디 안심하세요."

매장소는 고개를 끄덕이고 담담하게 말했다.

"네가 하는 일이라면 언제든 안심이다. 일찍 쉬어라."

이 짧은 대답을 끝으로, 그는 곧장 돌아서서 섭봉의 방으로 가 버렸다.

궁우는 뜰에 홀로 남아 한참 동안 멍하니 서 있었다. 밤이슬이 구름 같은 머리를 축축하게 적시는데도 그녀는 여전히 꼼짝하지 않았다. 배불리 먹은 린신이 복도로 나와 가만히 궁우를 보다가 말했다.

"궁우, 연주나 해줘."

아리따운 여인의 별 같은 눈동자가 부드럽게 흔들렸다. 그 속에서 촉촉한 빛이 반짝이는 것 같았다. 달빛 속에서 궁우가 고개를 숙이고 방으로 들어갔다. 잠시 후 은은한 금 소리가 울리기 시작했다. 고요한 밤에 울리는 애절하고 자연스러운 곡조는 별난 데는 없지만, 꽃이 질 때의 허망함과 함께 끝없는 그리움을 불러일으켰다. 하지만 섭봉의 방문과 창문은 굳게 닫혀 끝내 열리지 않았다.

이튿날 아침 일찍 궁우는 몽지가 시킨 대로 변장을 하고 나섰다. 저택 사람들은 초조하거나 혹은 한가롭게 결과를 기다렸다. 정오가 가까워지자 마차 한 대가 뒷문으로 들어왔다. 마차가 멈추자, 몽지가 먼저 뛰어내린 다음 안으로 손을 내밀었다. 하지만 하동은 그의 부축이 필요 없었다. 그녀는 끌채를 잡지도 않고 알아서 마차에서 내렸다. 지난날 그대로 굳세고 꼿꼿했으며 지친 기색은 전혀 없었다.

려강이 그들을 안채로 안내해 하동이 변장을 씻어내도록 했다. 그 후 매장소가 직접 나와 그녀와 함께 남쪽 방으로 갔다. 섭봉은 창가 긴 의자에 앉아 햇볕을 쬐고 있었다. 하동이 들어가자 그는 황급히 머리를 감싸 쥐며 그녀를 보지 않으려 했다. 위쟁이 그를 붙잡고 나지막이 위로했지만, 섭봉이 여전히 꼼짝도 하지 않자 어쩔 수 없는 표정으로 하동을 향해 쓴웃음을 지었다.

그러나 하동은 위쟁의 행동에는 전혀 신경 쓰지 않았다. 처음 들어왔을 때부터 그녀의 시선은 의자에 앉은 사람의 몸에서 떠나지 않기 때문이다. 겉모습만 보아서는 도무지 사람이라고 할 수가 없었다. 몸과 얼굴을 뒤덮은 하얀 털, 퉁퉁 부은 몸, 벌벌 떨며 웅크린 자세. 어느 것 하나 풍운을 마음대로 부릴 것처럼 용맹하고 호기롭던 남편이 아니었다.

하지만 살아 있었다. 13년 전 그녀 앞에 놓였던 망가진 유골에 비해, 지금 눈앞에 있는 그는 최소한 살아 있었다.

하동의 눈에서는 눈물이 뚝뚝 떨어졌지만 입술에는 미소가 어렸다. 그녀는 섭봉 곁으로 다가가 몸을 숙이고 아무 말 없이 그를 품에 꼭 끌어안았다. 그 순간 그녀는 의심할 생각도, 손목에 찬 팔찌를 확인할 생각도 없었다. 어쩌면 몽지에게 설명을 듣는 순간 이미 그 좋은 소식을 믿어버렸는지도 모른다.

소리 없는 포옹, 뜨거운 눈물, 가슴속에서 쿵쿵거리는 심장, 그리고 잃은 줄 알았던 것을 되찾은 놀라움. 이 모든 것 때문에 하동은 어질어질했다. 그녀는 어지러움을 이기지 못해 눈을 감고 차마 다시 뜨지 못했다.

한참이 지나서야 누군가 헛기침을 했다.

"섭 장군, 섭 부인, 분위기를 깨려는 건 아니지만…… 앞으로 재회의 기쁨을 누릴 시간은 많습니다. 지금은 화한독에 관한 이별 솜씨 없는 시골 의원의 이야기를 좀 들어보심이 어떠실지?"

하동은 정신을 차리고 품에 안은 남편을 천천히 놓아줬다. 위쟁이 의자를 가져와 두 사람을 나란히 앉게 해주었다. 몽지도 가까이에 자리를 잡았고, 매장소만 방 한구석에 앉았다.

"화한독은 천하제일의 신비한 독입니다. 신비하다는 것은 이 독이 목숨을 해칠 수도, 구할 수도 있고, 나아가 지옥에 떨어진 것처럼 고통스럽게 만들 수도 있기 때문이죠."

린신은 차분한 어조로 흥미진진하게 이야기를 늘어놓았다.

"지난날 섭 장군께서는 온몸에 화상을 입었습니다. 불기운이 심장까지 침범해 살아날 수 없는 상태였죠. 하지만 우연히 눈 속에 떨어졌고, 설개충(雪蚧蟲)에 전신을 물려 겨우 살아난 겁니다. 설개충은 매령 부근에만 서식하는데, 절혼곡에서 절벽 하나만 넘으면 매령의 북쪽 골짜기이니 그곳에도 조금 있었던 거죠. 설개충은 탄 고기를 먹고 독소를 뿜어냅니다. 차가운 기운으로 불기운을 누르면서 새로운 독이 만들어지는데, 그게 바로 화한독이죠."

무덤덤한 말투였지만, 화한독의 신비함과 무시무시함은 모두 알 수 있었다. 하동이 온몸을 바르르 떤 것은 물론, 몽지마저 안색이 변했다.

"화한독에 중독되면 골격이 바뀌고, 살이 붓고, 온몸에 하얀 털이 납니다. 게다가 혀까지 굳어 말을 할 수가 없죠. 매일 몇 차례씩 독이 발작하는데, 피를 마셔야 진정됩니다. 사람의 피가 최고지요. 그 독 때문에 목숨을 구한 셈이고 발작하지 않을 땐 본래 체력도 유지할 수 있지만, 그래도 그 고통이란…… 차라리 죽는 게 나을지도 모릅니다."

린신은 연민이 가득 담긴 눈으로 섭봉을 바라보았다.

"섭 장군이 지금껏 버티신 것을 보면 심지가 얼마나 굳은지 알 수 있지요. 참으로 탄복해 마지않습니다."

"해독할 수 있소?"

하동이 남편의 손을 꽉 쥐며 다급히 물었다.

"물론이지요."

린신이 시원시원하게 대꾸했다.

"방법은 두 가지입니다. 완전히 해독하는 것과 불완전하게 해독하는 것. 둘 중 하나를 선택하셔야 합니다."

"당연히 완전히 해독해야 하오."

하동이 추호의 망설임도 없이 대답했다.

린신은 그녀를 가만히 보다가 가볍게 한숨을 쉬었다.

"섭 부인, 두 방법의 차이를 다 들으신 다음 선택하시는 게 어떨까 싶군요."

화한독

—

60

—

린신의 말 속에 담긴 의미에 하동은 가슴이 철렁하여 저도 모르게 섭봉의 손을 더욱 힘주어 잡았다.

"화한독을 제거하는 과정은 무척 고통스럽습니다. 간단히 말해 피부를 벗겨내고 뼈를 깎는 큰 고통이 따르지요."

린신이 섭봉을 바라보며 말을 이었다.

"섭 장군은 철한이시니 당연히 그 정도 고통은 참아내시겠죠. 하지만…… 완전히 해독하려면 뼈를 부수고 그 속에 스민 화독과 한독을 뽑아내야 하고, 뼈와 살이 되살아날 동안 최소한 1년은 자리보전을 해야 합니다. 이 방법의 장점은 보통 사람 같은 얼굴이 되고 혀도 풀려 정상적으로 말을 할 수 있다는 거죠. 단, 본래 모습과는 아주 다릅니다."

"상관없소."

하동이 안도의 숨을 내쉬었다.

"모습이 변하는 것은 큰일도 아니오."

"아직 말이 끝나지 않았습니다."

린신이 눈을 내리떴다.

"뼈를 부수고 독을 제거하면 몸이 크게 상합니다. 내공을 잃고 다시는 무공을 할 수 없죠. 게다가 자주 병치레를 하고 시시때때로 풍한이 듭니다. 보통 사람처럼 천수를 누릴 수도 없지요."

하동의 입술이 바르르 떨렸고, 몽지는 벌떡 일어나며 큰 소리로 외쳤다.

"뭐라고?"

"사람의 몸이란 한계가 있죠. 화한독을 철저히 뿌리 뽑는다는 건 목숨과 맞바꾼다는 뜻이지요. 하지만 그 후에 몸보신을 잘하면 마흔 살까지는 무리 없이……."

몽지의 안색이 새까맣다 못해 퍼레졌다. 그는 마치 원수라도 대하듯 번쩍이는 두 눈으로 매장소를 죽일 듯이 노려보았다.

이상한 분위기를 깨달은 하동이 물었다.

"몽 대인, 무슨 일입니까?"

"무슨 일이냐고?"

몽지는 거친 숨을 몰아쉬며 위쟁에게로 시선을 옮겼다.

"자네…… 그리고 섭탁까지…… 곁을 지키면서 대체 뭘 했나? 이렇게 제멋대로 굴도록 내버려뒀단 말인가?"

위쟁은 온 힘을 다해 눈물을 참았다. 얼굴이 일그러지다 못해 뒤틀릴 정도였지만, 몽지의 질책에는 한마디 변명도 하지 않았다.

"형님……."

매장소가 나지막이 그를 불렀다.

"아직도 할 말이 있나?"

몽지가 노기 등등하게 소리를 질렀다.

"몸이 허약해져 요양만 잘하면 괜찮다고 한 사람이 누구였나? 그런데도 경성에 와서 이 일 저 일 신경 쓰며 몸을 학대하고 있었어? 자네 목숨이니 자네는 어찌 되든 상관없을지 몰라도, 우리는…… 우리는……."

이렇게 소리치고 나자 쇳덩이 같은 사내대장부도 결국 목이 메고 눈에는 벌겋게 핏발이 섰다.

린신이 표정 없이 그를 바라보며 무심하게 말했다.

"욕해도 소용없습니다. 어쩌나 주관이 뚜렷한 사람인지, 위쟁은 말할 것도 없고 몽 통령인들 만류할 수 있었을 것 같습니까?"

"쓸데없는 소리 말게."

매장소가 싸늘하게 린신을 노려보았다.

"자네 할 말이나 계속해."

"그러지."

린신은 심호흡을 한 후 말했다.

"이젠 불완전한 해독에 관해 말씀드리죠. 이 방법도 원리는 크게 다르지 않습니다. 다만 독성을 억눌러 몸에 피해를 주지 않게 만드는 거죠. 해독이 되면 지금처럼 발작하지도 않고 피를 마실 필요도 없습니다. 무인의 몸으로 돌아갈 수는 없지만 보통 사람만큼은 되고 천수도 누릴 수 있습니다. 하지만 털은 사라지지 않습니다. 굳은 혀도 그대로여서 말을 제대로 할 수 없고요."

매장소가 다급히 물었다.

"독성이 가벼우니 간단한 단어 정도는 할 수 있지 않겠나?"

"노력해보지. 하지만 보통 사람들처럼 말하는 건 불가능해."

"외모는?"

"물론 지금보다는 좋아지겠지."

멍하니 듣고 난 하동이 천천히 고개를 돌려 남편을 응시했다. 시선이 마주치자 가슴속에 물결치던 복잡한 감정도 눈빛을 통해 서로의 마음으로 전해졌다. 서로 의지하며 오래오래 살기 위해서는 완벽할 수 없다는 것을 두 사람 모두 알고 있었다.

"지금의 모습이라도 나는 괜찮아요."

하동이 미소를 지으며 섭봉의 얼굴에 난 털을 쓰다듬었다.

"서방님, 오래 함께할 수 있도록 서방님이 좀 참아주세요, 네?"

매장소는 부드러운 눈길로 서로 기대앉은 부부를 바라보며 길게 탄식하고는 린신에게 말했다.

"결정을 했으니 어서 준비하게. 자네가 가르쳐준 희양결(熙陽訣)을 비류가 열심히 익혔네. 아마 도움이 될 걸세."

"그건 이 시골 의원의 일이니 감 놔라 배 놔라 하지 말게."

린신이 고개를 들고 턱짓으로 몽지를 가리켰다.

"자네 일은 저쪽이야. 계속 저렇게 노려보게 놔둘 텐가?"

그때 섭봉이 뭐라고 소리를 지르며 초조한 듯 일어나 매장소의 어깨를 잡고 가볍게 흔들었다. 하동이 영문을 모르고 쫓아와 그를 붙잡으며 물었다.

"왜 그래요?"

매장소는 빙그레 웃으며 섭봉의 팔을 붙잡고 위로했다.

"신경 쓰지 마십시오. 제 상태는 형님과는 다릅니다. 지금은 아무렇지 않아요."

"다르긴 다르지."

린신이 싸늘하게 말했다.

"자넨 섭 장군보다 훨씬 더······."

"입 다물게!"

매장소가 몸을 홱 돌리며 화를 냈다.

"그렇게 한가하면 썩 나가 놀기나 해! 이건 자네하곤 상관없는 일이야!"

"알았어, 알았다고."

린신이 사과하듯 손을 내저었다.

"꺼져주지. 실 한 올 짊어질 힘도 없으면서 뭐든 짊어지려는 자네를 보는 게 난들 좋은 줄 아나? 자넨 이 세상에서 가장 제멋대로인 사람이라고. 알긴 아나?"

"린 공자."

위쟁이 얼굴을 찌푸린 채 린신의 팔을 잡아끌었다.

"소원수와 그만 싸우십시오. 소원수께도 고충이 있습니다."

"자네에겐 소원수일지 몰라도 내겐 아닐세. 내겐 그저 매장소일 뿐이야."

린신은 내내 미소를 짓고 있었지만 눈동자에는 웃음기가 전혀 없었다.

"내가 자네를 도운 건 친구로서 자네 염원을 이뤄주고 싶었기 때문이야. 자살을 도울 생각은 없어."

매장소는 그를 무시하고 섭봉에게 말했다.

"섭봉 형님, 그만 쉬시지요. 나가 있겠습니다."

그런 다음 매장소는 돌아서서 린신과 몽지를 바라보았다.

"나오십시오. 저쪽에 가서 이야기하지요."

린신은 어깨를 으쓱했다.

"난 할 이야기 없네. 그냥 투정 부린 것뿐이야. 내가 언제 자네에게 반항한 적 있나? 햇살이 좋으니 난 나가서 햇볕이나 쬐겠네. 내일 자네가 시킨 대로 치료를 하지."

그는 손을 탁탁 털고 유유히 밖으로 나갔다. 가는 길에 비류를 붙잡아 머리를 마구 쓰다듬으면서 끌고 나갔다.

몽지는 그렇게 한가롭지 못했다. 매장소를 따라나가는 동안 그의 얼굴은 내내 굳어 있었다. 방에 남은 세 사람은 그 분위기 때문에 한동안 침묵을 지켰다. 마침내 하동이 입을 열었다.

"위쟁…… 방금 소 선생을 뭐라고 불렀소? 소원수?"

위쟁은 고개를 숙이고 입을 꾹 다물었다.

"그대에게 소원수는 단 한 명뿐인데……."

하동이 그의 앞으로 다가가 두 눈을 똑바로 들여다보았다.

"정말 그런 거요?"

위쟁은 여전히 대답이 없었지만, 뒤에서 섭봉이 다가와 두 팔로 하동을 감싸 힘껏 끌어안았다.

"세상에……."

하동은 얼굴이 창백해지고 숨이 막혔다. 아무래도 여자이기 때문에 그녀가 가장 먼저 떠올린 것은 남자들과는 확실히 달랐다.

"그럼…… 예황 군주는……."

위쟁은 천천히 고개를 돌렸다. 당시 그는 예황 군주 문제로 섭탁을 호되게 때렸고, 임수에게 지독한 꾸중을 들었다. 하지만 지금 그런 것은 중요하지 않았다. 예전의 바람도 이제 차츰차츰 줄어들어 작디작은 하나만 남았다. 그가 바라는 것은 오직 하나, 소원수가 1년이라도 더 오래 사는 것이었다. 그 밖의 일은 가능한 한 소원수가 원하는 대로 따를 뿐이었다. 위쟁도 마음속 깊은 곳에서는 잘 알고 있었다. 그가 바라는 이 작고도 작은 한 가지야말로 사실은 가장 사치스러운 바람이라는 것을.

이 적우영 부장의 무력하고 괴로운 기분과 똑같은 사람이 한 명 더 있었다. 안채의 또 다른 방에서는 화가 난 몽지가 평화로우면서도 다소 우울한 매장소의 눈빛을 마주 보며 서 있었다. 갑자기 망연자실하고 가슴이 텅 빈 느낌이었다.

"제게 무슨 방법이 있었겠습니까?"

매장소는 조용히 그를 바라보며 무덤덤하게 말했다.

"제겐 할 일이 있습니다. 남들 같은 얼굴과 목소리가 필요했어요. 산골짜기에 들어가 편안하게 지내며 마흔 살, 쉰 살까지 살 수는 없었습니다. 형님, 제가 어떻게 해야 했을까요?"

"하지만 내게 말이라도 해줬어야지."

"미리 말씀드렸다면 제 계획대로 따르지 않으셨을 테지요."

매장소는 쓸쓸하게 웃었다.

"저를 생각하는 사람들의 마음이 때로는 짐이 됩니다. 정말 미안하지만 그렇게 할 수밖에 없었어요."

"난 자네가 정왕만 속이는 줄 알았지, 나까지 속일 줄은 몰랐네."

몽지가 벌게진 눈으로 한숨을 푹 쉬었다.

"아무것도 모르는 정왕이 훨씬 행복하겠군."

매장소가 얼굴을 찡그리며 옆에 있는 의자에 앉았다.

"경염도…… 오래 속이진 못할 겁니다. 섭봉 형님이 살아 계신 줄 몰랐으나 이제 살아 오셨으니 본래 자리를 찾아야지요. 그건 저도 속일 수가 없습니다. 하지만 털북숭이 환자가 섭봉 형님이라는 것을 경염이 알게 되면 제 신분도 더는 숨길 수 없겠지요."

"며칠 전에 내가 정왕에게 말하라고 했을 때도 자넨 화를 냈지. 손바닥으로 하늘을 가릴 수는 없는 거야. 설사 정왕이 섭봉을 알아보지 못했다 해도 전혀 의심하지 않는다고는 장담할 수 없네."

"속일 수 있을 때까지는 속여야지요."

매장소가 낮은 목소리로 말했다.

"아직 태자 책봉식도 치르지 않았고, 적염군 사건도 뒤집지 못했습니다. 여전히 할 일이 많아요. 일단 태자 책봉부터 받고, 그다음 정 귀비마마를 통해 중서령 류징의 손녀를 태자비로 삼아달라고 폐하께 청을 드려야지요. 중서령은 문신들의 수장이니 조정의 기강을 바로잡는 능력은 아무도 따르지 못합니다. 이 혼사 덕분에 정왕은 조정에서 더욱 순조롭게 일할 수 있을 겁니다."

"소수……."

"그러니 지금은."

매장소는 단호하게 그의 말을 잘랐다.

"마음을 흩뜨리게 해서는 안 됩니다. 전 반드시 경염이 태자의 면복(冕服)을 입는 모습을 볼 겁니다. 혼례를 치르는 것도요. 그의 입장이 공고해지면 리양 장공주가 가진 자백서를 이용해 지난 사건을 들춰내야겠지요. 지금 황제가 재위할 때 재조사하지 못하면, 후세 사람들은 정왕이 기왕과의 옛정 때문에 사심이 있어서라고 지탄할 겁니다. 제가 바라는 건 오점 하나 없는 결백입니다. 반드시 철저하게 결백을 증명해내야 합니다. 몸속에 있던 화한독을 빼낼 때처럼, 아무리 아프고 힘들어도 그래야 합니다. 형님, 이제 거의 다 왔습니다. 계속 가게 해주세요."

몽지는 감정이 격해지고 눈시울이 빨개졌다. 린신의 말대로였다. 아무리 화가 나고 답답해도 지금 눈앞에 있는 이 사람을 누가 꺾을 것인가.

"형님, 그렇게 슬퍼하실 것 없습니다. 지금 당장 죽는 것도 아니니까요."

매장소가 말투를 누그러뜨리며 아무도 저항할 수 없는 미소를 지었다.

"약속드리죠. 적염군이 복권되면 모든 것을 내려놓고 푹 쉬겠습니다. 반드시 마흔 살까지는 살겠어요."

몽지는 어쩔 수 없이 팔을 축 늘어뜨리고 타박했다.

"자네 목숨이니 자네가 알아서 하게. 하지만 정왕도 언젠가는 알게 될 텐데 미리 알려주는 것이 낫지 않겠나? 자네가 밤낮 몸을 혹사하는 동안 멋들어지게 책봉식과 혼례를 올리고 있었다는 것을 알았을 때 정왕의 기분이 어떨지 생각이나 해봤나?"

정곡을 찔렸는지 매장소의 얼굴이 하얗게 질렸다. 그는 심장이 갈기갈기 찢기는 것처럼 괴로워 한동안 아무 말도 하지 못했다. 섭봉의 출현으로 예상하던 대로 끝까지 속일 수 없게 되었다. 하지만 그는 소경염의 성격을 누구보다 잘 알았다. 진실이 드러나는 순간 그 절친한 친구가 얼마나 자책할지, 굳이 상상하지 않아도 알 수 있었다.

"그렇다고 너무 염려하진 말게."

그의 어두운 표정을 보자 몽지는 말을 꺼낸 것을 후회하며 위로했다.

"그 엄청난 판결을 뒤집고 기왕과 적염군의 누명을 벗기기 위해서는 힘든 일은 감수해야 하지 않겠나? 정왕은 의지력이 강한 남자일세. 그 정도 슬픔은 견뎌야지. 벌써부터 그런 걱정을 하는 건 정왕을 얕보는 처사야."

매장소는 몽지의 호의를 깨닫고 억지로 웃어 보였다.

"그건 그렇군요. 사실 예전에도 경염은 저를 많이 보호해줬지요. 인내심 많고 힘든 일도 피하지 않는 성격이니, 앞으로도 전 계속 경염의 보호를 받아야겠지요."

몽지가 퉁명스레 대꾸했다.

"흥, 자네가 정말 보호를 바란다면 우리야 고맙지. 어쨌거나 명심하게. 또다시 이렇게 제멋대로 행동하면, 나도 더 이상 자네가 시킨 대로 정왕을 속이지 않을 걸세."

"알겠습니다. 금군통령께서는 제게 기사(騎射)를 가르쳐준 스승이신데 어찌 감히 그 명을 어기겠습니까?"

매장소는 여전히 마음이 어지러웠지만 몽지를 걱정시키지 않으려고 애써 환하게 웃으며 가벼운 목소리로 말했다.

"린신은 무시하십시오. 본래 쓸데없는 말을 좋아하는 친구니까요. 비류가 그렇게 싫어하는 것을 보면 어떤 사람인지 짐작이 가실 겁니다."

"이봐."

창밖에서 누군가 불쑥 끼어들었다.

"비류가 날 싫어하다니? 그건 존경이라고, 존경."

몽지는 섬뜩했다. 누군가 이렇게 가까이 와 있는데 전혀 몰랐다니 소름 끼치지 않을 수 없었다.

"놀라실 것 없어요."

매장소가 그의 마음을 읽은 듯 웃으며 말했다.

"린신은 저런 잡기(雜技)에 능해요. 제대로 싸우면 절대 형님을 이기지 못합니다."

그 말이 떨어지기 무섭게 창문이 홱 열렸다. 창밖에는 린신이 팔짱을 끼고 사악한 미소를 지으며 서 있었다.

"밤이 늦었으니 일찍 자라는 시골 의원의 말씀이시네. 통령께서도 내일 다시 오시죠?"

모래시계를 돌아본 몽지도 시간이 늦었다는 것을 알고 재빨리 작별했다.

"이만 갈 테니 자넨 푹 쉬게. 장난으로 한 말 아닐세."

매장소가 웃으며 그를 문밖까지 배웅했다. 금군통령의 모습이 멀리 사라진 후 린신이 어슬렁어슬렁 걸어왔다.

"결국 자네에게 넘어갔군. 뭐, 놀랄 일도 아니지. 우리 아버지조차 자넬 이기지 못했는데 저들이라고 다르겠나?"

"린신."

매장소는 웃음을 거두고 어두컴컴한 밖을 바라보며 나지막이 말했다.

"지금 기분이 썩 좋지 않아."

"알지."

린신의 말투는 여전히 가벼웠다.

"나도 이렇게 화를 낸 건 참 오랜만이군."

매장소가 몸을 돌렸다. 눈동자에서 희미한 광채가 반짝였다.

"도와주게. 최소한 1년은 더 필요해."

"그럼 자네부터 힘을 내라고."

린신의 표정은 전에 없이 엄숙했다.

"정왕에게 알리고 싶지 않은 이유도 자기 몸에 자신이 없어서
가 아닌가?"

"그건 어쩔 수 없는 일이야. 내가 살아 있기만 하면 경염이 진
실을 알고 나서 격분해도 달랠 방법이 있네. 하지만 지금은 언제
쓰러질지 나 자신조차 모르겠네. 정 귀비마마는 구중궁궐에 계신
데 누가 그를 말릴 수 있겠나?"

이렇게 말하는 매장소의 표정은 몹시 차분해서 단단히 결심이
선 것 같았다.

"지금 상황은 아직 완벽하지 않네. 그동안 심혈을 기울여 계책을
짜냈는데, 최후의 순간 나 자신이 패배를 부르는 변수가 되는 것은
원치 않네. 그러니…… 미안하지만 경염을 속이는 수밖에……."

"몽지가 말한 대로 정왕은 정왕 나름대로 짊어져야 할 것이 있
고, 그 정도도 견디지 못할 약골은 아니야. 자넨 자네 생각대로 하
면 되네. 미안할 것이 뭐 있나? 솔직히 말해서, 적염군의 누명을
벗기는 건 자네 혼자만의 일도, 혼자만의 책임도 아닐세. 자네 혼
자 그 일에 지나치게 집착하느라 그렇게 피곤한 거야."

매장소는 울적하게 한숨을 쉬며 고개를 끄덕였다.

"그걸 내가 왜 모르겠나. 억제하기 어려워서 그런 거지. 천신만
고 끝에 여기까지 왔네. 이제 경염이 동궁에 들어가 혼례를 올리
고, 감국이 되어 조정을 장악하고, 사옥의 죽음이 경성에 전해지
고, 하강이 체포되어 폐하께서 어쩔 수 없이 재심을 허락하기만을
기다리면 되네. 경염에게 필요한 건 힘써 일하는 것이지만, 내게
가장 필요한 건 시간이야."

"하지만 정왕이 자네 때문에 서두르는 건 원치 않겠지, 안 그런가?"

린신이 날카롭게 솟은 눈썹을 치키며 자신만만하게 웃었다.

"안심하게. 내가 있잖나. 훗날 새 조정이 들어서면 자네 위세를 등에 업고 떵떵거리며 살 생각이거든. 그러니 그리 쉽게 죽도록 내버려둘 리가 있겠나?"

매장소는 피식 웃으며 고개를 끄덕였다.

"그렇군. 자네의 수고에 미리 감사하네."

순간 린신의 두 눈에서 빛이 번쩍였다.

"그렇게 고마우면 비류를 넘겨!"

매장소는 즉각 대꾸했다.

"꿈 깨시지. 어림도 없네."

말을 마친 그가 홱 돌아서자, 언제 왔는지 비류가 나타나 감격한 얼굴로 형의 품에 뛰어들었다.

"허, 저런 양심도 없는 녀석. 널 치료해준 사람이 누군데? 자, 같이 산책이나 가자!"

린신이 히죽거리며 비류를 매장소의 품에서 억지로 떼어내 끌다시피 밖으로 데려갔다.

매장소는 미소를 지으며 멀어지는 두 사람의 모습을 바라보았다. 그러나 돌아서는 순간 얼굴이 새하얘지면서 가슴을 움켜쥐고 허리를 숙였다. 눈앞이 새까매지더니 그는 그 자리에서 앞으로 고꾸라졌다.

물론 바닥에 쓰러진 것은 아니었다. 때맞춰 누군가 달려와 그를 부축하며 등과 가슴을 쓸어주었다. 현기증은 갑작스레 찾아왔다가 갑작스레 사라졌다. 숨을 몇 번 고르자 통증은 사라지고 눈앞이 점점 맑아졌다. 고개를 들어보니 수염이 허연 안 의원이 보였다. 매장소는 본능적으로 귀를 막으며 미안한 웃음을 지어 보였다. 하지만 늙은 의원은 이번에는 잔소리를 하지 않았다. 그저 어두운 얼굴로 한참 동안 환자를 노려보다가 한숨을 쉬며 말했다.

"들어가세."

6월 16일, 태자 책봉식이 거행되었다. 이른 아침부터 궁궐에는 깃발이 펄럭이고 의장(儀仗)이 삼엄하게 늘어섰다. 다만 국상 중이었기에 규모를 줄이고 음악도 금했다. 봉천전(奉天殿) 앞에 모인 문무백관의 시선을 받으며, 소경염은 태자의 면복을 입고 예부 관리의 안내를 받아 궁문을 지나 계단을 올랐다. 여기서부터는 내찬관(內贊官)이 그를 용좌 앞으로 인도했다. 보책관(寶册官)이 태자를 세우는 조서를 발표하자, 황제는 태자의 인장을 중서령에게 넘겼고, 중서령이 계단을 내려와 새로운 태자에게 바쳤다. 태자는 인장을 받은 후 동궁의 관리인에게 넘긴 다음 네 번 절하며 감사했다. 의례가 끝나자 새로운 태자는 자리에 앉아 문무백관의 하례를 받고, 내궁으로 들어가 귀비에게 절했다. 오후에는 황제가 후계자를 데리고 태묘에 행차하여 조상들에게 고하고, 이어 길을 가면서 백성들의 인사를 받았다. 실로 장엄한 모습이었다.

소경염은 용맹한 기운이 넘치는 청년이었다. 부지런히 훈련한 덕에 곧고 훤칠한 몸은 무척 튼튼하고 보기 좋아서, 음침한 기질이 있던 예전 태자와 다소 교활해 보이는 예왕과는 느낌이 달랐다. 그가 정식으로 관복을 차려입으면 평상복이나 갑옷 차림과는 확연히 달랐다. 마치 몸속에 자리한 귀티와 오랫동안 억눌러온 위엄이 자연히 드러나는 것 같아 보기만 해도 경외심이 솟았다.

책봉식 말미에 황제는 천하에 대사면령을 내리고 태자의 부축을 받아 봉천루를 내려갔다. 황제 자신은 느끼지 못하겠지만, 사람들의 눈에 비친 미래의 천자는 눈빛이 맑고 대쪽같이 올곧은 반면, 늙은 황제는 반백에 허리도 구부정하여 노년의 느낌이 물씬 났다. 뚜렷하게 대비되는 그들의 모습에 사람들은 저도 모르게 속으로 탄식했고, 몇몇은 다소 불경하게도 곧 새로운 조정이 들어서리라 짐작하기도 했다.

어쩌면 책봉식에서 너무 무리했기 때문인지, 황제는 태자를 세운 이튿날부터 병으로 열흘간 조회를 쉬고, 모든 정무를 태자에게 넘겨 감국을 맡겼다.

6월 30일, 내정사에서 조서를 내려 정왕비가 세상을 떠나 자리가 비었으니, 중서령 류징의 손녀를 태자비로 봉한다고 발표했다. 혼례는 7월 15일이었다.

정왕부와 매장소의 집을 연결하던 비밀 통로는 봄 사냥이 끝나고 경성으로 돌아온 지 얼마 되지 않아 봉쇄되었고, 1년간 심혈을 기울여 정왕을 도운 매장소의 노력은 흔적도 없이 사라졌다. 소경염은 내심 실망했는지, 아니면 태자가 되어 바쁜 일이 많기 때문인지, 장장 한 달이 넘도록 매장소를 찾아오지 않았다. 반면 열전영은 자주 찾아와 위쟁을 만났다.

동궁으로 옮긴 후 소경염은 예전의 태자와는 전혀 다른 방식으로 정무를 처리했다. 그는 논의를 즐겼고, 시원하고 솔직한 사람을 마음에 들어 했으며, 효율을 중요시하여 절차를 줄였다. 동시에 '새로운 정치'라든지 '혁신' 같은 말은 입에 올리지 않도록 특별히 지시하여 미묘한 균형을 꾀했다.

7월 5일은 정 귀비의 생일이어서 소경염은 아침 일찍 입궁하여 절을 올렸다. 올해는 입장이 예전과는 달랐기에 모자 단둘이서 조용히 보낼 수는 없었다. 그래서 소경염은 한 시간 정도 어머니와 보내고 중요한 종친들을 접견한 후, 내일 찾아오겠다며 물러났다.

기왕(紀王)과 언후도 찾아와 정 귀비의 생일을 축하했다. 두 사람은 궁궐 입구에서 우연히 만나 함께 들어왔다. 마침 종친 세습 직위의 감봉을 추진하던 소경염은 그들의 의견을 듣고 싶어 나오는 길에 두 사람을 동궁으로 초청했다.

종친의 감봉은 대대로 골치 아픈 문제였다. 하지만 역사가 오래된 대량은 황족이 늘어나고 촌수도 복잡해져 선례를 따르기 어려운 부분이 많았다. 황제도 고칠 마음은 있었지만 인정 때문에 건드리기 쉽지 않았는데, 새롭게 태자를 세운 지금이야말로 밀어붙일 때다 싶어 이 일을 그에게 떠넘긴 것이다.

보름 정도 방법을 강구한 끝에 대략적인 감봉 방안이 정해졌다. 기왕과 언후를 부른 것은 그들이 황실 종친들 중에서 자못 명망이 있기 때문에, 두 사람의 힘으로 불만을 잠재워 황제에게까지 여파가 미치지 않도록 하기 위해서였다. 태자의 부탁도 부탁이지만, 그런 일은 두 사람의 장기였기에 기왕과 언후는 사양하지 않았다. 그들은 곧 상의를 끝내고 한가롭게 차를 마셨다.

그때 갑자기 소식이 들려왔다. 태자가 매일같이 연검을 한다는 말을 들은 황제가 특별히 빙잠연화(氷蠶軟靴)를 하사하여, 몽 통령이 친히 가져왔다는 것이다. 소경염은 황급히 달려나가 무릎을 꿇고 상을 받았다. 몽지는 황제의 말을 전하고 노란 비단으로 싼 빙잠연화를 동궁 집사에게 건넨 다음, 무릎을 꿇고 태자에게 절했다. 소경염이 그를 부축해 일으키며 웃었다.

"통령께서 여기까지 오셨으니 이대로 보낼 수야 있겠소? 들어오시오. 마침 기왕 숙부와 언후도 계시니 같이 이야기나 합시다."

"실로 영광입니다."

몽지가 급히 두 손을 모으며 말했다.

"전하의 두터운 정에 몸 둘 바를 모르겠습니다."

전각으로 들어가 인사를 하고 앉자, 집사도 그제야 빙잠연화를 꺼내 소경염에게 보여줬다. 이 신발은 야진에서 바친 것으로, 촉감이 부드럽고 시원하면서도 가벼워 여름날 무예를 익힐 때 알맞았다. 모두 입이 마르도록 칭찬하고 나자 기왕이 웃으며 물었다.

"몽 통령, 통령은 우리 대량의 제일 고수가 아니오? 통령이 보기에 태자 전하의 무예가 랑야방에 오를 만하오?"

몽지는 그 질문에 멈칫했지만, 그가 대답하기 전에 소경염이 웃어넘겼다.

"기왕 숙부, 몽 통령을 난처하게 만들지 마십시오. 저는 군인이라 강호 고수들과는 길이 다릅니다. 저 같은 사람이 랑야방에 올라갈 만큼 강호에 사람이 없지는 않을 겁니다."

몽지가 황망히 대답했다.

"겸손하십니다, 전하. 랑야방에 오르는 것은 랑야각주의 마음에 달렸지요. 하지만 전하의 무예라면 언제든 강호에 나가셔도 충분합니다."

"솔직히 말씀드리면……."

소경염이 시선을 먼 곳으로 향하며 말했다.

"저도 종종 강호인이 되는 상상을 합니다. 마음 맞는 친구 두세 명과 산천을 떠도는 것도 인생의 즐거움이 아니겠습니까?"

언귈이 찻잔을 내려놓고 그 말을 받았다.

"전하뿐이겠습니까? 황실이나 귀족 가문에 태어난 남자아이라면 누구나, 어릴 때 강호의 전설을 듣고 협객이 되어 검 한 자루로 천하를 누비며 통쾌하게 은혜를 갚고 복수를 하는 꿈을 꾸지요."

"난 빼주시오."

기왕이 시원스레 말했다.

"강호에 나가면 고생만 할 텐데, 난 그런 걸 견딜 사람이 아니라 꿈도 꿔본 적 없소. 그저 이렇게 자유롭고 즐겁게 사는 나를 부러워하는 사람이 얼마나 많은지 아시오?"

"전하의 자유로운 품성은 아무도 따르지 못할 겁니다."

몽지가 하하 웃었다.

"허나 언후의 말씀이 맞습니다. 다른 사람은 몰라도 예진은 귀족 가문의 공자인데도 바깥을 돌아다니는 것을 좋아하잖습니까? 예진에게 듣자니, 바깥세상을 여행할 때는 구속받는 것 없이 하고 싶은 대로 할 수 있다더군요."

"그 녀석이 어디 강호인이라 할 수 있겠소."

언후가 고개를 저었다.

"그저 놀러 나가는 게지. 귀공자라는 이름 덕분에 바깥에서 무슨 짓을 해도 사람들이 양보해주는 것뿐이오. 진짜 강호 물은 한 방울도 마셔본 적 없소."

기왕이 고개를 들고 생각난 듯 말했다.

"하긴, 지난날 바깥에서 고생한 언후에 비하면 예진이 하는 것은 놀이일 뿐이지."

"이제 보니 언후께서도……"

소경염이 흥미가 인 듯 눈썹을 치켜세웠다.

"한 번도 못 들었습니다. 예진이 귀공자라는 이름만 믿고 나가 놀았다 하셨는데, 그럼 언후께선 신분을 속이고 나가셨던 겁니까?"

"허허, 그땐 우리는 어리고 철이 없었지요. 입에 올릴 일도 아닙니다."

"우리요?"

소경염은 더욱 마음이 동했다.

"다른 분도 계셨습니까?"

언궐의 눈빛이 살짝 어두워졌다. 전각 안이 순간적으로 조용해졌다. 지난날 언궐과 함께 이름을 숨기고 강호를 떠돌 만큼 친했던 사람이 누군지 말하지 않아도 알 수 있었다.

"말씀 못하실 이유가 어디 있습니까?"

소경염은 이를 악물고 차갑게 내뱉었다.

"임 원수시지요?"

반역자로 낙인찍힌 죄인을 입에 올리는 것은 부적절했지만, 전각 안의 사람들은 아무도 말이 없었다. 언궐과 몽지는 본래 임섭을 무척 존경했고, 기왕은 기왕 나름대로 적염군에 대한 생각이 있었다. 따라서 태자가 이렇게 말하자 모두 애써 피하지 않고 훨씬 편안한 표정을 지었지만, 그래도 대놓고 이야기를 할 수는 없었다. 소경염 혼자 화난 사람처럼 고집스레 이야기를 계속했다.

"언후께서는 무예를 익힌 분이 아닙니다. 임 원수께서 동행하지 않으셨다면 언 노태사께서 허락하지 않으셨겠지요? 임 원수의 무공은 우리 대량에서도 출중했습니다. 이름을 숨기셨다 해도 강호를 마음대로 종횡할 수 있으셨을 겁니다."

"모르시는 말씀입니다. 그때 우리는 채 성년이 되지 않아 강호를 종횡한다는 것은 꿈도 꾸지 못할 일이었지요. 하지만 다듬어지지 않은 젊은이들은 강호를 떠돌며 적잖이 견문을 넓혔습니다."

소경염의 태연한 태도에 영향을 받은 언궐은 차분하게 이야기를 시작했다.

"바깥세상의 민심이나 백성의 삶, 풍토 같은 것은 집 안에 틀어박혀 이야기만 들어서는 제대로 체득할 수 없지요."

"그럼 여러 곳을 다니셨겠군요?"

"유명한 곳은 거의 다녔습니다. 지금도 그때를 떠올리면 여전히 얻은 것이 무척 많다는 생각이 듭니다."

기왕이 웃으며 끼어들었다.

"그렇게 많은 곳을 다녔으니 영웅과 미인들도 만나셨겠구려?"

"강호에는 용과 범이 숨어 있고 기인들도 많지요. 그렇게 세상을 떠돌며 진심을 다해 사귄 친구도 몇 명 있긴 합니다. 하지만 미인은…… 허허, 우러러보면서도 멀리했지요."

기왕이 큰 소리로 껄껄 웃었다.

"다르군, 달라. 그 점만큼은 예진과는 다르시구려. 예진이라면 분명 미인부터 사귀고 그 다음에 친구를 만났을 텐데."

그 말에 소경염마저 피식 웃었다. 그가 다시 물었다.

"이름을 뭐라고 바꾸셨습니까? 혹시 당시 랑야방에 이름이 올랐던 건 아닙니까?"

"부끄럽습니다."

언퀄은 웃으며 손을 내저었다.

"우리는 안목을 넓히려 나간 것이지, 실력 자랑을 하러 나간 것이 아니었지요. 아무 일도 없었느냐면 꼭 그런 것도 아니지만, 가능한 한 일을 만들지 않으려고 했습니다."

기왕이 고개를 설레설레 저었다.

"솔직히 반년 넘게 밖을 떠돌다 돌아왔는데 다들 한 번도 그 이야기를 하지 않기에, 나는 전혀 재미가 없었나보다 생각했었소."

"성으로 돌아온 후 곧바로 조정 일을 해야 했으니까요. 계속 벌어지는 일을 수습하느라 어느새 강호의 일은 아득한 옛일이 되어버렸지요."

언퀄이 탄식했다.

"결론적으로 말해 강호는 우리의 보금자리가 아닙니다. 결국은 손님일 뿐이지요."

"자자, 전하께서 어떤 이름을 썼느냐고 묻지 않으시오?"

기왕이 호기심이 난 듯 다시 물었다.

"직접 가명을 지으셨소?"

"예, 다들 제멋대로 이름을 지었지요. 이 몸은 요일언(姚一言)이라는 이름을 썼습니다. 강호에선 아무도 모를 겁니다."

"언씨여서 일언이라고 지었군. 너무 막 지은 거 아니오?"

기왕이 참지 못하고 웃음을 터뜨렸다.

"가명인데 아무러면 어떻습니까? 아예 나무 이름을 쓴 사람도 있습니다."

찻잔을 들던 소경염이 그 말을 듣고 우뚝 동작을 멈추고 언퀄을 똑바로 보았다. 입을 열었지만 목이 멘 듯 아무 소리도 나오지 않았다.

"전하, 왜 그러십니까?"

언궐이 의아한 듯 물었다.

"방금…… 누가 나무 이름을 썼다 하지 않으셨소?"

소경염은 찻잔을 꽉 움켜쥐고 억지로 침을 꿀꺽 삼키며 진정하려 애썼다.

언궐도 이상한 것을 눈치 챘으나 영문을 알 수 없어 잠시 망설이다가 나지막이 대답했다.

"예, 임……."

"임 원수가 나무로 이름을 지었소?"

"그 당시 임섭 형님은 정원에서 청석에 기대 녹나무를 바라보고 계셨지요. 그래서……."

그의 말이 끝나기도 전에 소경염의 손에 있던 찻잔이 굴러떨어져 대리석 바닥에 쨍강 하고 부딪히며 산산조각 났다. 전각 안에 있던 세 사람이 깜짝 놀라 황급히 일어나며 잇달아 물었다.

"전하, 왜 그러십니까?"

"석남……."

소경염이 탁자를 짚고 천천히 일어섰다. 몸이 휘청거렸지만 몽지가 붙잡아줬다. 한순간 소경염은 귓속에서 굉음이 울리는 것 같아 아무 소리도 들을 수 없었다. 별생각 없이 넘겼던 수많은 장면이 하나둘 날카로운 칼날이 되어 차례차례 심장을 내리찍었다.

"당신은 제가 선택한 주군입니다."

"정생, 내가 구해주마."

그 사람은 이불 끝자락을 만지작거리며 생각에 잠겼고, 거리낌 없이 그의 칼을 뽑았다.

그 사람은 비밀 통로를 만들어 매일 그를 위해 심혈을 기울였고, 병을 앓으면서 어렴풋하게 속삭였다.

"경염, 걱정 마."

구중궁궐에 있는 어머니가 '절대 소 선생을 박대하지 말라'고 몇 번이고 신신당부했는데도 자각하지 못했다. 형님과 친구가 하늘에서 지켜보고 있다고 생각했을 때, 사실 그 친구는 그의 곁에서 한 걸음 한 걸음 내디딜 발판을 마련하고 있었다……

소경염은 창백한 얼굴로 우뚝 서서 심장으로 모여든 피가 다시금 돌 때까지 기다렸다. 경직되어 부들부들 떨리던 팔다리가 감각을 되찾는 순간, 그는 일언반구도 없이 다짜고짜 전각에서 달려나갔다. 마구간으로 달려간 그는 가장 가까이에 있는 말을 붙잡아 안장도 얹지 않고 올라탔다. 그리고 힘껏 배를 걷어차 궁궐 쪽으로 미친 듯이 내달렸다.

동궁의 모든 사람이 이 뜻밖의 장면에 깜짝 놀라 한동안 어떻게 해야 할지 몰랐다. 몽지 혼자 재빨리 달려나와 동궁의 호위들에게 뒤따르라고 외치면서, 말에 올라 소경염의 뒤를 바짝 쫓았다.

절친한 벗

—

61

—

때는 마침 정오였다. 7월의 뜨거운 태양이 하늘 높이 떠올라 피부가 따가울 만큼 내리쬐었다. 햇볕이 너무 강해 거리에는 사람이 많지 않았다. 상인들도 가판대를 가능한 한 처마 밑 그늘에 바짝 당겨놓아 길이 널찍하고 훤했다. 덕분에 소경염은 방해받지 않고 빠르게 내달렸다. 몽지는 한참을 힘써 달린 후에야 겨우 그를 따라잡았다.

화용수방을 지나 모퉁이를 돌면 소철의 집 정문이 있는 거리였다. 하지만 방향을 틀기 직전에, 소경염은 무슨 이유에선지 돌연 고삐를 잡아당겼다. 갑작스런 동작에 말이 히힝 하고 길게 울며 앞발을 높이 쳐들었다. 말의 몸이 거의 일직선이 될 정도로 올라갔다가 다시 똑바로 섰을 때, 소경염은 고삐를 놓치고 말았다. 그의 몸이 말 등에서 떨어져 거칠게 바닥에 부닥쳤다. 뒤따르던 몽지가 혼비백산하여 그에게로 달려가 부축해 일으키며 다친 곳이 없는지 살폈다.

하지만 소경염은 아픔조차 느끼지 못하는 것 같았다. 심지어 누군가 곁에 왔다는 사실도 알아차리지 못하는 듯했다. 그는 멀지 않은 길모퉁이를 뚫어져라 노려보며 이를 악물었다. 저 길만 돌아가면 소철의 저택이었고, 그 저택으로 들어가면 임수에게 갈 수 있었다. 하지만 억지로 그 마음을 붙들어 맸다. 바닥에 떨어질지언정 계속 갈 수는 없었다.

이때쯤 동궁의 호위병들이 도착했다. 그들은 몽지의 손짓을 받고 재빨리 주위를 에워싸 보호막을 치고 호기심 많은 행인들을 멀리 쫓아냈다. 사람으로 벽을 친 둥그런 공간에서 소경염은 여전히 바닥에 앉아 있었다. 이마에는 땀이 흥건하고 얼굴에는 핏기 하나 없었다. 넋이 나간 채 앉아 있던 그는 반 각 정도 지나서야 몽지의 부축을 받으며 천천히 일어났다.

그를 떨어뜨린 말이 옆에서 콧김을 씩씩 내뿜으며 제 발로 다가와 머리를 들이밀고 소매를 물었다. 소경염은 갈기가 풍성하고 보기 좋게 자라난 목을 쓰다듬고는 안장을 얹은 후 다시 말에 올랐다. 그리고 고삐를 움직여 여태 질주해온 길을 되짚어 느릿느릿 걷기 시작했다.

"전하?"

몽지가 불안한 듯 고삐를 붙잡았다.

"동궁으로…… 돌아가시려고요?"

"그렇소."

소경염이 중얼거렸다.

"끝내 내게 알리지 않은 데는 그럴 만한 이유가 있을 거요. 굳이 알아내어 쓸데없이 고민을 더해줄 필요는 없겠지."

몽지는 그 말을 이해했다. 가슴이 뜨거워지고 목구멍으로 홧홧

하고 씁쓸한 것이 올라왔다.

동궁의 호위병들이 질서정연하게 대오를 바꿔 앞뒤로 갈라선 후 태자와 함께 움직였다. 하지만 올 때처럼 내닫지는 않았다. 소경염은 가슴에 꽉 막혔던 것을 터뜨린 것처럼 넋이 나가 있었다. 지금 이 기분을 뭐라고 표현해야 할지 알 수 없었다. 절친한 친구가 살아 있다는 사실에 기뻐해야 했지만, 그러기에는 칼로 가슴을 후벼 파고 싶을 만큼 답답했다. 일부러 속인 것이 원망스러울 수도 있었지만, 그러기에는 소중한 것을 찾은 마음에 숨조차 쉬기 힘들었다.

임수가 누구인가? 오만하고 호승심 강하고 단 한 번도 패배를 인정한 적 없는 그의 절친한 친구였다. 은색 전포를 걸치고 창을 휘두르며 추위라곤 모르던 불덩이 같은 친구이자 기쁠 때는 팔짝팔짝 뛰고, 화낼 때는 호랑이처럼 변하고, 느끼는 감정을 결코 숨기지 않던 적염군의 소원수였다.

하지만 매장소는 또 누구인가? 눈을 내리깔고 엷은 웃음을 띤 채 조곤조곤 이야기하고, 무슨 생각을 하는지 들여다볼 수 없는 사람이었다. 언제나 털옷에 화로를 끼고 어두운 눈빛을 반짝이며 음험한 계책을 세우는 사람으로, 종잇장같이 하얀 얼굴에서는 생기라곤 찾아볼 수 없고, 손가락은 늘 얼음장 같아서 마치 지옥의 기운을 품은 것 같았다.

그는 활활 타오르던 불길이 가신 후 그 아래 남은 잿더미 같았다. 한때는 분명히 존재했던 불꽃이지만, 불꽃의 뜨거움과 반짝임도, 춤추듯 일렁이는 모습도 없는 잿더미였다. 어쩌다 그렇게 바뀌었는진 차마 생각하고 싶지 않았다. 생각하기만 하면 별도 달도 없는 어두운 밤보다 더 무겁고 더 캄캄한 고통이 찾아올 것이다.

동궁에 도착하자 몽지가 직접 소경염을 부축해 말에서 내려줬다. 하지만 새로 책봉된 태자는 한 발 한 발 동궁의 백옥 계단을 오르는 순간, 이를 악물고 버티는 친구의 등을 밟고 지나는 것만 같아, 별안간 다리에 힘이 풀려 스르르 주저앉고 말았다. 옆에서 부축하던 금군통령도 따라서 몸을 웅크리고 반쯤 꿇어앉은 자세로 곁을 지켰다. 영문도 모르고 전각에 남겨진 기왕과 언후가 달려나왔지만, 가까이 오지는 못하고 동궁 호위병들과 멀리서 지켜보기만 했다.

"몽 통령은 알고 있었소. 그렇지 않소?"

한참 동안 가만히 앉아 있던 소경염이 마침내 두 눈을 들고 몽지를 뚫어지게 쳐다보았다. 이 굳센 사내는 그 시선을 피하지 않았지만, 뭐라고 대답해야 할지 판단이 서지 않았다. 소경염은 뺨을 팽팽하게 긴장시키고, 한 손으로 수갑을 채우듯 몽지의 오른팔을 단단히 잡았다. 손바닥이 불처럼 뜨거웠다.

"어떻게 알았소? 통령이 먼저 알아봤소?"

"그…… 그가 연락을 해왔습니다."

소경염의 눈이 빨개지더니 천천히 그 이름을 되뇌었다.

"소수는…… 소수는…… 내 가장 친한 벗이오. 그런데 어째서 구사일생으로 살아나 다시 경성에 왔는데도 내겐 연락하지 않았단 말이오?"

몽지가 천천히 위로했다.

"전하, 소수는 전하께 남다른 희망을 갖고 있습니다. 그것만큼은 그의 마음을 헤아려주셔야 합니다."

"그렇소. 나도 아오. 몰랐다면 왜 그냥 돌아왔겠소."

소경염은 연신 숨을 들이쉬었지만, 아무리 해도 떨리는 입술을 진정시킬 수가 없었다.

"하지만 몽 통령, 이것만은 알려주시오. 대체 어쩌다 저런 모습이 되었소? 그에게 얼마나 무시무시한 일이 있었던 거요? 다른 사람도 아니고 소수요! 소수가 어떤 사람인지 우리 둘 다 잘 알고 있잖소. 설사 완전히 망가졌다가 다시 태어나더라도 그는 언제까지나 의기양양한 임수란 말이오."

소경염의 마지막 말은 단순한 비유였지만, 몽지는 마치 칼로 심장을 난도질하고 잡아 뜯는 것 같았다. 억지로 참고 있던 그도 결국 안색이 파랗게 질렸다.

"분명 알고 있을 거요."

소경염의 눈빛은 7월의 햇살보다도 뜨거웠고 몽지에게서 떨어질 줄 몰랐다.

"그가 말하고 싶지 않다면 그에겐 묻지 않겠소. 하지만 몽 통령의 입으로 듣고 싶소. 말해주시오!"

"전하……."

몽지는 소경염의 기세에 눌렸지만, 시선을 떨어뜨리며 끝내 고개를 저었다.

"전 약속을 했습니다."

"좋소."

소경염은 매달리지 않고 벌떡 일어났다. 드디어 힘이 난 것 같았다.

"여봐라!"

"예!"

"가마를 준비해라. 입궁하겠다!"

"예!"

몽지가 다가서서 만류할 것처럼 입을 달싹였지만 결국 아무 말
도 하지 못했다.

"기왕 숙부, 언후, 실례하겠습니다. 급한 일이 있으니 다음에
다시 이야기 나누시지요."

소경염은 성큼성큼 계단을 올라가 전각 입구에 선 기왕과 언궐
에게 두 손을 모아 인사했다. 하지만 두 사람이 반응을 보이기도
전에 그는 어느새 몸을 돌려 바깥으로 달려가고 있었다. 소경염은
준비된 태자 가마에 올라 제대로 앉기도 전에 명령했다.

"가자! 서둘러라!"

전각 입구에 남겨진 두 사람은 몽지에게 의심의 눈초리를 던졌
지만, 결국 해명 같지도 않은 쓴웃음 섞인 짤막한 말만 들었다.

"말하자면 깁니다. 기회가 있으면 다음에 말씀드리지요."

정 귀비의 지라궁에는 아직도 축하객들이 남아 있었다. 태자가
왔다는 소식에 사람들은 황망히 밖으로 나가 맞이했다. 소경염은
옅은 미소를 띠며 답례인사를 했다. 여기까지는 빈틈없이 품위를
지켰지만, 안으로 들어선 순간 첫마디는 이랬다.

"어마마마, 선물을 가져왔습니다. 어마마마께만 보여드려야 하
는데 지금 보시겠습니까?"

바보라도 그 말은 알아들을 수 있었다. 하객들은 재빨리 마지막
축하인사를 하고 차례차례 떠나갔다. 오래지 않아 지라궁은 곧 조
용해졌다.

정 귀비는 아들이 다시 돌아온 것만으로도 이상하게 생각했는데, 이렇게까지 하자 그가 급히 하려는 말이 무엇인지 알아차렸다. 그녀는 곧 좌우를 물리고 아들을 내전으로 데려갔다.

"어마마마."

안으로 들어간 소경염은 단도직입적으로 물었다.

"소수의 병은 어떤 겁니까?"

정 귀비는 몸을 부르르 떨었다. 하마터면 휘청거릴 뻔했지만 곧 정신을 가다듬고 돌아서서 아들을 똑바로 쳐다보았다.

"잘못 들으신 게 아닙니다. 분명 소수라고 했습니다. 설마 제가 말하는 소수가 누군지 모르신다는 건 아니겠지요?"

놀라움이 가시자 정 귀비의 의아해하던 표정은 슬픔으로 바뀌었다. 그녀는 의자의 팔걸이를 잡고 천천히 앉았다.

"임 원수는 석남이라는 가명으로 강호에 나갔을 때 의녀였던 어마마마를 구해줬습니다. 그리고 어머니를 집으로 데려가 보호해줬지요."

소경염이 말을 이었다.

"어마마마는 제게 한 번도 지난 이야기를 하신 적이 없습니다. 어머니께서 그러시니 다른 사람들도 마찬가지였지요. 그래서 어마마마께서 옛 친구라고 하셨을 때, 그 친구가 설마하니 임 원수라고는 생각조차 하지 못했습니다."

"그런데 어떻게 알았니?"

정 귀비가 탄식하며 물었다.

"오늘 언후와 이야기를 나누다가……."

소경염은 한 걸음 다가가 어머니 앞에 무릎을 꿇었다.

"하지만 그건 중요하지 않습니다. 중요한 것은…… 소수의 상태입니다. 그를 진맥하신 후에 눈물을 흘리셨지요. 상태가 심각합니까?"

정 귀비는 잠시 생각하다가 천천히 고개를 끄덕였다.

"그래……."

"그럼 어떻게 해야 합니까?"

소경염은 심장이 쿵쿵 뛰어 어머니의 손을 꽉 잡았다.

"소수는 어마마마의 의술을 믿었습니다. 분명 치료할 방법이 있으시지요?"

잠시 말이 없던 정 귀비가 눈을 내리떠 눈빛을 감추며 말했다.

"소수 곁에는 나보다 뛰어난 의원이 있단다. 그 의원이 무탈하게 보살필 거야."

"그 병은 얼마나 있어야 낫습니까?"

"그건…… 딱 잘라 말할 수가 없구나. 내일일 수도 있고…… 내년일 수도 있어."

어머니가 한 이 말의 진짜 의미를 알았다면 소경염은 분명히 펄쩍 뛰었을 것이다. 하지만 애석하게도 그는 알지 못했다. 게다가 무의식적으로 좋은 쪽으로만 생각하여 도리어 위안이 되었다.

"얼마나 걸리든 치료할 수 있다니 다행입니다. 하지만 병이 났다고 해서 왜 얼굴까지 변했습니까?"

정 귀비는 고개를 저었다.

"소수의 얼굴은 병 때문에 변한 게 아니란다. 예전에 화한독에 중독되었는데, 그 독을 해독하면 몸과 얼굴이 크게 달라지지."

"얼굴이 변했다면 독은 완전히 사라졌단 말이군요. 그렇지요?"

소경염이 기쁜 듯이 물었다.

"해독을 하느라 저렇게 몸이 약해지고 자주 병치레를 하게 되었군요. 푹 쉬면서 보양하면 괜찮아지겠지요?"

정 귀비는 한참 동안 멍하니 아들을 쳐다보다가 마침내 살짝 고개를 끄덕였다.

"그래……."

"그럼 됐습니다."

소경염은 잔뜩 긴장했던 몸에 힘을 풀고 일어섰다.

"지금까지 어째서 마음 편히 쉬지 못했는지 압니다. 이제부터는 제가 할 테니 소수는 치료에만 전념하면 됩니다. 어마마마, 소수의 병은 늘 비슷한 증상입니까?"

"요인에 따라 다르단다. 추위나 피로, 흥분 때문인데 그때마다 증상이 달라."

"상관없습니다. 앞으로는 추위를 타거나 피곤할 일이 없을 테니까요. 흥분하더라도 기뻐서 흥분하는 건 나쁘지 않겠지요?"

소경염이 단호하게 말했다.

"기쁨이야 물론 나쁘지 않지."

눈동자에 아른거리는 물빛 때문인지 정 귀비의 미소는 몹시 슬퍼 보였다.

"그 애를 기쁘게 해줄 생각이니?"

"그의 바람이 무엇인지는 제가 잘 압니다."

소경염은 심호흡을 하며 눈을 빛냈다.

"더욱 열심히 해서 하루빨리 누명을 벗게 해주겠어요. 그럼 더욱 마음 편히 쉴 수 있겠지요."

"경염."

정 귀비가 아들의 손을 잡고 몹시 진지한 목소리로 말했다.

"위험한 일은 하지 마라. 여기까지 온 이상 너는 실패를 견딜수 있어도 소수는 견딜 수 없을 거야, 알겠니?"

소경염은 입을 꽉 다물고 힘껏 고개를 끄덕였다.

"걱정 마십시오, 어마마마. 넘지 말아야 할 선이 있다는 건 압니다. 소수가 뒤에서 지켜보고 있으니 함부로 하진 않을 겁니다."

순간 정 귀비는 살을 도려내는 것처럼 고통스러웠다. 임수가 지켜보는 동안 아들은 꿋꿋하고 신중하게 나아갈 것이다. 하지만 임수가 언제까지 지켜봐줄까? 지금도 그는 힘겹게 버티고 있었다. 그런 그가 과연 임씨 가문을 다시 세울 그날까지 버틸 수 있을까?

"곰곰이 생각해보면 왜 제게 알리지 않았는지 알 것 같습니다."

소경염은 어머니의 슬픈 표정이 아픈 과거 때문이라 여기고 더욱 힘주어 손을 잡아줬다.

"제가 그가 누군지 일찍 알았다면 지금하고는 상황이 달라졌겠지요."

"경염, 1년 동안 너는 훨씬 차분해지고 든든해졌단다. 소수도 무척 위안이 될 거야."

정 귀비는 입술을 깨물며 슬픔을 참았다. 마침내 본래의 차분하고 온화한 표정을 되찾은 그녀가 가볍게 말했다.

"그러니 후회하지도, 슬퍼하지도 말려무나. 절대 감정적이 되어 소수에게 걱정을 끼쳐서는 안 된다."

소경염은 묵묵히 있다가 고개를 끄덕였다.

"자, 그만 돌아가렴. 조금 있으면 폐하께서 오실 거야. 네 혼사에 대해 상의할 게 있다고 하시는구나. 며칠 안에 예부의 류 상서가 동궁에 가서 준비 상황을 보고할 거야."

"어마마마."

소경염은 다소 초조한 듯 눈살을 찌푸렸다.

"규칙대로 하면 될 일을요. 지금은 그런 것에 신경 쓸 기분이 아닙니다."

"경염."

정 귀비가 약간 엄한 표정을 지었다.

"감정적으로 행동하지 않기로 해놓고 벌써 잊었니? 혼례는 보여주기 위한 것이 아니란다. 태자비는 부황께서 정하셨다. 류 대인은 수수하고 신중한 분이고 손녀딸 역시 소박하고 온화한 사람이야. 폐하께서는 이번 혼사로 네 성정을 가라앉히려 하시지만, 네 입장에서도 아주 좋은 일이란다. 최소한 겉으로라도 혼사를 가볍게 보고 건성으로 대하는 태도는 보이지 마라, 알겠니?"

물론 소경염도 알고 있었지만 마음이 복잡해 별생각 없이 불평한 것뿐이었다. 어머니에게 꾸중을 듣자 그는 곧 실언을 깨닫고 고개를 숙이며 알겠다고 대답한 후 물러 나왔다. 동궁의 수행원들이 밖에서 기다리다가 그를 맞이했다. 번쩍번쩍 눈부시게 빛나는 화려한 의장을 보자 소경염은 마음이 더욱 어지럽고 괴로워 도저히 가마에 오를 수가 없었다. 그래서 손을 내저어 물린 다음 걸어서 밖으로 나갔다.

몽지가 바깥 궁궐 문의 좁은 복도에서 기다리고 있었다. 속은 타들어가지만 얼굴에는 그런 기색이 전혀 드러나지 않았다. 소경염이 나타나자, 몽지는 그의 얼굴을 자세히 살폈다. 다행히 감정을 잘 추스른 것 같자 몽지는 약간 안심하며 다가가 빈틈없이 예의를 갖췄다.

"몽 통령, 일어나시오."

소경염이 그를 쳐다보며 담담하게 말했다.

"정무가 많아져 아무래도 무예 연습을 게을리 하게 되는구려. 몽 통령은 대량 제일 고수이니 앞으로 잘 가르쳐주시오."

몽지는 그 말뜻을 알아차리고 한쪽 무릎을 꿇으며 엄숙하게 대답했다.

"신, 태자 전하의 명을 받들겠습니다."

금릉은 대량의 수도이기 때문에 고관 귀족이 많았다. 귀족의 가마가 편하게 다닐 수 있도록, 매번 길을 비켜줘야 하는 백성들의 고통 또한 덜 수 있도록 거리는 매우 넓었다. 그래서 지체 높은 귀족이 아니라면, 관병들이 길을 여느라 거리가 쑥대밭이 되는 일은 거의 없었다. 보통 관리들이 타는 가마는 열 명 이하의 시종이 따랐는데, 그 정도 행차가 느릿느릿 거리를 지나는 모습은 금릉성 주민이라면 신물이 나도록 봐왔기 때문에 눈감고도 피할 수 있었다.

형부상서 채전은 가난한 집 출신으로 과거를 통해 벼슬길에 올랐다. 하급 관리부터 시작했는데 언제나 조용히 일을 처리하고 크게 떠벌리는 것을 좋아하지 않았으며, 길을 갈 때도 가마에 형부의 명패 하나만 걸고 이품 관리라는 신분을 드러내지 않았다. 하지만 시간이 갈수록 푸른 꽃무늬 덮개를 씌운 그의 사인교는 점점 알려지게 되었고, 그보다 품계가 낮지만 더욱 화려하게 꾸민 관리의 가마들마저 길에서 마주치면 알아서 피해줬다. 태자가 책봉된 후 채전은 몇 달 전처럼 바쁘진 않았지만 여전히 할 일이 많아, 관아에서 집으로 돌아가는 길에도 가마에서 서류를 살폈다.

이날도 흔들리는 가마에서 서류를 펼치는데, 화살 한 대가 쌩 하고 날아드는 바람에 멈춰야 했다. 어디서 날아든 화살인지 모르지만, 가마 덮개에 똑바로 꽂혀 있고 뒤이어 아무런 움직임도 없는 것으로 보아 암살 시도는 아니었다. 형부의 호위병들이 재빨리 경계를 서고, 화살을 뽑아 종이가 묶인 화살대를 상서에게 바쳤다. 채전이 종이를 풀어보니 간단한 몇 마디가 쓰여 있었다.

'금군통령 몽지가 감옥을 살핀다는 핑계를 대고 역적 하동을 천뢰에서 바꿔치기했습니다. 결코 모함이 아닙니다. 믿기지 않으시면 친히 조사하십시오.'

채전은 심각한 눈빛으로 잠시 생각하다가 천천히 종이를 말아 넣고 외쳤다.

"천뢰로 가자."

푸른 덮개의 가마는 방향을 틀어 동쪽으로 돌아섰고 곧 천뢰 문 앞에 도착했다. 당직 중인 감옥장이 황급히 달려나왔다가 짧은 명령을 받았다.

"여죄수 감옥의 주(朱)자 옥방 문을 열라."

상서의 얼굴에서 아무것도 읽어내지 못한 감옥장은 이러쿵저러쿵하지 않고 재빨리 열쇠를 가져와 함께 안으로 들어갔다. 주자 옥방은 여죄수 감옥에서 약간 안쪽에 있었는데, 사방이 튼튼한 벽으로 둘러싸이고 서쪽 벽에만 창문이 높이 나 있었다. 그것이 옥방 전체에서 유일하게 빛이 들어오는 곳이었다.

죄수복을 입은 여자가 짚 위에 앉아 있다가, 문이 열리는 소리에 살짝 고개를 돌렸다. 긴 머리칼 사이로 창백한 뺨이 보였다. 산발에 얼굴도 더러웠지만 척 봐도 하동이었다. 채전은 바늘처럼 날카로운 시선으로 여죄수의 얼굴을 뚫어져라 보았다. 그렇게 얼마나 흘렀을까? 그의 동공이 점점 줄어들고 얼굴은 시퍼레졌다.

"여봐라! 이 여자를 심문실로 데려오너라!"

형부상서가 준엄하게 명령했다.

호위병 둘이 다가와 좌우에서 궁우를 잡아 일으켰다. 이 순간 궁우도 상황이 좋지 않다는 것을 알아차렸지만, 반항하지 않고 고개를 푹 숙인 채 끌려가다시피 옥방 밖 심문실로 들어가 형틀에 앉았다. 채전이 냉수를 가져와 그녀의 얼굴에 끼얹었고, 부하들을 시켜 천으로 닦았다. 곧 궁우의 뽀얗고 부드러운 피부가 드러났다.

"넌 누구냐? 어째서 하동의 감옥에 있지? 누가 널 집어넣었느냐? 하동은 어디로 갔느냐?"

분노에 찬 형부상서의 연이은 심문에도 궁우는 눈을 감고 못 들은 척했다. 채전은 이 젊은 여인의 세밀한 표정 변화를 놓치지 않고 살피다가 곧 판단을 내렸다. 결국 그는 고문을 가하지 않고 사람을 시켜 두 달 동안 천뢰 여죄수 감옥을 출입한 명단을 가져오게 했다. 명단을 펼치는 순간 몽지의 이름이 눈에 확 띄었다.

장경사는 사사로이 교분을 맺는 일이 거의 없었고, 홀로된 하동은 특히 그랬다. 감옥에 들어온 후로 명을 받고 심문하러 온 관리 외에는 그녀를 찾아온 사람이 없었다. 황제가 구안산에서 돌아온 다음에는 더욱 줄었는데, 밀고를 당한 몽지는 자주 찾아왔다. 그러니 그의 혐의가 가장 컸다.

몽지를 충직하고 훌륭한 신하로 여기고 있던 채전은 더욱더 분노하여, 형틀로 다가가 궁우의 머리칼을 잡아채 얼굴을 들어올렸다. 칼날 같은 그 눈빛이 그녀의 얼굴에 쏟아졌다. 겁 많은 사람이라면 이 가혹한 시선에 모골이 송연했을 것이다. 하지만 궁우는 여전히 눈을 감은 채 꼼짝도 하지 않았다. 말려 올라간 긴 속눈썹이 눈꺼풀 위로 그림자를 드리웠다.

"대인."

채전을 따라온 관리 하나가 갑자기 입을 열었다.

"제가 아는 여자입니다. 묘음방의 연주자였던 궁우입니다."

"묘음방?"

채전의 짙은 눈썹이 꿈틀거렸다. 풍류를 즐기지 않는 그였지만, 전 대리사경 주월이 도적과 결탁했다며 묘음방을 수색한 일은 알고 있었기에 순간적으로 혼란에 빠졌다. 묘음방은 주월의 손에 무너졌고 주월은 예왕의 사람이었다. 예왕과 현경사는 손을 잡고 정왕을 모함하려다 결국 모반을 일으켰다. 그런데 장경사인 하동이 구출되고 예전 묘음방 사람이 그녀 대신 감옥에 들어 있다니……

누에고치에서 실을 뽑듯 복잡한 상황 속에서 실마리를 찾아내는 것으로 정평이 난 형부상서도 이렇게 복잡하게 얽힌 관계를 대하자 머리가 쓸모없다는 생각마저 들었다.

"대인……"

곁에 있던 관리가 한참 동안 아무 말도 하지 않는 그를 보고 슬며시 불렀다.

채전이 얼굴을 굳히며 말했다.

"가만히 서 있지 말고 어떻게든 이 여자의 눈을 뜨게 해서 형틀을 구경시켜주게. 이 여자가 눈치 빠르게 일찍 털어놓으면 우리도 귀찮은 일을 덜겠지."

"예."

채전은 또다시 차가운 눈길로 궁우를 훑어본 다음, 천천히 돌아서서 심문실 탁자 뒤에 놓인 의자에 앉았다. 그러고는 심문실에서 벌어지는 일은 무시하고 눈을 감은 채 생각에 잠겼다.

궁우가 정체를 들켜 끌려간 것은 갑작스러운 의외의 일이었지만, 몽지가 만일에 대비해 천뢰에 심어놓은 첩자 덕분에, 채전이 그녀를 심문실 형틀에 앉히기 무섭게 소식은 전해졌다. 마침 그때 몽지는 업무를 끝내고 집에서 쉬는 중이었다. 궁우가 발각되었다는 소식에 그는 평상복으로 갈아입고 맨 먼저 매장소의 집으로 달려갔다. 하지만 후원으로 뛰어드는 순간, 매장소의 몸 상태를 떠올리고 황급히 걸음을 멈췄다.

"몽 대인."

려강이 맞으러 나와 물었다.

"표정이 안 좋으신데 무슨 일이라도 있습니까?"

"섭 장군과 섭 부인은 어디 계신가?"

"남쪽 방입니다."

몽지는 방향을 틀어 곧장 남쪽으로 달려갔다. 문으로 들어서자, 하동과 섭봉이 긴 의자에 나란히 앉아 두 손을 꼭 붙잡고 서로를 바라보며 웃고 있었다. 몹시 따뜻하고 편안한 분위기였다.

"정말 방해하고 싶진 않았소."

금군통령이 고개를 저으며 탄식했다.

"하지만 나쁜 소식을 전할 수밖에 없구려."

"무슨 일입니까?"

하동이 일어섰다.

"천뢰에 문제라도 생겼나요?"

"역시 섭 부인이오."

몽지가 굳은 얼굴로 초조한 듯 말했다.

"궁우가 순찰 돌던 채 상서에게 발각되었소. 심문을 받고 있다 하오."

"언제 말입니까? 오늘인가요?"

몽지는 깜짝 놀라 펄쩍 뛰었다. 이 질문은 하동이 한 것이 아니라 동쪽 담벼락 아래에서 들려왔기 때문이다. 담담하면서도 가벼운 목소리였다. 고개를 돌려보니 동쪽 담벼락 금은화 시렁 아래에 연푸른 장삼을 입은 매장소가 비취빛 잎사귀들과 어우러져 서 있었다. 창백한 얼굴마저 금은화의 하얀 꽃잎과 똑같은 색으로 보였다.

"소수……."

몽지가 더듬거렸다.

"자네가 어떻게……."

"본래부터 여기 있었지요."

매장소가 태연하게 대꾸한 후 다시 물었다.

"궁우가 언제 발각되었습니까?"

"오늘일세. 대략 두 시간 전이야."

"나 때문에 궁우 낭자를 힘들게 할 수는 없어요."

하동이 결연하게 말했다.

"몽 대인, 당장 돌아가야겠어요."

"벌써 발각되었는데 돌아긴들 무슨 소용이 있소?"

몽지가 황급히 만류했다.

"아니, 당장 돌아가서야 합니다."

매장소가 천천히 다가와 대나무 의자에 앉았다. 그는 몽지와 하동에게 가까이 오라는 눈짓을 하며 말했다.

"초조해하지 마십시오. 며칠 전부터 만에 하나 궁우가 발각되면 어떻게 해야 할지 생각해보고 몇 가지 방법을 찾아냈습니다. 다행히 채전이 발견했다니 최악의 상황은 아닙니다. 제가 시키는 대로 하시면 순조롭게 해결될 겁니다."

"좋아."

하동과 몽지는 매장소를 무척 믿고 있어서 추호의 의심도 하지 않았다. 두 사람은 매장소에게 다가가 계책을 자세히 듣고 마음속에 새겼다.

"이 핑계를 대려면 두 분이 현장 상황에 따라 융통성을 발휘해야 합니다. 누님께는 그리 어려운 일도 아니지요."

매장소는 웃으며 섭봉을 바라보았다.

"하지만 두 분이 또다시 헤어져야 하는군요."

어느새 가까이 다가온 섭봉은 편안한 표정으로 서 있었다. 얼굴에는 아직도 흰 털이 가득했고, 눈 코 입도 다소 비뚤어져 있었지만, 움츠린 자세는 사라졌다. 허리도 곧게 펴져 있었고 두 눈도 환하게 빛나고 있었다. 그는 매장소 곁으로 다가와 허리를 숙이고 그의 손을 힘껏 잡으며 알아듣기 힘든 거친 소리를 냈다. 몽지는 가만히 귀를 기울였지만 무슨 말을 하는지 알아들을 수가 없었다.

하지만 매장소는 알았다는 듯 활짝 웃으며 고개를 끄덕였다.

"소수, 오늘은 좋아 보이는군. 병이 다 나았나?"

몽지가 다소 기쁜 목소리로 물었다.

"다 낫는 건 불가능한 일이죠."

어디선가 게으른 목소리가 끼어들었다.

"하지만 이 시골 의원이 있는 것과 없는 것은 확연히 다릅니다."

린신이 말하며 복도 저편에서 느릿느릿 걸어왔다. 하지만 그의 유유자적한 모습이 뜰에 발을 들여놓기도 전에 월동문(月洞門)을 지나는 안 의원이 보였다. 잔뜩 화가 났는지 씩씩거리는 숨결에 허연 수염이 마구 펄럭였다. 린신은 재빨리 달려가 뒤를 졸졸 따르며 해명했다.

"안 형, 화내지 말아요, 그런 뜻이 아니에요. 정말 아니라니까요."

매장소가 고개를 설레설레 저으며 실소를 터뜨렸다. 그는 몽지의 부축을 받으며 일어서서 하동에게 말했다.

"누님은 여장부이니 걱정하지 않아도 되겠지요. 몸조심하십시오."

"너도 몸조심해."

하동이 뒤로 물러나 인사한 후 다시 남편을 가만히 바라보며 시원하게 인사했다.

"서방님, 그만 가볼게요."

섭봉은 고개를 끄덕이고 눈으로 두 사람을 배웅했다. 그들의 모습이 사라지자 그는 시선을 거두었다. 매장소는 어느새 다시 의자에 앉아 눈썹을 찌푸리고 생각에 잠겼다. 섭봉은 허리를 숙이고 그의 어깨를 가볍게 두드리며 고개를 저었다.

"그냥 생각하는 거지, 그렇게 신경 쓰지는 않았어요."

매장소가 웃으며 위로했다.

"이상한 부분이 있는데, 생각도 못하게 하면 답답해서 더 힘듭니다."

"이사하 부부?"

섭봉이 불명확한 발음으로 물었다.

"채전은 형부상서이고 이품의 높은 관리입니다. 천뢰가 그의 관할이긴 하나 느닷없이 왜 순찰을 돌았을까요?"

매장소는 몸을 뒤로 기대며 눈을 가늘게 떴다.

"하동 누님 일이 순조롭게 해결되면 확실히 물어봐야겠군요."

한밤의 파문

—
62
—

매장소가 금은화 시렁 아래에서 생각에 잠긴 동안, 몽지와 하동을 태운 마차는 천뢰로 질주했다. 대문 밖에 도착해보니 평소처럼 고요했다. 금군통령인 몽지는 하강이나 하동을 만나기 위해 자주 드나들었기 때문에 모르는 사람이 없었다. 곧 사람이 나와, 몽지와 머리부터 발끝까지 바람막이를 뒤집어쓴 하동을 정중하게 여죄수 감옥으로 안내했다.

안내인은 주자 옥방의 자물쇠를 열고 허리 숙여 인사한 다음 물러갔다. 몽지는 재빨리 주위를 살피고 문을 열었다. 그리고 하동과 함께 몸을 숙여 낮은 문으로 들어가 안을 훑어보았다. 과연 옥방 안은 텅 비고 궁우는 보이지 않았다. 몽지와 하동은 눈짓을 주고받으며 잠깐 서 있다가 재빨리 밖으로 나갔다.

감옥 입구에 이르자, 예상대로 굳은 표정을 한 남자가 앞을 가로막았다. 형부상서 채전이었다. 벼르던 사람과 딱 마주치자 일순 공기가 긴장되며 분위기가 가라앉았다. 채전이 형형한 눈빛으로 변장을 한 하동을 한참 동안 쳐다보다가 마침내 냉소를 지으며 말했다.

"송구하지만 눈이 좋지 않아 뉘신지 몰라보겠소. 본모습을 좀 보여주시려오?"

몽지가 민망한 표정을 지으며 다가섰다.

"내가 몰래 들어온 것은 그럴 만한 이유가 있소. 서둘러 판단하지 말고 들어보시오."

채전은 무뚝뚝한 얼굴로 대꾸했다.

"좋습니다. 기다리지요. 어디 해명해보십시오."

"사실…… 사실은 말이오…… 그 뭐더라……."

몽지가 언변이 좋지 않다는 것은 누구나 알고 있었다. 소문대로 그는 몹시 난처한 얼굴로 우물쭈물하며 제대로 된 설명조차 하지 못했다.

"몽 대인, 됐습니다."

하동이 변장을 벗고 본래 얼굴을 드러내며 말했다.

"사실대로 말씀하시지요. 현장을 들켰는데 무슨 변명을 하겠습니까?"

"하동?"

채전은 더더욱 영문을 알 수 없어 눈을 찡그렸다. 밀고를 받고 천뢰를 직접 조사하여 하동을 바꿔치기했다는 것을 알았을 때, 그는 몹시 화가 나 궁우를 심문실로 데려가 한참 동안 캐물었지만 아무 소득이 없었다. 속을 부글부글 끓이고 있을 때쯤 옥졸이 나는 듯이 달려와 몽지가 나타났다고 보고했고, 그는 깊이 생각해보지도 않고 달려왔던 것이다. 그런데 몽지뿐 아니라 하동까지 만나자 도통 어찌 된 셈인지 알 수가 없었다.

"몽 대인, 뭘 망설이십니까?"

하동은 탐문하는 채전의 시선을 무시하고 냉소하며 말했다.

"대인이 아무리 숨겨주려 해도 채 대인께서 반드시 밝히셔야겠다 하지 않습니까? 이건 몽 대인의 잘못이 아니니 전하께서도 꾸짖지 않으실 겁니다."

"전하라니?"

채전의 눈썹이 살짝 꿈틀했다.

"어느 전하 말이오?"

"금군통령 나리를 움직일 수 있는 전하가 누구실까요?"

하동은 미소를 지었다.

"채 대인은 깐깐하신 분이지요. 굳이 몽 대인의 해명을 들으시려는 건 뭔가 이상하기 때문이 아닙니까?"

"그렇소. 참으로 이상하구려."

채전이 몽지의 눈을 똑바로 보았다.

"몽 대인은 하동을 빼내는 데 성공했고, 가짜 죄수는 몽 대인이 한 일이라고 자백하지도 않았소. 한데 어째서 몸소 진범을 다시 데려왔는지 알 수가 없구려. 상식에서 벗어난 행동에는 특별한 이유가 있을 거요. 무슨 말로 둘러대시는지 들어나 봅시다."

몽지는 여전히 몹시 망설이는 얼굴로 양미간을 만지작거렸다. 별안간 하동이 깔깔 웃었다.

"아무래도 전하의 꾸중이 두려우신 모양이군요. 그럼 제가 하지요. 제가 좀 더 확실하게 말씀드릴 수 있을지도 모르니 제 말을 들어보시는 게 좋겠군요."

"당신은 반역자요. 반역자가 하는 말은 믿을 수 없소."

"믿을지 안 믿을지는 듣고 나서 판단하시지요. 채 대인께서는 누구나 인정하는 사건 해결 고수시지요. 아무리 감쪽같은 거짓말도 대인의 귀를 속일 수 없는데, 제 말의 진위를 밝혀내는 것쯤은 피하실 이유가 없지 않습니까?"

채전은 활활 타오르는 눈빛으로 한참 동안 그녀를 응시하다가 마침내 고개를 끄덕였다.

"좋소. 말해보시오."

하동은 미소 띤 얼굴로 가볍게 목례를 한 다음 천천히 입을 열었다.

"몽 통령이 저를 감옥으로 돌려보내다가 현장을 들킨 것은 사실입니다. 하지만 저를 몰래 빼낸 사람이 몽 통령이 아닌 것 또한 사실이지요."

채전의 짙은 눈썹이 꿈틀했다.

"증거가 없는데 입으로는 무슨 말인들 못하겠소?"

"천뢰는 경계가 삼엄하지만 여기서 달아난 사람이 저 한 명만은 아니지요. 그 일로 채 대인께서는 사죄 상소를 올리고 처벌까지 받지 않으셨으니, 분명히 기억하실 겁니다."

그녀가 탈옥한 하강을 거론하자 채전의 안색은 더욱 어두워졌다.

"제 사부님께서 도움을 받아 몰래 천뢰에서 빠져나가셨듯이, 저 또한 그럴 수 있습니다. 사부님보다 더 교묘하게 다른 사람을 집어넣어 한 달 가까이 대인을 속였지요. 이 정도면 칭찬할 만하지 않습니까?"

하동은 일그러진 채전의 표정은 아랑곳 않고 까르르 웃었다.

"아닌가요? 그럼 할 수 없죠. 어쨌거나 저도 자랑만 할 일은 아니지요. 결국 이렇게 다시 잡혀왔으니까요."

"하면…… 몽 통령에게 잡혀왔다는 말이오?"

채전이 못 믿는 눈치로 몽지를 곁눈질했다.

"어전을 지키는 몽 통령이 범인을 잡을 틈이 어디 있겠소?"

하동이 입을 삐죽였다.

"저를 잡은 것은 다른 사람입니다. 몽 대인은 저를 돌려보내러 오셨을 뿐입니다."

"잡은 사람이 누구든, 슬그머니 되돌려놓을 게 아니라 곧장 형부로 압송해야 했소."

채전의 칼날 같은 시선이 몽지의 얼굴을 할퀴었다.

"이런 수상쩍은 행동을 한 데는 그럴 만한 이유가 있지 않소?"

"채 대인, 참으로 기억력이 나쁘시군요."

하동은 느긋하게 귀밑머리를 넘기며 웃었다.

"사부님께서 탈옥하신 후 폐하께서 내리신 조서에 무슨 말이 쓰여 있었는지 잊으셨습니까?"

채전은 정신이 번쩍 들었다. '또다시 이런 일이 있을 시 가중 처벌하여 그 직에서 파면한다'는 조서의 내용이 뇌리를 스치자 숨이 턱 막혔다.

"저를 붙잡은 사람이 하필 새로 동궁에 드신 태자 전하의 부하였기 때문에 저는 그분께 먼저 끌려갔습니다."

하동이 번쩍이는 눈으로 채전을 단단히 쏘아보았다.

"태자 전하께서 채 대인을 얼마나 아끼시는지는 대인도 잘 아실 겁니다. 저를 공개적으로 압송하면, 형부가 또다시 범인을 놓치고도 한동안 몰랐다는 사실을 공표하는 것이나 마찬가지지요.

이 사실이 밝혀지면 아무리 태자께서 도와주신들 파면은 아니더라도 벼슬은 깎이겠지요. 그분께서는 채 대인의 벼슬이 깎이는 것조차 원치 않으셨기에, 할 수 없이 천뢰에 자주 드나드는 몽 통령을 통해 쥐도 새도 모르게 저를 돌려보내려 하신 겁니다."

채전의 안색은 파랗다 못해 하얘졌다. 한참 동안 입을 꾹 다물고 있던 그가 다시 시선을 모으고 엄한 목소리로 물었다.

"그 말대로라면 당신은 누군가의 도움을 받아 탈옥했고 다시 잡힌 것인데, 몽 대인이 오해를 받도록 내버려두는 것이 좋지 않소? 어째서 도리어 비호하는 것이오?"

하동은 씁쓸하게 웃으며 야윈 턱을 살짝 들고 한숨을 쉬었다.

"생각이 바뀌었기 때문이지요."

"생각이라니?"

"제가 감옥에서 달아난 것은 사부님과는 다른 이유 때문입니다. 남편을 해친 적우영의 반역자를 아직 죽이지 못했다는 것을 떠올리면 하루도 마음이 편치 않았지요. 그래서 사부님을 찾아가 위쟁을 대체 어디 숨겼는지 여쭙고 싶었습니다. 한데 사부님을 찾기도 전에 옛 정왕부 사람 손에 잡혀 태자 전하 앞에 끌려갔지요."

하동의 눈빛이 흔들리고 목소리도 낮아졌다.

"태자께서는 어떤 이야기를 해주시더군요. 벌써 오래전에 명확히 밝혀내셨던 옛날이야기였지요. 결국 저는 설득을 당해, 그동안 품었던 원한이 잘못된 것이 아닐까 의심하게 되었습니다. 저는 우유부단한 사람이 아닙니다. 태자 전하를 믿기로 했으니, 순순히 감옥으로 돌아가 진상이 밝혀질 때까지 기다리겠다고 약속했지요. 그러니 몽 통령이 오해를 받고 있는데 가만히 있을 수는 없지요. 하지만 채 대인께서 이 말을 믿을지 않을지는 제 소관이 아닙니다."

채전은 눈동자를 굴렸지만 표정은 여전히 무거웠다.

"태자 전하께서 대체 무슨 이야기를 하셨기에 이렇게 완전히 생각이 바뀌었소?"

하동은 빙그레 웃으며 낮은 목소리로 말했다.

"채 대인, 설마 그 일이 무엇인지 모르시겠습니까? 미안한 말이지만, 너무 우울한 이야기니 더는 묻지 마시고 못 들은 척해주시지요."

채전은 문득 며칠 전 마차에서 심추와 나눈 이야기가 떠올랐다. 13년 전의 피비린내 나는 사건을 떠올리자 그는 곧 입을 다물었다.

그때껏 묵묵히 듣고 있던 몽지도 그제야 나섰다.

"채 대인, 이 몸은 대인과 깊이 사귄 적은 없지만 줄곧 그 강직한 성품을 존경해왔소. 쇠퇴하여 다시 일어나기만을 기다리는 우리 대량에 가장 부족한 것은 바로 대인 같은 뛰어난 신하요. 태자 전하께서 대인을 아껴 보호하시고자 하는데, 고루한 생각에 얽매여 호의를 저버릴 필요가 어디 있겠소?"

채전은 마음이 흔들린 듯 시선을 깔았다. 하동과 몽지도 너 이상 재촉하지 않고 생각할 시간을 주었다. 한참 후, 다시 시선을 든 채전의 표정은 엄숙했다.

"두 분 말씀이 사실이라면, 화살에 밀서를 묶어 쏜 사람이 누구란 말이오?"

전혀 예상하지 못한 그 말에 하동과 몽지는 놀란 표정을 감추지 못했다.

"밀서라니?"

몽지가 놀란 목소리로 물었다.

"태자 전하 쪽 사람들은 모두 입이 무겁소. 게다가 나는 하동을 돌려보내려고 왔지 탈옥시키러 온 것도 아니오. 물론 국법에는 어긋나지만, 크나큰 죄를 지은 것도 아닌데 누가 밀고를 하겠소?"

"밀고자는 몽 대인이 죄수를 바꿔치기했다고 했지, 다시 데려올 거라고는 하지 않았소."

채전이 기억을 더듬으며 말했다.

"누군가 하동이 탈옥한 것과 몽 대인이 천뢰를 자주 드나드는 것을 알아내고 둘을 연결 지었을 수도 있소. 내가 밀서를 보면 반드시 조사할 것이고, 조사하면 당연히 하동이 탈옥한 것을 알게 되오. 천뢰를 드나드는 사람은 많지 않고 밀고까지 받았으니, 몽 대인이 가장 혐의가 짙소. 하지만 그들도 달아난 하동이 하필이면 오늘 돌아올 줄은 몰랐을 거요."

하동이 쿡쿡 웃었다.

"몽 대인, 아무래도 대인을 노린 것 같군요. 원한 맺힌 사람은 없는지 잘 생각해보시지요."

그러자 신중한 채전이 다시 하동에게로 시선을 옮겼다.

"그러고 보니 아무래도 어떻게 탈옥했는지 들어보는 게 좋겠소."

"천뢰의 약점을 보완하시려고요?"

하동은 마음 편히 웃어 보였다.

"아주 간단하지요. 옥졸들이 언제까지나 이곳에 틀어박혀 있지는 않습니다. 바깥에 있는 조력자에게 그들 중 술 좋아하는 사람을 골라 술을 먹이게 합니다. 그가 취해 쓰러지면 옷을 바꿔 입고 옥졸로 변장한 후, 해가 지고 어둑어둑해졌을 때 살그머니 천뢰로 들어오게 하는 거지요. 문지기도 옥졸들은 자세히 조사하지 않으니 성공할 가능성이 높습니다."

채전은 차갑게 코웃음을 쳤다.

"하지만 옥방 열쇠는 두 개요. 옥졸 두 명이 동시에 열어야 하오."

"과연 그럴까요? 한 사람이 열쇠 두 개를 한꺼번에 가져와서 열 수도 있지요."

하동이 가볍게 말했다.

"천뢰의 열쇠는 밖으로 가져나갈 수 없으니, 처음 들어왔을 때는 이곳에서 열쇠의 본만 뜹니다. 옥졸은 술에서 깨어나도 아무런 이상을 감지하지 못하지요. 그리고 며칠 후 두 번째 옥졸에게 같은 방법을 쓰는 겁니다."

"또 다른 애주가를 찾아야겠구려?"

"애주가가 아니어도 상관없지요. 커다란 몽둥이로 뒤통수를 내려치면 취한 것과 똑같은 효과를 볼 수 있습니다."

갈수록 어두워지는 채전의 안색이 눈에 들어오지 않는지 하동은 태연하게 혼잣말하듯 중얼거렸다.

"물론 두 번째로 변장해서 들어올 때는 바꿔치기할 사람을 데려와야겠지요. 사람을 데리고 들어오는 것이 쉽지는 않지만, 아주 불가능한 것도 아닙니다. 가령 친구의 부탁으로 면회를 시켜줘야 한다고 하면 문지기들도 보통 인정을 베풀지요. 그때 가짜 옥졸은 열쇠 두 개를 갖고 있으니, 밤이 깊어 조용할 때 바꿔치기할 사람을 감옥에 넣고 저를 데려가면 됩니다. 문지기가 들어온 사람과 나가는 사람이 동일인이 아니라는 것을 알아채지만 않으면 성공이지요. 몽둥이에 맞은 옥졸은 뭔가 잘못되었다고 느끼겠지만, 그 일이 천뢰와 관련 있다고는 확신하지 못할 겁니다. 게다가 감옥에 죄인이 무수히 많고 지키는 사람도 적지 않습니다. 무슨 일이 생겼는지 확실하게 알아내지도 못했는데 무슨 용기로 떠들어대겠습니까? 운이 좋으면 이대로 계속 속이고, 운이 나빠도 빨라야 다음 날 발각될 텐데 전 이미 빠져나왔으니 무슨 상관이겠습니까?"

"당신이야 빠져나갔지만 바꿔치기한 사람은 어떻게 되겠소?"

채전이 코웃음을 쳤다.

"묘음방의 궁우라는 그 여자는 당신과 무슨 관계요?"

"채 대인."

하동은 앞머리를 뒤로 쓸어 넘기며 대답했다.

"현경사에 첩자가 있다는 것을 모르시진 않겠지요?"

채전의 양쪽 뺨이 불끈했다.

"궁우가 현경사의 첩자였소?"

"그렇습니다. 현경사의 첩자 정보는 매우 비밀스럽습니다. 수좌와 첩자의 연락책 외에는 아무도 모르지요. 제가 목숨을 구해준 적이 있어 궁우는 저를 위해서는 무엇이든 합니다. 제겐 가장 쓸모 있는 첩자인 셈이죠."

"어쩐지."

채전이 중얼거렸다.

"일개 연주자인데 무공을 익혔다고 총포두가 그러더군. 게다가 약하지도 않고……."

몽지가 끼어들었다.

"채 대인, 진범인 하동이 돌아왔으니 아무 일도 없었던 걸로 합시다. 궁우를 심문해봐야 소용없을 거요. 현경사의 첩자라면 내가 데려가 처리하겠소. 형부에 남아 있으면 오히려 대인이 난처해질 거요."

채전은 즉답을 하지 않고, 두 사람이 한 이야기를 처음부터 끝까지 꼬치꼬치 따져보았다. 앞뒤 사정에 눈에 띌 만큼 이상한 점이 없다는 것을 확인한 다음에야 그는 고개를 끄덕이며 말했다.

"좋소. 하동이 옥방으로 들어간 다음 궁우를 내주겠소."

하동은 아무 상관없는 사람처럼 씩 웃고는, 채전이 부른 옥졸을 따라 뒤 한 번 돌아보지 않고 옥방으로 들어갔다. 채전은 그래도 마음이 놓이지 않는지, 수갑과 족쇄를 채우는 것을 직접 확인하고 옥졸들을 엄히 단속한 후 궁우를 데려오게 했다.

심문 시간이 길지 않았기 때문인지 아니면 채전이 형구를 많이 쓰지 않기 때문인지, 궁우는 산발에 얼굴이 더러울 뿐 학대당한 것 같지는 않았다. 그녀를 보고도 몽지는 아무 표정이 없었지만, 속으로는 휴 하고 안도의 숨을 쉬었다.

궁우가 하동이 걸치고 온 바람막이를 머리부터 뒤집어쓰자, 몽지는 채전에게 간단히 작별을 고하고 밖으로 나갔다. 천뢰의 대문이 열리려는 순간, 느닷없이 뒤에서 채전의 목소리가 들려왔다.

"잠깐."

몽지는 가슴이 철렁했다. 걸음을 멈추고 천천히 뒤돌아서면서, 그는 남몰래 진기(眞氣)를 가득 끌어올렸다.

"몽 대인, 전하께 감사를 전해주시오."

형부상서가 빙그레 웃은 뒤 이렇게 말했다.

"뭐라고 했소? 하동이 다시 천뢰에?"

고요한 밤, 놀라고 분노에 찬 목소리가 약하게 울렸다. 어둡고도 소름 끼치는 목소리였다.

"그럴 수가…… 놈들이 분명 그 계집을 구해냈는데, 어째서 제 발로 돌려보냈단 말이오?"

"저도 도무지 모르겠습니다. 저희도 빨리 움직이긴 했지요. 몽지가 슬그머니 천뢰에 들어가 하동을 바꿔치기했다는 소식을 듣자마자 계획을 세웠으니 말입니다. 시작은 순조로웠습니다. 채전은 밀서를 받자마자 천뢰에 가서 그 가짜 죄인을 심문했습니다. 본래 은근슬쩍 넘어가는 사람도 아닌데, 진범이 달아나고 없으니 모른 척 넘길 수도 없었겠지요. 그때 제가 폐하께 글을 올려 일을 크게 만들었다면, 자리에서 쫓겨나게 된 채전은 화가 나 온 힘을 다해 몽지를 추적했을 겁니다. 천뢰에 들어가 하동을 만날 만한 사람은 몇 안 됩니다. 몽지가 했다는 증거는 없으나 혐의를 씻기는 어려웠을 겁니다. 채전과 몽지가 반목하면 둘 중 누가 이겨도 우리에게 유리했을 거고요. 그런데…… 하필이면 바로 오늘 몽지가 하동을 천뢰로 돌려보냈다지 뭡니까? 심어둔 첩자도 그들이 채전에게 뭐라고 해명했는진 듣지 못했습니다. 결과적으로 천뢰의 파란은 가라앉았고, 가짜는 몽지의 손에, 진짜는 감옥으로 돌아갔습니다. 상황이 이런데도 폐하께 고발하라니요? 무엇을 고발하라는 말씀입니까?"

"범 대인, 듣자 하니 그만두고 싶은 모양이구려?"

"그런 것이 아닙니다, 하 대인. 지금 적이 얼마나 강한지 하 대인도 잘 아실 겁니다. 제가 비록 어사라는 신분 덕에 동궁을 거치지 않고 곧바로 폐하게 글을 올릴 수는 있으나, 그래도 뭔가 빌미가 있어야 합니다. 구안산에서 어가를 보호한 뒤로 몽지는 날로 신임이 높아지고 있고 하동도 멀쩡하게 감옥에 갇혀 있는데, 고발하고 싶어도 할 수가 없지 않습니까?"

희미한 등불 빛에 하강의 얼굴 위로 그림자가 일렁여 유난히 흉악해 보였다. 그는 앞에 있는 중년을 바라보며 냉소를 지었다.

"뭘 그리 두려워하시오? 뒤에서 쏜 화살은 막기 어려운 법이오. 매장소가 1~2년 안에 태자와 예왕을 무너뜨린 것도 남몰래 꾸민 계책 덕분 아니겠소? 더욱이 범 대인에게는 다른 선택권이 없소. 대인이 저지른 악행의 증거가 내 손에 있소. 돕지 않으면, 내가 직접 인정사정없이 대인을 무너뜨릴 것이오."

중년은 이를 악물었다. 눈동자가 어지럽게 흔들렸다.

"내가 현경사를 다스린 세월이 몇 년인데 이렇게 쉽게 무너질 것 같소?"

하강의 냉담한 시선이 못 박힌 듯 그를 응시했다.

"만약 매장소가 내가 반격할 힘도 없을 거라고 생각한다면 그자의 몰락도 멀지 않았소."

"그야 그렇지요. 하 대인을 위해 힘써줄 조정 사람이 저밖에 없지는 않으리라 믿습니다. 하지만 공격을 하려면 핑계가 필요합니다. 하동 건으로 꼬투리를 잡았다 생각했는데 하필이면 이렇게 되지 않았습니까? 제 생각에는 얼마간 조용히 있는 것이 좋겠습니다. 하 대인이 저희 집에 머물고 계시는 것은 아무도 모릅니다. 앞으로도 시간이 많으니 서두르실 것 없지요."

하강의 눈동자가 차갑게 번뜩였다. 자신에게 아직 시간이 많다는 것을 모르진 않았지만, 황궁에 있는 늙은 황제에게도 그럴지는 자신이 없었다. 그는 현경사 수좌로 있으면서 쌓았던 정보와 인맥을 이용해 경성에 몸을 숨기고 있었다. 겨우 숨만 쉬면서 죽은 듯이 살아가기 위해, 가장 위험한 곳에서 이렇게 오랫동안 머문 것은 아니었다. 숨을 쉬고 싶으면 시원하게 쉬어야 했다. 지금 이 자리에서는 강한 척했지만, 실상 하동이 배신하고 하추가 동요함으로써 현경사의 숨겨진 힘은 거의 흩어진 상태였고, 겨우 남은 사람들도 연락이 무척 어려웠다. 남몰래 조종할 수 있는 조정 대신도 있지만, 지금은 그 누구도 떠오르는 별인 태자에게 덤비려 하지 않았다. 가지가지 분통 터지는 일이었다.

물론 살그머니 국경을 빠져나가 숨어 살 수도 있었다. 하강에게도 반드시 소경염과 대적할 이유는 없었다. 그러나 수차례 달아나려다가 어쩔 수 없이 되돌아온 경험을 통해, 체포망이 치밀하게 펼쳐져 있어 날개가 돋아 날아가지 않는 이상 벗어날 방법이 없다는 것을 깨달았다. 그렇지만 이렇게 아무것도 하지 않고 경성에 숨어 있자니, 약점을 잡혀 억지로 우산 노릇을 하고 있는 사람들이 언제까지나 버텨줄지 확신이 없었다.

한때 현경사의 수좌였던 그도 지금은 그물에 잡힌 물고기나 마찬가지였다. 벗어나려 발버둥 치지 않으면, 차츰차츰 말라죽는 결말을 맞이할 수밖에 없었다. 그래서 그는 밤낮 머리를 싸매고 어떻게 하면 소경염의 치명적인 약점을 찾아낼지 생각에 잠겼다. 할 수 있는 것이 있다면 뭐라도 해야 했다. 위험한 행동인지 아닌지는, 지금 그에게는 아무런 의미도 없었다.

"하 대인, 대인을 생각해서 드리는 말씀입니다. 살아 있는 동안에는 훗날을 기약할 수 있습니다."

어사 범정상(範呈湘)은 하강의 음산한 표정에 불안해져 어색하게 웃으며 말했다.

"이번만 잘 넘기면 상황이 좋아질지도 모르고요."

"범 대인."

하강은 그런 무의미한 말을 무시했다.

"핑곗거리를 찾아야 한다고 했소? 좀 더 대담하게 독한 방법을 쓰면 핑계를 만드는 것은 어렵지 않소. 내가…… 핑곗거리를 찾을 곳을 알고 있으니 말이오."

"그…… 그게 어딥니까?"

"매장소의 집."

하강이 잇새로 내뱉었다.

"봄 사냥 때 내가 직접 조사하러 갔소. 하지만 매장소는 구안산으로 갔고, 지키는 사람들도 미리 눈치를 챘는지 모두 흩어져 폐가처럼 텅 비어 있었소. 하지만 이제 매장소가 돌아왔으니 다시 사람 사는 곳 같아졌을 게요. 소경염은 적염군 사건 판결을 뒤집기 위해 차곡차곡 준비하고 있으니, 분명히 증인과 물증을 경성에 모으기 시작했소. 그것들을 어디에 뒀겠소? 동궁은 적당한 곳이 못 되오. 매장소 그자는 기왕의 사람이니 그의 집이 최적의 장소요. 그의 집을 공격하면 소경염이 적염군에 미련을 버리지 못했다는 증거쯤이야 왜 못 찾겠소?"

범정상은 난처한 듯 침을 꼴깍 삼키며 창백한 얼굴로 반박했다.

"하 대인, 말은 쉬워도 행동으로 옮기기는 쉽지 않습니다. 매장소의 집이 판잣집도 아닌데, 공격을 하자면 큰 소란이 일 겁니다.

태자 손에 있는 순방영이 가만히 있겠습니까?"

"물론 때를 잘 맞춰야겠지."

하강이 냉소를 터뜨렸다.

"잊었나본데, 닷새 후면 우리 신임 태자 전하의 혼례식이오. 폐하께서 서두르셨는지 정 귀비가 몸이 달아 그랬는지는 모르나, 태황태후 상의 상복은 5월에나 벗을 수 있고 3년상이 아직 2년 넘게 남았소. 그런데도 태묘에 고하고 하늘의 계시를 받아 혼례를 치르고, 대신 백 일 안에 합방하지 않기로 정해졌소. 결국 형식적으로 흉내만 내겠다는 말인데, 명색이 어사라는 사람들이 탄핵조차……."

"하 대인, 태자 전하는 상주(喪主)가 아닌 증손일 뿐이고, 초혼도 아닙니다. 1년간 상을 치렀고 태묘에 고해 계시를 받은 다음 혼사를 거행하는 것인데, 설령 형식적이라 해도 결국 하기로 정한 일이니 무슨 수로 탄핵을 하겠습니까?"

"그냥 해본 말이지 그 문제로 태자를 걸고넘어지라는 건 아니오. 우습게도 정 귀비와 소경염은 평소 온순하고 효성스런 사람들이었소. 경녕 공주도 증손이니, 태묘에 고하고 계시를 받아 혼인을 치를 수 있소. 혼기 꽉 찬 처녀도 가만히 있는데, 도리어 정 귀비와 소경염은 본분에 맞게 3년상을 치를 생각조차 없소. 대체 무엇 때문에 이리 서두를까?"

범정상은 곁눈질로 하강을 살피며 아무 대답도 하지 않았다.

"사족은 집어치우고 혼례식 이야기나 합시다. 비록 국상 중이라 반쪽짜리 혼례식을 할 수밖에 없으나, 지금 소경염이 어떤 사람이오? 본인은 태자가 되고, 후궁에서는 정 귀비가 가장 높은 자리에 앉아 있소. 중서령 류징은 신부의 할아버지이고, 예부상서는 류징의 사촌동생이오. 결코 위세가 작지 않소. 금릉성 전체가 기쁨에 빠져 너나없이 즐거워하며 설 못지않게 떠들썩할 거요. 순방영은 질서 유지에 동원될 텐데, 매장소의 집이 있는 거리는 신부의 가마가 지나지 않으니 누가 관심이나 갖겠소?"

하강의 양미간에 살기가 스치고 입매는 굳었다.

"내 아직 그만한 힘은 동원할 수 있소. 전(錢) 군후가 내 사람이니 연락해보시오. 그의 부중에 병사 8백 명이 있으니, 밤을 틈타 빠르게 움직이면 민가의 저택 하나 손에 넣기는 식은 죽 먹기 아니겠소?"

그 말에 소매 속에 숨겨진 손이 절로 경련을 일으켰지만 범정상은 황급히 표정을 가다듬고 억지웃음을 지었다.

"그렇군요. 호랑이 굴에 들어가지 않고서 어찌 호랑이를 잡겠습니까? 그게 좋겠습니다. 아직 며칠 시간이 있으니 우선 세세한 계획을 세우십시오. 저도 가능한 한 빨리 전 군후와 상의하겠습니다. 사전에 준비를 철저히 하면 승산이 높아지겠지요."

"그럼 바깥일은 범 대인이 수고 좀 해주시오."

"대인과 저 사이에 무슨 그런 말씀을 하십니까? 밤이 깊었으니 이만 물러가겠습니다."

범정상은 하품을 하고 천천히 밀실을 나왔다. 문을 꼭 닫은 후에야 그는 깊이 생각에 잠겨 침실로 돌아갔다.

"나리, 왜 이리 늦게 오셨어요? 또 하 대인을 만나러 가셨군요?"

안방으로 들어가자 평상복 차림에 눈이 예쁘고 애교 넘치는 여자가 마중 나와 겉옷을 벗겨주었다.

"요주(瑤珠)야, 어찌 아직 안 자고 있느냐?"

"나리께서 돌아오시지 않았는데 소첩이 어찌 잠들겠어요?"

범정상은 허허 웃으며 그녀를 품에 안았다. 그는 본처와 사이가 나빠 각방을 썼고, 첩인 요주를 가장 믿고 예뻐했다. 하강이 한밤 중에 그의 침실로 숨어든 날 요주도 함께 있었고, 그래서 그녀에게는 하강에 관한 일을 거의 털어놓았다.

"하 대인을 만나고 오실 때마다 시름이 가득한 얼굴이시니 마음이 편치 않아요. 소첩은 비록 여자지만, 나리께 어려운 일이 있으면 제게 말씀하세요. 속이라도 풀리시게요."

"너는 모른다."

범정상이 베개에 머리를 눕히며 한숨을 푹 쉬었다.

"하강이 갈수록 미쳐가는구나. 그 사람이야 목숨을 내놓고 싸울 수 있지만, 내 어찌 가족의 목숨과 부귀영화를 그 사람 손에 맡길 수 있겠느냐?"

"그분에게…… 약점을 잡혔다고 하셨지요?"

"오냐, 그랬지……."

범정상은 무거운 눈빛으로 휘장의 꽃무늬를 바라보며 천천히 말했다.

"하지만 이런 식으로 그의 손에 놀아나는 것도 활로는 아니라는 생각이 드는구나. 혹시 공을 세워 태자 전하께 지난 잘못을 사면 받을 수도 있지 않을까?"

요주는 재빠르게 눈동자를 굴리더니 곧 그 말의 의미를 알아차렸다.

"하강을 숨겨준 것을 태자께 고발하고 사면을 해달라 청하시겠다는 말씀이시죠, 나리?"

"똑똑하구나."

범정상이 그녀의 얼굴을 콕 찌르며 웃었다.

"하강은 태자 전하께 꼭 필요한 사람이다. 그를 내주면 사면은 말할 것도 없고, 운 좋으면 앞으로 탄탄대로가 보장될지도 모르지."

"나리…… 결심하셨어요?"

"지금 태자 전하는 정왕 시절처럼 융통성 없는 분은 아닌 듯하구나. 내가 저지른 죄라고 해봤자 뇌물을 받은 것과 몇몇 흉악범을 보호해준 것뿐이고, 벌써 7~8년이나 지난 일이라 거론할 가치도 없다. 태자께서 사면만 해주신다면 당장 저 화근을 체포할 게다. 저울질을 해보면 태자 전하도 거절하시진 못할 게야."

요주가 입술에 웃음을 띠고 고운 눈빛으로 그를 보며 부드럽게 말했다.

"정말 나리께서 말씀하신 대로 되면 참 좋겠어요. 그동안 조마조마해서 너무 힘들었어요. 나리, 어서 가서 태자께 보고하세요."

"네 말이 옳다. 내 본래 조용하게 사는 것을 좋아하는 사람이라 한 며칠 데리고 있다가 빨리 내보낼 생각이었는데, 결국 달아나지 못하고 저렇게 내게 달라붙을 줄 누가 알았겠느냐? 그간 참으로 견디기 힘들었는데, 이제 결심했다. 내일 조회가 끝나면 동궁으로 가서 태자 전하를 뵈야겠다."

"내일이요?"

"이런 일은 빠르면 빠를수록 좋으니 내일 당장 가야지."

"나리의 결단은 틀리지 않았을 거예요. 그럼 마음을 가라앉혀주는 이 탕을 드시고 일찍 쉬세요. 내일도 바쁘시겠군요."

요주는 그렇게 말하고 일어나 화로에서 푹 끓인 탕 한 그릇을 가져와 범정상에게 두어 숟갈 먹였다. 그런 다음 그를 똑바로 눕히고 살살 부채질을 해주었다. 결심을 내려 마음이 조금 편안해진 탓인지 아니면 탕의 효과 때문인지, 채 반 각도 지나지 않아 범정상은 깊은 잠에 빠졌다. 요주는 그의 코고는 소리가 날 때까지 기다렸다가, 어깨를 툭툭 치며 조용히 불러보았다. 그래도 그가 반응이 없자, 그녀는 곧 부채를 내려놓고 슬그머니 침대에서 내려와 까만 바람막이를 걸치고 귀신처럼 표홀하게 먹을 깔아놓은 듯 컴컴한 어둠 속으로 휙 사라졌다.

시름도 바람도

—
63
—

범정상의 집에서 일어난 파문은 바다처럼 고요한 경성의 밤에 파묻혀 아무도 알아차리지 못했다. 그런데 이튿날 의외의 소식이 전해졌다. 범정상의 사망 소식이었다. 이 부고도 처음에는 그다지 큰 반향을 일으키지 못했다. 가장 먼저 신고를 받은 경조윤 관아에서 사망 사건을 조사한 후 실족하여 물에 빠져 죽은 것으로 결론을 내렸기 때문이다. 이품 대신이 자택 후원에서 익사한 사건은 사람들의 입방아에 오르내릴 만한 소재였지만 경성이 뒤흔들릴 만큼 놀랄 일은 아니었다.

하지만 사건은 이상하게 흘러가기 시작했다. 범정상의 부인이 남편의 사인이 잘못되었다고 주장하는 바람에, 경조윤 관아는 하는 수 없이 형부에 도움을 청했다. 채전은 새로 채용한 구양 시랑 (侍郎)을 보내 조사를 시켰다. 무척 영리한 구양 시랑은 범정상의 집 안뜰과 후원을 구석구석 빠짐없이 살피고, 범정상의 부인부터 하인, 하녀에 이르기까지 평소 범정상과 접촉하는 사람을 하나하나 불러 조사한 다음, 그 자리에서 '타살'을 선언했다. 금릉성은 발칵 뒤집혔고, 보고를 받은 형부는 즉시 재조사하기로 결정했다.

7월 15일이 되자 예정대로 태자비를 책봉하는 혼례식이 거행되었다. 국상 중이었기에 연회와 춤곡 등 몇 가지를 생략했는데, 여기다 소경염은 폭죽놀이도 취소하고 신부를 맞이하러 갈 때에도 요란스럽지 않도록 사죽(絲竹)을 금하고 소고(素鼓)만 치게 했다. 하지만 백성들은 성대한 황실의 행차만으로도 충분한 볼거리였으므로 너도나도 나와서 구경했고, 왁자지껄한 소리가 연주 없는 허전함을 채워주었다.

하강이 말한 것처럼, 매장소의 집 앞은 행차가 지나는 곳이 아니었다. 멀리서 들리는 시끌시끌한 소리 덕분에 그의 집은 더욱 고요하게 느껴졌다. 이틀 전부터 린신과 안 의원은 격한 논쟁을 벌였는데 오늘에서야 안 의원이 린신의 제안에 동의하자, 린신은 무엇으로 만들었는지 모를 탕약을 매장소에게 먹였다. 약을 먹은 매장소는 아침부터 밤까지 계속 잠만 잤고 깨어날 기척조차 보이지 않았다. 반면 다른 사람들은 잠 한숨 자지 못했다. 밤새 침대 앞을 지키지는 않았지만, 각자 자기 자리에서 조마조마한 마음으로 기다렸다.

린신도 자지 않았다. 한창 재미나게 백양나무 잎으로 공작 꼬리를 만드는 중이었기 때문이다. 그는 공작 꼬리를 비류의 허리에 묶어 춤을 추게 하려 했고, 형이 잠들어 도와줄 사람이 없는 비류는 이리저리 달아나 집 안은 순식간에 어수선해졌다. 이미 이런 장면에 익숙해진 강좌맹 사람들은 본체만체했지만, 잘 모르는 섭봉은 린신이 아이를 괴롭히는 줄 알고 나서서 도우려 했다. 위쟁이 그런 그를 붙잡고 고개를 저어 보였다.

"별일 아니니 걱정 마십시오. 장군께서 비류의 내력을 모르셔서 그렇습니다."

섭봉이 고개를 돌려 무슨 말이냐는 듯 그를 쳐다보았다. 위쟁은 어깨를 으쓱했다.

"비류가 태어날 때부터 저랬던 건 아니지요! 저 아이는 어릴 때 동영(東瀛)의 신비한 조직에 잡힌 적이 있습니다. 그 조직의 수령은 중원에서 자질이 뛰어난 아이들을 납치하거나 사들여, 바깥세상과 완전히 단절시키고 약물과 술법으로 수련을 시킵니다. 이 아이들은 어른이 되어도 지능이 발달하지 못해 착한 것과 악한 것, 옳은 것과 그른 것을 구분하지 못하고 상식을 이해하는 능력도 낮습니다. 반면 기괴하고 잔인한 무공을 익혀 수령이 시키는 대로 암살이나 기밀을 훔치는 활동을 하게 되지요. 그 조직은 오랫동안 악행을 저질렀지만 처벌을 받지 않았습니다. 한데 우습게도 암살시도 중 태자를 잘못 죽이는 바람에 멸망을 초래하고 말았습니다. 사실 동영의 국왕 또한 그 조직의 존재를 알고 있었음에도 모른 척했던 겁니다. 그런데 외동아들이 그들 손에 죽자 후회막급이었지요. 수령이 붙잡혀 죽은 뒤, 남은 아이들은 가엾게도 자기 힘으로 생활하는 방법을 몰랐습니다. 원수와 다른 무사들의 추적은 피했어도 결국 사회에 적응하지 못하고 거의 죽고 말았지요. 비류는 그 무리 중에서 가장 어린 아이였습니다. 갓 들어가 임무를 맡은 적이 없었기에 원수는 없었지만, 바깥세상을 이리저리 떠돌다 추위와 배고픔에 쓰러져 죽기 직전이었지요. 마침 약재와 필요한 물품을 구하러 동영에 갔던 린 공자가 쓰러진 그를 우연히 발견해 데려온 겁니다."

비류가 본래부터 지능이 낮게 태어났다고만 여겼지, 저 귀여운 소년에게 그토록 어둡고 잔인한 과거가 있을 줄은 생각지도 못한 섭봉이었다. 그는 한참 동안 넋이 나가 있다가 웅얼웅얼 질문을 던졌다.

"비류가 무슨 독으로 당했는지 물으셨습니까?"

위쟁은 그렇게 추측하고 대답했다.

"독은 치료했지만, 지능을 되살릴 방법은 없다는군요. 다행히 수령이 죽었기 때문에 뒤는 걱정하지 않아도 됩니다. 린 공자가 비류에게 장난을 치는 것은 뇌를 단련하는 방법이기도 하지요. 아이를 즐겁게 해줘야 한다면서 늘 저렇게 놀려댄답니다. 그 덕분에 비류는 린 공자를 보기만 하면 달아나기 바쁘고 도리어 소원수를 더 따르게 되었지요."

그런 이야기를 하는 동안, 린신이 용마루에서 비류를 붙잡았다. 그는 비류의 얼굴을 짓눌러 돼지머리처럼 만든 다음 물동이로 끌고 가 자기 모습을 보게 해주었다. 화가 난 비류는 두꺼운 물동이를 걷어차 단번에 산산조각 내버렸다. 두 사람이 벌인 소동은 그날 밤 가장 큰 사건이었고, 날이 밝을 때까지 외부의 침입은 없었다. 며칠 전 하강이 범정상 앞에서 말한 계획은 실행되지 않은 것이 분명했다.

매장소는 내내 잠을 잤다. 정오가 지나고, 황혼이 내리고, 다음 날 아침이 희끄무레 밝아올 때까지 잠만 잤다. 려강과 견평은 더 이상 참지 못하고 린신의 방으로 쳐들어가 매장소와 마찬가지로 달콤한 잠에 빠져 있는 그를 흔들어 깨워 따졌다.

"곧 깨어날 걸세, 곧. 오늘 정오쯤이면 돼."

린신이 씩 웃으며 두 사람을 위로했다.

하지만 정오가 되어도 매장소는 일어나기는커녕 몸 한 번 뒤척이지 않았다. 린신은 기한을 오후로 미뤘다가, 또다시 저녁으로, 다음 날 새벽으로 미루고 또 미루었다. 강좌맹 사람들이 그를 붙잡아 마구 주리를 틀기 직전, 비류가 달려왔다.

"깼어!"

의식을 회복한 매장소는 상태가 훨씬 좋아져 적당히 움직여도 숨이 가빠지지 않았다. 린신이 또다시 비류를 괴롭히려 했지만, 깨어난 매장소가 소년을 보호하며 부채로 린신을 때렸다.

"양심 없는 것들, 너희 둘 다 똑같아."

린신이 원망스레 옆에 앉으며 매장소와 그의 뒤에 숨은 비류를 흘겼다.

"이럴 줄 알았으면 치료해주지도 않았어. 너희 둘 다!"

매장소는 그를 무시하고 려강을 돌아보았다.

"신경 쓰지 말고 계속 말해보게."

"조사 결과는 이렇습니다."

려강이 웃음을 꾹 참으며 린신에게서 시선을 떼고 진지한 표정을 지었다.

"원삼(袁森)이라는 자인데, 시종부터 시작해 7~8년간 몽 통령을 보좌하며 지금은 장수가 되어 큰 신임을 얻고 있습니다. 섭 부인을 모시고 나온 마차를 직접 몰았으니 이 일을 아는 몇 안 되는 사람 중 한 명이지요. 린 공자는, 적이 감옥에 있는 사람이 섭 부인이 아니라는 사실만 알아냈다면 천뢰에만 첩자가 있다는 뜻이지만, 섭 부인을 빼낸 사람이 몽 통령이라고 명확하게 지적했다면 내부에서 소식이 새어나간 것이 분명하다고 하셨습니다. 이 일을 아는 사람은 누구든 혐의가 있지요."

"결과만 이야기하게."

매장소가 눈썹을 치켰다.

"추리 과정은 생략해도 되네. 나도 아니까."

"예, 결국 원삼이 자백했습니다. 몽 통령이 죄수를 바꿔치기했다는 것을 아내에게 말한 적이 있다고 말입니다. 저희는 곧 그의 아내를 조사했지요. 처음에는 이상한 점이 없었지만 우여곡절 끝에 활족이라는 것을 알아냈습니다."

"활족?"

매장소의 눈빛이 살짝 흔들렸다.

"또 활족이군."

"예, 태자 전하의 혼례식 전에 익사한 범 어사가 애지중지하던 첩 역시 활족이었습니다. 오랫동안 신분을 꽁꽁 숨겼지만, 결국 형부의 조사로 밝혀졌지요."

매장소의 얼굴이 서서히 얼어붙었다.

"선기 공주가 죽은 지 몇 년이 흘렀는데 아직도 그녀의 영향력이 남아 있다니. 활족에 진반약 한 사람만 있는 것이 아니군."

그러자 린신이 끼어들었다.

"활족은 연약한 민족으로 알려져 있지만, 남자들만 약하지 여자들은 훨씬 강하단 말이야. 실로 신기하군, 신기해!"

"누구나 하늘의 점지를 받고 태어나고, 자연의 영기가 남자에게만 주어지는 것도 아닌데, 신기할 것이 어디 있나?"

매장소가 옷자락을 만지작거리며 천천히 말을 이었다.

"두 사건은 아무 연관이 없어 보이지만, 활족이 개입되어 있으니 같이 놓고 생각해봐야겠군. 지난날 하강은 선기 공주 때문에 처자식을 버릴 정도였으니 활족과의 관계가 결코 얕지 않네. 아무래도 그가 아직 경성에 있는 것 같아."

린신도 동의했다.

"나도 그래. 수사망이 저렇게 촘촘한데 아직도 종적을 찾지 못한 걸 보면, 처음부터 경성을 떠나지 않고 발각되지 않을 만한 곳에 숨어 있는 것이 분명해. 가령 범 어사의 집이라든가……."

매장소가 그를 향해 눈을 흘겼다.

"경성 밖에서 하강의 흔적을 찾아냈다고 한 사람이 누구였더라? 사람을 보내 조사 중이라고 하지 않았나?"

"조사를 했는데…… 그 늙은이가 친 연막이었어."

린신이 울적하게 대꾸했다.

"자네 부름을 받고 서두르던 길만 아니었어도 이렇게 바보처럼 당하진 않았을 텐데, 이런 망신이……."

매장소가 참지 못하고 웃음을 터뜨리며 위로했다.

"됐네. 그게 무슨 망신인가? 기껏해야 창피 좀 당한 거지."

린신은 의심스러운 듯 한참 동안 눈동자를 굴리다가 물었다.

"망신당한 것이나 창피당한 것이나 거기서 거기 아닌가?"

"그래?"

매장소는 잠깐 생각하다가 고개를 끄덕였다.

"흠, 그런 것도 같군."

그의 곁에 앉아 있던 비류의 입꼬리가 절로 삐죽 올라갔다. 린신이 비류의 뺨을 꼬집으며 소리쳤다.

"네 이놈! 네 형이 날 놀리는 걸 보니 기분이 좋다 이거냐?"

"응!"

비류가 뺨이 쭉 늘어난 상태에서도 큰 소리로 대답하자, 옆에 있던 사람들도 웃음보가 터졌다.

"오냐, 그래, 너희와 똑같은 수준으로 놀 수는 없지. 얼마나 창피를 당했든 그 몇 배로 갚아주면 돼."

린신은 턱을 치켜들고 말했다.

"장소, 똑똑히 듣게. 하강은 이제 내 차지야. 그자가 쥐구멍 속에 숨어 있다 해도 내 손으로 끌어낼 테니 자넨 끼어들지 말게, 알겠나?"

매장소는 호의를 알아채고 빙그레 웃은 다음 고개를 돌려 려강에게 물었다.

"채전이 하동 누님이 댄 핑계를 다시 조사하진 않았겠지? 무슨 소식이라도 있나?"

"예, 채 대인은 정말 신중한 분이었습니다. 천뢰 내부 조사는 물론이고, 태자 전하까지 찾아가 에둘러 확인을 했더군요. 다행히 저희가 미리 대비해뒀기 때문에 큰 허점은 찾아내지 못했고, 채 대인 역시 많이 지치셨더군요. 지금까지는 문제없이 마무리되었다고 볼 수 있으니, 염려 마십시오."

매장소는 만족스레 고개를 끄덕였다. 그때 견평이 쟁반을 들고 들어와 물었다.

"종주, 이건 어떻습니까?"

"뭔데?"

린신이 다가가 살폈다. 새하얀 옥으로 깎은 병인데, 조각 솜씨는 훌륭했지만 그다지 진귀해 보이지는 않았다.

"이런 건 뭐에 쓰려고?"

"선물일세."

매장소가 웃으며 대답한 후 견평을 돌아보았다.

"그거면 됐네. 포장해두게."

머리 회전이 빠르고 영리한 린신은 곧 이유를 깨닫고 큰 소리로 웃었다.

"태자 전하의 혼례 선물인가? 진귀하지도 않고, 딱 봐도 너무 대충 고른 느낌이군."

"경염은 이제 태자가 되었네. 물건이 부족하지도 않고 선물에 별로 관심도 없을 텐데, 귀한 것을 줘봤자 낭비이니 저 정도가 딱 좋아. 어쨌든 축하인사는 하러 가야 하니 격식은 차려야지."

"어쩐지 오늘 또 비류에게 새 옷을 주더라니. 비류를 데리고 동궁으로 갈 생각이었나?"

린신이 비류의 앞머리를 쓰다듬으며 물었다.

"하긴, 축하하러 갈 만한 사람은 모두 갔고, 자넨 그를 따라 봄 사냥에 갔다가 반란을 직접 겪기도 했으니 가지 않으면 이상하겠지. 내 덕분에 오늘 자네 얼굴은 귀신처럼 창백하지도 않으니 나가서 사람을 좀 만나도 아무도 놀라지 않을 거야."

"그래, 모두 자네 덕분일세."

매장소는 농담 반 진담 반 두 손을 모아 정중하게 인사했고, 린신도 질세라 장난스레 답례인사를 했다. 비류는 아무 생각 없었지만, 려강과 견평은 그 모습에 꽤히 마음 한구석이 아려왔다. 하지만 차마 겉으로 드러낼 수 없어 고개를 숙이고 살그머니 물러나

외출 준비를 했다.

"참, 천뢰에서 궁우가 발각된 사건은 조사를 끝냈으니 궁우도 위로가 되겠지. 죄수를 바꿔치기하는 것은 본래 그녀의 생각이었는데 이 사단이 났으니 자네를 귀찮게 했다고 속으로 미안해하고 있을 거야. 자네가 병이 난 동안에는 매일매일 와서 자리를 지켜놓고, 막상 자네가 깨어나니 차마 찾아오지도 못하는군."

매장소가 눈썹을 살짝 찌푸렸다.

"의견은 궁우가 냈지만 최종 결정을 한 사람은 날세. 궁우가 돌아왔을 때 섭봉 형님이 일부러 찾아가 감사인사까지 했는데 어째서 그렇게 고지식한지 모르겠군. 자네가 좀 달래보게."

"달래봤지. 천뢰에서 돌아온 뒤로, 비류만 빼고 이 집에 있는 모든 사람이 다 달랬네만, 궁우에게는 우리가 백 번 천 번 말하는 것보다 그 누군가의 한 마디가 더 효과적일 거야. 수고스럽겠지만 그녀를 불러 몇 마디 위로해주고 좀 웃어주게."

매장소는 눈꺼풀을 내리뜨고 무심한 얼굴로 묵묵히 앉아 있다가, 한참 후에야 가벼운 목소리로 물었다.

"린신, 내가 가서 위로하지 않으면 궁우는 어떻게 될까?"

이런 질문은 뜻밖이었는지 린신은 어리둥절했다.

"어떻게 되기야 하겠나? 마음만 좀 불편하겠지."

"그렇다면 구태여 쓸데없는 일을 할 필요가 있겠나?"

매장소는 아무 표정이 없었고 말투도 쌀쌀했다.

"지금 내겐 모든 사람의 마음까지 챙길 여력이 없네. 미안하지만 그냥 두는 수밖에."

린신은 아무 말 없이 고개를 외틀고 매장소의 얼굴을 빤히 보았다. 그 자세가 오랫동안 이어지자 비류는 저도 모르게 그를 따라 고개를 삐딱하게 꼬고 눈을 끔뻑끔뻑하며 형을 바라보았다.

그때 뜰 문밖에 려강이 나타나 보고했다.

"종주, 마차가 준비되었습니다."

매장소가 대답하고 일어나 밖으로 나가자, 뒤에 남은 린신은 오랜만에 진지하게 한숨을 쉬었다.

"솔직히 남자로서 자넨 참 잔인해."

매장소의 귀에도 그 말이 분명하게 들렸지만, 그는 못 들은 척 고개조차 돌리지 않고 똑같은 걸음걸이로 그곳을 벗어났다.

텅 빈 방에는 린신만 남았다. 그는 고개를 들고 손바닥으로 눈을 가린 채 손가락 틈으로 햇빛을 바라보았다. 한참 그렇게 보다가 스스로도 무의미하다는 생각이 들었는지 손을 툭툭 털며 혼잣말을 했다.

"미인의 슬픔을 알고도 도울 수가 없으니 실로 죄악이로다, 죄악이야."

봄 사냥에서 반란을 겪고 경성으로 돌아와 번개같이 예왕 일당을 처벌한 황제는 갈수록 몸이 나빠지는 것을 느꼈다. 진맥을 한 어의들은 말로는 푹 쉬면 괜찮다고 했지만, 표정에서는 상태가 썩 좋지 않은 것을 알 수 있었다. 늙고 병들면 목숨이 귀한 것을 실감한다고, 황제 역시 결코 손에서 놓고 싶지 않았던 것들을 내려놓을 수밖에 없었다. 그리하여 태자에게 감국을 맡긴다는 조서를 내렸고, 황제가 조당에 나가지 못할 때에는 태자가 승건전(承乾殿)에서 일반 정무를 대신하라고 명했다. 황제도 처음에는 시험하고 관찰할 생각이었으나, 태자가 신중하고 공평하게 일처리를 하고 세력을 불리려는 조짐을 보이지 않자 반쯤 마음을 놓았다. 그래서 삼공과 육부 중신들에게 조정 대사에 관한 보고를 듣는 날을 제외하고 평소에는 몸조리에만 심혈을 기울였다.

정무 처리 권한과 대국의 안정을 맡은 덕분에 소경염의 태자 자리는 전임자보다 훨씬 튼튼했다. 하지만 훨씬 고되기도 했다. 승건전에서 수많은 보고를 듣고 잔뜩 쌓인 상주문에 비답을 단 후에도 동궁에서 중신들을 만나 처리하기 어려운 일들을 논의해야 했다.

지금 육부는 대부분이 1~2년 사이에 상서가 바뀌어, 당쟁에 참여한 사람은 전 태자의 옛 신하인 병부상서 이림(李林)뿐이었다. 그는 사설 제포방 사건 때 정왕이 군수물자를 유용했다고 고발한 적이 있었다. 그 일로 정왕은 도리어 칭찬을 받았지만, 어쨌든 그가 정왕을 공격한 것은 사실이었다. 전 태자가 폐위되고 정왕의 지위가 나날이 높아지는 동안 이림은 어떻게든 잘못을 만회하려고 아첨을 했으나, 아무리 노력해도 소경염은 반응이 없었다. 태자가 감국이 되자, 이림은 이제 벼슬길도 끝났구나 싶어 매일 전전긍긍하며 처분을 기다렸다. 하지만 한참 뒤 파직은커녕 도리어 중요한 임무를 맡게 되었다. 경성 부근의 주둔군 교대 개선안을 병부에서 책임지고 작성해내라는 것이었다.

이림은 곰곰이 생각해봤지만 태자가 무슨 뜻으로 이런 명령을 내렸는지 짐작이 가지 않았다. 호부상서 심추의 싸늘한 조소를 받고서야 마침내 신임 태자는 전임자와는 다르다는 것을 느끼고, 상사의 뜻을 헤아리려고 애쓰기보다는 우선 시킨 일부터 처리해야 한다는 것을 깨달았다.

오랫동안 병부상서 자리에 앉아 있던 그는 군사 제도의 폐단을 꽤 잘 알고 있어서, 당파를 떠나서 보면 능력은 충분했다. 마음먹고 전력을 쏟아부은 결과 열흘 후 올린 입안은 조정에서 큰 호평을 받았고, 상세한 조항 몇 가지만 수정하여 황제에게 올라가 실행 허가를 받아냈다. 주군의 허락과 동료의 칭찬은, 여러 해 동안 당쟁에 빠져 있던 이림에게 오랜만에 보람과 기쁨을 가져다줬다. 지난날의 악감정을 마음에 담아두지 않는 태자에 대해서도 더 이상 두려워하거나 황송해하지 않고 충심을 다해 따르게 되었다.

"당쟁이란 악몽 같은 것이지요. 그 악몽 속에서 지쳐 쓰러진 사람도 있지만, 요행히 깨어난 사람도 있습니다."

동궁의 편전에서 정무 논의가 끝난 후 심추가 감개무량한 목소리로 말했다.

"사실 처음 벼슬길에 오를 때 대부분은 나라에 보답하고 가문을 빛내겠다는 포부를 품지요. 하지만 혼탁한 관료 사회에서 점차 그 마음을 잊고 어쩔 수 없이 흐름에 휩쓸리게 됩니다. 전하께서 조정의 기강을 바로잡으시면서 그들에게 기회를 주시니 참으로 어진 마음이십니다."

"허나 이런 기회를 계속 줄 수는 없습니다. 벌써 타성에 젖은 사람도 있어 아마 바꾸기 어려울 겁니다."

언제나 심추보다 급진적인 채전이 눈썹을 치켜세우며 말했다.

"세상에 현명한 선비들은 많습니다. 바뀌지 않는 자들의 자리를 아직 세사에 물들지 않은 가난한 학자들에게 준다면 더욱 좋지 않겠습니까?"

"가난한 집안이든 권문세가든 학자라면 벼슬길에 나설 수 있어야 하오. 가문을 따지지 않고 공평하게 대우하면 되는 것을, 하나를 바로잡겠다고 다른 쪽으로 과도하게 기울어선 안 되오. 관리로서 정치를 할 때 가장 중요한 것은 경험이라는 것을 잊지 마시오. 신진 관료는 품성이나 추진력은 뛰어나지만 아무래도 경험이 부족하오."

"나면서부터 아는 사람이 어디 있소? 연마할 기회를 많이 주다 보면 자연스레 노련해지는 것이오."

"그래도 시간은 필요하지 않소."

심추가 손을 내저었다.

"주둔군 교대 개선안만 해도 그렇소. 이림의 연륜은 그저 장식이 아니오. 다른 사람에게 맡겨도 이보다 더 빈틈없고 정곡을 찌르지는 못했을 거요."

"병부의 안이 훌륭하다는 것은 인정하오. 하지만 그 하나로 대부분이 그렇다고 유추할 수는 없소. 연륜과 경험은 사람마다 다르오. 1년 만에 남들 10년 걸릴 일을 익히는 사람도 있고, 같은 자리에 10년을 앉아 있어도 아무것도 모르는 사람도 있소. 매사 한 가지로만 판단할 수는 없는 법, 반드시 한 사람 한 사람 따로 살펴야 하오."

"이 넓은 땅에 지방 관리가 얼마나 많은데, 통일된 제도와 기준 없이 어찌 한 사람 한 사람 살필 수 있겠소? 수많은 조정 관리를 어디서 찾아낸단 말이오?"

"어렵다고 하지 말자는 말이오? 인재를 찾아내고 현명하고 재능 있는 사람을 등용하는 것은 제왕의 가장 중요한 본분이오. 지금 조정에는 자리만 차지하고 녹봉을 축내는 사람이 많으면 많았지 결코 적지 않소. 태자 전하께서 정무를 맡으셨으니 새 조정답게 새로운 기상이 필요하오."

가장 신뢰하는 두 신하의 논쟁을 진지하게 듣고만 있던 소경염이 눈살을 찌푸리며 낮은 목소리로 말했다.

"채 경, 말을 삼가시오. 새 조정이라니?"

채전은 실수를 깨닫고 황급히 허리를 숙이며 사죄했다.

"실언을 용서하십시오. 신이 말씀드리고자 한 것은……."

"됐소. 채 경의 뜻은 아오. 하지만 앞으로는 조심하시오."

"예."

소경염이 두 사람에게 계속 이야기하라고 하려는데, 내관이 들어와 아뢰었다.

"태자 전하, 객경 소철이 혼례를 축하드리기 위해 찾아왔사옵니다. 밖에서 기다리고 있사옵니다."

구안산에서 돌아온 후 소경염은 업무로 바쁘고 매장소는 병이 난 데다 마음의 응어리까지 더해져, 서로 긴밀하게 소식을 주고받으면서도 오랫동안 직접 만나지는 않았다. 갑작스러운 소철의 방문 소식에 소경염은 다소 얼떨떨해져 멍하니 내관을 바라보며 한동안 아무 말도 하지 못했다.

"전하, 소 선생이 일부러 축하하러 찾아왔는데 부르지 않으십니까?"

심추가 의아한 듯 물었다.

"아."

소경염은 정신을 차리고 서둘러 대답했다.

"소 선생을 안으로 모셔라."

내관이 허리를 숙이고 물러났다가 잠시 후 매장소를 데리고 들어왔다. 이때 소경염은 다소 마음을 가라앉혀 격한 표정을 짓지 않도록 스스로를 다잡았다. 눈을 내리뜨고 천천히 걸어들어온 매장소는 마지막으로 만났을 때보다 다소 야위었지만 안색은 약간 좋아 보였다.

촉에서 난 비단으로 만든 단풍색 장삼 차림을 한 그는 새까만 머리를 정수리에 올려 묶은 채 손에는 하얀 부채를 들고 있었다. 바람에 소맷자락이 살며시 나부끼는 모습조차 표표하고 우아했고 옥같이 맑은 풍격이 느껴졌다. 하지만 진상을 아는 소경염은 날카로운 칼로 가슴을 마구 도려내는 것 같아 도저히 그를 똑바로 볼 수가 없었다.

"태자 전하께 인사 올립니다."

"내전이니 예의 차리실 것 없소. 앉으시오, 소 선생. 선생께 차를 드려라."

"감사합니다, 전하."

매장소는 허리 숙여 인사한 후, 자리에 앉지 않고 뒤에 있는 비류에게 선물 상자를 바치라고 눈짓했다.

"전하께서 태자비를 맞는 기쁨을 누리신다 하여 약소하나마 작은 선물을 마련했으니 부족하지만 받아주십시오."

소경염은 시종을 시켜 선물을 받았다. 심추와 채전의 호기심 어린 표정을 본 그가 피식 웃으며 상자를 열어보니, 안에는 평범한 옥병 하나만 들어 있었다. 이목을 끌지 않으려는 매장소의 뜻을 읽고 그가 간단히 인사치레를 했다.

"신경 써주어 고맙소."

처음 동궁에 온 비류는 선물 상자를 건네자마자 이리저리 둘러보기 시작했다. 매장소가 비류를 아우처럼 아낀다는 것을 아는 소경염은 소년을 제지하고 싶지 않아 마음대로 놀라고 허락했다.

"앞뜰에서 놀아라."

매장소가 당부한 후 비류를 내보냈다.

"소 선생, 지난번 찾아가니 와병 중이라던데 이젠 괜찮으시오?"

소경염이 평소 깐깐하게 예절을 따지지 않는다는 것을 아는 심추는 매장소가 맞은편 자리에 앉자 관심어린 목소리로 물었다.

"걱정해주셔서 감사합니다, 심 대인. 더운 여름이라 천식이 도졌을 뿐 별일 아닙니다."

채전도 그가 몸이 약한 것을 알고 있었기에 눈살을 찌푸렸다.

"소 선생 같은 나라의 인재가 병 때문에 포부를 펼치지 못하다니, 참으로 유감이오. 완치할 방법이 없는 것이오?"

매장소가 소경염을 흘끗 쳐다보았다. 그는 이 화제를 계속하고 싶지 않아 빙그레 웃으며 담담한 목소리로 말했다.

"천명이 그러하니 천천히 치료해야지요. 참, 채 대인, 범 어사의 사망 사건에 새로 밝혀진 것이 있습니까?"

"그렇소. 진범이 무척 영리해서 연막을 쳐 수사를 다른 방향으로 돌리려 했소. 하지만 사전에 계획한 것이 아니라 갑작스레 일어났기 때문인지 흔적을 많이 남겼고 진술에도 허점이 있었소. 선생도 물론 아시겠지만, 흉악한 범죄에서 거짓말을 하거나 혐의가 가장 짙은 사람은 반드시 범인이 아닐지라도, 최소한 속사정은 아는 사람이오. 이 사건을 맡은 구양 시랑은 사소한 부분에서 수수께끼를 파헤쳐내는 인물이오. 그를 속이는 것은 이 몸을 속이기보다 더 어려울 거요."

"그렇다면 형부가 잡아 가둔 그…… 이름이 뭐라더라, 아무튼 그 첩이 진범이란 말이오?"

심추가 물었다.

"당장은 그렇다고 단정할 순 없지만, 거짓말을 가장 많이 하고 수상쩍게도 체포되기 전 몰래 달아나려고 해서 혐의가 가중되었소. 하지만 제법 입이 무거워 아직 버티고 있소. 게다가…… 아직 납득할 만한 살인 동기를 찾지 못했소."

"듣자니 그녀가 활족이라지요?"

매장소가 지나가는 말투로 물었다.

"반은 그렇소. 어머니는 활족이고 아버지는 대량 사람이니 일반적인 관점에서는 대량 사람이라고 해야 하오."

채전이 눈썹을 꿈틀하며 매장소를 바라보았다.

"그녀의 내력을 조사하다가 발견했지만 형부에서는 별로 심각하게 생각지 않았소. 설마 소 선생은…… 그 사실이 중요하다고 생각하시오?"

"그런 건 아닙니다."

매장소가 빙긋 웃었다.

"요즘 늘 하강이 어디로 달아났을까 고민하던 차라 활족이라는 말에 민감하게 반응하게 되는군요."

채전이 경악한 듯 물었다.

"하강과 활족 사이에 무슨 관계라도 있소?"

"모르셨소?"

심추가 눈을 동그랗게 뜨고 친구를 쳐다보았다.

"활족의 마지막 공주가 하강의 연인이었소."

"뭐요?"

"활국이 멸망한 후 수많은 귀족 여자가 각지로 흩어져 하녀가 되었소."

심추가 간단히 설명했다.

"하강의 부인은 활족의 공주가 엄동설한에 빨래를 하는 것을 보고 가엾은 마음에 그녀를 집으로 데려가 누이동생처럼 보살폈소. 같이 지내는 날이 길어지면서 그 공주가 하강과 눈이 맞을 줄 누가 알았겠소? 성품이 강직한 전대 장경사였던 하 부인은 화가 나 아들을 데리고 떠나버렸고, 여태껏 어디서 어떻게 지내는지 아무도 모른다오."

"듣고 보니 결코 작은 일이 아니구려."

채전이 멍하니 말했다.

"한데 이 몸은 어찌 모르고 있었을까?"

심추가 그를 흘끗 쳐다보았다.

"선기 공주는 7년 전에 죽었고, 채 대인은 5년 전에야 경성에 들어왔으니 이미 소문이 가라앉은 후였소. 하강은 신분이 높고 남몰래 움직이는 현경사의 수좌인데, 채 대인처럼 엄격한 사람 앞에서 누가 감히 쓸데없이 하강의 집안 사정을 떠벌리겠소?"

"허나 활족 여자를 첩으로 맞이한 귀족이 한둘은 아니오. 하강의 연인이 공주라 해도 어쨌거나 망국의 공주인데 주의할 필요가 있소?"

"채 대인은 선기 공주를 잘 모르시는군요."

매장소가 정색을 하고 말했다.

"그녀는 연인만 믿고 살아가는 평범한 사람이 아닙니다. 그녀는 활족이 멸망하기 전 나라의 정무를 맡은 공주 중 한 명으로, 전사한 큰언니 영롱 공주에 버금가는 지위에 있었습니다. 훨씬 교활하고 재능을 숨기는 데 뛰어나 수많은 사람이 그녀가 위험하다는 것을 인지하지 못했지만, 사실 선기 공주는 놀랄 정도로 활족을 단단히 장악하고 있었습니다. 지금은 죽고 없지만, 하강은 많든 적든 그녀에게서 활족에 대한 통제력을 이어받았을 겁니다. 다른 살인 동기를 찾지 못하셨다면, 비밀을 지키기 위해 죽였을 가능성도 조사해보십시오."

"비밀?"

"범정상이 자신의 첩이 하강을 도와주고 있다는 것을 발견했을 수도 있지요. 어쩌면 범정상 본인이 하강을 보호하다가 어떤 연유로 인해 배신하려고 했을 수도 있고요. 하강은 여러 해 동안 현경사를 다스렸으니, 분명 우리가 상상하지 못하는 비밀스런 힘을 가졌을 겁니다. 어서 빨리 찾아내지 못하면 태자 전하께 어떤 위해를 가하게 될지 장담할 수 없습니다."

채전이 눈썹을 꿈틀거리며 주저하듯 말했다.

"선생의 말씀이 옳소. 여태 하강을 잡지 못한 것은 전하께나 형부에나 크나큰 걱정거리요. 이 사건이 하강과 일말의 관련이라도 있다면 그것부터 철저히 조사해야 하오."

"일반적인 살인 사건이라면 상관없으나 정말 하강과 관련이 있다면 그의 행적을 찾아낼 좋은 기회입니다."

"참, 구양 시랑이 사건 기록을 정리해 왔는데, 마침 오는 길에 보려고 가져왔소. 한번 보시겠소? 우리가 놓친 부분을 찾아낼지 도 모르잖소?"

매장소가 대답하기도 전에 귀 기울여 듣기만 하던 소경염이 목 청을 가다듬고 나섰다.

"채 경, 그만하면 경도 세심하게 살피고 있소. 소 선생은 병이 갓 나았으니 너무 신경 쓰게 하지 말고 가벼운 화제로 바꾸는 게 좋겠소."

관복 소매를 더듬어 문서를 찾던 채전은 태자의 말에 동작을 딱 멈췄다. 소경염은 이 말을 하면서 가능한 한 차분한 표정을 유지 하려고 애썼기에, 그가 나서서 막은 이유가 정말 매장소의 몸을 걱정하기 때문인지 아니면 형부의 문서를 직위도 없는 객경에게 함부로 보여주는 것이 언짢기 때문인지 판단하기 어려웠다.

옆에서 지켜보던 심추는 더욱 눈치가 빨랐다. 두 사람이 오랫동 안 만나지 않았다는 사실과 조금 전 소경염이 약간 망설인 후 매 장소를 불러들인 일을 나란히 떠올리자, 태자가 책략에 능한 이 기린지재를 멀리하려나보다 싶은 생각이 들었다. 순간 그는 가슴 이 쿵쿵 뛰어, 재빨리 채전에게 사죄하라는 눈짓을 보냈다. 채전 도 바보가 아니었기에 곧 그 뜻을 알아챘다. 곰곰이 생각해보면 이야기하다 신이 난 나머지 부적절한 행동을 한 것이므로, 얼른 허리를 숙이고 예를 차렸다.

"신이 생각이 모자랐습니다. 소 선생을 귀찮게 해서는 안 되지 요. 부디 용서하십시오, 전하."

소경염은 두 상서가 무슨 오해를 하든 신경 쓰지 않았지만, 매 장소에게까지 똑같은 오해를 사고 싶지 않아 해명했다.

"선생의 병이 마음을 편히 해야 낫는다고 들었소. 하물며 선생은 동궁에 일을 하러 온 것도 아니잖소. 중요한 것을 지적해줬으니 상세한 부분까지 신경 쓸 필요 없소."

매장소는 소경염을 가만히 바라보았다. 그가 불편한 듯 자신의 시선을 피하자 더럭 의심이 들었다. 심추가 허허 웃으며 분위기를 수습했다.

"전하의 말씀이 옳습니다. 이게 다 채 대인 잘못이오. 소 선생은 전하께 축하를 드리러 왔는데, 차 한 모금, 간식 한 점 맛보기도 전에 사건 이야기부터 늘어놨으니……."

범정상 사건을 먼저 꺼낸 사람은 매장소였다. 하지만 채전이 아무리 강직한 성품이라 해도 이런 상황에서 그런 것을 따질 만큼 융통성이 없진 않았기에, '그럼, 그럼' 하며 얼렁뚱땅 심추의 말을 받아넘겼다.

하지만 그런 채전과는 달리, 매장소는 무슨 이유에선지 물러나려 하지 않고 빙그레 웃으며 말했다.

"전하의 호의에 감사드립니다. 하지만 채 대인이 말씀하신 그 문서는 꼭 보고 싶군요. 허락해주시겠습니까?"

하늘에 정이 있다면

—
64
—

눈치 없는 매장소의 말에 심추와 채전은 어떻게 반응해야 할지 몰랐다. 다행히 소경염은 명을 거스르는 매장소에게 화가 나진 않았는지, 잠시 망설이다가 대답했다.

"선생이 관심이 있으시다니, 채 경, 한번 보여주시오."

채전은 심추와 재빨리 눈짓을 주고받은 후 소매에서 문서를 꺼내 매장소에게 내밀었다. 대략 열 장 정도 되는 두껍지 않은 문서로 깔끔하게 장정되었고, 필체는 작지만 또렷했다. 매장소는 문서를 받은 후 소경염에게 사과부터 하고 의자 등받이에 기대 편안한 자세로 문서를 펼쳤다. 다른 세 사람도 그가 문서를 읽는 동안 넋놓고 앉아만 있을 수는 없었다. 하물며 상석에 앉은 사람은 존귀하기 그지없는 태자 전하였다. 심추는 재빨리 머리를 굴려 썰렁해진 분위기를 바꿀 만한 화제를 찾아냈다.

"전하, 다음 달에 폐하의 생신이 있습니다. 작년 생신 때 전하께서 바치신 빼어난 사냥 매를 폐하께서 몹시 마음이 들어 하셨지요. 올해는 더 좋은 선물을 마련하셨겠지요? 하하하……."

"자식으로서 가장 좋은 선물은 효도요. 내가 삼가고 덕을 닦아 실수 없이 정무를 처리한다면, 무슨 선물을 드려도 부황께서는 기뻐하실 거요."

소경염은 평소와 다름없는 태도를 유지하려 애쓰며 심추, 채전과 계속 이야기를 나눴고, 이따금 매장소 쪽을 흘끗 돌아보곤 했다. 매장소는 다른 사람들이 무슨 이야기를 하든 신경 쓰지 않고 사건 기록 문서의 내용에 푹 빠진 것처럼 잔뜩 몰두한 표정으로, 한 장 한 장 종이를 넘기며 가끔씩 차를 한 모금 마셨다.

소경염의 시선이 또 한 번 그에게로 날아들었을 때, 매장소는 막 찻잔을 소반에 내려놓다가 우연히 간식에 손이 닿자 자세히 보지도 않고 한 점 집어 입에 넣으려던 중이었다. 순간 심추와 채전의 눈앞으로 뭔가 번뜩했다. 어느새 매장소에게 달려간 소경염이 그의 손을 낚아채고 거의 입에 들어갈 뻔한 간식을 빼앗아 휙 집어 던졌다. 이 기괴한 광경에 방 안의 모든 사람이 그 자리에 얼어붙었다. 소경염 자신조차 행동이 끝난 후에야 부적절했다는 것을 깨닫고 어쩔 줄 몰라 시선을 불안하게 움직이며 말했다.

"이 과자는…… 새것이 아니오."

동궁에서 손님을 접대할 때 내놓는 간식이 새것이 아니라는 말은 실로 아무도 써본 적 없는 색다른 핑계여서, 차라리 말하지 않느니만 못했다. 매장소의 시선이 천천히 소반으로 향했다. 소반 위 접시에는 다양한 고급 과자가 놓여 있었다. 부용떡, 황금사(黃金絲), 호두과자, 그리고…… 개암과자.

겉모습만 봐서는 매장소는 큰 충격을 받은 것 같지 않았다. 눈을 내리뜨고 안색이 창백해졌지만 그뿐, 그 순간 그의 마음이 얼마나 요동치고 조여드는지는 아무도 알아볼 수 없었다. 일부러 떠본 것이지만, 그 결과를 확인하고 나자 매장소는 말로 표현할 수 없을 만큼 괴로워 가슴이 저려옴이 느꼈다. 그의 얼굴이 찬물을 쏟아부은 듯 싸늘해졌다.

소경염은 여전히 매장소의 손목을 잡고 있었다. 한때는 힘 있고 튼튼하던 손목이 지금은 연약하게 바르르 떨리고 있었다. 가슴에 얹힌 큼직한 바위가 점점 더 세게 짓눌러와 온몸의 힘을 모조리 빼내버리는 것만 같았다. 하지만 그 외에는, 소경염도 더 이상 아무런 행동도, 말도 할 수 없었다.

앞에 앉은 사람은 그의 가장 친한 친구지만, 동시에 그가 잘 아는 그 친구는 아니기 때문이었다. 마침내 되돌아온 임수는 이제 단단한 철을 두드려 만든 것 같은 지난날의 그 임수가 아니었다. 소경염은 이런 민감한 순간에 말이나 행동에서 실수를 저지르고 싶지 않아 그저 그의 손목을 잡은 채 묵묵히 서 있기만 했다.

한참 후, 매장소는 그의 손아귀에서 살짝 팔을 빼내고 의자 팔걸이를 짚으며 천천히 일어났다. 그리고 굳은 잿빛 입술로 나지막이 말했다.

"집에 할 일이 있으니 그만 물러가게 해주십시오."

"소……."

소경염은 입을 달싹였지만 끝내 하고 싶은 말을 입 밖으로 내지 못하고, 돌아서서 느릿느릿 힘없이 밖으로 나가는 매장소의 모습을 지켜보기만 했다.

심추와 채전은 넋이 나갔다. 두 사람 모두 당장 튀어나올 듯이 눈을 동그랗게 뜨고 입을 헤 벌린 채 똑같은 표정을 짓고 있었다.

하지만 소경염은 그들이 곁에 있다는 사실마저 잊은 듯 굳은 듯이 그 자리에 서 있다가 휙 쫓아나갔다.

매장소는 가능한 한 서둘렀지만, 병이 나은 지 얼마 되지 않은 데다 감정까지 북받쳐 얼마 못 가 팔다리와 뺨이 뻣뻣해짐을 느꼈다. 간신히 복도 바깥 계단까지 나온 그는 후들거리는 무릎을 붙잡고 난간에 기대 쉴 수밖에 없었다. 돌아보지 않아도 소경염의 시선이 뒤를 쫓고 있다는 것이 느껴졌다. 그 때문에 이를 악물고 버텼다. 이 순간만큼은 약한 모습을 보이고 싶지 않았다.

그 옛날 그들은 늘 함께 있으며, 함께 말을 타고, 함께 시합하고, 함께 가을 사냥의 으뜸을 놓고 싸우고, 함께 전쟁터의 전화(戰火)를 견뎠다. 선봉이 적을 유인하여 머릿수가 수십 배인 적군에 포위되었을 때, 서로 등을 마주하고 함께 혈로를 뚫기도 했다. 오만하고 제멋대로인 임수로서 그는, 소경염이 달려와 진흙처럼 약해빠진 그의 몸을 부축하며 연민이 가득 담긴 목소리로 이렇게 물을 날이 오리라곤 상상조차 못했다.

"소수, 괜찮나?"

상상할 수도 없었고, 받아들일 수도 없었다.

그래서 그는 달아났다. 서둘러 이 자리를 벗어나고 싶었다. 집으로 돌아가 마음을 가라앉힌 후 천천히 고민하고 천천히 결정을 내리고 싶었다.

하지만 숨을 고른 후에도 그는 다시 걸음을 옮길 수가 없었다. 갑자기 측문에서 비류가 불쑥 튀어나와 그를 향해 달려왔기 때문이다. 평소보다 무거운 발걸음이었고 품에는 커다란 잿빛 늑대가 안겨 있었다.

"안 깨!"

소년이 불아를 형 앞에 쑥 내밀며 불안하고 어쩔 줄 모르는 목소리로 말했다.

"안 깨어나!"

매장소는 투명하리만치 창백한 손가락으로 늑대의 짙은 털을 만졌다. 손가락 끝에 차갑고 딱딱한 것이 느껴지자 심장이 욱신욱신했다. 불아의 눈은 감겨 있었고 표정은 평온해 보였다. 비류가 몇 번이나 머리를 일으켜 세웠지만 손을 놓자마자 힘없이 툭 떨어졌다.

측문 쪽에서 또 다른 발소리가 들려왔다. 동궁의 순위 장군으로 자리를 옮긴 열전영이 쫓아온 것이다. 땀투성이가 된 그는 태자까지 밖에 있는 것을 보고 깜짝 놀랐지만, 사죄를 하기도 전에 소경염이 가만히 있으라는 손짓을 했다.

불아는 벌써 열여섯 살을 바라보고 있었으니 늑대치고는 장수한 편이었다. 불아의 죽음은 물론 마음 아프지만, 이성이 있는 성인에게는 견디지 못할 만큼 슬픈 일은 아니었다. 하지만 비류는 그런 것을 알지 못했다. 불아가 관에 들어가는 것을 본 순간 달려들었고, 열전영이 그를 붙잡아 달랬다.

"불아는 잠들었다."

소년이 아는 것은 잠들면 반드시 깨어난다는 것이었다. 형도 자주 잠들지만 아무리 오래 자더라도 언젠가는 깨어났다. 그래서 불아가 언제 깨어나느냐고 물었다. 열전영은 슬픈 눈빛으로 다시는 깨어나지 않는다고 대답했다. 비류는 잠들었다가 깨어나지 않을 수 있다는 것을 처음 알게 되었다. 그 사실에 너무 놀라고 겁먹은 그는 본능적으로 불아를 껴안고 형에게 달려갔다.

매장소는 소년의 머리를 쓰다듬었다. 비류가 지금 얼마나 혼란스럽고 당황했는지 알지만 위로하고 잘 설명해줄 여력이 없었다. 사신(死神)의 검은 장포는 항상 그의 몸을 뒤덮고 있었다. 그 음산한 기운이 너무도 또렷하게 느껴져, 소년에게 죽음이 대체 어떤 것인지 차마 설명할 수가 없었다.

"비류, 불아를 잊지 않을 거지?"

"응!"

"친구라면, 기억해주는 것만으로도 충분해."

매장소는 비류의 품에서 불아를 넘겨받았다. 너무 무거워 서 있을 수가 없었기 때문에 어쩔 수 없이 다시 앉아 잿빛 늑대의 머리에 뺨을 대고 마지막 작별인사를 했다.

"형……."

소년은 몹시 두려웠지만, 어째서 두려운지 알 수가 없었다. 그저 형에게 바짝 다가가 불아처럼 매장소의 품 속으로 머리를 밀어넣었다.

"괜찮아. 자, 불아를 열 장군께 돌려드려. 열 장군이 불아를 편안한 곳에 재워주실 거야. 어서."

매장소가 가만히 위로하며 비류의 까만 머리를 어루만졌다. 하지만 비류가 그의 분부대로 하기도 전에 어디선가 손이 불쑥 나와 불아의 묵직한 몸을 안아 올렸다. 비류가 벌떡 일어나 빼앗으려 했지만, 손의 주인이 누군지 확인하자 형의 엄한 명령이 떠올라 함부로 공격하지 못했다. 소경염은 한 팔로 불아를 안은 채 다른 팔을 매장소에게 내밀었다. 주먹을 쥐고 있는 소경염의 손이 매장소에게 보였다. 잠깐의 침묵이 흘렀다. 매장소가 눈을 들자 소경염과 정면으로 시선이 마주쳤다.

그 순간 두 사람은 똑같이 지독한 고통을 느꼈고, 동시에 상대방이 품은 고통도 고스란히 함께 느꼈다. 매장소는 매우 힘겨웠지만, 입을 열면 새빨간 피가 쏟아질까봐 차마 아무 말도 할 수 없었다. 소경염의 팔은 여전히 꼿꼿이 뻗은 자세로 한 치의 흔들림조차 없었다. 매장소의 창백한 얼굴은 무심했지만 결국 오른손을 내밀어 눈앞에 내밀어진 흔들림 없는 팔을 붙잡고 몸을 지탱하면서 천천히 일어났다. 그가 중심을 잡자 그 팔은 즉시 사라졌다. 마치 그를 부축한 적조차 없는 것처럼.

"비류, 돌아가자."

"응!"

계단 아래에 있던 열전영은 항상 예의 바르던 소 선생이 태자가 부축해줬는데도 고맙다는 말 한마디 없이 호위무사만 데리고 가버리자 도무지 영문을 알 수 없었다. 게다가 불아를 안은 채, 떠나는 그를 눈으로 배웅하는 소경염의 애처로운 표정 때문에 그 자리에서 꼼짝할 수가 없었다.

"전영……."

"엇! 예, 여기 있습니다!"

"불아를 데려가 관에 잘 넣어주어라. 내일…… 매장하겠다."

"예!"

열전영은 의문이 가시지 않았지만, 물어야 할 것과 묻지 말아야 할 것을 알기에 얼른 불아를 받아 조용히 인사한 후 물러갔다. 소경염은 옷자락을 펄럭이며 휙 돌아서서 빠른 걸음으로 전각으로 돌아갔다.

그가 잠시 자리를 비운 사이, 심추와 채전도 경직된 몸이 조금 풀려 방금 본 이상한 광경에 대해 의견을 나눴다. 하지만 정보가 너무 적어, 의욕 넘치고 전도양양하고 풀기 어려운 문제 앞에서도 굴하지 않던 조정의 새로운 기둥들도 결국 하나마나한 허튼소리만 주고받아야 했다.

"채 형, 이게 어찌 된 일이오?"

"내가 묻고 싶은 말이오. 어찌 된 일이오?"

"알면 오죽이나 좋겠소. 대체 어찌 된 일이지?"

'어찌 된 일이지'라는 말의 여운이 채 가시기도 전에 태자의 발소리가 들리자, 두 사람은 재빨리 입을 다물고 공손하게 시립했다. 다시 돌아온 소경염의 표정은 나갈 때와는 달랐다. 딱딱하게 굳은 얼굴, 칼날 같은 눈동자에 싸늘한 빛이 번뜩였다. 그가 입을 열자 예전에는 들어본 적 없는 힘차고 단호한 말투가 튀어나왔다.

"심 경, 채 경, 중요한 이야기가 있으니 잘 들으시오."

"예!"

"본 태자는 이미 마음을 정했으니 이 일은 반드시 해야 하오. 상의를 하자는 것이 아니라 나를 도와야 한다고 말하는 것이오."

채전과 심추는 서로 마주 보았다가 재빨리 대답했다.

"전하의 분부만 따르겠습니다."

"좋소."

소경염은 이를 악물고 용머리 모양으로 깎은 의자의 팔걸이를 힘껏 움켜쥐며 싸늘하고 단호한 목소리로 내뱉었다.

"본 태자는…… 13년 전 적염군 역모 사건을 뒤집을 것이오. 다시 조사하고 다시 판결을 내려, 온 천하에 알려 큰형님과 임씨 일가의 오명을 벗길 것이오. 이 목적을 이루기 전에는 결단코 포기하지 않겠소!"

동궁에 다녀온 매장소는 안색이 몹시 나빴다. 가까스로 버티며 약을 마셨지만 먹는 즉시 토해냈고 피까지 두어 모금 쏟았다. 모두 깜짝 놀라 어찌할 바를 몰랐으나 그 자신은 괜찮다고만 했다. 안 의원이 달려와 침을 놓아 재웠다. 린신은 그제야 비류를 붙잡고 무슨 일인지 물었지만, 소년은 아는 것이 없었다. 아무리 물어도 '불아! 잠들어! 안 깨!'라는 말뿐이어서 머리 회전이 빠른 린신도 무슨 뜻인지 알아낼 수가 없었다.

"불아는 정왕 전하께서 기르던 늑대입니다. 소원수와 무척 가까웠지요."

위쟁과 섭봉이 매장소의 침실에서 살금살금 나와 린신을 뜰로 데려간 후, 위쟁이 먼저 꺼낸 말이었다.

"비류의 이야기를 들어보니 불아가 죽어 소원수께서 상심하신 것 같습니다."

린신은 고개를 저었다.

"그것뿐만은 아닐 거야. 그 늑대와 정이 아무리 깊어도 저 지경이 될 리 없네. 태자가 느닷없이 죽어 그동안의 고생이 물거품이 되었다면 또 모를까."

린신을 안 지 오래되지 않은 섭봉은 할 말 안 할 말 가리지 않는 린신의 태도가 익숙지 않아 눈을 부릅뜨고 그를 노려보았다. 위쟁이 쓴웃음을 지었다.

"린 공자, 말 좀 가려서 하시면 안 되겠습니까?"

"내가 뭘?"

린신이 어깨를 으쓱했다.

"태자 전하께서 진정 하늘이 내린 분이라면, 내가 말 한마디 했다고 부정을 타겠나? 그렇게 달달거리지 말게. 장소는 심성이 강인해. 스스로도 몸이 상할 정도로 흥분하지 않으려고 노력하고 있네. 피를 토한 것은 좋은 징조지. 오늘은 안 죽어."

갈수록 말이 과해지지만 이 저택에서 그를 다룰 수 있는 사람은 아무도 없었다. 적염군의 옛 장수들은 한참 동안 그를 노려봤지만 결국에는 못 들은 척하는 수밖에 없었다.

저녁이 되자 매장소가 깨어났다. 그는 음식을 조금 먹고 뜰에 나가 금을 탔다. 애절하고 구성진 곡조가 절정에 이르렀을 때 '팅' 하고 현이 끊어지며 그의 손가락에 가느다란 상처를 새겼다. 검붉은 핏방울이 배어나왔다. 달빛 아래 조용히 앉은 그의 얼굴은 마치 얼음 조각 같았다. 옆에서 지켜보던 사람들은 아무도 다가서지 못했고, 린신만 그윽하게 한숨을 쉬며 말했다.

"장소, 자네 피는 아직 뜨거운가?"

매장소가 가볍게 미소 지었다.

"피는 아직 뜨겁고 내 마음 또한 변치 않았네. 린신, 내 요즘 호기가 옅어지다보니 사소한 데 얽매여 슬픈 모습을 보였네. 부끄럽군."

린신은 하늘을 올려다보다가 한참 후에야 입을 열었다.

"나는 늘 오만하게 굴며 이 세상 가소로운 일들을 비웃곤 했지. 자네는 걱정이 너무 많아서 하는 행동을 보면 확실히 내 비웃음을 살 만해. 하지만 자네한테만은 그럴 수 없었지. 왜 그런지 아나?"

매장소는 끊어진 현줄을 잡고 살피면서 차분한 목소리로 대답했다.

"아네."

그 한마디를 끝으로 그는 일어나 자기 방으로 들어갔다. 린신은 고개를 숙이고 천천히 바깥뜰로 나갔다. 지켜보던 사람들은 무슨 말인지 도무지 갈피를 잡을 수 없어 답답해했다. 그러다 걱정이 된 나머지 대표로 물어보라며 위쟁을 채근했다.

린신이 피식 웃으며 대답했다.

"걱정 말게. 장소는 괜찮으니까. 설사 괜찮지 않다 해도 우리가 무슨 도움이 되겠나?"

위쟁이 반박하려는데 린신이 갑자기 소리를 높였다.

"밤 좋고 바람 좋고 달도 좋구나! 고상함을 모르는 장소는 자러 갔네만 우린 그러지 말자고. 다들 나하고 술이나 들지 않겠나?"

그가 소란을 피우기 시작하자 려강과 견평은 오늘 그의 입에서 이야기를 듣기는 틀렸다는 것을 알고 슬그머니 사라졌다. 분위기를 잘 모르는 섭봉이 린신에게 붙잡히자, 위쟁도 어쩔 수 없이 곁에 남았다. 주방으로 가서 술과 안주를 가져온 세 사람은 뜰의 돌탁자에 둘러앉아 마시면서 이런저런 이야기를 나눴다. 술 세 항아리를 비우고 나자 모두 흥이 솟았고, 섭봉마저 어정쩡한 발음에 손짓을 해가며 몇 마디를 주고 받았다.

위쟁도 술기운에 관우(關羽)처럼 얼굴이 벌게진 채 린신을 잡아끌며 말했다.

"린 공자, 우리 소원수께…… 공자…… 같은 친구가 있어 다행입니다. 잘…… 잘 부탁드립니다."

"알았네, 알았어."

린신의 두 눈동자는 별처럼 초롱초롱해서 취기라곤 찾아볼 수 없었다. 그가 손에 든 술잔을 가볍게 흔들며 말했다.

"부탁할 필요 없어. 비록 자네처럼 오랜 사이는 아니지만, 그래도 십년지기라고……."

위쟁이 정색을 하며 뭐라고 말하려는데, 뜰 바깥에서 바쁜 발소리가 들려왔다. 려강이 걸으면서 말하고 있었다.

"이쪽입니다. 여기서 술을 마시고 있지요."

그 말이 떨어지기 무섭게 그림자 하나가 휙 날아들어 린신을 덮쳤다. 그림자가 린신의 팔을 단단히 틀어쥐고 마구 흔들면서 흥분한 목소리로 외쳤다.

"찾았습니다, 찾았단 말입니다!"

린신은 벗어날 생각도 없이 눈을 끔뻑끔뻑하며 차분히 물었다.

"뭘 찾았다는 건가?"

"빙속초(冰續草), 빙속초 말입니다!"

흙투성이 얼굴에 입술은 바짝 말라 물집까지 생겼지만, 두 눈은 환하게 반짝였고 감정은 고조되어 있었다. 그 사람이 대답하면서 품을 뒤적였다.

"보십시오, 이렇게 유리병에 담아 왔습니다. 조심조심 다뤄 뿌리도 다치지 않았지요."

"섭탁?"

위쟁은 놀란 나머지 술이 확 깼다.

"자네가 어떻게? 언제 왔나? 오지 말라고 했잖은가?"

"좀 있다 이야기하세."

섭탁은 그를 거들떠보지도 않고, 품에서 꺼낸 작은 유리병을 린신의 손에 밀어 넣으며 다급히 물었다.

"확인해보십시오. 빙속초가 맞지 않습니까?"

린신은 아무렇게나 훑어본 후 고개를 끄덕였다.

섭탁은 '후유' 하고 길게 숨을 내쉬고는 그제야 위쟁을 돌아보았다.

"려강에게 듣자니 형님도 함께 계시다던데 왜 안 보이지?"

위쟁의 시선이 왼쪽으로 살짝 움직이자 섭탁도 곧 그 시선을 따라 고개를 돌렸다. 사실 그도 뜰로 뛰어들 때 어두운 쪽에 앉은 사람을 얼핏 보았지만, 대충 살폈기에 그 몸집과 얼굴만으로는 그가 친형님이라는 것을 단번에 알아보지 못했다. 그제야 자세히 그를 살피던 섭탁의 눈이 벌게졌다. 그가 털썩 무릎 꿇고 절을 하며 목멘 소리로 불렀다.

"형님……."

섭봉이 일어나 아우를 부축했다. 하지만 듣기 싫은 거친 목소리가 아우의 마음을 아프게 할까봐, 아무 말 않고 아우를 힘껏 안아주기만 했다. 이미 서로 살아 있다는 소식을 들었기 때문에 격렬한 흥분도 슬픔도 없었지만, 친형제를 마주한 이 순간만큼은 둘다 눈시울이 촉촉해졌다. 한참 후 섭탁이 심호흡을 하며 형을 자리에 앉히고 빙그레 웃었다.

"형님의 몸이 많이 좋아지신 것 같군요. 얼마 후면 한주먹에 저를 삼 장 밖으로 날려 보내시겠어요."

"웃음이 나오나?"

위쟁이 가볍게 주먹질을 하며 말했다.

"소원수께서 오지 말라 하셨는데 왜 명을 어겼나?"

"약초를 가져왔잖아."

섭탁이 떳떳하게 대꾸했다.

"린 공자는 알겠지만, 소원수께 무척 중요한 약초란 말일세. 안 그렇습니까?"

위쟁이 몸을 기울여 린신이 든 유리병을 자세히 살펴보았다. 그가 두근거리는 마음으로 다급히 물었다.

"린 공자, 이게 무슨 약초입니까? 약효가 대단한 모양이지요?"

린신은 그 질문에 대답하지 않고 유리병을 탁자에 올려놓으며 섭탁을 바라보았다.

"빙속초는 쉽게 구하기 힘든 희귀한 약초지. 이걸 두 뿌리나 구하다니 험한 일 겪으며 고생 많이 했겠군."

"아닙니다, 아닙니다."

섭탁이 황급히 손을 내저었다.

"운이 좋았던 겁니다. 정말 찾아낼 줄은 저도 몰랐습니다."

린신이 묵묵히 있다가 가볍게 한숨을 쉬었다.

"섭탁, 실망시키고 싶진 않지만…… 빙속초가 장소의 병에 좋다는 말은 누구에게 들었나?"

"노(老)각주님이 그랬지요!"

들떠 있던 섭탁은 순식간에 기분이 싸늘하게 가라앉았다. 안색마저 변했다.

"이보십시오, 린 공자, 방금 뭐라고 했습니까? 실망이라고요? 노각주께서 빙속초만이 소원수의 몸속에 있는 한증을 가라앉힐 수 있다고 직접 말씀하셨단 말입니다. 혹시 사용할 줄 모르는 건 아닙니까? 그런 거라면 노각주께 가서…….”

“섭탁.”

린신이 눈을 내리깔며 말했다.

“아버지께서 언제 빙속초 얘기를 해주셨나?”

“노각주의 명으로 함께 섬을 찾아 떠났을 때였습니다. 갑판에서 술을 마시며 이런저런 이야기를 했는데, 어르신께서 우연히 랑야각 서고에서 빙속초로 화한독을 치료했다는 이야기를 읽으셨다고 하셨지요. 그런데 이튿날 깨어나셨을 때 여쭤보니 술김에 한 헛소리라는 겁니다. 하지만 제가 운남에 가기 전 랑야각 서고에서 그 자료를 찾아봤는데, 이것저것 뒤지다 우연히 찾아낸 책에 정말 그런 기록이 있었습니다. 그럼까지…….”

“맞네.”

린신이 고개를 끄덕였다.

“확실히 그런 기록이 있지. 나도 아네. 하지만 정말 그런 약초가 있다면 아버지와 내가 왜 여태까지 숨기고 찾아보란 말을 하지 않았겠나?”

“책에는 빙속초가 세상과 동떨어진 곳의 독성이 강한 늪에 자라기 때문에 평생을 바쳐도 찾아내기 어렵다고 되어 있었습니다. 아마도 소원수께서 우리가 위험한 일을 하는 것을 원치 않으셔서 숨긴 거라고…….”

린신이 그를 흘끗 쳐다보았다.

“뛰어난 추측이네만, 장소가 하지 말란다고 내가 안 할 것 같은가? 아버지와 내가 자네들처럼 장소의 분부에 고분고분 따를 줄 알았나?”

"린 공자······."

"빙속초 얘기를 꺼내지 않은 건 말해도 소용이 없기 때문일세."

린신의 얼굴에도 어두운 표정이 떠올랐다.

"소용도 없는데 공연히 마음 쓰게 할 필요는 없잖은가."

섭탁이 다급해져서 발을 동동 굴렀다.

"왜 소용이 없는 겁니까? 분명 이 약초로 치료를 받은 사람이······."

"있지. 하지만 어떻게 치료했는지 알기나 하나?"

린신이 유리병 속에서 잎을 활짝 편 희귀 약초를 바라보며 다시 한 번 한숨을 쉬었다.

"치료법은 다른 책에 적혀 있네. 무공이 뛰어나고 기혈이 왕성한 열 명을 구해 환자와 피를 교환하는 걸세. 그렇게 한증을 깨끗이 제거하면 환자는 소생할 수 있지만, 피를 준 열 명은 지독한 고통을 받는 것은 물론이고 결국 피가 말라 죽게 되지. 간단히 말해서 빙속초는 열 사람의 목숨을 한 사람의 목숨과 바꾸는 걸세."

섭탁은 한동안 넋이 나간 얼굴로 입술을 바르르 떨었다.

"제······ 제가······."

"자네가 하겠단 말은 말게."

린신이 그와 위쟁을 가만히 보며 말했다.

"장소를 위해 목숨 바칠 열 명을 구하는 것쯤 어려운 일도 아니야. 하지만 장소의 마음은 생각해봤나?"

"소원수 몰래······."

"안 돼. 치료 중에는 모든 사람이 치료에 집중해야 하고 정신이 맑게 깨어 있어야 하네. 누구도 망설여서는 안 되고 심지어 말도 할 수 없네. 게다가 환자 스스로 열 명의 자원자의 기혈을 빨아들여야 하지."

린신의 말투는 몹시 차분했지만 그 속에 표현할 수 없는 슬픔이 묻어났다.

"자네들 모두 장소가 어떤 사람인지 잘 아네. 그런 일을 할 바에는 차라리 단칼에 죽으려 할 거야."

섭탁은 다리에 힘이 빠져 돌의자에 쓰러지듯 앉았다.

"백여 년 전 화한독을 치료했다는 그 사람은 그를 위해 기꺼이 목숨을 바친 형제 열 명의 피를 가져갔네."

린신은 고개를 돌려 그를 외면하며 말을 이었다.

"그는 목숨을 구했지만 인간으로서의 마음은 버렸지. 그와는 달리 장소는 그런 방법을 고려해본 적조차 없네. 장소가 지키고자 하는 것은 그 자신이 이 세상에서 그 무엇보다 중요하게 여기는 형제의 의리일세. 목숨과 도의, 그중 하나를 얻으려고 다른 하나를 잃어야 한다면, 무엇을 선택할진 당사자의 마음에 달린 거야."

"하…… 하지만……."

위쟁이 주먹을 움켜쥐면서 목멘 소리로 말했다.

"자기 목숨만 생각하는 자들은 잘만 사는데, 어째서 우리를 지키려는 소원수께서는 반드시 죽어야만 하는 겁니까? 이렇게 잔인한 선택을 하라니, 하늘은 정말 불공평합니다."

"나도 비슷한 질문을 한 적이 있네. 아버지마저 대답하지 못하셨는데 도리어 장소가 그러더군. 세상 사람들에게 삶과 죽음이란 크나큰 사건이지만, 하늘의 입장에서는 이 넓디넓은 세상 아득한 우주에서 한 인간의 수명의 길고 짧음으로 만물의 공평성을 가름

할 수 없는 것이라고 말이야. 얻는 것이 있으면 반드시 잃는 것이 있다는 말처럼, 빙속초로 살아난 그 사람은 목숨은 얻었지만 그보다 더 중요한 것을 잃지 않았느냐고 되묻더군."

린신은 줄곧 웃고 있었지만 눈동자가 촉촉이 젖었다.

"그러다 아주 성불이라도 하겠더라고. 장소의 마음을 안다면 다시는 충성심이랍시고 그를 괴롭히지 말게. 동의할 리도 없고, 공연히 얼마 남지 않은 힘을 자네들 달래는 데 쏟기만 할 텐데 그럴 필요가 어디 있나? 자꾸 그런 생각을 하게 만들면 득도해서 스님이 될지도 몰라."

여기까지 말한 린신은 입가에 억지로 냉소를 지으려 했지만 얼굴 근육이 말을 듣지 않아 하는 수 없이 술 항아리를 들어 벌컥벌컥 마셨다.

"슬퍼하진 말게. 그렇다고 이 약초가 아무 쓸모없는 것도 아니니까. 시간은 훨씬 벌어줄 거야."

말을 마친 그는 유리병을 품에 넣고 옷자락을 탁탁 털고 가버렸다. 남겨진 세 사람은 조각상처럼 그 자리에서 꼼짝도 하지 않았다. 그중 섭탁은 가장 오랫동안 기뻐했고 기대도 컸기에 실망도 몹시 큰 듯했다. 그는 줄곧 두 손에 머리를 묻은 채 일어날 생각을 하지 않았다. 위쟁이 슬며시 흔들어봤지만 아무 반응이 없었다.

"섭탁, 내일 소원수를 뵈면 이곳 일이 걱정되어 왔다고 하게. 저 약초 이야기는 하지 말고. 우리가 낙심한 것을 아시면 소원수께서도 슬퍼하실 거야."

섭탁은 멍하니 있다가 갑자기 두 주먹을 꽉 쥐고 홱 몸을 돌려 섭봉 앞에 털썩 꿇어앉으며 떨리는 목소리로 말했다.

"형님, 아버지와 숙부 모두 떠나신 지금 저를 혼낼 사람은 형님 뿐입니다. 실컷 때려주세요!"

"섭탁, 왜 이러나?"

위쟁이 그를 잡아끌었다.

"때린들 무슨 소용인가? 자네를 때려 무슨 수가 생긴다면 벌써 몇 명이 달려들었을 거야. 왜 소동을 피우나?"

"내버려두게!"

섭탁은 그의 손을 힘껏 뿌리치며 포효했다.

"한동안 내가 자네를 얼마나 미워했는지 아나? 아무 문제 없이 지나갈 일이었네. 비록 내가 그래선 안 될 마음을 품긴 했지만 돌아왔을 땐 그 누구도 무슨 일이 있었는지 몰랐네. 소원수도 눈치채지 못하셨고. 그런데 자네가 기어이 알아내겠다며 술을 먹이지 않았나! 결국 어찌 되었나? 나는 사실대로 털어놨고 자네에게 흠씬 두들겨 맞았네. 그 소란에 비류까지 와서 들었고, 그 때문에 돌이킬 수도, 부인할 수도 없게 되었단 말일세."

위쟁도 덩달아 화가 나 버럭 소리쳤다.

"그만하게! 내가 왜 자넬 때렸지? 자네가 그때 무슨 말을 했는지 잊었나? 자넨 예황 군주를 사랑한다고 했어. 이 세상 무엇보다 사랑한다고 말이야. 그녀를 위해서라면 다른 것은 어찌 되든 상관없다고, 심지어 소원수를 배신할 수도 있다고 했네!"

"그래."

섭탁이 빨개진 눈으로 힘껏 고개를 끄덕였다.

"그땐 그렇게 말했지. 그런 생각도 했고. 하지만 내가 무슨 말을 하든, 무슨 생각을 하든, 결코 그런 짓은 못한다는 걸 내가 잘 아네. 소원수께서 살아 계시는 한은 예황을 얻을 수 없다 해도, 그 래도 난 소원수께서 살아 계시길 바라네. 내 기분을 자네도 잘 알 거야. 자네도 마찬가지니까. 우리 모두 마찬가지니까! 하지만 어 째서…… 어째서 그럴 수 없는 건가? 어째서?"

위쟁은 그를 보며 아무 대답도 할 수 없었다. 섭봉이 숨을 깊이 들이쉬며 다소 파래진 입술을 바르르 떨었다. 눈물이 뚝뚝 떨어져 듬성듬성 얼굴에 덮인 털을 적셨다. 위쟁과 섭탁에 비해 훨씬 경 험이 많은 그의 감정은 그들보다 더 절절했다. 다만 말을 할 수도 없었고 너무 괴로워 말을 할 기분도 아니었다.

잠깐의 폭풍우가 지나고 뜰 안은 다시금 고요함을 되찾았다. 섭 탁은 괴롭고 울적한 얼굴로 낙담한 듯 서 있는 위쟁을 보자 위로 하듯 등을 툭툭 두드린 후 형님 앞에 무릎 꿇고 절했다.

"형님, 몸조심하십시오. 저는 떠나겠습니다."

"어디로 가려고?"

위쟁이 펄쩍 뛰며 물었다.

"운남으로 돌아가겠네. 소원수께서 오지 말라 하셨으니 보고하 지 말게. 몰래 돌아가겠네."

"만나뵙지도 않고?"

섭탁은 고개를 젓고 돌아섰다. 위쟁이 그런 그를 잡아 세웠다.

"가지 말게. 소원수께 몇 마디 야단을 듣더라도 경성에 남게."

위쟁의 눈빛이 살짝 떨렸다. 말하기 싫지만 어쩔 수 없이 해야 할 것 같았다.

"운남까지는 길이 먼데 혹시…… 제때 통보하지 못할까봐……."

"무슨 통보?"

섭탁은 그 말에 숨겨진 의미에 놀라 심장이 멈추는 것 같았다.

"대체 무슨 말인가?"

위쟁은 말하기 어려운 듯 침을 꿀꺽 삼키고는 낮은 목소리로 말했다.

"경성의 상황은 소원수께서 자네더러 오지 말라고 하셨던 때와는 많이 달라졌네. 게다가 소원수의 상태가 썩 좋지 않으니 남아 있는 것이 좋겠어."

"썩 좋지 않다는 게 무슨 말인가? 린 공자가 곁에 있지 않나?"

그를 쳐다보는 위쟁의 눈동자에 눈물이 가득 고였다. 위쟁은 고개를 돌려 피하려고 했지만 섭탁이 억지로 돌려세우고 물었다.

"편지에는 항상 괜찮다고 쓰지 않았나? 당연히 그래야지. 이제 겨우 서른을 넘겼다는 것을 자넨 모르나? 대체 무슨 말도 안 되는 소린가?"

섭봉의 손이 느릿느릿 아우의 손을 붙잡아 힘껏 쥐었다. 적염군 선봉대장인 그는 지난날 제멋대로이고 떠벌리기 좋아하던 어린 소원수에 비해 훨씬 대국을 아는 사람이었고 지금도 마찬가지였다. 그의 차분한 눈빛을 받자 섭탁도 차차 끓어오르는 감정을 가라앉히고 위쟁을 잡았던 손에 힘을 풀었다.

공기는 질식할 것처럼 답답했고, 세 사람 모두 아무 말이 없었다. 그 누구도 더 이상 말할 용기가 없었다.

비단 자락에 쓴 지옥

—

65

—

그날 밤, 섭탁은 형님 방에 묵었다. 소리를 내거나 뒤척거리진 않았지만 밤새 잠 못 이루고 뜬눈으로 지새웠다. 아침이 되자 그는 세수하고 머리를 빗고 단정하게 꾸민 후 다소 창백한 얼굴로 소원수를 만나러 갔다.

경성의 상황이 정말 좋아졌는지, 매장소는 꿇어앉아 죄를 청하는 섭탁을 보고도 화를 내지 않았다. 화내기는커녕 그를 응시하는 눈동자에 희색이 감돌았다. 야단은 치지 않았지만, 말을 잘 안 듣는다며 담담하게 한마디 던지고는 예황 군주의 소식을 물었다.

사실 섭탁은 운남에 있었지만, 예황 군주의 뜻에 따라 줄곧 만남을 피해온 상태였다. 하지만 매장소의 질문을 받자 걱정 끼치기 싫어 사실대로 말하지 않고 잘 있다며 얼버무렸다.

그때 견평이 들어와 매장소에게 상기시켰다.

"종주, 오늘은 언후의 생신입니다. 며칠 전 초대장이 와서 자리를 빛내달라 했는데, 직접 가실 건가요, 아니면 선물만 보낼까요?"

매장소는 잠시 생각하다가 대답했다.

"준비하게. 조금 늦은 시간대에 다녀오겠네."

린신이 탁자에 엎드려 손으로 턱을 괴었다.

"언후의 생신이면 태자도 초청했겠지?"

매장소가 몸을 돌려 그를 쳐다보았다. 린신은 매장소가 어제 왜 그렇게 감정적이 되었는지 아는 눈치였다.

"이왕 밝혀진 일, 피하는 게 무슨 소용 있겠나? 나도 밤새 생각해봤지만 이렇게 된 이상 자주 만나 빨리 익숙해지는 것이 경염이나 내게 더 좋아."

매장소가 웃으면서 말했다.

"그럼 나도 데려가게."

린신이 기지개를 켜며 일어났다.

"난 생글생글 웃는 그 집 공자가 마음에 들더라고! 언젠가 랑야각에 와서 자기 신부가 어떤 사람인지 알려달라던데, 어찌나 귀엽던지."

"그래서 허튼소리로 놀려댔겠군?"

"헤헤."

린신이 히죽거리며 반박하지 않고 뜰로 비류를 쫓아갔다. 매장소는 그를 내버려둔 채 긴 의자에 앉아 섭탁에게 운남과 남초의 국경 지역 근황을 물어보는 한편, 동해의 정세도 주시하라고 당부했다. 섭탁은 이야기를 나누면서 몇 년간 보지 못했던 소원수의 상태를 살폈다. 보면 볼수록 어제 위쟁이 한 말이 완전히 거짓말은 아닌 것 같아, 칼로 도려내는 것처럼 가슴이 아팠다. 그와 달리 매장소는 섭탁의 표정에 별로 주의하지 않았다.

이야기가 끝나자 매장소는 휴식을 취하며 넋이 나간 사람처럼 창밖을 내다보았다. 린신의 커다란 웃음소리가 뜰을 쩌렁쩌렁 울렸다. 누구보다 즐겁고 근심 걱정 하나 없는 사람 같았다. 물론 이 세상에는 아무 걱정 없는 사람이란 존재하지 않지만.

"섭탁……."

조용히 듣고 있던 매장소가 가볍게 불렀다.

"예."

"경염이 내가 누군지 알았네."

매장소는 고개를 돌려 부드러운 눈길로 섭탁을 바라보았다.

"아는가? 경염은 고지식한 편이라 분명 자네와 예황의 일을 반대할 걸세. 인내심을 갖고, 옆에서 누가 뭐라든 신경 쓰지 말게. 자네와 예황은 내가 잘 아네. 내가 알아서 하겠네."

섭탁은 그를 똑바로 보았다. 무엇 때문인지 갑자기 분노가 치밀어올라 저도 모르게 버럭 소리를 질렀다.

"소원수! 저희 걱정은 마십시오. 중요한 일도, 급한 일도 아닙니다. 지금 가장 중요한 문제는 소원수입니다. 분명……."

여기까지 말하자 섭탁은 목이 메어 더는 말이 나오지 않았다. '분명' 다음에 무슨 말을 해야 할까? 분명 목숨이 경각에 달려 있는데, 분명 매일매일 기력이 쇠하고 있는데, 어째서 모든 책임을 혼자 지고 심혈을 쏟아붓느냐고? 매장소의 맹점은, 죽은 영혼들과 옛 친구들, 생사를 함께한 형제들을 위해 자기 목숨을 조금씩 조금씩 갉아먹으면서도, 다른 사람들이 그 때문에 마음 졸인다는 사실은 모른다는 것이었다. 그가 끊임없이 희생하는 것을 지켜보는 친구들의 마음이 얼마나 부끄럽고 아픈지도 모른다는 것이었다.

버럭 소리를 지르고 난 섭탁은 어쩔 줄 몰라 하며 눈물을 머금고 소원수의 의자 팔걸이에 이마를 갖다 댔다. 매장소는 고개를 푹 숙인 그를 불안한 눈으로 보며 당황한 표정을 지었다. 어느새 창밖에 나타난 린신이 고개를 외틀고 안을 들여다보더니 한숨을 푹 쉬었다.

"장소, 자네 표정을 보니 알겠네. 섭탁이 왜 화를 내는지 아예 모르는군."

매장소가 대답하기 전에 섭탁이 펄쩍 뛰며 반박했다.

"이상한 말 마십시오. 제가 언제 화를 냈습니까? 제가 어떻게 소원수께 화를 낸단 말입니까?"

"알았네, 알았네."

린신이 손을 내저었다.

"쓸데없이 나선 내 잘못이지. 정말이지 이 집 사람들은 이상하다니까. 도무지 견딜 수가 있어야지! 나처럼 멋지고 초탈한 인물이 어쩌다 이런 사람들과 얽혔는지……."

바로 그때 비류가 불쑥 튀어나와 커다란 대야에 가득 담긴 물을 몇 발짝 뒤에서 린신에게 확 끼얹었다. 린신은 졸지에 물에 빠진 생쥐 꼴이 되었다.

"졌어!"

커다란 외침 소리가 들려왔다.

린 공자는 과연 자부한 대로 멋지고 초탈한 사람이었다. 잠시 얼이 빠지긴 했지만 곧 마음을 가라앉힌 린신은 물에 젖은 얼굴을 닦으면서, 우아하게 뒤돌아 비류를 마주 보고는 정색하며 말했다.

"비류, 진지하게 하는 말이니 잘 들어라. 물론 내가 너와 물놀이를 하긴 했지. 하지만! 놀이를 멈춘 지 반 각이나 지났고, 또 내가 네 형과 이야기를 나누고 있었잖니. 보통 같으면 놀이가 끝났다고 생각해야 하는 이 시점에 살금살금 다가와 뒤에서 물을 끼얹는 행동은 아주아주 잘못된 일이고, 그러니까 승부도 무효야, 알겠니?"

비류는 모르는 것이 분명했다. 그 말을 듣는 순간 얼굴이 시뻘게질 정도로 버럭 화를 내는 것만 봐도 그랬다.

"겼어! 인정해!"

처량하던 분위기는 이 소동으로 완전히 씻겨나갔다. 섭탁은 심호흡을 하며 일어났다. 방금 이성을 잃고 소리친 일이 후회됐지만, 다행히 매장소의 마음은 비류에게 완전히 쏠려 있었다. 매장소는 비류의 머리를 쓰다듬으며 그가 짧은 단어로 린신을 성토하는 이야기를 들어주는 중이었다. 아이를 가르칠 때는 거짓말을 하면 안 된다는 원칙에 따라, 이곳 주인은 결국 린신이 약속대로 '치마 입고 부채춤 추기'를 실행하게 했다. 집안 사람이 모두 몰려와 구경했고, 즐거운 웃음소리에 요 며칠 우울하고 슬픈 분위기는 씻은 듯 사라졌다.

오후가 되자 린신은 매장소를 진맥하고 만족스런 표정을 지었다. 그때 려강이 외출 준비가 되었다고 알려와, 두 사람은 함께 마차에 올라 느릿느릿 언후의 저택으로 향했다.

일부러 피한 것은 아니었지만, 매장소가 도착했을 때 소경염은 서둘러 왔다 갔기 때문에 마주치지 않았다. 아직 국상 중이었으므로 대규모 연회를 열 수는 없었다. 그래서 언후는 후원에 활짝 핀 계수나무를 구경하자는 명목으로 사람들을 초청했고, 손님도 많지 않아 저택은 조용했다. 매장소가 들어갔을 때 계향청(桂香廳) 안에는 사람이 너덧 명밖에 없었다. 모두 아는 얼굴이었지만 특별히 친한 사이는 아니었기에 예를 갖추고 간단한 인사말만 나눴다.

"예진은 보이지 않는군요?"

매장소가 주위를 둘러보며 물었다.

"오늘 하루 종일 나와 함께 손님 접대를 했는데, 공교롭게도 소 선생이 오시기 전에 친구를 배웅한다고 나갔소."

매장소의 표정이 살짝 바뀌었지만 곧 미소를 지으며 화제를 돌렸다. 이 만남은 예의를 갖추기 위한 것이었고, 언궐이 손님을 초대한 목적 또한 다시 조정에서 활약하게 되었음을 알리기 위한 것에 불과했기에, 두 사람 사이에 중요한 이야기는 없었다. 그래서 매장소는 잠시 앉아 있다가 곧 작별인사를 했다.

마차는 올 때와 마찬가지로 주작도(朱雀道)를 지나 가까운 골목을 따라 비스듬히 꺾었다. 네거리를 지날 때 남쪽에서 검은색 마차 한 대가 달려왔다. 매장소의 마부는 고삐를 당겨 마차를 세우고 옆으로 비켜 길을 양보했다.

"리양부⋯⋯."

린신이 창을 통해 마차 앞에 걸린 검은 등롱을 확인하고 중얼거렸다.

"며칠 전에 사옥의 부고가 전해졌네."

매장소는 가볍게 한숨을 쉬었다.

"예진이 배웅하러 간 친구는 아마 사필일 거야. 검주는 아득히 멀지만 아들로서 유골을 수습해 오는 것이 당연하겠지. 리양 이모님이 가엾군. 이제 곁에 아무도 없으니⋯⋯."

"말만 하면 우르르 달려올 텐데, 뭘."

린신이 눈을 흘겼다.

"가엾은 사람이 누군지 모르겠군. 자네보단 나아."

매장소는 그의 고약한 말투에도 아랑곳 않고 도리어 입가에 가벼운 미소를 띠며 그의 어깨를 툭툭 쳤다.

"고맙네, 린신……."

사거리에서 매장소의 마차와 스쳐 지나간 마차에는 예상대로 리양 장공주가 타고 있었다. 수천 리 떨어진 척박한 곳에서 아버지의 유해를 모셔오기 위해 강호로 떠나는, 곁에 남은 유일한 자식을 성문 밖에서 배웅하고 오는 길이었다. 사필은 형님인 소경예와 달리 완전한 귀공자였고 강호에 대해서 아는 것이라곤 풍경이나 전설뿐이었다. 비록 하인들이 따랐지만, 아들을 떠나보내는 어미의 마음은 그 멀고 험한 여행길을 어떻게 견디나 불안하기만 했다.

방금 남월문 밖에서 사필을 배웅한 사람은 언예진뿐이었다. 그것만 보고 세상인심이 야박하다 할 수는 없었으나, 최소한 그들에게 관심을 갖는 사람이 별로 없다는 것은 알 수 있었다.

사필은 떠나면서 언예진에게 두 번 세 번 어머니를 잘 살펴달라고 부탁했다. 목소리는 간곡했고 표정은 차분했다. 거친 폭풍우를 겪은 후, 한때 부귀를 누리던 명문 공자는 훨씬 성숙해졌다. 놀라운 사건이 연달아 일어나는 바람에 대부분은 사필의 고통을 간과했지만, 사실은 그가 잃은 것도 결코 남들 못지않았다. 가세가 무너지고, 앞길도 사라지고, 형제는 흩어지고, 연인과의 인연도 끊어졌다. 그렇게나 아버지를 존경했건만, 남은 것은 일세의 오명뿐이었다. 하지만 하늘이 뒤집히고 땅이 무너지는 이변 앞에서도 기가 죽거나 낙담하고 있을 수는 없었다. 나날이 쇠약해지는 어머니를 돌보아야 했기 때문이다.

사필은 리양 장공주가 가장 사랑하는 자식은 아니었지만 어려움이 닥치자 가장 믿을 만한 자식이라는 것을 보여줬다. 그는 무너진 저택의 난장판을 수습하고, 물품을 정리하고, 하인들을 해산시켰다. 끊임없이 어머니의 기분을 살피고, 괴로움에 잠 못 드는 밤을 어머니 곁에서 함께 견뎠다. 누이동생을 매장하고, 이부형제를 배웅하고, 서원에서 공부하는 아우를 위로하며 이 일이 아우에게 미치는 영향을 최소화하려고 노력했다. 이제 그런 사필도 행장을 꾸려 아버지의 영구를 고향으로 모셔오기 위해 멀리 떠날 수밖에 없었다.

녕국후부의 세자였던 사필은 가문을 이어받는 데 필요한 교육을 받았지만, 지금 그가 하는 일은 전에는 상상조차 해보지 못한 것들이었다. 그래서 언예진은 그를 배웅하며 진심으로 이렇게 말했다.

"사필, 그동안 내가 널 잘못 봤어."

마지막 남은 자식을 배웅한 리양 장공주는 이제 흘릴 눈물도 없었다. 함께 들어가자는 언예진의 청을 완곡히 거절하고 홀로 텅 빈 마차에 올라 이제는 집이라고 부를 수도 없는 저택으로 향했다. 장공주의 대우는 예전 그대로였고 저택도 여전히 화려했다. 하지만 내심 한구석에서는 가진 것 하나 없는 가난뱅이가 된 기분이었다. 그녀에게 소중했던 것들, 마음속에서 아끼고 아끼던 사람들과 감정들은 모두 저 멀리 떠나갔다.

어려서부터 시중을 들어온 유모가 다가와 얇은 옷으로 갈아입히고 머리를 풀어 편안하게 침대에 눕혔다. 시녀 두 명이 한쪽 무릎을 꿇고 앉아 허리를 가볍게 두드려줬고, 또 다른 한 명은 깃털 부채로 팔락팔락 바람을 일으켰다. 옥으로 만든 잔에는 맑은 물이 가득하고 창 아래에서는 사향이 타들어가고 있었다. 휑하고 슬픈 마음만 빼면 호화롭기는 예전과 다름없었다.

젊은 시절 강하고 꿋꿋하던 성품도 상실감을 이겨내게 해주지 못했다. 자매, 연인, 남편, 자식들…… 하나하나 날카로운 칼이 되어 가슴을 할퀴고 또 할퀴었다. 반복되는 칼질에 어느새 아픔마저 가시고 무감각해진 연약한 심장만 남았다.

"공주 전하, 수면에 좋은 탕을 드릴까요?"

조용히 묻는 유모의 눈에는 관심과 걱정이 가득했다. 리양 장공주는 백발노인을 걱정시키고 싶지 않아 억지로 정신을 차렸다.

"그러지. 놔두면 먹을 테니 모두 물러가게. 혼자 조용히 있고 싶네."

늙은 유모는 탕 그릇을 내려놓게 한 다음 시녀들을 데리고 물러 갔다. 반 각이 지난 후 슬그머니 다시 들어온 유모는 편안한 표정 으로 눈을 감은 공주와 빈 그릇을 확인하고는 다소 마음이 놓여, 어린 시녀의 부축을 받아 비틀비틀하며 자기 방으로 돌아갔다.

여름이 끝나갈 무렵은 매미 소리가 잦아들고 가을벌레가 울어 대기 전이라 사방이 고즈넉했다. 리양 장공주는 쉴 때 누군가 곁 에 있는 것을 좋아하지 않기 때문에 시녀들은 가리개를 내리고 물러나 전각 문 앞에 시립했다. 방 안에는 침대에 누운 장공주뿐 이었다. 쥐죽은 듯 고요한 침묵이 이어졌다.

그때 서쪽 곁채에 난 측문의 가리개가 펄럭이더니 호리호리한 그림자 하나가 휙 들어왔다. 침입자는 고양이처럼 발소리도 내지 않고 순식간에 침대 곁으로 다가와 몸을 숙이고 누워 있는 사람을 살폈다. 그런 다음 손가락으로 허리춤에 늘어진 리양 장공주의 손을 살며시 치운 후 옷자락을 들쳤다. 하얀 속옷 위로 허리띠에 묶인 노란색 향낭이 눈에 들어왔다. 침입자는 얼굴에 희색을 띠며 재빨리 향낭을 묶은 끈을 풀었다.

겉보기에는 보통 향낭이었지만 허리띠에 묶은 가느다란 끈은 몇 번이나 옭매듭이 지어져 있었다. 몇 번 시도 끝에도 풀어내지 못하자, 침입자는 소매에서 단도를 꺼냈다. 끈을 잘라내려는 순간 갑작스레 뒤에서 장풍이 밀어닥쳤다. 맹렬하고 거친 기세에 깜짝 놀라 피하려 했지만, 몸을 돌리려는 순간 상대방의 손이 등을 때렸다. 몇 장이나 날아가 주홍색 기둥에 부딪힌 뒤 바닥에 떨어진 침입자는 입에서 피를 토하며 정신을 잃었다.

그 소란에 전각 밖에 있던 시녀들이 달려온 것은 물론이고, 깜빡 잠이 들었던 리양 장공주도 깨어나 벌떡 일어났다. 하지만 채 주변을 둘러보기도 전에 따스하고 차분한 손이 그녀를 부축했고, 귓가에는 익숙하고 온화한 목소리가 들려왔다.

"어머님, 괜찮으십니까?"

리양 장공주는 몸을 부르르 떨며 시선을 모아 눈앞에 나타난 얼굴을 멍하니 바라보았다. 볕에 그을린 듯 약간은 야위었지만 더욱 차분하고 사려 깊어진 눈빛의 그 얼굴은, 분명 그녀가 가장 사랑하는 아들이었다. 그보다 더한 사랑도, 더한 슬픔과 더한 부끄러움까지도 견뎌낼 수 있는 그런 아들이었다.

"경예야……."

창백한 입술에서 그 이름이 튀어나오는 순간, 이미 말라버렸다고 생각한 눈물이 폭포처럼 쏟아졌다. 그녀는 아들을 꼭 끌어안았다. 품에 안은 그를 다시는 놓고 싶지 않았다.

"예, 맞아요, 접니다……."

소경예가 어머니의 등을 토닥이며 말했다. 눈시울이 빨갰지만 얼굴은 여전히 미소를 띤 채였다. 평화롭고 부유하게 살 때만 해도 예의를 갖추느라 다소 소원했던 어머니와 아들이었지만, 변고를 겪은 지금은 혈육의 정이 더욱 끈끈해졌다.

"경예, 하루만 일찍 돌아왔다면 좋았을 텐데."

한바탕 눈물을 쏟은 리양 장공주가 숨을 고르며 팔에 힘을 살짝 풀고는 아들의 얼굴을 보았다.

"네 아우는 오늘 검주로 출발했단다. 서로 얼굴도 보지 못하고……."

"집사에게 들었습니다. 괜찮아요. 금방 영구를 모시고 돌아올 거예요."

소경예는 옷소매로 어머니의 눈물을 닦아주며 부드럽게 말했다.

"아우가 돌아오기 전까지 제가 곁에 있겠습니다."

평범하기 짝이 없는 한마디에 리양 장공주는 또다시 눈물을 흘렸다. 간신히 눈물을 그친 후에도 그녀는 여전히 아들에게서 시선 한 번 떼지 않고 머리부터 발끝까지 몇 번이고 살폈다. 어머니보다 빨리 마음을 추스른 소경예는 그제야 자기가 쓰러뜨린 침입자를 떠올리고는 일어나 그쪽으로 갔다. 시녀 복장을 한 침입자는 중상을 입은 채 여전히 그 자리에 쓰러져 있었는데, 궁녀들은 영문을 몰라 아무도 가까이 가려 하지 않았다.

"경예, 어떻게 된 거니?"

리양 장공주가 그를 따라 일어나 다가왔다.

"저도 잘 모르겠습니다. 어머님께서 쉬신다기에 굳이 알리지 않고 들어왔는데, 저 여자가 침대 앞에서 비수를 들고 있는 것이 보였어요. 다급한 마음에 너무 과하게 힘을 썼나봐요."

소경예는 여자의 상처를 자세히 살핀 후 얼굴을 찡그렸다.

"금방 깨어날 것 같진 않군요. 어딘지 낯이 익은데 어머님께서 부리던 사람입니까?"

마침 공주부를 관리하는 여관이 와서 침입자가 3년 넘게 공주부에서 일한 시녀라는 것을 확인해줬다. 소경예는 더욱 의혹이 일어 혼잣말을 중얼거렸다.

"단순히 암살이 목적이었다면 기회가 많았을 텐데 왜 3년이나 지나서야 움직였을까?"

리양 장공주는 저도 모르게 눈살을 찌푸렸다.

"난 이제 중요한 사람도 아닌데 누가 날 죽이려고 하겠니? 정말 나를 죽이려는 것 같았니?"

소경예는 당시의 순간을 골똘히 되짚어보다가 갑자기 눈썹을 세우며 물었다.

"어머님, 허리에 뭔가 달고 계십니까?"

"허리?"

허리춤을 더듬던 리양 장공주의 손가락이 향낭의 매끄러운 표면에 닿았다. 그녀의 안색이 살짝 창백해졌다.

"이…… 이것뿐이야. 너도 알잖니, 사…… 그가 떠나기 전에 남긴 글……."

그녀의 말에 가슴이 철렁해진 소경예가 그때의 광경을 떠올렸다.

"그 글이 무슨 내용인지 보셨습니까?"

리양 장공주는 힘없이 고개를 저었다.

"내가 이 글을 간직한 이유는 그 사람의 목숨을 보호하기 위해서였을 뿐이란다. 그 내용은 보고 싶지 않았어."

사옥이 남긴 비밀은 소경예 역시 흥미가 없었다. 알면 알수록 괴로울 뿐이기 때문이었다. 과거에 남긴 오점을 파헤친 결과가 견디기 힘든 시련과 고통이라는 것을, 소경예는 그 누구보다 잘 알았다. 하지만 누군가 이 유고를 노리고 있는 지금, 그 안의 내용을 모르고서는 적이 누군지 추측하기 어렵고 이 상황이 얼마나 위험한지도 판단할 수 없었다. 그래서 그는 재삼 고민하다가 결국 방 안에 있는 하인들을 물렀다.

"보려고?"

리양 장공주가 그의 손을 잡았다.

"어머님의 안위가 중요해요. 연루된 사람이 누구인지 알면 어떻게 상대해야 할지도 알 수 있습니다. 정말 보고 싶지 않으시다면 저 혼자만 보겠습니다."

리양 장공주는 빙그레 웃으며 허리에 매단 향낭을 열고 얼룩덜룩 먹이 찍힌 비단을 꺼내 부드럽게 말했다.

"보려면 같이 보자꾸나. 이것 또한 옛 상처라면 한 사람보다 두 사람이 감당하는 것이 낫겠지."

소경예는 어머니 옆에 앉아 비단을 평평하게 펼쳤다. 두 모자는 각자 비단 한쪽 끝을 잡고 처음부터 자세히 읽어나갔다. 처음에는 표정이 약간 무겁기만 했으나, 읽으면 읽을수록 핏기 잃은 얼굴이 점점 더 창백해졌다. 날아갈 듯 가벼운 비단 한 자락이 천근만근처럼 느껴졌다. 결국 리양 장공주는 비단을 잡은 손을 떨어뜨리고는 베개 위로 풀썩 쓰러져 얼굴을 가렸다.

소경예는 이를 악물고 어머니가 떨어뜨린 비단 모서리를 잡아 손바닥에 얹은 후 마지막 한 글자까지 읽어내려갔다. 글을 읽기 전에 경악할 내용이 들어 있으리라 예상하고 마음의 준비를 했지만, 다 읽은 지금에서야 그런 준비 따위는 아무 소용도 없었다는 것을 알았다. 온몸의 피가 꽁꽁 얼어붙는 듯한 공포의 전율이 머리부터 발끝까지 몇 번이고 훑으며 점점 더 강하게 심장을 쥐어짰다.

혈육의 정이 끊긴 그날 밤 이후, 소경예는 더 이상 자신의 마음을 흔들어놓을 것은 없으리라 생각했다. 그런데 오늘 이 얇디얇은 비단 한 자락이 펼쳐 보인 사실은 그의 개인적인 고통과는 완전히 다른 또 하나의 지옥이었다. 더욱 깊고 어둡고 비열하고 후안무치한 지옥, 피비린내와 억울함, 우울함, 비통함으로 가득한 지옥이었다.

이 펄펄 끓는 지옥불 속에 현명한 왕과 뛰어난 지휘관, 7만 명의 충혼이 타들어갔다. 당시 금릉성에서 가장 눈부시게 빛나던 소년도, 수많은 사람이 속으로 그리던 이상과 맑고 깨끗한 희망도 함께 불길 속으로 사라졌다.

부드럽고 매끄러운 비단은 촉감이 산뜻해야 했지만, 소경예는 손바닥에서 이글이글 타오르는 불길을 분명하게 느낄 수 있었다. 그 불길은 사지의 경맥을 태우며 안으로, 더 안으로 들어가 오장육부까지 불사르는 것 같았다.

침대에 엎드린 리양 장공주가 숨 쉬기 어려운 듯 나지막이 흐느끼는 소리를 냈다. 언니인 진양 장공주가 황궁의 계단에 흘린 새

빨간 피가 다시금 눈앞을 적시기라도 했을까? 시야에 비치는 모든 것이 새빨갛게 물들어 영원히 씻어내지 못할 것 같았다.

소경예는 어머니의 여위고 외로운 어깨를 감싸 자기 쪽으로 돌렸다. 시선이 마주치는 순간 두 사람은 서로의 마음을 읽었다.

"안 돼, 안 된다……."

리양 장공주는 식은땀을 흘리며 놀란 얼굴로 아들의 팔을 꽉 붙잡았다.

"그 사건은 폐하께서 친히 처결하신 거야. 네가 뭘 할 수 있겠니? 네게 무슨 힘이 있어?"

어머니를 똑바로 응시하는 소경예의 시선은 추호도 흔들림이 없었다.

"어머님…… 제가 뭘 할 수 있는지는 모르겠습니다. 다만……이런 사실을 알고도 가만히 있을 수는 없어요."

억양이 고조된 목소리는 아니지만 단호한 결심이 묻어났다. 리양 장공주는 마치 보이지 않는 손이 목을 틀어쥐는 것 같아, 물에 빠진 사람이 지푸라기라도 잡듯 한사코 아들을 붙잡았다.

"경예, 내 말 들으렴. 너는 모른다. 넌 몰라, 그 사람이 얼마나 잔인한지! 그 당시 억울하다고 한 사람이 아무도 없었겠니? 하지만 듣지 않았어. 듣지 않았다고! 진양 언니, 신비, 경우…… 그들이 죽어가는 것을 보면서 나는 깨달았다. 폐하께서 결코 돌이킬 수 없는 잔인하고 독한 결심을 내리셨다는 것을 말이야. 이 사건은 폐하의 가장 큰 역린이야. 그걸 건드리는 것은 높디높은 그분의 권위에 도전하는 것이나 마찬가지니 곱게 끝나지 못해! 생각해 보렴. 여 노선생, 태부(太傅), 네 백부이신 영왕(英王)…… 누구 하나 천하에 이름을 날리지 않은 분이 없었어. 하지만 결과는 어땠니? 아무도 그 냉혹한 천자의 마음을 꺾지 못했다. 경예, 어리석게 굴지 마라. 네 힘으로 황제 폐하가 커다란 잘못을 저질렀다고 만천하에 알릴 수 있으리라 생각하니?"

"그렇다고 아무것도 모르는 척하라는 말씀이십니까?"

소경예가 조용히 말했다.

"이 진실을 머릿속에서 지우고, 이 글을 보지 않은 것처럼 하라고요? 정말 그렇게 하면, 과연 우리 양심이 편하겠습니까?"

"경예……."

"어머님 뜻은 압니다. 하지만 진실은 진실입니다. 뒤집힌 선과 악을 모두 되돌릴 수 없더라도, 최소한 진실을 숨기는 공범자는 되지 말아야지요."

소경예는 어머니의 손에서 벗어나려 했지만, 리양 장공주는 더욱 힘을 주어 아들을 붙잡았다. 그녀의 눈에서 눈물샘이 터진 것처럼 눈물방울이 쏟아지자 그는 차마 뿌리치지 못하고 끈질기게 어머니를 설득했다.

"어머님, 이 글을 훔치려는 사람까지 있으니 피하고 싶다고 피할 수 있는 일이 아니에요. 이 세상에서 가장 높고 가장 올바른 것은 황제가 아니라 도의와 진실입니다. 하지만 걱정 마세요. 수수방관하진 않겠지만, 어머님을 위해서 경솔하게 굴진 않겠습니다."

리양 장공주는 혼란스러운 듯 고개를 저었다. 풀어내린 머리칼이 땀에 젖은 얼굴에 달라붙어 유달리 초췌하고 나이 들어 보였다. 아들을 설득하지 못하자 그녀는 황급히 머리를 굴리다가 마침내 좋은 생각을 떠올렸다.

"그래, 이것을 태자에게 주자꾸나!"

"예?"

"태자 말이야."

리양 장공주가 다급하게 말했다.

"네가 떠난 동안 나라에 새로운 태자가 생겼단다. 들었니?"

소경예는 천천히 고개를 끄덕였다.

"들었습니다, 정왕께서……."

"그래."

리양 장공주는 심호흡을 하며 마음을 진정시키려 했다.

"넌 기억 못할지도 모르지만, 경염은 기왕과 임씨 가문과는 몹시 가까운 사이란다. 임씨 가문의 임수와는 함께 자랐고 가장 친한 친구였지. 이 세상에 진심으로 기왕과 임씨 가문의 누명을 벗겨주려는 사람이 있다면 분명 경염일 거야. 이 글을 태자에게 넘기면 우리가 갖고 있는 것보다는 훨씬 유용하게 쓰이지 않겠니?"

"태자……."

소경예는 생각에 잠긴 듯 눈살을 찌푸렸다.

"별로 가까이 지내지 않아서 어떤 분인지 모르겠습니다. 아무리 옛 친구라지만 태자 자리에 올랐으니 기다리기만 하면 보위를 이어받을 수 있는데, 폐하의 노여움을 사면서까지 이 사건을 뒤집으려고 하실까요?"

"경염은 언제나 선량하고 바른 아이였어. 분명 옛정을 잊지 않았으리라 믿는다."

리양 장공주는 비단을 말아 다시 향낭에 넣으며 빠르게 말했다.

"내가 곧 동궁으로 갈 테니 너는 나서지 마라. 태자가 이 사건을 어떻게 생각하든 나는 태자의 고모이니 아무 일 없을 거야."

"어머님만 가시게 할 수는 없습니다."

소경예가 부드럽게 미소를 띠며 말했지만 말투는 강경했다.

"태자께서 어머님을 괴롭히지 않으신다면 제게도 당연히 그러시겠지요."

리양 장공주가 바라는 것은 물론 아들이 이 일에서 깨끗이 손을 떼는 것이었다. 하지만 배 아파 낳은 자식인 만큼 그 성격을 너무나 잘 알았다. 아들의 눈빛만 봐도 결심을 바꾸지 않으리란 걸 깨달은 그녀는 조용히 탄식만 하고 더 이상 강요하지 않았다. 그날 밤 소경예는 공주부의 경비를 다시 손보고, 향낭은 자신의 몸에 지닌 채 어머니의 침실 밖을 지켰다. 하룻밤은 무사히 지나갔다.

다음 날 아침, 모자는 대강 아침 식사를 하고 태자가 조회를 마치는 시간에 맞춰 가마에 올라 동궁으로 향했다. 사옥은 죄를 지어 서민이 되었지만 리양 장공주는 여전히 나라의 금지옥엽이자 황제의 친누이동생이므로, 동궁의 집사는 차마 소홀히 할 수 없어 서둘러 사람을 보내 알리고 공손히 안으로 안내했다.

소경염은 막 조당에서 돌아왔는지, 관복을 입은 채로 동궁 대전 계단에서 고모를 맞이했다. 성격 때문에 그들은 한 번도 친밀한 고모와 조카 사이인 적이 없었다. 그래서 이렇게 만나도 무덤덤하게 인사만 나누고는 곧장 안으로 들어갔다.

동궁 대전의 문턱을 넘는 순간, 리양 장공주와 그녀를 부축하고 있던 소경예는 깜짝 놀라 그 자리에 우뚝 섰다. 함부로 사람을 들이지 않는 동궁의 대전에 또 한 사람이 서 있었기 때문이다. 하얀 장삼을 걸친 아무 직위도 없는 사람이었다. 그가 맑고 환하게 웃으며 장공주에게 예의를 갖춰 인사했다.

"장공주 전하께 인사드립니다. 경예, 오랜만이군."

작년에 소경예가 경성을 떠날 때 매장소는 명목상 예왕의 사람이었다. 그런데 세상이 뒤바뀐 지금은 새로운 태자의 곁에 당당하게 서 있었다. 소경예는 이 광경을 보는 순간 어떻게 된 일인지 일목요연하게 알 것 같았지만 그래도 마음이 흔들리는 것은 어쩔 수 없었다.

"이곳에서 소 선생을 만날 줄은 몰랐군요."

리양 장공주가 쌀쌀하게 웃으며 말했다.

"처음 선생을 만났을 때도 보통 사람이 아닌 줄은 알았지만, 지금 보니 과연 기린지재답군요."

"과찬이십니다."

매장소가 담담하게 대꾸했다.

"태자 전하께서 좋게 봐주시는데, 어찌 대량의 백성을 위해 미력이나마 보태지 않을 수 있겠습니까?"

온화한 얼굴로 듣기 좋게 말하는데도, 리양 장공주는 무슨 이유에선지 그를 보면 가슴이 서늘해 시선을 피하며 말했다.

"경염, 오늘 찾아온 것은 중요한 기밀을 알려주기 위해서다. 외부인이 있으면 불편하니 소 선생을 잠시 내보내는 게 어떻겠느냐?"

소경염이 즉각 대답했다.

"아닙니다. 소 선생은 저와 한 몸이나 매한가지입니다. 제게 하실 수 있는 말씀이라면 소 선생에게 하셔도 됩니다."

실로 엄청난 말이었다. 단순히 인사치레로 한 말이라도 예삿일이 아닌데, 진지한 말투로 보아 좀체 아무렇게나 한 말 같지는 않앚다. 그런 두 사람을 바라보는 리양 장공주는 마음이 불안해 어쩐지 망설여졌다.

"장공주 전하께서 오신 것은 사옥이 경성을 떠날 때 남긴 글 때문입니까?"

매장소는 그녀가 어떤 표정을 짓든 여전히 미소 지으며 물었다.

그 말을 듣자 소경예는 이 일도 그의 계산에 들어 있다는 것을 알아채고 장단을 맞추듯 물었다.

"어떻게 아십니까?"

"글을 남겨 연명하라는 것을 내가 제의했기 때문이지. 자네는 모르겠지만, 공주 전하께서는 잊지 않으셨을 걸세."

매장소가 한 걸음 다가가며 눈썹을 치켜세웠다.

"동궁까지 오신 것을 보면 필시 글의 내용을 보셨겠군요. 느낌이 어떠십니까?"

리양 장공주는 깜짝 놀라 그를 보며 떨리는 목소리로 물었다.

"당신도 알고 있나요? 여기 쓰인 내용을 어떻게 당신이 알죠?"

"제가 알면 또 어떻습니까? 세상 사람들은 아직 모르는데 말입니다!"

순간 매장소의 얼굴은 그 자리에 있는 그 누구도 본 적 없는 무시무시한 표정이었다. 입술에는 냉소가 떠오르고, 눈가에는 불길이 이글거렸으며, 두 눈에는 날카롭고 형형한 빛이 번쩍여 차마 똑바로 바라볼 수가 없었다.

"장공주 전하, 자매의 정이 무척 깊으셨을 텐데 그간 고인이 꿈에 나타나지는 않으셨습니까?"

진심과 진심

매장소의 칼날 같은 시선에 리양 장공주는 견딜 수가 없어 홱 고개를 돌렸다.

"더 이상 말할 것도 없군요. 이 글의 내용을 알고 있다니 분명 이것이 필요하겠지요. 내가 찾아온 것도 태자께 이걸 드리기 위해서예요. 가져가세요."

매장소는 장공주가 내민 향낭을 바라보며 피식 웃었다.

"틀리셨습니다. 겨우 글 한 장은 제 관심사가 아닙니다. 태자 전하께서 장공주께 부탁드릴 것이 있습니다. 글 한 장 건네는 것보다는 훨씬 어려운 일인데, 들어보시겠습니까?"

소경예가 어머니 앞을 살짝 가로막으며 나지막이 말했다.

"소 형, 요즘 어머님께서는 집에만 계시니 도울 수 있는 일이 많지 않을 겁니다. 태자 전하께서 필요하시다면 그 일은 제가 맡겠습니다."

매장소가 그를 흘끗 보며 가볍게 고개를 저었다.

"경예, 이번만큼은 자네가 도울 수 있는 일이 없네."

"고모님, 제가 고모님께 부탁드리는 이유는 이 일을 하실 분이 고모님밖에 없기 때문입니다."

소경염이 리양 장공주의 눈을 들여다보며 물었다.

"정말 들을 생각도 없으십니까?"

이렇게까지 말하는 것을 보면 단순한 요구가 아님은 분명했다. 리양 장공주는 잠시 망설이다가 결국 고개를 끄덕였다.

"말해보아라."

"며칠 지나면 부황의 생신입니다. 연회를 열어 종친과 귀족들을 초청하고, 조정 대신들이 축수를 드리는 자리를 마련하고자 합니다."

소경염은 천천히 말을 이었다.

"그 글은 사옥의 자술서이고 고모님은 사옥의 부인입니다. 아무쪼록 고모님께서 그 비단을 들고 문무백관 앞에서 사옥의 죄를 고해주십시오."

리양 장공주는 놀란 나머지 휘청거리며 뒤로 물러났다.

"부황께 가장 중요한 것은 그 누구도 도전할 수 없는 지고지상의 권위입니다. 후세의 명성과 직결된 사건인 만큼 아무리 충격적인 진실이 밝혀져도, 잘못을 인정하여 아들과 충신을 죽인 우매하고 잔인한 황제라는 오명을 남기지 않으실 겁니다. 그러니 반드시 군심(群心)을 일으켜 중도에 멈출 수 없는 분위기를 만들고, 부황의 통제력이 미치지 않는 상황으로 몰아붙여야 합니다. 원하시든 원치 않으시든, 부황께서는 어쩔 수 없이 대신들 앞에서 재심을 허락하시게 될 겁니다. 그 첫발을 내딛는 데 고모님의 도움이 필요합니다."

"그…… 그런…… 너무…… 너무 무모한……."

리양 장공주는 눈처럼 새하얘진 얼굴로 우두커니 그를 바라보았다.

"안심하십시오. 어떤 상황이든 고모님의 안전은 반드시 지켜드리겠습니다. 고모님께 피해가 가지는 않을 겁니다."

"폐하께서 노발대발하시면 어떻게 날 보호한다는 말이냐?"

"이 일에 손을 댄 이상 만전의 준비가 되어 있습니다. 부황께서는 예전의 부황이 아니시고, 저 또한 예전의 기왕과는 다릅니다. 제 목적은 적염군의 억울한 누명을 씻어주는 것입니다. 설마 용기만 믿고 무모하게 뛰어들었겠습니까?"

그 말 속에 담긴 의미를 깨닫자 리양 장공주는 부르르 떨며 한참 동안 입을 떼지 못했다. 한동안 두문불출하느라 바깥소식에 어두운 그녀는 소경염이 어부지리로 태자 자리에 올랐다고만 생각했다. 그런데 지금, 무쇠같이 결연한 그의 얼굴과 그 옆에 뒷짐을 지고 선 기린지재를 번갈아 보며 퍼뜩 깨달았다. 눈앞의 조카가 이미 병약하고 늙은 황제로선 당해낼 수 없을 만큼 날카롭게 벼려져 있다는 것을.

"경염."

리양 장공주는 마음을 가라앉히고, 생각에 잠긴 듯 눈살을 찌푸린 아들을 흘끔 보며 얼굴을 들었다.

"사람들 앞에서 그 사건을 거론하는 것은 누가 뭐래도 쉬운 일이 아니다. 네가 시킨 대로 하면 내게 무슨 이득이 있지?"

"죄를 고발하면 어떤 좋은 점이 있느냐 물으셨습니까?"

매장소가 눈썹을 치키며 되물었다. 그의 눈동자가 번쩍였다.

"장공주 전하, 그 참혹한 사건의 진실을 알게 된 지금, 고작 그들의 누명을 벗겨주면 무엇을 얻을 수 있는지가 궁금하십니까?"

리양 장공주는 심장이 쿵 내려앉아 저도 모르게 눈을 내리떴다.

"됐습니다."

매장소의 목소리에서 실망이 짙게 묻어났다. 그가 소경염을 돌아보고 말했다.

"어전에서 고발을 하려면 지대한 용기가 필요합니다. 장공주께 진심이 없다면 역효과가 나 계획을 그르칠 수도 있습니다. 다른 사람을 찾아보시지요."

소경염은 매장소가 진심으로 실망하여 괴로워하고 있다는 것을 알기에 그의 팔을 잡고 토닥였다. 하지만 그 자신은 본래부터 리양 장공주에게 큰 기대를 하지 않았다. 강요해도 소용없는 일이기 때문에 그 역시 매장소의 말을 따를 생각으로 고모에게서 향낭을 받아 들었다.

"먼저 간 사람들을 대신해 감사히 받겠습니다. 소 선생과 상의할 일이 있으니 그만 돌아가십시오. 멀리 나가지 않겠습니다."

그가 설득 한 번 하지 않고 포기하자 리양 장공주는 도리어 어쩔 줄을 몰랐다. 뭐라고 말하고 싶었지만 적당한 말이 떠오르지 않아, 어쩔 수 없이 몸을 돌려 묵묵히 고개를 숙이고 밖으로 나갔다. 소경예 역시 태자에게 인사하고 어머니를 쫓아가 살며시 부축했다. 전각을 떠나 백옥을 깐 바깥뜰을 지나서 가림벽 앞에 이르렀을 때, 리양 장공주가 우뚝 걸음을 멈추고 아들을 올려보았다.

"경예, 너도…… 내가 너무 매정하다고 생각하니?"

소경예는 잠시 생각해보고는 대답했다.

"그 일을 하든 하지 않든 둘 다 나름의 이유가 있으니, 어머님은 좀 더 중요하게 여기는 것을 선택하셨을 겁니다. 저를 포함한 다른 사람들이 어머님의 결정에 왈가불가할 수는 없지요. 하물며 이 일이 밝혀지면 사…… 녕국후의 죄는 대역죄가 됩니다. 그분은 돌아가셨지만, 아우들을 포함해 사씨 일족이 모두 연루될 텐데, 차마 어머님 손으로 그런 일을 하고 싶진 않으시겠지요. 그 마음 저도 잘 압니다."

리양 장공주는 눈물을 머금고 아들의 손등을 쓰다듬었다.

"역시 넌 내 맘을 알아주는구나. 하지만 태자의 태도를 보니 이 일이 밝혀져 사씨 일족이 연루될 날이 머지않은 것 같다. 정말 네 아우들을 위한다면 내가 앞장서서 고발하여 태자에게 은혜를 베푸는 것이 좋겠지. 사실은 소 선생처럼 영리한 사람이라면 그 점을 들어 나를 설득할 줄 알았단다. 그런데…… 그 한마디에 그렇게 화를 내다니……."

소경예도 미심쩍은 생각이 들었다.

"처음 만났을 때 제가 소 형을 흠모하게 된 이유는 바로 그 재능과 도량 때문이었습니다. 그 후 많은 일이 있었지만 아직도…… 권력 다툼은 소 형과는 어울리지 않는 것 같아요. 적염군 사건의 진상을 이미 알고 있는 것을 보면, 어쩌면 처음부터 소 형의 목적은 그것이었는지도 모른다는 생각이 듭니다. 누구를 보좌하는가는 그저 그 일을 하기 위한 방법에 불과했던 겁니다."

"소 선생도 제3자는 아닌 것 같구나."

리양 장공주가 고운 눈썹을 살짝 찌푸리며 어두운 눈빛으로 말했다.

"대체 누굴까? 적염군 사건과 무슨 관계가 있을까?"

"이제 와서 그런 것을 따져봤자 큰 의미는 없지요. 소 형이 사건 당사자든 단순히 태자의 모사든, 녕국후의 유서를 공개하기로 한 것을 보면 반드시 적염군의 누명을 벗겨주겠노라 단단히 결심한 것 같습니다. 그 불굴의 용기가 감탄스럽군요. 애석하게도 출신 때문에 어머님을 대신하지 못하니……."

"경예, 네가 나였다면 분명 그 부탁을 받아들였겠지?"

소경예는 진지하게 생각해본 다음 대답했다.

"저와 어머님은 입장이 다르니 생각도 다르겠지요. 세상일에는 이러지도 저러지도 못하는 일이 많습니다. 어머님의 갈등과 슬픔을 제가 왜 모르겠어요?"

리양 장공주는 한숨을 푹 내쉬고, 정문 가림벽 위의 아홉 마리 용이 새겨진 채색 부조를 바라보며 한참 동안 생각에 잠겼다. 이윽고 그녀가 스르르 돌아서며 말했다.

"우리 돌아가자."

소경예는 어머니의 결정이 놀랍지 않은 듯, 차분하게 고개를 끄덕이며 어머니의 손을 꼭 쥐었다.

"어머님, 맹세할게요. 앞으로 어떤 상황이 벌어져도 함께 이겨내겠습니다. 어머님과 아우들을 해치려는 사람은 저부터 밟고 지나가야 할 거예요."

리양 장공주는 가슴이 뜨거워지는 것을 느끼고 아들의 손을 힘껏 맞잡았다. 두 사람은 꼭 붙어 서서 다시금 동궁으로 들어섰다.

마중 나온 소경염은 마치 오늘 처음 만나는 것처럼 살짝 몸을 숙여 인사했다.

"앉으십시오, 고모님. 무슨 분부라도 있으십니까?"

"약속하마."

리양 장공주가 간단히 대답했다.

"충분히 헤아려보셨습니까?"

"그랬으니 다시 돌아오지 않았겠느냐."

리양 장공주는 서글피 웃었다.

"사실 생각할 것도 없지. 정말 모른 척할 만큼 모진 사람도 못 되니까. 이렇게 동궁을 떠나면 밤마다 악몽에 시달릴 거야."

"좋습니다."

소경염이 눈썹을 치켰다.

"고모님께서 그리 말씀해주시니 저도 이 자리에서 약속드리겠습니다. 적염군의 진실이 밝혀져도 고모님의 자녀들은 연루되지 않게 하겠습니다."

리양 장공주가 몸을 부르르 떨었다.

"알고 있었……."

"사람이라면 누구나 그런 생각을 할 텐데 왜 모르겠습니까?"

소경염은 매장소와 눈빛을 주고받은 후 담담하게 말했다.

"소 선생이 그 말을 꺼내지 않은 것은 이 일이 거래로 변질되는 것을 원치 않아서였습니다. 이런 중요한 시기에 진심과 무관하게 거래를 통해 얻어낸 약속은 통제하기 어려운 변수지요. 그런 뜻밖의 위험을 무릅쓸 수 없어 고모님께 강요하지 않은 겁니다."

"솔직히 말해주니 나도 마음이 가볍구나. 보아하니 진심으로 떠난 사람들의 억울함을 풀어주고자 하는 마음이 없다면 도움을 받지도 않을 모양이지."

리양 장공주의 시선이 매장소의 얼굴로 향했다.

"그 말은 여기 있는 소 선생도 진심이라고 굳게 믿고 있다는 뜻이겠지. 무엇을 보고 그 진심을 확신하는지 궁금하구나."

소경염이 입을 꾹 다물고 매장소를 흘끗 보았다. 무표정한 얼굴로 리양 장공주의 말을 듣지 못한 척 창밖만 바라보는 그를 보자 아릿하게 가슴이 저며왔다. 소경염은 잠시 묵묵히 있다가 마침내 입을 열었다.

"소 선생이 저를 위해 얼마나 애썼는지는 한두 마디로 설명하기 어렵습니다. 더욱이 사람을 쓸 때는 의심하지 말아야 하는 법이지요. 조금 전에 말씀드린 것처럼 선생과 저는 한 몸이나 마찬가지입니다."

"사람을 쓸 때는 의심하지 말라……."

리양 장공주가 그 말을 되뇌며 고개를 끄덕였다.

"경염, 난 네게 관심을 기울인 적이 거의 없다만, 오늘 보니 경우와 성격은 달라도 본성은 무척 닮았구나."

"큰형님의 유지를 잇는 것은 제 바람입니다."

소경염은 살짝 고개를 끄덕였다.

"고모님, 댁으로 돌아가신 뒤 마음이 변하시면 억지로 하진 마십시오. 대전에서 폐하의 진노를 감당하는 것은 실로 크나큰 부담입니다. 결심이 굳지 않으면 끝까지 말을 이어가기도 힘드실 겁니다."

리양 장공주는 즉각 대답하지 않고 신중하게 생각해본 다음 말 없이 고개를 끄덕였다. 그때 매장소가 창문에서 고개를 돌리고 웃는 얼굴로 물었다.

"경예, 1년간 경험을 많이 쌓았겠군. 잘 지냈나?"

소경예의 입가에도 온화한 미소가 떠올랐다.

"예, 고국을 떠나 여러 사람을 만나고 여러 가지 일을 겪었더니 지난 일들도 훨씬 명확히 볼 수 있게 되었습니다. 하지만…… 소 형은 그대로시군요. 지금도 여전히 소 형은 속을 헤아릴 수 없는 사람 같습니다."

두 사람은 서로를 바라보며 빙그레 웃었다. 가슴을 짓누르던 돌이 사라진 것처럼 기분이 훨씬 가벼웠다.

리양 장공주는 긴말하지 않고 소경염을 향해 살짝 고개를 끄덕인 후 아들을 데리고 떠났다.

전각에 두 사람만 남자 분위기가 가라앉았다.

오늘 아침 매장소가 동궁으로 찾아왔을 때, 소경염은 놀라면서도 기뻤다. 하지만 그가 여느 때처럼 거리를 두며 일 이야기만 하자 소경염도 다른 말을 꺼낼 수 없었고, 몇 마디 하기도 전에 장공주가 찾아왔다. 이제 일은 끝났지만 두 사람 사이의 어색함은 여전했다.

"리양 고모님께서 정말 우리를 도우실까?"

잠깐의 침묵이 흐른 뒤, 소경염이 먼저 입을 열었다.

"장공주께서는 충동적인 분이 아닙니다. 약속한 이상 십중팔구 확신이 있으셨을 겁니다. 그래도 만일을 대비해 다음 수를 마련해 둬야 합니다."

"문제없네. 언후는 절대 물러나실 분이 아니니까. 폐하께서 벼락같이 분노하고 목에 칼을 들이대도 기필코 진상을 낱낱이 알리겠다고 약속하셨네. 하지만 사옥의 유서인 만큼 역시 리양 고모님께서 나서주시는 것이 순리에 맞지."

"예."

매장소가 조용히 대답했다.

"그날 무슨 일이 벌어질지 모르니 전하께서 힘을 써주셔야 합니다."

"그건 걱정 말게. 믿을 만한 종친과 대신들과는 벌써 이야기를 나눴는데 예상보다 효과가 있었네. 진심에서 우러나온 것이든, 단순히 대세를 따른 것이든 모두 적극 지지하겠다고 했어. 하지만 결단을 내리지 못하고 우물쭈물하다 부황께 밀고할 사람이 있을지도 모르니, 며칠 동안 부황이 아무도 만나지 못하게 해달라고 어마마마께 부탁드렸네. 그날 전각 안을 지킬 금군도 몽 통령이 손수 선발했으니, 부황께서 아무리 길길이 화를 내셔도 고모님의 말이 끝나기 전에는 끌고 나가지 않을 거야."

"빠르시군요."

매장소가 빙그레 웃었다.

그의 웃는 얼굴을 보자 소경염도 속으로 안도의 숨을 내쉬었다.

"상의도 없이 대신들을 만났다고 혼낼까봐 걱정했네. 몽 통령은 돌다리도 두드려보고 건너는 것이 자네 신조였다고 하더군. 내가 경솔하게 나설까봐 그동안 나를 속였다고."

매장소는 천천히 눈을 내리뜨며 나지막이 말했다.

"폐하께서 계시는 한 판결을 뒤집을 수 있다는 보장은 없으니 어떻게든 확률을 높이고자 했던 겁니다. 이제 시기가 무르익었으니 전하께서 주도하시는 게 옳지요. 저는 더 이상…… 기다릴 수도, 기다리고 싶지도 않습니다. 그러니 전하 뜻대로 하십시오. 억울하게 죽어간 사람들에게도, 천하 백성들에게도, 폐하께서 친히 재심하여 누명을 씻어주는 것과 전하께서 등극하신 후 번복하는 것은 의미가 전혀 다릅니다."

"무슨 말인지 아네. 내게 얼마나 기대를 걸고 있는지도 알고."

소경염이 그윽하게 그를 바라보았다. 이름을 부르고 싶었지만 그래도 될지 자신이 없어 망설임 끝에 결국 꾹 참았다.

"부황께서 사람들 앞에서 재심을 허락하신다면, 불측한 자들이 이러쿵저러쿵하지 못하도록 완벽하게 판결을 뒤집어놓겠네."

매장소는 다시 한 번 빙그레 웃으며 천천히 시선을 들었다.

"한 가지 부탁드릴 것이 있습니다."

"우리 사이에 부탁이라니? 편히 말하게."

"저도 생신 연회에 데려가주십시오."

소경염의 눈이 휘둥그레졌다.

"저도 나라의 객경입니다. 그런 자리에 나타나면 이목을 끌긴 하겠지만 아주 이상한 일도 아니지요. 지금껏 기다렸습니다. 성공이든 실패든 제 눈으로 그 결과를 지켜보고 싶……."

여기까지 말한 그는 소경염의 표정이 이상한 것을 눈치 채고 말을 끊었다.

"무슨 문제라도 있으십니까?"

"지금 무슨 말을 하는 건가?"

그를 노려보는 소경염의 눈에 분노가 어른거렸다.

"그게 부탁할 일이야? 당연히 그 자리에 있어야지! 여기까지 온 것도 다 자네 힘인데…… 내가 어떻게…… 어떻게 그 자리에 자넬 부르지 않겠나?"

"전하……."

소경염은 갑자기 자제력을 잃고 얼굴을 굳히며 말했다.

"전하라고? 내 이름 모르나? 우리가 어제 오늘 만난 사이였나? 방금 내게 모사로서 그런 부탁을 한 건가?"

"경염."

매장소는 소경염의 팔뚝에 왼손을 올리고 힘껏 누르며, 재회한 뒤 처음으로 분명하게 그의 이름을 불렀다.

"이것만큼은…… 확실히 말해두겠네."

그의 입에서 옛날과 똑같이 자기 이름이 나오자 소경염은 놀라고 감격스럽고 또 기뻤다. 가슴속에서 후끈후끈한 덩어리가 솟아올라 목구멍을 콱 막았지만, 친구가 슬퍼할까봐 너무 동요하는 모습은 보이고 싶지 않았다. 이 때문에 그의 안색은 몇 차례나 바뀌었지만 끝내 마음을 가라앉힐 수 없었다.

매장소는 그만 웃음을 터뜨렸다.

"그렇게까지 신경 쓰지 않아도 되네. 피바다가 된 매령에서 엉금엉금 기어나와 여기까지 온 사람이 그렇게 약할 것 같나? 자넬 보면 지난날이 떠올라 마음이 아프지만, 난 슬픔과 괴로움에 빠져 허우적거리는 사람이 아니야."

그 한마디에 소경염은 몹시 기뻤다.

"그렇게 생각한다면 안심이군. 사실 자네도 그렇게 많이 변하지는 않았네. 조금 차분해졌지만 나이가 들면 누구나 그렇지. 보다시피 나도 자네와 장난치던 옛날의 내가 아니잖나. 살아만 있다면 조금 변하는 것쯤이야 어떤가? 사건의 진실이 밝혀지면 자넨 여전히 임수고 나는 여전히 경염이야. 다시 예전처럼……."

"경염."

매장소가 고개를 저으며 그의 말을 끊었다.

"그럴 순 없어. 아무리 철저하게 밝힌다 해도 나는 매장소지, 임수가 될 수는 없어."

"어째서?"

소경염이 짙은 눈썹을 세우며 벌떡 일어났다.

"오명을 씻으면 당연히 본래의 신분으로 돌아갈 수 있네. 누가 감히 반대를……."

"내 말부터 들어."

매장소가 고요한 눈빛으로 다시 앉으라는 눈짓을 했다.

"소철이 어떤 사람인가? 그가 한때 태자와 예왕 사이를 오락가락하며 농간을 부렸다는 것을 금릉성에서 모르는 사람이 없네. 음험한 계략으로 권력을 탈취했지만 어쨌든 올바른 방법은 아니지."

"하지만……."

"경염."

매장소는 그에게 말할 기회를 주지 않았다.

"내 목표는 판결을 뒤집는 거야. 이날이 온 것만으로도 충분히 만족하네. 하지만 자네에겐 이것이 시작이야. 폐단을 없애고 부국 강병을 이루어 쇠락하는 대량을 다시 일으키고, 진실만이 살아남는 깨끗하고 평화로운 세상을 만들어야 하네. 그 목적을 이루려면 시작부터 깔끔해야 해. 먼저 간 사람들도 자네가 정의롭고 공평무사한 황제가 되는 것을 보고 싶어 할 거야. 소철 같은 사람이 황제의 총애를 받으면, 자네와 내 뜻과는 달리 사람들은 새로운 황제역시 권모술수만 좋아한다고 오해할 거야. 더욱이 나는 소철이란이름으로 경성에서 많은 일을 했고, 크건 작건 그간의 판도 변화에 관련되어 있네. 얼굴이 바뀌고 예전의 모습은 조금도 남아 있지 않는데, 겨우 증인 몇 사람만으로 내가 임수라고 주장하면 세상이 다 놀라고 아무도 믿지 않을 거야. 충성스럽던 우리 적염군 병사 7만 명은 오로지 누명을 벗을 날만 고대하고 있네. 나 한 사람의 이기심 때문에 날 선 후세 역사가들이 누가 봐도 결백한 이 사건을, 진위를 판단하기 어려운 결과라고 의심하기라도 하면 13년간의 고생이 물거품이 되지 않겠나?"

"13년간 고생했기 때문에 더 이상 내버려둘 수가 없는 거야!"

결국 소경염이 참지 못하고 반박했다.

"세상 사람들이 오해하는 건 어리석기 때문이지. 그런 사람들은 신경 쓰지 말게."

"솔직히 신경 쓰여."

매장소가 울적하게 웃었다.

"나뿐 아니라 자네도 신경 썼으면 하네. 세상 사람들의 평가를 신경 쓰지 않으면 반성할 줄도 자제할 줄도 모르게 되지. 그런 사람이 명군(明君)이 될 수 있을까? 임수로 돌아가지 못한다고 해서 억울한 것도 아니야. 매장소로 살아가는 것도 이젠 익숙하네. 지난날의 임수는 사람들이 기억하는 모습 그대로 남겨두는 것이 좋지 않겠나?"

소경염은 입을 꾹 다물고 한참 동안 그를 응시했다.

"경성을 떠날 생각인가?"

그가 불쑥 묻자 매장소는 움찔했다. 임수로 돌아갈 수 없는 이유는 모두 사실이었다. 가장 중요한 것을 빠뜨렸을 뿐. 남은 삶이 길지 않기 때문에 모든 것을 버리고 임수로 돌아가더라도 별달리 얻을 것이 없었다. 그래서 이해관계를 따져본 후 이런 결정을 내린 것이다. 소경염을 괴롭히고 싶지 않았기에 일이 끝나면 경성을 떠나 자신의 존재를 점점 잊히게 만들 생각이었다. 그런데 그 말을 하기도 전에 소경염이 먼저 알아챈 것이다. 예상 못한 상황에 매장소의 안색이 살짝 변했다.

"계속 매장소로 남겠다고 우기면서, 그런 음험한 모사는 황제 곁에 있으면 안 된다고 하는 것은 내 곁에 있지 않겠다는 말 아니겠나?"

소경염의 시선이 절친한 벗의 몸에 달라붙어 한순간도 떨어지지 않았다.

"판결이 뒤집히면 경성을 떠나 강호에 은거할 생각인가?"

매장소는 잠깐 당황했지만 곧 완벽한 미소를 떠올리며 홀가분하게 대답했다.

"13년 동안 밤낮없이 일했더니 지치긴 했네. 이제 자네를 도와줄 사람은 많고, 곁에도 현명한 신하들이 있으니 나라를 다스리는 데는 아무 문제 없을 거야. 그러니 나는 유유자적하며 살 수 있도록 놓아주게. 3~4년쯤 지나면 다시 찾아오겠네. 자네와 내가 형제로서, 또 친구로서 쌓은 정이 만나지 않는다고 해서 옅어지는 건 아니잖나?"

소경염은 그 미소에 흔들리지 않고 여전히 딱딱한 표정으로 물었다.

"소수, 사실대로 말해보게. 몸은 괜찮나?"

"아아, 몸 말인가?"

매장소는 웃으면서 양쪽 관자놀이를 눌렀다.

"옛날에 비할 정도는 아니지. 힘도 없고 무공도 잃었어. 지금 자네와 겨루면 두드려 맞기만 할 거야."

"그렇군."

소경염은 그의 눈을 한동안 들여다보더니 그제야 피식 웃었다.

"기다려주지. 다 나을 때까지 기다려줄 테니 그때 다시 겨뤄보 자고."

매장소는 두 눈을 내리깔며 아무 말도 하지 않았다.

"완치가 안 되는 건가?"

"그래."

"상관없어."

소경염은 흔들리는 마음을 다잡으며 그의 어깨를 툭툭 쳤다.

"살아만 있으면 돼."

매장소도 웃으며 고개를 끄덕이고 새로 따른 차를 천천히 음미했다.

"표정을 보아하니 자네 신분을 밝히지 말라는 것 말고 다른 할 말도 있는 것 같군."

"잘 봤네."

찻잔을 내려놓는 매장소의 표정이 다시 약간 무거워졌다.

"정생에 관한 일이네."

"정생? 정생은 잘 지내고 있어. 자네가 보내준 책을 어찌나 아끼는지, 무슨 보물이라도 되는 양 아무도 손대지 못하게 하더군. 언젠가 자네에게 직접 가르침을 받을 날을 손꼽아 기다리고 있어. 나중에 일이 좀 정리되면 바로……."

그렇게 말하던 소경염은 문득 매장소가 무엇을 물었는지를 깨

467

닫고 하던 말을 멈췄다.

"정생의 교육은 사소한 문제야. 내가 이야기하고 싶은 것은 정생의 신분일세."

매장소가 낮은 목소리로 말했다.

"황실은 혈통을 가장 중요하게 따지기 때문에 태어날 때 족보에 올리고 내정사에서 책봉 조서를 내려야만 황족으로 인정받을 수 있지. 정생이 기왕의 유복자라는 것을 우리는 알지만, 아무래도 액유정에서 태어났고 다른 사람인 척했으니, 비록 목숨을 부지하기 위해서였다 해도 다시 황족이 될 수는 없어."

황족인 소경염도 그 사실을 잘 알았다. 지금까지는 기왕의 누명을 풀어줄 확신이 없었기에 정생에게 본래의 신분을 되찾아주겠다는 생각을 못했지만, 이제 와 생각해보니 그의 말이 틀린 게 없었다.

"기왕의 후손을 세워 적을 잇게 한다손 쳐도, 자네나 다른 황자들의 아들 중 하나를 고르게 될 테고 정생은 자격이 없어."

그렇게 말하는 매장소의 표정이 다소 우울해 보였다.

"훗날 자네가 황제가 되더라도 정생 한 사람 때문에 예외를 만들어 황실의 종법(宗法)을 어지럽힐 수는 없겠지."

소경염이 길게 탄식했다.

"황실의 종법은 워낙 엄격해서 나도 방법이 없네. 뒤를 이을 아들조차 없던 혜제(惠帝)께서도 민간에서 태어난 사생아를 황자로 삼지 못했는데, 하물며 정생은 말할 것도 없겠지."

"경염."

매장소가 친구에게 좀 더 다가가 나지막하게 말했다.

"정생에게 자신이 누군지 알려주진 않았지?"

"물론이지. 아직 어리고 고생을 많이 한 아이인데, 그런 말을 해서 복수심까지 심어주고 싶진 않네."

"기왕(紀王)께서는 더욱 그러셨겠지."

매장소는 눈을 찡그리며 생각했다.

"하지만 나는 정생이 알고 있다는 생각이 들어. 모를 때는 상관 없던 것도 알고 나면 잡념과 근심에 빠지게 되는 수가 있지. 정생이 차분할수록 더 걱정이 되는군. 시간이 지나면…… 좀 더 신경 써서 지켜보게. 정생이 편안하게 살아가야 구천에 계신 기왕(祁王)께서도 안심하실 거야."

소경염은 골똘히 생각하다가 말했다.

"이렇게 하지. 정생을 황족으로 만드는 것은 불가능해도 내가 양자로 삼으면 최소한 신분은 높아지겠지. 기왕 형님의 아들이고 성품도 남다른 데가 있으니 왕은 못 되어도 훌륭한 신하는 될 수 있을 거야."

"난 어쩐지……."

매장소는 눈살을 찌푸리며 망설이는 투로 말했다.

"정생을 황실에서 멀리 떨어뜨려놓는 것이 좋을 것 같군."

"어째서?"

매장소는 머뭇거리며 대답하지 못했다. 그는 잠시 생각하다가 다시 웃음을 지었다.

"무슨 이유가 있는 건 아니야. 괜한 걱정이겠지. 정생처럼 고생을 많이 한 아이는 평범하게 사는 게 가장 큰 행복이 아닐까 싶어."

"고생을 했으니 보상을 해줘야지."

소경염도 웃으며 말했다.

"어렵게 살아남은 만큼 내가 잘 가르치고 보살필 거야. 게다가 자네도 있잖나? 훗날 내가 소홀하게 굴면 자네가 일깨워주게."

'훗날'이라는 말에 매장소의 가슴이 턱 막혔다. 하지만 그는 대답 없이 억지로 웃으며 일어났다.

"이만 가보겠습니다. 남은 일은 전하의 어깨에 달려 있으니 고생이 많으실 겁니다."

"또 격식을 차리는군."

터놓고 이야기를 나눠 훨씬 기분이 좋아진 소경염이 일어나 배웅하며 말했다.

"마음을 편히 가져야 자네 건강에 좋다고 어마마마께 들었네. 생신 연회까지 푹 쉬게. 연회에서는 하루 종일 긴장하고 있어야 하는데 견딜 수 있겠나?"

"글쎄?"

매장소가 가벼운 웃음을 떠올렸다.

"그동안 이날이 오기만을 기다렸네. 죽는 한이 있어도 버틸 거야."

소경염은 그 말에 괜스레 가슴이 아파 눈살을 찌푸렸다.

"농담이라도 그런 말은 말게. 사실 중요한 일은 이미 다 했고 승산도 무척 높으니 그렇게 긴장할 일은 없을 거야. 리양 고모님 쪽은 완전히 마음을 놓을 수 없지만 내가 잘 살필 테니 자넨 푹 쉬게. 내가 있는 한 변고 따위는 절대 일어나지 않아."

매장소는 자신만만한 그의 모습에 위안이 되어 고개를 끄덕이고 밖으로 나가 비류를 불렀다. 소경염은 가마가 있는 곳까지 배웅할 생각이었지만, 단번에 거절당해 어쩔 수 없이 전각 가림벽 밖에서 떠나는 두 사람을 눈으로 배웅했다.

—

67

—

집으로 돌아온 매장소는 피곤해서 비류의 부축을 받아 침대에 누웠다. 바로 그때 문이 홱 열리고 린신이 성큼성큼 들어와 신비로운 웃음을 지으며 득의양양하게 말했다.

"좋은 소식이 있어. 뭘까? 맞혀봐."

들어보라는 것도 아니고 대뜸 맞혀보라는 걸 보면 꽤나 심심한 모양이었다. 매장소는 상대하기 귀찮아 눈을 감고 누워버렸다.

"좀 맞혀보라니까!"

린신이 달려들어 그를 일으켜 앉혔다.

"요즘 운이 트여서 뭐든 술술 잘 풀리지? 그런 상황에 이 소식은 그야말로 금상첨화라고! 자, 기회는 딱 세 번!"

웃음기가 뚝뚝 흐르는 그의 눈을 가만히 들여다보던 매장소는 퍼뜩 정신이 들어 놀란 목소리로 물었다.

"하강을 잡았나?"

린신은 얼굴을 확 굳히고 몹시 불만스레 툴툴댔다.

"세 번이라고 했지?"

"한 번!"

옆에 있던 비류가 신이 나서 외치자 린신이 재빨리 그의 뺨을 꼬집었다.

"너희 형이 맞힌 거지 꼬마 멍텅구리께서 맞힌 게 아닙니다요. 어디서 방방 뛰어?"

"비류 좀 내버려두게."

매장소가 그의 팔을 잡아당겼다.

"그래, 어떻게 잡았나? 지금 어디에 있지?"

린신이 냉큼 매장소 앞에 손바닥을 내밀었다.

"견평!"

매장소는 고개를 설레설레 저으며 밖에 대고 외쳤다.

"천 냥짜리 은표 한 장 가져오게!"

밖에서 대답 소리가 들리고 곧이어 견평이 들어왔다. 새로 만든 것처럼 빳빳한 은표가 그의 손에 들려 있었다.

"종주, 가져왔습니다. 어디에 쓰시려고요?"

"저리 주게."

매장소가 턱짓으로 린신을 가리켰다.

"랑야각은 대답할 때마다 돈을 받잖나. 내가 질문을 두 개 했으니 개당 5백 냥씩 도합 천 냥일세."

린신은 희희낙락하며 견평의 손에서 은표를 낚아채 진짜인지 아닌지 꼼꼼하게 감정했다.

"개당 50냥 부를 생각이었는데 매 종주 나리께서 어찌나 돈이 남아나시는지 천 냥을 주시겠다는데 난들 어쩌겠나? 주신다니 공손히 따를 수밖에."

"비류, 나가자."

견평이 소년을 불렀다.

"하여간 사람 못 견디게 하는 데는 일류라니까. 저런 사람과 자꾸 같이 있으면 나쁜 아이 된다."

비류는 그 결론에 적극 찬성하며 견평을 따라 밖으로 사라졌다.

"좋아. 돈을 받았으니 대답해주지."

린신은 만족스레 은표를 품에 넣었다.

"하강을 보호한 사람은 딱 세 종류야. 활족, 현경사의 첩자, 약점 잡힌 사람들. 그렇게 가닥을 잡고 나면 조사하는 것이 어렵지 않지. 하강은 어떤 비구니 암자에서 발각됐네. 하지만 말해두는데, 하강을 잡은 것은 별로 대단한 일도 아니야. 중요한 건 말일세, 그 암자에 홀딱 반할 만큼 예쁜 어린 비구니가 있다는 거야. 내년 미인방에 올려야……."

"지금은 어디에 있나?"

"그 비구니 말인가? 물론 아직은 암자에 있지. 아무리 나라도 마구 데리고 나올 수는 없잖나?"

"린신……."

매장소의 목소리가 위협적으로 울려 퍼졌다. 린신은 낄낄거리며 항복의 표시로 두 손을 들었다.

"알았네, 알았어. 하강은 내 가게에 갇혀 있네. 걱정 말라고. 천뢰에서 빠져나갈 수는 있어도 그 가게에서는 절대 못 빠져나가."

"이번에도 그를 숨겨준 사람이 활족 여자인가?"

매장소가 무슨 생각이 들었는지 그렇게 물었다.

"그래, 선기 공주의 부하들은 정말 골칫덩어리야. 모래알처럼 각지에 흩어져서 언제쯤 다 밝혀낼 수 있을지 모르겠어."

매장소의 시선이 붉은 창틀에 녹색 깁을 씌운 창문에 고정되었다. 한동안 말이 없던 그가 불쑥 말했다.

"밖에서 뭘 하느냐? 들어오너라."

그러자 린신이 일어나 기지개를 켜며 나른하게 말했다.

"어젯밤 비류와 콩 줍기 시합을 하느라 잠을 제대로 못 잤더니 나른한걸. 낮잠이라도 자야겠어. 비류가 져서 내일 콩을 갈아 두부를 만들기로 했으니 기대하고 있으라고."

말을 마친 그가 쌩하니 밖으로 나가다가, 문가에서 고개를 숙이고 천천히 들어오는 궁우에게 힘내라는 웃음을 지어 보였다.

"내게 할 말이라도 있느냐?"

궁우가 침대 앞으로 다가오자 매장소가 온화하게 물었다.

궁우는 허리띠 끝을 꽉 틀어쥐고 있었는데, 어찌나 힘껏 쥐었는지 손가락 마디가 하얗게 질려 있었다. 갑자기 그녀가 털썩 무릎을 꿇고 떨리는 목소리로 말했다.

"종주…… 부디 용서를……."

"용서라니?"

"종주를…… 속였습니다."

"무얼 속였느냐?"

"저…… 저도 활족입니다."

궁우는 심호흡을 한 후 이를 악물고 고개를 들었다.

"하지만 선기 공주와는 아무런 관계도 없습니다. 제가 태어났을 때 활국은 이미 사라진 뒤였고, 제 목숨은 종주께서 구해주셨습니다. 종주께 해를 끼칠 일은 절대 하지 않았습니다. 지난번 천뢰에 대신 들어가겠다고 한 것도 진심으로 종주를 돕고 싶어서였는데, 그런 일이 생길 줄은…… 저는…… 저는…….”

궁우는 심장이 쿵쿵거리며 달음박질쳐 더 이상 말을 이을 수가 없었다. 매장소가 그녀를 부드럽게 바라보며 빙그레 웃었다.

“됐다. 네 마음은 나도 안다, 너무 걱정하지 마라.”

“종주…….”

“네가 활족인 것은 알고 있었지만 문제라고 생각하진 않았다. 활족이 우리 대량에 흡수된 지 수십 년이 지났으니 활족도 우리 대량 백성이나 다름없다. 선기 공주 같은 사람은 많지 않다.”

매장소가 담담하게 말했다.

“선기 공주는 인내심 강하고 신념이 깊은 인재지만, 나라가 멸망한 이유와 천하의 흐름을 바로 알지 못했다. 선기 공주의 행동으로 얻은 것도 있겠으나, 그 일 때문에 활족 전체가 피해를 입는다면 멀리 내다봤다고는 할 수 없겠지. 너무 신경 쓸 것 없으니 그만 일어나라. 린신이 여자들은 금처럼 귀중하다고 하던데 이렇게 꿇어앉아 있어서야 되겠느냐?”

그동안 궁우는 이 일로 마음이 복잡해 밤마다 잠을 이루지 못했다. 겨우 용기를 내어 매장소에게 고백하러 왔지만 이렇게 무사히 넘어갈 줄은 예상하지 못한 터라, 일어났을 때는 눈시울이 붉어져 있었다. 매장소는 말없이 기다렸지만 그녀가 물러가지 않고 서 있는 것을 보자 다시 물었다.

“할 말이 더 있느냐?”

“종주…… 조금 피곤해 보이십니다. 새로운 곡이 있는데 편히 주무실 수 있게…… 연주를…… 허락하실지…….”

"아."

매장소는 대수롭지 않은 얼굴로 고개를 끄덕였다.

"그럼 부탁하마."

그가 거절하지 않은 것만으로도 궁우는 뛸 듯이 기뻐 두 뺨을 노을처럼 발갛게 물들이며 재빨리 금을 가져왔다. 그녀는 마음을 가라앉히고 호흡을 가다듬은 후, 천천히 자리에 앉아 살며시 손목을 들고 손가락을 펼쳐 팽팽한 현을 퉁겼다.

새 연주곡은 느릿하고 여유로워, 소리 없이 흐르는 맑은 물처럼 촉촉하고 편안하게 주변을 감쌌다. 연주자의 솜씨도 일류이고 진심이 담겨 있어 절로 마음이 편해지고 근심걱정이 사라졌다. 매장소는 베개에 기대 눈을 감고 귀를 기울였다. 표정에는 아무런 변화도 없었고, 그저 살짝 뒤척여 안쪽으로 돌아눕기만 했다.

바깥뜰에서는 린신이 콩을 물에 불리는 비류를 도우며 귀를 기울이고 있었다. 별안간 린신이 한숨을 푹 쉬며 비류의 얼굴을 향해 축축한 손을 탁탁 털어 물을 튀기며 말했다.

"꼬마 비류, 네 생각은 어때? 너희 형은 여자 마음을 너무 모르는 걸까, 너무 잘 아는 걸까?"

무슨 말인지 모르는 비류는 화를 내며 얼굴에 튄 물방울을 닦고는 고개를 홱 돌려버렸다. 그때 바람이 휭 불며 짙은 먹구름이 동쪽 하늘에 모여들기 시작했다. 구름이 점점 많아져 어느새 하늘이 까매졌다. 길 아주머니가 뜰 안을 뛰어다니며 정신없이 빨래를 걷었다. 린신은 실눈을 뜨고 하늘을 올려다봤다. 한동안 맑은 날씨가 이어진 대량의 수도 금릉이 어두컴컴한 하늘에 뒤덮여 마치 곧 쏟아질 가을비를 맞을 준비를 하고 있는 것 같았다.

중추절 이후 내리는 폭우는 무더위의 천적이었다. 며칠간 쏟아진 비에 뜨거운 여름은 점차 물러나고 아침저녁으로 공기가 몹시 쌀쌀해졌다. 매장소는 옷을 하나 더 껴입고 종일 집에서 금을 타거나 책을 읽으며, 정말로 바깥일에는 관심 갖지 않고 푹 쉬었다.

조야는 감국을 맡은 태자의 다스림 덕에 평소와 다름없이 평화로운 생활을 이어갔다. 육부 중에서는 황제의 생신 연회를 준비하는 예부만 다소 바빴다. 태자의 신임을 받는 종친과 대신들을 제외하면, 오랫동안 쌓이고 쌓인 먹구름이 머리 위에 와 있다는 사실을 아는 사람은 아무도 없었다.

8월 30일 아침, 동궁 안채에 기거하는 태자비는 일찍 일어나 단장하고, 어젯밤 골라둔 태자의 예복을 시녀에게 들려 소경염이 있는 장신전으로 향했다. 국상 예법에 따라 태자비는 혼례를 치르고 백 일 후에야 태자와 같은 방을 쓸 수 있었으므로, 신혼부부는 아직 어색한 상태였다. 중서령의 손녀는 태자 앞에 설 때마다 다소 수줍어하고 두려워했다.

소경염은 언제나 일찍 일어났지만 오늘은 특히 더 일찍 일어났다. 아침 훈련을 하고 목욕을 끝내자 겨우 날이 밝았다. 태자비의 시중을 받으며 의관을 차려 입은 후, 그는 다소 빠르게 뛰는 심장을 진정하며 말했다.

"고맙소."

"신첩의 의무입니다."

태자비가 부드럽게 말했다.

"전하, 아침 식사는 동궁에서 하시겠습니까, 입궁하여 폐하와 함께 하시겠습니까?"

"입궁합시다."

태자비는 즉시 떠날 채비를 시키고, 생신 선물을 손수 점검하여 빠뜨린 것이 없는지 확인한 다음에야 소경염에게 알렸다. 부부는 노란 마차에 올라 동궁의 의장에 둘러싸여 황궁으로 들어갔고, 단서문에 이르자 마차를 세우고 가마로 갈아타 황제의 침전으로 들어갔다.

정 귀비의 시중을 받아 막 세수를 마친 황제는 태자 부부가 문안인사를 드리러 왔다는 말에 얼굴 가득 웃음을 띠며 얼른 들여보내라 일렀다.

"소자, 태자비와 함께 부황께 문후 올립니다. 천추만세하십시오!"

소경염과 태자비는 황제에게 큰절을 세 번 한 다음, 정 귀비를 향해 머리를 조아렸다.

"어마마마, 만수무강하십시오."

"어서 일어나거라, 어서."

황제가 웃으며 손을 들었다.

"이리 일찍 오다니 아직 식사 전이겠구나. 잘 왔다. 연회 때는 대신들이 있어 시끌시끌할 테니, 아침은 가족끼리 오붓하게 먹자꾸나."

"감사합니다, 부황."

소경염은 인사를 하고 황제 왼쪽에 앉았다. 오른쪽에는 정 귀비가 앉았다. 곧 시녀들이 줄줄이 음식을 날랐다. 태자비는 아랫자리에 앉아 음식을 골고루 덜며 조심스레 며느리의 의무를 다했다.

식사 자리는 화기애애하고 정다웠다. 시간이 흐르면서 소경염은 불안한 듯 두근거리던 심장을 가라앉혔다. 특히 어머니의 평온

하고 침착한 모습을 보자 의지가 더욱 단단해졌다.

식사가 끝나고 황제는 정무에 관해 몇 가지 질문을 했다. 이미 예상하고 있던 소경염이 빠짐없이 명확하게 대답하자 황제는 무척 만족하며 칭찬했다. 그리고 바둑판을 가져오게 하여 아들과 함께 바둑을 두었다. 바둑이 반쯤 진행되어 아직 승부가 나지 않았을 때, 갑자기 소경염이 바둑돌을 내려놓고 말했다.

"부황, 벌써 사시(巳時, 오전 9~11시경)가 지났습니다. 백관들이 모두 모였을 테니 무영전으로 가시지요."

황제는 한참 더 바둑판을 들여다보더니 소매를 탁 떨쳤다.

"교착에 빠져 단시간에 끝나지는 않겠구나. 오냐, 연회가 끝난 다음 다시 겨뤄보자."

고담이 눈치 빠르게 밖으로 나가 어가를 준비했다. 황제는 정 귀비의 부축을 받으며 옷을 갈아입고 전각 문을 나섰다. 가마에 오르려는 순간, 갑자기 회랑에 난 측문 쪽에서 날카로운 외침이 들려왔다.

"폐하를 뵈어야 해……. 중요한 일이다……. 무례한 놈들, 놓아라……. 폐하! 폐하! 가시면 안 됩니다……. 음모가…… 으읍!"

누군가 입을 막았는지 몸부림치는 소리가 들려왔다.

"무슨 일이냐? 누구냐?"

황제가 허연 눈썹을 찌푸리며 엄히 물었다.

"월 귀비입니다."

정 귀비가 안색 하나 바꾸지 않고 태연하게 대답했다.

"정신질환을 앓은 지 오래되었으나 잘 낫지 않는군요. 신첩이 세심히 챙기지 못해 폐하를 놀라게 해드렸으니 부디 용서하십시오."

"음, 월 귀비였군."

황제는 생각을 더듬었다.

"그대가 월 귀비의 상태가 좋지 않다고 말했었지. 월 귀비는 자존심이 강하고 시련을 겪은 적이 없는 사람이다. 저 광증도 그 때문에 생겼을 게야. 오래 함께 지낸 사람인데 말년을 처량하게 보내게 하고 싶진 않으니, 그대가 좀 더 잘 보살펴라."

정 귀비가 부드럽게 미소를 지어 보였다.

"폐하의 명으로 후궁을 관리하고 있으니 당연히 그래야지요. 월 귀비는 가엾은 사람이라 가능한 한 편안하게 해주려 하는데, 여기까지 나타나 소란을 피울 줄은 몰랐습니다. 아무래도 아직은 분별을 하지 못하는 모양입니다."

황제가 위로하듯 그녀의 손등을 두드렸다. 그사이 복도 쪽은 조용해졌다. 고담의 높고 긴 행차 외침 속에 대량에서 지위가 가장 높은 네 사람이 두 가마에 나눠 타고 흔들흔들 깃발을 나부끼며 무영전으로 향했다.

황제의 생신 연회를 위해 무영전은 완전히 새롭게 꾸며졌다. 참석이 허락된 사람들은 신분과 위계에 따라 나눠 앉았는데, 종실의 남자들은 기왕(紀王)을 필두로 하여 전각 오른쪽 상좌에, 종실 여자들은 어좌 왼쪽에 나지막한 병풍을 둘러 마련한 독립된 공간에 앉았다. 백관들은 문관은 왼쪽에, 무관은 오른쪽에 자리를 잡았고, 품계가 낮을수록 어좌에서 멀어졌다. 오품 이하의 관리들은 연회에 참석할 수 없어 전각 밖에서 절만 하고 물러갔다.

예부에서는 춤곡이 없어 전각 안이 너무 썰렁할까봐 좌식을 서로 가까이 배치하고, 어좌가 있는 상좌에서 삼 장 떨어진 곳에 열자 넓이의 비단 깔개를 깔아 축하 시를 바치고자 하는 사람이 나와서 시를 낭독할 자리를 만들었다. 예부에는 무척 익숙한 일들이었다. 과정과 규칙, 전각 안의 배치 등은 각각 규범과 관례가 있기 때문에 사소한 항목들을 빼면 어려울 것이 없었다.

그런데 연회 며칠 전, 눈감고도 할 수 있는 이 일에 갑자기 변수가 생겼다. 참석자 명단에 한 사람이 늘어난 것이다. 대량의 객경인 매장소는 전각 안의 어떤 사람과도 신분이 맞지 않았다. 종친도 아니고 명확한 품계도 없었기 때문에 황족이나 대신들 사이에 끼워 넣을 수는 없었다. 하지만 황제가 친히 초청하라 명했고, 옆에 있던 태자도 특별히 '정성을 다해 대접하라'고 당부한 만큼 구석자리를 줄 수도 없었다.

이 때문에 예부의 관리들은 다 함께 머리를 싸매고 고민했지만 적당한 해법을 찾지 못해 속만 태웠다. 뜻밖에도 그 문제는 연회 당일 저절로 해결되었다. 계단을 오른 매장소가 안내를 맡은 예부 관리와 말 한마디 나누기도 전에, 운남왕 목청이 팔짝팔짝 뛰어나온 것이다. 목청은 함박웃음을 지으며 자기보다 더 매장소를 잘 아는 사람은 없다는 듯이 살갑게 굴면서 자기 자리로 끌고 갔다. 골치를 앓던 예부상서는 그 모습을 보자 옳다구나 싶어, 매장소가 목왕부 사람인 척 어물쩍 넘어갔다. 어쨌거나 목청과 함께 앉아 있으면 다른 자리에 끼어 앉지 않아도 되고, 어좌와도 가까워 대우를 소홀히 한 것도 아니니 누이 좋고 매부 좋은 방법이었다.

금종이 아홉 번 울리자, 소경염이 황제를 부축해 들어와 어좌에 앉혔다. 그의 시선이 재빨리 전각 구석구석을 훑었다. 매장소가 미소를 띤 채 목청 옆에 앉아 있고, 리양 장공주 역시 차분한 표정을 짓고 있는 것을 보자 마음이 좀 더 가라앉았다.

황제가 자리에 앉고 참석자들이 머리를 조아리며 만세를 외치자 축하 의례가 정식으로 시작되었다. 춤과 연주가 빠졌지만 의례 순서는 작년과 크게 다르지 않았다. 종친과 대신들이 조를 지어 나와 절하고 축사를 올리자 황제는 일일이 상을 내렸다. 그 후 창례관(唱禮官)이 연회의 시작을 알렸다.

황제가 음식을 맛보고 술 석 잔을 비우자, 태자의 주도 아래 종친과 대신들이 한 명 한 명 앞으로 나와 정성스레 고른 선물을 바쳤다. 일반적으로 의례를 치르는 대전 안은 비교적 엄숙하게 마련이지만, 선물을 바치는 동안은 분위기가 훨씬 가벼웠다. 선물들이 빠짐없이 공개되고 나자, 자신 있는 사람들은 허락을 구하고 비단 깔개 위로 나아가 직접 지은 찬송 시를 읊음으로써, 절묘한 문장이나 해학적인 표현으로 갈채를 받고 상사의 주목을 끌었다. 지금까지는 매년 이 깔개 위에서 두각을 드러내는 사람이 한둘씩 나왔기 때문에, 사람들은 먹고 마시면서 올해는 누가 시 한 구절로 사람들을 깜짝 놀라게 만들까 하며 기대에 차서 기다렸다.

"으하하, 으하하하, 저것도 시라고…… 으하하하!"

공부의 시랑 한 명이 읊은 시를 듣고 목청이 탁자를 두드리며 웃어댔다.

"보세요, 소 선생. 내가 저런 시를 읊으면 스승님께서 종아리가 터져라 때리셨을 거예요."

"왕야를 이렇게 즐겁게 해드렸으니 저 시도 나름대로 재미를 갖추고 있는 겁니다. 왕야를 가르친 스승들은 결코 저렇게 생생한 표현은 쓰지 못할 겁니다."

매장소가 웃으면서 목청의 의견을 바로잡아줬다. 그의 시선이 다른 좌석 쪽을 살며시 훑더니 입가에 떠오른 옅은 미소가 살짝 사라졌다.

그 시선의 끝에는 눈을 내리뜬 리양 장공주가 앉아 있었다. 얇고 하얀 적삼의 소맷부리를 매만지며, 얼굴 옆으로 반쯤 흘러내린 새까만 머리칼을 살며시 뒤로 넘기는 그녀의 얼굴은 눈처럼 창백했지만, 눈빛은 차분하게 가라앉아 있었다. 암암리에 소경염이 눈짓을 하자 얼마 후 그녀가 천천히 자리에서 일어났다.

"고모님, 어디 가세요?"

옆에 있던 경녕 공주가 놀란 듯 소리 죽여 외쳤다. 하지만 리양 장공주는 그 말을 듣지 못한 양 긴 치맛자락을 펄럭이며 병풍을 돌아 천천히 비단 깔개 위로 나아가 사뿐히 섰다.

대량의 황실에는 재녀(才女)가 많았고 찬송 시를 바치는 사람도 적지 않았다. 하지만 후궁의 사적인 자리에서나 있는 일이지, 공식 의례에서 깔개에 올라간 사람은 아무도 없었다. 더군다나 리양 장공주는 여러 가지 일을 몸소 겪어 사연이 많은 여인이었기에, 그녀가 모습을 드러내자 전각 안은 정적에 휩싸였다. 사람들은 저도 모르게 젓가락을 놓고 휘둥그레진 눈으로 그녀를 바라보았고, 어좌에 있던 황제마저 잔을 내려놓고 다소 놀란 목소리로 물었다.

"리양, 너도 시를 짓겠느냐?"

"글솜씨 없는 제가 어찌 시를 짓겠습니까?"

리양 장공주는 심호흡을 한 다음 단호한 눈빛으로 턱을 약간 치켜들고 입을 열었다.

"용서하십시오, 폐하. 저는 이 기회를 빌려 종친과 대신들 앞에서 사옥의 죄를 대신 고하려 합니다. 사옥은 주군을 속이고 충성스러운 군사를 함정에 빠뜨려 죽인 대역죄인입니다. 폐하의 흥을 깨뜨린 죄 죽어 마땅하나, 사옥의 죄는 실로 극악무도하고 용서받을 수 없는지라 이 누이는 도저히 폐하를 속일 수 없었습니다. 어전에 나가 아뢰고 천하에 고하지 않는다면 하늘이 용서치 않을 것입니다. 영명하신 폐하께서 부디 이 죄를 자세히 고할 수 있도록 허락해주십시오."

"그게 무슨 말이냐?"

황제는 어리둥절하면서도 다소 불쾌해했다.

"사옥은 이미 죽지 않았느냐? 짐은 이미 그의 죄를 처벌했다. 비록 사옥을 사면하진 않았으나 네 얼굴을 보아 가볍게 처벌했고 너와 아이들도 연루시키지 않았는데, 어찌하여 만족을 모르고 짐의 생일에 소란을 피우는 것이냐?"

"제가 생신 연회에서 이런 고발을 하는 까닭은 들어보시면 아실 것입니다."

음침하게 쏘아보는 황제의 시선을 마주하며 리양 장공주는 이를 악물었다. 그 시선을 받자 도리어 두려움이 옅어지고 목소리는 더욱 맑아졌다.

"13년 전, 사옥은 하강과 공모하여 어떤 서생에게 적염군 선봉대장 섭봉의 필적을 흉내 내어 밀서를 위조하게 하였고, 그 밀서로 대원수 임섭이 모반을 일으켰다고 모함했습니다. 그로 인해 폐하를 속이고 엄청난 사건을 야기하였으니, 이것이 그 첫 번째 죄입니다."

이 말이 나오자 무영전 안은 고요한 물에 돌멩이를 던진 것처럼 삽시간에 소란스러워졌다. 황제 역시 안색이 싹 변해, 떨리는 손가락으로 장공주를 가리키며 노한 목소리로 물었다.

"네가…… 미치기라도 한 것이냐?"

"사옥은 그 죄를 숨기기 위해 몰래 절혼곡에 불을 질러 섭봉의 부대를 송두리째 죽음으로 몰아넣었습니다. 그리고 그 또한 임 원수가 한 일처럼 보고하였으니, 이것이 그 두 번째 죄입니다."

리양 장공주는 방해에 아랑곳 않고 높은 목소리로 계속 말했다.

"군에 몸을 담은 사옥은 전선의 상황과 적염군의 동태를 잘 알았습니다. 그리하여 임 원수가 병사를 일으켜 경성으로 오고 있다는 거짓말로 폐하를 속여 병부를 받고, 하강과 함께 매령에 매복하여 대유의 침략군과 혈전을 치르느라 힘이 고갈된 적염군을 공격했습니다. 폐하의 명을 전하거나 투항하라는 말도 없이 허를 찔러 학살을 자행했고, 7만 명의 충성스러운 병사들을 억울하게 죽였습니다. 그리고 그 피해자들이 어명을 거역하여 어쩔 수 없이 몰살했다고 거짓을 고하였으니, 이것이 그 세 번째 죄입니다."

"닥치지 못할까!"

견디다 못한 황제가 온몸을 사시나무 떨듯 하며 갈라진 목소리로 외쳤다.

"여봐라! 장공주를 끌어내라! 어서!"

어전의 금군 호위병 몇 명이 서로 흘끔거리다가 머뭇머뭇 다가왔다. 하지만 리양 장공주에게 손을 대기 무섭게 그녀가 홱 뿌리치자, 그들 또한 도저히 못하겠다는 얼굴로 우뚝 서고 말았다.

"매령에서의 도륙이 끝나자, 사옥과 하강은 임 원수의 인장으로 글을 위조하여 적염군의 모반은 황위를 노린 기왕(祁王)의 교사

(敎唆)였다고 모함했습니다. 그리하여 기왕이 억울한 누명을 쓰고 멸문지화를 당하게 하였으니, 이것이 그 네 번째 죄입니다."

잠시도 멈춰서는 안 된다는 것을 알기에, 리양 장공주는 곁에 선 호위병들을 쳐다보지도 않고, 기세를 몰아 모조리 쏟아냈다.

"무고 사건을 벌인 사옥과 하강은 병력과 위세를 이용해 간언을 사전에 봉쇄하였습니다. 속사정을 알고 양심 고백을 하려는 사람들이 있었으나 일일이 제거하여 천자의 귀를 막았으니, 이것이 그 다섯 번째 죄입니다. 이 다섯 가지 큰 죄는 한 글자도 빠짐없이 사옥이 손수 썼으니 추호의 거짓도 없습니다. 저는 그 글을 본 후 그 놀라움을 이루 말할 수 없어 밤낮으로 편히 쉴 수가 없었습니다. 그리하여 이렇게 어전에 나와 고발하는 것이니, 부디 폐하께서 억울한 사정을 명확히 밝히시고 하늘의 도리에 따라 적염군 사건의 재심을 명하여 억울하게 죽은 영혼과 민심을 다독여주십시오. 허락해주신다면 이 누이는 죽어도…… 여한이 없습니다."

리양 장공주의 눈에서 눈물방울이 뚝 떨어졌다. 그녀는 소매를 넓게 펴고 이마가 땅에 닿도록 절했다. 격식을 갖춘 그 절이 무거운 망치처럼 전각 안에 있는 모든 사람의 가슴을 때렸다. 간결하고 과장이라곤 전혀 없는 말투였지만 그녀의 입에서 나온 진실은 모든 사람을 충격에 휩싸이게 만들었고, 조금이나마 양심이 남아있고 시시비비를 가릴 줄 아는 사람들은 비분강개했다.

웅성웅성하는 소리를 뒤로하고, 이부상서 사원청(史元淸)이 가장 먼저 나와 두 손을 맞잡았다.

"폐하, 장공주의 말씀이 실로 놀랍습니다. 허나 사옥의 친필 자술서가 있다면 결코 거짓이라 할 수 없으니, 이를 철저히 조사하지 않으면 조정과 민심이 어지러워집니다. 부디 장공주의 주청을 받아들이십시오. 공정한 사람을 세워 적염군 사건을 재조사함으로써, 진상을 낱낱이 밝히고 폐하의 성덕을 드높이십시오!"

그의 말이 끝나기 무섭게 중서령 류징, 정지기, 심추, 채전 등이 차례로 나와 입을 모아 말했다.

"사 상서의 말이 옳습니다. 신도 동의합니다!"

장공주의 고발에 다소 격동한 사람들은 명망 있는 중신들이 나서는 것을 보자 곧 그 뒤를 따랐다. 평소 이런 일에 관심이 없던 기왕(紀王)도 느릿느릿 일어나 불그스름해진 눈으로 말했다.

"아우도 대신들의 청이 합당하다고 생각합니다. 부디 허락해주십시오, 폐하."

"너…… 너마저……."

황제가 늘어진 뺨을 부들부들 떨며 기침을 콜록콜록하더니, 구부정하게 탁자에 몸을 기울이고 향기로운 찻잔을 바닥에 내팽개쳤다.

"이 무슨 짓이냐? 짐을 협박하려느냐? 사옥은 이미 죽었는데 이제 와서 죄를 따져 무엇하겠다고, 고작 진위를 밝히기 어려운 글 한 장 때문에 이 난리들이냐? 쓸데없이 일을 벌이지 말고 모두 물러가라, 모두……."

"폐하."

채전이 한 걸음 앞으로 나와 고개를 꼿꼿이 들었다.

"이 사건은 단순히 사옥의 죄를 밝히고자 하는 것이 아니라, 세상 사람들에게 조정에 대한 믿음을 주기 위함입니다. 억울한지 아닌지 조사해보면 알 수 있는데, 이대로 덮어버린다면 필시 비난이 빗발치고 민심이 흩어져 병사들도 두려워하게 될 것입니다. 그리되면 폐하의 성덕에 흠집이 나고 대량의 강산도 불안해지니, 부디 신들의 간언을 받아들여 적염군 사건의 재조사를 허락해주십시오!"

"신도 동의합니다! 허락해주십시오!"

목청이 손을 흔들다시피 하며 나섰다.

"천하에 다시없을 억울한 사건입니다. 양심이 있는 사람이라면 어떻게 듣고도 못 들은 척 가만있을 수 있겠습니까? 판결이 잘못되었을 때 재조사해서 다시 판결을 내려야 한다는 것은 삼척동자도 압니다!"

"무엄하다!"

황제는 수염을 올올이 곤두세우고 이를 부득부득 갈았다.

"어전에서 소리를 지르다니, 모반이라도 하려는 것이냐?"

"신도 동의합니다."

언후의 쌀쌀한 목소리가 끼어들었다.

"장공주께서 대신들 앞에서 고발하신 내용은 조리 있고 분명하여 결코 허황된 이야기가 아닙니다. 법으로 보나 도리로 보나 응당 고발을 받아들여 재조사하시는 것이 마땅합니다. 신은 폐하께서 이리도 망설이시는 이유를 실로 모르겠습니다."

이 한마디가 칼날처럼 황제의 심장에 꽂혔다. 황제는 격노하여 말조차 제대로 할 수 없었다.

바로 그때, 내내 아무 말 없이 차가운 눈빛으로 지켜보던 황태자가 마침내 사람들의 시선을 받으며 일어섰다. 곤룡포로 감싼 몸이 늙은 황제 쪽으로 살짝 기울었을 때, 그의 몸에서는 나이 들고 쇠약해진 황제와는 비할 수 없는 눈부신 위엄과 힘이 느껴졌다.

"소자 역시 동의합니다."

단 한마디였지만, 그 속에는 천둥번개 같은 힘이 있어 땅에 내리꽂히는 순간 황제의 마지막 방어벽이 와르르 무너졌다.

피에 젖은 명예

—

68

—

황태자가 입장을 명확히 밝히자, 그때껏 관망하고 있던 대신들도 추풍낙엽처럼 분분히 허리를 숙이고 동의를 표했다. 녕왕과 회왕도 처음에는 움츠러들었다가 조그맣게 이야기를 나눈 후 상좌에서 내려가 대신들과 합류했다. 이제 전각 안에는 오로지 대량의 객경 홀로 본래 자리에 앉아 얼음처럼 차갑고도 맑은 눈동자로 이 모든 것을 지켜보고 있었다.

소란을 피우는 것이 신하들만이었다면 황제는 여전히 그들을 제압할 자신이 있었다. 하지만 활활 불타오르는 소경염의 눈동자와 마주한 지금은 정신이 흐트러지기 시작했다. 이 아들이 기왕(祁王)과 임씨 일가에 어떤 감정을 갖고 있는지 잘 알기 때문이었다. 지금보다 훨씬 열악한 상황에서도 앞뒤 가리지 않고 변론하던 그였으니, 확실한 증거가 나타난 지금 가만있을 리 만무했다. 이 아들을 눌러놓지 못하면 이 소란하고 통제하기 힘든 상황을 수습할 수 없었다. 하지만 곰곰이 생각하던 황제는 혁혁한 치적을 쌓은 태자를 단속할 만한 힘이 자신에게 없다는 사실을 퍼뜩 깨달았다.

황제도 리양 장공주가 폭로한 진실에 아무렇지도 않은 것은 아니었다. 그 또한 놀라고 동요했지만, 무정한 천성과 황제로서의 본능이 더 강했다. 재조사가 시작되면 자신의 명성과 위엄에 영향을 끼친다는 사실에 생각이 미쳤고, 동시에 소경염의 힘이 이미 자신의 통제를 벗어났다는 사실에 소름이 끼쳤다. 자기 손으로 길러낸 황태자의 결연한 태도와 그를 따르는 대신들을 보자 황제는 충격과 함께 거부감이 생겨, 의지할 사람을 찾기 위해 이를 악물고 전각 안을 둘러보았다.

오래된 신하들과 새로 발탁한 신하들, 황족과 후궁까지 그 누구의 얼굴에도 그가 바라는 표정은 없었다. 온순하고 부드러운 정귀비마저도 눈동자를 환하게 반짝이고 있어 똑바로 바라볼 수 없을 정도였다. 지존(至尊)의 자리에 오른 지 수십 년이 지난 지금, 황제는 비로소 고립된다는 것이 어떤 느낌인지 절절하게 맛보았다. 더욱이 지금의 그는 예전처럼 반대하는 목소리들을 우악스럽게 거부할 수도 없었다.

"그 글대로라면 주모자는 사옥과 하강 두 사람뿐이다. 한 사람은 죽고 한 사람은 달아나고 없는데 어찌 재심을 하겠느냐? 이 일은 하강이 체포된 후에 다시 논의하겠다."

잠시 생각하던 황제가 마침내 핑계를 찾아내고 힘없는 목소리로 반박했다. 하지만 그 말이 떨어지기 무섭게 채전이 보통 남자보다 높고 갈라진 목소리로 그 최후의 몸부림을 찢어발겼다.

"폐하, 하강은 이미 체포되었습니다. 신이 어제 폐하께 보고서를 올렸는데 잊으셨습니까?"

잊은 것이 아니라 아예 보고서를 펼쳐보지도 않은 황제였다. 그 소식을 듣자 황제의 얼굴은 순식간에 퍼렇게 질렸다. 전각 안은 또다시 웅성웅성 소란스러워졌다가 한참 뒤에야 잦아들었다. 그러나 그 고요함에 담긴 침묵의 힘은 조금 전의 소란스런 외침보다 더욱 강하게 황제를 압박했다. 이제 대신들은 분위기에 따라 충동적으로 나선 처음과는 달리 냉정을 되찾았지만, 여전히 아무도 물러서려 하지 않았다.

황제는 깨달았다. 일이 이렇게까지 된 이상 아무리 버텨도 결과는 하나뿐이라는 사실을.

"짐은…… 경들의 청을 허락하노라……."

늙은 황제의 힘없는 목소리가 떨어지는 순간, 소경염의 심장은 마구 날뛰었다. 하지만 겉으로 드러나지 않도록 마음의 고삐를 단단히 죄며 재빨리 채전에게 눈짓을 했다.

"폐하, 적염군 사건의 재심을 허락해주셨으니, 재심을 담당할 재판관도 지정해주십시오."

형부상서가 더할 나위 없이 공손하게 허리를 숙이며 말했다.

"이곳은 조정 대사를 논할 자리가 아니다."

황제가 다소 누그러진 투로 거절했다.

"재판관은 다음에 정하겠다."

"폐하, 이렇게 엄청난 사건은 미뤄서는 안 됩니다. 이미 결심을 내리셨는데 어찌 차일피일하십니까?"

중서령 류징도 나섰다.

"신이 생각해보니 아무에게나 이 일을 맡길 수는 없습니다. 반드시 덕망이 높고 충성스러우며 올곧으면서도 영리하고 꼼꼼한 사람이어야 합니다. 혼자서는 중임을 감당하기 어려울지 모르니 여러 명을 세워 공동 심사하게 하십시오."

"류 대인의 말씀이 옳습니다."

심추가 즉시 말을 받았다.

"기왕(紀王) 전하를 추천합니다."

"신은 언후를 추천합니다!"

목청이 여전히 목청 좋게 말했다.

여기저기서 추천이 올라오자 황제는 뻑뻑한 눈을 질끈 감았다. 누가 재심을 맡든 큰 의미는 없었다. 소경염이 있는 한 그 결과는 불 보듯 뻔했다. 지존의 자리에 앉은 황제 자신이라 해도 막지 못할 것이다.

결국 기왕과 언후, 대리사경 엽사정이 가장 많은 추천을 받았고, 갑자기 피로가 밀려든 황제는 한발 물러서서 모두 허락했다. 중임을 맡은 세 사람이 무릎 꿇고 명을 받자, 억지로 자제하고 있던 소경염은 뭔가 뜨거운 것이 목구멍으로 솟구치는 것 같아 저도 모르게 매장소에게 시선을 던졌다.

매장소는 여전히 아무 말도 없었다. 펄펄 끓는 물처럼 부글거리는 조당 안에서 홀로 조용히 앉은 그는 마치 그 속에 존재하지 않는 것 같았다. 하지만 자세히 관찰하면 깊이를 알 수 없는 그의 눈동자가, 어좌에 구부정하게 앉은 늙은 황제를 번쩍이는 눈빛으로 지켜보고 있다는 것을 알 수 있었다. 마치 황제의 허약한 몸을 뚫고 그 속에 자리한 잔인하고 독단적인 과거를 들여다보듯이.

하지만 황제는 그의 시선을 느끼지 못한 듯 허연 머리칼과 수염을 바르르 떨며, 숨 막히게 하는 이곳을 떠나려고 비틀비틀 일어났다. 그가 떠날 때 태자와 대신들은 공손하게 절을 올렸지만, 천자의 속마음은 높은 자리에서 신하들을 굽어보던 예전과는 확연히 달랐다. 그 차이가 너무도 크다는 것을 말로는 설명할 수 없을 만큼 뼈저리게 느끼고 있었다.

정 귀비는 관례대로 황제를 따라나갔다. 하지만 그녀가 부축하려고 손을 내밀자 황제는 매몰차게 뿌리치고 고담의 부축만 받으며 홀로 가마에 올랐다. 정 귀비는 거절을 당해도 개의치 않고 생긋 미소를 지으며 태연하게 다른 가마에 올라 후궁으로 돌아갔다.

황제 침전의 탁자에는 낮에 두다 만 바둑판이 고스란히 남아 있었다. 비틀비틀 안으로 들어간 황제는 바둑판을 보자마자 화가 머리끝까지 치밀어 와락 뒤집어엎었다. 희고 까만 옥돌들이 좌르르 소리를 내며 사방으로 튀었고, 몇 개는 그의 얼굴을 때려 피부가 얼얼했다.

연회가 끝나고 다시 겨루자고……. 이제 와서 무엇을 겨룬단 말인가? 대국 결과야 어찌 되든, 속마음과는 달리 마지못해 태자와 대신들 앞에 굴복한 순간 그는 이미 바둑돌을 던지고 항복한 것이나 마찬가지였다.

적염군 사건은 부자 사이에 가로놓인 크나큰 장애물이었다. 황제도 그 사실은 알고 있었지만, 그 사건의 배후에 자신조차 모르는 진실이 숨어 있을 줄은 상상조차 못했다. 더욱이 꼬박 13년이 지난 지금, 그 모든 것이 또다시 수면 위로 떠오를 줄은 생각해본 적도 없었다. 마치 원망에 잠겨 환생하지 못하고 떠도는 망령이라도 되는 것처럼.

갑자기 오싹 소름이 끼쳐, 황제는 저도 모르게 몸을 움츠렸다. 정 귀비를 부를까 하다가 고집스레 입을 다물었다. 오전에 침전을 떠날 때 회랑에서 들려왔던 날카로운 외침이 갑자기 뇌리에 떠올랐다. 황제는 탁자를 내리치며 큰 소리로 외쳤다.

"여봐라! 월 귀비를 불러라! 어서 월 귀비를 데려오너라!"

황제는 역시 황제였다. 명령이 떨어지고 얼마 지나지 않아 월 귀비가 모습을 드러냈다. 아리땁던 자태는 간데없고 늙고 초췌했지만 여전히 고운 눈동자에는 싸늘한 빛이 반짝였다. 황제를 본 그녀는 바닥에 털썩 엎드려 오전에 했던 외침과 똑같은 말을 반복했다.

"폐하, 신첩이 긴히 드릴 말씀이 있습니다. 중요한 보고입니다."

"말해라."

황제가 그녀의 턱을 잡아 얼굴을 들어올렸다.

"무슨 일이냐? 오늘 리양이 무영전에서 소란을 피운 일이냐?"

"정왕이…… 정왕이 불측한 짓을 꾸미고 있습니다."

"후궁에 있는 네가 경염이 하는 일을 어찌 아느냐?"

"좌중승(左中丞) 동방 대인에게 들었습니다."

월 귀비가 두서없이 말하기 시작했다.

"그 질녀가 입궁을 해서…… 신첩에게 알렸습니다. 동방 대인은 태자에게 충성하던 분이셨지요. 태자에게 충성한다는 것은 곧 폐하께 충성하는……."

황제는 눈살을 찌푸렸다. 한참 뒤에야 그녀가 말하는 태자가 폐위된 소경선이라는 것을 알고 얼굴을 확 찡그렸다.

"정왕이 계속 대신들을 만나고 있습니다. 계속, 아주 많은 사람을 말이지요. 동방 대인이 소문을 들었는데…… 폐하께서 조정에 나오시지 않아 뵐 수 없기에 신첩에게 알려야겠다 생각했답니다.

정왕만 쓰러지면 태자도 돌아올 수 있으니까요. 동방 대인은 충신이라 태자도 무척 우대했고, 폐하께서도 저희를 홀대하지 않으셨지요. 저희가 맨 먼저 고발했으니 으뜸가는 공을 세운 겁니다. 폐하, 정왕을 갈기갈기 찢어죽이고 태자를 부르세요. 경선이야말로 진짜 태자입니다. 정왕의 음모를 깨뜨렸으니 신첩도 큰 공을 세웠고요. 동방 대인도 태자를 지지합니다. 폐하, 부디 태자를 복위시켜주십시오. 제발 부탁드립니다!"

말을 하면 할수록 음울하던 월 귀비의 표정이 이상하리만치 흥분하기 시작했다. 목소리가 높고 날카로워졌을 뿐 아니라 입에 하얀 거품까지 물어 황제는 흠칫 놀랐다. 동방 대인과 마찬가지로 황제 또한 오랫동안 월 귀비를 만나지 못했다. 한때 아름다움을 뽐내며 후궁을 주름잡던 귀비가 이렇게까지 망가질 줄 누가 알았겠는가? 영리하고 예리하던 모습은 씻은 듯 사라지고, 오직 집착과 망상만 남았다. 설령 그녀의 말이 사실이라 해도 그녀가 미쳤다는 것 또한 사실이었다. 그 사실을 깨달은 황제는 다리를 붙잡은 그녀를 힘껏 뿌리쳤다. 하지만 뿌리치면 뿌리칠수록 월 귀비는 더욱 바짝 달라붙었고 날카로운 그녀의 손톱이 황제의 피부를 찔렀다. 그 통증에 놀란 황제가 높이 외쳤다.

"여봐라! 월 귀비를 끌어내라! 어서!"

"폐하…… 정왕이 모반을 꾸미고 있습니다! 신첩이 공을 세웠으니…… 태자를 복위시켜주세요……."

월 귀비는 소리소리 지르며 내관들에게 질질 끌려나갔다. 황제는 손발이 싸늘해지고 눈앞이 어질어질해 푹신한 베개 위로 쓰러져 눈을 감고 숨을 헐떡였다. 고담이 황급히 마음을 진정시키는 차를 가져와 황제의 등을 두드리며 차를 먹였다.

　황제는 가슴이 후려치는 듯 아파 숨을 제대로 쉴 수 없었다. 사지마저 뻣뻣하게 굳었다. 월 귀비가 한 말을 떠올리자 화가 치밀었지만 어쩔 도리가 없었다. 이제 와서 알아차린들 무슨 소용인가? 그에게는 일어나 싸울 힘도 정신도 없었다.

　"폐하, 어의를 부를까요?"

　고담이 나지막이 물었다.

　"그래…… 불러라……."

　어쨌든 가장 중요한 것은 목숨이었다. 호흡이 가빠질수록 두렵고 불안했다. 다행히 총총히 들어와 진맥을 한 어의는 기혈이 들끓어 오장이 뒤집힌 것일 뿐 큰 병은 아니라고 했다. 어의가 약을 한 첩 지어 달여 먹이자, 황제도 약간 마음이 가라앉았다.

　약의 효과인지 늙은 몸으로 하루 종일 시달렸기 때문인지, 황제는 채 일각도 지나지 않아 몽롱하게 잠이 들었다. 고담은 한동안 꿇어앉아 침대 옆을 지키다가, 황제가 푹 잠든 것을 확인한 뒤 살그머니 일어났다. 그는 주변을 살핀 후 몸을 웅크리고 뒷걸음질로 측문까지 물러나 소리 없이 문밖으로 사라졌다.

　측문 밖으로 기다랗고 굽이진 회랑이 펼쳐져 있었다. 정 귀비가 여느 때처럼 온화한 태도로 그곳에 서 있었다. 바람에 옷자락이 팔락이고 소매는 부풀어 올랐다. 그녀의 눈빛은 맑고 평온했으며 얼굴에는 별다른 표정도 없었다. 고담은 그녀에게서 열 장 정도 떨어진 곳에서 걸음을 멈추고는, 싸움 한 번 없이 서서히 최고의 자리에 오른 귀비마마를 응시했다. 그렇게 한참 바라만 보던 육궁도총관은 늘 순종적이던 얼굴에 처음으로 표정을 드러냈다. 속으로 결심을 내린 듯했다. 명확히 입장을 표명해야 할 때가 왔다는 것을 그도 알고 있었다.

"마마, 좌중승 동방치(東方峙)입니다."

그는 정 귀비 뒤로 다가가 낮은 소리로 딱 한마디만 한 다음 몸을 웅크리고 결과를 기다렸다.

정 귀비의 맑은 눈동자가 살짝 흔들렸다. 그녀는 담담하게 고개를 끄덕일 뿐 아무 말도 하지 않았지만, 팽팽하게 긴장했던 고담의 몸은 눈에 띌 정도로 편안해졌다. 그는 다시 한 번 허리를 숙여 깊이 절한 후 왔던 길을 따라 침전으로 돌아갔다.

침대 위의 황제는 처음 자세대로 누워 있었지만 점점 호흡이 가빠졌다. 잠시 후, 그가 몸을 뒤척이기 시작했다. 식은땀으로 젖은 머리를 홱홱 돌리며 뭔가를 잡으려는 듯 두 손을 허공에 휘젓고 입을 우물우물했다.

"폐하를 깨우게. 악몽을 꾸시는군."

언제 들어왔는지 정 귀비가 부드럽게 말했다.

고담은 재빨리 대답하고 침대 위로 몸을 숙여 살며시 황제의 팔을 흔들었다.

"폐하…… 폐하!"

몇 번 부르자, 황제는 갑자기 뭔가에 놀란 사람처럼 벌떡 일어나 앉아, 땀을 뻘뻘 흘리며 멍하니 앞을 바라보았다.

"폐하, 또 꿈을 꾸셨습니까?"

정 귀비가 하얀 수건으로 땀을 닦아주며 부드럽게 말했다.

"오늘은 신비가 아니라 다른 사람인가보군요?"

황제가 부르르 떨며 그녀의 손을 힘껏 뿌리쳤다.

"감히 짐을 보러 와? 짐이 너희 모자를 어찌 대했는데, 불측한 마음을 품고 적염군 사건을 뒤집으려 갖은 애를 쓰다니! 너희같이 불효불충한 것들을 믿고 아끼다니 짐의 눈이 멀었구나!"

"저희가 불측한 마음을 품었다고 치시지요."

정 귀비가 차분하게 대답했다.

"폐하께서도 이것만은 아셔야 합니다. 적염군의 누명을 벗기는 것은 저희 바람이기도 하지만, 더 중요한 이유가 있습니다."

"이유? 무슨 이유 말이냐?"

"진실입니다. 진실이 그렇기 때문이지요."

정 귀비의 눈빛이 형체가 있는 것처럼 황제의 심장을 똑바로 찔렀다.

"폐하께서는 천자십니다. 오늘 밝혀진 사실들을 인정하고 싶지 않으시다면 아무도 폐하께 강요할 수 없지요. 하지만 천자라도 할 수 없는 일이 있게 마련입니다. 세상 사람들의 양심을 조종하실 수 없고, 후세의 평가를 바꾸실 수 없으며, 꿈속에서 폐하를 찾아오는 옛사람들을 막으실 수 없습니다."

"그만!"

황제는 누렇게 뜬 얼굴로 온몸을 벌벌 떨며 두 손으로 이마를 짚고 큰 소리로 외쳤다. 다시 베개 위에 쓰러져 숨을 헐떡였지만 차마 눈을 감을 수가 없었다.

"어째서 짐을 찾아오는 것이냐. 모두 하강의 짓이다. 하강과 사옥이 한 짓이야."

"다음번에 꿈에서 만나면 물어보십시오."

정 귀비의 목소리는 여전히 가볍고 부드러워 마치 평범한 한담을 나누는 듯했다.

"허나 신첩은 하강같이 비열한 사람에게도 꿈에 나타날까 두려워 잠 못 드는 밤이 있었을 것이라 믿습니다."

황제가 고개를 돌리고 한참 동안 그녀를 바라보다가 중얼거리듯 말했다.

"하강도 짐을 배신했다……. 하지만 진실을 말하기도 했지. 경염이 적염군 사건을 계속 마음에 담아둔다고도 했고, 또……."

여기서 순간적으로 황제의 눈빛이 또렷해졌다. 그는 탁자 위의 찻잔을 들고 정 귀비를 몰아세웠다.

"또, 소철이 기왕(祁王)의 사람이라고도 했다. 그렇지 않느냐?"

정 귀비는 자줏빛 도자기 주전자(자사호)를 들어 잔에 차를 따르며 담담하게 대답했다.

"그러면 어떻고 아니면 어떻습니까? 하강이 폐하를 배신한 것도 사실이고 적염군이 억울한 것도 사실입니다. 이 점만 분명히 아신다면 옳고 그름도 명확히 보이는데, 무엇 때문에 자꾸 의심하십니까?"

황제의 눈동자에 싸늘한 빛이 번쩍였다. 그가 천천히 몸을 일으키며 소리쳤다.

"여봐라!"

"예, 폐하……."

고담이 재빨리 대답했다.

"소철…… 소철을 불러오너라!"

이런 명령을 내릴 줄은 몰랐는지 정 귀비도 약간 놀랐다. 하지만 고운 눈썹을 살짝 치켰다가 다시 천천히 내리뜨며 아무 말도 하지 않았다.

약 한 시간 후, 문이 열리고 매장소가 평온한 걸음걸이로 들어왔다. 여전히 하얀 장삼을 입고 까만 머리칼은 옥고리로 올려 묶은 차림이었다. 그는 황제의 침상 앞에서 묵묵히 절을 올렸으나 잠시 기다려도 황제가 아무 말이 없자 알아서 일어났다. 황제는 눈살을 찌푸렸지만 무례를 탓하는 대신 차가운 눈길로 쏘아보며 물었다.

"소철, 짐을 만난 것이 몇 번째냐?"

매장소는 생각을 되짚어본 후 대답했다.

"네 번째입니다."

"짐은 네게 경성에 무엇 하러 왔느냐 물은 적이 있다. 너는…… 경선과 경환의 눈에 띄어 어쩔 수 없이 왔다고 대답했다. 인정하느냐?"

"사실입니다."

매장소는 빙그레 웃었다.

"그때는 폐하께서 마음만 먹으면 무엇이든 하실 수 있는데, 어찌 감히 거짓말을 했겠습니까?"

"그래, 짐이 조사해보니 네 말은 분명 사실이었다. 그때 짐은 그들이 모사를 한 명 늘리는 일에는 아무 관심이 없었다."

황제가 눈을 가늘게 뜨면서 점점 더 쌀쌀한 투로 말했다.

"하지만 너는 단순한 모사가 아니었지. 게다가…… 사실을 모두 말하지도 않았다."

매장소는 여전히 미소를 지었다.

"방금 말씀드렸듯이 그때는 제 목숨마저 폐하의 손아귀에 들어 있었는데 어떻게 모두 털어놓을 수 있겠습니까?"

"지금은 어떠냐? 짐이 늘그막에 뒷방으로 물러나 찻잔 하나 들 힘도 없는 지금은 사실대로 말할 수 있겠느냐?"

"폐하께서는 여전히 폐하십니다."

매장소가 조용히 대답했다.

"세상 사람들은 여전히 폐하께서 슬기롭고 공평하게 다스려주시기를 바랍니다."

"짐이 적염군에 대한 판결을 뒤집으면 슬기롭고 공평한 것이냐?"

황제의 표정에 잔혹함이 묻어났다.

"경염이 조정을 쥐락펴락하고 있으니 짐은 이제 아무 힘이 없다. 말해보아라. 어째서 짐이 죽기를 기다리지 않고 지금 당장 그 사건을 뒤집으려는 것이냐?"

"다르기 때문입니다."

"무엇이 다르단 말이냐?"

매장소는 늙은 황제의 혼탁한 눈동자를 똑바로 보며 한 자 한 자 또렷하게 말했다.

"기왕에게는 전혀 다릅니다."

"기왕?"

황제는 날카로운 바늘에 찔린 것처럼 아랫입술을 바르르 떨었다.

"기왕이라고! 너는…… 너는 역시 기왕의 사람이었구나. 그래, 짐에게 말해보라. 기왕부에서 무슨 일을 하던 자냐?"

"폐하께서 하문하시고자 하는 것이 그것뿐입니까?"

매장소의 목소리는 차분했지만 그 말 한마디는 얼음처럼 차디 찼다.

"신비, 기왕, 임 원수, 진양 장공주…… 그리고 임수…… 그렇게 죽은 사람들 중에 폐하의 친척이 아닌 사람이 있습니까? 대신들이 그들의 억울함을 호소하는 지금, 폐하께서는 무슨 생각을 하십니까? 태자의 세력을 가늠하고, 대신들이 나서는 이유를 의심하고, 일개 모사의 내력을 캐내고 계십니다! 무영전에서 장공주께서 죄를 고발하신 후 지금까지 몇 시간이 흘렀는데, 폐하께서는 왜 사옥이 남긴 글을 읽어볼 생각조차 않으십니까? 폐하께 그날의 진상은 전혀 중요하지 않은 겁니까? 폐하의 큰아들, 가족, 친척들, 그들이 어떻게 죽어갔는지 정말로 관심이 없으십니까?"

겨우 마음을 가라앉혔던 황제는 그 말에 다시 감정이 북받쳐 얼굴이 시뻘게지고 입술은 파랗게 질렸다.

"무, 무엄한 놈…… 이 무엄한 놈!"

황제가 쉰 목소리로 외쳤다.

"저는 사옥이 쓴 글을 보았습니다. 아주 자세히 썼더군요. 임 원수가 어떻게 죽음을 당했는지, 기왕이 어떻게 죽어갔는지 하나도 빠짐없이 쓰여 있었습니다. 여기 이렇게 베껴왔는데 한번 보시겠습니까?"

고개를 드는 매장소의 새하얀 얼굴은 얼음처럼 싸늘했다.

"아니면…… 제가 읽어드릴까요?"

그가 소매 안에서 비단을 꺼내자, 황제는 이를 악물고 식은땀을 흘리며 외쳤다.

"닥쳐라! 짐은…… 듣고 싶지 않다."

"듣고 싶지 않으신 겁니까, 차마 들으실 수 없는 겁니까?"

매장소가 입가에 냉소를 떠올리며 지존의 황제를 똑바로 바라

503

보았다.

"기왕은 죽기 전에 조서를 가저간 관리에게 폐하께서 내리신 조서를 세 번이나 읽게 했다고 합니다. 그리고 '아버지는 아들을 모르고, 아들 또한 아버지를 모르는구나' 라는 말만 남긴 채 눈 한 번 깜짝하지 않고 독주를 마셨습니다. 폐하, 그 말이 무슨 뜻인지 아시겠습니까?"

황제는 온몸을 부르르 덜며 손을 들었다. 하지만 천근만근 무거 워진 팔을 반쯤 올리다가 말고는 탁자 위로 퍽 하고 떨어뜨렸다.

매장소는 표정 없는 얼굴로 그를 바라보며 말을 이었다.

"폐하께서 기왕을 잘 아신다면, 그가 역모를 꾸몄다고 의심하 시진 않았을 겁니다. 기왕이 폐하를 잘 알았다면, 최후의 순간까 지 폐하께서 자신을 죽일 리 없다고 믿지도 않았을 겁니다. 감히 묻겠습니다. 기왕과 임 원수가 억울하다는 것을 아셨으니 조금이 나마 미안한 마음이 드십니까?"

"닥쳐라, 닥쳐! 닥치지 못할까!"

황제는 견디다 못해 버럭 화를 내며, 황제라는 신분마저 망각한 듯 큰 소리로 변명했다.

"네가 뭘 아느냐? 임섭이 군사를 마음대로 부린 것은 사실이다! 짐이 파견한 사람을 한직에 앉히고 기왕의 사람만 중용했고, 출정 을 나갈 때마다 '장수가 밖에 있을 때는 주군의 명을 따르지 않는 다' 며 명을 어겼다. 한데 짐이 어찌 그냥 둘 수 있었겠느냐? 기왕 은 어땠더냐? 기왕은 조정에서는 인심을 사고 왕부에서는 선비들 을 불러 담론을 일삼으면서, 함부로 짐이 만든 규칙을 바꾸려 했 다. 결국 대신들이 올리는 상주문에도 기왕의 입김이 작용하게 되었는데, 어찌 용인한단 말이냐? 기왕은 신하이자 짐의 아들이다. 그런데 조당에서 누차 짐에게 대들고 입만 열면 천하를 들먹였다. 보아라, 이 천하가 짐의 천하냐, 소경우의 천하냐?"

"천하는 모든 사람의 천하입니다."

매장소가 엄하게 말했다.

"백성이 없으면 천자가 무슨 소용이며, 사직이 없으면 황제가 무슨 소용입니까? 병사들이 전장에서 피로 목욕을 하며 싸울 때 폐하께서는 멀리 황궁에 앉아 조서만 내리시면서, 조금이라도 어기는 기미가 보이면 꺼리고 의심하며 무정하게 칼을 휘두르셨습니다! 폐하께서는 높디높은 권력만 마음에 두실 뿐, 단 한 번이라도 천하를 마음에 두신 적이 있으십니까? 기왕은 오로지 나라를 위해 국정을 보살폈고, 그렇게 쌓아올린 실적으로 부지런하고 현명하다는 평을 얻었습니다. 폐하와 의견이 달라도 대놓고 이야기했지, 남몰래 수작을 부린 적은 없습니다. 그런데 그 올곧고 충직한 마음을 대드는 것으로 생각하셨군요. 독주를 마시는 기왕이 얼마나 낙담하고 얼마나 고통스러웠을지 폐하께서는 결코 알지 못하실 겁니다. 허나 지난날 부자의 정과 죽어도 폐하를 거스르지 않으려던 기왕의 마음을 생각해서라도 부디 진심으로 그의 결백을 밝혀 13년간 고통에 빠져 있던 영혼을 위로해주십시오. 그것이 그렇게 어렵고 힘든 일입니까?"

처음에는 화가 나서 하얗게 질렸던 황제도 마지막 한마디에는 심장이 난도질당하는 것처럼 아팠다. 그는 온몸에 힘이 쭉 빠진 듯 베개에 비스듬히 등을 기대고는 두 손으로 얼굴을 가렸다. 이마에는 땀이 물처럼 흐르고 있었다.

기왕…… 경우…… 그렇게 가깝던 아들이었지만 풀지 못한 응어리가 하나둘 쌓이면서 정이 식어갔다. 하지만 아무리 잔인하고 모진 그도 아프지 않을 리 없었다. 아프지 않았다면 어째서 13년 동안 아무도 이 역린을 건드리지 못하게 했겠는가? 어째서 신비의 위패를 세우는 것은 허락하면서, 황장자라는 말만은 꺼내지 못하게 했겠는가?

매장소는 천천히 눈을 내리뜨며 얼어버린 눈동자를 숨겼다. 거의 무너진 것이나 다름없는 늙은 황제가 더 이상 재심을 방해하지 못한다는 것은 알 수 있었다. 하지만 무슨 이유에선지 홀가분하기는커녕 울분이 쌓여 더 이상 황제를 보고 싶지 않았다.

"물러가겠습니다."

간단한 한마디를 남기고 매장소는 정 귀비에게 가볍게 인사한 후 돌아서서 침전을 나섰다. 황제는 몸이 축 늘어지고 머리는 텅 비어 그를 막을 힘조차 없었다. 허연 머리칼이 베개 위로 어지러이 흩어졌다.

정 귀비가 시원한 손으로 황제의 이마를 눌러주며 나지막이 말했다.

"폐하, 충과 효에 있어서라면, 임 원수는 불충하다 할 수 없고 기왕 역시 불효하다 할 수 없습니다. 경염은 늘 그들을 본받으려 했으니, 그들이 하지 않은 일은 결코 하지 않을 겁니다. 염려하실 필요 없습니다."

황제가 얼굴을 가린 손을 천천히 내리고 정 귀비를 똑바로 보았다.

"약속하느냐?"

"폐하께서 경염을 잘 아신다면 신첩에게 약속하라 하실 필요도 없습니다."

정 귀비의 입가에는 여전히 가벼운 미소가 떠 있었지만, 눈을 내리깔고 있어 그 눈동자가 어떤 빛을 띠는지 볼 수는 없었다.

"경염이 바라는 것은 진실과 공정한 판결입니다. 폐하께서 그것을 허락하신다면 다른 것은 의심하실 필요가 없습니다."

황제는 멍한 얼굴로 한참 동안 저울질을 하고, 또 한참 동안 정 귀비의 온화한 얼굴을 바라보다가 마침내 길게 탄식을 내뱉으며 중얼거렸다.

"어차피 이렇게 되었으니…… 마음대로 해라. 짐은 아무 말도 하지 않겠다……."

황제의 생신 연회가 치러진 다음 날, 기왕과 언궐, 엽사정을 재판관으로 삼아 적염군 사건을 재조사하라는 조서가 정식으로 내려왔다. 당시 대량을 온통 뒤흔들었던 이 사건에 의심을 품거나 동정한 사람이 적지 않았지만, 권력과 강압에 못 이겨 13년 동안이나 그 마음을 숨겨왔다. 하강의 자백과 함께 조사가 진행될수록 매령에서 벌어진 참상의 상세한 내용들이 하나하나 밝혀졌고, 조정과 백성들의 비분도 점점 커져 금릉성 전체가 술렁거렸다.

섭봉과 섭탁, 위쟁은 증인으로 진술을 하고 신분을 되찾기 위해 소경염을 따라 조당에 나갔다. 그들을 적절한 시기에 자연스럽게 등장시키는 것은 간단한 일이 아니었다. 매장소는 평소 습관대로 고심하여 계획을 세우려 했지만, 린신과 소경염이 약속이나 한 듯 반대했다. 한 사람은 의원으로서 단호하게 명령했고, 또 한 사람은 친구로서 이러쿵저러쿵 간섭했다. 덕분에 그 일은 태자가 신임하는 꾀주머니들이 맡았고 매장소는 끼어들지 못했다. 대신 매일매일 진행 상황을 보고하여, 매장소가 가능한 한 외부 상황에 흔들리지 않고 차분한 마음으로 결과를 기다릴 수 있게 해주었다.

9월이 되자 재조사는 거의 끝났지만, 연루된 곳이 많아 판결을 바꾸는 것만으로 끝낼 수는 없었다. 그리하여 발표는 보름 넘게 연기되었고 그사이 최종 판결과 보상 방식 등을 상세히 논의했다.

10월 4일, 황태자는 아침 일찍 세 명의 재판관과 함께 황제를 뵈러 들어갔다가 황혼녘이 되어서야 나왔고, 이틀 후 내정사에서 세 가지 조서를 발표했다.

첫째, 기왕과 임섭, 그 사건에 연루된 문무 관원 서른한 명의 대역죄를 취소하니, 그 억울한 사정을 천하에 널리 알릴 것.

둘째, 신비와 기왕, 그 적통 자녀들을 황릉에 이장하고, 임씨 가문의 사당을 다시 세울 것이며, 직위에 따라 다시 제사를 지내게 할 것. 이 사건의 생존자는 작위를 돌려주고 상을 내리며, 억울하게 죽은 자는 예부에서 그 가족과 합의하여 후한 보상을 할 것. 또한 10월 20일에 황실의 사원에 제단을 세우고 황제가 친히 백관을 이끌고 제를 올려 망혼을 달랠 것.

셋째, 사건의 주범인 하강과 사옥, 공범 몇 사람은 대역죄로 판결해 능지처참에 처할 것. 사옥은 이미 죽었고 부관참시하는 것은 불길하니 집행을 중단하며, 그의 구족(九族) 중에서 리양 장공주는 고발한 공이 있으니 세 아들과 함께 사면하고 연좌하지 않을 것.

이 세 가지 명으로 판결 방향은 정해졌다. 남은 것은 관련 부서에서 세부 항목들을 집행하는 일뿐이었다.

10월 20일에는 공표한 대로 위령제가 거행되었다. 넋을 기리기 위해 황제와 태자는 흰 관을 쓰고 나와 친히 위패 앞에서 향을 사르고 기도문을 불태웠다. 그날은 하늘도 어두컴컴하여 분위기가 더욱 무거웠다. 촛불에 불을 붙이던 황제가 갑자기 사람들 앞에서 눈물을 뚝뚝 흘리며 스스로를 꾸짖는 조서를 내리겠다고 선언했다. 황제가 이렇게까지 할 줄 몰랐던 소경염은 한순간 그 눈물이 진심인지 아닌지 판별할 수가 없었다. 하지만 그간 쌓아온 경험으로 노련해진 덕분에 뜻밖이긴 했으나 크게 놀라지 않았고, 부자가 나란히 부둥켜안고 우는 감동적인 장면을 연출하지도 않은 채 의례적인 위로만 했다. 황제 역시 그냥 해본 말이었는지, 위령제가 끝난 후 며칠이 지나도록 죄기조(罪己詔, 황제가 스스로의 잘못을 밝히는 조서—옮긴이)에 대한 이야기는 꺼내지도 않았다.

하강이 처형되는 날, 린신은 매장소와 함께 높은 누각에 올라 멀리서 그 장면을 지켜보았다. 위풍당당하던 현경사 수좌의 마지막에는 눈물 한 방울 흘려주는 사람이 없었다. 하춘과 하추는 유배를 떠났고, 시신을 수습하기 위해 관을 가져온 하동도 형장에 나가 작별할 생각은 없었기 때문이다. 봉두난발을 한 하강이 형틀에 묶였을 때 마지막 인사를 하러 올라온 사람은 아무도 없었고, 형을 집행하는 언후만 유일하게 그에게 다가갔다. 그는 하강과 짧게 이야기를 나눴지만 그 내용은 아무도 알지 못했다.

"장소, 자넨 하강을 체포하는 데 신경을 많이 썼네. 그런데 그가 체포된 후에는 어째서 아무것도 묻지 않았나?"

린신이 멀리 형틀에 묶인 죄인을 바라보며 물었다.

"내가 신경을 쓴 것은 하강이 사형을 받는 일이었네. 그가 붙잡힌 이상 더 물을 일이 어디 있겠나?"

"이 참혹한 사건을 꾸며낸 것을 후회하진 않는지 물어봐야지."

매장소는 냉소를 지었다.

"관심 없네."

"하긴, 그러고 보니 그날 황제와 오랫동안 이야기했다지?"

"기왕 대신이었네."

매장소의 눈빛이 그윽하게 가라앉았다.

"기왕은 재능도 있고 꿈도 있었지만, 가장 큰 문제는 아버지를 너무 몰랐다는 걸세. 정치적 의견이 달라 대립할 수는 있어도 죽음까지 불러오리라곤 생각지 못했겠지. 황제는 잔인하고 무정해서 다시 이런 일이 벌어져도 똑같이 행동할 걸세. 하지만 하늘에 있는 기왕은 아버지가 뉘우치길 바랄 테니 그를 대신해서 몇 마디 해주었네. 하강은…… 저런 자는 뉘우치든 말든 아무 관심 없네."

린신이 고개를 끄덕이며 입을 여는데 오시 이각을 알리는 딱따기 소리가 울렸다. 우락부락한 회자수(劊子手) 두 명이 형대에 올라가 몸을 풀며 형을 집행할 준비를 했다.

"구경거리도 아닌데 그만 가세."

매장소는 흥미 없는 듯 무관심한 눈빛으로 돌아섰다. 그를 따라 누각을 내려가던 린신이 문득 걸음을 멈추고 저 멀리 있는 형장을 돌아보며 눈썹을 세웠다.

매장소가 그 시선을 따라 돌아보니, 소박한 차림의 노부인이 청년을 데리고 형대에 올라가는 것이 보였다. 그녀는 하강 앞에 술상을 놓고 향을 피운 후 묵묵히 그를 바라보다가 그곳을 떠났다. 단 한 마디 말도 없었다.

"무엇을 잃고 무엇을 얻는지는 정말이지 가장 알기 어려운 문제야."

린신이 고개를 저으며 탄식했다. 밑도 끝도 없는 말이었지만 매장소는 알겠다는 듯 고개를 끄덕이며 군중들 틈으로 사라지는 노부인과 청년을 바라보았다. 그의 얼굴에 존경과 실망이 뒤섞인 복잡한 표정이 스쳐갔다.

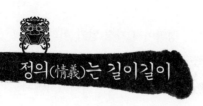

정의(情義)는 길이길이

—

69

—

적염군 사건이 일단락되자 어느새 쌀쌀한 가을바람이 불기 시작
했다. 매장소는 또다시 풍한이 들었지만 예년처럼 심하지는 않아,
며칠 쉬자 곧 나았다. 효과가 눈에 보였기 때문에 안 의원도 린신
의 치료 방법에 동의했고, 다른 사람들도 무척 감사했기에 린 공
자는 오랫동안 콧대가 꺾일 줄 몰랐다.

소경염은 조정 업무를 거의 도맡아 점점 더 바빠졌지만, 틈이
날 때마다 단출한 차림으로 저택을 찾아와 친구를 만났다. 임씨의
사당이 완공되자 그는 비밀스럽게 준비하여 매장소를 대리 상주
로 삼아 정식으로 제사를 지내게 해주었다. 하지만 그날 이후로
'임수의 영위'라고 쓴 조그마한 나무 위패가 스산한 사당의 눈에
띄는 자리에 놓여, 소경염은 그것을 볼 때마다 가슴이 찢어지는
것 같았다.

기쁨과 슬픔이 교차하는 태자의 복잡한 기분과는 달리 지난날
의 임수와는 아무 관계가 없는 린신은 순수하게 기뻐했다. 어쨌든
매장소가 늘 가슴에 품고 있던 소망이 이뤄졌으니 의원 입장에서

는 이용하기 좋은 기회였던 것이다.

"솔직히 자네가 마지막까지 버텨낸 건 예상 밖이었네."

늘 하는 진맥이 끝난 후 린신이 싱글벙글하며 말했다.

"무영전에서 주청을 드리던 날이 큰 고비라고 생각했거든. 그렇게 멀쩡하게 돌아올 줄 누가 알았겠나? 얼굴은 허여멀겋고 기는 싹 빨리고 맥은 들쑥날쑥하고 걸음은 비틀비틀하는 것이……."

"그게 멀쩡한 겁니까?"

옆에 있던 려강이 그의 얼굴에 침이라도 뱉을 것처럼 따졌다.

"정도는 심하지 않았잖은가?"

린신이 아랑곳 않고 말했다.

"약간만 손보면 위험할 정도는 아니었으니까. 난 말일세, 자네가 긴장이 풀려 픽 쓰러질까봐 걱정이었네. 그랬다간 나도 방법이 없거든."

매장소는 그의 손에서 팔을 빼고 소매를 내리며 피식 웃었다.

"경염의 말대로 중요한 일은 이미 다 했네. 미리 한 일이 많을수록 가능성은 높아지고 긴장할 일도 없지. 13년 동안 일을 해나가면서 바짝 조였던 내 마음도 조금씩 풀려 최후의 순간에는 크게 긴장하지 않았네. 다만 염원이 실현되는 것을 내 눈으로 보고 싶었을 뿐이야. 이미 짐작한 결과인데 흥분할 필요가 어디 있겠나?"

"속일 생각일랑 말게."

린신이 코웃음을 쳤다.

"제법 일리 있는 말이네만, 내가 정말 모를 줄 아나? 자네가 이렇게 차분한 것은 흥분하지 않아서가 아니라 아직 긴장이 완전히 풀리지 않았기 때문일세. 무슨 생각을 하는지 다 아네. 자기 몸 상태에 자신이 없어 겁이 나는 거야. 사람들이 기뻐할 때 버티지 못하고 픽 쓰러져 찬물을 끼얹는 꼴이 될까봐 겁이 나겠지. 친구들이 자네 때문에 천당에서 지옥으로 곤두박질치는 고통을 받는 게 싫을 테니 말이야. 아닌가? 막 판결이 내려진 지금보다야 몇 달 더 버티다가 죽는 편이 충격이 덜할 거라고 생각하는 거야, 그렇지?"

"린 공자."

려강의 안색이 싹 변했다.

"무슨 말을 그렇게 하십니까? 죽다니요? 우리 종주께서 그 정도도 못 버티시겠습니까?"

"그만, 그만."

린신이 손을 내저으며 그를 흘겨보았다.

"자네들, 이 사람이 누군지 잘 좀 보게. 자네들처럼 소심하게 벌벌 떨면서 진실을 숨기고 걱정하지 않는 척하는 건, 보통 환자에게는 쓸모 있을지 몰라도 이 사람에겐 안 먹혀. 뭐든 꿰뚫어보는 이 녀석을 자네들이 무슨 수로 속여? 거짓말만 하다보면 서로 마음만 무거워지지 좋을 게 하나도 없네!"

"하…… 하지만……."

언변이 좋은 려강도 이런 꾸지람을 받자 일순 할 말을 잃었다. 비록 속으로는 그 말에 찬성하지 않았지만 반박할 말이 없었다.

"대체 무슨 말이 하고픈가?"

매장소가 뜨거운 차를 들고 잠깐 그들을 바라보다가 천천히 물었다.

"내가 하고 싶은 말은, 지금 자네가 할 일은 딱 하나, 마음의 여유를 갖고 나를 믿어야 한다는 것일세."

린신이 빙긋 웃으며 그에게 다가앉았다.

"자네 스스로 기한을 정하지 말게. 다섯 달이든 열 달이든 언제까지 버티겠다는 생각 같은 건 집어치우고, 그저 힘껏 노력하란 말일세. 나도 그럴 테니까, 알겠나?"

매장소는 가만히 그를 바라보았고, 린신도 평소답지 않게 진지한 표정이었다. 총명한 그들은 말하지 않아도 뜻이 통했다. 잠깐의 침묵이 흐른 뒤 매장소가 조용히 그러겠다고 대답했다.

"단, 경성을 떠나겠다는 생각에는 찬성일세."

린신이 다시 싱글싱글 웃었다.

"산 좋고 물 맑은 곳은 휴양하기엔 딱이지. 경성은 너무 번잡해서 마음 편히 있고 싶어도 그러기가 쉽지 않아. 랑야산으로 돌아가세. 천하에 으뜸가는 풍경이라면 역시 우리 랑야산이지."

"좋아."

매장소가 미소를 지었다.

"가을은 유람을 떠나기 좋은 때지. 하지만 가기 전에 경염에게는 알려야 하네. 갑자기 사라져버리면 쓸데없는 생각을 할지도 모르니까."

"종주, 종주, 저희도 데려가실 거지요?"

려강이 다급히 물었다.

"자네들을 왜?"

매장소가 눈썹을 치켰다.

"물론 자네들은 책임질 가족도 없고 옛날 신분으로 돌아가 위로금을 받을 생각도 없다지만, 그렇다고 나만 졸졸 따라다닐 필요는 없잖은가? 강좌맹에도 할 일이 많은데 자네들이 나 몰라라 하면, 나더러 하라는 건가? 이번에는 비류만 데리고 갈 테니 자네들은 랑주로 돌아가게."

려강은 마음이 급해졌다.

"종주, 비류는 아직 어려서 종주를 돌볼 줄 모릅니다!"

"린신이 있잖은가?"

"린 공자는 짐이나 되지 않으면 다행일 겁니다. 종주, 부탁드립니다."

"어이."

린신이 불만스런 얼굴로 말했다.

"그게 무슨 말이야?"

려강은 그를 무시하고 매장소 앞에 털썩 엎드리며 고집을 부렸다.

"종주, 무슨 일이 있어도 저나 견평 중 한 명은 데려가셔야 합니다. 어린애와 애 같은 어른만 데려가시는 건 죽어도 동의 못합니다!"

린신이 접선으로 려강의 머리를 톡톡 때렸다.

"왜 이러시나? 저 사람은 자네 종주야. 강좌맹으로 돌아가 일하라고 하면 썩 돌아갈 것이지, 감히 반항을 해? 따라가서 같이 놀겠다는 심보인 것 같은데, 어림 반 푼어치도 없는 소리! 암, 어림 반에 반 푼어치도 없는 소리지! 모조리 랑주로 돌아가서 열심히 일이나 하라고! 꼭 누굴 데려가야 한다면 궁우지. 궁우는 급히 할 일도 없잖아!"

려강이 대답하기도 전에 매장소가 반쯤 몸을 일으키며 나섰다.

"린신, 자네 무슨 말을……."

"좋은 방법 아닌가?"

린신이 그럴싸하게 말을 늘어놓았다.

"나는 애 같아서 싫고, 누군가 따라가지 않으면 차라리 죽겠다는데 정말 죽일 수는 없잖아? 하지만 려강과 견평은 바쁘네. 자네 말마따나 강좌맹에 쌓인 일이 산더미니까! 역시 궁우가 적격이야. 려강, 궁우에게 준비하라고 이르게."

이번에는 려강도 재빨리 반응하여 말이 끝나기 무섭게 일어나 나갔다. 매장소가 린신을 노려보며 얼굴을 굳혔다.

"장난치지 말게. 사람이 필요하면 후보는 차고 넘치네. 모두 남자인데 여자를 데려가면 불편하기만 할 걸세."

"하지만 세심하지. 려강이 벌써 전갈하러 갔는데 이제 와서 안 된다고 하면 얼마나 실망하겠나?"

린신이 씩 웃으며 말했다.

"자자, 그냥 하녀 한 명 데려간다 생각하게. 귀한 집 출신이니 하녀가 없었던 것도 아니잖은가?"

불시에 린신의 농간에 넘어간 매장소는 어쩔 도리가 없다는 것을 깨달았다. 이제 와서 데려가지 않겠다 해도 궁우는 몰래 따라올 것이고 도리어 상황만 이상해질 것이다. 차라리 아무렇지 않게 데려가 평소처럼 지내는 것이 나았다.

"내가 계획은 다 세워뒀네."

그가 한발 물러서자 린신은 더욱 신이 났다.

"우선 곽주 무선호(撫仙湖)에 가서 선로차(仙露茶)를 마시고, 이틀 정도 있다가 진 대사를 찾아가 사찰 음식을 먹으면서 수양도 할 겸 보름 정도 머무세. 그런 다음 타강(沱江)을 따라 소령협(小靈峽)을 유람하는 걸세. 그곳 산에 원광(圓光)이 있다는데 한 열흘 있다 보면 볼 수 있을 거야. 그 다음은 봉서구(鳳棲溝)에 가서 원숭이를 봐야지. 미명, 주사, 경림도 못 본 지 오래됐으니 간 김에 들러야겠군. 자넨 정침 할머니의 땅콩 요리를 좋아하잖아? 랑야산에 가기 전에 두 단지 사서……."

"됐네."

매장소가 두 손을 들며 힘 빠진 표정을 지었다.

"린신, 자네 계획대로라면 랑야산까지 가는 데 반년은 걸리겠군."

"반년 걸리면 어떤가?"

린신이 그를 지그시 바라보며 물었다.

"시간은 왜 세고 있나? 센들 무슨 소용인가? 날 믿게. 우리가 마지막에 랑야산에 갈 수 있느냐 없느냐는 중요한 일이 아니야. 안 그런가?"

가만히 그를 마주 보는 매장소의 마음이 따뜻하게 출렁였다. 린신의 마음은 잘 알고 있었다. 그렇기 때문에 겉치레에 불과한 인사 따위는 할 필요도 없었다.

"알겠네. 그럼 시골 의원 나리의 말대로 하지. 이틀 후에 경염에게 알리고 출발하세."

린신은 껄껄 웃으며 일어나 매장소의 어깨를 마구 두드렸다. 그리고 희희낙락 뜰로 나가다가 큰 소리로 외쳤다.

"꼬마 비류, 이리 나와. 밖에 나가자!"

나무 위 새집에서 새끼 새를 세고 있던 비류는 화들짝 놀라 그만 우당탕 떨어지고 말았다. 린신은 피식 웃었고, 길 아주머니도 웃었다. 급히 달려오던 려강과 견평, 궁우도 함께 웃음을 터뜨렸다. 방 안에서 그 소리를 들은 매장소마저 저도 모르게 고개를 설레설레 저으며 남몰래 실소를 터뜨렸다.

그날 매장소의 집 분위기는 무척 즐거웠다. 무거운 부담을 벗어던진 사람, 희망을 품은 사람이 어우러져 즐겁게 이야기를 나눴고 앞으로도 이렇게 즐겁기를 기원했다. 그러나 주도면밀한 매장소도, 세상을 환히 내다보는 린신도, 이틀 후 날벼락 같은 급보가 날아들어 대량 경성의 하늘을 뒤흔들어놓을 줄은 전혀 예상하지 못했다.

"대유가 10만 병사로 국경을 넘어 침범해 왔습니다. 곤주(袞州)가 떨어졌습니다!"

"상양군(尙陽軍)이 대패하고, 합주(合州)와 욱주(旭州)를 잃었습니다. 한주(漢州)는 포위되어 구원을 청하고 있습니다!"

"동해의 수군이 바다에 인접한 마을을 침범하여 민가를 노략질하고 있습니다. 지방군으로는 사태 수습이 어려워 급히 구원을 청합니다!"

"북연 철기병 5만 명이 음산구(陰山口)를 무너뜨리고 하투(河套)로 들어와 담주(潭州)를 향해 오고 있습니다. 구원을 청합니다!"

"야진이 반란하여 지방 총독이 피살되었습니다. 속히 병사를 보내 토벌해주십시오!"

급보가 산더미처럼 소경염의 책상에 쌓였다. 계속해서 수많은 전투 보고서가 올라오고 있었는데 너나없이 사태가 악화되었다는 소식이었다. 이웃의 세 나라가 동시에 공격해오고 속국까지 반란을 일으켰으니, 전성기 때라 해도 어마어마한 위기 상황인데 하물며 지금의 대량은 내리막길을 걷고 있었다. 특히 지난날 기왕이 개혁하려다 실패한 뒤로 대량의 정계는 점점 더 부패하고 군기는 문란해졌다. 1년 동안 소경염이 힘껏 정비하여 다소 좋아졌지만, 수십 년 동안 쌓인 병폐가 하루아침에 사라질 리 만무했다. 강력한 적군을 눈앞에 두고 좋은 계책 없이 무작정 싸운다면 땅을 잃고 나라가 흔들려 백성들은 나라 잃은 슬픔을 맛보게 될 터였다.

"전하, 각 지방의 안전에 필요한 주둔군을 제외하고 움직일 수 있는 병력은 모두 17만 명입니다. 그중 행대군은 10만 명이며, 주둔군이 7만 명입니다. 남쪽과 서쪽 국경에는……."

"그곳 병사는 움직일 수 없소. 멀리서 와서 지친 몸으로는 전력만 손상될 뿐이고, 남초와 서려(西厲)도 구경만 하고 있진 않을 테니 국경을 지켜야 하오."

소경염은 병부상서 이림의 손에서 상주문을 받아 재빨리 병력 분포를 훑어보았다.

"행대군은 그렇다 치고, 주둔군 7만 명의 군비는 어떻소?"

"쓸 만합니다. 약 2만 명의 갑주가 부족하나 병부에 재고가 있으니 곧 분배하겠습니다."

"군자금과 군량은?"

"위급 상황이니 신이 사력을 다해 조달하겠습니다."

심추가 즉시 대답했다.

"적절한 모금 방법을 몇 가지 고안했습니다. 전하께서 동의하신다면 신이 책임지고 실행하겠습니다."

"허가할 테니 자세히 설명할 필요 없소. 서둘러주시오."

소경염은 상주문을 쥐고 혼잣말처럼 중얼거렸다.

"17만이라…… 군후들은 어떻게 생각하시오?"

논의에 불려온 고위 무관들을 향한 질문이었다. 그들은 서로의 얼굴을 보며 한동안 아무 말도 하지 못했다. 결국 형국공(衡國公)이 우물쭈물 입을 열었다.

"전하, 아무래도 화친을 하는 것이…… 우선 사신을 보내 이야기해보는 것이 좋을 듯합니다."

"화친?"

소경염이 냉소를 터뜨렸다.

"보통 화친을 주장하는 것은 문신들이고, 무장들은 싸움을 주장하게 마련인데, 우리 대량은 어찌 반대요? 전쟁이 시작된 지금 문신들은 싸우자고 하는데 군후들께서 화친을 주장한단 말이오?"

"전하, 류 대인과 심 대인도 나라와 백성을 생각하여 한 말이지만, 실정을 몰라서 그런 것입니다. 신들이 나가 싸우기 싫은 것이 아니라 17만 명으로 대유와 동해, 북연, 야진을 막으려면…… 병력이 턱없이 부족합니다."

소경염은 얼굴을 차갑게 굳히고 늙은 군후의 얼굴을 싸늘하고 날카롭게 응시했다.

"계산을 어떻게 하느냐에 따라 다르니, 반드시 병력이 부족하다 할 수는 없소."

형국공은 무안을 당해 얼굴을 붉히며 황급히 일어났다.

"신은 우매하니 부디 가르쳐주십시오."

"대유, 동해, 북연, 야진이 동시에 병사를 일으켜 마치 사방에 전화(戰火)가 일어난 것 같지만, 그들을 동시에 맞이할 필요는 없소. 환급을 따져 우선순위를 정하고 상황과 결과를 보면서 대응해야 하오. 동해 수군이 해변을 노략질하는 것은 육군이 부족하기 때문에 당장 내지(內地)로 들어올 수 없다는 뜻이오. 주둔군이 해결할 수 있는 문제지만 안일하게 지내온 지방관이 수전에 익숙지 않아 막지 못했을 뿐이오. 그러니 조정에서 군사를 보내기보다는 수전에 능한 장수를 보내 전투를 지휘하게 하면 되오. 해안가 주둔병들은 대부분 그 지방 출신이니, 자기 마을을 지키기 위해서 타지 병사들보다 더욱 열심히 싸울 것이오."

소경염은 단 아래에 있는 신하들을 똑바로 바라보며 냉정하게 분석했다.

"서쪽에 있는 야진은 병력이 약해 현지에서만 소란을 일으킬 뿐, 아무리 멀리 침공해 온다 해도 조양령(朝陽嶺)을 넘지 못할 것이니 큰 문제는 아니오. 우선 이웃한 주(州)의 병력을 나눠 보내 진압하면서 물러나길 기다렸다가 수습하면 되오."

소경염의 설명에 갈팡질팡 어쩔 줄 모르던 분위기가 서서히 가라앉았다. 중서령 류징이 수염을 쓸며 말했다.

"전하의 분석이 옳습니다. 대량의 강산을 위협하는 것은 10만의 대유군과 5만의 북연 철기병입니다. 그 병력이라면 불안해할 필요가 없습니다."

"허나 병력이란 단순히 숫자로 비교할 수 있는 문제가 아니오."

칼날 같은 소경염의 눈빛이 무신들의 얼굴을 천천히 훑었다.

"같은 병사라도 누가 이끄느냐에 따라 전력의 차이가 크오. 지금 우리에게 부족한 것은 병사가 아니오. 교위 이하의 군관들은 완벽하게 준비되어 있지만, 장군과 원수가 부족하오. 우리는 이미 전시에 돌입했으니 군후들이 나라를 위해 군공을 세울 때가 왔소. 어느 군후께서 나서주시겠소? 추천을 해도 좋소.”

그 질문에 무신들은 대부분 바짝 긴장하여 약속이나 한 듯 고개를 푹 숙였다. 근 10여 년간 대량에서 일어난 전쟁은 남초와 인접한 남쪽과 서려가 있는 서쪽에 집중되어 있었고, 나머지 지역 전투들은 정왕 시절의 소경염이 대부분 맡아 물리쳤다. 이 자리에 있는 고위 무관들 중 대부분은 전쟁을 치른 지 오래되었고 그중 일부는 작위를 세습한 사람도 있어 지위만 높았지 아무 소용이 없었다. 평소에는 군 보급품을 착복하고 굶주린 백성이 폭동을 일으키거나 도적이 출몰할 때면 조정에 청해 지휘자로서 군을 이끌고 나아가, 일은 대부분 군관들에게 맡기고 그 성과만 얻는 것이 그들이었다. 이 때문에 소경염 같은 사람은 그들을 군인으로 여기지도 않았고, 그들에게 지휘를 맡길 바에야 병사들에게 자살을 명하는 것이 낫다고 생각했다. 하지만 대부분 발이 넓고 유력한 가문 출신이라 적당한 기회와 이유 없이는 함부로 건드릴 수 없었다.

“어째서 말들이 없소?”

소경염의 목소리는 얼음장 같았다.

“형국공, 말해보시오.”

“시…… 신은 이미 늙어 감당하지 못할 것입니다. 부디…….”

“회익후(淮翼侯)는 어떻소?”

“시…… 신은…… 신도 나이를 먹었습니다. 신이 할 수 있는 일이라면 백 번 죽어도 마다하지 않겠으나, 병사를 이끌고 싸움터로 가는 것은…… 몸이 따라주지 않습니다.”

“회익후, 그러잖아도 드릴 말씀이 있습니다.”

심추가 끼어들었다.

"회익후 소유의 옥룡 목장에 7백 마리가 넘는 말이 있지 않습니까? 군마 훈련을 시켰다고 하던데, 귀족 세가의 자제들이 줄을 지어 찾는다고 지난 봄 사냥 때 회익후께서 직접 말씀하셨지요."

"참, 그렇지."

회익후가 눈치 빠르게 이마를 탁 치며 말했다.

"심 대인이 아니었다면 잊을 뻔했구려. 오늘 아침에 관리인에게 조정에서 쓸 일이 있을 테니 서둘러 목장의 말들을 점검하라고 일러뒀소!"

차가운 표정의 소경염은 그 말에 관심이 없는 것처럼 보였지만, 결국 시선을 다른 사람에게 옮겼다. 그러자 늙었거나 병약하다 주장하는 무신들은 재빨리 머리를 굴려 자기가 가진 '조정에 쓸모 있는' 것들을 앞다투어 내놓았다.

"그런 것은 심 경에게 말하시오."

소경염이 인정사정없이 그들의 말을 끊었다.

"지금 시급한 일은 북부로 군대를 보내 대유와 북연의 남하를 저지하고 잃은 땅을 되찾는 것이오. 북쪽 국경을 지키는 상양군이 패배했고 제 장군이 전사하여 군심이 어지럽소. 17만 원군을 북으로 보내 속전속결로 상황을 안정시켜야 하오. 그러니 내가……."

그가 말을 끝내기도 전에 장내가 소란스러워졌다. 심추가 앞으로 달려나와 큰 소리로 외쳤다.

"전하, 다시 생각해주십시오! 나라가 위태롭고 폐하의…… 폐하의 옥체도 쇠약하시니 전하께서 경성을 단단히 지키셔야 합니다. 친정(親征)은 절대 불가합니다!"

10여 명의 중신이 차례차례 무릎을 꿇으며 반대했고, 무신들도 분위기에 편승해 입을 모아 안 된다고 외쳤다.

소경염이 탄식하며 말했다.

"경들의 말은 나도 아오. 하지만 나라가 없는 후계자가 무슨 소용이오? 대량의 존망을 나 한 사람의 안위와 비할 수는 없지 않소?"

옳은 말이었지만, 그가 출정을 나간 동안 조정에 어떤 변수가 생길지 예상할 수 없었으므로 심복 대신들은 초조해 어쩔 줄을 몰랐다. 지금 조정에는 싸움터에 내보낼 만한 사람이 별로 없었다. 임시로 중급 군관을 승진시켜 막을 수 있는 소규모 전투도 아니고 10여 년 만에 찾아온 최대의 위기 상황인 만큼, 소경염을 대신할 만한 사람을 찾아내는 것은 실로 쉬운 일이 아니었다.

"참, 전하."

머리를 쥐어짜던 채전이 갑자기 좋은 생각이라도 난 듯 입을 열었다.

"복권된 적염군 장수들을 중용할 수도 있습니다. 물론…… 복권된 지 얼마 지나지 않아 전쟁터에 보낸다는 것이 조금…… 그렇긴 합니다만……, 허나 나라가 위기에 처했으니 그들도 마냥 모른 척하지는 않겠지요."

적염군 장수를 기용하는 것은 기왕(祁王) 시절의 군사 제도와 장수 임용 방침을 따른다는 의미였다. 평소 같으면 고위 무신들이 무슨 수를 써서든 그들의 승진을 막았겠지만, 지금은 전시였고 당장 전투가 코앞으로 다가와 누구든 나가 싸워준다면 두 손 들고 환영할 일이었다.

그 제안에 소경염은 잠시 말이 없었다. 나라가 위태로우니 적염군 장수들이 모른 척하지 않으리라는 것은 그도 이미 짐작하고 있었다. 하지만 곰곰이 생각해보면 믿고 맡길 만한 사람은 섭봉뿐인데 말을 잘하지 못해 병사들을 지휘하기에 무리가 있었고, 다른 사람들은 대장으로서는 충분하지만 원수의 책임을 맡길 정도는 아니었다.

이렇게 생각하자 소경염의 시선은 저도 모르게 대청 동쪽으로 향했다. 그곳에는 병풍이 하나 서 있고 그 위에 북쪽의 상세 지도가 걸려 있었다. 가느다란 그림자 하나가 지도 앞에 서서 뒷짐을 지고 생각에 잠겨 있었다. 이쪽의 소란에 전혀 영향을 받지 않는 모습이었다.

"소 선생, 전하를 좀 말려주시오."

태자가 요즘 이 기린지재를 특별히 아낀다고 느끼던 심추가 깊이 생각하지 않고 그를 불렀다.

"경성에 대국을 이끄는 사람이 없으면 민심이 동요할 것이오!"

그 소리를 들은 매장소가 고개를 돌리더니 다소 멍한 표정으로 물었다.

"뭐라고 하셨습니까, 심 대인?"

"전하께서 친정을 하시겠다는구려!"

매장소가 눈썹을 찡그리며 소경염을 올려다보았다. 말은 하지 않았지만 반대의 뜻이 분명했다.

한시가 급한 시기에다 이곳에 있는 대신들과는 더 이상 논의할 이야기가 없었기 때문에 소경염은 사람들을 해산시켰다. 대신들이 모두 물러간 후 그가 일어나 매장소에게 다가가며 말했다.

"보아하니 총사령관 후보를 생각해둔 것 같군?"

"그래."

"자네가 간단 말은 하지 말게. 내가 가면 갔지, 자넬 보낼 수는 없어."

"그럼 다른 이야기부터 하지."

매장소도 억지로 우기지 않았다.

"이번 싸움에는 적염군 장수들을 써야 하네. 이 점은 자네도 동의하겠지? 자랑하려는 건 아니지만, 비록 낯선 병사들이지만 적염군의 명성이 있는 만큼 병사들이 따르지 않을까봐 걱정할 필요는 없네."

"물론이지. 적염군 장수라면 스스로의 위엄을 세우는 일이 어렵지 않을 거야. 모두 속으로 탄복해하고 있으니까."

소경염도 동의했다.

"게다가 누명을 벗자마자 나라를 위해 나선다면 더욱 감탄하겠지. 다른 사람을 보내면 병사들은 가장 먼저 '또 나리의 전공을 위해 죽기 살기로 싸워야겠군' 하고 생각할 거야."

"대충 생각해보니 동해는 섭탁을 보내는 것이 최선일세. 그를 보내면 자네도 안심이 될 거야. 야진은 걱정할 곳이 못 되니 나중에 생각하고, 북연은 탁발호가 기병 5만 명을 이끌고 날뛰지만 후방 보급에 문제가 있네. 충분히 준비한 것 같지는 않고 무슨 꿍꿍이가 있는 것 같아. 아마도 몇몇 싸움에서 승리한 후 우리와 담판을 지어 금은보화를 받아내거나 40년 전 우리에게 할양했던 세 개의 주를 돌려받으려 하겠지. 탁발호는 북연 일곱째 황자를 지지하고, 북연은 무를 숭상하는 나라이니 이번 싸움에서 잃었던 땅을 되찾으면 일곱째 황자의 명성이 크게 높아질 거야. 땅이 아니라 재물을 얻어도 나쁠 것 없지. 노리는 것이 있으니 잃는 것이 두려워 패전을 견디지 못할 걸세. 그러니 예기를 꺾어 득보다 실이 많다는 것을 알려주면 알아서 물러날 거야. 강한 적을 상대로 속전 속결하는 것은 섭봉 형님의 장기야. 질풍장군이라는 이름이 괜히 붙은 게 아니지. 대화하기가 조금 어렵지만, 하동 누님은 형님의 말을 거의 알아들으니 두 사람에게 쓸 만한 교위를 몇 명 딸려주면 탁발호는 아무것도 얻지 못할 거야."

"그래, 나도 그렇게 생각하네. 병사를 둘로 나눠 섭봉에게 7만 명을 주어 북연군을 맞아 싸우게 하고, 대유 쪽은 내가……."

"경염."

매장소가 그의 팔을 잡고 가만히 고개를 저었다.

"내 말을 들어봐. 일단 들어보고 말하세."

"좋아, 말해보게."

소경염이 눈썹을 세우며 말했다.

"무슨 말로 설득할지 궁금하군."

"일단, 자네는 갈 수 없네. 이렇게 큰 싸움에서는 전선에 나가 싸우는 것도 중요하지만, 후방 보급과 지원을 관리하는 것이 더 중요하네. 황제 폐하가 못 미더운 것이 아니라 믿을 수가 없네. 확신하는데, 자네가 금릉을 떠나면 무슨 일이 벌어질지 모르네. 그 점만큼은 절대 요행을 바라지 말게."

"그걸 내가 왜 모르겠나? 하지만……."

매장소가 재빨리 그의 말을 끊었다.

"자네가 갈 수 없다면, 이제 남은 문제는 적당한 사람을 찾는

거야. 하급 군관이나 병사들은 어떤 사령관을 원할까? 진심으로
적군을 막아내려 하고, 명성과 능력을 갖춰 기꺼이 따를 수 있는
그런 사람이겠지. 예황이나 서쪽 국경의 장(章) 대장군을 빼면 한
사람밖에 없네."

"누군가?"

"몽지."

소경염은 눈썹을 찡그리며 반대하려 했지만, 매장소가 손을 들
어 저지했다.

"몽지 형님은 군대에 있을 때 용맹스럽기로 유명했고, 전설 같
은 일화도 몇 개 남겨 명성이 무척 높네. 게다가 우리 대량의 제일
고수이기도 하니, 병사들은 속으로 신처럼 떠받들고 있을 거야.
형님을 보내면 반드시 상황을 안정시킬 수 있네."

"하지만 전투에 뛰어난 것과 원수가 되는 것은 다른 문제야."

소경염이 그를 흘끗 쳐다보았다.

"몽지가 맹장이라는 데는 이견이 없네. 하지만 자네도 알다시
피 원수를 맡기에는 아직……."

"알아. 원수를 임명하는 사람 입장에서는 병사들과는 생각이
다르겠지. 원수의 가장 중요한 임무는 전략을 짜고 병사를 배치하
는 것인데, 확실히 형님의 장기는 아닐세. 그러니 도울 사람이 필
요하겠지."

여기까지 듣자 소경염은 마침내 깨달았다.

"몽지 곁에 전략을 짜고 병사를 배치할 사람만 있으면 된다는
말인가? 그 사람이 자네고?"

매장소가 그를 향해 빙그레 웃으며 가벼운 목소리로 말했다.

"경염, 서둘러 결정하지 말고 좀 더 생각해보게. 나도 일시적인 의기 때문에 이러는 게 아니야. 섭진 아저씨도 무공을 전혀 모르는 허약한 분이 아니었나? 그분도 1년 내내 전선에 계셨지만 아무도 빠져나가지 못한 마지막 전투를 제외하면 한 번도 위험에 처한 적이 없었네. 자네가 허락하면 나도 그렇게 될 거야. 몽지 형님과 위쟁이 있는데 무슨 걱정인가?"

"하지만 이번 구원군은 적염군에 비할 수 없어. 전쟁터가 얼마나 힘들고 위험한지 자네나 나나 잘 알고 있네. 자네 전략이 잘못될까봐 이러는 것이 아니야. 그 점은 걱정하지도 않아. 하지만 군대를 따르려면 체력이 필요해!"

"내 몸에 자신이 없다면 이런 요구도 하지 않았을 거야. 몽지 형님이 원수의 재목이 아니라는 것을 알면서 이런 제안을 하는 것도 그 때문일세. 만에 하나 중요한 순간에 내가 갑자기 인사불성이 되기라도 하면, 형님은 물론이고 전선에 있는 병사와 대량의 백성들 모두에게 미안한 일 아니겠나?"

매장소가 친구의 얼굴을 응시하며 간곡하게 말했다.

"경염, 믿어주게. 내 몸 상태를 최우선으로 생각할 테니 전혀 문제 될 게 없네. 이렇게 위급한 상황에서는 나도 위험을 무릅쓸 수밖에 없어!"

소경염은 반박할 말이 없어 입을 꾹 다물었다. 하지만 아무래도 마음에 걸려 허락하고 싶지 않아, 얼굴을 굳히고 아무 말도 하지 않았다.

매장소는 더 밀어붙이기는커녕 천천히 창가로 걸어가 스산한 기운이 느껴지는 가을 풍경을 바라보았다. 그의 아득한 눈빛은 마치 지나버린 시간과 흘러가버린 영광과 청춘을 회상하는 듯했다.

"북쪽은 내가 가장 잘 아는 지역이고, 대유는 내가 가장 잘 아는 적이야."

한참 후, 매장소가 천천히 고개를 돌리며 말했다. 얼굴에 떠오른 옅은 미소 속에는 서릿발 같은 오기가 담겨 있었다.

"어쩌면 내가 뼛속부터 군인이기 때문이겠지. 13년 동안 누명을 벗기 위해 살아왔지만 대유의 움직임은 빠짐없이 지켜봤네. 자네는 인정 못하겠지만, 자네가 가더라도 이길 확률이 나보다 높지 않을 텐데 다른 사람이야 말해 무엇 하겠나? 적당한 사람을 적당한 곳에 기용하는 것은 제왕의 첫 번째 임무이네. 그런데 자네는 사사로운 정에 얽매이고 있어. 경염, 대량의 존망을 나 한 사람의 안위와 비할 수는 없지 않겠나?"

매장소는 조금 전 소경염과 대신들의 논의를 자세히 듣지 않았지만, 마지막 말은 소경염이 대신들을 설득하기 위해 한 말과 똑같았다. 나라를 지키는 중책을 짊어진 태자로서, 그 한마디를 들은 소경염은 절로 가슴이 조여들었다.

지금 앞에 서 있는 사람이 예전의 임수라면 그의 참전을 막는 사람은 아무도 없었을 것이다. 그는 타고난 장수이자 불패의 소년 장군이었다. 적염군의 전설이자 대량의 자랑이며, 가장 믿음이 가는 친구이자 가장 든든한 주장(主將)이었다. 하지만 현실은 잔혹했다. 아무리 굳센 의지와 뛰어난 머리를 가졌어도 병약한 몸을 이겨낼 수는 없었다. 그가 병에 시달려 혼절했던 그날 밤을 떠올리면, 소경염은 쥐어짜는 듯이 가슴이 아팠다. 누가 뭐래도 매장소는 결코 임수가 아니었다.

"어느 마을의 의원이 자네를 치료하고 있다고 위쟁에게 들었네."

곰곰이 생각하던 소경염이 마침내 거절할 핑계를 찾아냈다.

"그자를 만나보지. 그자가 괜찮다고 하면 허락하겠네."

이 요구에 매장소의 눈동자에는 복잡한 표정이 떠올랐지만 금세 사라졌고, 표정도 빈틈없이 다잡았다.

"좋아. 린신에게 말해두지."

매장소가 살짝 허리를 숙였다.

"출정 준비로 바쁘실 테니 이만 물러가겠습니다."

소경염은 태연자약한 그의 태도에 슬며시 불안했다. 무엇인가 통제할 수 없는 일들이 마구 일어날 것 같은 기분이 들었지만, 가만히 생각해봐도 그것이 무엇인지 짐작이 가지 않았다. 하지만 이 이상한 기분은 오래가지 않았다. 전방에서 끊임없이 날아드는 급보가 순식간에 그의 머릿속을 채웠다. 병력을 배치하고, 담당자를 임명하거나 해임하고, 군자금과 군량을 조달하고, 전략을 정비하고, 각 부서 대신들과 번갈아 회의하는 등 눈코 뜰 새 없이 바빴다.

긴장하고 바쁜 동궁에 비해 매장소의 집은 평온했다. 그러나 전쟁의 먹구름이 경성 전체에 퍼져 있었고 매장소의 집도 영향을 받지 않을 수 없었다. 매장소가 안으로 들어갔을 때, 사람들은 가능한 한 아닌 척했지만 그에게 날아든 눈동자는 초조하고 불안했다.

"린 공자를 모셔오게."

매장소는 려강에게 분부한 후 곧장 침실로 들어갔다. 잠시 후, 린신이 혼자 방으로 들어왔다. 그는 여전히 싱글벙글하는 얼굴로 방 한가운데 서서 매장소가 말하기를 기다렸다. 하지만 한참이 지나도 매장소가 넋이 나간 사람처럼 멍하니 있자, 어쩔 수 없이 먼저 입을 열었다.

"방금 거리에 나가봤는데, 자네의 꼬마 친구들이 군대에 지원했더군. 귀공자들에는 두 종류가 있어. 밥버러지처럼 아무짝에도 쓸모없는 자들과 조금만 노력하면 보통 사람보다 훨씬 쉽게 나라의 기둥이 될 자들이지."

"나라에 위기가 닥쳤는데 남자라면 당연히 그렇지 않겠나?"

매장소는 차분한 말투로 대답했다.

"나도 갈 생각이야."

"어디로?"

"전쟁터."

"농담 말게."

린신의 얼굴이 싸늘하게 식었다.

"이제 곧 겨울이고 전쟁터는 북쪽이야. 억지로 가봤자 며칠이나 버티겠나?"

"석 달."

망설임 없이 나온 대답에 린신은 저도 모르게 눈썹을 치켜세웠다. 입술이 하얗게 질리기 시작했다.

"섭탁이 빙속초 두 뿌리를 가져왔네."

매장소는 린신의 얼굴을 평화로운 시선으로 바라보며 나지막이 말했다.

"오래 보관할 수 없는 약초니 자넨 벌써 빙속단을 만들었을 거야. 아닌가?"

"어떻게 알았나?"

"이곳은 내 집인데 그게 뭐 이상한가?"

린신은 돌아서서 심호흡을 크게 두 번 했다.

"알면 어때. 자네에게 줄 것도 아닌데."

"자네 마음은 잘 아네."

매장소가 그의 뒷모습을 응시하며 조용히 말을 이었다.

"원래 계획대로 마음 편히 유람을 떠나면 아마도 자네 의술 덕분에 유유자적하며 살 수 있겠지. 반년…… 1년…… 어쩌면 더 오래……"

"아마도가 아니라 사실이야. 당연히 그럴 거라고!"

린신이 고개를 홱 돌리고 활활 타오르는 눈빛으로 그를 보았다.

"장소, 억울한 사건은 마무리됐네. 이젠 자네 스스로 짊어진 부담을 내려놓고 자네 몸을 생각할 때도 되지 않았나? 세상에는 끊임없이 이런저런 일이 일어날 거야. 자네 혼자서 모두 해결할 수는 없어! 어째서 절대 포기하지 말아야 할 순간에 포기하는 건가?"

"포기가 아닐세. 선택이지."

매장소가 그의 두 눈을 마주 보며 말했다. 얼굴은 눈처럼 허옜지만 입술에는 미소가 떠올랐다.

"사람이란 욕심이 많은 법이야. 지금까지는 누명을 벗고 죽은 벗들의 억울함을 씻어주면 만족할 거라 생각했네. 하지만 이제 더 많은 것을 하고 싶어졌어. 나는 전쟁터로 돌아가고 싶네. 다시 북쪽 국경으로 가서 최후의 순간까지 적염군의 영혼으로 살고 싶네. 린신, 나는 꼬박 13년 동안 매장소로 살았네. 마지막 순간에 임수로 돌아갈 수 있다면 기쁜 일 아닌가?"

"임수가 누군가? 나는 모르네."

린신은 눈을 감고 감정을 추슬렀다.

"내가 그 고생을 하면서 살려낸 친구는 임수가 아니야. 자네 입으로 임수는 이미 죽었다고 말하지 않았나? 죽은 사람을 석 달 살려내자고 자신을 죽일 셈인가?"

"임수는 죽었지만 임수의 사명은 아직 끝나지 않았네. 임씨 가문의 기상이 남아 있는 한 대량의 북쪽을 잃고 강산이 무너져 백성들이 뿔뿔이 흩어지도록 내버려둘 순 없어. 린신, 정말 미안하네. 같이 유람을 가겠다고 약속해놓고 지키지 못하게 됐군. 하지만 내겐 석 달이 무척 중요해. 북쪽에서 봉화가 피어오르는데 조정에는 보낼 장수가 없네. 임씨의 후손인 내가 어떻게 그걸 모른 척하고 혼자 살겠다고 유람을 떠날 수 있단 말인가? 아무리 자네가 있어도 어차피 내 목숨은 얼마 남지 않았어. 다시 갑주를 걸치고 전장을 질주할 수 있다면 죽어도 여한이 없어. 아마도 잃는 것보다 얻는 것이 훨씬 많겠지."

매장소는 뜨거워진 손으로 린신의 팔을 꽉 잡고, 별처럼 환하게 반짝이는 눈으로 그를 보았다.

"빙속초는 기연이 닿아야만 얻을 수 있는 약초야. 하늘이 섭탁에게 빙속초를 보내준 것은 내게 병약한 몸에서 벗어나 지난날의 호기를 다시 맛볼 기회를 주었다는 뜻이네. 린신, 대의니 백성이니 하는 것은 다 관두고, 오로지 내 염원을 봐서라도 제발 허락해주게."

린신이 멍하니 그를 보며 물었다.

"그럼 석 달 후에는?"

"전황을 자세히 살폈고 적군 장수 상황도 파악했네. 석 달 안에 반드시 전쟁을 끝내고 방어선을 구축할 수 있어. 경염이 군대 정비책을 마련하고 있으니 전쟁이 끝나면 대량의 전력도 점점 전성기 때로 돌아가리라 믿네."

"자네 말일세, 자네."

린신의 눈빛은 어두웠고 얼굴은 몹시 침울했다.

"석 달 후에 자넨 어떡할 건가? 빙속단을 먹으면 약효 때문에 체력은 좋아지지만 치명적인 독이 될 수도 있네. 석 달이 지나면 부처님이 와도 못 살려."

"아네."

매장소가 담담하게 고개를 끄덕였다.

"사람은 언젠가는 죽게 마련이야. 린신, 난 이미 준비가 되어 있네."

린신은 이를 악물고 옷자락을 젖혀 안주머니에서 작은 병 하나를 꺼내, 거칠게 매장소에게 집어 던졌다.

"포기든 선택이든 자네가 내린 결정이니 내가 무슨 자격으로 이래라 저래라 하겠나? 마음대로 해."

차가운 한마디만 남기고 그는 홱 돌아서서 방문을 발로 쾅 걷어차 열었다.

"어딜 가나?"

"아직 모병 중일 거야. 나도 등록해야지."

린신은 잠깐 걸음을 멈추고 고개도 돌리지 않은 채 말했다.

"난 마지막까지 자네 곁에 있겠다고 약속했네. 자넨 약속을 어겼지만 난 아니야. 군적에 올라가면 매 대인께서 호위병으로 불러주게나."

매장소는 가슴이 활활 끓어올랐고, 손에 쥔 차가운 병도 화끈화

끈 열을 내는 것 같았다. 린신의 뒷모습을 바라보며, 한때 적염군
소원수였던 그는 낮으면서도 단호한 목소리로 말했다.

"자넨 늘 임수를 모른다고 했지. 하지만 난 자신 있네. 임수를
알고 나면 자넨 절대 실망하지 않을 거야."

린신은 멈칫했지만 끝내 고개를 돌리지 않았다. 그는 하늘을 올
려다보며 숨을 크게 들이쉰 후 빠른 걸음으로 성큼성큼 사라졌다.

뜰을 지키고 있던 사람들은 빙속단의 존재도, 두 사람이 나눈
상세한 대화 내용도 몰랐지만, 린신의 마지막 한마디에 매장소가
출정하기로 결심했다는 사실을 미루어 짐작했다. 피 끓는 청춘인
호위들과 한때 병사였던 려강과 견평은 속으로는 나라를 위해 적
과 싸우고 싶으면서도 한편으로는 매장소가 고달픈 전쟁터에서
버텨내지 못할까봐 걱정스러웠다. 갈등에 빠진 그들은 어떻게 반
응해야 좋을지 몰라 그저 우두커니 서 있었다.

딱딱해진 분위기에 궁우가 금을 안고 나와 회랑에 앉아 홀로 연
주를 시작했다. 가녀린 손가락이 현 위에 미끄러지자, 부드러움은
사라지고 쟁쟁거리는 곡조가 튼튼한 말을 타고 금빛 창을 휘두르
는 기개 넘치는 청년의 모습을 생동감 있게 그려냈다. 곡이 절정
으로 치달을 때 누군가 난간을 두드리며 노래를 불렀다.

"나 그리노라, 상투 틀고 종군하던 날. 그리노라, 원문(轅門)의
호각 소리. 그리노라, 바람을 가르던 검. 그리노라, 구름을 찌르던
창…… 흐르는 세월 덧없어라, 흩어진 아픔 가없어라. 구름 낀 산
바라보니 그날의 성루, 얽힌 덩굴 위로 지는 석양……." [명나라 말기 시
인 하완순(夏完淳)의 〈남선려(南仙呂) 방장대(傍妝臺) 자서(自敍)〉의 한 구절. 펼치지
못한 포부를 노래함—옮긴이]

노랫소리가 울려 퍼지는 가운데 매장소가 일어나 창문을 열고 하늘을 올려다보았다. 미간에는 검처럼 날카로운 호기가 번쩍였다.

하루가 지나사 조서가 내려왔다. 십봉에게 7만 병사를 주어 북연의 철기병을 막게 하고, 몽지에게 10만 병사를 주어 대유의 병사를 물리치게 하니, 날을 택해 원수의 인장을 내리겠다는 내용이었다. 같은 조서에는 금릉성에서 혁혁한 명성을 가진 객경 소철을 감군(監軍)으로 파격 기용하여, 태자의 옥패를 들고 몽지를 따라 출정한다는 내용도 있었다.

출병하는 날, 황제는 잇따른 급보에 충격을 받았는지 갑자기 중풍이 들어 팔다리를 움직이지도, 말을 하지도 못했다. 소경염은 종친과 중신, 구원군 장수들을 이끌고 황제에게 문후를 드린 후 출병 보고를 했다. 사람들이 한 사람씩 나아가 예를 올릴 때, 차례가 된 매장소는 황제의 귓가에 뭐라고 속삭였다. 온몸이 마비된 늙은 황제는 눈을 휘둥그레 뜨고 침을 주르르 흘리며 손을 들려고 갖은 애를 썼다.

"걱정 마십시오, 부황. 소 선생은 나라의 기재로, 정치를 훤히 알 뿐 아니라 전쟁에도 뛰어납니다. 몽 통령과 소 선생이 있으니 곧 혼란을 평정하여 우리 대량의 북쪽을 튼튼하게 만들어줄 것입니다."

옆에 서 있던 소경염이 매서운 눈빛으로 분명하게 말했다.

황제의 손이 마침내 힘없이 떨어졌다. 비뚤어진 입이 부르르 떨리며 신음소리를 뱉어냈다. 한때 지고무상의 권력을 휘두르던 그이지만 이제 남은 것은 의례적인 관심뿐이었다. 종친과 대신들이 소경염을 따라 물러간 후, 황제의 귀에 들리는 것은 차갑고, 어둡

고, 아무도 찾지 않는 궁궐에 메아리치는 자신의 거친 숨소리뿐이
었다.

이튿날, 두 갈래 구원군이 궐문을 떠나 출병했다. 매장소가 들
어오는 것을 묵묵히 지켜보았던 금릉의 우뚝 선 성문은 이번에도
떠나는 그를 묵묵히 지켜보았다. 백의를 입고 가슴 가득 계략을
품고 들어왔던 그가, 떠날 때는 말에 올라 채찍을 휘두르며 머나
먼 전쟁터를 향해 가고 있었다. 파란만장했던 2년간 강산이 변했
지만, 유일하게 변하지 않은 것은 영원히 변치 않는 순수한 마음
이었다.

초겨울 바람에 매장소의 새까만 머리칼이 휘날리고, 몸에 걸친
옥빛 바람막이가 펄럭펄럭 소리를 냈다. 은갑을 입고 오추마(烏騅馬,
진나라 말기 항우가 탔다고 전해지는 준마─옮긴이)에 오를 때 그 후련한 기분
은 이미 뼛속 깊이 새겨져 떼어낼 수 없는 본능처럼 몹시도 익숙
했다.

호랑이같이 씩씩한 10만의 병사와 아끼는 장수들, 막역한 벗들
을 바라다보자 매장소는 마음이 든든했다. 13년 전 차디찬 매령의
눈밭에서 잃어버린 그 세계가 다시금 눈앞에 솟아나는 것 같았다.
뽀얀 먼지 속에서 매장소의 입술에는 자신만만하고 환한 미소가
떠올랐다. 그는 금릉성을 돌아보지 않고 말머리를 돌려, 벌써부터
질주하고 싶어 히힝 우는 말을 몰아 자신이 선택한 미래를 향해,
자신이 선택한 결과를 향해 당당하게 달려갔다.

바람이 일다

결말

대량 원우(元佑) 6년 늦겨울. 북연은 세 번의 전투를 치르고도 이기지 못하자 본국으로 퇴각했고, 대유는 6만의 병사를 잃은 후 화친을 청했다. 대량 조정은 잃었던 땅을 모두 수복하고 사면령을 내려 백성들을 위로했다. 몽지는 패배한 상양군을 흡수해 군을 재편한 후 '장림군(長林軍)'이라 명명하고 북쪽 국경을 지키게 했다. 이 전쟁에서는 두각을 드러낸 젊은 군관이 많아 장래의 장군 후보자들을 확보할 수 있었다. 소경예와 언예진도 군공을 세웠지만, 소경예는 출신 때문에 상을 사양했다.

백성과 대신들, 황실 종친들 입장에서는 완벽한 승리였다. 강적은 물러나고 변방이 안정되었으며, 조당에서는 정치와 군사 제도의 개선안이 속속 추진되고 각 지방의 무너진 집들도 하나둘 다시 세워졌다. 대부분이 뛸 듯이 기뻐하며 축하하느라 잃어버린 것을 애도하는 사람은 아무도 없는 것 같았다.

하지만 소경염은 잊지 않았다. 그는 동궁의 조용한 방에서 밤새 잠 못 이루며 전쟁터에서 죽어간 사람들의 이름을 베껴 썼다. 가장 계급이 낮은 일반 병사 이름부터 한 획 한 획 진지하게. 하지만 마지막 이름을 쓰고 나서는 슬픔을 주체할 수 없어 붓을 놓고 책상에 엎드려 통곡했다. 회임을 한 태자비조차 그를 달래지 못했다.

원우 7년 여름. 섭탁이 동해에서 돌아와 상황을 보고했다. 목청과 섭탁이 자세한 내막을 설명했지만, 그래도 소경염은 예황과 섭탁의 혼사를 허락할 수 없었다. 궁우가 매장소가 쓴 편지를 가져온 뒤에야 섭탁을 불러 직접 그의 의견을 물었다. 섭탁은 눈시울을 붉히며 말했다.

"세간에서 뭐라고 하든 상관없습니다. 평생 예황을 돌보고 편안하고 행복하게 해주지 못한다면, 결코 제 자신을 용서하지 못할 겁니다."

그 말을 들은 소경염은 편지를 꽉 움켜쥐고 몇 시간 동안이나 바깥의 녹나무를 노려보다가 마침내 말없이 고개를 끄덕였다. 혼례를 올린 예황은 나날이 어른스러워지는 목청에게 군권을 모두 넘기고 섭탁과 함께 임씨 사당을 찾아 눈물을 흘리며 작별을 고한 다음, 섭탁이 맡은 동해 해안을 지키러 떠났다. 랑야산을 지날 때는 랑야각에 들러 반나절 동안 머물다 나왔다. 그들이 어떤 질문을 했는지는 아무도 알지 못했다. 다만 두 사람이 떠날 때 멋스럽고 잘생긴 젊은이가 남색 머리띠를 묶은 흑의 소년을 단단히 잡아끌고서 산중턱까지 배웅했다.

원우 7년 가을. 태자비가 남자아이를 낳았고 사흘 후 황제가 붕어했다. 한 달의 애도 기간이 지나자 소경염이 정식으로 등극하여 생모 정 귀비를 태후로 높이고, 태자비 류씨를 황후로 봉했다.

정생은 소경염의 양자가 되었고, 유명한 학자들에게 열심히 가르침을 받았다. 본디 총명한데다 굳세면서도 귀여운 데가 있는 아이였기에 소경염은 그를 몹시 아꼈다. 덕분에 정생은 친왕은 아니지만 언제든지 입궁하여 태후와 황후에게 문안을 드릴 수 있었다.

장수를 누리는 고담은 여전히 육궁도총관이었지만, 태후는 연로한 그가 쉴 수 있도록 사람들의 부림을 받지 않고 궁에서 자유롭게 지내게 해주었다. 고담은 뽀얗고 사랑스러운 아기 황자를 무척 예뻐해서 종종 아기를 보러 황후의 궁을 찾았고, 정생이 아기 황자를 안고 밖에서 장난을 칠 때면 곁에 딱 붙어 지켜보았다.

"고 공공, 한번 안아보시겠어요?"

머리가 새하얀 노인이 눈 한번 깜빡 않고 지키고 선 것을 보면, 정생은 가끔 웃으며 그렇게 물었다. 하지만 그때마다 고담은 허리를 굽히고 고개를 저었다.

"천하의 주인이 되실 분인데, 제가 어찌 감히⋯⋯."

정생은 그 대답을 한 귀로 듣고 한 귀로 흘리며, 여전히 활짝 웃는 얼굴로 옹알옹알 입을 움직이는 아기 황자에게 장난을 쳤다.

"형제끼리 사이가 참 좋아요."

옆에 있던 유모가 생글거리며 말하다가 하늘을 올려다보았다.

"하늘이 흐려지니 그만 모시고 들어가야겠어요. 고 공공, 다시⋯⋯ 바람이 일 것 같지 않으세요?"

"아니, 다시가 아니지요. 이 궁궐에서는⋯⋯ 한 번도 바람이 잦아든 적이 없으니까요."

흐린 눈을 가늘게 뜨며, 3대째 황제를 모시는 늙은 태감은 그렇게 말했다.

《랑야방》, 이 책이 많은 독자에게 널리 알려지게 될지는 알 수 없지만, 이 책을 발견하고 구입해서 첫 페이지부터 마지막 페이지까지, 나아가 이 후기까지 진지하게 읽은 사람이라면 이 이야기와 이야기 인물들, 그리고 이 책을 무척 좋아하게 되리라 믿어 의심치 않는다.

이 이야기가 책으로 나온 지 3년이 흘렀지만, 그동안 나는 번외편이나 프리퀄, 시퀄을 한 편도 쓰지 않았다. 가장 기본적인 이유는 게으름이다. 물론 게으름도 무시할 수 없는 부분이지만, 그 뿌리를 따져보면 아직도 나는 이 이야기에 여백이 필요하다고 생각하기 때문이다. 13년 전과 마지막 장 뒤에는 내 글이 표현하지 못한 공간이 있다. 나는 이야기 속 인물들이 자유롭게 자라날 수 있도록, 독자들이 끝없이 상상의 나래를 펼 수 있도록 이 공간을 남겨뒀다. 그리고 이는 이따금씩 조급해지는 마음을 가라앉힐 수 있도록 나를 위해 남겨둔 공간이기도 하다.

늘어난 이야기가 없으니, 애초에 어떻게 이 책이 생겨났는지 이야기해보는 것도 좋겠다. 조앤 K. 롤링은 기차에서 창밖을 내다보다가 초록색 눈동자를 가진 미소 짓는 꼬마 마법사를 보고 《해리포터》를 썼다고 한다. 나는 이것이 베스트셀러다운 시작이라고 생각해서 무척 부러워하며 '내게는 왜 저런 영감이 없을까' 한숨을 쉬곤 했다. 매력적인 남자 주인공이나 아름다운 여자 주인공이 머릿속에서 툭 튀어나온 적도 없고, 창문 너머로 내 눈에만 보이는 미소 짓는 얼굴을 발견한 적도 없다.

《랑야방》도 인물보다 줄거리가 먼저였다. 나는 보통 무슨 이야기를 쓸지를 생각한 다음 그 이야기에 뛰어들 인물들을 만든다. 맨 먼저 탄생한 사람은 소경우, 한 번도 얼굴을 드러내지 않은 황장자였다. 그는 내가 가장 좋아하는 부류다. 능력 있고, 책임감 넘치고, 활기찬 젊음과 뜨거운 이상을 갖춘 사람. 너무 낙관적이고 순수해서 실패하지만, 세상 사람들은 결코 그 실패 때문에 그들을 깎아내리지 않는다.

13년 전의 사람들도 그런 소경우를 중심으로 만들어졌고, 나는 그들에게 충성과 신념, 정과 의라는 꼬리표를 붙여줬다. 어찌 보면 너무 평면적인 설정일 수 있지만, 이들은 이야기의 전체적인 분위기를 너무 어둡지 않게, 좀 더 밝고 따스하게 만들어줬다. 나는 본래부터 복잡한 인간 본성을 다루는 어두컴컴한 이야기는 쓰고 싶지 않았다. 아직 그럴 만한 경력도 깊이도 없다.

그 후의 일들은 순조로운 편이었다. 이야기가 정해지면 주인공을 만들기는 쉽다. 임수와 매장소의 모습은 내 머릿속에 확실하게 자리 잡혀 있어서, 처음 글을 쓸 때부터 마지막까지 설정이 거의 바뀌지 않았다. 가장 많이 바뀐 인물은 소경예다. 그의 이야기는 일찍부터 구성해놓았지만, 그가 어떤 사람인지 확실히 정하지 못해서 자꾸 왔다갔다했다. 비류는 만화 같은 인물이다. 예민하고 괴로운 부분에서 분위기를 조절하기 위해 만들었는데, 생각보다 많은 독자가 예뻐해줘서 뜻밖의 기쁨이 되었다. 그리고 린신은…… 지금도 그가 어디서 튀어나왔는지 모르겠다.

줄거리와 인물 설정이 끝났다 해도 수십만 자에 이르는 소설을 써내는 과정은 여전히 즐거우면서도 괴로운 일이고, 뚫고 나가야 하는 난관도 많다. 그런 점에서 사랑스럽고 너그러운 독자들에게 정말 감사한다. 연재를 시작할 때부터 끊임없이 격려해줬고, 열심히 《랑야방》의 평론을 쓰고, 삽화를 그리고, 음악을 만들어줬다. 심지어 3년이 지난 지금도 시대에 뒤처진 내가 웨이보(微博, 중국의 대표적인 SNS)를 열도록 도와줬다. 덕분에 온라인상에서 사람들과 꾸준히 교류할 수 있게 되었다. 그런 점에서 볼 때 이 책을 완성한 것은 독자들이다.

마지막으로 많은 사람이 궁금해하는 이야기를 해보자. 최근 2년 동안 이런 질문을 셀 수 없이 많이 받았다.

"하이옌 님, 글은 계속 쓰실 건가요?"

그때마다 분명하게 대답하지 못했다. 나는 몹시 게으른 작가이고 일상적인 업무도 많다. 글 쓰는 일을 완전히 그만두는 일은 없으리라 생각하지만, 확실하게 약속할 수도 없다. 지금 말할 수 있는 것은, 대량의 랑야방 이야기는 정식으로 끝났다는 사실이다.

하지만 언젠가 독자들에게 낯익은 배경 아래 다른 시대, 다른 인물, 나아가 다른 기조로 새로운 이야기를 펼쳐낼지도 모른다.

그날이 왔을 때, 여전히 독자들의 사심 없는 지지를 얻을 수 있기를, 다 함께 감동했던 지금처럼 그때도 똑같이 두근거리기를 바란다.

감사를 전하며.

— 하이옌(海宴)

랑야방3: 권력의 기록

제1판 1쇄 발행 | 2016년 6월 29일
제1판 5쇄 발행 | 2022년 9월 9일

지은이 | 하이옌(海宴)
옮긴이 | 전정은
펴낸이 | 오형규
펴낸곳 | 마시멜로
책임편집 | 이혜영
교정교열 | 강설빔
저작권 | 백상아
홍보 | 이여진 · 박도현 · 하승예
마케팅 | 김규형 · 정우연
디자인 | 지소영
본문디자인 | 디자인 현

주소 | 서울특별시 중구 청파로 463
기획출판팀 | 02-3604-590, 584
영업마케팅팀 | 02-3604-595, 583 FAX | 02-3604-599
H | http://bp.hankyung.com E | bp@hankyung.com
F | www.facebook.com/hankyungbp
등록 | 제 2-315(1967. 5. 15)

ISBN 978-89-475-4109-1 04820